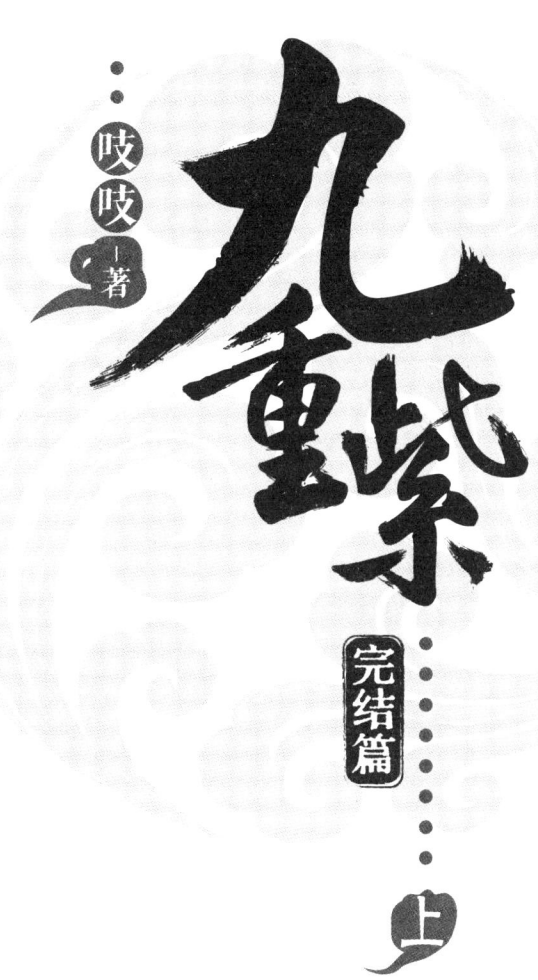

图书在版编目（CIP）数据

九重紫. 完结篇 / 吱吱著. -- 重庆 : 重庆出版社, 2025. 1. -- ISBN 978-7-229-19055-2

Ⅰ. I247.5

中国国家版本馆CIP数据核字第2024KF3505号

九重紫·完结篇
JIUCHONGZI·WANJIE PIAN
吱吱 著

责任编辑：李 子 李 梅
责任校对：杨 婧
封面设计：九一设计
封面绘图：清 茗

重庆出版集团 出版
重庆出版社

重庆市南岸区南滨路162号1幢 邮政编码：400061 http://www.cqph.com
重庆市国丰印务有限责任公司印刷
重庆出版集团图书发行有限公司发行
邮购电话：023-61520646
全国新华书店经销

开本：710 mm×1000 mm 1/16 印张：50.5 字数：1466千
2025年1月第1版 2025年4月第2次印刷
ISBN 978-7-229-19055-2
定价：128.00元

如有印装质量问题，请向本集团图书发行有限公司调换：023-61520678

版权所有　侵权必究

第八十七章	吓唬·初九·疑问	/1
第八十八章	进宫·夫人·突然	/9
第八十九章	诰封·相觑·拜访	/18
第九十章	误会·字号·宴请	/27
第九十一章	迁怒·琴瑟·出门	/35
第九十二章	别想·走水·胆大	/43
第九十三章	包天·对牌·拦路	/52
第九十四章	自省·分头·放心	/60
第九十五章	络绎·失望·鸡飞	/69
第九十六章	重逢·心思·敷衍	/77
第九十七章	拿乔·狗跳·轩然	/85
第九十八章	大波·领赏·陈嘉	/93
第九十九章	建议·求和·投靠	/102
第一百章	眼色·托出·抽丝	/110
第一百零一章	暗示·剥茧·狼狈	/119
第一百零二章	不能·抬举·对月	/128
第一百零三章	迟疑·添丁·做媒	/137
第一百零四章	人选·考校·亲临	/146
第一百零五章	接受·三喜·到达	/155

目 录 CONTENTS

第一百零六章	融入·碰面·知道	/164
第一百零七章	头痛·所托·气极	/173
第一百零八章	插曲·余韵·吐血	/182
第一百零九章	侍疾·姻缘·碰巧	/191
第一百一十章	靠近·应付·石榴	/200
第一百一十一章	礼品·还债·通风	/209
第一百一十二章	报信·还赠·觐见	/218
第一百一十三章	东宫·寿辰·冲突	/227
第一百一十四章	讨要·怀疑·规矩	/236
第一百一十五章	身孕·报喜·夜半	/245
第一百一十六章	探望·纠结·伯府	/254
第一百一十七章	小年·锋利·朋友	/263

第八十七章　吓唬・初九・疑问

情况正如陶器重所料，两个壮汉一前一后地走了进来。

随从猛地出手，攻其不备，一击之下把走在后面的壮汉打晕在地。走在前面的壮汉听到动静刚一回头，迎面就挨了一拳，闷哼一声，也倒在了地上。

随从背起陶器重就冲了出去。

外面漫天星斗，陶器重热泪盈眶。

"先生，"随从声音急促地道，"我们好像是在哪个大户人家的后花园里！"

"应该是窦府了！"陶器重回头，朝关着自己的屋子望去。那是两间小石屋，孤孤单单立在院子角落，像个经年没有人打扫，堆放杂物的地方，灰蒙蒙的，很不起眼。

"真聪明！"他忍不住低声嘀咕道，"最安全的地方往往是让大家觉得平淡无奇而熟视无睹的地方！"陶器重吩咐随从，"我们快走，去最近的卫所！"

随从应"是"，背着陶器重一路小跑，穿过了一片枯萎的花圃。

他们身后转来一阵骚动。

"快！快拦住他们！"

随从闻声身子一僵，跑得更快了，七八个人影呼啦啦地追了过去。

从石屋后面的树林里走出两个男子，一高一矮，一健硕一清癯。

"这追的人是不是太多了些？"身材清癯者道。

月光照在他们的脸上，那个目光清明，矍铄儒雅的人，竟然是那壮汉口中称的"明日一早就会赶回来"的陈曲水。另一个身材健硕，双目炯炯有神的，除了段公义，还有谁？

段公义"嘿嘿"笑了两声，道："您放心好了，我早已嘱咐下去，谁若是把人给追到了，扣一个月的薪酬；谁若是不出力追贼，也扣一个月的薪酬。"

陈曲水听了啼笑皆非，道："那你到底是让人追呢，还是不让人追呢？"

段公义笑道："这就得靠他们自己去体会了！"

陈曲水不禁摇头。

窦昭的婚事来得突然，之前他们压根儿没有想到此去京都就会在京都定居下来，很多事情都没有来得及交代，也没有来得及安排，送窦昭出阁之后，陈曲水和段公义等人就启程回了真定。

或是少了陶器重那样迫切的心情，他们虽然是在陶器重之前出的京都，却反而落在了陶器重的后面。路上他们得到消息，说有人在打探窦昭，再把相貌一描述，和陶器重有过几面之缘的陈曲水立刻认出了陶器重。

照他的主意，先派人盯着陶器重，等他们赶回去之后，再把陶器重请来威胁利诱一番，让陶器重知道窦昭的厉害。虽然陶器重不可能投靠窦昭或是宋墨，但也要让他从此对窦昭有所顾忌，不敢随意地在英国公面前给窦昭上眼药，为窦昭早日拿到主持英国公府中馈的权力而扫清一些障碍。

只是这话还没来得及和段公义好好商量，段公义已义愤填膺地催马："老虎不发威，他还以为我们是病猫。我这就赶回真定去，想办法把那姓陶的稳住，等您回来了再拿主意。"

有段公义出马，他还有什么不放心的。

谁知道……想到这里，陈曲水就不由得叹了口气。都怪自己当时少说了一句，段公义回来就打了陶器重一记闷棍，还设了个局吓唬陶器重……不过，打了就打了，难道还给那陶器重赔不是不成？他安慰着自己。

也许这样更好！有道是秀才遇到了兵，有理讲不清。也许段公义的这记闷棍比他的口舌更好使。

不过，这到底不是陈曲水的本性，他还是忍不住又叹了一口气。

本应该被打昏在石屋的两个彪形大汉一个捂着后脑勺，一个捂着脸走了出来。

"段护卫，陈先生。"两人龇牙咧嘴地给段公义和陈曲水行礼。

段公义和陈曲水点了点头。

追赶的人也陆陆续续地回来了。

互相见过礼后，就有人道："只派个人远远地跟着，要是这姓陶的被吓着了，跑回了老家怎么办？"

彪形大汉中的一个就拍了一下那人的脑袋，道："要不说四小姐有什么事怎么总喜欢派了段大叔去呢？你这脑子，一看就是个不顶事的。他被我们这么一吓唬，就不怕半路上被杀人灭口啊！肯定是要找个安全的地方躲着了——最安全的地方莫过于卫所了。他一个幕僚，没有英国公府的名头，卫所的那些人谁知道他啊？只要他去了卫所，那些人为了讨好英国公，还不得立马就把他的事报给英国公，他能逃到哪里去啊？"说着，问陈曲水，"陈先生，您说我说得对吗？"

陈曲水哈哈大笑："不错，不错！"

先前问话的人不由讪讪地笑。

那彪形大汉却凑到陈曲水和段公义的眼前嬉皮笑脸地道："陈先生，段大叔，听说四小姐要带一部分人去京都，您看我合适吗？"

陈曲水和段公义有些意外，两人交换了个眼神，又不约而同地望着那彪形大汉。

彪形大汉下意识地就挺了挺胸，一副接受检查的样子。

陈曲水和段公义不由得笑了起来。

"你可想好了。"陈曲水道，"这一去恐怕就要在京都安家了。最不济，也要待上个五六年。"

"我早想好了。"那彪形大汉道，"我老婆娘家的大姨和跟着四小姐去了京都的田富贵的老婆是一个村的人，人家田富贵现在不仅在老家买了五十亩良田，还盖上了青砖大瓦房……我一听说四小姐要带人去京都，就跟家里人说好了，只要陈先生和段大叔瞧得上眼，二话不说，拎了包袱就走。"

其他的人听了也都纷纷道："陈先生，段大叔，我们也都想跟着去京都。"

陈曲水扫了一眼，发现说这话的大多数是没成家的年轻人。

他不由微微地笑——宋墨现在地位不稳，正是需要这种初生牛犊般的热血年轻人之时。

"行啊！"陈曲水笑道，"你们还有谁想去，就跟段护卫说一声，到时候我再和段护卫合计合计。"

大家一窝蜂地拥到了段公义那里报名。

负责跟踪陶器重的人回来了："陈先生，段大叔，那个姓陶的跑进了真定卫。"

陶器重和段公义不由相视而笑。

有小厮气喘吁吁地跑了过来："陈先生，陈先生，"他扬了扬手中的信，"京都的严先生让人六百里加急送了封信给您。"

陈曲水神色微变，疾步上前接了书信，背过身就看了起来，等他转过身来时，表情很是怪异。

段公义不禁问道："出了什么事？"

"没什么大事。"陈曲水闻言，表情就更奇怪了，"他让我立刻赶回京都，有事要和我商量。"说完，吩咐那小厮，"快给我套马，我这就赶回京都去。"又拉了段公义，"我不在家的时候，家里的事，就拜托你和晓风了，具体该怎么做，我们得合计合计，尽快拿个章程出来……"

段公义丈二和尚摸不着头脑。一面随着陈曲水往他的书房去，一面却在心里暗暗称奇：既然不是什么大事，陈先生为什么脚都没有站稳就要往京都跑？

而逃进了真定卫的陶器重却惊魂未定。

卫所若是和本地官绅起了冲突，是件非常严重的事，通常都要上达天听的。

陶器重当着真定卫的指挥使只说是路过真定，遇到了抢劫，丢失了钱物，让他帮着联系英国公，派人来接他回京都。

卫所的指挥使满脸困惑：真定卫是去保定的必经之路，不知道有多少江南巨贾、达官贵人甚至是皇亲国戚经过，治安一向清明，怎么会有小蟊贼？

可他还有点拿不准陶器重的身份，客气了几句，笑着要为陶器重设宴压惊。

陶器重一看就知道这位指挥使还在怀疑自己的身份，又怎么会把别人的应酬话当成是真的！便婉言谢绝了。

那位指挥使也没有坚持，寒暄了几句，让人把他送到了客房安歇。

他在客房里团团打转：如今小命算是保住了，可他怎么向英国公交代呢？

他们的行李如今都在客栈，连件换洗的衣裳都没有。安排人去客栈给他们拿行李的随从顺手将食盒提了进来。

"陶先生，您吃点东西吧！"没有保护好陶先生，他很是内疚，一面摆着碗筷，一面安慰陶器重，"等回了英国公府就好了！"

陶器重盘坐在了临窗的大炕上，望着满炕桌的菜肴发着呆。

这随从跟了他十几年，知道他的脾气，不敢打扰，倒了杯热茶给陶器重。

如果这桩婚事不是他牵的线就好了！陶器重幽幽地抬头，看见了满脸担心的随从。

他心里涌起个念头，脸上露出踌躇之色。

随从是个会察言观色的，主动道："先生，您有什么吩咐？"

"吩咐倒不至于。"陶器重斟酌道，"我就是在想新进门的世子夫人……若是国公爷问起来，我们怎么说好？"

随从听话听音，道："我一个粗人，自然是听先生的。"

陶器重心中微定，道："不管怎么说，世子夫人已经进了门，就涉及英国公府的颜面……有些话，是无论如何也不能说出去的，你明白吗？"

"明白。"随从肃然，道，"小的什么也不会说的。"

陶器重颔首。

等消息传到窦昭的耳中，已是四日后了。

她忍俊不禁，问素心："知道陶先生什么时候回来吗？"

素心笑道："我已经让人留意了，应该这两天就会回来了！"

窦昭觉得段公义这招虽然有点损，可以他们各自所处的立场来说，又无可厚非。

窦昭吩咐素心："如果陶先生回来了，你告诉我一声。"

寻常人遇到这样的事，会有两种反应。一是愤然而起，拼个你死我活，也要洗刷了耻辱；一是胆战心惊，从此绕道而行，做个吃汤圆的瞎子，心里有数就行了。

她得判断一下陶器重会做怎样的选择。

素心笑着应下。

有小丫鬟进来禀道："大舅奶奶、六舅奶奶、十舅奶奶和十一舅奶奶一起来看您了。"

窦昭这才记起来，今天是她出嫁的第九天，按礼，这天娘家会带了吃食来看望出嫁的姑娘，以示关心。

"请她们到花厅里坐吧。"窦昭吩咐小丫鬟，一面由甘露服侍着换见客的衣服，一面问素心："世子那边，还没有消息吗？"

宋墨是八月二十七下午进的宫，说好了值两天夜就回来的，结果到今天也没有出宫。

窦昭当时非常担心。宋墨娶自己，到底是打了皇家的脸面，虽然这个过失被宋墨巧妙地转移到了宋宜春的头上，可谁又敢保证皇上不会迁怒呢？

她立刻吩咐武夷去打探消息。

武夷回来禀道："宫门内外防守严密，我看到广恩伯府常跟在董世子身边的小厮宝琉，他也在打听董世子的消息，却被拦在了门外，宝琉搬出了董世子金吾卫副指挥使的头衔也不管用，只好说要见金吾卫的都指挥使邵文极邵大人。那守值的军爷听了直冷笑，说他们是神枢营的，不知道什么邵大人，只知道王大人，还问宝琉，要不要带他去见他们神枢营的都指挥使王大人。宝琉气得脸色通红，却也只得退了下去。小的见此情景，怕辱没了世子爷的名声，没敢上前去问，拐了个小巷赶到了宝琉的前面，装作和宝琉偶遇的样子，这才打听到，自世子爷进宫之后，不仅金吾卫的人，就是旗手卫的人也都没有轮值，全都守在宫里。"

窦昭松了口气，问武夷："世子常遇到这样的事吗？"

武夷摸头，道："我三年前才被调到世子爷身边服侍的。不知道从前是怎样，可自从我跟在世子爷身边，这已经是第二次了。"

窦昭听了，心又揪了起来。

她问武夷："上一次是什么时候的事？"

武夷道："就是世子爷成亲之前。"他回忆道，"也就是八月中旬，皇上从避暑行宫回来之后。"

窦昭立刻意识到，皇上可能病了！

如梦的上一世中，她远离权贵，是突然听说皇上生病的消息。辽王至孝，讫请回京侍疾，被梁继芬驳回，太子帮着求情，辽王这才得以回京。接着就是宫变……他们全都目瞪口呆，战战兢兢的，大气也不敢喘一下，整个富贵坊都闭门谢客，车马稀少，门可罗雀，像座无人的空城，让人瘆得慌。

辽王登基后，富贵坊曾有传言，说皇上只是略染了风寒，根本没有大碍，是被辽王害死的。

现在看来，传言不实，皇上现在就已经生病了。

这会不会是辽王之所以敢夺位的原因之一呢？皇上得的是什么病呢？

窦昭记得在她的梦中，皇上是在辽王登基后十个月时宾天的。

窦昭眉头紧锁。

严朝卿既然是宋墨的头号幕僚，肯定知道一些端倪。

皇上的病情，她是等宋墨回来了问宋墨呢，还是此时就去严朝卿那里问个究竟呢？

窦昭正犹豫着，有小厮进来禀道："有位官爷，说是神枢营的，奉世子爷之命，给夫人送了封信过来。"

窦昭忙道："快请严先生帮着见客。"

小厮应声而去。大约过了一炷香的工夫，严朝卿拿了信进来。

窦昭急急地打开信。

原来是封宋墨报平安的信。说宫中有事，他可能这几天都不能回来了，让她不要担心，自己照顾好自己，若有什么事，就和严先生商量等等。

还能让人带信出来，可见宋墨很自由，窦昭心中的一块大石头这才落了地。

她见严朝卿一直垂手在旁边等着，知道他正等着自己的吩咐，想了想，笑着把信中的内容拣了几句要紧的告诉了他。

严朝卿的神色松懈下来，笑着安慰窦昭："可能是皇上的病又犯了，皇后娘娘怕走漏了什么消息，所有的禁军一直不允许换防、轮值。"

窦昭不由抹了抹额头。

是英国公府离皇权太近呢，还是济宁侯府离皇权太远？连严朝卿都知道皇上生病的事……从前只听说过宋家显赫，没想到竟然显赫到这种地步。有些事，自己是不是要重新估量呢？

忠毅公之所以得了这样的谥号，是因为他曾呕心沥血地指导太子的课业。既然宋墨从小跟着忠毅公读书，他应该和太子很熟悉才是。

窦昭不由站在了厅堂的长案前，上面供着对檀木如意，那是宋墨和她成亲时，太子赏的。除此之外，皇家并没有其他的赏赐下来。

太子是怎样一个人呢？在她的记忆里，太子始终只是个模模糊糊的名称。

在梦中，宋墨拉弓射向太子的时候，心里又是怎样想的呢？

这件事，会不会与定国公的死有关呢？

窦昭心乱如麻，没有比这一刻更盼望着宋墨的归来。

此时想到两人成亲已经有九天了，她不禁又问起宋墨的行踪来。

窦昭有什么事，从来都不瞒着素心，素心自然知道她在担心什么，闻言眼神微黯，低声道："还没有消息。"

她沉默了片刻，去了花厅。

幺房出长辈。窦文昌的妻子窦家大奶奶比窦昭大二十五岁，已年过四旬，六奶奶郭氏和十奶奶蔡氏均是花信年纪，十一奶奶韩氏却正值妙龄。

窦昭走进花厅的时候，郭氏含笑坐在太师椅上，正陪着窦大奶奶和已经出怀的韩氏说着话，蔡氏却带着两个丫鬟欣赏着花厅里挂着的字画。

"四姑奶奶来了。"郭氏一看见窦昭，就起身和窦昭打着招呼。

听到动静的窦大奶奶和韩氏也站了起来。

窦昭忙上前扶了韩氏："你如今可是双身子的人，快坐下，快坐下！小心动了胎气。"

走了过来的蔡氏听了直笑，打趣窦昭："四姑奶奶这才嫁了几天，就知道'动了胎气'这样的话了！"戏谑的味道很浓。

可惜大奶奶和窦昭不熟，又自恃是长孙媳妇，只是笑了笑；郭氏向来不喜欢蔡氏的聒噪，并不接腔；韩氏本来话就少，性子又有些刚正，蔡氏的话里透露的调侃让她不是很喜欢，自然也不会去搭话，一时间竟然有些冷场。这对向来能说会道被人夸赞的蔡氏来说，还是第一次。她的笑容不免有些尴尬。但她向来敢说敢做，立刻笑道："七叔父本来只请大嫂、六嫂和我一起来看看你的，谁知道六婶婶却让我们把十一弟妹也带了过来，说是不放心，非要让十一弟妹跟着过来看看，好像我和大嫂只会粉饰太平似的。难怪人人都说四姑奶奶就像六婶婶亲生的似的，我这下可相信了。"打破了刚才的窘境。

窦昭不由在心里暗暗叹气。

蔡氏能在槐树胡同横着走，可见不仅仅是因为她生了两个儿子。

窦昭笑着请娘家的几位嫂子坐下，说了会闲话，留着用了午膳，然后陪着她们四处走了走，就到了酉时。

蔡氏赞不绝口："不怪大家都说四姑奶奶嫁得好，不说别的，就说这头上没有婆婆，家里的事能自己说了算，就是顶好的一桩了。"十分艳羡。

窦昭听了面色不快，道："常言说得好，家有一老，如有一宝。我虽自由自在没人管，可万事都得自己拿主意，有时候也不免诚惶诚恐。还是家中有个长辈的好。"

窦大奶奶和韩氏听了不住地点头。

蔡氏却在心里嘀咕，这可真是马屁拍在了马腿上……这位姑奶奶可真是不好伺候！可想到英国公府是当朝屈指可数的勋贵，她只好压下心中的不满，笑盈盈地点头称是。

窦大奶奶看着天色不早，笑着和窦昭辞行。

窦昭也不客气，送她们到了垂花门。

刚回屋换了件衣裳坐定，宋墨回来了。

窦昭情不自禁地迎了出去，宋墨刚好撩帘而入。

两个人面对着面，不由都愣了愣。

窦昭忙道："还要回宫吗？"

宋墨道："不用了。我明日休沐，后天下午才进宫。"

不知道为什么，窦昭只觉得心中一松。

她见宋墨还穿着那天进宫时穿的朝服，一面吩咐丫鬟打水进来服侍宋墨梳洗，一面道："宫里的情形怎样？要不要我准备几套衣裳让陈核带着，你也好随时换洗？"

宋墨回来的路上一直在想再见到窦昭的时候会是怎样的一番情景。

家里没有其他女眷，她在京都又不认识什么人，她会不会很无聊？

他不在家，也不知道父亲有没有为难她。

窦昭毕竟占着儿媳妇的名头，就算是父亲为难她，严朝卿等人也不好插手。

她会不会后悔嫁给了自己？

令他万万没有想到的是，他回到家里，面对的竟然是这样平静、怡然，甚至有点絮絮叨叨的窦昭。可这样的窦昭，却让宋墨心里觉得踏实。

"宫里挺好的，是皇后娘娘担心，所以才会把我们都留在宫里的。"他笑着解释道，"我们是天子近臣，宫里有专门的澡房，我在宫里虽然没有自己的值房，但有自己放衣服和铺盖的柜子，平日也有帮着翻晒的人……"

窦昭点头，接过宋墨换下来的朝服交给了素心，任由小丫鬟服侍他洗漱，自己则坐在炕上想着他刚才的话。

内宫不得干预朝廷，这是太宗皇帝定下来的祖训。

刻着太宗皇帝亲笔题字的石碑据说就立在坤宁宫的宫门外。

皇后娘娘却可以调动皇上的亲卫军！是因为这样，辽王才有了野心；还是因为辽王有了野心，皇后娘娘才开始有所行动？窦昭此时恨自己前世对这些事关心得太少。

待到宋墨梳洗完出来，她笑着倒了杯茶放在了炕桌上。

宋墨自然地坐在了窦昭对面的炕上。

窦昭打发了服侍的丫鬟，悄声问他："皇后娘娘怎么调得动你们这些禁军？"

宋墨没想到窦昭会问这个，有些意外，但还是很耐心地解释道："承平九年春，皇上批改奏章的时候突然昏迷不醒，后经太医院精心诊治，病虽然好了，却落下了个头痛的毛病。那个时候沈皇后已宾天四五年了，万皇后刚刚执掌后宫，跟着太医院的御医学了指法，每天给皇上按摩，皇上头痛的病症渐渐舒缓。承平十一年，黄河决堤，奏折报到宫里的时候，皇后娘娘正在给皇上按摩，见皇上为赈灾御史的人选烦心，就推荐了当时还只是翰林院编修的沐川。也是那沐川的运气好，当时皇上属意的叶世培得了痢疾，一时没有合适的人选，便叫了沐川进宫召对，这才知道沐川的父亲曾任过开封府的知府，他从小跟着父亲在任上长大，对河工颇有心得。皇上就让他做了赈灾御史。

"他的差事做得极好，不仅没有流民滋事，而且还拿出了一套整治黄河的方法，叶世培看了大为赞赏，并照着他的方法治理黄河，这几年黄河一直没有决过堤。沐川也因此一路高升，累官至工部尚书，中极殿大学。

"皇上见皇后娘娘有识人之道，偶尔会和皇后娘娘说起朝中之事，皇后娘娘每每都能一语中的。时间长了，皇上对皇后娘娘越发地信任了。"

说到这里，他语气微顿，流露出少有的踌躇之色，但很快又隐于眼底，温声道："有一次，皇上突然犯病，皇后娘娘怕被人看见皇上失仪，吩咐宫女关了坤宁宫的宫门，却被皇上失手推倒在地，额头磕在了香炉上，满脸是血……可皇后娘娘抱着皇上，硬是不撒手，一直等到皇上平静下来，太医院的御医赶到，这才用盐水草草清洗了一下伤口……皇上之后很是愧疚，就给了皇后娘娘调动金吾卫、旗手卫和神枢营的权力……"

窦昭骇然失色："皇上竟然病得这样重？"现在是承平十六年，也就是说，皇上已经病了七年了！她隐隐有点明白为什么辽王的宫变能成功了。

宋墨点头，声音也低了几分："前些年还只是隔个两三年犯次病，可今年已经连着犯了两次了。"他说这话的时候忧心忡忡，显然很担心皇上的病情。

窦昭只得安慰他："若是皇上病重，就会涉及储位之事。你还是注意些，英国公府声名显赫，最好不要参与到其中去，谁做皇上不笼络朝臣？这从龙之功，或许对别人而言是机遇，于我们却不过是锦上添花罢了。"

她的话婉转中带着几分直率，直率中又带着几分劝慰，让宋墨眼睛一亮，又疑惑道："你怎么会想到这上面去？"

"今天早上嫂嫂们来看我，说起家乡的一件异母兄弟争家产的旧事，我有感而发。"窦昭脑子转得飞快，道，"三五百金的家产且争得头破血流，何况是这么大一片江山？"

宋墨失笑，觉得窦昭的疑心很重。按道理，窦昭这样的人等闲不会相信谁，可不知道为什么，窦昭却从来没有怀疑过他……他不由得盯了窦昭看。

窦昭穿了件家常的翠绿色夹袄，脸色红润，看上去很精神，耳边的珍珠珰流动着明润的光泽，映衬得她的面庞细腻如脂，明艳非常。

"怎么了？"窦昭不由得摸了摸自己的脸，"是不是有什么脏东西？"

"没什么。"宋墨道，"先前看着你脸上有道印子，再仔细一看，原来是你发上珠钗的反光……是我看错了。"

"哦！"窦昭松了口气。

宋墨又道："这几天你在家里做什么呢？"

窦昭顿时来了兴趣，把陶器重去真定打听自己，却被段公义等人打了闷棍的事讲给宋墨听。

宋墨错愕，随后畅快地大笑起来，道："你若生在春秋战国，只怕是第二个孟尝君——鸡鸣狗盗，人才济济啊！"又道，"段公义这件事做得好，你应该重重赏他才是。"

窦昭不由抿了嘴笑，说起陈先生等人会在十月来京的事："……到时候怎样安排，还请世子拿个主意。"

这是窦昭的陪房，宋墨断然没有把人收为己用的道理，何况宋宜春对宋墨的敌意昭然若揭，窦昭身边也需要人护卫。他与窦昭商量："不如就住进颐志堂吧？把内院的事交给他们。"

这也是窦昭的打算，道："对外只说是我的陪房，关键的时候，却可以帮着你做事。严先生等人在明，陈先生他们在暗，才是万全之计。"

宋墨本就有些眼热陈曲水的善谋，段公义的善伐，不禁有些跃跃欲试，越想越觉得窦昭这主意好。不过，人数好像也太多了些！

可能是嫁妆准备得太匆忙，窦昭的陪嫁多是金银珠宝、古玩字画，甚至还有抬银票，却没有什么田庄商铺。既然决定了一明一暗，突然冒出这么多人来，得有个合理的解释才是。

他笑道："我就跟严先生说一声，让他在十月份之前给你置办几个田庄，到时候只说是岳父大人赐给你的体己。"说到这里，他不由失笑，"有了那一抬银票垫底，不管岳父大人做出怎样惊世骇俗的事来，恐怕大家都不会觉得匪夷所思！"

窦昭嗔怒："不许说我父亲的坏话！"那斜睨过来的目光，带着几分不经意的妩媚。

宋墨的心怦怦乱跳。

"岂敢，岂敢！"他急声道，"只是觉得岳父是性情中人而已，绝没有戏谑之意。"说到这里，心中一动，笑道，"岳父送了我们一份那么大的厚礼，派几个护卫来，也是理所当然，情之所至！"倒可以解释窦昭身边为何有这么多护卫了。

窦昭这才明白他为什么担心，眼底不由闪过几丝促狭之色，道："这个你不用担心。陈先生他们来后，还会带一部分产业过来，到时候大家就不会怀疑我为什么有这么多陪房了。"

岳父嫁窦昭最少也花了五六千金，纵然再补些产业给窦昭当陪嫁，也不会太多。

宋墨并没有放在心上，问起英国公来："……我走后，父亲可曾叫你去问话？"

"没有。"窦昭笑道，"公公早上走的时候，我还没有起床；他下了衙，通常都有很多应酬，回来的时候天色已晚，我不便过去问安——这几天倒一直没有碰到公公。"

宋墨心中稍安，道："你也没有遇到天恩吗？"

"前天他曾派了个小厮给我送了两包茯苓粉过来，"窦昭说着，忍不住笑了起来，"说吃了可以宁神养气，让我吃完了再跟他说。"

宋墨听了也忍不住笑了起来，歉意地对窦昭道："他就是这个性子，从小被母亲宠惯了……"说到这里，不免有些唏嘘。

窦昭遂笑道："我没有弟弟，会把他当亲弟弟一样看待，你放心好了。"

是啊，有窦昭在身边，他还有什么可担心的？宋墨一扫刚才的颓然，笑道："对了，我记得你真定的田庄和家里都有很大的花圃，颐志堂后面也有个小花园。明天我休沐，不如帮你翻土搭架，整个花圃出来吧？你看看哪里合适？要不要搭个花棚？我记得丰台那边的花农，家家户户都搭花棚。要不要添几块太湖石之类的？顾玉这几天正好有事要去趟淮安，我让他好好地帮你挑两块石头。"

窦昭好奇道："你去丰台做什么？"

宋墨道："有朋友在丰台大营当差，路上看到很多花农的花棚，一时好奇，过去问了问。"他是说做就做的性子，一面说，一面下炕趿着鞋子，要和窦昭去小花园。

望着宋墨兴冲冲的样子，窦昭不由得啼笑皆非："马上要立冬了，哪有这个时候翻土搭架的？要整花园，也得开了春才行啊！"

"是吗？"宋墨面上讪笑着，趿着鞋子的脚僵在了那里，眉宇间有着进退两难的尴尬。

窦昭看着他，心湖中却如同被投入了一块石子，涟漪一圈圈地荡漾开来：宋墨贵为英国公府世子，什么样的朋友在丰台大营当差，才会让他亲自去丰台大营探望？

她仿佛又看见那个在菊田里帮她挖菊苗而满头大汗的少年。

"不过，"窦昭笑盈盈地望着宋墨，眼底有她自己都没有察觉的纵容，"这个时候搭花棚倒是正好，说不定还可以赶着种一茬水萝卜。等到过年的时候，用小竹筐装了，是再好不过的年节礼物了。"

她这是在给自己解围呢，还是真的能种一茬水萝卜呢？

宋墨凝视着窦昭，笑意却从眼底溢到了眉梢。

"花棚里还可以种水萝卜吗？"他穿上了鞋，"我怎么从来没有听说过？"

"所以说你不懂稼穑嘛！"窦昭笑着，和宋墨并肩出了内室，"要不然，大冬天的，哪儿来的水萝卜和小黄瓜？"她用商量的口吻对宋墨道，"要不，我们今年也试着种种吧？到时候如果种了出来，就给宁德长公主、陆老夫人这些亲戚都送些去，你看如何？"

"好啊！"宋墨根本不懂这些，自然都听窦昭的，"要不要请个人过来帮忙……"

两人说着，穿过穿堂，往小花园去了。跟在他们身后的素心不禁低了头偷笑，小姐最不耐烦哄人，却总是情不自禁地哄着世子爷。

第八十八章　进宫·夫人·突然

说是小花园，颐志堂的小花园占地也有五六亩的样子，四周游廊环绕，绿树成荫，中间是一大一小两个相连的湖泊，大的如满月，小的如弦月。大湖中有个八角琉璃亭，小湖旁则有座水榭，水榭左右各有一株合抱粗的香樟树，一派江南园林的景色，十分雅致。

窦昭抿了嘴笑，问宋墨："花棚盖在哪里好？"

因这里是世子居所，布置偏于硬朗而少了几分柔美，不像英国公府上房后面那个带小佛堂的花园，是英国公夫人居所，不仅有花房，还有太湖石叠成的假山，汉白玉砌成的九曲桥，临湖而建的戏台，无一不彰显出精致优雅。

宋墨指了水榭旁的一畦芍药："那里如何？"

窦昭仔细地看了看，的确只有盖在那里才不至于破坏了眼前的美景，这绝不是他一时兴起想起来的，恐怕是早就来看过，拿定了主意。

清冷孤傲的人流露出体贴温柔的时候，就特别让人感动。

"还是别动那一畦芍药了。"窦昭的声音不知不觉中透露出几分雀跃，"等到明年春季，我间种些牡丹和茶花进去，就可以一年四季花开不败了，在那里盖花棚可惜了。"

宋墨苦恼道："那盖在什么地方好？"他现在才觉得颐志堂有些小。

窦昭笑道："厨房后面不是有个小小的退步吗？我寻思着不如就把那退步改成花棚好了。若是种出了水萝卜和小黄瓜，正好直接送到厨房，也免得跑这么远来摘。"她开着玩笑。

宋墨却认真地想了想，笑道："这个主意好。那就这么办好了！"他高声喊了陈核，吩咐他去买石料、找工匠，并让他打听哪里有水萝卜和小黄瓜的秧苗卖，并道："贵些也无妨，只要能赶上种这一季。"

在陈核看来，这纯粹就是没事找事。

五百文一筐的水萝卜，一百五十文一筐的小黄瓜，什么时候想吃就让丰台那边的瓜农送来就成了，何必又是盖棚子，又是找秧苗这样地费事？而且还不知道能不能种出来……恐怕还得请几个仆妇专门照顾这棚子……

但他还是恭敬地应"是"，退了下去。

宋墨就和窦昭商量："要不，我们也在什刹海买个宅子吧？你可以隔三岔五地去住些日子。"这样就可以在那边弄个大点的花棚了。

"以后再说吧。"窦昭低声道，"我才刚嫁进来，我们就在外面置宅子，肯定会有人说三道四的。而且我还有个想法——婆婆只有你和二爷这两点骨血，照理，我们应该很亲近才是，公公这些日子早出晚归的不在家，天恩却不敢来拜见我，只敢私底下给我送些东西来，可见公公对他管束得十分严厉，他又是被婆婆和你宠着长大的，受不得磨难，时间一长，只怕这性子会更畏畏缩缩的。我想，在我没有正式诰封之前，最好还是以不变应万变，什么事也不要管，什么事也不插手。一旦我被正式封为'夫人'，就争取向公公把管家的权力要回来。一来是可以名正言顺地打理二爷的日常起居，二是可以通过一些细枝末节的事，知道公公都在做些什么，做了些什么——这两桩事，你就交给我好了。你正好可以空出精力来注意朝中大事。皇上生病，是可以影响社稷的大事！"

窦昭，真的和其他女子都不一样！

宋墨点头，看着她的目光有着毫不掩饰的欣赏，看得窦昭颇有些不自在，还好陈核气喘吁吁地跑了过来。

"世子爷，汪格汪公公过来了，"他抹了抹额头上的汗水，"说是奉了皇上之命，让您明天一早带了夫人去给太后娘娘和皇后娘娘请安。"

这是让她去觐见太后娘娘和皇后娘娘啊！

窦昭不由"啊"了一声。

宋墨则蹙了蹙眉，道："怎么突然想起让我们进宫？"

"不知道。"陈核低声道，"说是您前脚刚出宫，皇上后脚就问起您来了。知道您回府了，皇上没有作声，皇后娘娘就在一旁进言，说您一直担心着皇上，成亲三天就进了宫，知道皇上平安无事才出了宫，"说到这里，他悄悄地瞧了窦昭一眼，声音压得更低了，"皇后娘娘还说，您就这样把新娘子丢在了家里，回来之后，也不知道会不会被新娘子关在门外。皇上听了，就让汪公公来传话了。"

听起来应该不是什么坏事，窦昭松了口气。

宋墨问："是我让一个人去接旨，还是让夫人一起去接旨？"

窦昭虽然还没有被正式封为夫人，但请封的折子宋墨前几天就递了上去，府里的人按着惯例，已经改口称窦昭为"夫人"。

"是口谕。"陈核道，"汪公公是来递牌子的。"

宋墨回头对窦昭点了点头，道："我去去就来！"

"还是我们一起去吧！"窦昭却笑道，"毕竟是宫里出来的内侍，我怎么也应该去打声招呼才是。而且以后免不了出入内宫，多认识个人，就是多结了份善缘。"

汪格汪公公，是汪渊的干儿子，窦昭的梦中在辽王登基之后，他成为了乾清宫的大总管，虽然比不上秉笔太监位高权重，却也是辽王身边的心腹之一。而且他还是出了名的心胸狭窄，睚眦必报。

官宦人家多瞧不起太监，觉得太监六根不全，还喜欢搅乱朝纲，却没想过，对于生活在禁宫里的皇上、皇后而言，这些如藤萝般依附他们而生的太监要比那些内阁大学士更亲近。

宋墨觉得窦昭的话很有道理，和她一起去了颐志堂的正厅。

汪格二十五六岁的年纪，相貌周正，一双眼睛十分的灵活，一看就是个聪明机敏之人。

两厢见过礼，汪格把陈核所说的话又重复了一遍，并笑道："世子爷不必担心，有皇后娘娘帮着说项，皇上定不会为难您和世子夫人的。"

府里的人可以称窦昭为"夫人"，窦昭却不想让汪格抓住把柄，忙道："妾身惶恐，不敢当'夫人'之称。"然后塞了个封红给汪格，"妾身出身乡野，见识浅薄，明日宫中觐见，还要劳烦公公多多指点。"

汪格忙道："夫人哪里话，我和世子爷可不是一般的交情。"然后要将封红还给窦昭，"您这样，可就折煞我了。"

窦昭道："正因为您和世子爷不是一般的交情，您辛辛苦苦地来给我们传信，本应请您喝杯茶再走，又怕您有皇命在身，耽搁了您的差事，也不过是些茶水费而已！"又把那封红推了过去。

宋墨也笑道："不过是请公公喝杯茶，公公千万不要推辞。"

汪格这才将封红收了起来，说了几句客气话，便告辞出了颐志堂。

窦昭心中微松，宋墨就安慰她："不必紧张。他不过是个小小的七品内侍，若是对你不敬，我自有办法收拾他。"

窦昭横了他一眼，心想，你是不知道以后他会变成什么样的人，才敢这样站着说话不腰疼。

她罕见的小女孩般的娇嗔模样让宋墨十分稀罕，笑着打趣道："怎么？你不相信我？"

"自然是相信你！"窦昭见宋墨像个争糖吃的小孩子，乐不可支地催他，"快去用晚膳吧！明天一早就要进宫，用了晚膳，我还得打点一下行装。"说到这里，这才想起明天进宫，不知道穿什么好。她对宋墨道："你派个人带素心去趟宁德长公主府吧！我要问问宁德长公主，明天我穿什么进宫好。"

按礼，她还是新娘子，可以穿了官太太穿的通袖袄进宫。可宫规森严，又怕这样犯了忌讳，被人抓住了把柄。

宋墨奇道："这还要问长公主吗？"但还是吩咐陈核陪素心走了一趟宁德长公主府。

窦昭和宋墨回屋用了晚膳，又移到内室，一面喝着茶，一面等着素心。

宋墨就趁这个机会把宫中几位嫔妃的为人，是什么出身，彼此之间有怎样的恩怨讲给窦昭听，又怕窦昭把自己的话听进去了，道："毕竟是宫闱之事，有些也是我道听途说而来，事情到底如何，还要你自己把握，说这些给你听，也不过是让你不至于事到临头却两眼一抹黑罢了。"

"我知道了。"窦昭笑道，"我会趁着这次进宫，仔细观察几位嫔妃的。"

宫中寂寞，有时候那些嫔妃比市井妇人更喜欢八卦，而那些八卦十之八九最后都被验证是真的，比那些内阁大臣的消息还灵通。

两人正说着话，素心从宁德长公主府回来了。

"宁德长公主说，让您穿件真红的通袖夹袄进宫就是了。"她屈膝给窦昭、宋墨行了礼，"皇上这些年越发喜欢家长里短了，您是新娘子，穿这身衣裳进宫正好。还说，让您说话不必慌张，皇上问什么，就像答自己伯父的话一样，恭敬中不失亲昵就行了。至于皇后娘娘，那是最好说话不过的人，只要心存恭敬，就是答错了也不要紧。倒是太后娘娘那里，让您说话注意些，太后娘娘年事已高，耳朵有些不好使了，偏偏却最忌讳别人知道她老人家耳背，您回她老人家的问话时，记得要大声点。"

宋墨听了不由笑了一声，道："没想到你竟然能得了宁德长公主的青睐！我长这么大，她老人家和我说的话加起来也不如今天点你的话多！"

明明知道宋墨是在逗她开心，窦昭还是忍不住扑哧一下笑了出来，吩咐素心："你把世子爷的话记好了，以后宁德长公主和世子爷说的每一个字你都数清楚了，看看宁德长公主到底和世子爷说过几句话，免得世子爷在这里哄人！"心里却在感叹，难怪上一世她的忘年之交宣宁侯夫人说这做儿媳妇没有什么诀窍，就是昏示下晚禀告而已，她拿了儿媳妇的做派去结交宁德长公主，没想到竟然得了她这样一番推心置腹的话，这也算是意外的收获吧！

素心只是笑，小姐也知道世子爷是在哄她，两人也就离琴瑟和鸣的日子不远了吧！

她跟了甘露进来，帮着窦昭准备明天进宫穿的衣饰。

宋墨本来还想问窦昭放印子钱的事，见几个女子在内室翻箱倒柜的，只好把话咽了回去，自己一个人跑到书房去练字了。

等他回屋，窦昭已经准备好了。

衣架上挂着大红色的通袖夹袄，镜台上摆放着一套镶着莲子米大小的珍珠的珠光宝气的头面，绣墩上放了双崭新的墨绿色漳绒绣鞋，一旁的屏风上还搭着几件各色的中衣，窦昭正盘腿坐在楠木床上包着封红，屋里显得有些凌乱，却有种让他感觉到安宁的气息，好像他已经和窦昭生活了很多年似的，窦昭再精明能干，井井有条，他也能撞见她从不为别人所知的迷糊、疏懒的一面。

这样的窦昭，让宋墨觉得真实而又……亲近。

他草草地梳洗了一番，心满意足地上了炕。

窦昭就问他："一个封红五两银子，少不少呀？"

宋墨看她手边堆了一堆封红，惊讶道："你怎么有那么多小额的银票？"

窦昭笑着瞥了他一眼，道："难道我就不能有私房钱吗？"

宋墨尴尬地笑，道："你包了多少银子？我明天让陈核补给你。"

"那倒不用了。"窦昭低了头继续包着银票，"如果不能中饱私囊，谁愿意主持中馈，做这种吃力不讨好的事啊？"

宋墨不禁失笑。

他刚把颐志堂的内院交给了窦昭打点,没有想到窦昭说话这样有趣。

他伏在炕上和窦昭说话:"一年不过几千两银子的开支,你怎么中饱私囊啊?"

"这你就不懂了。"眼前的男子眉眼如此精致漂亮,就是说话,也变成了让人赏心悦目的事,窦昭继续和他胡扯,"这银子从来都是积少成多的。同样是山楂糖,南京出的就比京都出的味道要好,可也贵八文钱;同样是福饼,福建出的不过比山东出的个大,虽然味道差不多,却要贵二十几文钱……这难道都不是银子?"

宋墨骇然:"你不会连这几文钱都要克扣吧?"

"我是这样没有品的人吗?"窦昭笑着嗔了宋墨一眼,"有几个人是靠攒钱攒出了千万家财的?何况是这种从自己嘴里省银子的事——岂不是自己克扣自己?鲥鱼四月上市,三月就网了来卖,价格却是四月的二倍有余;辽东的米软糯,九百文一石,江南的籼米硬朗,七百文一石,做粥的时候用两碗辽东米加一碗籼米,做饭的时候用两碗籼米加一碗辽东米,做出的粥和饭都好吃……一年下来,也有个五六百两银子的进账,拿了一半到银楼去存着,一年也有六分的利钱;再拿了另一半的银子放给那些贩棉花、贩茶叶的贩子,却是十五分的利,两年下来,也有一两千的银子……怎么就不是钱了?"她说着,神色有些恍惚,想起了自己前世刚嫁到济宁侯府时的情景。

宋墨却听得心酸,窦昭一个养在深闺的千金小姐,吃个粥饭还要用两种米掺着,这是什么样的日子才能逼出这样的法子来……

他决定,再也不问那印子钱的事了。若是这样能让窦昭安心,能让窦昭高兴,何乐而不为?

京都的勋贵之家,谁不做点这事那事的补贴家用?他老婆不过是放个印子钱而已,有什么大不了的?

他趿了鞋下炕,半蹲在了楠木床的床踏上。

"寿姑,"宋墨正色道,"我每年再给你加五千两银子吧,你想怎么用就怎么用,好不好?"

他微仰着头,凝视着窦昭,墨玉般的眸子,仿佛被水浸透了似的,如澄净的湖面,倒映着她的影子。

窦昭愕然,随即明白了他的心意,她顿时眼睛有些湿润。

她从来都不怕付出,可有时候,你付出了,别人却觉得是理所当然,纵然她再豁达,也有意难平的时候,何况她不是个真豁达的人,她也有希望得到赞美、得到欣赏的虚荣心。

窦昭有些激动,心里还涌起股早就不知道跑到哪里的羞涩,竟然有些赧然起来,半是掩饰,半是关心地道:"你养了那么多的人,正是缺银子的时候,五千两银子,可以养十个身手高超的护卫了,你还是留着自己用吧,我要是缺银子,再向你要。"

宋墨是个聪明人,又善于察言观色,他全副心意都放在窦昭身上,哪里还看不出窦昭的情绪。他想到了他们初见时的剑拔弩张,想到了她救他时的杀伐果断,想到了她答应他求婚时的冷静理智……他突然意识到,窦昭是个遇强则强的人,可若是遇弱呢……他忍不住心如鼓擂。

"我现在成了亲,有了自己的小家,内院的事自然就得和外院分开了。"他含笑望着窦昭,表情虽然带着几分不经意,可莫名地,窦昭却感觉到他好像在审视自己一样,还带着几分紧张,"你擅长理家,我多拨点银子给你,就当是我们的私房钱好了。"他笑道,"我一直想让河南冶铁名师欧师傅帮我仿隋唐时的名将打一柄槊,可惜母亲认为太危险,没有答应,之后又一直没有机会办这事。我把银子给你,你帮我收着,到时候给我打柄槊好了。"

男孩子好像都很喜欢这些东西。

比如名剑，比如良驹。

窦昭一向觉得这是件好事。相比起在梨园里包戏子，在八大胡同里一掷千金，这种爱好有着天壤之别，而且还可以强身健体，延年益寿。

她毫不犹豫就答应了，可答应后才想到，既然蒋氏不同意，可见打槊这件事并不是可以一蹴而就的，也许有让人为难的地方。

窦昭不由问道："打槊有些什么条件？"

"就是很花时间，很费银子。"在窦昭答应他的那一刹那，他就知道，自己找对了方法，窦昭慷慨大方，不会把那些身外之物放在眼里，能打动她的，唯有真心的关心，宋墨压制着心里的激动，笑道，"比如说槊长三尺，需要上好的胡杨木，偏偏这胡杨木长在边陲，生长缓慢，一年也长不到两分，还要树干笔直，就不太好找了……这还都是次要的，我从小就喜欢舞刀弄枪，大舅却觉得这样容易在我手上留下茧子，内行的人一看就会先起了戒心，便让我练了内家功夫，"说着，他将手掌摊给窦昭看，果真是晶莹白皙，像玉雕似的，不要说茧子，就是个疤痕也没有，窦昭觉得比自己的手还要细腻柔软，"母亲怕我得了槊，改练槊术，荒废了内功，所以才不同意给我打槊的。"

窦昭既然答应了宋墨，自然会帮他办到，到底是不是这样，她一打听就清楚了。

她可不想让宋墨处于险境，他可是她费了老大功夫才保住的人。

她望着他单薄的衣裳，不由道："炕上的褥子软不软和？要不要到床上来睡？"

"好啊！"宋墨一跃而起，脸上有掩饰不住的雀跃。

窦昭窘然。她只是关心他而已，并没有……其他意思……可此时再解释，不仅有欲盖弥彰之嫌，还显得有些矫情。

窦昭脸上火辣辣的，正要腾了地方给宋墨，门外却传来素心的声音："世子爷，夫人，国公爷回来了，派了人来传话，让您二位过去。"

宋墨和窦昭俱是错愕，宋墨的眉宇间更是闪过一丝不快，说了句"知道了"，吩咐素心进来服侍窦昭更衣。

窦昭则是暗暗地松了口气。她一面下床更衣，一面问宋墨："知道是什么事吗？"

宋墨想了想，道："可能是听到皇上让我明天带你进宫的消息了——陶器重，没有这么快回来。"

窦昭颔首。

如果皇上迁怒于宋墨，大可以责罚宋墨一番，既是让宋墨带她进宫，多半是有恩赐。一旦她获得了太后娘娘或是皇后娘娘的认可，除非她败坏门风被人当场捉住，否则英国公永远不可能强迫宋墨休妻了，这一点，宋宜春应该很明白，也应该很担心。

窦昭和宋墨去了樨香院。九月的樨香院，虽已没有了满院的飘香，桂花树却依旧绿意盎然。

宋宜春不知道在哪里喝了酒回来的，虽然梳洗过了，还是难掩身上的酒意。

待宋墨和窦昭给他行过礼，他目光闪动，表情显得有些诡异，慢条斯理地道："我已经决定了，娶蔚州卫都指挥使华堂的长女为继室，过几天就会下定，你若是没事，就在家里帮忙打点打点。"最后一句，却是对宋墨说的。

宋墨和窦昭都十分震惊，可也都没有流露出异样的表情来，齐齐恭声应是，问宋宜春还有没有什么交代，如果没事，就先行告退了。

宋宜春有些失望。自己的这个儿子，任何时候都是一副泰山崩于前而面不改色的样子，不知道什么事能让他吃惊，但儿媳妇窦氏的平静，却让他很是意外。

看她那样子，应该是个聪明人，难道她不知道自己续娶华氏的用意？想到这些，他心里又生出几分希望。儿媳妇若是敢插手他的事，他就能以不孝为由夺了她的夫人之位，一个没有夫人之位的世子之妻，底气就不足，能干什么？

宋宜春又志得意满地笑了起来。

宋墨回到颐志堂的时候，全身都散发着一股冰冷的气息，让远远看见他的人都噤若寒蝉，可他却下保证似的对窦昭道："你放心，这件事我会处理好的。"

他父亲想娶谁就娶谁，他根本不关心，可若是父亲想找个人来打压窦昭，他却是无论如何也不会答应的。

窦昭见他的鬓角都有青筋冒了出来，不由得安抚他道："事情也没你想的那么糟糕，这不还没下定吗？还好父亲提早告诉了我们，要是下了定之后我们才知道，我们岂不是更被动了？当务之急是要知道公公怎么突然和华家搭上了关系，才能见招拆招。"

不管宋宜春是看中了华家的女儿，还是为了压制她才决定续弦的，在她没有掌管英国公府内院之前，她都不希望这件事发生。

窦昭梦中的华家就是汪清沅的婆家。而华家的强势与蛮横，给窦昭留下了深刻印象。没想到，她现在竟然要和华家打交道！

宋墨被父亲气糊涂了，听窦昭这么一说，他很快冷静下来，叫来了陈核："你去问问杜唯，到底是怎么一回事？"

如果父亲要联姻，杜唯那边不可能一无所知。

陈核应声而去，可不过半盏茶的工夫，宋墨和窦昭还没来得及换件居家的衣裳，陈核就折了回来："世子爷，杜唯派了个人过来，说是有件关乎国公爷续弦的事，十万火急，正在二门外等着通禀。"

看样子杜唯并没有失职。宋墨神色微虞，让陈核把人领到书房去，然后对窦昭道："你换了衣裳也一块儿过来听听。"

窦昭也想知道宋宜春这葫芦里到底卖的是什么药，应了一声，匆匆换了衣裳，去了书房。

杜唯派过来的是个十五六岁的小厮，相貌、身材都十分普通，是属于那种丢到人群里就找不到的人，口齿却很伶俐，显露出几分不平凡来。

"……蔚州卫丘灵千户所的千户，出了借袭不还之事，被苦主告到了兵部，兵部查证属实，又因苦主家没有承袭之人，因而准备收回丘灵千户所世袭千户之职。华堂想让长子顶了这个缺，就走了长兴侯的路子，到京都来送银子。"小厮没想到还会有人进来旁听，不由瞥了一眼，谁知道这一瞥之下，忍不住又多看了两眼，说话的速度也慢了下来，"正好在五军都督府门口碰到了国公爷，后军都督府掌印都督安陆侯就拉了国公爷去喝酒，国公爷好像正巧没什么事，就跟着一起去了。席间不知道都说了些什么，只知道一散席，那华堂就满脸兴奋地吩咐贴身的随从往蔚州赶。因为您曾经吩咐过，不管国公爷做什么事，只要有一点异常，就要想办法弄清楚。盯梢的人就给杜爷传了个暗哨，杜爷派了人从那随从身上摸出封信来，这才知道华堂知道国公爷没有续弦，想把长女嫁给国公爷，由安陆侯做媒，国公爷没有拒绝，华堂忙让人去蔚州给华夫人报信，索要华大小姐的生庚八字。杜爷看着情况不对，忙吩咐小的来向世子爷讨个主意。"

宋墨一双眼睛像寒星似的，道："送信的人发现信丢了没有？"

"没有。"小厮不敢再看窦昭，眼观鼻，鼻观心，声音也渐渐恢复了沉稳，"杜爷又派人将书信塞了回去。"

宋墨点头,怕窦昭听不懂,解释道:"各卫所千户、百户多是袭职。有时父亲去世了,儿子尚小,不能管理卫所,就将这袭职借与亲戚,说好五年或是十年归还。那讲信誉的还好,会按期归还;不讲信誉的,常常一借不还。想必这个丘灵千户所千户的袭职借与了亲戚,结果儿子没长大成人就没了,和亲戚讨价还价,最后条件讲不拢,那户人家索性把亲戚告到了兵部,大家一拍两散,谁也别想讨了好去。而蔚州卫隶属大同总兵府,大同总兵府又属五军都督府后军都督府督管,华堂若是想让长子顶替丘灵千户所千户,必须得到长兴侯石端兰和后军都督府掌印都督安陆侯周朝与的支持。"

小厮的话,窦昭都听得懂。她微微颔首。

宋墨冷笑:"华堂打的好主意!只可惜是这次拨错了算盘珠子。"他吩咐那小厮,"你去跟杜唯说,让他把华家的人盯紧了,包括安陆侯在内,我要知道他们这几天到底都干了些什么。"

小厮应声退了下去。

宋墨和窦昭回了内室。窦昭给宋墨倒了杯茶,宋墨坐在临窗的大炕上一边喝着茶,一边想着心事。

窦昭看他这样子,自己哪里还有睡意,陪坐在一旁,做着针线。

宋墨笑道:"你快去睡吧!明天一早还要进宫。"

窦昭希望给太后娘娘和皇后娘娘一个好印象,的确不太想熬夜,可看着宋墨这样,她也躺不下去,不禁道:"反正蔚州到这里也不是一天两天的事,你也早点歇了吧!睡一觉起来,精神更好,头脑也更清醒,说不定就有了好主意。"

宋墨点头,上了床,靠在床头继续想着心事,再也没有了刚才的旖旎。

窦昭又不由在心里叹了口气。

翌日,丑时刚过,宋墨和窦昭就起了床,按品着装后,两人去给宋宜春问安。

宋宜春的目光在他们两人脸上逗留了好一会儿,仿佛要从他们神色间看出些什么,最终却一无所获,不由锁着眉头,挥手让他们退下,也并没有送他们进宫的意思。

这样更好!

窦昭和宋墨坐车往宫里去,一路上不时遇到上早朝的马车和轿子。三品以上官员的马车前和轿子旁都有随从提着写了姓氏的气死风灯笼,三品以下的官员则提着光秃秃的气死风灯笼,大家一看就知道是谁的马车和轿子。大家按品回避,秩序井然。

窦昭看着有趣,心情大好,在人群中想找到伯父或是父亲的马车,可惜没看到。

等进了宫,他们才知道皇上已经去上早朝了。

宋墨笑道:"我们在这里等会儿。"

不等难道还能回去不成?窦昭抿了嘴笑。

宋墨看着她情绪还好,心中略定。

左右都是宫女,两人也不好说什么,枯坐在那儿喝了几杯茶,眼看着天色大亮,才有内侍匆匆跑了过来。

"世子爷,皇后娘娘去了慈宁宫,让您去慈宁宫叩见。"

窦昭和宋墨又往慈宁宫去。

在梦里的上一世她虽然每逢大小朝见也进宫,可都是顺着那些朝见的内、外命妇一起,大家你看我一眼,我看你一眼,偶尔抽空小声说上两句话,好像很快就到了。不像现在,一路上全是耸立的高墙、寂寥无人的夹道,不管从哪个方向看去都是一样的,只听得见自己的脚步声，好像永远没有尽头似的。

她这才深刻地体会到，在宫里当值，也是件苦差事，难怪魏廷珍不愿意魏廷瑜出来领差事了。

宋墨见窦昭额头沁出几滴汗珠来，掏出块帕子递给她："擦擦汗，马上就到了。"

领他们去慈宁宫的内侍不由得回头看了窦昭一眼，窦昭正朝着宋墨微笑，并没有注意到。

内侍领着他们进了慈宁宫，直接往后面的偏殿去。

窦昭知道，那里才是太后娘娘的寝宫。

在那个梦里，她最多只到过正殿，路上不免左右打量了几眼。

一个相貌秀气，正值花信年纪的宫女正站在偏殿前等。

宋墨朝她拱了拱手，称她"兰姑姑"。

窦昭则上前屈膝行礼，跟着喊了声"兰姑姑"。

兰姑姑笑着点头，上上下下地打量着窦昭，目光柔和，对她颇为友善，转身领着他们进了偏殿。

偏殿里只有太后娘娘和皇后娘娘。

太后娘娘穿着家常的丁香色妆花褙子坐在罗汉床上，乌黑的头发整整齐齐地绾着个纂儿，只在手上戴了枚鸽子蛋大小的祖母绿戒指，看上去不过四十出头的样子，实际上五年前已过了六十大寿。

皇后娘娘坐在太后娘娘的下首，皮肤白皙细腻，容长脸，一双眼睛炯炯有神，非常明亮。她的眼角虽然已经有了细细的皱纹，却并不让人觉得她憔悴，反而让人觉得她非常和蔼可亲。

这两位，窦昭在梦中的前世都不止一次见到过，可那时候，两人给她的印象却和此时完全相反。特别是太后娘娘，她最后一次见到太后娘娘的时候，皇上已经宾天，辽王封太后娘娘为太皇太后，她们这些外命妇奉命进宫朝贺。太后娘娘形容枯槁，如同八十岁的老妪，由人搀扶着，没有完成授命仪式就晕了过去，没过两天，就病逝了。

她至今还记得太后娘娘那骷髅般僵硬的面孔。

窦昭低了头，和宋墨给两位娘娘行了叩拜之礼。

然后她听到皇后娘娘声音温柔地对太后娘娘道："虽说是在乡野长大的，可这礼仪却觉得不错，可见是个聪明伶俐的孩子。"

窦昭想到这位皇后娘娘升格为太后娘娘之后，竟然敢杖毙了辽王的宠妃，而已贵为天子的辽王却大气也不敢吭一声，就觉得有些紧张。

她垂着眼睑，恭敬地垂手肃立在一旁，听到太后娘娘略有些不悦道："北楼窦氏，乃是诗书礼仪传世之家，教养出来的姑娘，自然不会差到哪里去。"

窦昭就听见皇后娘娘忙笑着应了一声"是"，声音显得格外温驯。

这样的皇后娘娘，并不是她前世所了解的那个皇后娘娘。

太后娘娘朝着窦昭招手："你过来，让我仔细瞧瞧。"

第八十九章　诰封·相觑·拜访

莲子米大小的珍珠头面，散发着莹莹光华，低调而华丽，气势略微弱一点的人都压不住，让人只看得见珍珠却看不见戴珍珠的人。偏偏窦昭身材高挑，眉宇间英气逼人，珍珠的光华不仅没有让她面目模糊，反而柔和了她面部的线条，让她变得明媚照人，光彩夺目。

太后娘娘忍不住在心里暗暗叫了一声"好"，笑道："这孩子，倒是个会打扮的。"

窦昭屈膝行礼道谢，举止大方，不卑不亢，仿佛无数次经历过这种场合，雍容而优雅。

太后娘娘不住地点头，毫不掩饰她的欣赏。

宋墨的嘴角，忍不住地翘了起来。

皇后娘娘看着掩袖而笑，起身在太后娘娘身边低语了几句，太后娘娘愕然，朝宋墨望去，随后也呵呵地笑了起来。

窦昭不解，瞥了宋墨一眼。

宋墨正满脸困惑地望着两位娘娘。

太后娘娘见状，笑得更欢畅了，吩咐兰姑姑："去，把前几天福建进贡来的橘饼端出来给砚堂和他媳妇尝尝。"

兰姑姑微愕，忙笑着应"是"，退了下去。

宋墨和窦昭上前谢恩，太后娘娘就指了一旁的绣墩，道："砚堂是我们看着长大的，你既然嫁给了砚堂，就是自家人了，坐下来说话吧！"语气很是亲切随和。

宋墨笑着谢恩，坐了下来，窦昭也有样学样。

兰姑姑领着几个宫女端了茶点上来，除了太后娘娘所说的橘饼，还有驴打滚、豌豆黄之类的点心。

窦昭向兰姑姑道了谢。

太后娘娘就问窦昭："你今年多大了？家里有几个兄弟姐妹？"

窦昭站了起来，恭敬地道："臣妾今年十七岁，家里只有一个妹妹。"

"坐下说话，坐下说话。"太后娘娘笑道，"看你是个大方的，怎么行事又小气起来？"说着，太后娘娘笑盈盈地看了宋墨一眼，道，"你比我们家砚堂大一岁！"

窦昭差点要擦汗了。梦中的前世，她也是长的这副样子，回话的时候也是如此恭敬有礼，不管是太后娘娘还是皇后娘娘，可都不曾说她太过恭敬！

窦昭抿了嘴笑，简洁明快地应了一声"是"。

太后娘娘对她的坦然很喜欢，问窦昭都读了些什么书，平日里在家里都有些什么消遣，嫁到英国公府习不习惯，在娘家的时候有没有学过管家等等，都是些家长里短的事，态度和蔼，如邻家长辈。

窦昭想着宁德长公主的话，笑着高声地一一作答。

皇后娘娘就看了宋墨一眼，脸上闪过一丝若有所思的表情。

太后娘娘很是满意窦昭的回答，突然感慨道："你婆婆倒是个能干的，可惜去得太早了……"

窦昭就看见皇后娘娘擦了擦眼角，宋墨也变得沉默起来。

她突然意识到，蒋氏，肯定很得太后娘娘的喜欢。

兰姑姑忙上前劝慰太后娘娘，半晌，太后娘娘才收了戚容，重新和窦昭、宋墨、皇后娘娘说起话来。

有内侍进来禀道："皇上下了朝，问英国公世子爷和窦氏到了没有。若是到了，就去乾清宫觐见。"

大家都很是惊讶，皇后娘娘更是问那内侍："窦氏也去吗？"

内侍应"是"。

皇后娘娘看了太后娘娘一眼，太后娘娘沉吟道："那就去吧！"

宋墨和窦昭忙起身告辞，太后娘娘就吩咐宋墨和窦昭："不要让皇上等急了。"又吩咐兰姑姑，"把前几日皇上孝敬我的那串红玛瑙手串赏给窦氏——年轻人，戴这些鲜艳的东西好看！"

皇后娘娘这才道："既然如此，那我也来凑个热闹。"她喊着"云英"，一个三十多岁、相貌寻常的宫女走了出来，皇后娘娘道："赏窦氏一对碧玉簪！"显然是早有准备。

宋墨和窦昭跪下来谢恩。

太后娘娘就对宋墨道："砚堂，你没事的时候就带着你媳妇到宫里来玩，我听宁德说，窦氏的叶子牌打得很好，到时候来给我们凑个角。宫里的那些嫔妃，输了怕赔银子，赢了又怕我不高兴，打起牌来实在没什么意思……"语气里颇多抱怨。

大家都笑了起来。

宋墨和窦昭趁机辞了太后娘娘和皇后娘娘，去了乾清宫。

上书房外，几个穿着绯色官服的男子正站在廊庑下等，看见宋墨和窦昭走了过来，都不由惊愕地抬头打量。

有人"咦"了一声。

窦昭眼角的余光不禁瞥了过去——高大挺拔的身材，白净的皮肤，炯炯有神的眼眸，脸上还带着如沐春风般的笑容——竟然是五伯父！

窦昭愕然，不由抬头，两个人的目光在空中碰到了一起，窦世枢的表情顿时显得有些呆滞。

窦昭正寻思着要不要朝着他笑一笑，打个招呼，已有内侍出来笑道："皇上刚才还在问，世子爷怎么还没来？让奴婢们催一催……奴婢这就去禀报。"说完，又进了上书房。

她只好朝着窦世枢眨了眨眼睛，眼观鼻、鼻观心地站在那里等候。

四周鸦雀无声。

有高大白胖，穿着仙鹤补子的大臣从上书房里出来，眉头拧得紧紧的。看见窦昭，他顿时一呆，显得有些不知所措。

宋墨就悄声对窦昭耳语："他就是沐川。"然后朝沐川笑了笑。

窦昭睁大了眼睛：原来沐川长这副样子。

沐川则张大了嘴巴，指了指窦昭，然后又慢慢地放下了手，收敛了脸上的惊容，表情威严地点了点头，昂首挺胸地从他们面前走了过去。

这下轮到窦昭惊愕了。

又有人从上书房里走了出来。"世子爷，夫人，"他笑吟吟地和宋墨、窦昭招呼道，"皇上请世子爷和夫人进去说话。"

窦昭定睛一看，竟然是汪格。她顾不得和汪格计较称呼上的错误，端容和宋墨进了上书房。

皇上年过四旬，中等身材，和所有的中年男子一样，已经开始发福，但眉目间却依稀可见年轻时的俊朗。

他打量了窦昭几眼，对宋墨道："既然成了亲，就是个大人了，要支应起英国公府的门庭，遇事多思量，行事也要更谨慎才是。不要坠了英国公府的百年清名。"

宋墨恭谨地应"是"。

皇上点了点头，道："下去吧！"

窦昭暗暗惊讶：这就完了？难道一大清早的把他们叫进宫来，就是为了说这几句话？

她跟着宋墨磕头谢恩，退出了上书房。

窦世枢正在外面等着，见他们出现，忙低声道："皇上叫你们来干什么？"声音急促，额间还有细细的汗冒出来。

"也没什么。"宋墨简短地道，"就是见我们成了亲，嘱咐我们要好好过日子。"

窦世枢骇然：皇上撇下满院子的肱股之臣把宋墨叫到上书房，就是为了嘱咐他要好好地过日子？

他满脸的狐疑，还想再问，汪格已笑道："窦阁老，皇上宣您进去。"

窦世枢看了窦昭一眼，跟着汪格匆匆进了上书房。

皇上歪在临窗的大炕上，看着窦世枢给他行了礼，道："你侄女和你长得还挺像的。"

窦世枢吓了一身冷汗，不知道皇上说这话是什么意思，忙道："微臣几兄弟长得都很像。"

皇上"嗯"了一声，旁边的内侍就递了份奏折给窦世枢。

"你看看。"皇上道，"淮安送上来的折子。说是有个叫武生的秀才，诱拐良家妇女为妾，三年前被下了大狱，竟然在狱中暴病身亡。结果今年年初那武生的妾室牵扯到另一桩案子里，审出那武生的妾室并非什么良家妇女。你派个人，会同大理寺一起重审此案……"说起正事来。

窦世枢忙收敛了心绪，认真地召对。可一出了宫，他就赶回了槐树胡同。

"你去看看寿姑，"他吩咐妻子，"顺便问问寿姑，皇上召她去乾清宫都问了些什么。"

五太太听着吓了一大跳，忙道："寿姑去了乾清宫？"

窦世枢就把在上书房外遇见了窦昭的事跟五太太说了一遍。

五太太目瞪口呆，半晌才道："可寿姑才刚刚嫁过去，昨天才过了初九日……"她一个做长辈的，无缘无故，怎么好这个时候去拜访侄女？

窦世枢皱眉。

五太太就道："要不，让蔡氏过去看看？"这样虽然也有些不合规矩，有巴结宋家之嫌，可总比她这个做长辈的去要好得多。

窦世枢道："让她把皇上都和他们说了些什么问清楚了。小孩子家，不知道深浅，皇上寻常的一句话，有时候都含着深意，他们未必能体会得到。"

"我知道了。"五太太去了蔡氏那里，吩咐她去拜访窦昭。

蔡氏听说窦昭今天进了宫，还被叫去了乾清宫，骇然之后是满脸艳羡，连声应是，可等五太太一走，她一面敷粉绾髻，一面派了人去跟母亲蔡太太禀告此事，一切收拾停当，这才去了英国公府。

英国公府正噼里啪啦地燃放着鞭炮。

宋墨和窦昭是正午出的宫，未初时分就有圣旨到，封了窦昭为"世子夫人"，超一品。

"真是天威难测啊！"知道窦昭进宫始末的素心双手合十，朝着西边揖了揖，感激地道，"您说皇上只看了您几眼，却一句话也没有问您，我还在担心，不知道皇上是怎么想的，可没想到转眼间却下了圣旨，这可真是菩萨保佑啊！"她又揖了揖。

窦昭却在想着汪格的那声"夫人"。

他到底是有意的，还是无意的？

宋墨却在嘱咐严朝卿："……嘉定伯那里，你抽个空走一趟。"

嘉定伯，万皇后胞弟、顾玉的舅舅万程，字鹏冀。

严朝卿会意，起身道："我这就去准备。"

宋墨颔首。

有小厮进来禀道："世子爷，槐树胡同那边的十少奶奶过来了。"

宋墨道："是来见我的吗？"

小厮忙道："不是，是来见夫人的……"

宋墨淡淡地道："既然是来见夫人的，你禀了我做什么？"然后对严朝卿道，"把他换个地方当差吧！"

严朝卿看了那小厮一眼，应了一声是。小厮却吓得"扑通"一声跪在了宋墨的面前，咚咚地磕起头来，松萝忙指着几个人将那小厮架了出去。

宋墨吩咐严朝卿："我再也不想听到这样诛心的话了。"

严朝卿应"是"，退了下去。

松萝就担心地问道："真的不用禀了世子爷吗？"

严朝卿看了他一眼，半是警告半是感慨地道："若是连夫人都信不过了，世子爷大概宁愿被出卖吧！"

松萝听得稀里糊涂，摸着脑袋直发愣。

严朝卿笑道："听不懂就不要想了，你只要记得，敬夫人如敬世子爷就是了。"

严先生是世子爷的军师，听军师的肯定不会有错。

松萝高高兴兴地应着"听您老的"，下去处置那小厮了。

严朝卿却直皱眉：这个陈曲水，怎么还没有来？他不会是把自己的话置之脑后了吧？

正日夜兼程地往京都赶的陈曲水打了个喷嚏。

窦昭在花厅见了十堂嫂蔡氏。

蔡氏喜盈盈地恭喜窦昭："……可巧让我给遇到了。静安寺胡同那边还不知道吧？要不要我去给七叔父递个信？"

或者是因为相信宋墨，窦昭对自己提前得到"夫人"的诰封很平静，听蔡氏这么说，才惊觉自己能提前得到诰封也是皇家的恩典，父亲知道了想必会很高兴。

她笑道："我让素心去给父亲报个信就行了，不必劳动十堂嫂了。"说着，朝素心笑道，"你给静安寺胡同和猫儿胡同那边都去报个信。"

六伯母那里，也要说一声才是。

素心笑着领命而去。

窦昭问蔡氏："十嫂找我可有什么事？"

封了世子夫人，除了要做相应品级的礼服，打造首饰，还要打赏仆妇，告知窦家的亲戚朋友，试探宋宜春的反应……她有很多事要做，实在没空和蔡氏打太极。

蔡氏可以想象窦昭的繁忙，怕窦昭不耐烦，笑着将五太太差她拜访的来意告诉了窦昭。

虽然宋墨说没事，可窦昭觉得让五伯父从另一个角度帮她分析一下皇上的意图也好，也许会有新的收获，若是五伯父能从中发现点和辽王有关的事，那就更好了。

她把事情的经过告诉了蔡氏。

谁知道蔡氏却听得两眼发光，一会儿问"太后娘娘真的说了世子爷是她老人家看着长大的，您嫁给了世子爷，就是自家人了？"一会儿又问"太后娘娘赏的东西，真的是皇上孝敬的吗？"，一会儿又道"太后娘娘问起您娘家的事，您怎么也没详细地说说？"把窦昭给问烦了，脸色一沉，道："十嫂您问这些话，到底是五伯父和五伯母的意思，还是您自己的意思？"

蔡氏脸色通红，窦昭却端了茶送客。

蔡氏恼羞成怒，却又不敢表露，一张脸涨得像猪肝色，直到回到槐树胡同，脸上还残留着掩饰不住的愤怒。

蔡氏的贴身嬷嬷看着吓了一大跳，忙道："您这是怎么了？"

蔡氏深深地吸了口气，才咬着牙道："没什么。"然后问道，"我娘那边可有什么话传过来？"

贴身嬷嬷贴着她的耳朵道："太太说，让您无论如何也要把四姑奶奶伺候好了。济宁侯要给四姑奶奶请封侯夫人，报到吏部，吏部迟迟没有回音，还是五太太亲自给吏部司封司郎中的太太打了声招呼，吏部这才把折子递了上去，就是这样，到今天还没个音讯。"

蔡氏倒吸了口冷气，又深深地吸了几口气，这才让心情平静下来，换了副欢天喜地的模样，去了五太太居住的上院。

宋宜春的脸上却能刮下一层霜来。

宋墨和窦昭进宫，太后娘娘和皇后娘娘问了些什么，英国公府经营数代，他自有办法知道。窦昭能提前得到诰封，而且是在这个节骨眼上，他不得不怀疑是宋墨搞出来的。

"你给我盯着世子身边的严朝卿，"宋宜春表情阴冷地对常护卫道，"有些事他不会亲自出面，但肯定会交给严朝卿去办。"

常护卫拱手应"是"。

小厮进来禀道："陶先生回来了！"

宋宜春精神一振，忙道："快请陶先生进来。"

常护卫撇了撇嘴，退了下去。

陶器重的样子有些狼狈，看见宋宜春连声称着"东翁"。

宋宜春上前两步，上上下下地打量着陶器重，感叹道："回来就好，回来就好！"然后指了指身边的太师椅，"我们坐下来说话……你说有人追杀你，这到底是怎么一回事？会不会与世子有关？"

陶器重垂头，一副愧对宋宜春的样子，道："是我大意轻敌了！"

宋宜春挑了挑眉。

陶器重道："窦家在真定是地头蛇，我们多问了几句窦家四小姐的事就被窦家的人盯上了，我们怕坏了窦宋两家的交情，又不敢说是英国公府的人，只好跑到卫所求助了！"

"不对啊！"宋宜春皱眉，"你们既然跑到卫所求助，窦家的人怎么还敢继续追杀你们？"

陶器重忙道："窦家之后的确没再追杀我们，不过我探得了要紧的事，急着赶回来给您通报，没有和卫所的人解释清楚而已。"

宋宜春这才对真定卫卫所向他邀功的事释然。

陶器重道："之前我们一直以为窦家四小姐是因为被继母王氏嫌弃，才会被窦家七老爷安置在真定的，原来并不是这样的——那王氏原是小妾扶正，进门的时候已经有了三个月的身孕，窦家四小姐的舅母是个厉害的人，抓着这点不放，窦家四小姐长大后根本不尊重这个继母，窦家的人没有办法，这才让窦家四小姐留在真定的。"

宋宜春听着，脸色沉了下去，道："这么说来，窦家四小姐并不是我们以为的孤苦伶仃？"

"这是老朽的疏忽。"陶器重自责道，"没想到王家竟然拿赵家无可奈何，为了面子，竟然说是王氏不愿意教养窦家四小姐。"说到这里，他话锋一转，"不过，我查到，那窦家四小姐十分泼辣，等闲人根本就管不住，窦家的人也都对她退避三舍，王氏看中了济宁侯，窦家这才睁只眼闭只眼，任由她们母女去闹，没有人为窦家四小姐出头的。之后窦家四小姐亲自出面要嫁妆，窦家七老爷陪了一抬的银票，也是因为她撒泼惯了，窦家的人不得不息事宁人。"

宋宜春想到窦昭的陪嫁，想到了她第一天进门就敢绵里藏针地和宋锦针锋相对，不由信了几分。原本以为温驯柔善的媳妇变成了河东狮吼的母夜叉，虽然令他头痛不已，但一样是不受窦家待见的女儿，他心里好受了不少。

"那现在该怎么办？"他问陶器重，"我听说蔚州卫华堂的长女品貌出众，因眼光太高，年过双十还没有出嫁，还想着摸摸那华小姐的底，若是个温顺敦厚的，就娶了进来，也好帮着管教天恩……"言下之意，现在只怕这打算要落空了。

陶器重在心里叹了口气，难怪人们常说清官难断家务事，他还是少插手英国公府的家务事为好。

陶器重委婉道："您还正值壮年，身边也要有个人做伴。若是那华家小姐的确是品貌出众，娶进来照顾您的饮食起居，也未尝不可。"

这说了等于没有说。

宋宜春叹了口气，赏了陶器重二百两银子，道："你真定之行辛苦了，先下去好好地休息两天——安陆侯虽说要给我做这个大媒，可这具体的事务，恐怕还得你帮着打点。"

陶器重笑着应诺，退了下去。

随从正焦急地在廊庑下等着，见他出来，不动声色地和他出了樨香院，这才低声道："国公爷怎么说？"

"国公爷没有起疑心。"陶器重道，"不这样说不行啊！想那窦氏如此彪悍，只怕没几天府里上上下下就会知道，与其让人觉得那窦氏软弱可欺，倒不如说那窦氏十分泼辣，反而能把我们给择出去。"像是在解释自己为什么要这么做，也像是要说服自己似的。

随从不住地点头。

宋宜春却在屋里打转儿。

他到底要不要和华家联姻呢？照理说，华家根本帮不上他。可他要是不续弦，时间长了，那窦氏就更不好压制了。偏偏那窦氏又是个不好相与的，性格温和的，只怕镇不住她；可若是娶个精明能干的……他又实在是受够了。这可真是让他左右为难！

而窦昭此时，去了宁德长公主的府邸。宁德长公主的府邸，和陆家的宅邸只隔着一条街，两妯娌的关系非常好，两家也因此走得很近。

听说窦昭来拜访她，宁德长公主很是意外，问贴身女官："最近可有什么事？"

女官笑道："听说英国公世子奉召，今天一早和夫人进了宫。"

这很正常啊，宁德长公主想不通窦昭为什么要见自己。

来报信的小丫鬟就笑盈盈地道："长公主，英国公府的世子夫人说了，她刚刚接到了圣旨，被封为了'夫人'，她是特地来向您道谢的！"

宁德长公主恍然，笑道："请她进来吧！"

宁德长公主的宴息室里摆放着用花缸种植的花树，虽然已是深秋，却依旧长得郁郁葱葱，看上去一派绿意盎然。

窦昭走进去的时候不由精神一振，恭敬地上前，给坐在罗汉床上的宁德长公主行大礼。

宁德长公主一愣，道："快起来，快起来！用不着行大礼。"

陪她同来的陆时的妻子——陆二太太忙上前去搀她。

窦昭却不肯起来，道："若不是得了您的指点，我甚至不知道今天该穿什么衣裳进宫才合适，更不要说能得到太后娘娘和皇后娘娘的赏赐，并被皇上提前封为'夫人'了。"执意给宁德长公主行了大礼。

做了好事，不一定要求回报，可有人因此衷心地表示感谢，却能让人备感愉悦。

宁德长公主呵呵地笑，指了身边的空位："坐下来说话。"

窦昭自然不会如此托大。她笑着道谢，坐在了宁德长公主下首的绣墩上。

宁德长公主看了不由暗暗颔首，等丫鬟们上了茶点，问起她进宫的事来："太后娘娘在哪里见的你？是谁领你们进去的？太后娘娘可安好？"

窦昭仔细地答了，并道："……太后娘娘听您说我会打叶子牌，还让世子爷得了闲把我带进宫去，陪着她老人家打叶子牌。"

宁德长公主笑道："听说你从小跟着窦家的太夫人在真定长大，想必常在她跟前尽孝，所以才打得一手好牌！"

窦昭汗颜。因为前世的记忆、今生的不喜，虽然同住在真定，她却很少陪二太夫人消遣，会打叶子牌，却是前世常常在田氏跟前尽孝的缘故。可不管怎么说，宁德长公主有意在太后面前提起她来，都是给了她一次难得的机会，她再次向宁德长公主道谢。

宁德长公主笑道："一家人不说两家话。你二伯母进宫的时候，我也曾提点过她，她却没有你这样的造化。可见这种事也要看是谁。"

陆二太太不由脸色一红。

窦昭忙道："谋事在人，成事在天。可长公主的好意，却让我等铭记在心，不胜感激。"

陆二太太不住地点头。

窦昭却突然感慨道："世人都知道这世上最亲的，莫过于血亲了，打断了骨头还连着筋。可若是遇到什么事的时候，有些人却是宁愿把好处给了别人，也不愿意给自己的亲人，还振振有词地说什么'把好处给了别人，还是个人情，能得了别人的一声称赞；把好处给了亲戚，那些亲戚还当是天经地义的，不仅不说一声好，若是事情出了岔子，还要责怪你没能力，还得焦头烂额地带着他们善后'……他们却没有想到，生死关头，能全心全意、不计得失帮你的,还是那些亲人。"

宁德长公主听着眉眼微动,低头喝了口茶,悠悠地道:"但生死关头,那些落井下石、置你于死地的,也是血亲……"

"是啊!"窦昭应着,粲然一笑,道:"看我,来看您还说这些话——可见这亲戚和朋友一样,也要分个好坏,不能一味地只看亲疏,也不能一味地姑息迁就。"然后她话锋一转,笑道:"世子爷说,请封世子夫人,朝廷是有章程的。皇上降下特旨诰封,本朝以来屈指可数,也是皇上对我们的恩宠,应该好好庆祝一番才是。我们想趁着这几天天气还好,明天在家里办个赏菊宴,请亲戚朋友们都到家里来热闹热闹。"她说着,笑着望了陆二太太一眼,"还请长公主和二表婶大驾光临。"

陆二太太之前已经知道了,倒没有什么,宁德长公主却很意外,问身边的宫女:"明天是初几?"

宫女忙笑着应道:"明天是初四。"

宁德长公主想了想,道:"明天我正好没事……那我们就一早过去。"最后一句,却是吩咐陆二太太。

陆二太太恭声应是,窦昭也很高兴。

大家聊了会儿天,她起身告辞,陆二太太送了窦昭出门。

宁德长公主则由个宫女模样的女官扶着回了内室。

"砚堂的媳妇,有点意思!"她对那女官笑道,"句句话都有深意。"

那女官显然听懂了宁德长公主的话,态度恭谨地道:"那您明天还去英国公府吗?"

"去!怎么不去?"宁德长公主笑道,"她说的话也有些道理。定国公府遇难,砚堂帮着跑前跑后,亲儿子也不过如此了!"她说着,笑容渐敛,声音也低了下去,"涵儿和沁儿都比砚堂年长,却不及砚堂良多,陆家到今日,已有凋零之意了。若是砚堂能照顾一二,也许涵儿和沁儿的儿孙辈里还能出一两个能支应门庭的人……"

那女官吓了一大跳,忙道:"长公主言重了,我看涵少爷和沁少爷孝顺懂事……"

宁德长公听着摆了摆手,颇有些不悦地打断了女官的话:"你从小服侍我,我们的情分不同一般,这客套话别人说得,你却说不得。"

女官赧然,低下了头。宁德长公主看着,叹了口气,喃喃道:"就看这窦氏是个怎样的人了!她若是个知恩图报的,我也不介意借她几分力使使……就看她会怎么选择了……"说完,仿佛在等候什么似的,细细地品起茶来。

一时间屋子里落针可闻,极其安静,那女官更是屏气凝神,大气也不敢出。

不一会儿,有小厮匆匆地跑了进来。"长公主,"他禀道,"世子夫人去了二老爷的宅第。"

宁德长公主闻言,长长地透了口气,吩咐女官赏了那小厮一两银子,露出喜悦的笑容。

窦昭天擦黑时才回到英国公府,正好遇见宋墨和严朝卿从书房里出来。

"用过晚膳了没有?"宋墨问窦昭。

窦昭摇了摇头,道:"我从陆老夫人那边出来,又去了趟延安侯府和景国公府,请了汪家和张家的人赴宴——既然决定了要把他们当亲戚般走动,不如就趁早走动起来好了。"

宋墨点头,道:"我也还没有用晚膳,不如一起吃!"

严朝卿忙告辞。

窦昭有些不好意思，宋墨却若无其事地去了厅堂，窦昭只好跟了进去。

两人都没有发现已经走到了门口的严朝卿回过头来，凝视着他们，直到厅堂的帘子垂落将两人的背影挡住，他这才转身离开。

窦昭问宋墨："你怎么还没有用晚膳？"

"一直和严先生商量父亲的婚事呢！"宋墨直言道，"想了几个法子，虽然都可行，可我总觉得治标不治本，想再想想！"

窦昭进屋换了衣裳出来，宋墨已吩咐素心传膳。

"可要我跟五伯父打声招呼？"窦昭和宋墨一东一西地在厅堂的方桌前坐下，"官员的升擢，是由吏部负责的。五伯父在吏部经营多年，如今又贵为内阁大学士，那些人无论如何也会卖五伯父一个面子的。"

"暂时还不需要。"宋墨道，"我要先试试长兴侯石端兰会给华堂出多大的力。"

窦昭想到长兴侯的为人，不免有些担心，道："我听人说，请长兴侯出面办事，得用银子敲门。可只要长兴侯收了银子，就没有办不成的事。就算是事情万一办不成，银子也会原封不动地退回来……大家都说他很讲信用！"话说到这里，窦昭自己都觉很是荒谬，露出苦涩的笑容，"偷梁换柱，给儿子谋个袭职，只怕价钱不低，怕就怕长兴侯舍不得退银子……"只要长兴侯睁只眼闭只眼就能交差。

宋墨冷笑："不退，那他也得有这命花才行！"

窦昭骇然，不由抹了抹并没有汗珠的额头。为什么事情一到了宋墨这里，都会变得……让人忍不住流冷汗呢？

窦昭小声提醒宋墨："长兴侯是大同总兵。"

宋墨不以为然地道："多的是人想做大同总兵。"

窦昭无语。

两人用过晚膳，去给宋宜春问安。

下午，宋墨已经让人给宋宜春传话，说明天会在家里办赏菊宴，庆祝窦昭获得"夫人"的诰封，此时宋宜春却矢口不提此事，反而和宋墨说起他和华家的婚事来："……家里也没有个主持中馈的人，我想请了你的大伯母过府协理。你们就不用操心这件事了。"

实际上是防着窦昭趁此机会把主持中馈的权力抓在手里不放。

宋墨神色淡然地说了声"好"。

宋宜春瞥了窦昭一眼，见窦昭眼观鼻、鼻观心地站在那里，异常温驯。

一点儿也不像是个脾气泼辣的啊！难道这其中有什么误会？

这念头在宋宜春的脑子里一闪而过，他觉得有必要再把陶器重叫来问问。

正和随从在一起小酌的陶器重连着打了几个喷嚏，不禁小声嘀咕道："这是谁在骂我呢？"

赶在落日之前进了京都城的陈曲水，也连着打了几个喷嚏。

小厮问他："您怎么了？要不要找个大夫看看？"

"不用了。"陈曲水揉了揉鼻子，吩咐小厮，"你去英国公府找世子爷的幕僚严朝卿，就说我在鼓楼下大街的笔墨铺子里等他。"那里离英国公府也近些。

不知道严朝卿找自己有什么急事？

第九十章　误会·字号·宴请

窦昭笔墨铺子里的大掌柜范文书预感自己要时来运转了。当初他原本已经做到了积芬阁的二掌柜，谁不夸他一声前程远大。谁知道晴天霹雳，窦家三老爷却突然指派他去帮着窦家四小姐打理一间小小的笔墨铺子。

知道这是窦三老爷看重他的，谁不在道一声"恭喜"的同时更为他感到惋惜；不知道的，还以为是他犯了什么事，以至于看到他或是露出幸灾乐祸的表情，或是欲言又止，让他好生郁闷了几年。

可现在，窦家四小姐嫁给了英国公府的世子，他的腰杆完全挺了起来。

那可是英国公府啊！百年圣眷不衰的簪缨之家！他打理的，是英国公世子夫人的产业！

如果他好好干，等到窦家四小姐生下嫡子，他说不定还能当上英国公府的管事呢！

想到这些，范文书心头发热，对铺子里的事就更用心了，这几天他甚至一直盘算着要不要跟窦昭进言，把隔壁的铺子想办法盘下来，除了做笔墨纸砚的生意，再添些精致小巧的文房四宝，甚至可以用各式各样的匣子装了，做成礼盒，给人送礼用。

所以当他突然听说陈曲水的马车就停在铺子外面的时候，不禁吓了一大跳，忙迎了出去，却没有看见崔十三和田富贵。

范文书不免在心里嘀咕了几句。

毕竟是在一个屋檐下，崔十三和田富贵在做什么生意，又是谁授意的，他虽然从来没有跟别人说过什么，心里却十分明白。这些并不是什么正当的生意，他不以为然，只当不知道，心里却明白崔十三和田富贵才是窦昭的心腹。可他也不想因此就被排斥在外，因而对陈曲水一向很是殷勤。

连日在京都和真定之间来回奔波，已经上了年纪的陈曲水很是疲惫，他任由范文书搀扶着进了屋："家里的事都安排得差不多了，可还有些事得四小姐拿主意，我怕他们传话传不清楚，还是决定亲自来一趟。"

事情恐怕没有这么简单吧？范文书在心里嘟囔着。

可他打小立志做个合格的掌柜，早就决定不和崔十三同流合污，笑着说了声"就是让您老辛苦了"之类的话，其他的一概不问，安顿好陈曲水，他回了自己那间简陋的账房。

陈曲水梳洗了一番，倚在临窗的大炕上，一边看书，一边等严朝卿，看着看着，一阵倦意袭来，迷迷糊糊地睡着了，直到小厮喊他："陈先生，陈先生，严先生来了！"他这才一个激灵，惊醒过来。

屋里一片漆黑，他不由问："现在是什么时辰了？"

小厮答道："酉正刚刚过了两刻。"

陈曲水"哦"了一声，叹了口气，起身整理着衣襟。

到底是老了，这么会儿工夫就睡着了，看来他恐怕要在京都养老了。不过，有窦昭，有一帮老朋友，这也未尝不是件好事。说不定还可以看到窦昭的孩子出生。

他笑着出了内室。

严朝卿是一个人来的，穿着件青色的细布袍子，戴着黑色的安定巾，乍眼一看，像个大户人家坐馆的先生，穿着打扮十分的朴素，一副不想让人注意的模样。

陈曲水心里却"咯噔"一下。越是这样，越说明严朝卿所要说的事很严峻。

他不动声色地笑着和严朝卿见了礼，引着他去了书房，分宾主坐下，待小厮上了茶点，吩咐小厮在外面守着："不要让人打扰我和严先生说话。"这才端起茶盅来呷了口茶，道："您这么急着把我叫来，到底是什么事？"

严朝卿警觉地左右看了看，又仔细地听了听，没有发现什么异样的响动，略一犹豫，倾身凑到了陈曲水的耳边，低低地说了两句话。

陈曲水顿时倒吸了口冷气，眼睛瞪得如铜铃，急道："此事当真？"

"我难道还会骗您不成？"严朝卿说着，露出一丝苦笑，"您若是不相信，大可问问夫人身边的别氏姐妹。"

"怎么会这样？"陈曲水搓着手，问严朝卿，"那双朝贺红的时候又是怎么一回事？"

严朝卿窘然道："是世子嘱咐我帮着做了点手脚。"

"您怎么这么糊涂！"陈曲水不由腾地一下站了起来，"这种事是能做手脚的吗？您现在知道厉害了？新婚之夜若是能琴瑟合鸣，以后谁还能质疑他们之间的事？"他急得在屋里打起转来。

若是一年、两年窦昭还不能诞下子嗣，岂不是会被人指指点点？

现在要紧的是要弄清楚这到底是窦昭的意思还是宋墨的意思。如果是窦昭的意思，也就罢了，如果是宋墨的意思……陈曲水眼里迸射出了寒光。

严朝卿何尝不知，可此时他却觉得自己比那窦娥还要冤。

"世子爷隔三岔五就去真定看夫人，"他不由喃喃道，"成亲之前也曾偷偷地去过好几次槐树胡同。世子爷嘱咐我的时候，我还以为世子爷和夫人……我吓得出了一身的冷汗，哪里还来得及细想。后来两人没有动静，我还以为夫人有了身孕，寻思着找个什么样的借口糊弄过去……这才算出日子不对，夫人的饮食也没有什么异常……既然之前已经在一起了，现在成了亲，反倒各自为政起来，我这才发现不对劲，只好请了您来商量这件事……"

陈曲水勃然大怒："你们家世子才不守规矩呢！半夜三更的爬墙，你还敢赖到我们家小姐身上去！你们家世子从来没有屋里人，说不定是他不行，所以才想出了这么个馊主意，弄得我们家小姐现在里外不是人……"

严朝卿脸色铁青："你这话是什么意思？我们家世子爷龙精虎猛的，前些日子还请了龙虎山的道长来把过脉，说不但内伤全好了，就是内家功夫也有所精进，还开玩笑地说，当初定国公让世子爷练习这套内家功夫，说不定是醉翁之意不在酒，是想让世子爷为宋家多添子嗣……你不要在这里胡说八道，败坏世子爷的名声！弄不好这件事是你们家小姐的主意呢！我就一直纳闷了，以你们家小姐的精明强干，手下的文韬武略，那王氏一个内宅妇人，怎么能做出姐妹易嫁之事来……"

还不是被逼的！要不是你们家世子，我们早就回了真定，不知道多逍遥快活，何必管你们英国公府的这些破烂事！

这些话到了陈曲水的嘴边，又被他给咽了下去——这样互相的指责，简直像那市井泼妇。

严朝卿的话音还没有落，已意识到自己失言，他忙停了下来。

一时间，书房里一片沉寂。

"那现在该怎么办？"半晌，陈曲水和严朝卿又不约而同地互相问道。

严朝卿道："我想请陈先生去问问世子爷——您毕竟是夫人的人，这种话由您问比较好！"他还有一句话没有说，世子爷纵然不高兴，可看在夫人的面子上，多半也就不高兴一下算了，杀伤力比较小。

陈曲水才不上当，心想着，若这件事真是小姐的主意，我这不是助纣为虐吗？但在严朝卿面前，他是无论如何也不会透露半点口风的。

"两人都还年轻，又没个正经的长辈指点，有些事我们是要多担待些才是。"他悠悠地道，"不过，世子爷是个有主见的，什么时候去见世子爷，见了世子爷怎么说，却需要从长计议。总不能让我就这样跑到世子爷面前去吧？这件事我是怎么知道的？跟世子爷说这件事，夫人知道不知道？以世子爷的缜密，只怕第一件事就会考虑这些，我们还是慎重些……"

你是想拖着先见了夫人再说吧？可见自己关于姐妹易嫁的猜测不无道理。

无论如何，也得想办法让窦家四小姐和世子爷尽快同房，早日诞下子嗣才行，这夫妻之间，只有有了孩子，才会踏踏实实地过日子。

"要不说怎么得找陈先生商量呢？"严朝卿笑道，"我是关心则乱，这些事都不曾考虑。难怪常言道'三个臭皮匠，顶个诸葛亮'了……"

你不是没有想到，你是想借着我们家小姐的名义行事！

陈曲水和严朝卿打着哈哈，各自想着各自的心事。

而被两人惦记着的窦昭和宋墨，此时却正坐在临窗的大炕上商量着明天宴请的事。

"……不怕一万，就怕万一。我看这赏菊宴就开在颐志堂好了。"窦昭道，"也免得公公眼皮子浅，以为没有了英国公府的花园，就办不成事了。"她说着，眉宇间露出几分傲然之色，"我们索性就趁着这个机会闯出颐志堂的名声算了！"

被父亲轻待窦昭的举动激怒的宋墨好不容易才压下心底的愤怒，闻言不禁笑道："你有什么好主意？"

窦昭笑道："我们不如刻个颐志堂的印章，以后凡是由我们出面邀请亲戚朋友来家里做客，就在请帖上用'颐志堂'的印章，和英国公府区分开来。当然，我们的宴请也必须有特色，让人见之难忘才行。"这实际上是她前世的一个想法，只是一直没能如愿实施，如今再提起，她越说越有兴致，"比如说，我们在小花园里种了水萝卜和小黄瓜，送给亲戚朋友的时候，就在竹篮外贴上印了'颐志堂'印章的纸笺。再比如说，养出株十八学士进献给太后娘娘或是皇后娘娘，也要在花盆上印着'颐志堂'的印章……总而言之，就是要让人一提到'颐志堂'，就想到这是好东西，是别家没有的，就是别家人有的，也比不上颐志堂的精致、高雅、名贵……"

宋墨听了眼睛一亮，这样一来，颐志堂就可以闯出自己的名声来，不必再处处受英国公府的限制了。

"只是'颐志堂'是堂号，恐怕有些不适合，"他沉吟道，"还是另取个别号更好。"

"我也是这么想的。"窦昭笑道，"只是一时也没有想到什么好的名字，不知道你可有什么主意？"

"那就用你的别号好了！"宋墨笑道，"反正以后这种事也得你帮着筹划。"

窦昭汗颜，道："我没有别号！"

宋墨很是意外，但随即变得跃跃欲试起来。

"那我们就现取一个吧?"他说着,拉了窦昭去书房,把随身服侍的都打发走了,自己亲自铺了宣纸,磨着墨锭,"昭,日明也。秋月扬明辉,冬岭秀孤松……好像都太孤寒了些,与我们要做的事不符。明月出天山,苍苍云海间……云海楼主……好像也不太好……"

窦昭见他一副绞尽脑汁的样子,不由抿了嘴笑,上前接过宋墨手中的墨锭:"我来帮你磨墨吧!"

两人指尖相触,宋墨的手停留了片刻才放开。

"要不,以真定为号好了?"他说着,走到笔架前,挑了一支狼毫笔,"真定的叉河源自滹沱河,《周礼》上称其为厚池,北魏时又称其为清宁河,我们就在这两个里面取一个吧?"

窦昭出身真定,可原来,她只知道叉河是滹沱河的分支,却不知道滹沱河曾被称为厚池和清宁。后来,还是有一次宋先生给她讲课时无意间提及,她才知道叉河的来龙去脉,就这个,还是因为宋先生到了真定,查阅古书才得知的。

她相信一般的人都不会留意这些,宋墨却侃侃而谈,显得极其熟悉。

窦昭望着宋墨的目光,不由深沉了几分,正低头写着字的宋墨并没有留意到,他犹自言自语道:"我觉得还是清宁好一些。老子曾言:'昔之得一者,天得以清,地得以宁',不如别取号'清宁楼主'或是'清宁居士'……'得一阁主'也不错。"

窦昭很喜欢,笑道:"那就刻'清宁楼主'好了。"

宋墨见窦昭喜欢,很是高兴,兴致勃勃在书房里翻箱倒柜:"我记得祖父曾留给我一块田黄石,我来给你雕个闲章。"

窦昭愕然:"你还会雕印章?"

"嗯!"宋墨道,"大舅有时候要检查我内家功夫练得怎么样,就让我雕印章,看我的手稳不稳,我曾专门跟着闽南大家金守俨先生学过篆刻。"他说着,笑着扭过头来,"找到了!"从箱子里拿出个画着梅花的金漆螺钿匣子放在了炕桌上。

印纽是只趴在竹子上的蝉,颜色浓艳俏丽,质地如婴孩的肌肤般细腻柔滑,让窦昭爱不释手。

"用这个雕印章吗?"宋墨擅书法,既然他说会篆刻,想来手法不错,但篆刻不仅要讲究书法,还要讲究布局,以宋墨的年纪,就算是再有天赋,恐怕也有不足之处,觉得这么珍贵的田黄石,若是能等到宋墨刀功老到的时候再拿出来雕刻才能算物尽其用,不免有些可惜,"我小的时候,曾经顺过父亲的几块鸡血石,这次出嫁,也带了过来。要不就用鸡血石吧?把这田黄石留着,以后给你雕个闲章。"

那带着几分宠溺的口吻,让宋墨一愣,随即露出愉悦的笑容。

"我们家还有好几块这样的小石头,"他没有想到窦昭喜欢印料,"只有这件的印纽比较适合你,所以我才想到了它。你要是喜欢,就都拿去好了。"他说着,高声地喊着陈核。

陈核立刻闪了进来,宋墨吩咐他:"你去拿了库房的钥匙,我要和夫人去找几块印料。"

陈核应声去拿了钥匙。

窦昭不禁心动,和宋墨一起去了库房。

小厮高高地挑着灯笼,照得库房一片亮堂。

窦昭额头有细细的汗冒出来:一共五块田黄石,就这样随意地散放在一个匣子里。其中两块是毛料,但纹路清晰,品相非常好,另外的三块已雕了印纽,一枚是老虎,一枚是狮子，一枚是鹿。

难怪宋墨说只有她手中那块印纽是蝉的印料比较适合自己。

窦昭嘀咕着，心疼地将落满灰尘的白果冻青田石、藕粉冻的鸡血石、白芙蓉的寿山石一一擦拭干净。

陈核见了，忙上前帮忙，并解释道："这都是些小件，没地方放，就搁在了这多宝格上，您要是喜欢田黄石，库里还有件田黄石雕的观世音佛像，就是有点小，您要是不嫌弃，我把它找出来给您看看？"

用田黄石雕佛像，这是谁的主意？

窦昭点头。

陈核拿着册子去找佛像了，窦昭在一个陈旧的匣子里发现了两方砚台。一方巧用石眼，雕琢为荷叶青蛙，石质清润。另一方是紫色，砚底有大大小小的石眼，乍一看，如氤氲的水汽，异常圆润。一看就不是凡品。

窦昭倒吸了口冷气，问宋墨："这里还有多少这种东西？"

"不知道。"宋墨好像也是第一次见到这两方砚台，他拿在手里把玩，"东西太多了，密密麻麻地记了几大本册子，有些印象深刻的就拿出来用了……"他说着，对陈核扬了扬手中的砚台，道："你把它们下了册子，我拿回书房去。"

陈核应了一声，还在那里和管库房的管事满头大汗地翻账册，并喃喃地道："我记得清清楚楚是收在这个库房的……怎么不见了……"

眼不见，心不烦，窦昭懒得在这里等，跟陈核说了一声，和宋墨回了房。两人身上都有些灰尘，又叫了丫鬟打水来重新梳洗了一番。

窦昭出来的时候，宋墨正在灯下打量着两方砚台。听到动静，他抬起头来，笑道："你说，我把这两方砚台送给岳父大人，岳父大人会喜欢吗？"

原来他把两方砚台带出来，是要送给自己的父亲。

窦昭错愕，又很快笑了起来，道："他会很喜欢的，而且会舍不得用，摆在书房里，每当有宾客来的时候，就会拿出来炫耀一番，并且告诉别人，这是他女婿送给他的……你还要送吗？"

宋墨张大了嘴巴，却道："当然要送！不仅要送，而且还要再找找，看有没有更好的东西。"

窦昭大笑。

宋墨坐在炕上打着底稿，窦昭催他："早点睡了吧？明天还要早起。"

宋墨却比她想象中的更有毅力。

"你先睡吧！"他头也不抬地道，"我把这个写好了就去睡。"

窦昭笑了笑，先去睡了。

第二天早上醒来，宋墨就睡在她的身边。他弯曲着身子，小心翼翼地靠床沿侧躺着，仿佛一翻身就会掉下去，把大部分的床都留给了窦昭，显得很拘谨。

窦昭想到那一屋子的珍玩，再看见宋墨的睡姿，心里一酸，眼睛都有点发涩起来。

她帮他披了披被角，轻手轻脚地下了床，低声地嘱咐服侍她起床的甘露："你们都轻点，小心吵醒了世子。"

甘露悄声应"是"。

窦昭去了耳房梳洗。

背对着窦昭的宋墨不知道什么时候已经睁开了眼睛。

微曦的晨光中，他的眸子清亮如星。

因是宋墨和窦昭主持的宴请，除了陆老夫人和宁德长公主，来的都是些小辈。

景国公府三太太冯绘笑盈盈地向窦昭介绍自己的妯娌——长兴侯的侄女石氏："……听说表弟妹要举办赏菊宴，很想来看看。我说，表弟妹为人和善，你直管跟着我去好了。这不，就把她给拉来了。说起来，也不是什么外人，我们大嫂的娘家兄弟，娶的就是你的妹妹，我们两家，也算是亲上加亲了。"

相比从前的矜持，张三太太格外热情，就是不请自来的张二太太，笑容也显得非常亲切。

穷在闹市无人问，富在深山有远亲。两世为人，窦昭不知道见过多少这样的事，早已能泰然处之。她笑着和张二太太寒暄了几句，汪少夫人带着个相貌平常，穿着也很朴素的年轻妇人走了过来。

"夫人，"她向窦昭引见那妇人，"这位是会昌伯世子夫人。"

窦昭心中一震。会昌伯世子沈青，娶的是会昌伯还没有发迹前的好友萧三友的女儿。在辽王登基之后，正是因为有御史弹劾萧三友欺行霸市，越制为母亲修建墓地，牵出了会昌伯，会昌伯一家才会被满门抄斩的。

当然，她从来没有相信过沈家被抄斩的理由，可她还是忍不住打量沈青的妻子萧氏。

萧氏显然还没有适应身份的转变，畏缩地给窦昭行礼，小声称着"夫人"。

"不用拘泥。"窦昭亲切地朝她微笑，语气轻快，"今天没有长辈们在场，咱们想干什么就干什么，想说什么就说什么，纵然饮酒过多失态了，我也会想办法让你醒了酒再回家的。"

萧氏松了口气，红着脸道："我，我不会喝酒。"

窦昭笑道："那太好了，我也不会喝酒。生怕来了个会喝酒的我还要陪酒。"

萧氏笑了起来，人也跟着松懈下来，露出了如释重负的笑容。

而此时的宋墨，却正和在后军都督府任经历司都事的张续明说着话："……你帮我留意一下，如果丘灵千户所的千户之职确定下来了，你告诉我一声。"

张续明不禁望了眼无聊地坐在水榭美人靠上朝着湖里丢鱼食的顾玉，悄声道："世子，这个千户最少也值两万两银子，你何不和顾玉联手，把这个千户拿下来？我可以负责找买家！"

"你不要乱来。"宋墨笑道，"这可是长兴侯瞧中了的！"

张续明不由撇了撇嘴，道："他瞧中的东西多着呢！他吃肉，难道还不准别人喝汤吗？"

"我自有主张。"宋墨拍了拍他的肩膀，"你只管帮我盯着就行了。"

他点了点头。

宋墨朝顾玉走去。

"怎么了？"宋墨拍了拍顾玉的肩膀。

顾玉扭了扭身，继续一声不吭地丢着鱼食。

宋墨失笑："你多大了，怎么还像孩子似的？到底怎么了？从进门就没有看见你说过话。和家里人闹别扭了？"

顾玉冷笑："我又没成亲，难道不是孩子？"

宋墨愕然，随后又笑了起来，笑容里充满了无奈，还带着几分溺爱，顾玉眼圈一红，别过脸去。

宋墨笑着转身就走："那好，等你想好了我们再说。"

顾玉"啪"的一下把手中的鱼食全都扔在了湖里，高声道："你成了亲之后，都不管我的事了！"那语气，像个受了委屈的小媳妇。

沈青和宋翰几个闻声都望了过来，特别是宋翰，看顾玉的目光闪烁着奇异的光芒。

宋墨啼笑皆非，只好又走了过去，道："我怎么不管你的事了？这些日子我连你的人影子都见不到，我怎么管你的事啊？"

顾玉听了，更觉得委屈了。

前些日子他去了趟淮安，把河工上的费用全结清了，这才想起上次汪清淮托他帮着查查是谁打了魏廷瑜闷棍的事。他回到京都之后，花了两天工夫办这事，然后发现了纪咏和何煜，不仅如此，他还发现，那何煜名义上是窦世英的师弟，却曾在家里闹腾过要娶窦昭，最让人百思不解的是，何阁老还真的答应了……

现在魏廷瑜抛弃窦昭娶了窦明，何煜还撺掇着纪咏一起找魏廷瑜算账，分明是旧情难忘。

他要是告诉了天赐哥，天赐哥以后肯定会冷落窦氏的，宋世伯已经对天赐哥那样了，天恩也不敢理天赐哥，那天赐哥岂不又变成了孤零零的一个人，连个嘘寒问暖的人都没有？可他要是不告诉天赐哥，旁边有个觊觎大嫂的何煜，而天赐哥却被蒙在鼓里，而且这瞒着天赐哥的人还是自己……他想想就觉得心里难受。

顾玉思前想后，这几天都没有合眼。好不容易睡了一觉，醒过来却听到窦氏被封了"夫人"的消息。

他不由摸了摸自己的脑袋。

宋墨见了又是好气又是好笑，道："有话好好说，别像个要糖吃的奶娃娃——到底出了什么事？"声音却温和下来。

顾玉脸憋得通红，半晌才道："我继母要把她娘家的侄女许配给我……"

宋墨暗暗有些自责。顾玉不过比他小几个月，也到了说亲的年纪，不过是家里情况复杂，没人敢出面帮他做主，这才耽搁了下来。这些日子他只顾着自己的事去了，对顾玉的确有所疏忽。

他神色渐渐严肃，道："皇后娘娘知道这件事吗？"

顾玉摇头，道："这件事是我无意间听说的……"可就是这样，他只要一想到自己有可能会娶个和继母有血缘关系的女子，他就觉得无法忍受。

望着他满脸的嫌弃，宋墨沉吟道："你是嫡长子，你的婚姻关系到云阳伯府的兴衰，令尊决不会草率行事的。从前是你太荒唐了，令尊怒其不争，这才不管你的。你现在好生生地做事，令尊自然不会像从前那样待你了。可我们也要以防万一，这件事我会帮你留意。但你自己也要有个章程，我才好帮你出主意。"

宋墨愿意帮他，顾玉心里石头落了地。想到自从他和宋墨、汪清淮开始做生意，父亲对他的态度就有所改变，他不禁点了点头。

宋墨再次拍了拍他的肩膀，笑道："冯绍他们在暖阁里赌钱，你去找他们玩吧！"

这次顾玉没有避开宋墨，却也没有像往常那样跑去暖阁凑热闹，而是吞吞吐吐地问宋墨："嫂嫂她待你好吗？"

宋墨嘴角不可抑制地绽开一个微笑："挺好的！"整个人如春天里在春风中缓缓地伸展开来的枝叶。

顾玉顿时有点羡慕，又有点忌妒。

花厅里，窦昭指挥着素心等人给打牌的女眷们续茶。

窦家只来了六堂嫂郭氏和十堂嫂蔡氏。蔡氏没有看见窦明，奇道："咦，怎么没见五姑奶奶？"

在她看来，同父异母的两姐妹，妹妹抢了姐姐的丈夫，结果姐姐反而嫁到了更显赫的人家；而且妹妹先嫁，诰封还没有影子，姐姐后嫁，却已是超一品的外命妇了。姐姐应该很得意才是，所以她的声音很大，在花厅里回荡。

众人的目光都落在窦昭的身上。

窦昭不动声色，笑着将六安瓜片摆放在了陆老夫人的面前，正要开口说话，景国公府的张二太太石氏却抢在她面前笑道："夫人的妹妹好像有点不舒服。昨天夫人亲自登门拜访，我婆婆直夸赞夫人性情敦厚，让我们几妯娌和夫人多亲近亲近。大嫂原来也准备和我们一起来的，没想到临出门的时候，大嫂却说自己娘家的弟媳身体违和，要回去瞧瞧，临时回了济宁侯府。"她说着，掩袖而笑，道，"过些日子，我们家的梅花也该开了。我婆婆说，我们也应该学学夫人，没事的时候就把众位请到家里来热闹热闹，准备在家里办次赏梅宴，到时候诸位夫人和姐妹们可不要推辞，一定要去和我们妯娌乐和乐和才是！"

众人嘻嘻哈哈地应着好，坐在一起说话的就议论起今年哪家府邸办了什么宴，好不好玩；打牌的注意力重新回到了牌桌上，盯着上家，卡着下家，旁边的事一律听不见。花厅里立刻恢复了刚才的热闹，谁还顾得上去打听窦明到底怎样了。

张二太太就朝着窦昭眨了眨眼睛，道："到时候可要请夫人帮着推荐个好厨子才是——刚才佐餐的酱菜做得不错。"

窦昭笑着点头，却在心里暗暗叹了口气。世人都喜欢迎高踩低，她不过成了英国公府的世子夫人，还没有对窦明怎样，就有人为了奉承她而帮她出手收拾窦明了。窦明如果知道嫁给济宁侯府是这样一个结果，不知道会不会后悔？

念头一闪而过，她笑着招呼一直紧张地跟在她身后的萧氏："你坐会儿吧！还有大半个时辰才到用午膳的时候。"

萧氏眼底闪过一丝感激，这里的人她一个都不认识，她们玩的这些她一样也不会。同样是从乡下嫁到京都的豪门，英国公世子夫人却游刃有余，大方得体。

想到这里，她望向窦昭的目光里就盈满了深深的敬佩。

此时的窦明，正伏在床上嘤嘤地哭着。

穿着侯爷蟒服，一副要出门打扮的魏廷瑜皱着眉头，急得在床前团团转："你别这样！我们有话好好说不行吗？你到底要怎样？这样哭哭啼啼的，岂不是让人看笑话？"

"是你要看我的笑话吧？"窦明抬起头来，满脸泪珠地望着魏廷瑜，楚楚可怜，犹如雨打的蔷薇，"今天是我回娘家住对月的日子，窦昭却偏偏选了这天在家里宴请宾客。这也就罢了，可你接到了请柬，竟然和我商量，说要先去英国公府给窦昭道声贺，再送我回娘家……天下间有这样的事吗？是窦昭重要还是我重要？你可别忘了，我才是你明媒正娶的妻子！"

魏廷瑜神色尴尬，辩道："我也没有别的意思。我就是觉得，从前宋砚堂待我不错，后来我们又做了对不起你姐姐的事，她却大人大量，没和我们一般计较。今天是他们的好日子，我们去给他们道声贺，捧个场，也算是对从前之事的一个交代了……"

他的话还没有说完，窦明的脸已涨得通红："什么叫'做了对不起窦昭的事'？那是一个愿打，一个愿挨罢了，你可要分清楚了！你要去，你自己去好了。凭什么要拿我去给窦昭做面子？"她说着，又哭了起来，"明明是我先出嫁的，她却先封了'夫人'，我可什么都没有说，你还嫌弃我不大方，你也太没有良心了……我回娘家，还不知道会被人怎样嘲笑，你不安慰我，反而挑我的不是，这日子还有什么意思？我还有什么盼头？"

魏廷瑜低下头去，颓然地坐在了旁边的太师椅上。

窦明哭了半天，既不见魏廷瑜来安抚她，也没听见魏廷瑜的声响，她心里有些不安起来，悄悄地抬头打量，这才发现魏廷瑜耷拉着脑袋在那里生闷气。

她不由怯生生地喊了声"侯爷"。

魏廷瑜转头看了她一眼，歪过头去没有理她。

她正寻思着要不要低个头，过去说几句软话哄哄魏廷瑜，却有小丫鬟进来禀道："大姑奶奶过来了！"

窦明脸色一变，道："她来干什么？"声音中已隐隐流露出几分嫌弃。

魏廷瑜听说姐姐来了，心中一喜，觉得自己终于可以不用再听窦明的絮叨了，根本没有注意到窦明的情绪，忙站起身来，急急地问那小丫鬟："大姑奶奶人呢？"

小丫鬟道："去了太夫人那里。"

魏廷瑜直奔母亲的院落而去。窦明跟着去也不好，不跟着去更不好，她不由跺了跺脚，咬着牙也去了田氏的院落。

魏廷珍却惊讶地望着魏廷瑜："你怎么还在家里？不是说要送窦明回娘家吗？"

魏廷瑜脸色一红，喃喃道："我们刚刚收拾好，听说姐姐过来了，就先来给姐姐打个招呼。"

说是先来给自己打招呼，却一个来了一个没来，这话骗谁都骗不过去。

魏廷珍冷冷地瞥了弟弟一眼："你们又起口角了？"

第九十一章　迁怒·琴瑟·出门

"没，没有！"魏廷瑜尴尬地道，见姐姐根本不相信的样子，又忙道，"真的没有！我骗你做什么？"

魏廷珍见自己的弟弟到了这个时候还护着窦明，怒不可遏，高声道："我就知道，那不是个什么好东西！现在可一一验证了！这成亲才几天啊，就三天一小吵，五天一大闹的！爹和娘过了一辈子也没有红过脸，你们倒好，半点好处也没有学到！你也用不着骗我，我心里清楚得很，你娶的这个媳妇，就是个破落户！心眼比针尖还小，眼皮子比那大街上卖凉粉的还要浅，看见我回娘家喝了口水都心疼那水钱！你是娶了媳妇忘了娘的，跟着她沆瀣一气，自然看我不顺眼，要事事防着我，处处瞒着我。你放心，我也知道我不被你媳妇待见，我回来就是来看娘的，你们家的茶我都不会喝一口的，更不要说占你们什么小便宜了。对了，你要不要把娘这里有几块点心都上了册？免得我回来一次，你媳妇就怀疑屋里的点心少了，还不得把你媳妇给心疼死啊！"

田氏早就不满意窦明遇到什么事就拉着儿子哭诉，偏偏儿子一见她哭就心软，什么事都应允,这让她觉得儿子好像被媳妇拿捏住了似的,既埋怨儿子不争气,又心疼儿子被媳妇欺负。她闻言不仅没有觉得女儿这是在胡搅蛮缠,反而觉得女儿说的有理,儿子自小就老实,就是被儿媳妇给带坏了,儿媳妇这样和儿子置气,就是闹得她家宅不宁,她不由眼眶一湿,掏出帕子擦起眼角来:"瑜儿,你姐姐待你多好啊,你现在娶了媳妇,怎么反而这样对待你姐姐呢?你可别忘了,你小时候背不出功课来,是谁陪着你读书的?从前家里捉襟见肘的时候,又是谁当了自己的首饰补贴你的?你做人可要讲良心啊!娘只有你们姐弟二人,你们姐弟二人若是有了罅隙,娘也不活了!"说完,拉着魏廷珍的手哭了起来。

魏廷珍狠狠地瞪了魏廷瑜一眼,忙低声安慰着母亲。

站在门外的窦明气得把手里的一块帕子拧得不成样子——这个魏廷珍不是她的姑姐,而是她的仇人吧?她一个出了嫁的姑姐,竟然管到弟弟屋里来了,说出去她也不怕别人笑话!

窦明下意识地抬手去撩帘子,就要发作。可就在手指触摸到帘子的那一刹那间,她又改变了主意。

她刚才已经惹得魏廷瑜不高兴了,要是这个时候进去和魏廷珍吵了起来,魏廷瑜肯定更不高兴。她能在济宁侯府站稳脚跟,全依仗魏廷瑜对她的喜爱,要是没有了魏廷瑜为她撑腰,她这个姑姐恐怕把她吃了的心都有,特别是她很明确地拒绝回去向父亲补要陪嫁之后,她这个姑姐就怎么看她都不顺眼!

就算是这样,她也没有打算回去向父亲要陪嫁。

济宁侯府不仅人丁不旺,而且势单力薄,出了什么事,连个搭把手的人都没有,以后要依靠窦家的时候还多的是,她要是现在回去向父亲要陪嫁,岂不是要被窦家的人瞧不起?这世间的事都讲究水涨船高,人抬人高,以后若是再有什么事相求,窦家的人见她不过是个空壳子,又怎么会帮她?

她想了想,咬着牙轻手轻脚地退了出去,吩咐一旁守值的小丫鬟:"去,给我通禀一声。"

小丫鬟低眉顺目地应是,瞟过来的余光中却闪过一丝不屑。

魏廷珍知道窦明来了,不仅没有打住话题,声音反而更大了:"我要是拦着,她是不是就不进来?"

魏廷瑜觉得魏廷珍的话说得太过分了,高声喊了声"姐姐",露出了哀求的目光,魏廷珍哼了一声,别过脸去,终于不再说什么了。

窦明面色苍白地给田氏和魏廷珍行了礼,田氏就道:"时辰不早了,你们也该启程去静安寺胡同了,别让亲家等急了。"

窦明一刻也不想在这里待下去,喃喃地应"是",和魏廷瑜去了静安寺胡同。

窦世英不在家,接待他们的是窦文昌夫妻。

在窦世枢等人的劝阻下,窦世英虽然没有写休书,却执意要王映雪搬出静安寺胡同,并言明:"不准她再与窦明见面。"王家无奈之下只好把王映雪接回了柳叶巷胡同。家里没有了主持中馈之人,窦明回来住对月,窦世英便想请了纪氏过来帮忙招待窦明,纪忙。

"七叔父衙门里有事,说会早点回来的。"窦文昌笑着把魏廷瑜和窦明迎到了花厅坐下,"你们先喝杯茶,看时辰,七叔父很快就要回来了。"然后奇道,"你们怎么这个时候才过来?要是你们再晚来一步,我就要派人过去接你们了。"

对月回门,正是新姑爷高头大马,前呼后拥,招摇显摆的时候。有钱的人家鲜衣怒马自不必说，就是没钱的人家那天也会一大清早地雇了马车送新娘子回娘家。魏廷瑜和窦明已过了晌午才过来，窦明又是代窦昭嫁到济宁侯府去的，窦文昌怎么能不担心？

魏廷瑜和窦明含含糊糊地应了一声。

窦文昌一看就知道其中另有曲折，但他实在是懒得多管窦明的事，窦明不说，他乐得装不知道，陪着魏廷瑜说着闲话。而窦明看家里冷冷清清的，猜测着六太太、五太太和郭氏等人多半是去了英国公府庆贺窦昭被封了"夫人"，手里的帕子不由又拧成了麻花。

而这边魏廷珍等窦明一走，脸上顿时像结了层冰似的，大为不满地对母亲道："您可不能再这样纵容窦明了，应该叫她立立规矩才是。"

田氏做媳妇的时候和婆婆像亲生的母女，婆婆从来没有为难过她，她也从来没有想到过要让自己的儿媳妇立规矩。

她不由眨了眨眼睛，道："这，这合适吗？"

"若她是个循规蹈矩、温柔敦厚的，我何必做恶人，让您给窦明立规矩？"魏廷珍想到自己的婆婆景国公夫人竟然要自己和两个妯娌一起去给窦昭抬庄，她就像被人扇了一耳光似的，脸上火辣辣的，"可现在的情景您也看到了，她这才嫁过来几天，略不顺意，就拉着弟弟哭哭啼啼的，这哪里像人家正经的正室嫡妻，倒像那争宠的小妾似的。再这样下去，弟弟都要被她带坏了，她又怎么管束弟弟屋里的人？您已经娶了儿媳妇，难道还要自己去主持中馈不成？"

田氏听着就打了个寒战，她年轻的时候，家里的事全听婆婆的；婆婆过世了，听女儿的；女儿嫁了，她全指望着儿媳妇呢！每天柴米油盐，她才不想伤这个脑筋。

田氏想了想，微微颔首。

魏廷珍就长长地舒了口气，对窦昭那无处可发泄的愤然仿佛消弭了不少。

窦昭和宋墨站在颐志堂的门口，笑盈盈地送走了来参加赏菊宴的陆老夫人和宁德长公主。

颐志堂安静下来，素心指挥着丫鬟、婆子收拾桌椅碗碟，甘露和素娟打了热水服侍窦昭和宋墨梳洗更衣。

宋墨从盥洗的耳房出来，看见窦昭丝毫不见倦意，正神采奕奕地坐在镜台前对着镜子抹着膏脂。

这情景，让他仿佛又回到了小时候，母亲坐在镜台前梳妆，他和弟弟在一旁嬉闹的温馨时光。

他的心情放松下来，一头就倒在了楠木床上。

"真累！"他枕着手臂道，"比蹲两个时辰的马步还吃力，这个那个，都要应酬到，我脸都快笑僵了……从前有娘亲帮着打点，还不觉得，到别人家做客的时候也是多有挑剔，轮到自己做东道主才发现请客不是件容易的事……以后再有这种事，你别找我了，我什么都听你的就是，你让我干什么就干什么，我要做个甩手掌柜……"

他此言一出，不要说窦昭了，就是屋里服侍的丫鬟们也都忍俊不禁。

在窦昭的心里，宋墨是个很厉害的人，给皇上做了刽子手还能宠恩十二年不断，这可不是普通人能做到的。她没有想到宋墨竟然不喜欢应酬。

她倒挺喜欢宾客盈门的热闹，特别是看到那些她在意的人都玩得高高兴兴的时候，她的心情也会跟着好起来。

窦昭不由起身，坐到了床边，笑道："我让你招待客人，你是招待呢，还是不招待呢?"

宋墨讪讪地笑,他若是不招待,也就谈不上事事都听窦昭的安排了;他若是招待,又没办法做甩手掌柜了。

窦昭抿了嘴笑,道:"以后我们少办几次宴请就是了。"温柔的语气,含笑的眸子,语气里透露出来的迁就之意,让宋墨有种感觉,自己仿佛成了窦昭手中的宝贝,正被她捧在手心里呵护着。

他想再靠窦昭近点,忍不住一把就抓住了窦昭的胳膊。

窦昭"哎哟"一声,倒在了宋墨的怀里。

甘露一愣,忙朝着屋里服侍的使着眼色,脸像块红布似的,带着几个小丫鬟悄无声息地出了内室,关上了内室的槅扇。

窦昭猝不及防,慌慌张张地起身,手肘处的触感结实又柔软,也不知道自己撞到他哪里了,又想那手肘最坚硬不过,被碰到了都要痛上老半天,也顾不得追究他什么,急急地问他:"撞到你哪里了?"

宋墨只觉得怀里的人又香又暖,本能地一翻身,将窦昭压在了自己的身下。

窦昭大惊失色,慌张中用双手抵住了宋墨的胸膛。

两人四目相对。

宋墨的眼睛亮晶晶的,如同夜空中的寒星,闪烁着璀璨的光彩。

窦昭瞪大了眼睛,满脸的惊讶。

寂静无声的内室,宋墨的眼睛,染上了情欲的氤氲。

"寿姑!"他轻轻地呢喃,慢慢地俯身。

窦昭感觉到了"危险"。

可她的脑海里又浮现出宋墨骑马风尘仆仆地赶到真定她所居住的田庄,趴在田庄的墙头凝视自己的目光;浮现出他拿着砚台在灯下把玩,抬头笑问自己,岳父会不会喜欢时患得患失的表情;浮现出他蜷缩在床边睡觉时小心翼翼的样子……她心里顿时乱糟糟的,有种事到临头的左右为难。

是推开他呢,还是任其为所欲为呢?

推开他,于心不忍。

任他为所欲为,可梦中的上一世不愉快的记忆还残留在她的记忆里。理智上她虽然知道自己应该尽快地融入这段感情,心理上她还是很难毫无顾忌地放开手脚。

犹豫矛盾中,她咬着唇,逃避般地侧过脸去,轻轻地推了推他,面颊上却情不自禁地升起两朵红云。

窦昭的拒绝,让宋墨心头一震,清醒过来。但她娇美面庞上满布的红晕,又让他立刻意识到,如果窦昭完全无意于自己,大可狠狠地把自己推开,或是对自己怒目而视……可窦昭只是轻轻地推了推自己,就别过脸去。

没有机会的时候都要创造机会,更何况现在有个如此好的机会!

宋墨没有任何的犹豫,亲了亲她白皙的面颊……

窦昭全身颤抖。

如果不阻止,她明白接下来会发生什么。

可她如果阻止,骄傲如宋墨,将会作何反应呢?

是落荒而逃,还是镇定地放开她,为了颜面故作不以为意地各自安歇?

她是他的妻子,他有权得到她,却因为尊重她的意愿,宁可让自己变得狼狈不堪。

不管是前者还是后者,都让窦昭想想就觉得心疼。

早知道这样，当他把自己压在身下的时候，自己就应该明确拒绝的。

窦昭深深地后悔。

可现在再拒绝，已经太晚了。

仿佛感觉到了她的迟疑，宋墨的胳膊不由得紧了紧。

"宋砚堂！"窦昭的声音透露着不容错识的惊慌。

宋墨突然放开了她，定定地凝视着她的眼睛，好像要透过她的眼睛，把她的整颗心都看个清楚明白似的。

窦昭很是不安，觉得自己说什么都不合适。

可什么都不说，好像也不合适。

事情怎么会走到了这一步？

说来说去，都是自己的错。

窦昭又觉得有点懊恼。

宋墨却突然展颜一笑，清浅的眼眸中柔情荡漾，连那微翘的唇角都显得风情旖旎起来。

窦昭看呆了。

宋墨大笑："寿姑，寿姑，你怎么这么有趣？！"

他俯身吻着她的眼睑，十分亲昵。

窦昭的心怦怦乱跳，脸涨得通红："不是……我……"再怎么辩解，也不能否认自己刚才盯着宋墨看呆了的事实。

"寿姑！"宋墨笑着喊她，"我很喜欢你这样看我。"他轻柔道，欢喜从他的眼角眉梢一点点地溢出来，有着让人脸红心跳的热度。

真是太丢脸了！窦昭的脸火辣辣的。

宋墨捧着她的脸，温柔地一一亲吻着她的额头，眼眉，红唇……仿佛她是稀世奇珍，正被他捧在手心，倍受珍惜与呵护。

不知道为什么，窦昭突然很想笑。

"宋砚堂！宋砚堂……"窦昭温柔地抱着他。

宋墨抬起头来，乌黑的眸子里有团火在跳跃。

"寿姑，寿姑！"他贴着她的耳朵软声说道，热乎乎的气息轻轻地拂过她的脖子，带着无限的柔情蜜意，像个顽皮的孩子，探索着未知的幻境。

她不由心中一软，轻轻地抚上了宋墨的肩……

清晨的阳光照了进来，窦昭迷迷糊糊地睁开了眼睛。

内室里静悄悄的，她穿着家常的月白色中衣，干干净净地一个人睡在楠木雕花大床上。空气中有清新的茉莉花香，案几上甜白瓷的花瓶里插着的那枝黄菊还保持着昨天的姿态，只有枕边鸳鸯戏水枕头上微微的凹痕，仿佛在提醒她，昨天的一切并不是个梦。

她不禁喊了声"素心"。

门"吱呀"一声打开，素心和甘露捧着洗漱的用具走了进来。

两人眉宇间都荡漾着掩饰不住的喜悦。

"夫人，"素心把她当病人似的，要扶她起床，"世子爷去了宫里，特意嘱咐我们，别吵醒您，我们就没有叫您，一直在外面候着。"

甘露更是把漱口的盐水递到了她的面前。

该死的宋墨！唯恐天下人都不知道似的。

窦昭不禁横了两人一眼，道："我又不是小孩子，还不会自己洗漱不成？"

素心和甘露只是抿了嘴笑，小心翼翼地在一旁服侍着。

梳洗完毕，素娟端了一碗乌鸡汤进来："是世子爷一早起来吩咐的。"

窦昭有些啼笑皆非，宋墨简直是小题大做！

她有些不以为然，可莫名地，心里又浮现出淡淡的喜悦。

她顿时有些发呆：为什么同样的事，魏廷瑜做起来她就觉得心烦，宋墨做起来她却觉得高兴呢？

窦昭想到在那个像预知梦一样的前世中，她小产第二天就坐在床上主持济宁侯府的中馈，魏廷瑜劝她："你的身体还没有好，这些事先放一放。"然后把来回事的管事都赶走了。

她当时好像也挺高兴的，还照着魏廷瑜说的，躺下来休息。可她刚刚躺下，就有婆子来请她示下，说是东平伯太夫人病逝了，问送些什么祭品去。当时她当家没多久，并不清楚济宁侯府从前是怎么办的，只好爬起来查从前的账册，魏廷瑜看了，一把夺过她的账册，非要她休息不可。

她倒是又听魏廷瑜的话躺下了，东平伯太夫人的祭品却没有人管，要不是东平伯当时请了风水先生看过风水，东平伯太夫人的棺椁要在家里摆放六天，济宁侯府就差点错过了送祭品的时辰。

东平伯府可是给济宁侯府报过丧的，济宁侯府若不去祭拜，东平伯府会以为济宁侯府是想要和东平伯府绝交！

之后又发生过几件类似的事，窦昭这才明白，魏廷瑜的关心如春日的柳絮，是经不起风吹的，他不会帮自己做任何事，那些事还是堆积在那里，只能等着自己去处理，她甚至还有种感觉，自己若是真照着魏廷瑜的话去做，说不定还会造成许多误会。

时间一长，她就再懒得理会魏廷瑜的关心了；魏廷瑜见她不为所动，也懒得关心她了。

她学会了所有的事都自己承担，自己解决。

宋墨却不一样。

昨天晚上，自己真是累极了，闭着眼睛蜷缩在床上，一面喘息，一面道："你等会儿，我去帮你打水进来。"

素心几个都云英未嫁，她又没准备让她们做通房丫头，自然不好叫她们进来伺候。

或者是看出她已疲惫不堪，宋墨俯身温柔地抚着她的额头，柔声地让她好好歇着："……一切有我呢！"

她还记得她当时只是笑。

可没想到宋墨不仅打了水进来帮她清洁，还换了被褥，隔着隔扇交代值夜的素娟："不要拿到浆洗房去，你们帮着洗干净就是了。"

虽然后来他又蠢蠢欲动，一直在自己身上探索，她却能安然入睡，就算他起床时被短暂地惊醒，她也只是翻了个身，又沉沉睡去。

是不是因为这样，她才会觉得这些关心就变得特别甜蜜呢？窦昭若有所思地用了早膳。

颐志堂外有严先生，内有陈核，丫鬟、婆子有素心，她也没什么事做，寻思着要不要去看看宋翰，可腰实在是酸得厉害，她赖在床上，又睡着了。

等她醒来，已是掌灯时分。窦昭吓了一大跳，没想到自己睡得这样沉。

素心端了晚膳进来，笑道："看着夫人睡得香，就没有吵醒您。"然后服侍她起床，

"今天做了乳鸽汤，我去给夫人盛一碗。"

窦昭笑着点头，在炕上坐定。

武夷进来，禀道："夫人，世子爷差人给您带了封信。"

窦昭很是意外。打开信，信里还夹着包药粉，信中也只有寥寥数语，写明了药粉的用途。

窦昭脸上火辣辣地烧。

该死的宋墨，他不会弄得宫中的人都知道了吧？心里虽然这样懊恼，却又始终坚信，宋墨不会到处乱嚷嚷。

这种矛盾的心情，让窦昭恨不得立刻就能见到宋墨。

不知道宋墨这个时候在干什么？

她想着宋墨，宋墨也在想着她。值房的床板很硬，像这样的硬板床他已经睡了七八年，可从来没有像今天这样，觉得硌得慌。

他想窦昭了。

她泛着潮红的面孔……眼睛湿漉漉的，像要滴出水来……凌乱的青丝，汗湿着贴在白皙的额头上……

他觉得全身的血液都沸腾了。

昨天晚上他不应该那样对待窦昭，可他太想得到她了。

想让她成为他的。

不知道她有没有生气？

他明天晚上还得在宫里住一晚，后天酉时才能出宫。回去的时候要不要买点什么东西给窦昭赔不是呢？

宋墨有些拿不定主意。

有侍卫进来禀道："大人，景国公府的张三爷要见您。"

宋墨去了西直门，张续明迎了上来，低声道："今天一早，吏部的文书到了。"他朝着宋墨使眼色，"那件事成了。"

动作还挺快的！

宋墨冷笑，和张续明说了几句闲话，就散了。

他慢慢地往乾清宫走去，思忖着让谁去怂恿原丘灵卫千户的家眷去大理寺告状比较好。

一开始就得不到，不过是失望罢了，得而复失，会感觉更痛苦些。特别是因此而惹上了官司，不仅失去了官职，还可能会丢掉性命，想必那痛苦就更强烈些。

窦昭却在这个时候被宋宜春叫去了榭香园。

"我奉皇上之命巡视宣同，要去半个月。"他望着穿着大方得体，神色不亢不卑的儿媳妇，他心里就有些烦躁，"你年纪轻轻的，什么也不懂，我请了你大伯母过来协理英国公府的中馈，你待你大伯母，要如同亲婆母，事事都要听从于她，万不可自作主张！"

窦昭恭敬地应"是"，退了下去。

第二天一大早，宋大太太领着谭氏和一个嬷嬷、两个丫鬟，带着长辈特有的趾高气扬进了英国公府，从英国公手里接过了英国公府的对牌，她坐在了以前蒋氏用来示下的上房花厅里，并让人请窦昭过去说话。

窦昭应了一声"知道了"，去了小花园的花棚。

宋墨是说做就做的性子，已从花台请了两个媳妇子专侍花棚的事，水萝卜和小黄瓜都已种下。

窦昭赏了两个负责花棚的媳妇子每人两个上等的封红。

两个媳妇子谢了又谢。

宋大太太派的人过来催窦昭："……大太太和管事妈妈们都等着夫人过去商量这几天主持中馈的事呢！"

窦昭头也没抬，拍了拍并没有尘土的衣摆，淡淡道："你去跟大太太说，家里的事自有惯例，只要照着惯例行事，就不会有错，用不着商量。自我婆婆病逝之后，家里一直没有主持中馈的人，也没见家里出什么乱子。"又怕来人畏惧大太太有宋宜春的尚方宝剑，不敢说话，叫了素心和她一起去，并道："把我的话跟大太太说清楚了，别不知好歹地在那里乱比画。"最后一句，却是说给来人听的，好让她把这话传出去，让府里的人都知道自己的态度。

素心笑着奉命而去。

窦昭回了屋，换了件衣裳躺在床上看书。

又有媳妇子过来禀道："夫人，国公爷请您过去说话。"看她的眼神里充满了好奇。

窦昭"嗯"了一声，让那媳妇子在外面等："我换件衣裳就过去。"

这是最基本的礼仪，那媳妇子自然是恭敬地应"是"，等在外面。

窦昭继续看书，直到素心回来。

"大太太气得嘴都歪了。"素心笑着低声禀道，"立刻派了人去禀告国公爷。"

窦昭笑道："所以要叫我去训话。"

她放下书，带着素心和素兰去了榭香院。只是这一番耽搁，宋宜春已启程在即，他刚刚训斥了低眉顺眼的窦昭几句，吕正就走了进来："国公爷，吉时已到。"

宋宜春只得打住，由宋翰和窦昭等人送到了大门口，登车而去。

窦昭就问宋翰："我让人做了核桃酥，你要不要尝尝？"

"好啊！"宋翰雀跃着，就要跟窦昭去颐志堂。

一旁的吕正却急急地喊了声"夫人"，道："二爷还要上课——国公爷走的时候曾经叮嘱过小的们，若是二爷缺了课，就要拿小的们是问，还请夫人成全！"说着，跪了下去。

读书是正经事，吕正又态度恭顺，倒让窦昭不好发作，笑着低声对宋翰道："那你下了课来我屋里吃点心？"

宋翰连声应"好"，由一群丫鬟、婆子、小厮簇拥着，去了外书房。

宋大太太就皮笑肉不笑地道："砚堂媳妇，我们去花厅议事吧？"

窦昭理也没有理她，自顾自地扬长而去。

宋大太太目瞪口呆，半晌才回过神来。

"我要告诉国公爷！我要告诉国公爷！"她气得直跳脚。

素心有些担心地道："国公爷回来了怎么办？"

"国公爷不是半个月以后才回来吗？"窦昭淡定地道，"世子爷明天就回来了！再说了，就算没有世子爷，半个月的时间，也足够我把这位宋大太太捏成渣了。"

素兰忍不住扑哧一声笑，道："小姐，我可好长时间都没有听到您说这句话了！"

素心立刻虎了脸，呵斥道："称夫人！"

素兰朝着窦昭做了个鬼脸，端容屈膝行礼，恭谨地称了一声"夫人"。

窦昭大笑起来。

陈曲水也是今天离京，他正在向严朝卿辞行："夫人那边，我就不去告辞了，免得她问起来，我不好回答。我这就赶回真定去，我们十月份再见！"

严朝卿也掩饰不住眼角眉梢的喜悦，谦恭地道："都是我性子太急了，大老远地把先生请了来，劳烦先生两头奔波，全都是我的错。待先生再来京都，我请先生喝茶，还请先生不要推辞才是！"

严朝卿是宋墨手下的头号幕僚，窦昭如今又嫁给了宋墨，陈曲水自然希望能和严朝卿和睦相处，这样，对窦昭也能有所帮助。

陈曲水连称"不敢"，客气了一番，上了马车，径直出了京都。

严朝卿高高兴兴地回了颐志堂。

第九十二章　别想・走水・胆大

看见严朝卿回来，武夷立刻迎了上去，把宋宜春派了大太太过来主持中馈，大太太请了窦昭过去说话，窦昭不理不睬，结果被宋宜春训斥了一番的事告诉了他。

严朝卿的脸立刻沉了下去，他问武夷："夫人怎么说？"

"夫人眼角都没有扫一下大太太。"武夷眉飞色舞地道，"大太太正在花厅里发脾气呢！"

严朝卿想了想，道："派几个人跟着夫人，要是大太太敢对夫人无礼，你们也不用对大太太客气。"

想当初，宋宜春要把宋墨从族谱上除名的时候，宋家可没有一个人站出来为宋墨说句话，这样的长辈，趋炎附势，结交了也没有什么用，只会在生死关头让自己糟心罢了。

武夷高兴地去了。

严朝卿虽然知道窦昭身边有别氏姐妹，可这事情有时候不怕一万，就怕万一，他怕窦昭吃亏，喊了夏珠过来商量："你看要不要派几个人守着二门？"

夏珠觉得不好："瓜田李下，还是避些嫌的好。我看不如等明天去镖局里请几个女镖师回来，负责晚上的夜巡。"

严朝卿觉得这主意不错，吩咐他："快把这件事办妥了。"

夏珠去了相熟的镖局。

在花厅时发脾气的大太太见管事妈妈们都躲了出去，反倒没了脾气。

谭氏这才敢上前劝婆婆："这英国公府最终还是要交到三叔手里的，您又何必做这恶人？"

宋墨在宋家排行第三。

大太太听了欣慰地点头微笑："你有这点见识，也不枉我把你带过来。"

谭氏愕然。

大太太朝四周看了看，带来的嬷嬷机敏地守在了门口，大太太这才低声道："英国公府，说到底是属于英国公的。你二叔父正值壮年，一时半会，这英国公府还轮不到砚堂当家作主，而我们这些人，却是依附英国公府而生，能讨了英国公的喜欢，英国公随意赏点什么事我们做，我们就是不想富贵也难。可若是惹得英国公心生不悦，英国公随便给我们几个白眼，我们的日子只怕就会举步维艰。你们说，我们敢得罪英国公吗？"

谭氏不由点头。

大太太继续道："这次你二叔父让我来主持英国公府的中馈，说白了，就是想让我为难那窦氏。他们父子不和，已到了兵戎相见的地步。你二叔父既然打了这主意，岂能容我不答应？否则，他肯定会怀疑我们是站在砚堂那一边的。"说到这里，她长长地叹了口气，怅然地道，"偏偏砚堂从小被蒋夫人教导得只认蒋家人，从来没有把宋家的人放在心上。就像上次，你舅舅的马车冲撞了个卖饼的，不过是英国公府一句话的事，官衙的那些衙役想讨好英国公府，却阴错阳差地把事情报到了砚堂那里，本来是砚堂一句话就可以解决的事，他却帮衬着外人，让你舅舅赔了二十两银子……"

谭氏不由在心里嘀咕：既然二十两银子能解决的事，又何必非要把事情闹到英国公府来？让英国公府承了那些衙役的情不说，还落得个仗势欺人的名声。

她公公和婆婆什么都好，就是要面子。宁愿出五十两银子打发那些衙役，也不愿意拿二十两银子赔了那个卖饼的。

大太太哪里知道儿媳妇在想什么，见儿媳妇神色恭顺，很是满意，道："有些事，你们做小辈的不知道。你二叔这个人，虽然喜欢照顾家里人，可如果你把他惹毛了，他翻脸也是很无情的。我们家能有今天，全依仗你二叔父，他有事求我，于情于理，我都不能拒绝。可正如你所说，这英国公府早晚都要交到砚堂手里，我们和你二叔父走近了，你二叔父在世的时候，日子固然好过，可等你二叔父不在了呢？你们怎么办？我总不能只顾着自己不管你们吧？"

谭氏心中一动，道："娘的意思是？"

大太太朝着儿媳招了招手，示意她附耳过来。

"这英国公府除了颐志堂，到处都是你二叔父的人。我这么上蹿下跳的，也是做给那窦氏看的——你这就去窦氏那里，给她赔罪，说我老糊涂了，你二叔父不过是看着家里没个长辈，请我过来帮着照应照应，我却不知好歹地管起英国公府的事了，让她不要放在心上。然后把我们家是怎么靠着你二叔父过日子的，你二叔父的话对我们家来说比圣旨还灵……总之，怎么可怜，你就怎么样编，一定要让那窦氏动容，觉得我们是没有了办法。之后我继续在这边发脾气，你就一心一意地讨好她，就算是她骂我，你也要跟着附和几句。你要知道，你们以后可是要靠她过日子的。"最后郑重地问谭氏，"我的意思，你可明白？"

"就是一个唱红脸，一个唱白脸。"谭氏道，"我明白娘的意思。只是这骂人……"

"舍不得孩子套不着狼，你照我教你的行事，一准错不了。娘也不会因为这个就责怪你的。"

谭氏听着放下心来，去了窦昭那里。

窦昭正闲着无聊，在画花样子。她对谭氏的印象还不错，听说谭氏要见她，让素心请她进来。

两妯娌见过礼，并肩在临窗的大炕上坐下，谭氏一眼就看见了散落在炕几上的花样子，她之前从未和窦昭单独相处过，正愁没有话题，见状不由得一喜，随手拿起个花样子，笑道："弟妹在画花样子吗？我前几日刚得了几个好样子，要不要我描给你？"

妯娌之间相处，不就是这些小事吗？

窦昭笑着应"好",让素心拿了纸过来给谭氏画花样子。

谭氏就说起自己的婆婆大太太来:"……她就是这个脾气,实际上没有什么坏心,弟妹你千万不要放在心上……"

窦昭微笑着听着,静静地望着她,清澈的目光不仅澄净,还透着洞察世事的居高临下,看得谭氏极不自在起来,说话的语调也没有了刚才的流畅:"……我婆婆也是没有办法了……"

没有办法了就当着英国公府的那些仆妇给自己脸色看?没有办法了就派了儿媳妇来示弱,想两边讨好?

这种当面一套背后一套她见得多了。只可惜了谭氏,她还以为她们会成为能在一起谈论天气好坏的妯娌。

窦昭悠然自得地喝着茶,权当谭氏是只苍蝇在自己耳边嗡嗡嗡。

谭氏很快发现了自己的尴尬处境。她窘然地打住了话题,想到公公婆婆已经巴结上了英国公,活着的时候什么也不用愁,等到她掌家的时候,却要和窦昭打交道,不仅如此,还有她的儿子、孙子,说不定都得要宋墨提携,她一咬牙,"扑通"跪在了窦昭的面前,满脸羞愧地道:"弟妹,我知道你心里不舒服,我代我婆婆给你赔不是了。你若是心里还有气,我等会当着阖府的人给你道歉……"

窦昭瞥了素心一眼,素心立刻上前扶了谭氏。

"大嫂言重了。"窦昭放下茶盅,掏出帕子,擦了擦手,道,"我这人,通常不和人计较这些鸡毛蒜皮的事。我看你们婆媳也是个聪明人,我也不为难你们——你们与其当着府里上上下下的妇仆给我磕头认错,弄得主子不像主子,下人不像下人的,还不如把公公给你们的对牌交给我。"她说着,温声笑道,"府里的事,就不劳烦大伯母了,我自会打点得妥妥当当。"

那笑容,看在谭氏的眼里,只觉得无比刺眼。

她张口结舌,半晌才道:"这,这不太好吧……"

窦昭骤然变脸,"啪"的一声手就拍在了炕桌上,震得炕桌上一片"叮当叮当"的碰瓷声:"你以为我是傻瓜啊!吃着碗里还看着锅里,那也要看你们有没有那本事才行!想两边讨好,门都没有!你们要么给我把对牌交出来,彼此见面还有三分香火情。要么你们就听我公公的,继续想着法子为难我。可我也实话告诉你们,你们别以为拿着英国公的对牌就是英国公府的夫人了,想干什么就干什么。你们要是让我不痛快,到时可别说我不给面子,让你们下不了台!"

这世上怎么会有这么粗俗的女人?窦家不是诗书礼仪传家的吗?怎么会教养出这样的姑娘来?

谭氏差点昏倒。

"你,你,你……"她脸色煞白地指着窦昭,不知道说什么好。

窦昭冷笑,端了茶,素心高声喊着"送客"。

谭氏落荒而逃。

窦昭吩咐素心:"把她喝过的茶和茶盅都送到上院的花厅去,泼在我院子里都脏了我的地!"存心要羞辱大太太婆媳,也是想让大伙儿明白,大太太不过是在虚张声势,这个家里还是她说了算。

素心笑着喊了个小厮来,让他把谭氏喝过的茶盅用托盘端去了花厅。

大太太这次是真气了个倒仰:"真是不知好歹!真是不知好歹!她难道就不怕国公爷嫌弃她吗?"

谭氏踌躇道："钱是人的胆，我看，窦氏未必就怕国公爷待她怎样，要不然，二叔父叫她去说话，她也不敢拖拖拉拉的，直到二叔像要启程了才去了！"

是啊，自己当时只觉得奇怪，却没从这方面上想。这个侄儿媳妇油盐不进，看来不是个好相与的。

她不由抚额，觉得自己接了个烫手的山芋。

窦昭当然不会天真地以为自己的一番横眉怒目就会让大太太乖乖地交出英国公府的对牌。

宋宜春不是要去宣同半个月吗？自己还有的是时间！

她笑盈盈地招待下了学的宋翰。

"这是山东的秋白梨，这是苏州的松子糖，这是南京的桃门枣，这是塘栖的蜜橘……"她指了指摆了满炕桌的瓜果点心，"也不知道二爷喜欢吃什么，我就每样都准备了一点。"

宋翰看着直流口水。

"嫂嫂您真好。"他吃着松子糖，含含糊糊地道，"还知道梨子是山东的秋白最好，蜜橘是塘栖的最甜……我之前还担心嫂嫂从乡下来，什么也不懂，说不到一块儿去。"说着，冲着窦昭粲然一笑，倒颇有几分墨的璀璨。

宋翰也算是个美男子，只是和宋墨相比，如同晓星皓月，不在一个层次上。当然，能和宋墨相提并论的，窦昭两世为人，也没有见过，倒也不怪宋翰。想到这里，窦昭心里对宋翰闪过一丝同情。

她亲自给宋翰沏了壶新上市的铁观音。铁观音微苦，松子糖是甜的，喝着铁观音，吃着松子糖，铁观音越发显得醇厚，松子糖越发显得香甜，宋翰满脸惬意。

窦昭就问起宋翰的日常起居来："平时里都是谁在照顾二爷？丫鬟、小厮可都听话？功课紧不紧？月例够用吗？"一副关怀备至的大嫂模样。

宋翰倒也不反感，和她说起自己屋里的事来。说着说着，话题就转移到了狩猎上面，宋翰顿时兴致勃勃："……我九岁的时候就射死了两只锦鸡，一只野兔！"

这是宋翰颇为得意之事，常常拿出来说，英国公府上上下下没有不知道的，窦昭自然也早就听说过。

她啧啧称奇，在一旁凑趣。

宋翰就更来劲了："我原来也准备像哥哥那样，十岁的时候就去参加秋闱的，可惜母亲去世了，我要守制……"他说到这里，脸上闪过一丝茫然，好像失去了目标，以后不知道该何去何从。

或许，宋翰这样处处和宋墨较劲，是为了表现给蒋夫人看？

窦昭猜测，跟着宋翰叹了口气，安慰他道："二爷身手这样好，以后有的是机会。"

宋翰点头，却再也没有了之前的雀跃。

窦昭看天色不早了，就留了宋翰用晚膳，并道："二爷正好给我讲讲秋闱的事。我只知道想做官必须要参加科举，文官参加文举，武官参加武举，还是第一次听说比试骑射也可以做官的。"

宋翰就笑着跟窦昭讲起秋闱来。

素心和几个丫鬟在厅堂里摆碗筷。

吕正过来，想请宋翰回上房用晚膳。

窦昭笑道："我这儿已经准备好了，就让二爷在我这里用膳吧！"

吕正朝宋翰望去，宋翰正讲到要紧处，见吕正请他示下，他就朝着吕正挥了挥手，示意他退下。吕正恭谦地给窦昭和宋翰行礼，退了下去。

窦昭若有所思。

宋翰显然并没有失去自由。而照宋墨的说法，宋翰从小就和他很亲近，是因为宋宜春不喜欢宋翰和他过多交往，他又不想让宋翰为难，兄弟之间才没有像从前那样来往得那样密切，可宋翰每次见到他，还是对他很亲昵。

既然如此，宋翰为什么不常常去看宋墨？

她想到在那个梦中的前世，自己严防死守，还毫不掩饰地流露出对朱氏的厌恶，葳哥儿和蕤哥儿还是想方设法地去见朱氏……如果真的惦记一个人，不是应该时时刻刻都想见到他吗？而且越是痛苦怅然的时候，不是越希望得到那个人的安慰劝解吗？

宋翰却只一味地做孝子。

或者，在宋翰的心里，父亲比哥哥更重要？

窦昭辗转反侧睡不着，想到前世的事，她越发觉得宋翰辜负了宋墨对他的手足之情。

明天宋墨就要回来了，自己要不要跟他说这件事呢？想到宋墨被蒙在鼓里，她就替宋墨觉得委屈，就替宋墨抱不平，也就越发地睡不着了。

她索性披衣坐了起来。

值夜的素心向来心细，听到动静，也跟着坐了起来。

"夫人，要不要我移盏灯过来？"

帷帐内，只在小机子上点了盏小小的八角宫灯。

"不用了。"窦昭有些怏怏地道，"我就是睡不着，起来坐会儿。"

素心"嗯"了一声，给窦昭倒了盅茶。

外面突然传来一阵喧哗声，两人俱是一愣，窦昭便吩咐素心："你去看看出了什么事。"

素心应声而去。

喧哗声却越来越大，隐隐夹杂着女子的哭喊声。

窦昭不由皱眉。

素心折了回来："夫人，前面的马棚走水了。"

怎么这么不小心？！窦昭正好睡不着，趿了鞋，道："看看去！"

素心应声，陪着窦昭出了正房。

火势很猛，半边天都烧亮了，男的吼叫，女人的哭泣，纷乱嘈杂的声音迎面扑来，站在正房的廊庑下，都可以感觉到前院的慌乱无序。

颐志堂正院的人都被惊醒了，丫鬟婆子们纷纷披衣出来观望，三三两两地凑在一起议论着。见窦昭出来，大家都屈膝行礼，满脸的不安。

窦昭抬头望了望天，又感觉了一下风向，对众人道："我们在北边，今天刮的是北风，大火不可能烧过来。就算万一风向变了，颐志堂没有房舍和前院相连，我们也有足够救火的时间。"她吩咐素心："你去问问严先生到底是怎么一回事，有没有人受伤或是不见了？国公府走火，是大事，有没有报顺天府？顺天府的人什么时候能来？"又吩咐素兰，"你去跟武夷说一声，让他把正院的小厮都叫到一块儿，在大门口守着，一旦变了风向，火势蔓延开来，立刻就来禀我。"又指了几个粗使婆子，让一个精明的媳妇子领着："你们去看看墙角那些蓄水的缸是否满着？若是满着的，你们都就地等候吩咐，后面有需要再帮着武夷他们打水。若是缸里的水没满，你们现在就去提水，把水蓄满。"

颐志堂的正院有小厨房，说是小厨房，那里的七星灶、柴房、井都一一俱全。

"至于其他的人,"窦昭喊了甘露和素娟,"你们各领一半的人回屋歇着,需要的时候,就出来帮着灭火。"

大家见她神色镇定从容,考虑周到,事情安排得井井有条,不禁心中大定,照着她的吩咐开始行事。

窦昭就站在廊庑下观察着火势,那个精明外露的媳妇子就搬了张太师椅过来,殷勤地道:"夫人,您歇会儿。有素心、素兰两位姐姐领着我们,不会有什么事的!"

窦昭见她颇为机灵,问她:"你怎么称呼?"

那妇人忙道:"奴婢的男人叫卢义,公公曾在安梁的田庄做过庄头,奴婢的男人进府后,曾帮着世子爷赶过车,如今在京都的杂货铺子上当值。"

安梁的田庄,是蒋夫人的陪嫁,难怪这妇人能被安排在上房当值。

窦昭微微点头。

火势越烧越大,马棚旁下人居住的东群房也烧了起来,好在风向一直没有变。

素心匆匆赶了回来:"夫人,严先生说,现在还不清楚马棚为什么会走水,火势还很大,也不知道有没有人受伤。但已派人去报了顺天府,但顺天府的大牢今天晚上也出了事,好像是有人劫狱,恐怕一时半会儿抽不出人手来救火,陶先生已拿了国公爷的拜帖去了五城兵马司,那边应该很快就会有人过来帮着救火了。"又道,"如今严先生领着夏护卫等人去帮着救火了——陶先生主张开了垂花门,让护卫从后花园的湖里挑水;严先生不同意开垂花门,主张把东群房那边的厢房拆掉两间。结果常护卫领着国公府那边的护卫在挑水,严先生领着我们的人在拆厢房。"

不管是严先生还是陶先生,都没有想到让宋翰出面。

窦昭觉得有些奇怪。

大火还在熊熊地燃烧,空气中到处弥漫着烟火的气味,呼救声、叫喊声时隐时现,大家神色凛然,在这么严肃的场合,窦昭想到英国公府和颐志堂的泾渭分明,不由扑哧一声笑。

不知道宋宜春看到了这满院的狼藉,会怎么想?

素心和卢义家的面面相觑。

窦昭忙道:"没什么,我就是想到了严先生和陶先生……更赞成严先生的主意。卢义家的,你忙你的去吧,我也先回屋去歇着了。既然严先生和陶先生都在,想必不会有什么事的。"

卢义家的恭谨地应了声"是",去查看水缸了。

窦昭和素心回了房,可窦昭又怎么睡得着,两人在炕上坐着闲聊:"听二爷的口气,原来服侍他的,都是蒋夫人帮他挑选的。蒋夫人去世后,英国公府把曾经服侍过蒋夫人的人都放了籍,他身边的人全是这两年新换的。你等会儿跟严先生说说,让他替我查查,当时放出去的那些人现在都在哪里?在做些什么?"

素心点头,沉吟道:"您是怀疑有人知道蒋夫人的事吗?"

"这只是条线索。"窦昭思忖道,"还有些事,我没有想明白,想找个人证实一下。"

窦昭不说,素心从不多问,这次亦然。

门外突然响起"咚咚咚"震天响的敲门声,小厮一边大声应着"是谁啊",一边要去应门,却被武夷一把拦住。

"是谁啊?"他粗声粗气地问道,显得有些霸道。

"在下常五。"门外的人客气地道,"外面走了水,陶先生担心夫人,怕夫人这边有什么闪失，特意让我等过来看看。"

戊午年宋宜春针对宋墨的那场杀戮，如同一块试金石，不仅试出了人心向背，而且试出了英国公府所有人的立场。

英国公府和颐志堂，对外是一家，关起门来是对头。英国公府走水，怎么不是严先生派人过来问候夫人？却是陶先生的人跑过来问候夫人？！这完全不合常理好不好啊！

小厮不由困惑地望着武夷。

武夷已暗叫一声"不好"，高声喊着"松萝"，跳起来就朝着紧闭的正院大门跑去："你快去通知夫人，就说陶器重那个老匹夫派了人来，想对夫人不利，让夫人快点找个地方躲起来，再想办法给严先生报信。"说话间，他的人已经像块石板似的，"嘭"的一声撞在门扇上，"快来帮忙！不能让那些人冲了进来！"他用肩膀抵着门。

世子爷对夫人的敬重，大家都看在眼里，若是夫人在他们手里出了什么事……此时在正院的小厮们都不敢往下想，武夷的话音未落，他们就一个个跑了过去，学着武夷的样子，用身子死死地抵在了门上。

外面的人听到动静，露出了庐山真面目，不仅粗俗地大声骂起娘来，还用脚踢物击，想撞开大门。

松萝脸色发青，哪里还敢多留，使出吃奶的力气朝正房跑去，一边跑，还一边大声喊道："夫人，不好了！陶器重趁乱要害您！您快藏起来！"

正在说话的窦昭和素心大吃一惊，不约而同地趿着鞋子跑了出来。

"出了什么事？"窦昭望着在她面前喘着粗气的松萝，松萝忙把事情的经过说了一遍。

窦昭脸色一寒，心里却直犯嘀咕：以下犯上，那可是大忌，陶器重不可能不知道！就算是宋宜春的吩咐，他难道就不怕脏了手，让子孙后代都背上骂名吗？何况宋宜春此时还不在府里，到时候宋宜春两手一摊，这件事就成了陶器重自己的主意，他对宋宜春有这么忠心耿耿吗？而且自己不过是宋墨的妻子，就算是死了，对宋宜春和宋墨之争又有什么逆转性的影响吗？反而是宋墨可以拿这件事做文章，逼迫宋宜春。

素心闻言骇然，急切地道："夫人，我去看看！"

"我们一起去。"窦昭道。

颐志堂也分内外院，正房又位于内院的正中，是个四进五间带着两个耳房的院子，从大门到垂花门，中间还隔着个穿堂，十来丈的距离，若是有什么事，他们还有机会退回来。

"夫人……"素心和松萝异口同声，都反对她去。

"事急从权。我要看看情况才好拿主意，你们不要再磨磨蹭蹭地耽搁时间了。说不定到时候我们还要安排人去向严先生求助。"

素心自不必说，松萝经历过戊午年之事后，也成熟稳重了不少，两人都知道窦昭的话有道理，素心招了素兰过来，松萝则拿了根垂花门的门闩紧紧地跟在窦昭的身后，几个人一起出了垂花门。

外面的叫骂声越来越清楚。

窦昭停下了脚步。

这绝不可能是英国公府的护卫！英国公府绝不可能招这么粗俗的护卫！

她神色微变。

顺天府有人劫狱……英国公府走水……陶器重和严朝卿带着各自手下的护卫去救火……她遭人攻击……好像有根无形的线，把所有的事情都串了起来。

窦昭望着武夷等人脸色涨得通红，使出了全身力气也没有办法阻止颐志堂正院大门的摇摇欲坠，沉声吩咐武夷："想办法找几根木棍抵住大门，你们都退到垂花门，死守住垂花门即可。"

当务之急，是要想办法通知严先生。素心和素兰虽然身手不错，可到底是女孩子，她身边也需要有人护卫，如果派其他人翻墙出去，也不知道外面有没有埋伏。

窦昭脑子飞快地转着，和素心、素兰疾步退回了正院。

松萝一路大喊，满院的人都知道有歹人攻击正院，甘露几个吓得脸色发白，卢义家的和几个粗使的媳妇子却不知道什么时候从厨房里拿出了菜刀、烧火棒之类的，围了窦昭七嘴八舌地道："夫人，只要有您一句话，我们就和他们拼了！我就不相信了，还有人敢在英国公府捣乱！"很有些井底之蛙不知道天高地厚的样子，哪里像是要去和歹人拼命的，倒像是富户人家去捉奸的仆妇。

这么紧张的时候，看着眼前的情形，窦昭却忍不住"扑哧"一声笑了起来。

众人面面相觑，窦昭却是眼睛微湿，心情澎湃。

她一生好强，越是生死关头，越是不愿认输。

窦昭望着一张张或害怕，或激动，或愤然的面孔，心中豪情万丈。

素心和素兰的身手虽好，却是她手中的底牌，她无意暴露，现在有了卢义家的这帮人，她可以肯定，以后英国公府的内院一定很热闹。如果说之前她还有几分害怕，现在却毫无惧意。

"好！"她大声笑道，"如果那些贼人敢闯进来，我们定教他们有来无回！"

大家都不禁精神一振。

窦昭站在正屋的台阶上等武夷等人退守到垂花门。

空气中飘浮着大火燃烧后的灰烬，让人感觉呼吸不畅，有些窒闷。

她脑子不由灵机一动。

"卢义家的，你领人快去把柴房的柴火都堆放到院子中间点燃了，"窦昭道，"严先生他们看见这边有火光，肯定会赶过来的。"这样一来，也就不用派人去报信了，既节省了时间，又解了此时之困。

"夫人，好主意！"卢义家的眼睛都亮了起来，看向窦昭的目光中充满了敬佩。而且其他人见了，对这次脱险顿时也有了信心。一时间，正院里群情激昂，士气高涨。

这正是窦昭要的。

要坚信自己能赢，才有赢的可能。

那些丫鬟也自发地和粗使的媳妇们一起抱柴火。

虽然院子里静悄悄的，没有人说话，却秩序井然，大家都很有精神。

跟着武夷败退下来的小厮们看了，心中大定。而武夷看见院子中的柴火，他微微一愣，但很快就明白过来，他望向窦昭的时候，眼中难掩震惊。

窦昭却顾不得这些，吩咐他："你带着人守着垂花门，无论如何，也不能让他们闯进来！你做得到吗？"

武夷神色一正，肃然抱拳："夫人，誓不辱命！"

窦昭欣慰地点头，吩咐他们用厢房里的那些笨重家什堵了垂花门。

那群歹人追了过来，又是新的一轮撞击。

听说是一回事，亲身经历又是另一回事。

那震耳欲聋的撞击声，粗鄙不堪的叫骂声，不仅让丫鬟小厮神色紧张起来，就是窦昭，也担心不已——如果他们突破了垂花门，自己这些人就失去了屏障，无处可躲了。

好在卢义家的很快就点燃了柴火，熊熊的大火冲天而起，照亮了天空，也照亮了丫鬟小厮的心。

外面的人咆哮起来："这些臭娘们，竟然想出了这样的招术……你们加把劲，不然我们就得无功而返……"

外面的人吼叫着，撞击得更厉害了。

这样下去，不是个办法。窦昭望着摇晃的垂花门，感觉到火焰的热浪，一个更大胆的念头浮现在她的脑海里。

"卢义家的，我们院子里可有梯子？"

"有！"卢义家的也没有经历过这种阵仗，先前的豪言壮志都被耳中传来的"嘭嘭"声击得快要冰消瓦解，她强打起精神问道，"夫人要梯子做什么？"

窦昭没有回答她，而是继续问道："有几架？"

卢义家的在心里默默地算了算，道："有四架。一架在厨房……"

窦昭打断了她的话，道："你去带着几个婆子烧锅开水来，要快，再派个人带着素兰去把四架梯子都搬过来。"

卢义家的虽然不明白她要干什么，但依旧恭敬地应"是"，带着人去烧水，素兰则指挥着几个婆子搬了梯子过来。

窦昭道："等会我们就往下浇开水。我就不相信，他们还能像现在这样使劲地撞门！"又鼓励大家，"严先生他们肯定已经看到这边的火光了，应该很快就会赶过来了。"

"夫人真是像诸葛亮似的。"大家的精神一振，纷纷赞扬着窦昭。

窦昭盈盈地笑。

烧水的卢义家的知道了窦昭的打算，更卖力了，很快就烧了两锅开水，小心翼翼地抬了过来。

窦昭怕没把歹人烫着，先把自己的人安排好，让胆大的素心和素兰站在墙头泼水，又吩咐卢义家的："继续烧，不要停。"

卢义家的却舍不得走，直到看见素心和素兰把两架梯子并排放着，合力端着一锅开水爬到了墙头，"哗"的一声泼了出去，门外发出几声惨叫，听到那些歹人气急败坏地喊着"墙上！小心墙上！拿根长棍子来，把人给我捅下来！"之类的话时，她才乐颠乐颠地回了厨房。

等到卢义家的第三次送来开水的时候，外面响起了嘈杂的脚步声，还有夏珽等人惊恐万分的声音："夫人，夫人……"

窦昭松了口气，素兰兴奋地探出头去，朝着飞奔而来的一群熟人招着手："我们在这里！"然后把开水和锅一起砸了下去。虽然被已经有所防备的那群贼人给避开了，但她还是非常高兴。

第九十三章　包天·对牌·拦路

夏琏等人的到来，让危机四伏的形势没有任何悬念地急转直下——闯进颐志堂的七个人死了两个，其他的，全被生擒。

严朝卿的脸色冷得可以冻死人。

他确认了窦昭安然无恙之后，立刻向窦昭借柴房："……事出蹊跷，恐迟则生变，还请夫人允许我立刻审问贼人。"

窦昭也觉得速战速决好，让卢义家的领着严先生和夏琏等人去了柴房，自己则指使着仆妇们清理院落。

柴房里传出来几声惨叫，随后又像被什么东西堵住了似的，没有了声响。

卢义家的从通往小厨房的转角出来，脸色苍白，满面惶恐。

窦昭暗暗心惊，悄声和素心道："这要是弄出人命来，以后谁还敢到灶上当值啊！"

素心道："那我去提醒严先生一声吧！"

窦昭点头。

有小丫鬟进来禀道："夫人，吕管事过来了。"

颐志堂的火光，英国公府的人也看到了，可对于他们来说，外院的火势远比颐志堂更重要。所以陶器重不在，受命主持英国公府事务的吕正在看到颐志堂的护卫丢下拆了一半的厢房全都赶往颐志堂的时候，他想了想，还是决定来看看情况，慰问一番。

窦昭正好想知道英国公府是否和这件事有关系。

她在正厅里见了吕正。只带了两个小厮的吕正一路行来，先是在颐志堂前面的甬道上看见了两具面目陌生的尸体，然后在正院看见了一堆火烧水淋过的柴火……吕正是个精明人，否则也不会成为宋宜春的心腹——他很快就意识到有人趁乱攻击了颐志堂，窦昭等人只得一边死守，一边放火示警。

只是不知道这主意是谁出的？不仅聪明，而且有急智。

不过，这些贼人到底是从哪里冒出来的？又是怎么闯进颐志堂的？有没有内贼和他们里应外合？颐志堂有没有把人全都抓住？若只是抓住了其中的几个人，其他的人现在又都在哪里？

一想到这些，吕正就觉得背心凉飕飕的。

家里出了这样的大事，世子爷肯定很快就会赶回来。万一世子爷怀疑这件事与国公爷有关系，发起飙来，国公爷不在家，有谁敢拦着世子爷？又有谁能拦得住世子爷？

吕正面如锅底，但他已经进了颐志堂，只好装作什么也不知道的样子，硬着头皮佯装惊讶地问窦昭："夫人，到底出了什么事？"

我还想问你到底出了什么事，你倒反问起我来！

窦昭一边腹诽着，一边把事情的经过告诉了吕正，至于是谁出的主意放火报警、用开水烫贼人之类的事她则草草带过，没有深说。

吕正听得汗如雨下，"扑通"一声就跪在了窦昭的面前，急急道："夫人，真是没有想到会出这样大的乱子，全都是小人们的错！一心只顾着救火，却让贼人给混了进来。只是不知道严先生从那些贼人嘴里都审出了些什么？有没有交代他们一共有几个人？怕就怕还有贼人藏匿在暗处，趁我们放松警惕的时候出手伤人……"

这些贼人显然是通过英国公府进来的，陶器重不在，这个责任也就只能暂时由他这个管事担着了。

窦昭见他虽然面露惊讶，眼底却有一丝惊恐闪过，心里越发怀疑，语气也就越发温和了："严先生那边还没有什么消息，府里的事，恐怕还得麻烦陶先生和吕管事了。"

既然吕正这么说，不管这件事与宋宜春有没有关系，颐志堂之外的事，就由着他们去伤脑筋好了。

两人正说着话，从五城兵马司借了人手来帮着灭火的陶器重回来了。听说颐志堂那边莫名其妙地走了火，严先生等人全都赶往了颐志堂，东边群房也烧了起来，那些住在东边群房的仆妇们惦记着自己屋中的儿女和财物，哪里还有心思灭火，不时有人偷偷地溜回家中安顿子女收拾财物，英国公府一片混乱，他脸色大变，匆匆地交代了前来帮忙的副指挥使几句，就带着随从去了颐志堂。

人人都知道国公爷和世子爷不和，世子爷不在家，若是世子夫人有个什么三长两短，只怕世人都会怀疑这件事与国公爷有关。国公爷虽然不喜欢世子爷，可这种明显会让他遭到非议的事却是不会做的。到时候他们可就是黄泥巴烂在裤裆里，不是屎也是屎了。

路上，已有留在府里的心腹把颐志堂的事告诉陶器重，陶器重暗暗叫苦。

待到了颐志堂，正好严朝卿也来见窦昭，他一把抓住了严朝卿，就像抓住了根救命稻草似的："严兄，严兄，这到底是怎么一回事啊？"

严朝卿脚步不停，一面朝正房去，一面道："我正要去禀了夫人，你也跟着一道听一听吧！"

陶器重心里"咯噔"一下，脸色隐隐有些发青，跟着严朝卿进了厅堂。

"夫人，是沧州那边的一群流寇，在沧州那边待不下去了，来京都避风头，"事态的发展也出乎严朝卿的预料，"看见您出嫁的时候陪嫁里有一整箱银票，就盯上了您的嫁妆，勾结了京都的几个闲帮，又花钱雇了两个游侠，谋划了劫狱和马棚走水的事……"

窦昭张口结舌。

吕正却如释重负地松了口气：既然是世子夫人的陪嫁惹的祸，这下子总算和他们没有关系了吧？

只是他这口气刚刚舒畅，就听见严朝卿道："据他们交代，这次一共有二十六个人偷偷地摸了进来，如今我们只找到了七个人，其他的人去向不明，这件事只怕还得陶先生拿个主意，看怎么办好？"

陶器重好不后悔。早知道这样，当初就应该听严朝卿的，丢卒保帅，直接把东边群房的厢房拆掉两间，阻止火势蔓延……那马棚，烧了就烧了，重新再搭建一座就是了。现在可好了，竟然有贼人闯了进来，这责任可就全都在他身上！何况还有十九个人不知去向……

他觉得自己就像落在了热锅上的蚂蚁似的。

"还好五城兵马司派了东城兵马司一个司的兵力过来，"他的脸色阴得能滴出水来了，"我这就去安排人手捉贼。"又想着颐志堂的护卫有好几个身手高超、心细如发、缜密谨慎之人，不由道，"也不能就这样让那些东城兵马司的人在家里乱窜，还请严先生借几个人给我帮着陪陪东城兵马司的人。"

"不行！"严朝卿断然拒绝，"在没有找到那些贼人之前，颐志堂所有护卫都必须留在颐志堂，保护夫人。"

陶器重张了张嘴，最终什么也没有说，和吕正灰溜溜地走了。

严朝卿知道这件事可以拿来做文章。

他想到窦昭挟持宋墨时的杀伐果敢，想到她刚才的临危不惧，委婉地向窦昭解释道："夫人的安全才是第一的。英国公府太大了，如果我有所隐瞒，万一真有漏网的贼人藏匿在内院，就太危险了！"

严朝卿的话却让窦昭灵机一动。她笑道："从前那些贼人杀了英国公府的护卫，大家都不相信，非要说是世子爷杀的。现在又有贼人围攻颐志堂……这事情可真太凑巧了！"

她的话让严朝卿眼睛一亮，道："我这就去办这件事！"

窦昭笑着说了句"有劳先生了"。

严朝卿恭敬地行礼，退了下去。

等在外面的夏珥忙问道："夫人怎么说？"

看着那两个脸都快要被烫熟了，被他们很轻易就生擒住的贼人，他觉得窦昭就是戏文里说的巾帼英雄，对窦昭十分佩服。

严朝卿把窦昭的意图一说，夏珥就忍不住伸出了大拇指，感叹道："世子爷娶了夫人，可真是如虎添翼啊！"

严朝卿笑着点头，很赞同夏珥的话。

两人就站在屋檐下，商量着这几天的颐志堂的防卫。

宋翰带着两个小厮走了进来。

"我听说嫂嫂这边走了水，嫂嫂没事吧？"他神色焦急，"我一听到消息就赶了过来。"

严朝卿和夏珥忙向宋翰行礼，丫鬟则去禀了窦昭。

窦昭迎了出来，道："这个时候，二爷怎么过来了？"她训斥着宋翰的小厮："你难道不知道家里有贼人闯了进来吗？如今还有十九个人不明踪迹，若是二爷有个闪失，仔细剥了你的皮！"

小厮吓得脸色发白，跪在地上瑟瑟发抖。

宋翰也被窦昭的话吓着了，他拉着夏珥的衣袖："夏护卫，是真的吗？"

夏珥忙道："是真的。还有人没有找到。"声音十分温和，"二爷不应该这个时候来颐志堂的。"

宋翰顿时不知所措起来。

窦昭忙吩咐夏珥："你送二爷回上院。"

夏珥恭声应诺，陪着宋翰出了颐志堂。

窦昭望着宋翰的背影，直到他消失在了视线里，才回了内室，叫了甘露："这么大的火，我想府里没有谁睡得着的。你去请了大太太和大奶奶过来，说我有话要说。"又低声交代了素心几句。

甘露请了大太太和谭氏过来，两人看着守卫森严的颐志堂，齐齐松了一口气，大太太更是哭丧着脸道："这是哪里来的蠹贼？也不睁开眼睛看看这是什么地方，真是想银子想疯了……"

窦昭端着茶盅，悠闲地喝着茶，任由着大太太色厉内荏地发着脾气。

她平静的表情莫名就让谭氏一阵心惊。她偷偷拉了拉大太太的衣襟，提醒她窦昭并不感兴趣，让她少说两句。

大太太抽抽搭搭地止住了哭声，一边拿着帕子擦着眼泪，一边偷窥着窦昭的表情。

窦昭这才放下了茶盅，脸色一沉，道："看样子，大伯母已经知道有贼人觊觎我的陪嫁，竟然趁着英国公府走水之时浑水摸鱼进了二门，攻击了颐志堂，欲对我不利的事了？"

这件事早已炸了锅。

堂堂超一品的勋贵之家，曾经跟着太祖南征北战的开国功臣之后，百余年来圣眷不断，号称京都最显赫的簪缨之家的英国公府，竟然被贼人闯了进来，而且还有一大部分的贼人行踪不明，不知道是看着形势不对偷偷地溜出了英国公府还是藏匿在了英国公府的哪个犄角旮旯，陶器重还需要家中的仆妇帮着找人，想瞒也瞒不住。

恐慌像风一样吹遍了英国公府。大太太和谭氏被告诫不要出门，服侍她们的几个看上去身体粗壮的婆子都被叫去协助五城兵马司的人搜寻贼人，只有几个年纪不懂事的小丫鬟陪着她们，屋子里冷冷清清不说，几个小丫鬟更是吓得缩成了一团，抱在一起哭个不停，让留宿在英国公府的大太太和谭氏又惊又怕，后悔不已，生怕有贼人闯了进来……一听说窦昭找她，她也顾不得之前的嫌隙了，只盼着窦昭让她们能在护卫森严的颐志堂里待到天亮，不想再回毫无设防的客房。

听窦昭这么一说，大太太不住地点头，还顺着窦昭的话安慰着她："你不用担心！马上天亮了，等砚堂得了信，很快就会赶回来主持大局了……"

"这是自然！"窦昭冷冷地打断了大太太的话，眼睛盯着她，清澈的眸子顿时如利刃般闪烁着锋利寒光，"你既然主持着英国公府的中馈，陶先生要开了二门取水灭水，想必大伯母是赞同的了？"

大太太闻言，打了个寒战。

这窦氏找她来，果然没有安什么好心！

英国公府规矩大，内院岂能任人随意进出？白天二门有值守的婆子，等到落锁之后，除非有英国公府的对牌，否则是无论如何也不会允许人进出的，更不要说像这样敞开着二门了，这就好比一个贵族小姐突然被剥去了外衣，谁都可以打量两眼，品头论足一番。

陶先生让值夜的婆子给她传话的时候，她心里也有些犯嘀咕，可想到陶先生是英国公的幕僚，自己不过是代为掌管英国公府的对牌，如果外院真的被烧了，这个责任她可担当不起。

思忖再三，她还是让人开了二门……

谁知道却是怕什么来什么。因为二门大开，有贼人混了进来，还差点伤到窦氏，陶器重固然难辞其咎，她这个掌管对牌的人也一样撇不清干系。

想到之前窦氏粗鲁地叫嚣着要她交出对牌的事，大太太哪能还不知道窦昭的心思。

此一时，彼一时。

这个时候，她敢说"不"吗？这么混乱的情况之下，窦氏不是像她一样害怕地躲在屋里，却立刻想到和利用这件事逼她认错，逼她交出对牌，不说别的，就凭这份审时度势，放眼整个京都，能有窦氏的这份果敢的，她还想不出第二人。

她不认错，窦氏能放过她吗？

说不定她出了这门就会被当成贼人的同伙给绑了起来，安上个通贼的罪名。反正二叔和砚堂都不在家，陶先生等人又自顾不暇，谁会管她们婆媳啊？

想到这些，大太太如打了霜的茄子似的蔫了，她苦笑着点头，推托道："是我一时糊涂，觉得陶先生既然是国公爷的幕僚，他出的主意，怎么会有错呢？不承想偏偏就出了错……"

她说话间，有几个孔武有力的仆妇拿着棍子悄悄地走了进来，小山似的站在了窦昭的身后，紧紧地盯着她，像她是个外室似的，一句话不对，就要操棍子打人……

　　这次可真是栽了，不交对牌，瞧窦氏这架势，是要明抢啊！可交了对牌，二叔回来，怎么会饶她！

　　但人在屋檐下，不得不低头啊！既然窦氏志在必得，自己何必再激怒她。

　　拿定了主意，大太太话锋一转，道："我毕竟是小门小户出身，不知道其中的厉害，"她吩咐谭氏："你这就回去，把英国公府的对牌拿过来。"又满脸悔恨地对窦昭道："我无德无能，还请夫人主持英国公府的大局。"

　　与此同时，站在值房廊庑下的宋墨，望着英国公府的方向，神色凝重。

　　"你可看清楚了？"他目光清冷，问着因为发现异常情况前来禀告的侍卫，"走水的是英国公府？"

　　"属下看清楚了。"侍卫恭敬地道，"属下怕弄错了，还吩咐外面值守的人亲自骑马去打探了一番。英国公府不仅走水，而且还有贼人闯了进去。"他说到这里，露出庆幸的表情，"还好那些贼人被护院擒拿了，五城兵马司的人又及时赶了过去，如今火势已停，英国公府没有什么大碍，府里也只有四个护卫受了些轻伤。"

　　贼人？堂堂天子脚下，竟然还有贼人？而且还敢到英国公府去打劫？说出去谁会相信？

　　宋墨垂落在身侧的手紧紧地攥成了拳，然后慢慢地背在了身后，好像这样，就能掩饰他此刻的愤怒似的。

　　窦昭现在怎样了？她有没有受到伤害？有没有害怕？她才刚刚嫁到英国公府来，恐怕生平第一次遇到这样的事，她会后悔嫁给自己吗？

　　他想到这里，心就像被针扎似的，细细密密地隐隐作痛……却忘了当初自己被窦昭挟持时的惊讶。

　　这件事，与父亲有没有关系呢？

　　宋墨的脸色渐渐有些发青。

　　身体发肤受之于父母，父亲可以伤害他，却不能伤害窦昭！

　　他的眼睛里好像有团火在跳跃，半晌才道："我夫人可曾受伤？"

　　窦昭在内院，就算是受伤，这么短的时候，侍卫也很难打听到情况，可他就是想问一句，好像这样，他的心才会好受些。

　　侍卫不由抬头望了宋墨一眼，眉宇间闪过一丝困惑。他已经说得很清楚了，英国公府只伤了四个护卫，怎么大人还问他的夫人有没有受伤？但宋墨是他的上司，宋墨开了口，他自然得回答。

　　"没有听说夫人受伤的事。"

　　明明知道侍卫会这样回答，可当他听到的时候，心里却像起了千层浪似的，眼角眉梢也在不经意间闪过一丝戾色，心中却暗暗后悔。

　　早知道这样，当初他应该去丰台大营的，虽然离家里远些，却比宫里自由。不像现在，他和窦昭近在咫尺，却因为宫门紧闭，他没有办法安慰窦昭，甚至连句关心的话，也不能说。

　　"该死！"宋墨神色阴郁地低声咒骂了一句。

　　众人以为他是为英国公府失火的事恼火，正想上前安慰几句，有侍卫匆匆走了进来。

　　"大人！"他恭敬地给宋墨行礼，道，"大人家中的小厮传了话进来，说夫人安然无恙，家中井井有条，让大人放心！"

宋墨眼前一亮，空气都跟着轻快起来。

大家纷纷上前恭喜宋墨，宋墨却沉思了片刻，去了乾清宫。

皇上还没有起床，他在乾清宫里等了大半个时辰，才燃起了灯。又等了半个时辰，汪格才笑着出来宣他进去。

皇上正端着碗粥，宋墨赤红着眼睛跪在了皇上面前："皇上，微臣想提前出宫！"

皇上愕然。

宋墨一向是个识大体的孩子，从来不曾这样伤心、委屈过。

皇上看了汪格一眼，见汪格也不知道原因，不禁沉声道："出了什么事？"

宋墨把家中走水进贼的事说了一遍："……刚开始还不知道是谁家，只因离禁宫太近，才派了人去打听……"

他的话还没有说完，"啪"的一声，华丽的霁红瓷碗摔在金砖上，碎成了片。

"反了，反了！"皇上怒不可遏，"太平盛世，竟然有贼闯进英国公府，顺天府是在干什么？五城兵马司又在干什么？"他高声地叫着汪格，"去，把顺天府尹和五城兵马司总指挥使给我叫进来！今天他们敢打劫英国公府，明天是不是该打劫朕的皇宫了？"

殿堂里落针可闻，宫女、内侍吓得瑟瑟发抖。

宋墨沉声道："皇上，请您允许我捉拿贼人！"

皇上取下多宝格上供着的龙泉宝剑，"哐当"一声丢在了宋墨的跟前："给朕狠狠地查，看是谁这么大的胆，敢打劫功勋贵族，敢在朕的眼皮子底下胡作非为？！"

"是！"宋墨磕头，拿着宝剑，离开了乾清宫。

窦昭和素心、素兰围坐在炕桌前，打量着紫檀木匣子里装着的梨花木对牌。

"好像很普通嘛！"素兰嘟着嘴，摸了摸对牌，"要是有人假冒，怎么分辨啊？"

"又不是钱庄里的银票，只认票，不对人。"窦昭顺利地拿到了对牌，素心也很高兴，说起话来就比平时显得活泼了不少，"对牌发出去，都是有数的。"

素兰笑道："所以夫人让大太太传话下去，明天一早要召了家中的仆妇在上院说话？"

素心笑着点头："这样一来，夫人就名正言顺了！"

素兰也跟着欢喜起来。

窦昭笑着将紫檀木的匣子递给了素心，道："我们也都打个盹吧？明天还有好多事呢！"

素心和素兰两个高高兴兴地服侍着窦昭歇下，然后各自抱了床被子歇在了临窗的大炕上。

宋墨一路疾驰，往英国公府赶。清脆的马蹄声不仅打破了京都清晨的宁静，那些上朝的王公大臣也纷纷关注，打听到底出了什么事。不一会儿，英国公府走水和进贼的事就传遍了京都。

"好端端的，哪里来的贼？"在值房里等着上早朝的内阁首辅梁继芬皱着眉头道，"他们这些功勋之后，不学无术不说，还整天只知道飞鹰走马、斗鸡遛狗，京都内城，竟然敢纵马疾驰，这要是撞到了人怎么办？"

他出身贫寒，不太瞧得起那些二世祖。

有"计相"之称的姚时中却和梁继芬恰恰相反，他不仅出身名门，而且妻族和母族都是世代为宦的名门望族，不太喜欢那些自诩"风骨傲然"的寒门子弟。他一向觉得梁继芬这是吃不到葡萄说葡萄酸，因而笑着问同样世家出身的何文道："文道公如今还养蝈蝈不？我前几日得了一只瓯，似金似铁，也不知道是什么年代的，那蝈蝈养在里面，叫声极其嘹亮，如金石相击，又如浪拍水岸，很是稀罕。文道公哪天要是得闲，帮我鉴赏鉴赏？"

何文道是成了精的人，哪里不知道姚时中是在寒碜梁继芬。只是那梁继芬虽是首辅，却刚愎自用，不知迂回，中直有余，圆润不足，没有什么魄力，只知道拿了皇上压人，不要说老谋深算的姚时中和八面玲珑的戴建没有把他放在眼里，就是何文道也不太待见他，以至于内阁到今天还是一盘散沙，不像曾贻芬做首辅时，一言九鼎，无人敢辩；也不像叶世培做首辅的时候，世故圆滑，左右逢源。何文道也不太瞧得起他，加之姚时中为人霸道，何文道不太想得罪姚时中，因而笑着应了声"行啊"，道："那就下次休沐吧？正好没什么事。"

姚时中就问起何煜来："……今年的乡试考得不错，明年的春闱下不下场？"

何煜八月中了举人。

提起这个幼子，何文道的神态都柔和了很多，他拢了拢齐胸的美髯，笑道："还是再读几年书吧！这孩子，性子有点野。"

"聪明的孩子性子都野，不像有些人，只知道一味地读书，等真正入了仕，却是五谷不分，不通人情世故……如今的科场，真是让人担心啊！"

梁继芬的脸色有些不好看起来。

身材高大健硕的戴建和英俊儒雅的窦世枢走了进来。

"……已经派人去英国公府问了。"平时温文尔雅的窦世枢此时脸色也不大好看，"这一次两次地闹贼，也不知道是贼闹的，还是人闹的？只能等下了衙亲自去看看了。"

他知道戴建和汪渊交好，汪渊又是皇上的心腹，所以才当着戴建的面抱怨的。

戴建笑道："元吉兄不必太担心，皇上知道后，雷霆震怒，把'羿日剑'给了英国公世子，想必近日就会查个水落石出，倒是顺天府尹和五城兵马司都指挥使，这次恐怕要换人了。"

他听说英国公府出事后，特意慢下脚步，就是为了等窦世枢。内阁七人，姚时中和他水火不容，窦世枢的两个弟弟都是何文道的门生，两家素来交好，窦世枢和工部侍郎纪颂又是姻亲，上次纪家在宜兴大修水利，就得到了沐川的支持。而且通过这件事，窦世枢好像和沐川达成了什么协议似的，两人在很多事情上都共同进退，颇有些盟友的味道。

他看中了顺天府尹这个职位，如果能得到窦世枢的相助，有何文道和沐川的两票，姚时中也只能看着……梁继芬，那就更不用管了。如今窦世枢抱怨，他自然得有所回应："下了衙我也和你一起去看看吧？京都出了这样的事，我们都难辞其咎啊！"一副痛心疾首的样子。

梁继芬的脸色已隐隐有些发青。他是首辅，无论出了什么事都有他的责任，戴建分明是在指责他失职。

窦世枢隐隐猜出戴建葫芦里卖的是什么药，但他无意被戴建当枪使。他伴装愕然的样子笑道："些许小事，怎好劳烦立人兄？出了这种事，等会儿朝会，皇上十之八九会提起，先看看皇上是什么意思，然后我们再商量也不迟。"

被人委婉地拒绝，戴建有些不悦，但窦世枢城府很深，且能隐忍不发，硬生生地把曾贻芬中意的王又省给踩了下去，偏偏看上去一副光风霁月的样子，他对窦世枢还是有些忌惮的，倒不好流露出愠色，依旧热情地和窦世枢闲聊了几句，沐川过来了。

戴建笑着和沐川打招呼，窦世枢却坐在了梁继芬身边的太师椅上。

"梁大人，我等会儿多半要早点下衙。"他笑道，"家里出了点事，想要去看看。"

梁继芬不冷不热地"嗯"了一声，什么也没有说。

窦世枢忍不住蹙了蹙眉头。

他当着众人的面向梁继芬请假，是给梁继芬面子，也是主动向梁继芬示好，此时就算梁继芬对顺天府尹之职没有兴趣，也应该安抚他几句，让他不至于和戴建联手才是。可梁继芬却像对眼前的暗涌一无所知似的。

窦世枢知道大家都瞧不起梁继芬，可他向来觉得锦上添花易，雪中送炭难，越是这个时候，他越要和梁继芬交好才是，一旦梁继芬致仕，由梁继芬推荐的人选，接任首辅的可能性非常之大。

他想起前几天自己的示好，也是这样被梁继芬不动声色地拒绝了。

难道梁继芬对自己有什么不好的看法？原因又是什么呢？

窦世枢百思不得其解。

他正思忖着要不要哪天去梁府拜访一下，探探梁继芬的口气，有内侍进来禀道："各位大人，到了上早朝的时候。"

窦世枢敛了思绪，和大家一起朝金銮殿去。

五城兵马司的人也好，顺天府的人也好，在听说英国公府不仅走水，而且还进了贼的时候，都知道这件事不好收场了。特别是顺天府，在英国公府报案的时候，他们竟然没有立刻抽出人手来帮着灭火……五城兵马司都指挥使立刻增派了两个卫所的人马前往英国公府，顺天府尹干脆亲自到了现场，和陶器重一起指挥捉贼。

英国公府从胡同口就开始戒严了，所以宋墨没有任何减速的意思，纵马冲向英国公府胡同的时候，撞倒的不是京都的黎民百姓，而是五城兵马司的军士和顺天府的衙役。

可没有一个人敢吭声。出了这种事，他们的脑袋现在都挂在裤腰带上，是死是活，也许就是英国公世子的一句话了。

宋墨跳下马背，直奔颐志堂而去。

天色已经大白。

宋墨目光清亮，神色平静，可他紧抿着的嘴唇却透露着一种无情的冷酷，看到他的仆妇吓得腿肚子直打哆嗦，远远地就低眉顺目地贴墙站着，生怕自己落入了宋墨的视线里。

听说宋墨回来了的吕正带着两个小厮气喘吁吁地追了上来。

"世子爷，世子爷！"他拦着宋墨，"请留步，顺天府尹正在花厅和陶先生喝茶，您是不是去打个招呼……"

他一句话没有说完，宋墨"唰"一马鞭就抽在了他的脸上。

吕正"哎呀"一声捂住了脸，随后才感觉到脸上火辣辣的痛。

他身后的小厮却看得分明——吕正的右脸肿了起来，一道鞭痕从他的右眼斜划到嘴角，皮开肉绽，血淋淋的，十分狰狞。

两个小厮吓得脸色一白，扑通一声就跪在了地上。

"跪下！"宋墨冷冷地开口，清明的目光寒光四射。

宋墨从来不指使宋宜春身边的人。

吕正又惊又诧，就流露出些许犹豫。

宋墨的鞭子又抽在了他的肩上，他疼得直咧嘴，不敢再有丝毫的怠慢，忙跪了下去。

宋墨一脚踢开了挡在他面前的吕正，径直朝着颐志堂走去。

吕正这才感觉到了钻心的痛。

宋墨已进了颐志堂。

"世子爷！"

"世子爷！"

颐志堂的护卫向宋墨行礼，却依旧尽职地守在原地。

宋墨这才觉得心里好受了些，也不管这些人只不过是颐志堂的护卫而已，急急地问道："夫人呢？"

"夫人已经歇下了！"有护卫笑道，"说是早上要去英国公府那边，把仆妇们召集起来说几句话，严先生吩咐我们等会儿陪着夫人一起过去。"

宋墨深深地吸了口气，这才发现自己的手心里全是汗。

已有护卫忍不住道："世子爷，可惜您不在家，没看见。夫人真是巾帼不让须眉！只带了几个小厮和一群内院的妇人，严防死守，硬是没让那几个贼人闯进垂花门……"

宋墨心中一跳，道："到底是怎么一回事？"

几个护卫就七嘴八舌地说了起来，什么放火示警，什么开水烫人……一个个说得眉飞色舞，有这样机智的世子夫人，他们也觉得脸上有光。

宋墨脸上慢慢绽放出发自内心的愉悦笑容，灿烂得让天边刚刚升起的朝霞都相形见绌。

护卫们从来没有见过这样的宋墨，不由得惊得个个都目瞪口呆，说话也乱了条理。

得到消息的严朝卿从旁边的书房迎了出来："世子爷！"他给宋墨行礼。

宋墨眉眼间笑意盈盈，道："辛苦先生了。"目光在他身后一扫，沉声道，"还有的人呢？"

严朝聊道："夏瑃拿着您的名帖去了顺天府，看能不能从官衙那边查到些什么。朱义诚几个在附近搜查，确保颐志堂的安危。我怕静安寺胡同那边听到了消息担心，派了武夷过去给窦七老爷报平安……杜唯和陆鸣那里，却要等您回来。"

杜鸣是收集情报的，陆鸣则负责训练颐志堂的死士。

第九十四章　自省·分头·放心

宋墨满意地点头，道："你到书房里等我，我先去看看夫人。"

严朝卿呵呵地笑，看着宋墨撩帘进了厅堂，这才转身去了书房。

闹腾了一夜，快天亮的时候才歇下，大家都很疲惫了，因为外面有护卫守着，所以这觉睡得格外踏实，直到宋墨进了宴息室，素心才警觉地坐了起来。

"谁？"她警惕地低喝，素兰也被惊醒了。

看见是宋墨，素心不由长长地舒了口气，整个人都松懈下来："原来是世子爷！"

还好因为怕有人闯进来，自己和妹妹都是和衣而卧的，素心暗暗庆幸着，和素兰起身给宋墨行礼。

宋墨目不斜视，微微颔首，进了内室。

素兰张大了嘴巴，低声道："姐姐，小姐嫁给他之后，他怎么变成了这副模样？他不会对小姐也冷冷淡淡的吧？"

"闭嘴！"素心简直不知道该怎么管教这个妹妹了，"他他他的，他是你叫的吗？跟你说过多少次了，要叫夫人，叫世子爷，你怎么总是不放在心上？你今年都十八岁了，还以为自己是小孩子啊！你要是还这样不听话，我就让夫人把你送回真定去，也免得你整天不着调，给夫人惹祸！"

素兰不服气地嘟了嘟嘴。

素心不由一声长叹，转眼间妹妹已经十八岁了，可婚事还没有着落……也到了该给妹妹说亲的时候了……等过两天夫人不忙了，自己就和夫人说说这件事……

她吩咐素兰："既然世子爷回来了，夫人很快就会起床洗漱的，你让人准备好热水。"自己则把被褥卷了抱回自己的屋子。

窦昭没有素心那么好的警觉性，她睡得正沉。

宋墨站在床边，仔细地打量着窦昭。

她侧身躺在床上，细腻的皮肤像初冬的雪，红润的面庞像早春的梅，连空气中仿佛都飘荡着冷冽却让人觉得恬静的气息。

宋墨轻轻地蹲下身子。

窦昭的眉毛又浓又黑，眼角微微上扬，显得有些骄傲，却又极其漂亮。

他从来都不知道，她的眼睛是这么好看。

情不自禁地伸手轻轻地触了触她的眉毛。

窦昭一下子被惊醒。

她眨着眼睛，有种惺忪的茫然，如同毫无防备的孩子。

宋墨的心一下子被刺痛了。

谁又是天生的杀伐果敢？不过是环境逼迫而已。

窦昭在娘家的时候，已经很艰难了，嫁给了他，不仅没能得到幸福安宁，反而要跟着他担心受惊，比在家的时候还不如！

如果当时窦昭有那么一点点的迟疑，如果严朝卿他们晚来了那么一会儿，窦昭被那些贼人所伤，现在又将会是怎样一个局面？

他想想就觉得指尖发凉。

"醒了？"宋墨声音有些沙哑地道，手伸进被子里，握住了窦昭的手。

窦昭看清楚眼前的人，神色就更轻松了："你回来了！"太累了，她一时懒得起床，就这样躺着和宋墨说着话。

家里出了这样的事，宋墨看上去若无其事，可心里肯定不好受。

她回应着，也握住了宋墨的手。

宋墨把脸埋进了被褥里。

"对不起，都是我……没把事情处理好……以后再也不会发生这种事了……我保证……"

被褥散发着不知名的清香，沁到人的肺腑里去，让宋墨觉得眼睛发涩，湿漉漉的。

窦昭在心里暗暗叹息，不知道该感谢蒋夫人把宋墨教育得太优秀，还是该怪蒋夫人把宋墨教育得过于刻板——出了什么事，宋墨首先必定从自身找原因。

可这一刻，望着宋墨满脸的沮丧，她真心希望宋墨不要总是这么坚强，偶尔像个二世祖那样飞扬跋扈，也许她看到了心里反而会更好受一点。

"这关你什么事啊？"窦昭笑道，语气轻快而随意，"我听严先生说了，是沧州来的一群亡命之徒，听说我的陪嫁丰厚，所以才铤而走险的……"

宋墨抬起头来，眼角微微有些泛红："如果我有足够的威望，何以不能威慑宵小？说来说去，还是我自己没本事，不能护妻子周全……"

再这样自责下去，只会让人越来越沮丧。

"好了，好了。"窦昭嗔道，"这本是我的嫁妆惹出来的祸，再说明白点，是父亲临时加的那一抬银票惹的祸，你都不知道外面传成什么样儿了，说那一抬银票足足有二十万两，这才引得贼人觊觎的。严先生已经派人去给我父亲报信了，以父亲的性情，他肯定会赶过来的。你要是当着他面这么说，他会比你还自责的……事情已经发生了，自责有什么用？你还是快点想想怎样亡羊补牢吧！我现在一想到还有十九个匪徒不知道在哪里，就背心发凉，坐立难安。"她转移着宋墨的焦点，"砚堂，这件事你得亲自过问才行。其他人，我总觉得不那么靠谱。而且，我还拿到了英国公府的对牌！"她说到这里，有些兴奋。

相比预知梦中的小心算计，窦昭更喜欢现在"蛮横无理"的自己。

她索性坐了起来，道："我等会儿要召集了家里的仆妇说话，如果你能在之后确定家里是安全的，我们就能很快在家里树立威信，就算是公公这个时候得了信赶回来，也晚了。你觉得如何？"

宋墨见她只穿了件中衣，先给她披上了小袄，这才道："你放心好了，皇上知道了这件事，雷霆震怒，把太祖皇帝用过的一把佩剑赐给了我，让我把这件事查个水落石出。我不可能天天待在府里，也不能就这样把你扔在英国公府里，"他说着，神色渐凝，眼底也闪过一丝戾色，显得有些阴郁，"那些贼人必须要全部找到！昨天晚上的事，也要有个交代！"

在窦昭那个像前世般的梦里，宋墨的杀戮重，窦昭最怕他重蹈覆辙。

她劝他："不相干的人就不要理会了，免得坏了你的名声。"

"我知道了！"宋墨微微地笑，在晨光中，显得无限美好。

窦昭被他的笑容亮闪闪地晃了一下，心里不由感慨，还好自己算是两世为人，有些事看得比较淡了，如果是梦中的上一世遇到宋墨，日夜珠玉相对，就算是心志再坚韧，恐怕也会渐渐自惭形秽……她摇了摇头，把这些念头赶走。

素心进来禀道："世子爷，东城兵马司的指挥使求见。说是五城兵马司的都指挥使被叫进了宫里，如今群龙无首，还要请世子爷去拿个主意。"

宋墨冷笑，应该是皇上说过的话传了出来，那些人怕被牵连，急着向自己示好。正好，自己也有事要他们办。

他站起身来望着窦昭的时候，神色却非常温和："寿姑，我去看看，最多一个时辰，我就能拉网式地把英国公府搜查一遍，你再睡会儿，到时候再接手府中的中馈也不迟。"

窦昭点了点头，道："你去忙你的吧，有什么事，我会让小厮去禀了你的。"

宋墨出了内室。

窦昭叹气："五城兵马司都指挥使和顺天府尹这次要遭殃了。"

"活该！"素心想起来就觉得后怕，心里不禁有些埋怨，道，"他们是干什么的？不就是每天和这些盗贼打交道的吗？京都一下子出现了这么多生面孔，他们却一无所察，丢官也是应该的！"

能让素心发怒，可真是难得，窦昭抿了嘴笑，梳洗了一番，去了书房。工欲善其事，必先利其器，她既然想掌管英国公府的内院，就得事先做点准备才行。

窦昭从书房的暗阁里把她之前收集到的现在英国公府掌管各屋各院的管事嬷嬷的名单和蒋夫人主持英国公府时各屋管事嬷嬷的名单，对比着看了良久，这才把名单放回了原处。

早膳她就在书房里用的。

用完了早膳，大太太婆媳俩过来了。

或许是因为人为刀俎我为鱼肉的困顿，或许是一夜没有睡好觉，大太太婆媳俩看上去都非常憔悴。

窦昭笑着问她们有没有用早膳，寒暄了两句，就去了上院。

蒋氏平时就在上院的花厅里处理家务事，花厅离颐志堂不远，从斜巷进了上院，沿着西边的抄手游廊再穿过一个月洞门就到了。花厅四周种满了各式的竹子，间种着几株夹竹桃和月季花，景色优美，更有个好听的名字叫"撷翠轩"。

英国公府内院的管事嬷嬷都到齐了，正站在院子里三三两两地交头接耳，看见大太太、董氏和一帮丫鬟媳妇子簇拥着窦昭走了进来，顿时鸦雀无声。

窦昭闲庭信步般地进了花厅，和大太太分主次坐下，小丫鬟上了茶水，素心从槅扇四开的花厅里走了出来，站在台阶上，请了诸位管事嬷嬷议事。

花厅靠着墙放了一溜太师椅，这些管事的嬷嬷却没有资格坐。她们站在花厅的中央，大太太只说家中有急事，不能再主持英国公府的中馈，奉了英国公之命，对牌就交给了窦昭，以后大家有什么事，就请窦昭示下。说着，当着众人的面将装着对牌的紫檀木匣子交给了窦昭。

才主持了一天的中馈，手中的对牌都还没有捂热乎就交了出去，联想到昨天晚上发生的事，谁相信大太太家中有急事？又有谁相信把对牌交给窦昭是英国公的意思？

可谁又敢去出这个头质问窦昭和大太太？

窦昭示意素心接过装着对牌的紫檀木匣子，笑着对大太太道："我才刚进门，和府里的管事嬷嬷都不熟，还要烦请大伯母引见引见！"

事已至此，自己再想为难她也不过是自取其辱。大太太在心里暗暗叹了口气，把各房的管事嬷嬷介绍给窦昭，窦昭通过这番介绍也算是和各房的管事嬷嬷都打了一个照面。

但她心里不禁暗暗有些奇怪。

自从蒋夫人去世，宋宜春一直亲自掌管着英国公府的后院，宋宜春和宋墨反目之后，英国公府内的人员曾经被彻底清洗过，服侍过蒋夫人的仆妇不是被所谓的盗贼杀害就是下落不明，或者是被打发出了府，可从前跟着蒋夫人的这些管事嬷嬷虽有变化，变化却不大，有些被换了下来，有些却依旧当着原来的差事，不过，她们都有个共同特点，就是比较年轻——凡是年长的，都换了人；凡是年轻的，都留了下来。

宋宜春是不想引起旁人的注意还是另有蹊跷呢？

窦昭轻轻地拂着茶盅里的茶叶，静静地喝了口茶。

立在大太太身后的谭氏瞥了举止优雅的窦昭一眼，心里又苦又涩。

她和婆婆一筹莫展，昨天晚上一夜未眠，商量来，商量去，都不知道该怎么跟二叔父交代才好。还有公公那里，只怕还不知道英国公府发生了这么大的变故。公公肯定会责怪她和婆婆办事不力——可婆婆和公公是结发夫妻，公公最多也就是数落几句，这责任，恐怕最终还是要落在她的头上。

谭氏不由得心中发紧，见窦昭正在问一个皮肤白皙、相貌周正的妇人："你是管着二爷屋里的陈嬷嬷？"

那妇人忙屈膝行了个礼，应着"是"，态度十分恭谨。

窦昭就问了问宋翰每月的月例是多少，名下有几个丫鬟、几个小厮之类的话，和问灶上的管事妈妈灶上每月开销多少，灶上的婆子有几个，帮手有几个一样，并没有特别的关注，也没有疏忽怠慢之意。

陈嬷嬷不由松了口气。

看这新世子夫人，进门不过十几天就不动声色地把英国公府象征着管家权力的对牌拿到了手里，要说新世子夫人像现在表现的这样温和有礼，打死她她也不相信。偏偏她在二爷屋里当差，国公爷曾交代过，不允许世子爷插手二爷屋里的事。她真怕新世子夫人盯着二爷屋里的事问个不停，被那些喜欢搬弄是非的人告到了国公爷那里，她被国公爷训斥事小，连累了家里人事大。

不过，新世子夫人既然拿到了对牌，叫了她去问话，又是天经地义的……想到这些，她嘴角泛起一丝苦笑。

窦昭今天不过是和这些管事的嬷嬷见个面，打量了陈嬷嬷几眼，就转移了注意力，继续问着其他嬷嬷的话。

而此时的宋墨却神色淡然地坐在花厅的太师椅上，东城兵马司指挥使正口沫横飞地拍着胸脯："……我们的人和顺天府的人封锁了附近的胡同口，还派人通知了容易被盗贼们混进去的几家大户人家，在顺天府学附近捉到了三个人，在剪子巷那边捉到两个，在安定门大街附近捉到了四个，他们交代，他们一直有人在望风，见颐志堂那边失势，他们立刻按原计划三三两两地逃出了英国公府，此刻不是暂时藏匿了起来，就是逃出了城……"言下之意，该搜的地方他们都已经搜过了，英国公府不可能有盗贼藏匿，宋墨这样派了自己的护卫重新挨门逐院地搜查，简直是打他的脸，言辞无意间流露出些许的不满。

宋墨淡淡地笑了笑，眼角眉梢尽是冷峻。

自宋墨进了花厅之后就一直沉默不语的陶器重心中一跳。

不熟悉宋墨性子的东城兵马司指挥使还在那里滔滔不绝："我看世子爷不如想办法跟我们都指挥使说一声，让我们都指挥使派些人手在各城门口严加盘查，说不定现在还能截住一两个没有来得及出城的盗贼……"上次三皇子府里丢了东西，三皇子派了自己的护卫在城门口盘查，不知道被谁告到了皇上那里，三皇子还为此被扣了半年的俸禄，想到宋墨不过是个英国公府的世子，而且英国公府又没有丢东西，他心里隐隐就有些不以为然，想讥讽宋墨几句。只是他的话还没有说出口，就看见两个身材高大的护卫拎着个五花大绑的男子走了进来。

"世子爷！"他们把那个被五花大绑的男子扔在地上，给宋墨行礼，"在花园的水井吊桶里找到一个。"

东城兵马司指挥使的话就哽在了嗓子眼里。

宋墨点了点头，神色非常平静，道："把人交给顺天府！"

护卫恭声应"是"，又拎着盗贼走了出去。

东城兵马司指挥使冲着宋墨尴尬地笑。

宋墨道："我想见见五军都督府左军都督东平伯，还烦请大人拿了我的名帖，帮着通禀一声。"

他要见东平伯，关自己什么事啊？东城兵马司指挥使愕然。

宋墨已低头喝茶。

东城兵马司指挥使想到自己刚才出的错，略一犹豫，还是决定不和宋墨一般见识，拿着宋墨的名帖出了花厅，吩咐跟过来的东城兵马司的吏目："给东平伯送去，就说英国公府世子爷求见。"

至于东平伯见还是不见，就不关他的事了。

吏目接过名帖一溜烟地跑了。

东城兵马司指挥使也是勋贵出身，虽然不如英国公府显赫，但家里也有几个得势的长辈。他懒得去服侍比自己儿子还小两岁的宋墨，索性站在花厅的台阶上和心腹说着话。

"那贼人真是从井里找出来的？他们怎么搜到井里去了的？"

"不知道。"心腹低声道，"英国公世子爷身边的护卫身手都很利索，不仅井里，就是屋梁之类的地方都没有放过，连承尘都揭开了看一眼才放心。"

东城兵马司指挥使默然。

他站了大约两炷香的功夫，吏目满头大汗地跑了回来。

"大人，不好了！"吏目满脸惊恐地低声道，"都指挥使大人和顺天府尹都被锦衣卫抓走了，现在左军的东平伯兼了五城兵马司的都指挥使，都察院佥都御史黄祈黄大人兼了顺天府尹。东平伯刚刚进了宫，还没有出来……"

东城兵马司指挥使顿时一身冷汗。

他急急地回了花厅。

"世子爷，"东城兵马司指挥使脸色通红地给宋墨行礼："您有什么事，吩咐在下就是了！"

宋墨任由东城兵马司指挥使站在那里，细细地品了几口茶，见东城兵马司指挥使眉宇间渐渐染上了几分恐慌，豆大的汗珠从额头上冒了出来，这才慢慢地道："吩咐不敢当。只是这些盗贼胆大妄为，若是逃出了京都城还好说，就怕这些人贼心不死，悄悄地藏在什么地方，准备伺机而动再次打劫。京都乃是重地，不仅王公勋贵多，而且达官显宦也不少，万一有个什么乱子，我奉了皇上之命追查此事，你们五城兵马司有防卫京都之责，到时候都脱不了干系。"

"是，是，是！"东城兵马司指挥使擦着额头上的汗，再也不敢对宋墨有丝毫怠慢，"世子爷的意思是？"

"全城搜查！"

"啊？！"东城兵马司指挥使睁大了眼睛。

全城搜查……没有皇上的圣旨，谁敢搜查？一不小心，锦衣卫还以为你要造反……

他只觉得额头上的汗更多了："世子爷，这全城搜查……"他怎么也得向宋墨要个保证，没凭没据的，到时候他就是跳到黄河里也洗不清啊！

陶器重也吓了一大跳，忍不住插言道："世子爷，这件事只怕还要从长计议……"

"若是大人觉得为难，"宋墨道，"我就让人去请另外几位兵马司的指挥使了，大人可以带着东城兵马司的人回衙门去，也好给其他司的人挪挪位置。"他打断了陶器重的话，仿佛屋里没有陶器重这个人似的。

恐怕会连自己的乌纱帽一起挪没了吧？这位英国公府的世子爷可不是个好说话的人，他和他的亲生父亲有了罅隙都能狠心下令杀了他父亲的护卫，自己得罪了他……说不定还会被秋后算账！

东城兵马司指挥使暗暗跺脚，在心里喊了声"罢了"，背黑锅就背黑锅吧，反正全城搜查也不是一时半会的事，先把这瘟神应付了，等东平伯从宫里出来再说。

"请世子爷吩咐！"他咬着牙，朝着宋墨揖了揖。

宋墨笑道："大人请坐下来说话。"

他只好硬着头皮坐了下来。

宋墨这才慢悠悠道："当然是不能硬来的。竟然有盗贼敢打英国公府的主意，可见顺天府是如何失职了。此时黄大人还没有到任，东平伯刚刚接手五城兵马司，不过都是暂时兼任，还不了解情况，你们五城兵马司的人应该趁着这次机会，把京都的三教九流都整顿整顿才是，也好给京都的王公大臣们一个交代……"

他的话还没有说完，东城兵马司指挥使的眼睛一亮，望着宋墨的目光充满了热情。

"请世子爷教我！"他起身给宋墨行礼，神色间已是臣服的恭敬。

宋墨和东城兵马司指挥使进了书房，把陶器重一个人撇在了花厅。

不一会儿，东城兵马司指挥使匆匆出了书房。

窦世英面如金纸地从静安寺胡同赶了过来。

"岳父。"宋墨忙从书房里迎了出来，抬头却看见了跟在窦世英身后面色阴沉的纪咏。

宋墨慢慢地挺直了脊背，两人这样对视了半天，并没有打招呼。

窦世英心急如焚，哪里会注意到这些，他急切地问着窦昭的情况："……寿姑有没有受伤？现在在哪里？听说那些盗贼是冲着寿姑的陪嫁来的？"说到这里，他又愧又悔，问宋墨，"砚堂，能不能对外面的人说银票早就存到了银楼里……银楼里也请了很多身手高超的护卫，等闲人别想从他们的手里讨了好去？这样是不是会保险一点？"

"好。"宋墨笑着应道，请窦世英去书房里坐，"出了这种事，家里的仆妇们有些慌乱，寿姑正和府里的几个管事嬷嬷说话，安定人心。"

"这个事办得好！"窦世英夸奖起宋墨来。

宋墨谦虚地笑。

大家分宾主落座，宋墨亲自给窦世英沏了壶上好的铁观音。

醇厚的茶香安抚了窦世英焦虑的心情，他想到来时在英国公府门前看到的那些五城兵马司的人，不由问道："那些盗贼都捉到了吗？"

"闯进府里的全都捉到了。"宋墨很有技巧地粉饰太平，起身给窦世英续了杯茶，"其他的人，五城兵马司和顺天府的人正在追捕。"

窦世英松了口气。

纪咏却道："英国公府乃是我朝第一勋贵，贵为五军都督府前军掌印都督，妹夫你则是金吾卫前卫指挥使，那些盗贼竟然还敢跑到英国公府来翻墙越货，这些盗贼能够想到调虎离山之计，怎么就不想想万一失败的后果？而且还正巧选在了英国公和妹夫都不在家的时候……这可真是奇怪啊！"话说到最后，已喃喃如自问，却让窦世英的心弦紧紧地绷了起来。

"砚堂，是不是你们得罪了什么人啊？"窦世英迟疑道，"亲家和你的行踪，应该不是普通的人能掌握的吧？那银票的事，也传得邪乎，怎么突然就变成了十万两……"

看到纪咏的那一刻，宋墨就知道麻烦来了。可他从来不是个怕麻烦的人！

"这件事是我大意了。"宋墨诚恳地向窦世英道歉，"寿姑和我的婚事决定得匆忙，我怕那些好事之徒搬弄口舌，听到有人夸张寿姑陪嫁的时候也就没有阻止，原想着世人都是先敬衣裳后敬人，如果能因此而让寿姑少些麻烦，也未尝不可，却不承想居然把贼给招来了。纪大人说的话我也考虑到了，寿姑在上房里召那些管事的嬷嬷说话，既有稳定人心的意图，也是为了把那些管事嬷嬷拘在上院的花厅里，我好派了人手去调查这些人近日的行踪。"又道，"我年纪轻，经历的事少，岳父大人走过的桥比我走过的路还要长，您看我还有什么没有想到的，您也提醒提醒我，我亡羊补牢，这就吩咐人去办。无论如何也要护住了寿姑的周全——他们今天能泄露我和父亲的行踪，说不定哪天就能泄露寿姑的行踪！"

论起这些具体的事务，窦世英比高升还不如，他就是想给宋墨提个醒也得先找得到宋墨的不足才行啊！他能有什么建议！

倒是见宋墨坦诚恭谦，他不由暗暗点头，肯定着宋墨："你考虑得很周到，有你和五城兵马司、顺天府的人打交道，我很放心，没什么要提醒你的。"

纪咏被噎得半晌都说不出话来。

宋墨只当没有看见，继续温声和岳父说话："寿姑这是第一次召了家里的管事嬷嬷说话，可能时间有点长。您先尝尝我这茶，是前些日子延安侯世子汪大海送过来的，说是今年的秋茶。我尝了尝，觉得还不错。寿姑说您喜欢喝铁观音，我正寻思着过些日子给您送些过去……"

看样子寿姑和女婿相处得不错，还讨论他喜欢喝什么茶。女婿也不错，想着要送些好茶给他尝，窦世英思忖着，决定不告诉宋墨自己最喜欢的是信阳毛尖——反正自己也不是个固执的人，以后女婿在场的时候都喝铁观音好了。

宋墨却在心里暗暗地向岳父赔着不是。

他和窦昭成亲不过十一天，这十一天里他就有一半的时间在宫里，和窦昭在一起的另外一半时间里他满脑子都在想窦昭喜欢些什么，不喜欢些什么，怎样才能和窦昭相处得更融洽，哪里分得出心思去关心别的人和事。他不过是看着窦昭喜欢喝铁观音，所以大胆地猜了猜，没想到竟然蒙对了。看来以后要和福建都司那边的人多拉拉关系，以后少不得要常往静安寺胡同送铁观音了。

翁婿俩相视而笑，各想各的心事。

宋墨更是不想让纪咏这乌鸦嘴影响到窦世英的情绪，就跟窦世英讲窦昭是怎样先弃卒保帅，让小厮们退到垂花门御贼，又是怎样点了柴火报警，怎样用开水把那几个试图抢劫的盗贼烫了个皮开肉绽，让那些盗贼不敢肆意攻击垂花门……他开始还只是想吸引窦世英的注意，不给纪咏胡说八道的机会，可后来越说却越觉得窦昭了不起，不仅性格大方，而且智勇双全，是个不可多得的奇女子，他的语气里也就渐渐渲染了几分敬慕。

窦世英本是个对儿女情长十分敏感的人，到了此时哪里还听不出宋墨言中之意，他不由乐得呵呵直笑，合不拢嘴。

这样的窦昭，是纪咏从来不曾见过的，他听得有些目瞪口呆，心里却隐约有个念头，窦昭就像块宝石，越打磨，就越精致，越耀眼，越璀璨，越美丽……或者，只有这样的生活才会让窦昭折射出如此炫目的光彩？

可这念头一闪而过，很快就被纪咏不知道是有意还是无意地忽视掉了。

"没想到四妹妹竟然受了这么多的苦！"纪咏叹道，"还好老天有眼，让四妹妹逢凶化吉，遇难成祥。"他问宋墨，"不知道五城兵马司和顺天府都有些什么打算？现在离事发已经有两三个时辰了吧？那些盗贼就是再没有脑子，事情败露了，总会知道要避避风头吧？京都这么大，他们若是执意要隐匿，这些人恐怕不大好找吧？京都每天发生这么多的事，五城兵马司和顺天府总不能天天为这件事盘查过往京都的人吧？若是哪天那些人发起狠来再次打劫英国公府，那可怎么办？"

他的话又让窦世英着急起来。

"纪大人可能还不知道，"宋墨表情寡淡，"原五城兵马司的都指挥使和顺天府的府尹都下了诏狱，左军都督东平伯兼了五城兵马司的都指挥使……"他把人事的变化简明扼要地告诉了纪咏，"我已经让人去东平伯府递了帖子，到时候再和东平伯、黄大人一起坐下来协商，不过，我觉得应该趁着这个机会把京都的三教九流都整顿一番才好，也免得那些盗贼不知道天高地厚地再次出来抢劫。"

窦世英听得张口结舌，好一会儿才道："顺天府尹和五城兵马司都指挥使都换了人？"满脸的震惊。

"嗯！"宋墨道，"东平伯去了宫里谢恩，还没有出宫，他一出宫应该就会过来。"

纪咏却看不惯宋墨这看似低调实则张狂的模样。

他道："皇上是觉得那些盗贼打了功勋贵族的脸，不严加惩戒，不足以威慑宵小。"

窦世英不住地点头，还庆幸道："砚堂，这也是你们的运气好，你要抓住机会，想办法抓住几个盗贼，狠狠地惩治一番，以后也就没有人敢打英国公府的主意了。"

宋墨笑着应"是"。

纪咏只得暗中叹了口气。

一群丫鬟婆子簇拥着窦昭走了进来。

"寿姑！"窦世英上前打量着女儿，见女儿安然无恙，毫发无伤，不由颔首微笑。

窦昭心中微酸。

"您怎么来了？"她扶着父亲，看见了纪咏，"纪表哥！"她笑着和纪咏打着招呼，"没想到你也会来看我！你这些日子可好？"她大大方方地问候纪咏。

纪咏睃了宋墨一眼，见宋墨笑容淡定地站在一旁，仿佛对有些事毫不介怀似的。

纪咏微哂，和窦昭说着："外面都传遍了，说有江洋大盗觊觎你的陪嫁，还说什么他们没有抢到银子就在英国公府放了一把火。七叔父急得不得了，正好我也听说了赶过来看你，就和七叔父一起进来了。"

这流言蜚语……让窦昭有些啼笑皆非。

宋墨却道："这传言传得好，我们正好可以放出风去，就说那些银子被盗贼抢了，也免得再有人打你的主意。"

"此计甚好！"窦世英赞道，又有些迟疑，"如果说银子被盗，去顺天府报案的时候就要写在状子里……这恐怕不大好吧？"

宋墨笑道："我会和东平伯、黄大人说明白这是为了让那些盗贼走投无路的权宜之计。"

十万两银子，不是个小数目。如果那些江湖上的亡命之徒发现这些盗贼竟然偷了十万两银子，就算他想放过那些盗贼，那些亡命之徒也不会放过这些盗贼。一群被追杀的盗贼，哪还有心思打英国公府的主意。

窦昭朝着宋墨笑了笑，挨着父亲坐了下来。

"……英国公府守卫森严，这次不过是安逸久了，为宵小所趁，"她不以为意地向父亲说着府里的事，"外院也不过是烧了座马棚、几间厢房——没什么事！重新修缮一番就行了。"

"砚堂已经告诉过我了。"窦世英笑吟吟地望着女儿，或者是听了宋墨的讲述，他总觉得女儿好像和平时有些不一样了，好像比在静安寺胡同的时候更漂亮……更从容了。

窦世英忍不住笑了起来，自己亲自出马，立刻就解决了女儿的婚姻大事，不像舅母娘，到今天也没有把璋姐嫁出去。

想到这里，窦世英就有点小小的得意。

几个人坐在书房里说了半天的话，窦世英想知道的都已经知道了，就起身告辞："我来的时候你舅母和表姐非要跟过来，我不知道你这里是怎样一番情景，就没敢让她们跟过来。还有你六伯母，也派了人过来问我，我还要回去给他们报个信，让他们也安心。"

窦昭觉得有些遗憾："您第一次来，连顿便饭也没吃……"

"来日方长，来日方长。"窦世英却很满意自己此行，"等你回门的时候我再和砚堂好好地喝几盅。"

宋墨和窦昭送窦世英和纪咏出了英国公府。

第九十五章　　络绎·失望·鸡飞

回颐志堂的路上，宋墨问窦昭："事情还顺利吗？"

"嗯！"窦昭想起大太太婆媳俩离开时狼狈的身影，不由微微地笑了起来，"不过是和各房管事的嬷嬷见个面，又没有打算抓着后院不放，彼此倒也客客气气的"。

英国公府毕竟是英国公的，管家的权力他随时能收回去，窦昭现在要做的，就是要让宋宜春知道，不管他想把英国公府主持中馈的权力交给谁，没有颐志堂的同意，都别想坐稳这个位置。

她问宋墨："华家的事，可有什么动静？"

他们两口子说体己话，丫鬟小厮自然不敢靠得太近，都远远地跟着。

宋墨还是压低了声音，道："华家长子任丘灵千户所千户的公文已经发往了蔚州，"他眼底闪过一丝寒意，"不过，那户人家的老太太也决定亲自到京都来告御状——暂且让华家高兴高兴。从山顶跌落谷底，那感受更值得回味……"

一个孤老无依的妇人，竟然敢到京都来状告正三品大员，任谁都会怀疑这妇人是受了人指使……窦昭不禁道："你小心点，可千万别把自己给牵扯进去了。"如果被有心人利用，会让人以为宋墨针对的是长兴侯和安陆侯。宋墨现在还年轻，根基不稳，不宜树敌过多。

宋墨却毫不畏惧，道："就算有人怀疑老太太后面有人指使也不打紧。事情闹大了，拔出萝卜带着泥，你以为吏部和兵部有几个人是干干净净的？他们只会就事论事，快刀斩乱麻地把眼前的事态平息了。万一他们真的发现是我指使的，也不打紧，正好让他们知道我为什么要这么做，说不定华家很快就会主动退亲，还省了我之后'提点'他。"

前世的印象太深刻了，窦昭向来觉得宋墨是个非常有能力的人，闻言不由得颔首。

远远地，宋翰丢下簇拥着他的小厮跑了过来。

"哥哥，哥哥，你总算回来了！"他抱住了宋墨的胳膊，眼角闪动着泪光，神色很不安地看着宋墨，"家里走了水，还有盗贼趁机闯了进来，陶器重却什么也不知道。"他抱怨道，"我跑去看嫂嫂，哥哥的护卫都守护着嫂嫂……"他飞快地睒了窦昭一眼，见窦昭只是静静地站在宋墨的身边微笑，他顿时松了口气，却没有看见宋墨脸上一闪而逝的窘然。

自己只顾惦记着窦昭的安危，却忘了去看看失去母亲的疼爱又被父亲粗暴相待的胞弟好不好了……

"以后再也不会这样了。"宋墨揽了宋翰的肩膀，一语双关地笑道，"等父亲回来，我会跟父亲说，派几个护卫给你的……"

他的话还没有说完，宋翰已惊喜地道："真的吗？那我岂不是像哥哥一样，有了自己的护卫？"他拉着宋墨的手撒着娇，"哥哥，我要比你的护卫还厉害的护卫！"

这是小事，宋墨呵呵地笑，道："我会帮你留意的。"

宋翰咯咯地笑，笑容十分欢畅，像晨曦中的太阳，带着些许暖意。

这是宋翰吗？是那个被宋墨斩断了四肢，哀嚎而亡的宋翰吗？

窦昭只觉得心里很不好受。

有小厮追着个身影一路小跑着过来。

窦昭定睛一看，竟然是顾玉。

宋墨和宋翰也看到了，宋墨笑望着顾玉，宋翰小声地嘀咕了几声。宋墨没有听见，窦昭却听得清楚。他嘀咕的是"他怎么来了"，语气中有着掩饰不住的厌恶。

窦昭装作没有听见。

"天赐哥，家里怎么会走了水的？"顾玉满头大汗，神色有些惊慌，"家里有没有人受伤？"他说着，瞥了眼窦昭和宋翰，见两人都安然无恙地站在那里，长长地松了口气，神色也渐渐平和起来，道，"那些盗贼是怎么一回事啊？我昨天跟汪大海去喝酒了，寅时才回家，朦朦胧胧听说你们家走水了，这才赶过来。你这么早就回来了，应该是跟邵文极请的假吧？皇上知道了吗？皇后娘娘知道了吗？要不要我帮你进宫一趟？那些五城兵马司的人惯会推诿，顺天府也向来是多一事不如少一事，指望着他们帮着追贼，还不如指望着铁树开花……"

他啰啰嗦嗦地说了一大堆，窦昭却只感觉到心中温暖。

宋墨可能和窦昭是一样的想法，他看着顾玉的目光更加温和了。

"皇上把太宗皇帝的宝剑赐了我，让我追查英国公府走水进贼的事……"他把事情的经过简明扼要地说了一遍。

顾玉立马道："天赐哥，我帮你！京都的三教九流我大部分都熟悉，不把他们翻个底儿朝天，我就不姓顾！也不看看这里是什么地方，竟然敢打天赐哥的主意……"他说着，眼角眉梢都平添了几分煞气，让他秀美如女子的面容变得有些阴冷，"不把人交出来，那些什么爷字号、哥字号的，一个别想脱了干系！"

窦昭吓了一大跳，可转念却有个想法冒上了心头。

她朝着宋墨使了个眼色，宋墨几不可见地点了点头，对顾玉笑道："你也别乱来，这件事最好还是以五城兵马司和顺天府为主。"又道，"你用过早膳没有？走，让你嫂嫂给你弄点吃的，你休息休息，等会和我一起去见东平伯……你看你现在这样子，面色苍白，精神萎靡……昨天到底喝了多少酒？"

"也没有喝多少。"顾玉小声嘟囔着，"中途遇到了冯治他们，推了几把牌九，所以有点晚……"

宋墨有些恼火，道："从明天起你就给我每日按时早起，跟着家里的师傅蹲马步……"

顾玉不作声，有些别扭地跟着宋墨进了颐志堂。

窦昭有意落后几步，瞥了宋翰一眼。

他盯着顾玉，两眼冒着火花。

窦昭笑着问宋翰："二爷用过早膳了没有？"

"没有！"宋翰生硬地回答，旋即像感觉到了自己的语气不佳，忙露出个有些勉强的笑容，声音也温和了不少，"我吃不下！一听说哥哥回来，就赶了过来。"

他的声音很大，让走在前面的宋墨和顾玉不禁回过头来。

宋墨就道："那你等会和顾玉一起吃点儿。"

宋翰笑着点头。

窦昭却发现宋翰的手紧紧握成了拳。

她不动声色地帮顾玉和宋翰张罗了早膳，回到内室换衣服。

宋墨不失时机地跟了进来，却一眼就看见了窦昭雪白圆润的肩膀和线条优美的锁骨……

他想起那晚自己在上面留下来的梅红色烙印……顿时口干舌燥，再也不敢多看一眼……眼观鼻，鼻观心地站在那里，淡然地道："你要跟我说什么？"

窦昭心里有事，并没有注意到宋墨的异样，她去了屏风后面，一面窸窸窣窣地换着衣服，一面把日盛银楼的掌柜张之琪拉着父亲入股的事告诉了宋墨。

是谁说过，犹抱琵琶半掩面的女子是最动人的？

宋墨站在屏风外面，听着那衣裳摩擦的声音，脑海里全是那一夜他看到的旖旎景象……不知道什么时候，他鼻尖冒出一滴汗来，无声地落在了衣襟上，宋墨才勉强收住心猿意马，静下心来听窦昭说话，可就算是这样，他的思绪还有些打结，半晌才道："你是想让我趁机把岳父留在张之琪那里的东西都要回来吗？"

这家伙，什么时候变得这么笨了？

窦昭嗔怪着从屏风后面走了出来，玫瑰色的妆花褙子衬得她人比花娇。

"我是让你帮我查查张之琪的底细——一个小小的商贾，和谁做生意不好，竟然敢把主意打到詹事府少詹、行人司司正的身上，你不觉得有点奇怪吗？"

如果宋墨能因此发现辽王的影子，那就更好了。

想到自己已经在内室待了一些时候，久留下去，别人还以为是窦昭把他留在了屋里，对刚刚入门的窦昭不利，宋墨笑着应诺，回了厅堂。

顾玉和宋翰正一左一右地坐在桌前用早膳。

宋墨想着窦昭的话，越想越觉得窦昭的话有道理——这个日盛银楼只怕不简单，所图的也绝不是区区一间银楼。岳父一向淡泊，和这种野心勃勃的人搅在一起只会被拖累，趁机把岳父留在张之琪那里的东西拿回来也好。毕竟关系到自己的岳父，其他人去办这件事不太好。

待顾玉和宋翰用过早膳，宋墨让宋翰早点回去读书，却把顾玉叫进了书房。

宋翰凝视着书房紧闭的槅扇，好一会儿才捏着拳头出了厅堂。

窦昭吩咐素心："你安排个人，想办法和二爷屋里的人说上话。"

素心应声而去。

汪清淮夫妻前来拜访，宋墨接待了汪清淮，窦昭接待了汪少夫人。小两口一个在花厅，一个在正院的宴息室，把英国公府走水的前前后后又说了一遍。

汪清淮义愤填膺，要和宋墨一起去见东平伯，请东平伯尽快缉拿盗贼。汪少夫人则两眼泪汪汪地抓着窦昭的手，不停地说着："怎么会发生这种事？这些盗贼也太猖獗了！还好你没有什么事。遇难成祥，必有后福！"

汪氏夫妻还没有走，陆湛夫妇奉了陆老夫人和宁德长公主之命前来探望。

宋墨和窦昭只好又把事情的经过说了一遍，只是他们的话还没有说完，张续明夫妻联袂而来……没到中午，宋墨和窦昭的嗓子眼已经开始冒烟了，而东平伯也终于出了宫。

宋墨果断地把家里的这些应酬都交给了窦昭，自己则拉着顾玉去了东平伯府。

东平伯中等身材，皮肤白皙，多年来声色犬马的生活让他的目光显得有些浑浊。

突然间接手五城兵马司，并限期他一个月内结案，他根本不知道从何下手。从宫里出来，他直接回了家，和幕僚商量了半天，也没有个好办法，他正烦躁着，小厮送了宋墨的拜帖进来，他不由得苦笑，把拜帖递给了幕僚："你们说，我该怎么办？"

幕僚略一沉思，道："定国公被处死，蒋夫人病逝，可英国公却拿世子丝毫没有办法，这样的人，东翁无论如何也不能得罪……见肯定是要见的……不过您刚刚接手五城兵马司，还不了解案情……皇上不是把太宗皇帝的佩剑赐给了他，让他追查英国公府走水之事吗？说起来，他也有查案之责……不如等明天一起去了五城兵马司，问清楚了案情，大家再一起想个办法，最好是把刚上任的顺天府尹黄大人也请到五城兵马司……"

东平伯连连点头，带着给他出主意的这个幕僚去了花厅。

宋墨和顾玉以子侄辈的身份给东平伯行了礼，东平伯笑呵呵地请他们坐下，关切地问起英国公府走水之事，宋墨只好又把事情的经过讲了一遍。

他的话音刚落，东平伯立刻气愤地道："这顺天府和五城兵马司也太骄纵了些，要是他们接到了报案就立马赶过去，怎么会有贼人闯进去？也不怪皇上雷霆震怒，这件事决不能姑息迁就，否则京都的勋贵之家都成了菜园子了，想进就进，还有何安全可言？这件事一定要查，而且还要一查到底，谁敢包容怠慢，等同盗贼处置！"话虽然说得声色俱厉，却很空洞。

这样的官僚，宋墨见得多了，再联系到东平伯平日的为人行事，他哪里还看不出这是东平伯在敷衍他。

"伯爷说的有道理。"宋墨语气谦和地道，"只是这人海茫茫的，从发案到现在已经过去了快四个时辰，就算是此时全城戒严，只怕也难以找到那几个盗贼的行踪。"

你知道就好！

东平伯点头，却见宋墨话锋一转，道："不过东城兵马司的指挥使倒不错。他已经带人去盘查东城所有的三教九流，让他们指认……"

东平伯还有些茫然，东平伯的幕僚却已经听出了宋墨的话中之意，忙轻轻地咳了一声，笑道："这东城兵马司的指挥使不知道怎么称呼？没想到他还挺有主意的。京都地面上出了这样大的事，那些什么卖艺的杂耍的是要整治整治了，也许那些盗贼就藏在他们之中也说不定！"

东平伯此时才醒悟过来：皇上发了火，总得给个交代才是，有了京都的这些三教九流，也就有了背黑锅的人！

"对，对，对！"他连声道，"不仅东城，就是其他四城也应该整治整治才是。"他忙叫了贴身的随从进来："去，把五城兵马司的东城指挥使叫来！"

随从应声而去。

东平伯半是试探，半是商量地对宋墨笑道："世子觉得从什么地方开始搜好呢？"

顾玉听着就要开口，却被宋墨瞪了一眼，他话到嘴边又咽了下去，宋墨这才道："伯爷奉了皇上之命掌管五城兵马司，自然是伯爷拿主意。"

东平伯一听就笑了起来，觉得宋墨这孩子识大体，有大局观，难怪能让人把他当子侄般地对待了。

"那就从东城搜查起吧！"东平伯笑道，"那个东城指挥使不是已经撸着袖子开始干了吗？我们也不要画蛇添足了，就以他为主……"

正说着，东城指挥使走了进来。

看见宋墨，他非常惊讶，但很快就朝着宋墨投去了感激的一瞥。如果不是宋墨，新上任的五城兵马司都指挥使怎么会把自己叫到家里来？这举荐之恩，他领了。

东城指挥使想着，恭敬地给东平伯行了个礼。

宋墨却带着顾玉起身告辞："……还要去见见黄大人。"

东平伯笑着将宋墨和顾玉送到了花厅的门口。

作为长辈，他已经给两人很高的礼遇了，顾玉却很不满意，上了马车嘴就嘟了起来："那东平伯除了吃喝玩乐，巴结皇上，还能干什么？你怎么把这件事交给了他啊？这贼的影子还不知道在哪里呢，他就想着怎么找替罪羊了，他这是抓贼的样子吗？你交给他，还不如交给我呢！"

"顾玉，"宋墨打断了他的话，"捉贼本是五城兵马司和顺天府的事，我们若是越俎代庖，让旁人诟病不说，还可能引起那人的反感，不配合我们行事，我们出面又有什么用？还不如卖个人情给他们，以后有什么事也好说话。"又道，"京都的几个城门到现在也没有戒严，你觉得我们还能抓得到那几个盗贼吗？"说到这里，他神色一冷，"我们等会儿从顺天府出来，再去趟五军都督府，那群盗贼既然是从沧州过来，沧州那边，也得给我个交代不是？！"

尽管如此，顾玉还是觉得意难平："……要让那些人知道我们的厉害才是！"

如果大舅还在，自己恐怕也会有这种想法吧？宋墨眼底闪过一丝伤痛，知道自己若不给顾玉找点事做，他只怕不会安生。

"顾玉，"宋墨犹豫了片刻，低声道，"我有件事要你帮忙。"

顾玉一听，立刻精神百倍，忙道："天赐哥，你要我做什么？是不是去趟沧州府？"

宋墨失笑，半晌才正色道："是我的私事，其他人我又不太放心……"他朝着顾玉招手，示意顾玉附耳过来："安陆侯不是给我父亲做了桩大媒吗？你看能不能让安陆侯家的什么人窝藏盗贼……"

"我知道该怎么做了！"顾玉很是兴奋，摩拳擦掌道，"我定要让他哑巴吃黄连，有苦说不出来！"

"正是这个意思。"宋墨笑着，感慨道，"顾玉长大了，知道有些事不能蛮干了！"

顾玉被夸得面红耳赤。

那边窦明欢天喜地地从柳叶巷胡同赶回了济宁侯府，直奔魏廷瑜的书房而去。

魏廷瑜的书房里静悄悄的，只有个小厮在那里擦着桌子。

她不禁皱眉，问道："侯爷呢？"

小厮忙恭敬地道："侯爷听说英国公府走了水，英国公和英国公世子爷恰巧都不在府里，火势一直烧到了内院，侯爷急得不得了，赶去了英国公府……"

他的话还没有说完，窦明的脸色已黑得像锅底，她转身就离开了书房。

窦明新提携的一等丫鬟珠儿忙道："夫人，英国公府和济宁侯府毕竟是姻亲，这个时候大家都会去探望，夫人不如也过去看看四姑奶奶吧？还可以同侯爷一起回来！"

这个珠儿原是在她外祖母身边服侍的，珠儿，珍珠，每次叫珠儿的时候，她就觉得是在叫珍珠，特别喜欢这名字，又看珠儿机敏伶俐，特意把她要了过来。

窦明闻言脸色一沉，道："我不去！要去他自己去好了，休想我去讨好窦昭！"委屈得都快要哭起来。

珠儿在心里暗暗叹气，不敢再多说什么，服侍着窦明梳洗更衣。

窦明左等右等，等到了快晚膳的时候，魏廷瑜才回来。

她心里泛着酸，语气就有些不悦："你怎么这个时候才回来？"

魏廷瑜一愣，道："你不知道四小姐府里走水了？"

四小姐，四小姐！他现在已经和自己成了亲，按礼应该喊窦昭一声"姨姐"，就算因为从前的事不好意思，称一声"夫人"也说得过去，他倒好，偏偏要称什么"四小姐"，他还以为是他没有成亲之前啊？！

窦明心里更酸了。

"你能不能换个称呼？"她瞪大了眼睛，"别人还以为我姐姐尚待字闺中呢！"说着，她脑海里突然浮现出那天魏廷瑜回头望向窦昭住处的眼神，有什么东西就翻江倒海般地涌上了心头，忍不住道，"你是不是在心里觉得我姐姐还没有嫁人啊？所以一听说宋砚堂不在家，你就急急地跑了过去！怎么？和我姐姐说上话了没有？我姐姐有没有向你哭诉她很害怕……"

"你胡说八道些什么？"饶是魏廷瑜脾气再好，这种莫名的指责也让他火冒三丈起来，"你知不知道你在说些什么？我根本没有见到你姐姐，不过是尽亲戚的义务，去问候一声。你怎么能这么想？你原来不是这样的人，怎么现在却变成了这样？"

他很是失望，心里却不由自主地想起窦昭神采飞扬的样子。

今天去英国公府，魏廷瑜无意间看到送客出来的窦昭，那高挑的身材，飒爽的笑容，大方从容的举止，让他不由驻足，心情莫名就沉重起来，虽然自己已经等了快一个时辰，那个姓廖的幕僚也说宋砚堂很快就会回来了，他却再也无心在英国公府待下去了。

他混混沌沌地回到家里，得到的不是温言细语，也不是轻快欢畅，却是窦明不知所谓的指责，相比起来窦昭的爽朗就变得更加珍贵了。

想到这些，他觉得特别没有意思，抬脚就朝外走去。

窦明慌了起来，她上前拦住了魏廷瑜："你不许走！你要是走了，我，我……我就再也不理你了！"

魏廷瑜和窦明正值新婚燕尔，闻言不由得犹豫起来，而他的犹豫落在窦明的眼里，顿时觉得自己无限委屈。难怪母亲说这男人宠不得，自己全心全意地对他，把舅舅和舅母都得罪了，他不仅没有一句心疼人的话，还一不如意就冲着自己发脾气……自己这是为谁做嫁衣？！

念头一闪，窦明的眼泪忍不住扑簌簌地落下来："我这是为了谁？天天往舅舅家跑，听舅母的那些闲言碎语……我外祖父都是六十几岁的人了，可为了你这个外孙女婿，还得低头求人……你就是那养不熟的白眼狼……"

魏廷瑜愕然："你说什么呢？你这些日子每天都往柳叶巷胡同跑，不是说是去看你母亲的吗？怎么就扯到我头上来了？"

因为这个被岳父送回了娘家的岳母，自己没有少受姐姐的白眼，连带着他也有点怨气。

你说你一个扶正的填房，不好好相夫教子，整出那么多的事干什么？

姐夫不讨景国公夫人的喜欢，姐姐这个做媳妇的日子就更加艰难，如今能站稳脚跟，不知道花了多少功夫，现在却因为自己的岳母被人抓住了把柄，不时被妯娌姻亲们讥讽两句。如果岳母还在静安寺胡同还好说，可她偏偏却住进了柳叶巷胡同，以至于姐姐说话底气不足，常常只能装聋作哑或是强颜欢笑地听着，怎不让姐姐恼火？！

"岳父什么时候把你母亲接回去啊？"魏廷瑜有些不悦地道，"少年夫妻老来伴，岳父和你母亲不能总这样各过各的吧？你还是想办法劝劝你母亲，给岳父认个错，自己回静安寺胡同算了。何必这样僵持着，闹得大家脸上都不好看！"

"什么你母亲、你母亲？我母亲难道不是你的岳母？！"窦明一听，气得心角一抽一抽地痛，"是不是你姐姐又在你面前说了什么？她到底是什么意思？怎么就见不得我们过得好？这世上有她这样做姑姐的吗？"

"你说话就说话，把我姐姐扯进来做什么？"魏廷瑜额角青筋直冒，想到前几天母亲躲在屋里悄悄地哭，说些什么 "别人娘家的兄弟媳妇，就算是落魄，也想着法子给出了嫁的姑奶奶脸上贴金，只有我们家，吃了她的喝了她的，还要给她气受"的话，他心里的火就噌噌地往上直冒，"我姐姐怎么了？我姐姐待你难道还不好？有什么好东西自己都舍不得吃舍不得用，一定要送一半过来。虽然贵为景国公府的世子夫人，每隔几天就会回娘家亲自服侍母亲洗头洗澡……她是出了嫁的姑奶奶，你可是娶进门的儿媳妇，她在干这些事的时候，你在干什么？"

这话一说，就扯到了孝道上去了。窦明若是示弱，这顶不孝的帽子她就戴定了。

她不由冷笑："是我不服侍婆婆，还是你姐姐挑三拣四地有意刁难我？！一会儿说我手太重，抓断了婆婆的头发，一会儿又说我放多了澡豆，弄得屋子里全是水……我是新进门的儿媳妇，不会这些，她难道不能教教我？却偏偏只当着婆婆的面数落我如何笨手笨脚，难道这也怪我？！魏廷瑜，你说话要讲良心！"

在魏廷瑜的心里，窦明是个甜姐儿，他从来都不知道窦明如此牙尖嘴利。

两人吵了起来。

自有机敏的小丫鬟给报到了田氏那里，田氏气得直跺脚，直嚷着"家门不幸，家门不幸"，哭着要去寻老济宁侯。

旁边服侍的丫鬟婆子吓得去找魏廷瑜，魏廷瑜正和窦明吵得不可开交，丫鬟婆子都不敢上前，只好又去请魏廷珍。

十二月初六是景国公夫人的生辰，几个儿媳妇为了讨好她，正凑在她跟前商量着过寿的事。魏廷珍自然不敢走开，但心中却暗暗焦急。张家二太太是个典型的石家人，特别会来事儿，见魏廷珍进来的时候脸色有些不好看，悄悄给自己的贴身丫鬟使了个眼色，不一会儿就知道济宁侯府来人找过魏廷珍。她趁着魏廷珍去给景国公夫人拿器皿账册的时候掩了嘴笑："大嫂这一去，没有半个时辰回不来，我们不如打几局叶子牌混混时间？"

景国公夫人眼里哪容得下沙子，明明知道这是二儿媳给大儿媳上眼药，可二儿媳也不是那只知道咋呼的人，一眼瞪过去，立刻有婆子上前禀了景国公夫人，说有济宁侯府的人来找大太太。

景国公夫人那个气呀！张家的大儿媳，那可是主持景国公府中馈的人，是张家的宗妇，却事事都要顾着娘家！那张家算什么？这岂不是养了只吃里扒外的硕鼠？

景国公夫人把魏廷珍捧给她的账册原封不动地全甩在了魏廷珍的脸上，打得她懵懵懂懂不知道出了什么事，心里却明镜似的，知道不是二妯娌就是三妯娌又在婆婆面前给她上眼药了。

她心里恨得滴血，脸上却不敢流露半分，低眉顺目地听任婆婆训斥。

景国公夫人骂累了，气也出够了，心里更是失望，挥手让魏廷珍退了下去，留了三儿媳妇在身边说体己话。

魏廷珍只能暂且把这笔账记下。

二太太身边服侍的不免劝二太太："您这又是何必？这景国公府迟早是世子夫人的。"

"难道我现在讨好她，她就会对我另眼相待不成？"二太太不以为然地吹了吹被凤仙花汁染成橘色的指甲，"我最终还是要靠娘家，她高不高兴，与我何干？"

二太太身边服侍的一想，也是这个理儿，遂不再劝二太太，和二太太商量起景国公夫人的生辰，怎么让长兴侯府给二太太长脸的事来。

魏廷珍知道婆婆一时半会儿不会见她，跟丈夫说了一声，不声不响地回了济宁侯府。

田氏气得躺在了床上，魏廷瑜正在床边侍疾。

魏廷珍一见就火大，厉声问魏廷瑜："窦明呢？"

魏廷瑜头也没抬，瓮声瓮气地道："我没让她进来！"

魏廷珍恨不得打他一巴掌，吩咐丫鬟："去，把夫人叫进来！"

丫鬟应声而去，很快就领了窦明进来。

窦明疾步上前一把就抱住了魏廷珍，魏廷珍猝不及防，有片刻的呆滞。

窦明已趴在魏廷珍的肩头哭了起来："姐姐，这件事您可得为我做主啊！我这些天来每日往舅舅家跑，就是为了求外祖给侯爷谋个差事，我外祖父求了这个求那个，舅舅又是送礼又是请吃饭，好不容易才帮侯爷谋了个五城兵马司东城副指挥使的差事，我高高兴兴地回来给侯爷报喜，谁知道侯爷却不在屋里。等到晚膳时分侯爷才回来，我不过问了他一句去了哪里，他就鼻子不是鼻子，脸不是脸的，连带着把我娘家的母亲都骂了……姐姐，您也是做姑奶奶的人，您说，哪有这样的道理？"

弟弟是什么性子，她还不知道？怎么可能无缘无故地就责骂窦明？定是那窦明做了什么出格的事说了什么不好听的话，惹得弟弟不高兴，弟弟这才口不择言的。这个窦明，真真可恨！竟然欺负她弟弟老实，不会说话，倒打一耙！可这五城兵马司东城副指挥是怎么一回事呢？她可从来没听弟弟说起。

想到这里，魏廷珍不由错愕地望向了魏廷瑜。

刚才吵架的时候，窦明可没有说什么五城兵马司东城副指挥使的事？可当着姐姐的面，她却断章取义，说是自己的不是，她到底要干什么？

魏廷瑜不虞道："我怎么知道？你问她去！"

窦明忙道："我外祖父求了兵部尚书——武英殿大学士孔林孔岱山帮助，给侯爷谋了个五城兵马司东城副指挥使的差事！"她眉宇间闪过一丝得意。

魏廷珍哑然。

倒是田氏，挣扎着从床上坐了起来："明姐儿，你说什么？你外祖父家给佩瑾谋了个副指挥使的差事？这可是真的？"言语间有着掩饰不住的惊喜。

"这么大的事，媳妇怎么会骗您老人家？"窦明上前扶了田氏，"公文我已经拿到了手里，明儿个侯爷就可以去上任了。"说着，高声喊着"珠儿"："把侯爷的任命书拿进来！"

珠儿立刻捧了个锦盒进来。

魏廷珍一看就知道窦明早有预谋，可事已至此，就算窦明在和她玩心眼，为了弟弟的前程，她也只能忍下了。魏廷珍坐到了母亲身边，和田氏一起看着魏廷瑜的任命书。

"真是五城兵马司东城副指挥使！"田氏有些哽咽。

儿子的前程一直是她的一块心病，没想到被媳妇解决了，当初和窦家联姻，真是做对了！

田氏望着窦明，不由暗暗点头。

窦明心里更得意了，柔声对婆婆道："您可不知道，这任命书按理应由侯爷亲自去吏部领取的，可吏部的人一听说是窦家的女婿，立马就给我们办了。等侯爷上了任，可得记得去谢谢人家，也和吏部的人照个面，以后有什么事，吏部那边也能说得上话。"

田氏不住地点头，对魏廷瑜道："这件事你可别忘了。"

这样就得了个五城兵马司东城副指挥的差事，魏廷瑜还有些不敢相信，茫然地应了声"是"，朝魏廷珍望去。

魏廷珍点了点头。

魏廷瑜这才相信是真的。

他不禁长吁了口气，就听见窦明娇笑道："我小舅母一直想为她的外甥庞寄修谋个差事，本来都已经说好了，因为我求了过去，外祖母就让我大舅先把侯爷的事办了。为这件事，我小舅母有些不高兴，明天侯爷和我去趟柳叶巷胡同吧，怎么也要给我外祖母磕个头才是。"

"应该的，应该的！"田氏笑盈盈地道。

魏廷瑜也觉得应该。可不知道为什么，就是有口浊气堵在胸口，既让他没办法对王家的人感恩戴德，也没有办法高兴起来。

魏廷珍没有说话。

第九十六章　　重逢·心思·敷衍

送走了魏廷珍，魏廷瑜跟着窦明，闷闷不乐地回了济宁侯府的上院。

窦明径直回了内室，魏廷瑜却在厅堂里伫立良久，转身去了书房。

窦明更衣出来，没有看见魏廷瑜，不由奇道："侯爷呢？"

屋里服侍的个个战战兢兢，不敢吱声，珠儿没有办法，硬着头皮上前，向窦明禀了魏廷瑜的去向。

窦明脸色铁青，"啪"的一声把手边的茶盅挥到了地上。

一时间，内室死一般的沉寂。

窦明指尖发抖地吩咐珠儿："让婆子们摆膳！"

珠儿不敢怠慢，急急应是，和婆子一起在内室临窗的大炕上摆了晚膳。

窦明慢吞吞地吃着饭，直到戌初才放碗，但魏廷瑜依旧没有出现。

珠儿乖巧地道："侯爷在书房用的晚膳。"

窦明抬起头来看了她一眼，目光锐利得如刀锋："你是不是闲着没事儿做？济宁侯府的浆洗房正缺人手！"

珠儿脸色发白，唯唯诺诺再不敢说话。

窦明只觉得更加气闷，草草洗漱一番，上床歇了。

有小丫鬟去关了门扇。

窦明又是一通发脾气："这么早就锁门关窗，我要你们这些值夜的做什么？"

小丫鬟被骂得莫名其妙，不知道自己到底哪里做错了。

珠儿这下子总算是看明白了，原来夫人是在等候爷回来，可又死要面子地不愿意承认。她忙吩咐小丫鬟去重新开了门扇，又搬了被褥在内室值夜，窦明的脸色这才好看了些。

珠儿不敢睡觉，一直睁着眼睛等着魏廷瑜回房。

可魏廷瑜始终没有回房。

窦明像烙煎饼似的，在床上翻来覆去地睡不着。

珠儿却不敢让窦明发现自己还没有睡着，直挺挺地不敢动弹，连呼吸都不敢大声。

主仆两个就这样看着天色渐渐发白。

帐子里终于安静了下来。

珠儿松了口气，以为窦明终于支撑不住睡着了，帐子里却传来了嘤嘤的低泣声，中间还夹杂着窦明的诅咒："你有本事就别来找我要五城兵马司东城副指挥使的任命书……"

离济宁侯府半个京都城距离的英国公府颐志堂，窦昭也醒了。

她睁开眼睛就看见了宋墨酣睡的面孔。

肌肤莹莹如美玉，乌黑的头发柔顺地落在大红色并蒂莲的绸枕上，说不出来的温和雅致。

她不由动了动。

耳边却响起宋墨清越的声音："醒了？"

"嗯！"窦昭应着，捏了捏麻木的右肩膀。

"怎么了？"宋墨侧过身，关心地问。

"身子麻了！"

"哪里麻了？"宋墨道，"我来帮你揉一揉。"

窦昭实在难受，翻了个身，背对着宋墨，露出了右边的肩膀。

宋墨的手很温柔，手指灵活有力，不轻不重地按着她的肩膀，让她舒服得差点叫出声来，更让几乎一夜未眠的窦昭有了浓浓的睡意。

就在她快要睡着的时候，宋墨的手却从肩膀落到了她面庞上。

窦昭一个激灵，清醒过来。

"别！"她有些艰难地想推开他的手，"我有些累……"

这才是他们成亲后第二次同床共枕……但宋墨青涩中透露出来的热情现在想想她都觉得有些后怕。

宋墨显然不这么想。

他喜欢窦昭看他时迷离的眼神。

宋墨忍不住在她耳边低语："寿姑，你想我了没有？我很想你……值房的床又窄又硬，被褥总有股晒都晒不去的霉味……我喜欢你身上的香味，淡淡的，像茉莉，又像玉簪……在值房的时候就特别难受……"

"轰"的一下，窦昭觉得自己整个人都烧了起来。

"宋砚堂，你快住嘴！"她觉得此刻自己肯定像蒸熟的虾子，全身都是红的。

宋墨看着她又羞又窘的样子，只觉得心情欢畅，低低地笑了起来。

"你,你……"窦昭都不知道说什么好了。

宋墨吻她肩膀,轻柔得像羽毛……

窦昭脸红得像辣椒,放弃般地闭上了眼睛。

宋墨欢畅地轻笑着。

内室的动静让素心等人羞红了脸,纷纷退到了廊庑下。

直到日上三竿,内室才安静下来。

窦昭已经连说话的力气都没有了,宋墨却像只吃饱了的狮子,精神抖擞。

"寿姑,"他抚着窦昭鬓角汗淋淋的头发,"我等会儿要去大兴的田庄,你和我一块儿去吧!"他言辞间充满了依依不舍,也不顾窦昭满身都是汗,俯身亲吻她的面颊。

大兴的田庄,是皇上御赐给他的田庄。因为那里原来是皇家田庄,等闲人不敢靠近,宋墨便把一部分死士养在那里。

"我不去。"窦昭只想睡觉,"我要喝水。"

宋墨忙去给她倒了杯水,半扶着窦昭喝了水,接着诱惑她:"去大兴田庄的路上有家叫'半间'的面馆,里面做的什锦面特别好吃,很多人都慕名而去。你陪我去大兴的田庄,我们回来的时候就到半间面馆吃面去……要不,去醉仙楼吃山珍或是海味也可以啊!要不,我们去翠珍阁吃斋菜好了……你在家里也没什么事,不如跟着我出去走走……我再过两天又要进宫当值了……"

窦昭心中有暖意涓涓流过,从来没有人这样依恋她,她眼底闪过几分踌躇。

宋墨是察言观色的高手,他深深浅浅地吻着她的长眉、眼睑:"寿姑,我就想和你待在一起。家里没有长辈,我怕我管不住自己……"

窦昭脸色涨得通红。

这是那个雍容矜持的宋墨吗?

这是那个冷漠孤傲的宋墨吗?

还好宋墨没有勉强,见她不愿意,就放开了她的手:"我们不如到外面走走。眼看着天气越来越冷了,到时候天寒地冻,万物萧条,去哪里都冷飕飕的,一不小心就受了凉,也没什么好景致可以看,还不如待在家里……"

窦昭不怕冷,她怕宋墨管不住自己。虽然她怀疑这是宋墨的推托之词,可想到今天早上的荒唐,她也只能宁可信其有。

"我起来换件衣裳。"窦昭只好爬了起来。

"我帮你。"宋墨兴致高昂,开了紫檀木的高柜问:"你要穿哪件衣裳?"

他就这么喜欢自己跟在他身边?窦昭有些茫然。

她还记得梦里的魏廷瑜可不怎么喜欢别人跟着,说那样太婆婆妈妈……

窦昭梳洗打扮了一番,由宋墨扶着,上了马车。

随行的丫鬟婆子被遣到了另一辆车上。

一路上,宋墨都和窦昭说着话:"……五城兵马司和顺天府到了结案的限期肯定会随便找个人顶黑锅,这官场上的事就是这样的。可私底下大家都知道英国公府吃了暗亏,我们要是就这样不闻不问地就轻易放过了,那些惯会欺软怕硬的所谓江湖人士只会觉得英国公府好欺负,有个什么事就会寻上门来。正好徐青在沧州卫任百户,我准备让陆鸣带帮人过去,把这个场子找回来,也免得他们以为英国公府是个软柿子,想捏就捏。"

"那你这次过去是挑选死士的?"窦昭的身子还软软的,她靠在马车厢里的大迎枕上和宋墨说着话,大大的杏眼,睫毛轻扬,说不出来的妩媚动人。

宋墨握了窦昭的手,一边捏着,一边有一搭没一搭地说着话:"趁着那些盗贼还没有走远，想办法抓几个回来……"两人说着话，到了大兴的田庄。

此时的纪咏，正在何煜家做客。

何煜的妻子陈氏已经怀孕七个月，挺着个大肚子指挥着丫鬟端茶倒水。

纪咏起身朝着陈氏揖了揖，道了声"弟妹辛苦了"，十分客气。

陈氏抿了嘴笑，一双妙目不时地打量着纪咏，目光中有着掩饰不住的好奇。

纪咏从小被人看到大，不以为意，该干什么干什么，不卑不亢，大方有礼，一派世家子弟的光风霁月。

陈氏不由暗暗点头。

何煜呵呵地笑。

陈氏领着丫鬟退了下去，纪咏立刻原形毕露，瘫在太师椅上，一张脸阴得像要下雨似的："你找我有什么事？"

"没事就不能找你？"何煜反问，叉了块雪梨给他吃，"天天被关在家里读书，只好把你叫到家里来说说话——我闷都快要闷死了！"

纪咏心里正烦着，说起话来也就特别尖锐："你快要闷死了关我什么事？我这两天正忙着呢！"

"你有什么好忙的？"何煜不以为然地道，"那本破书不是快要编完了吗？余老头不会要你把它抄一遍吧？"他说着，面露错愕，"难道他真的要你把书誊一遍不成？我曾听他夸过你的字写得好……"

余励和何文道是同年。

纪咏白了他一眼，站起身来："我先走了，你慢慢在这里胡思乱想吧……"

何煜拦了纪咏："别价，别价！我找你真有事。"

纪咏冷冷地望着何煜。

何煜忙拉了纪咏："你跟我来！"朝外走去。

纪咏略一犹豫，跟了上去。

两人一前一后出了厅堂，拐过一道花墙，进了一座小小的庭院。

庭院一角植了两株银杏树，树下用青石垒成个花台，放着几盆颜色各异正值花期的茶花。

纪咏一愣。

何煜已道："这是我打算送给余大人的，你们家不是善养茶花吗？你帮我看看，这几盆花的品相如何？"

纪咏瞥了何煜一眼，道："难道何大人想让你拜在余大人门下不成？"

何煜窘然地笑了笑，道："什么也瞒不过你——听说余大人喜欢种茶花……"

纪咏点了点头，仔细地打量着几盆茶花。

都是一般的品种，但胜在株叶秀丽，花朵娇艳，让人赏心悦目。

"怎么样？"何煜见纪咏眼底闪过一丝满意，笑道，"这茶花不错吧？是我的姨妹，也就是陈泽西最小的胞妹所植，她性情温柔，相貌出众，精通音律，而且还擅长养茶花……"

他的话还没有说完，纪咏心中已暗生警惕，感觉好像有人在窥视自己似的。他猛地回头，顺着感觉望过去，看见不远处窗棂半开的厢房。

纪咏的目光蓦地变得十分犀利。

厢房里隐约传出一阵骚动。

纪咏蹙着眉，望着何煜的目光也冷了下去："你到底想干什么？"

何煜见纪咏已有所察觉，索性把话给挑明了："见明，咱们也不是外人，我就实话跟你说了吧——我舅兄陈泽西素来欣赏你的才学，见你没有成家，想做个媒人……"

"所以什么茶花、拜师全是借口？"纪咏打断了何煜的话，咄咄逼人地质问道，"你把我叫过来，就是给陈家人相看的啰？！"

说这话的时候，他眼底寒光闪烁。

何煜不由得心头一跳，本能地感觉到纪咏对这件事不仅十分排斥，而且非常愤怒。

或许是因为猝不及防地被人相看，主动权被女方掌握，让他觉得受到了羞辱？何煜念头闪过，笑道："什么相看不相看的？单凭见明兄的人品学识，哪户有女儿待字闺中的人家不把你当上宾款待？不过是我仗着和你交情不同一般，既然舅兄说起了，就想着能喝你一杯媒人酒罢了……"

只是他的话还没有说完，纪咏已拂袖而去。

何煜不由懊恼，埋怨陈氏道："我早跟你说过，纪见明为人十分高傲，你们要相看，不如请了他来相看小姨妹，反正到时候总会见面，现在好了，弄巧成拙……"

陈氏闻言却踌躇道："才学固然重要，这脾气更重要……不知道多少才高八斗的最后都坏在这脾气上。我们主动相看他虽然让他颜面有损，可他就这样不管不顾地拂袖而去，脾气也太坏了些。"说到这里，她望了眼身旁一个明眸皓齿的豆蔻少女，"我看，这桩婚事不如就此作罢……"

那少女却不依地喊了声"姐姐"，满脸酡红。

陈氏不禁叹了口气，道："那我去跟伯母说一声。"

少女点头，不胜娇羞。

纪咏却把这件事抛到了脑后。想做他的妻子，可以，先把他那幅挂在纪家祖宅大门口的对联对上了再说。

他直奔猫儿胡同，窦世横正好在家。

"你今天怎么有空过来？"对于这个年轻博学的外侄儿，窦世横素来十分喜欢，"听说《文华大训》快编完了？接下来你有什么打算？"

纪咏却答非所问地道："姑父，您和新任的顺天府尹黄祈熟吗？"

在他的印象里，窦家祖上是在都察院御史位上起的家，之后窦世棋等人都曾在都察院任职，窦家在都察院应该有着深厚的人脉。

窦世横奇道："你有什么事要找顺天府？"

"也没什么！"纪咏道，"就是问问。"

"他有个族弟和我们是同年，关系还不错，"窦世横道，"大事不敢说，小事肯定会帮忙。"

纪咏就道："那劳烦姑父您给我写张帖子吧！"

"你要干什么？"窦世横读圣人书，觉得为人要不愧于天地，若是有理，何必要找什么熟人、疏通什么关系？只管去击鼓鸣冤。凡是要这样写帖子的，都是在道义上站不住脚的，而纪咏又是他看好的小辈，他绝不能让纪咏坏了名声，因而问得格外仔细。

纪咏没有办法，只好道："我想问问寿姑那事儿顺天府有没有什么进展。"

窦世横释怀，去给纪咏写帖子。

进来给他们送水果的纪氏听着却下了一大跳，借口送纪咏出门的时候反复地叮嘱纪咏："有些事过去就过去了，若是闹得尽人皆知，亲戚之间都不好意思见面了。你从小和寿姑一起长大，她又是孤零零一个人，你就像她哥哥似的，要维护她才是，可不能为难她！"

纪咏冷笑："宋墨已经娶了寿姑，若是因此而怀疑寿姑，寿姑还不如和他和离大归好了！你们窦家要是嫌弃她吃闲饭，我既然像她哥哥似的，我养着她就是了。"

"你……"纪氏气得不知道说什么好，纪咏却敷衍似的说了句"姑姑，您就放心好了，我不会乱来的"，然后跳上了马车，直奔顺天府而去。

在熙熙攘攘的长安大街，纪咏的马车和顾玉的马车错身而过。

顾玉直奔英国公府而去，没等马车停稳，他就跳了下来，问殷勤地上前服侍的门子："天赐哥可在家？"

"在，在，在！"门子谄媚地笑道，"这可真是来得早不如来得巧，世子爷和世子夫人刚刚回来，您老现在过去，世子爷和夫人应该正好梳洗完。"

顾玉一愣，道："世子爷和夫人去了哪里？"

"不知道。"门子躬着身子领着顾玉进了侧门，"带着丫鬟小厮，应该是一大早就出去了——我卯正来当的值，那时候世子爷和夫人就已经出门了。"

顾玉无心听门子啰嗦，点了点头，进了颐志堂。

窦昭正准备换衣服，已经梳洗一番的宋墨走了进来。窦昭提醒宋墨："我正要更衣。"

宋墨"嗯"了一声，坐在了临窗的大炕上。

窦昭没有办法，只好拿着衣裳躲进了床尾的屏风后面。宋墨却跟了过去，道："陈先生他们什么时候过来？我这几天恐怕要去趟沧州，你身边没有人护卫，我真是不放心。"

他斜倚着床柱，神色有些凝重。

脱了一半衣裳的窦昭看见宋墨进来手不由得一顿，可听了他的话，看了他的表情又心里生出几分愧意来。

自己行事说话一向磊落爽利，什么时候变得如此扭捏起来？看见宋墨进来就以为他是想和自己厮混。他们已经是有肌肤之亲的夫妻了，他这样不拘小节也是常理，就像自己以后也要服侍他更衣沐浴一般。

尽管如此，可让窦昭当着男子的面更衣，她还是有些不自在。

窦昭背过身去，悄悄地吸了口气，尽量地让自己的声音听起来平静自然："约好是十月头，若是世子这边急等着用人，我让段公义等人先来就是了。只是他们来了之后住在哪里，如何跟颐志堂的护卫一起轮值，却要世子拿个主意……"

说了半天也没有听到回音的窦昭回头，却看见宋墨望着屏风外面，脸色微微有些可疑的泛红。

"世子！"窦昭试着喊他。

"哦！"宋墨回过神来，道，"你还是喊我的乳名吧！"说完，又觉得这样的要求有些不太妥当——做妻子的，有谁会喊丈夫的乳名？"我不也喊你寿姑？"他忙补充道，"世子、世子的，让我觉得好不习惯。"

窦昭失笑，想起从前的事，她朝他眨着眼睛，嬉笑道："要不，还是唤你梅公子好了？"

这种俏皮有别于她平日里的飒爽和妩媚，让宋墨的心痒痒的，他不禁上前搂了窦昭的腰，低头凝视着她的眼睛，轻轻地应了声"好"。

宋墨的声音如和煦的春风，如飞扬的柳絮，轻盈地落在她的心尖上，莫名地触动着她的心绪。

"好啊！"她仰望着他清亮的眼睛，促狭地喊着，"梅公子！"眉眼如荡漾的春水般舒展开来。

宋墨脑海里突然浮现"皎若太阳升朝霞，灼若芙蕖出渌波"的诗句来。

"寿姑！"他抚着她的鬓角，低下头，轻轻地吻在了她的眉心，如同她是他掌心的宝，珍爱，又甜蜜。

窦昭微微一愣。

或许，在宋墨不停地索取之后，她也知道自己的身体是吸引人的。而这个不带情欲的吻好像证明了他们之间除了两性间最原始的吸引，还有一些其他的情感，让她心里生出一丝感动。

窦昭给了宋墨一个吻，宋墨目光灼灼，顺势追了过去。

一时间屋子里静悄悄的。

"世子爷，夫人，"小丫鬟清脆却难掩稚嫩的声音在门外响起，"顾公子过来了，说有事要见世子爷。"

窦昭一个激灵，清醒过来，忙推开了宋墨，宋墨却意犹未尽。

"小心顾公子闯了进来。"窦昭娇嗔着横了一眼宋墨。

顾玉京都小霸王的外号可不是浪得虚名。窦昭还记得在梦里的前世，他曾直闯宋墨内室，撞破宋墨和姬妾欢好，宋墨的姬妾为表清白自缢未果，宋墨却不以为意。这件事被传开之后，很多人都认为宋墨荒淫无耻、离经叛道。

宋墨听窦昭这么一说，仔细想想，这还真是顾玉干得出来的事。

他笑着又亲了亲她的面颊，这才转身去了书房。

窦昭望着他走出内室的背影，一转身，却看见镜台上的西洋镜里映着个穿着桃红色褙子的美人，眼角眉梢全是盈盈的笑意，一双眼睛闪亮得如同宝石，颊间一点绯红，给她平添一抹玫瑰的娇艳。

这镜中的女子，是自己吗？

她什么时候有了这样的颜色？

是因为她现在和宋墨在一起吗？

窦昭不由走了过去，手指轻轻地划过纤毫毕露的镜子。

镜中的女子歪着头，目露困惑。

宋墨微微地笑，如清风晓月般明朗。

顾玉狐疑地搔了搔头："你一大早的，和嫂嫂出去干什么了？心情怎么这么好？"

"是吗？"宋墨反问，不禁摸了摸自己的面颊，"我的脸色很好吗？"

从昨天到今天，他大部分的时间都在和窦昭厮混。

顾玉又仔细地打量了他一番，点头道："气色真的很好！"看着他的目光十分认真。

宋墨轻描淡写地转移了话题："你找我干什么？"有些不自在地轻轻咳了一声。

顾玉不解地望着宋墨："天赐哥，你怎么了？是不是早上出去受了风寒？要不要找个大夫来看看？"

"不用了。"宋墨只好又咳了两声，再次提醒他："你找我什么事？"

"哦！"顾玉对宋墨的话从来不怀疑，既然宋墨说没事，那肯定就没事，心头的那一点点怀疑也就如浮光掠影般飘过，很快被他抛到了脑后。

"天赐哥，你不是说让我帮嫂嫂把窦大人留在日盛楼的契书都拿回来吗？"他问宋墨，语气很是兴奋，"天赐哥，你猜是怎么一回事？"然后也不待宋墨说话，道，"日盛银楼的大掌柜张之琪原来是辽王的人！"

宋墨非常意外，顾玉已笑道："我借着要追查英国公府走水进贼之事的由头去了日盛银楼，那张之琪开始还和我绕圈子，后来知道了我是谁，立刻就老实了。不仅把自己的底细交代了个一清二楚，还把辽王委托他来京都圈钱的事也都告诉我。你跟嫂嫂说一声，让她放心地把银子放在日盛银楼好了，那张之琪扯的既然是辽王的虎皮，他敢吞谁的银子也不敢吞嫂嫂的银子，不然看我怎么收拾他！"话说到最后，语气也变得很是蛮横。

也就是说，顾玉并没有把岳父留在日盛银楼的契书拿回来！

宋墨眉头微蹙，想到窦昭的担忧："……如果只是想要找个靠山，找郭大人已足够了，为何要拉上父亲这个穷翰林？我怀疑这张之琪是冲着五伯父来的。你也知道，父亲这两年在管家的事上很多时候都和五伯父有分歧，我也觉得总是这样依靠五伯父不太好，若是能和五伯父少几分羁绊就少几分羁绊，否则，长此以往，父亲哪里还有立场反对五伯父的做法？"

他想了想，道："顾玉，这不是钱的问题。是你嫂嫂娘家两房的矛盾……"把窦家的一些事告诉了顾玉。

顾玉听得半天都合不拢嘴。

"原来窦家还分东窦和西窦。"他感慨道，"这可真是家家都有本难念的经。没想到嫂嫂小的时候这么可怜，母亲硬生生地被人给逼死了，还要认贼作母……也难怪嫂嫂不愿意到京都来了。"心里对窦昭那股莫名的敌意骤然间消失殆尽，反而生出淡淡的同情。

顾玉就像他的弟弟，宋墨自然希望顾玉能和窦昭好好地相处，顾玉为人虽然跋扈，但心地柔善，这也是他把窦昭的遭遇告诉顾玉的原因之一。

"既然是辽王的人，那就好办了。"宋墨笑道，"也不用跟他说什么，直接把留有我岳父印鉴的契书都拿回来，到时候我亲自去给辽王解释一番。"

顾玉听了奇道："你要去辽东吗？你怎么走得开？"

宋墨笑道："皇后娘娘前几天跟我说，想让我去趟辽东，给辽王送点东西。因我刚成亲，这件事就暂时搁置了。"

顾玉蠢蠢欲动："天赐哥，你什么时候去辽东？一定要跟我说一声，我到时候和你一起去趟辽东——我已经很久没有看到辽王了。听说他连着娶了三房姬妾，生了四个儿子，"他嘿嘿笑，"也不知道他现在怎样了。"

"好！"有顾玉跟着，陪着辽王，他不仅能去看看五舅，还可以和五舅单独说上几句话，"到时候我们一起去吧！"

顾玉点头。

宋墨叮嘱他："你这两天就把日盛银楼的事办妥了，我也好给你嫂嫂一个交代。"

顾玉像个小孩子，听说这件事是窦昭要宋墨办的，又开始别扭起来，有气无力地应了声"是"，和宋墨说起自己在书上看到的辽东风光来。

宋墨笑着摇头，待送走了顾玉，去给窦昭回音："……放心吧，没事！"

猜测得到了证实，窦昭想笑都笑不出来。

她喃喃地道："既然是扯了辽王的虎皮，何必怕人知道？还要通过这种方式和太子的人沾上关系，难道他就不怕辽王知道了，怀疑他三心二意……这件事真是太奇怪了！"

宋墨略一沉思，脸色微变。

窦昭趁机走开，给宋墨留下了一个思考的空间。

而从顺天府出来的纪咏却气得手直发抖。

托两榜进士出身的福，又有窦世横的拜帖，黄祈尽管刚刚接手顺天府，还没有把事理顺，却还是在第一时间见了纪咏。

知道纪咏是窦家的关系，来打听英国公府走水的事，黄祈直言不讳地道："凭我们顺天府的人手，那些盗贼十之八九是没办法全部缉拿了，现在就看五城兵马司那边有没有什么动作。不过，不管以后怎样，看在你们同为士林的分上，我以后都会对英国公府胡同加强巡查，英国公府世子夫人有什么事递帖子到顺天府，也会尽快处置的，还请转告窦中直也放心，待我这边清闲下来，我们再好好地小酌一番。"

言下之意，顺天府将唯五城兵马司马首是瞻，不再花精力调查英国公府走水的事了。那五城兵马司是什么东西，京都官场谁不知道？指望着他们捉贼，还不如指望着他们别被贼吓跑了。

他当时就把自己的想法说了出来，谁知道黄祈呵呵笑道："可我们也不能不服气，谁叫那五城兵马司总有办法在皇上面前交差。"

就差一点捅破那层窗户纸，告诉纪咏这件事五城兵马司会想办法找人背黑锅的。

这些尸位素餐的东西！

纪咏想到黄祈和窦世横的交情，这才硬生生地将心头火压了下来，强笑着和黄祈寒暄了几句，起身告辞。

第九十七章　拿乔·狗跳·轩然

纪咏望着顺天府衙外面熙熙攘攘的行人，心头的火又冒了出来。

难道就这样算了不成？

宋墨是怎么想的？就这样任凭这些人糊弄？

他想了想，去了英国公府。

宋墨听说纪咏来了，一句"说我不在家"打发了纪咏。

纪咏心想，你不在家正好。又求见窦昭，并对小厮道："就说我是为了英国公府走水的事而来。"

骄傲的人都不屑说谎。

窦昭在花厅见了纪咏。

纪咏把自己去顺天府的事告诉了窦昭，并道："那些贼人若是知道最终官衙不过是准备找人背黑锅，以后行事只怕会更加肆无忌惮，说不定还会再打英国公府的主意，毕竟你有十万两银票陪嫁的事已传了出去，而且越传越玄。你现在不仅要缉拿那些盗贼，而且还要想办法转移视线，不能让旁人的眼睛总盯在你的陪嫁上，总有人会不顾生死地铤而走险，只有千日做贼的，哪有千日防贼的？"

窦昭很感激纪咏对自己的关心，把宋墨的主意有所保留地告诉了纪咏："世子也是和你一样的说法，所以准备利用私人关系捉贼，就算不能全捉回来，也要想办法抓一大半，让那些江湖上的人知道英国公府不是那么好惹的。"

纪咏闻言心下稍安，觉得宋墨还算没有糊涂到家。

他叮嘱窦昭："若是有了消息，就给我报个信。顺天府那边，有了姑父的拜帖，我多多少少能说得上话。"

顺天府尹是文官，纪家世代官宦，纪咏又是两榜进士出身，于情于理顺天府尹黄祈都会给纪咏几分面子，纪咏这话说得十分真诚。

窦昭想着顺天府在这件事上恐怕只想着怎样息事宁人，心里打定了主意不让纪咏插手，但又想到纪咏这样热心，不好泼他的冷水，于是向他再三道谢。

纪咏有些不悦，道："你我是表兄妹，也算是从小一起长大的，你有什么话就直说，这样谢来谢去的，太过见外了。你成亲之前直率爽利，怎么成亲之后却变成了个庸俗的妇人？莫非是宋砚堂对你管头管脚的？那你还不如留在真定。在真定，谁敢管你？"

宋墨没想到纪咏见不到自己就去见了窦昭，而他一向给予窦昭和自己同等的权力和尊严，家里的小厮自然不会拦着。可一想到纪家对窦昭曾经的觊觎，想到纪咏的肆无忌惮，宋墨就有些坐不住。

他思忖再三，决定伺机"回来"。

只是他万万没有料到，会在花厅门口听到这样一番话。

宋墨的脸色阴沉沉的，半晌才缓过神来，又在花厅外面转了一圈，觉得自己的脸色应该已经恢复如常，这才微笑着进了花厅。

"纪大人，为了英国公府走水的事，还劳烦你亲自走一趟，多谢，多谢！"他朝着纪咏揖手行礼，坐在了窦昭的身边。

纪咏挑了挑眉，道："寿姑是我表妹，她被贼人打劫，受了惊吓，婆家的人不能护她周全，我这个娘家的人怎么着也要来问一问吧！"然后对窦昭道，"这件事就这样说定了，你好生歇息吧，我过几天再来看你。"

"纪表哥慢走！"纪咏和宋墨见面，虽然每次都是纪咏先挑衅的，宋墨大都尽量保持着沉默，可每次两人都免不了火光四溅的交锋，窦昭并不希望见到这样的场面，她亲自送纪咏到了垂花门，回来看见宋墨若有所思地坐在那里，她不由得苦笑，解释道："纪表哥为了英国公府走水的事，特意去了趟顺天府，结果顺天府尹黄大人根本没准备捉拿那些盗贼，而是准备和五城兵马司同流合污，找人顶罪……"

宋墨笑着拍了拍窦昭的手，道："我知道纪大人是个面冷心热、心高气傲之人，这件事又的确是我做得不对，所以才会对着我句句带刺。你不要担心我会和他吵起来，我也没把他的话放在心上。我是在想你刚才说的，日盛银楼拉拢郭颜的事……"他又把万皇后托他去辽东探望辽王的事告诉了窦昭，"……原本我以为只是件小事，正好还可以顺便探望五舅舅，现在看来，只怕要从长计议了！"

窦昭最怕的是什么？就是宋墨像之前她那个梦里一样，被辽王当枪使，最后落得遗臭万年，不得善终。闻言她的汗毛就竖了起来，纪咏和宋墨的矛盾相比之下就好比小孩子之间无关痛痒的打闹了。

"能不能不去？"窦昭问宋墨，"你是皇上的贴身侍卫，应该不能随意出京吧？"

但万皇后的手段也是层出不穷的，这一点，窦昭是最清楚不过的了，而且在那个预知梦中她处在贵族圈里的最底层，大家有什么事根本不用顾忌避讳她，她比现在知道的更多，

"万一皇后娘娘一定要你去，你不好拒绝，能不能向皇上讨个旨意？"好歹在太子面前有个说辞。

宋墨点头，笑道："太子那边，我也会打个招呼——不管怎么说，太子和辽王总是两兄弟，我既然去探望辽王，问问太子有什么话或是什么东西要带给辽王，也是常理。"

这样更好，窦昭松了口气。

宋墨迟疑道："你是否见过辽王？"

梦里见过，窦昭在心里嘀咕着，道："没有见过。"

宋墨显得有些困惑："那你为什么对辽王很防备？你是不是听说了些什么？或是家里的长辈说了些什么？"

"那倒没有。"窦昭脑子飞快地转着，道，"你不说皇上的身体不好，有时候连人都不认得了吗？我就想，万一皇上要是春秋有限，英国公府又是勋贵世家中的头一位，只要不偏不倚的，就算是不能得新皇的喜欢，也不至于因为涉及宫闱之事被牵连……谁当了皇上都不可能拿作为纯臣的英国公府开刀吧？"

梦中的上一世，强悍如辽王这样的君主登基，最终也不过是杀鸡给猴看，处置了几家对他出言不逊的勋贵。

宋墨思忖着点头，道："我看过几天我们就去给太子和太子妃请个安吧？"又道，"原来准备你回娘家住了对月之后再去的，如今看来却怕到时候有些迟了。"

最好是在宋墨出发去辽东之前去拜见太子夫妇。

窦昭问起太子和太子妃的喜好来，夫妻两人坐在内室的大炕上商量着拜见太子夫妇时的礼品。

这边窦明却是又急又气，眼泪像断了线的珍珠似的往下直掉。

"他真狠心！"她朝着珠儿抱怨着，"我不把任命书送过去，他就不来拿。难道真的不在乎这个五城兵马司的东城副指挥使不成？他可知道我费了多少心血才帮他谋了这个差事……他真是一点也不懂得珍惜！"

珠儿只好宽慰窦明："夫妻本是一体，夫人又何必和侯爷讲究这些？侯爷是男子，您昨天当着大夫人的面数落侯爷的不是，侯爷被驳了面子，这才会和夫人赌气。老太太常说，柔能克刚。夫人不如亲自把这任命书送去，给侯爷一个台阶下。"

珠儿口中的老太太，是指王映雪的母亲王许氏。

窦明却很犹豫："这样一来，我岂不是向他认输了？以后我在侯爷面前还有什么颜面？"

可若是不把任命书送过去，魏廷瑜犯起混来，真的不去任职，那该怎么办？难道就让他顶着个侯爷的名头在家里玩？那和那些京都的闲帮有什么区别？这侯爷手里没有权，做得还有什么意思？她走出去又怎么见人？

窦明思来想去，等到了申初，眼看着就要到下衙的时辰了，魏廷瑜还是没有来找她，她心里不安，又有小丫鬟进来禀告，说延安侯府的汪四爷过来，侯爷准备和汪四爷去外面吃饭，窦明这才真正地慌张起来，只好去了魏廷瑜的书房，心里却明白，自己这一场算是彻底地输了，以后想找回场子，会很困难！

魏廷瑜并不像窦明以为的那样是在拿乔，而是想到既然窦明拿了这个职位要挟他，他就不想去做这个什么副指挥使，索性约了汪清海一起出去喝酒。

所以当窦明主动把任命书送来的时候，他心里还是挺高兴的，至少窦明知道自己不对，主动给自己认错了。

汪清海见了更是大声地道着"恭喜",并打趣道:"难怪约了我去喝酒,原来是有喜事。不过,你也太不够意思了,这个时候才告诉我。"见天色不早了,忙催着他快去五城兵马司报备,还道:"要不要我陪你一起去?我岳父刚刚任了五城兵马司都指挥使,我和东城指挥使郝大勇也有数面之缘,也算得上是熟人了。"

魏廷瑜闻言大喜,奇道:"怎么你岳父去了五城兵马司?"

他正担心自己去晚了惹得五城兵马司都指挥使不高兴。

"原来你还不知道啊?"汪清海错愕,把这几天发生的事告诉了魏廷瑜。

魏廷瑜脑海里不由闪过一个念头:如果窦明不这么多事,自己通过汪清海说不定也能谋个东城副指挥使的差事……

他拉着汪清海就去了五城兵马司衙门,连句"多谢"都没有跟窦明说。

窦明望着魏廷瑜雀跃的背影,怅然若失。

赶到五城兵马司衙门的魏廷瑜却没有见到兼任五城兵马司都指挥使的东平伯,吏目告诉他:"伯爷去了英国公府,您有什么事,明天再来吧!"

魏廷瑜忙将自己的任命书拿了出来,吏目一看,忙笑道:"原来是济宁侯爷,我们没有得到信,想必伯爷也不知道侯爷会来我们五城兵马司,我这就派人去给伯爷说一声,侯爷要不要在这里喝杯茶,等等伯爷?"

魏廷瑜正要应诺,汪清海却拉了拉魏廷瑜的衣襟,笑道:"那就麻烦这位大人了。不过,快到了下衙的时辰,怕是伯爷不会回衙门了,我们还是明天一早再来!还请这位大人代为我们通禀一声。"说着,塞了两个封红过去。

吏目笑呵呵地应了,亲自将魏廷瑜和汪清海送出了衙门。

站在五城兵马司衙门的台阶上,魏廷瑜担心道:"这样好吗?若是你岳父回了衙怎么办?按道理,我应该一早就到衙门来报备的……"

他更担心的是:自己去五城兵马司任职的事五城兵马司的人怎么会不知道?

但当着汪清海的面,他却不好意思说。

万一事情有变,他有什么脸面面对汪清海?

魏廷瑜心里暗暗责怪窦明办事不靠谱!

汪清海却道:"你傻啊你!你没听到那吏目说,我岳父是去了英国公府吗?英国公府出了那样的事,正是求着五城兵马司办事的时候,我岳父这个时候去英国公府,宋老大肯定会留我岳父吃饭的。你和宋老大可是连襟,正好可以去打秋风,借着宋老大的名头和我岳父搭上话——我岳父以后可是你的上峰,有他一句话,你在五城兵马司的提职擢升指日可待,这么好的门路你怎么都不知道用?"

魏廷瑜笑道:"我不是还有你吗!"

"我能和宋老大一样吗?"汪清海忍不住朝着他翻了个白眼,"我不过是延安侯府的次子,功业无成,还得靠着哥哥吃饭;宋老大却是英国公府袭了职的世子,备受皇上宠爱,在金吾卫任指挥使,正三品的武官,正一品的世子衔;我说话的分量和他说话的分量能相提并论吗?"

魏廷瑜想想也有道理,道:"那我们一起去吧?有你在,我胆子也大些。"

大约是觉得自己和宋墨太熟,宋墨不足为惧,东平伯却是五位掌印都督之一,是肱股之臣,心里有些犯怵。

汪清海想想也都不是外人,遂笑着应了,和魏廷瑜一起去了英国公府。

宋墨不在家,和东平伯去了醉仙楼,两人又赶往醉仙楼。

东平伯正和宋墨说着话，听说女婿带了个人来见他，他心中不悦了。

也不看看这是什么时候，就算是要为谁搭桥牵线办事，也等他回家了再说，怎么能随随便便就将人带到了醉仙楼？何况还有宋墨在场。

他刚想呵斥小厮几句，只见宋墨笑道："令婿是延安侯府的四爷大河吧？我和延安侯府的世子大海私交甚密，说起来也都不是外人，不如请令婿进来喝两盅。"邀请着汪清海。

这样的场合，女婿能进来见识一番也好。

东平伯笑着说了几句客气话，让小厮请了汪清海进来，没想到跟着汪清海进来的还有魏廷瑜。

京都的勋贵圈子只有这么大，就算是不熟，至少也见过、听说过。

东平伯呵呵笑了起来，对宋墨道："果然都不是外人！"又指了身边的太师椅，示意魏廷瑜坐下说话，"今天你姐夫请客，你可不要跟他节省，上好的竹叶青，我们不醉不归。"

魏廷瑜望着宋墨年轻俊雅的面庞，不由讪讪地笑，喊了声"世子"，坐在了东平伯的身边。倒是汪清海，恭敬地给岳父和宋墨行了个礼。

小厮重新摆了碗筷。

魏廷瑜把自己到东城兵马司任职的事告诉了东平伯，东平伯一脸愕然，望向宋墨。

宋墨根本不知道这件事，在魏廷瑜那样对待窦昭之后，他也无意再帮魏廷瑜。

"原来济宁侯任了东城兵马司副指挥使，怎么事先一点风声也没有透露？"他寡淡地道，"早知道这样，就应该设宴给济宁侯庆祝庆祝的！如今只有等哪天济宁侯有空闲的时候再说了。"话虽说得客气，语气却很冷漠，而且把自己撇得干干净净。

东平伯暗暗惊讶，看来他们连襟的关系并不像自己想象的那样密切啊！又想到窦氏姐妹易嫁，证明窦氏姐妹的关系肯定非常紧张，魏廷瑜又懦弱无能，和宋墨根本不是一个层面上的人，两连襟的关系又怎么好得起来？而且从中也可以看得出大窦氏对宋墨的影响。

东平伯觉得自己想通了其中的关节，把玩着手中的酒杯，对魏廷瑜的态度渐渐收敛，没有了刚才的热情。

魏廷瑜却全然不知，他不知道说什么好，总不能告诉大家这职位是窦明通过王家帮他谋取的吧？

汪清海却能感觉到酒席上的气氛骤然一冷。

难道魏廷瑜去东城兵马司任职的事宋墨也不知道？这么大的事，魏廷瑜怎么也不跟宋墨知会一声？有宋墨帮衬，以宋墨的人脉，魏廷瑜以后的路会通畅得多！

他不由瞪了魏廷瑜一声，忙帮着宋墨续了杯茶，笑道："说起来这件事十分突然，就是佩瑾也是今天早上才知道……"靠老婆娘家吃饭总比让宋墨和自己的岳父误会好，汪清海把窦明出面为魏廷珍奔波的事告诉了宋墨和东平伯。

宋墨很是意外，心里第一次对王家有了不满。

要不是王家仗势欺人，窦昭又怎么会宁愿跟着在田庄的崔姨奶奶生活也不愿到京都来呢！

他不动声色，淡淡地笑道："没想到王家为了这个外孙女，竟然出了这么大的力，济宁侯爷真是好运气，切莫辜负了美人恩才是！"

魏廷瑜窘得满脸通红。

大窦氏和小窦氏可不是一个母亲，自然也就不是一个外家了。

东平伯粉饰太平地哈哈大笑。

汪清海这下子也听出了宋墨言语间的冷漠疏离。

他不禁在心里喊了声"糟糕"。

他们肯定弄巧成拙了！不仅没能借宋墨之势为魏廷瑜铺路，反而暴露了宋墨对魏廷瑜的不满，以他对自己岳父的了解，就算东平伯以后不给魏廷瑜使绊子，也不会提擢魏廷瑜的……他顿时头痛欲裂，朝着魏廷瑜使了个"不要说话"的眼色，接下来的时间再也不敢插嘴，默默地给宋墨和东平伯端茶倒酒。

东平伯和宋墨谈话的内容就渐渐转移到了英国公府走水的事上。

"……皇上向来对英国公府恩宠有加，这次竟然把顺天府尹和五城兵马司的都指挥使都换了，京都的百姓茶余饭后说起，谁不对英国公府跷起大拇指说一声'威武'！这可真是福兮祸所伏，祸兮福所依！那些盗贼到英国公府来行窃，却没想到竟然成全了英国公府的名声，这恐怕是谁也始料不及的。"他笑道，"我和黄大人碰了个头，黄大人也把这件事说给我听，我们还在一起笑了一场。"

自己若是不拿出几分手段来，这些人恐怕就准备拿几个不相干的人来糊弄自己了。

宋墨微微地笑，道："两位大人倒和我想到一块去了。只是我听说那些盗贼很狡猾，早已逃得不知踪影，想必顺天府和五城兵马司想在皇上说的限期内缉拿到那些盗贼，恐怕都很困难。我想了想，也不让你们为难，由我们英国公府出重金悬赏，谁要是能查到其中一个盗贼的去处，赏银一千两；两个，赏银两千两，依次类推，上不封顶。谁若是能缉拿其中一个盗贼，生死不论，尸体赏银三千两，活捉赏银五千两；如果能缉拿三人以上，由英国公府作保，推荐到卫所任职。不知您意下如何？"

这岂不是要天下大乱了？不要说官府的人了，就是那些绿林之士，为了银子，为了正经的出身，恐怕都会主动围剿那些闯入英国公府的盗贼，甚至那些盗贼为了悬赏都可能会自相残杀……

东平伯倒吸了口冷气——这到底是宋墨的主意，还是宋宜春的主意？

他不由仔细地打量宋墨。

月光般清冷皎洁的少年，嘴角微翘，淡漠中透着几分倨傲，若说他和那些出身显赫、备受长辈宠爱、一路顺风顺水长大的世家子弟有什么区别，那就是他的相貌十分俊美，非一般人可比，但他做出来的事却和那些不谙世事的世家子弟没有什么两样，愤懑之下只知道拿金钱权势砸人！

这好像和他听到的有关英国公世子的传闻严重不符。

到底哪一个才是真正的宋墨呢？

他有点后悔自己来之前没有让人好好查查宋墨。

东平伯不由抚额，道："令尊可知道悬赏的事？这可得不少银子，还要向皇上讨恩赏……"

宋墨笑道："父亲不在家，英国公府交给了我，这点小事，还是不用惊动父亲了——这笔银子由我出；讨恩赏的事，也由我出面。只求父亲回到家里，看在新修的马棚和群房的分儿上不要生气就好！"他的语气有些唏嘘，一副如同做错了事，只想极力补救，求长辈不要追究的模样。

一旁的魏廷瑜却越听越觉得宋墨小题大做了。见东平伯颇有些无可奈何的样子，他忍不住道："世子，我看这事你就别插手了！有东平伯，有黄大人，相信那些盗贼很快就会被缉拿归案了。你也别这样折腾了，太划不来了……"

宋墨根本就不想理他，径直对东平伯道："中午黄大人和顺天府的同知、捕快过来的时候，我也是这么说的。黄大人当时听了也有些犹豫，倒是顺天府的同知和捕快，很感兴趣。黄大人觉得赏金太多，牵扯的人也很多，说要和您商量之后再给我个答复……"

东平伯不禁在心里问候黄大人的祖宗八辈：你早知道了这件事，却不让人给我传个话，现在消息传了出去，你却让我做决定了！我要是同意了，到时候京都出了乱子谁负责？我要是不同意，岂不是要断了下属们的财路？今后谁还会一心一意地帮我办事！

他再也顾不得什么，急急地道："皇上召见我和黄大人的时候就说了，这件事以顺天府为主，五城兵马司为辅，我自然是以黄大人马首是瞻……"

魏廷瑜听得眉头直皱，这么大的事，怎么能由着宋墨说怎样就怎样呢？朝廷威仪何在？五城兵马司和顺天府的颜面又何在？

他不禁道："这件事由英国公府拿出重金悬赏，有些不太好吧？毕竟抓贼缉凶都是衙门的事，你这么一来，弄得五城兵马司和顺天府像是给你办事似的……"

东平伯大恨。

有些事只能意会，不能言传，他恼怒地瞥了魏廷瑜一眼，冷冷地道："我和世子爷说话，哪有你插嘴的地方！"说完，继续对宋墨道："悬赏的事，只怕还要和黄大人好好商量商量，拿出章程出来——那些盗贼我们又不认识，若是有人杀良冒功，我们如何分辨？若是有人欺瞒诱骗，我们又如何辨别？可别到时候放跑了盗贼，冤枉了好人，世子爷一片好心，却落得个亲者痛仇者快的下场。偏偏这抓贼的事又不能耽搁，"他沉吟道，"要不我们明天一早在顺天府碰个头？世子手里还拿着皇上御赐的太宗皇帝的佩剑，总不能只眼睁睁地看着五城兵马司和顺天府忙活吧？"说着，呵呵干笑了几声。

反正风声已经放出去了，至于东平伯和黄祈葫芦里卖的什么药，他们自己去伤脑筋好了。

宋墨笑着应了。

魏廷瑜一张脸却涨得通红，羞愧得抬不起头来。

汪清海也不知道该说什么好了，沉默地陪着他坐在一旁，在东平伯或是宋墨酒盅中酒水被喝浅了的时候执壶斟酒，相比之下，魏廷瑜不仅显得呆滞，而且还容易让人想起他侯爷的身份，觉得他有些拿乔。

好在东平伯此时心事重重，没有功夫理会他，让他接下来的时间里没有机会再出糗。

宋墨和东平伯酒过三巡，彼此之间都知道悬赏的事不确定下来，再谈下去已没有什么必要，开始说些京都的风花雪月，相比刚才的"天真无邪"，宋墨表现得大方得体，俗而不靡，雅而曲和，就是寻常的积年老宦也难比肩。

东平伯不由得暗暗称奇，心里隐隐有些明白宋墨的用意。

他不由感慨，没想到宋宜春那么懦弱的人却能养出这样一个厉害的儿子，看样子英国公府最多十年，又要一枝独秀了。

念头闪过，他就更奇怪宋宜春和宋墨之间的矛盾了。如果他有个像宋墨这样的儿子，就算是儿子偷了自己的妾室，也要想办法保他前程光明，怎么能拖儿子的后腿呢？

不过，这毕竟是宋宜春的家事。

东平伯轻轻摇头，把这念头抛到了脑后，和宋墨嘻嘻哈哈地说起闲话来，直到打了二更鼓才散去。

汪清海和魏廷瑜像霜打的茄子无精打采地跟在东平伯的身后。

东平伯喊了汪清海："你扶我回去！"

汪清海不敢怠慢，忙上前搀东平伯上了马车。

东平伯和宋墨告辞。

汪清海朝着魏廷瑜丢了个愧疚的眼色，对自己不能陪着他同出同进表示歉意。

魏廷瑜露出个比哭还要难看的笑容，勉强地朝着汪清海点了点头，示意无妨，让他好好服侍东平伯。

汪清海松了口气，等东平伯和宋墨寒暄完毕，他也上了马车。

马车缓缓地朝前驶去，刚才还醉醺醺的东平伯却猛地睁开了眼睛，无比清醒地吩咐马车夫："快，拐过弯，停在醉仙楼的拐角。"

车夫不解，但还是毫不犹豫地照着东平伯的吩咐拐了个弯，把马车停在了醉仙楼的拐角。

东平伯撩开了车帘，汪清海就看见宋墨看也没看魏廷瑜一眼，径自上了马车，离开了醉仙楼大街。

东平伯闭上了眼睛，淡淡地嘱咐着女婿汪清海："大河，你以后还是少和济宁侯来往。他这个人，成不了大气候不说，恐怕还会拖累你。"

汪清海心里翻江倒海，他没有想到宋墨和魏廷瑜的关系现在这么僵，更没有想到岳父为了点拨他，特意转回来，让他目睹了这一幕。

他"嗯"了一声，语气既困惑又迷茫，还有几分不知所措。

东平伯也不催他，闭上眼睛，由着马车摇摇晃晃地将他送回了东平伯府。

宋墨对今天的会面还是很满意的。

有了他这番表演，想必明天京都大街小巷都会谈论他的纨绔做派，也可以趁机扭转一下他在人们心目中杀气腾腾的印象。而且还有个附加的收获——好事不出门，坏事传千里。过了今夜，京都人十之八九都会知道他和魏廷瑜不和了，以后济宁侯府有什么事，想必也不会牵扯到他的头上来了。

如同甩掉了一团烂泥似的，他顿时心情舒畅起来，并再一次感谢天上的诸位菩萨，当初魏廷瑜认下了窦明，若是窦昭嫁给了他，自己恐怕这辈子都要心痛不已，不得安生了。

想到这些，刚刚梳洗完毕的宋墨看着莹莹灯光下酣睡得如一株芙蓉花的窦昭，忍不住扑到了她的身上，"寿姑，寿姑……"胡乱地亲着她，想要把她吵醒，想要她热情地回应他，嘻嘻哈哈地跟他胡闹，让他知道，她在他的怀里，她和他在一起很高兴……好像这样，他心里的感觉就会更踏实些，更宁静些似的。

窦昭被压得喘不过气来，睡眼惺忪地醒过来。

"宋砚堂！你这是干什么呢？"

被子乱成了一团。

"你发什么疯呢？"窦昭哭笑不得。

当权时的东平伯她不认识，可赋闲在家的东平伯却是个固执的老头，她怕宋墨和东平伯谈崩了，一直焦急地等着宋墨回来，不承想自己等得迷迷糊糊睡着了，宋墨这才回来，一回来还这个样子……

宋墨放开了她，俯身上前紧紧地抱住了她，在她耳边喃喃地喊着"寿姑，寿姑……"，像撒娇似的。

难道他和东平伯谈崩了？呜咽着说不出话来的窦昭好不容易从他的怀里挣脱出来，喘息着刚问了他一句"怎么了"，嘴却被他堵住。

窦昭只觉得全身发烫，脸颊犹烧得火辣，又心痛他在外面受了挫折，也就随他去了。

梦中的那一世生育的痛苦早让她没有了绮梦，但碰到了宋墨，他往往不需要做什么，就能轻易将她点燃。

窦昭闭着眼睛，满脸酡红。

宋墨低声地笑。

窦昭脑袋像灌了糨糊似的，混混沌沌，再也无法思考任何事情。

第九十八章　　大波·领赏·陈嘉

窦昭被宋墨搂在怀里，沉沉地睡着了。

宋墨却有一搭没一搭地抚着窦昭，毫无睡意。

辽王到底要干什么？

辽东资源丰富，白山黑水，远离京都，兵多将广，自成一体。当初封藩，皇上也是考虑再三，才下的决定。他若仅仅只是缺钱，大可将关外的几座煤矿占为己有；若是怕庙堂之争影响了他和皇上的父子关系，大可通过皇后娘娘常表孝心……

难道说真如窦昭所猜测的那样，皇上已病入膏肓，辽王怕太子继位之后对他不利，所以未雨绸缪？或者，他另有打算？

想到所谓的"另有打算"，宋墨不由得惊悚地坐了起来。

被子滑落，冷风灌进来，惹得沉睡中的窦昭一阵嘤咛。

宋墨忙帮窦昭盖上被子，又轻轻地拍了拍窦昭，见窦昭翻了个身又睡着了，他这才长吁了口气。

若是窦昭醒来多好，两人可以说说话。

他俯身吻了吻窦昭的鬓角，却换来窦昭一阵不满的嘟囔。

宋墨失笑，觉得心情好了很多，披了件衣衫靠在床头发起呆来。

眼看着内室的光线一点点地亮了起来，外面传来丫鬟们起床梳洗的响动。

已经习惯了每天卯正即醒的窦昭睁开了眼睛，看见了静静地坐在身边的宋墨。

他的表情端肃，明亮的眸子在光线黯淡的帐内闪烁着星子般的光彩，让他的整张面孔都生动起来，却有种沉静的美。

窦昭安静地欣赏了半晌，这才翻了个身。

听到动静的宋墨低头，就看见了窦昭熠熠生辉的眼睛。

他不由笑道："你醒了？要不要喝杯温水？"

"要！"窦昭很享受这种被服侍的感觉。

宋墨笑着下床去给她倒了杯茶。

窦昭抿着嘴笑了起来。

"笑什么？"宋墨把水递给了窦昭，坐在床边看着她把水喝完，接过茶盅又放了回去。

"没什么。"窦昭重新躺下，笑望着他，问起昨天的事，"……和东平伯谈得怎样了？"

"挺好的。"宋墨笑道,"他把我当成了个不知世事的纨绔子弟,劝我不要意气行事,待他和黄大人商量之后,再决定是否由英国公府出重金悬赏。不过,为了防止他们互相推诿,我决定今天进宫一趟,向皇上讨几个卫所的恩封。"

他去见东平伯之前,曾和窦昭说过重金悬赏的事。

"东平伯的担心不无道理。"她道,"有些人为了吃饱一顿饭都有可能杀人,更何况除了赏金可得,还能被推荐入卫所吃皇粮。你的确不能大意。"

宋墨笑着点头,道:"你放心,我自有分寸。"

窦昭素来相信宋墨的能力,不再多问,催着宋墨:"快穿件衣裳,也不怕着了凉。我要叫丫鬟进来服侍梳洗了。"

宋墨呵呵地笑,摸了摸她的头:"你多歇会吧!反正家里也没有长辈。我用过早膳就进宫。若是有人问起我的行踪,你照直说就是了。"

"我知道了。"窦昭的确不想起来,道,"就是把消息传播出去嘛!"

"真聪明!"宋墨和她说着些毫无意义却让他兴味盎然的闲话,"看来以后有什么事都得跟你说一声,常言道,三个臭皮匠,顶个诸葛亮。我们两个一起商量,说不定也能顶个诸葛亮呢……"

絮叨了半响,宋墨才更衣去用早膳。

窦昭躺在被子里笑,带着甜蜜的心情睡了个回笼觉。

东平伯和黄祈那边果然派出人来探问宋墨的行踪,知道宋墨进宫去了,两人不约而同地在衙门里等。

到了下午,宫里传出消息,皇上恩准了宋墨三个五卫营小旗的名额。

两人倒吸了口凉气,一个脸色铁青地吩咐小厮给东平伯下帖子,要请东平伯到东来顺饭庄吃饭;一个催着小厮给黄祈下帖子,要请黄祈到醉仙楼喝酒。

而此时的纪咏,却正坐在东来顺饭庄的雅间里,和一个五大三粗的汉子吃饭。

那汉子姓荀,名仲,是京都最大的镖局"平安镖局"的东家,也是纪家在京都扶持起来的三教九流之一,平时负责帮着纪家打探些京都的消息。

纪咏中了进士之后,才能名正言顺地动用纪家在京都的这些关系。

听说纪咏要他帮着打听打劫英国公府的盗贼,荀仲不由得苦笑:"大人,如果有人知道那些盗贼的消息,早就上英国公府领赏去了,哪儿还轮得到我们去捡漏啊?"

纪咏一愣,道:"怎么一回事?"

"如今京都都已经传遍了,英国公府世子爷为了缉拿元凶,重金悬赏,寻求在逃的盗贼的消息,起价一千两白银,还有机会被推荐入伍。京都的侠武之人,不管是黑道的还是白道的,纷纷离京,或是怕被官府当成盗贼捉了去背黑锅,赶紧出京躲避风头;或是前往沧州打探些盗贼的行踪,想博个升官发财的机会;还有人放出风来,三千两白银买一具盗贼的尸首,只求一个能和英国公府世子爷说上话的机会……京都如今已经大乱,早先的规矩被破坏一空,没几个人还顾得上讲江湖道义了!"荀仲感慨地劝着纪咏,"大人,这个时候,谁牵扯进去谁就有可能倒霉。窦家虽然和我们家是姻亲,可事有轻重,窦家在京都经营数年,未必就没有几条路子,还望大人三思而行。"

他以为纪咏是受了窦家之托来打探那些盗贼的消息。

没想到宋墨这样能搅和,钱权二字,就把京都闹了个天翻地覆。

纪咏不由默然。

有镖局小伙计模样的少年跑了进来,匆匆给纪咏行了个礼,凑近荀仲就是一阵耳语。

荀仲的脸色顿时变得很难看。

"大人！"他肃然地望着纪咏，"刚刚从沧州那边传来消息，说沧州这两天已涌入了无数的武林高手，发生了几起杀人事件，沧州的官府和道上的兄弟都已经知道英国公府悬赏的事了，官府还没有反应，但沧州三位德高望重的武林宿老已联名发出英雄帖，请了少林、武当等门派的高手来沧州助阵，要求武林同道不得到沧州械斗，以免发生流血或是死人事件，但也承诺，由他们负责查出那些盗贼的身份，到时候张贴在离城十里的观音寺大门上，谁缉拿到元凶算谁的，沧州所有的武林同道均不得参与。"

纪咏错愕，道："沧州的武林人士能同意？这样一来，他们沧州的人可就失去了领取英国公府悬赏的资格了！"

荀仲看着那伙计，伙计忙道："不同意也得同意——他们沧州之前已经内斗了一番，三位宿老得胜，这才拿到了话语权。如今很多人都聚在观音寺，质疑三位宿老给出的盗贼消息是否真实……沧州那边，恐怕还有番腥风血雨。"说着，他像是想起了那些血腥的场面似的，缩了缩脖子。

纪咏却没有注意到这里，目光有些发直地喃喃道："好一招'祸水东引'！不怪他小小年纪就备受恩宠……"他眼底迸射出耀眼的光芒，"难怪周公瑾会说出'既生瑜，何生亮'的话来！"

一股斗志渐渐地在他的眉宇间凝聚，让他的气势慢慢变得如刀锋般锐利。

荀仲心中一震。

又有伙计来报："东家，顺天府和五城兵马司都传出消息来，说皇上给了英国公世子三个近卫军小旗的恩赏。"

"什么？"荀仲失声惊呼，"此话当真？"

"真得不能再真了。"伙计哭丧着脸道，"六扇门的人一片哗然，全都找到了同知大人那里，追问若人是他们找到的，能不能领了英国公府的悬赏。同知大人现在急得满头是汗，偏偏不知道黄大人去了哪里，顺天府都乱了套了！"

"完了，完了！"荀仲失魂落魄地道，"东平伯刚刚上任，根本没办法约束五城兵马司的人……"说到这里，他猛地回过神来，朝着纪咏抱拳行礼，"大人，我们镖局常年游走于黑白两道，怕是免不了要被官府和道上的兄弟逼着打探消息，我们也要避避风头……事不宜迟，我要回去安排安排，还请大人原谅。如果大人还需要小的做什么，只管让玉桥胡同口茶馆里一个叫小六子的伙计给我带个口讯就是了。我要赶紧回去了，迟了恐怕要生变。"

该知道的已经知道了。

纪咏挥了挥手，荀仲恭敬地给纪咏行礼，带着两个小伙计匆匆回了镖局。

纪咏却若有所思，一个人去茶馆消磨了下午的时光。

听到消息的顾玉极其兴奋，他立刻赶往了颐志堂。

宋墨正和严朝卿等人说话，他扬着盖了窦世英印章的契文就进了书房。

严朝卿等人俱是一愣，顾玉已一副唯恐天下不乱的模样嚷道："天赐哥，你要收拾京都的那帮王八蛋，怎么也不跟我说一声？"他将契文交给了宋墨，"怎么样？我办得还不错吧？"像个要听表扬的小孩子，让严朝卿等人没办法生气。

宋墨也不负他所望，表扬了他几句，然后示意他坐下，和严朝卿等人继续着刚才的话题："……既然已经这么乱了，想必再乱点也不打紧——我设一个限期吧！"他思忖道，"我记得皇上给了顺天府和五城兵马司两个月的期限……就以两个月为限……如果两个月之内抓到了所有的盗贼，悬赏有效。如果两个月之后还有盗贼没有落网，赏赐减半。你们觉得如何？"

这可真是火上浇油啊！

就是严朝卿这样老谋深算的幕僚，也忍不住擦了擦额头上的汗，更不要说别人了。只有看戏不怕台高的顾玉笑嘻嘻地问着宋墨："天赐哥，那些人多半是冲着那三个近卫军小旗的名额来的吧？要是那三个近卫军小旗的名额没了，那些人恐怕也没有这么积极了。难道我们就这样放过那些盗贼不成？"

"两个月之后顺天府和五城兵马司就得给皇上一个交代了，"宋墨淡淡地道，"若是我们依旧重金悬赏，岂不是让黄大人和东平伯为难？"

"也是哦！"顾玉摸着脑袋笑道，"人家顺天府和五城兵马司的人都说盗贼全部抓获了，我们还在那里悬赏，等于是在指责东平伯和黄大人杀良冒功一样。皇上知道了，他们俩就完蛋了。"说到这里，他睁大了眼睛，"天赐哥，那些赏金怎么办？我们总不能白白地送给顺天府和五城兵马司，让黄祈和周少川做好人吧？"

"他们敢来领赏，我就敢继续悬赏。"宋墨傲然地道，"我已经给了他们一个台阶，他们若是不顺势而下，反而还想顺着竿子爬，就别怪我不讲情面了！"又道，"这样一来，黑白两道都知道是怎么一回事了。我们再演场戏，让人送具盗贼的尸首过来，我们依旧按悬赏付银子，到时候自会有人帮我继续追贼。敢打我们英国公府的主意，就要做好终身被追杀的准备。"他吩咐夏璇，"你把我这句话传出去。"

夏璇恭声应是。

而得到消息的黄祈和东平伯却长长地松了口气。

"宋砚堂虽然有些胡闹，可到底还是知道分寸的！"东平伯对黄祈感慨道，"我看悬赏的事，就由英国公府出面吧！皇上不也赏了英国公世子三个小旗的恩赐？"

言下之意是皇上都认同了宋墨的行为，他就不要固执己见了。

黄祈苦笑：事已至此，他不赞同又能怎样？

"那就多派些人手在英国公府附近巡查吧！"黄祈道，"万一有人为了悬赏的事争执起来，我们也能帮衬英国公府一把。"

宋墨对此无所谓，吩咐廖碧峰："那些给英国公府看门的衙役，每天管一顿中饭。"

廖碧峰恭声应是。

顺天府和五城兵马司的人一阵欢呼。

宋墨把这件事交给了严朝卿和夏璇，自己则每日在家里练字。

窦昭问他："你不去宫里行吗？"

宋墨笑道："我不是在帮着顺天府和五城兵马司追查盗贼的事吗？"

窦昭失笑。

宋墨拉了她的手："你的事办完了？"

窦昭已正式主持了英国公府的中馈。

"不过是些柴米油盐的琐事，"窦昭笑道，"简单得很。"

宋墨微微地笑，以窦昭的聪慧，这些事对她而言也许真的很容易。

他道："又到了赏菊的时候，下午你若是有空，我陪着你去丰台的花市逛一逛吧？说不定能遇到你喜欢的菊花，到时候我们买回来，明年你的花圃里不就多了几个品种？"

名贵的菊花品种，哪是这么容易就能遇到的。但宋墨兴致勃勃，窦昭不忍扫了他的兴，心想就当自己陪着他出去散心的，笑着应了，两人轻车简从，去了丰台的花市。

那些花农惯和富贵人家打交道，虽然不认识宋墨和窦昭，但见两人一个穿着小牛皮朝靴，一个戴着莲子米大小的南珠耳坠，气度不凡，知道不是寻常的人家，小心翼翼地应着，都拿了家里最好的菊花出来。

这些花在窦昭看来却很平常，比不上她留在真定的花草，随意看了看，凑趣似的买了几盆。

宋墨知道这些都不如她的意，叫了花农到旁边询问："这个时候移种花草，能活吗？"

"那要看是什么花草了。"被宋墨询问的花农四十来岁，相貌忠厚老实，"如果是玉簪花、金鱼草，那就不打紧，它们本就是在秋天播种，春天开花。若是牵牛花、万寿菊就不行了，它们是春天播种，夏天开花……"

"哦！"宋墨不知道种花还有这么多的学问，又觉得这人说话行事很实在，便托他帮着寻些奇异的花草，"我夫人很喜欢莳弄花草，到时候你送到英国公府就行了。"

花农又惊又喜，战战兢兢地连声应"是"。

宋墨和窦昭回了英国公府。

宋宜春的信使正在等宋墨，听说宋墨回来了，立刻前往颐志堂求见。

宋墨抽出信，草草地看了一眼，见信里全是责备他的话，只在最后问了问现在的情况如何。他突然想到窦昭趁乱拿到对牌的事，心中一动，回了封信给宋宜春，说之前都怪自己眼孔太小，心里只装着个颐志堂，却忘了颐志堂是英国公府的一部分，现在听了父亲的教诲，自己痛定思痛，决定担负起英国公府世子的责任，在父亲不在家的时候，代父亲行使英国公的职责，并把自己已要求陶器重十五天之内把烧毁的房舍全部修缮完毕，暂时拿出了五万两银子悬赏缉拿闯入英国公府的盗贼，并得到了皇上的支持，从皇上手里拿到了三个近卫军小旗的恩赏等等，一一告诉了宋宜春，并吩咐宋宜春的信使："六百里加急，日夜兼程，立刻送到国公爷手中去。"

信使不敢怠慢，拿着信就启了程。

宋墨心里到底觉得愤愤不平，对窦昭道："他不把我置于死地，只怕是不会善罢甘休的！"

窦昭轻轻地抚着他的手臂，柔声道："那也要看他有没有这个本事，你已经死过一回了，难道还要再死一回，才算得上是'孝顺'？那婆婆呢？婆婆在你身上花了那么多的心血，难道你都抛诸脑后置之不顾不成？"

宋墨失笑："你放心，我既不是愚忠之人，也不是愚孝之人。正如你所说，我已经死过一回了，他现在休想把刀架在我的脖子上我还一声不吭地任由他行事。"然后揽了窦昭的肩膀，"我们明天继续去丰台买花吧？虽然买不到什么稀罕的花草，去散散心也好。"

窦昭抿了嘴笑——这是不想待在家里被这些琐事烦恼吧？

第二天用过午膳，宋墨陪着她又去了丰台。

有人向英国公府提供了盗贼的行踪，顺天府和五城兵马司的人联手，很快将人缉拿归案。经审讯，那人的确是闯入英国公府的盗贼之一，而且报信的竟然是那盗贼的同胞哥哥！

顺天府和五城兵马司的人一片哗然。

可更让人意想不到的是，原来那盗贼得知了英国公府的悬赏后，知道自己就算是这次逃过了英国公府的追杀，以后也会面临着江湖同道和官府的围剿，余生只能隐姓埋名，东躲西藏。

与其这样诚惶诚恐地活着，还不如让自己的胞兄领了这悬赏的赏金，好歹胞兄得了赏金，还能代他奉养父母。

他让胞兄割下自己的头颅去报案。胞兄不忍，他又怕到时候死无对证，用胞兄的名义报了案，躲在了京都城北的一个小胡同里，等着官府来捉拿。

严朝卿知道后两眼发光，吩咐夏琏："大张旗鼓地把那一千两赏银送过去——我们只看结果，不问过程。"

夏琏应声而去。

京都黑白两道更加乱成了一团。

始作俑者却陪着妻子再次出现在了那位花农的院子里。

有人推开篱笆走了进去。

"请问是英国公府世子爷宋大人吗？"他笑望着宋墨。

称谓有些不伦不类，却透露了宋墨的底细。

来人显然对宋墨很熟悉，宋墨却不认识对方。

他不动声色地将窦昭挡在了身后，打量着对方，淡淡地道："我是宋砚堂。"

窦昭好奇地望着来人——不过二十出头的年纪，相貌平常，衣裳朴素，一双眼睛却精光四射，透着几分与年纪及相貌不相符的精明干练。

她不禁有片刻的困惑。

这个人，好面熟啊！自己好像在哪里见过，而且好像还很重要似的，在她心里留下了深刻的印象。

窦昭皱了皱眉，怎么会想不起来了呢？

被叮嘱保持距离跟在他们后面的朱义诚不动声色地慢慢地走了过来。

来人恭敬地给宋墨行礼，道："在下陈嘉，字赞之。在锦衣卫任小旗，当年曾奉命去福建押送定国公回京……"

宋墨神色大变。

陈赞之却像没有看见似的："我素来敬仰定国公品行高洁，行事耿直磊落，一直想查出来我们锦衣卫是受谁之命捉拿定国公，可惜我位小职卑，没有什么进展。"说到这里，他露出几分苦愁来，"现在事情已经过去好几年了，我真怕世子爷忘了当年的恩怨，明知道以这种方式和世子爷见面，世子爷肯定很不屑，但思来想去，最终还是来了。只求世子爷能帮我一起调查定国公的死因，还定国公一个清白……"

宋墨心中警铃大作。

定国公已经去世三四年了，他一直不敢调查大舅的死因！雷霆雨露皆是君恩，若最终调查出这件事与皇上有关，难道他还能和皇上去理论不成？

说不定打草惊蛇，反而让皇上觉得他心存怨恨，不仅有可能失去帝心，身陷囹圄，而且还会牵连到已经风雨飘摇再也经不起打击的蒋家和被流放辽东的五舅舅。

他唯一能做的就是等待。

等待大家都忘了这件事，等待新皇登基，等待他有足够的力量让新皇必须做出选择的时候……却不是在此时。现在他不过是个刚刚涉足官场的新丁，加上大舅去世后，倭寇猖獗却无人有能力阻止，他更加无法去动这件敏感的冤案。

这个叫陈嘉的到底想干什么？

宋墨首先想到了父亲宋宜春。

会不会是他设的圈套，想诱导自己出错？

但他很快就否定了自己的猜测。激怒他调查大舅的事，英国公府也脱不了干系，他就是再蠢，也不可能做这种损人不利己的事。

难道是辽王？暗示这件事是皇上的意思？

想到这里，宋墨在心里摇了摇头。

定国公府最终被除了爵，就算不是皇上授意的，也是皇上同意了的。就算他知道这是皇上的意思，又能怎样？

　　宋墨突然心中一动。

　　或者，辽王就是想告诉他，只要皇上在位一天，大舅的冤屈就休想有昭雪的那一天……不，不，不，这也不可能……辽王就算是有野心，大道正统他却不能轻易违背……但也有可能是辽王等不及了……可就算是这样，自己除了英国公府世子的身份还有些分量，金吾卫前卫指挥使、世袭正四品佥事等职位却都没什么含金量，辽王根本没必要在他的身上花这么大的心思……

　　那指使陈嘉的人又是谁呢？目的又是什么呢？

　　自从被父亲陷害之后，宋墨觉得自己变得非常多疑。

　　他看见朱义诚等人已经不动声色地围了过来，微笑着揽了窦昭的肩膀，却突然间朝着朱义诚等人暴喝一声"把他给我拿下！"神色顿时变得冰冷如霜，半搂半拖着窦昭连连后退几步。

　　立刻有人上前挡在了宋墨和窦昭的面前，和朱义诚等人呼应着，把陈嘉围在了中间。

　　陈嘉却十分镇定从容，好像宋墨的反应早已在他的预料之中似的，他一面"唰"地一下抽出了腰间的软剑，一面道："世子爷，实话对您说了吧。要不是您在京都掀起的腥风血雨，让我见识了您的手段，我还不敢来找您……想为国公爷沉冤昭雪，可不是人人都办得到的。您若是不相信我，可以到锦衣卫去打探我的底细，我在锦衣卫，也非无名之辈。话已至此，世子爷怎样抉择，就得靠世子爷自己判断了！"说完，主动上前，迎着其中身手最好的朱义诚战去。

　　朱义诚的大刀沉重稳健，陈嘉的软剑轻盈灵动，两人的功夫不分伯仲，被刀光剑影笼罩，战成了一团。

　　宋墨其他的护卫自动分成了两拨，一拨将宋墨和窦昭团团围住，另一拨则围着朱义诚和陈嘉，做好了随时准备增援朱义诚的准备。

　　花衣吓得躲到大缸后面。

　　陈嘉一声长啸，从屋顶上跳下几个身穿锦衣卫服饰的人，抽了绣春刀就朝宋墨的护卫砍去。

　　宋墨的护卫很是意外。

　　错愕间，已有人趁机突破了包围圈，试图偷袭朱义诚。

　　朱义诚闪身避过。

　　陈嘉跳出了战圈，朝着宋墨一拱手，由几个锦衣卫掩护，且战且退到了篱笆旁，转身穿过篱笆钻入了篱笆后的树林里，不见了踪影。

　　朱义诚等人这才发现那篱笆早被人从中挖断，不过是用树枝掩着而已。

　　"给我追！"朱义诚脸色铁青，率先追了上去，却被宋墨大喝一声"回来"，停住了脚步。

　　"不用追了。"宋墨神色平静地道，"他们早有准备，再追下去也不过是徒劳无功。让杜唯去查查他们的底细。"

　　朱义诚愤然应"是"，带着两个护卫赶往杜唯所在的杂货铺子。

　　宋墨示意陈核将吓得瑟瑟发抖的花衣扶了起来，笑着朝他拱了拱手："一场误会，让你受惊了。"

　　花衣哪里敢多问，惶恐着应道："无妨，无妨。小人无事。"

　　"今天恐怕逛不成花市了，"宋墨满是歉意地对窦昭道，"改天我再陪你来逛吧？"

一直神色紧张地攥着宋墨衣襟的窦昭"哦"了一声，笑道，"那我们改天再来好了！"表情欢快，好像之前遇到的不是杀人不眨眼的锦衣卫，而是一场无关紧要的大雨。

宋墨心中更是愧疚。

窦昭跟着他，总是麻烦不断，就算是逛个花市，也能引出些乱七八糟的事来！

这一刻，他无比希望把身边的那些麻烦都解决掉。至少，在他们的孩子出生之前得解决一部分，得给孩子一个安全宁静的生长环境，让他们都能平平安安地长大。

宋墨忍不住就瞥了窦昭的腹部一眼。

他们这段时间亲密无间，说不定窦昭已经怀上了他的孩子。

安内必先攘外！那就先从陈嘉开始吧！

他扶着窦昭上了马车。

窦昭托着腮，想着陈嘉——穿着锦衣卫的衣饰，敏捷的身手，轻盈的脚步……她真的在什么地方见过这个人……

窦昭不由"哎呀"了一声。

也想着陈嘉，有些心不在焉的宋墨忙问道："怎么了？"

"没事，没事。"窦昭掩饰着心中的慌乱，道，"刚才磕了一下。"

宋墨微笑，揽着窦昭的肩膀，轻轻地吻了吻她的鬓角，又陷入了沉思。

窦昭没有打扰宋墨，静静地依偎在宋墨的怀里，心里却如惊涛骇浪般翻滚。

她见过陈嘉，不过当时的陈嘉不是这个样子。那时他穿着大红色正三品锦衣卫蟒服，在大雨中敬畏地穿过重甲林立的护卫，卑微地单膝跪在宋墨的面前，低眉顺目地朝宋墨禀报着什么……

陈嘉，就是梦中前世她初遇宋墨时那个向宋墨禀事的锦衣卫。

如同一个绕不开的圈，这一世，他们又相见了。

却是以这种方式。

难道梦里那一世，陈嘉也是这么打动了宋墨，得到了宋墨的信任，成为了宋墨的心腹不成？

那定国公的冤案，到底和皇上有什么样的关系呢？

她想到了宋墨射向太子的那一箭……不仅让他沦为臭名远扬的刽子手，也射杀了皇上的希望和性命，让辽王顺利地登上了皇位。

窦昭的手不禁紧紧地绞在了一起。这一次，陈嘉会不会再次打动宋墨？他手里到底掌握了怎样的底牌？这底牌是真的还是假的呢？

窦昭的额头沁出了细细的汗。

"怎么了？"她耳边传来宋墨温和的声音，"是不是刚才磕到哪里了？"声音中带着浓浓的关心。

窦昭不由拽住了宋墨的手。

"我没事！"宋墨的手，干燥而温暖，如冬日暖暖的阳光，让窦昭的心渐渐地安宁下来，"陈嘉的话，你千万莫要轻信，要三思而行才是。他早不来晚不来，偏偏在见识过你的手段之后才来见你，可见是怀有不可告人的目的，你千万不要大意。忍耐几年，皇上宾天之后，有些事一样可以真相大白。有的时候，就是要看谁更沉得住气。"

"我知道。"宋墨回握着窦昭的手，低声道，"可不管他怀着怎样的目的接近我，既然打了我的主意，这一次不成，恐怕还会有下一次。与其终日防贼，不如顺水推舟将计就计，说不定还能掌握主动权。"又笑道，"我现在可是有家室的人，再也不会像从前那样莽撞了，我还想和你白头偕老，儿孙满堂呢！你就放心好了。"

白头偕老,儿孙满堂!

她能够吗?会不会有一天她醒过来,宋墨也是一场梦呢?

窦昭的眼睛有些湿润,握着宋墨的手更紧了。

自己以前对一些事太固执了。

宋墨想怎样,自己依着他就是了,只要那些事能让他高兴些就好。

她第一次,主动把头靠在了宋墨的肩膀上。

宋墨不知道缘由,却能感觉到窦昭对自己的依恋。

他像吃了蜜似的,一直甜到了心窝里。

就这样任由窦昭靠在他的肩膀上,两人回了英国公府。

严朝卿已得到了信,正和廖碧峰、朱义诚、夏琏等在颐志堂的门口。

"我们去书房说话。"宋墨淡淡地道,往书房去。

走了两步,他面露沉思,脚步微顿,回头对窦昭道:"你也一起听听——三个臭皮匠,顶个诸葛亮,有时候局外人看得比局内人清楚。"目光却在严朝卿和夏琏等人身上扫了扫,颇有些解释为什么让窦昭去书房的意味。

见识过营救宋墨的窦昭之后,严朝卿和夏琏两人对窦昭的智谋早已没有怀疑,自然也就对宋墨的决定没有任何的反感,倒是廖碧峰和朱义诚难掩心中的惊骇,震惊地望了窦昭一眼。

等进了书房,朱义诚还好,廖碧峰却恭敬地请窦昭坐下,并亲自给窦昭斟了杯茶,隔着两张太师椅坐在了窦昭的下首。

宋墨问:"情况怎样?"

严朝卿恭敬地道:"据杜唯说,那陈嘉今年二十四岁,是借袭叔父之职进的锦衣卫。四年前妻子病逝,没留下子嗣,也未续弦。四年前,他的确曾赴福建公干,回到京都之后,开始和同去福建公干的锦衣卫北镇抚司千户陈祖训来往密切,还认了陈祖训为干爹,并在陈祖训的提携之下,升了锦衣卫小旗。不过,两年前陈祖训因得罪了汪渊,被寻了个由头处死之后,陈嘉没有了倚仗,在锦衣卫的日子很不好过,据说还差点被赶出锦衣卫。今天袭击世子爷的几个锦衣卫也并非假冒,而是陈嘉的几个结拜兄弟,其中有两个曾和陈嘉一样,去过福建……"

宋墨慢慢地呷着茶水,半晌才道:"严先生怎么看这件事?"

严朝卿斟酌道:"有可能是看到您近些日子的举动,想投其所好,博个前程。但也不能完全排除他受人指使,铤而走险……"

宋墨微微颔首,望向廖碧峰。

廖碧峰虽然有和严朝卿一较高下的意思,却从不会信口开河,他同意严朝卿的判断:"我觉得严先生言之有理。"

宋墨想了想,问窦昭:"你觉得呢?"

第九十九章　建议·求和·投靠

第一次随着宋墨参加书房议事，窦昭打定了主意只听不说，突然被宋墨点名，窦昭非常意外。但她并不是个固执的人，既然情况有了变化，她也不会藏着掖着，在沉思片刻之后，她大大方方地说出了自己的看法。

"不管那陈嘉是为了博个前程还是受人指使，世子对他开出来的条件都非常心动。既然如此，我们何不先听听他说些什么再做打算。若他所说属实，就算他是受人指使，我们也未必就会入彀；若他所说纯属胡编乱造，就算他只是为了博个前程，我们也未必就要帮他。

"现在的关键，是我们怎么判断他说的是真是假。"

宋墨和严朝卿等人都微微颔首。

廖碧峰不免在心中感叹：难怪世子爷对夫人如此敬重，夫人除了有急智，还颇善谋略。他心里突然间冒出一个念头来，如果哪天世子爷有个闪失，他们这些人在夫人的带领之下，也不会如倾倒的大树，失了主心骨，转瞬间就成了他人案上的鱼肉。

这一刻，他对颐志堂才真正生出了归属感，对颐志堂的未来，也充满了希望。

夫人若是能尽快诞下子嗣，颐志堂就再无内患，他们这些人，也就再无后顾之忧了。

想到这些，他起身，恭敬地给窦昭还满满的茶盅又象征性地续了点水。

朱义诚却没有廖碧峰那么多的心思，听了窦昭的话，他心中满是困惑，很想质问窦昭几句，又限于尊卑有别，不好出声，眉宇间流露出几分焦虑。

宋墨还以为朱义诚对这件事有自己的看法，因而笑道："朱护卫，你觉得此事如何？"

朱义诚并不是个擅长谋略之人，从前参加书房的议事，也只是听，从来不曾说什么，此时见大家的视线都落在了他的身上，他不由脸色涨得通红，嘴角翕动，半晌才道："我觉得严先生和廖先生说的有道理，夫人说的也有道理。我就是想问，如果那个陈嘉是受人指使的，我们去调查定国公爷的事，他背后的人会不会因此抓住我们的把柄，然后告到皇上那里去……我总觉得，他既然能未雨绸缪地给自己留好后路，就肯定不是个简单的人物，而且他身手也很好，算得上文武双全了，和这种人打交道，还是小心点为好。"

是觉得自己的建议太冒险了吧？

窦昭也这么觉得。

前世的宋墨喜怒无常，陈嘉尚能成为他的心腹，可见是个不容小视的人物。可宋墨的行为又让她感觉到陈嘉的言行已引起了他极大的兴趣，要不然，他大可以一张帖子送到锦衣卫，让锦衣卫置陈嘉于死地，给他一个交代，根本不必招了严朝卿等人议事。

她向来觉得堵不如疏。

而且定国公的死不仅仅牵扯到蒋家的冤案，还关系到蒋夫人的逝世，宋宜春和宋墨的矛盾……辽王已初露峥嵘，如果宋墨能在辽王彻底亮出獠牙之前把英国公府的事理顺，就再也没有人可以拿宋墨逝世的亲人做文章了，以宋墨的冷静理智，他们完全可以安全地度过四年之后的宫变。

而且，即便这个时候他们判断错误，也还有改正的机会。等到辽王图穷匕见之时，朝野纷乱，是对是错早已说不清楚，一句话不说，尚可能引火烧身，何况还要花精力把自己撇清？

"世子爷如今圣眷正隆，又未及冠，且公公自婆婆去世之后，把家中诸事都交给了贴身管事和幕僚，世子爷就算有时会行差踏错，也是常理，正好可以聆听皇上的教诲。"窦昭暗示道，"事情的真相如何并不重要，重要的在于世人都怎么说，怎么看，愿意相信些什么！"

宋墨微微地笑。

严朝卿却激动起来，冲着宋墨道："世子爷，夫人好主意——我们现在就把国公爷和您不和的事传到皇上的耳朵里。皇上向来喜欢父慈子孝，您又是他最喜欢的勋贵子弟之一，如果有人告御状，您正好可以利用这件事，想办法引起皇上的怜惜之心，让皇上来'管教'您。那对我们来说，可谓是一箭双雕，既化解了那些人对您的攻讦，还可以拉近您和皇上的关系……甚至有可能通过皇上之手，架空国公爷……"

廖碧峰不由抚掌赞同道："我也觉得夫人之计，大为可行！"

朱义诚喃喃地道："这样也行？"

宋墨呵呵笑："看样子，夫人给我出了个难题啊！"他望着窦昭的眼中有着欣赏和愉悦，"那就这样吧！皇上那边的事，我来办；陈嘉那里，十之八九还会再联系我们，就交给严先生吧！"

众人齐齐起身，恭声应诺。

在离英国公府不远的顺天府胡同里，有间高升客栈。

蔚州卫都指挥使华堂面沉如水，背着手在客栈的上房里焦急地转着圈儿。他的贴身随从神色恭谨地垂手侍立在上房的角落里，大气也不敢出。

不一会儿，传来几声小心翼翼的叩门声。贴身的随从松了口气，疾步上前，开了房门，走进来一个三十来岁的青衣文士。

看见来人，华堂有些迫不及待地迎了上去："怎么样？汪家怎么说？"

青衣文士忙低声道："我没有见到延安侯，但延安侯府的世子爷命贴身的随从传话给我，让我给您带句话，想稍后再来客栈拜访您。"他说着，从衣袖里掏出了张帖子，"这是延安侯世子爷的帖子。"然后语气微顿，声音也低了几分，"我们送去的东西，汪家没有收！"

华堂不由眉头紧锁。

长子的官司来得蹊跷，为了这件事，他已经辗转托了不下七八个人，包括长兴侯和安陆侯在内，银子也用了上万两，对方却和他见招拆招，丝毫不怯场，他这才感觉到这桩官司不简单，隐约也听说那老婆子是受人指使，偏生他在京都没有什么根基，安陆侯又因贴身的忠仆卷入了英国公府走水事件，弄得焦头烂额，写信给英国公，却至今没有回信，他又怎好在这个时候为了自家的官司去麻烦安陆侯？

思来想去，他想到了差点和自家联了姻的延安侯府，想到了交游广阔的延安侯世子，忙派幕僚带着厚礼登门，想请汪家帮着打听打听，到底是谁要和他过不去。

"汪家这是什么意思？"他不由道，"延安侯避而不见，汪家把我们送的礼品退了回来，延安侯世子却又要到客栈来拜访我……"

华堂的幕僚，也就是那位青衣文士听了沉吟道："您看，那延安侯世子爷会不会是在避讳什么人？"

华堂听着心神一震，神色也变得凝重起来："的确是有这种可能……"他忙吩咐贴身的随从，"你眼睛放亮点，别让人发现我们的动静！"

随从诚惶诚恐地应是。

有小厮跑了进来，低声道："延安侯世子爷过来了。"

这么快就过来了！华堂不禁和幕僚交换了一个眼神，连忙吩咐那小厮："快请世子爷进来。"

小厮应声而去。

华堂想了想，在门口迎接。

汪清淮穿着件很寻常的青色淞江细布棉袍，只带了个随从走了进来。

华堂骇然：汪清淮果然是为了避嫌而来！是谁让延安侯府的世子爷这样忌讳？同时也证实了长子的官司有着不为人知的内情……

华堂忙请汪清淮进了内室，汪清淮也不客气，和华堂分宾主坐下，等小厮们上了茶水，屋里的人都退了下去，没有过多的寒暄，很快就进入了正题："……家母舍不得幼妹远嫁，两家这才没能成为姻亲的。您家的官司，京都的人多不清楚其中的内幕，只有我们家因机缘巧合，才窥得些端倪。见世兄四处奔波却不得其法，正寻思着要找个机会告诉世叔，没想到世叔却派人登门拜访。凭我们两家的交情，这礼品是万万不敢要的，还请世叔收回。至于华兄弟的官司，我说个一二，还请世叔斟酌。"

华堂不由苦笑：难怪人人都称赞延安侯世子爷会做人，他这是要借着这次机会和华家恩怨两清啊！

可人在矮檐下，不得不低头，他忍了又忍，才让自己的声音听上去没有一丝的怨怼之意。

"世侄此言差矣！这只能说我们两家有缘无分。"华堂朝着汪清淮拱了拱手，"世侄援手之恩，世叔记下了。以后如果有机会，定当重谢！"语气非常诚恳。

汪清淮不以为意。如果他不出来劝这个架，华堂恐怕还会继续到处蹦跶。现在把缘由告诉华堂，既帮了宋墨，又还了华家的人情，一举两得，何乐而不为？

"世叔客气了。"汪清淮谦虚了几句，这才低声问道，"听说世叔要和英国公府结亲？"

华堂顿时有些得意地笑了起来："世侄也听说了？"话一说出口，他顿时意识到汪清淮这句话问得突兀，笑容微凝，狐疑道，"莫非此事有什么不妥？"

"何止是不妥！"汪清淮一副痛心疾首的样子，"华兄弟的官司，正是由此而来！"

华堂神色大变。

汪清淮已悄声道："英国公世子宋砚堂希望自己的妻子能掌管英国公府的中馈，暂时不想让英国公续弦……世叔却贸然在这个时候闯了进去……"他摇了摇头，"要不然，京都这么多名门闺秀，怎么就没人愿意嫁到英国公府去呢？"

华堂目瞪口呆，有些不相信。

汪清淮想着自己的话已经带到了，华堂要是不知死活，他也无能为力了，遂起身告辞，留了空间给华堂思考。

华堂如果不是个厉害的角色，他也不可能想出让儿子顶替丘灵卫千户的主意了，但让他相信老子拿儿子没办法，还是有点困难。

汪清淮走后，他思忖了半响，去了陆安侯府。

陆安侯正满脸难以置信地望着自己的大管事："你是说，东平伯不答应放人？"他不信邪地又追问了一句，"由我担保，他也不答应放人？"

就是今天早上，他贴身的随从因为涉嫌英国公府走水事件，被顺天府的人抓走了。他和黄祈不熟，写了封信，让自己的大管事去找东平伯，希望东平伯能帮忙从中说项，把人给放出来。

大管事低声道："东平伯说，皇上限期缉拿凶犯，他和黄大人要共同承担责任，这个事，他实在是不好意思向黄大人开口。还说，要不您去找找英国公府的世子爷试试——皇上把太宗皇帝生前用过的佩剑都赏赐给了英国公世子爷，让他督促五城兵马司和顺天府缉拿凶犯，而且他又是苦主，如果他能帮着说句话，东平伯和黄大人也好说话……"

他的话还没有说完，安陆侯已是脸色铁青，"啪"的一声就将手边的茶盅砸在了地上。

"他们不问青红皂白就把我贴身的随从抓了起来，不要说他和英国公府的事没有一点关系，就算是涉及其中，他们也不应该这样打我的脸，现在还让我去找个晚辈说项，他们是什么意思？莫非是老虎不发威，他以为我是病猫不成？"说到这里，他冷冷地吩咐大管事，"把府里的护卫叫上，我们去顺天府，我就不相信，他黄祈还敢拦着我不成！"

大管事打了个寒战：若是强行从顺天府抢人，事情就闹大了！

他心里一急，就更想不出规劝的话来了，眼角无意间却瞥见有心腹的小厮在门口探头探脑。他顿时如见到了救星般，想着不管是什么事，先把安陆侯拖住，然后趁着这个机会给太夫人报个信，有太夫人拦着，侯爷不敢不听。他立刻朝着小厮藏身的地方高声呵斥："什么人在外面窥视？"

小厮战战兢兢地跑了进来："侯爷，蔚州都指挥使华大人求见！"

安陆侯皱着眉头，正要说"不见"，大管事却道："华家不是要和宋家结亲了吗？说不定华大人有好消息带过来呢？"

安陆侯想了想，微微颔首。

大管事松了口气，立刻去请了华堂进来。

华堂和安陆侯分宾主坐下，华堂忙将自己的来意委婉地告诉了安陆侯："……我对京都的情况也不了解，延安侯世子所言无从判断，不知是真是假，所以特来请教侯爷。"

安陆侯脾气暴躁，不拘小节，对坊间的这些传闻通常都不以为意，闻言不由一愣，想到了自己的忠仆被抓之事……难道这件事与自己为英国公做媒有关？

念头一闪而过，他又很快否定了自己的想法。就算如此，那英国公世子还只是个未及弱冠的少年，怎么可能指使东平伯和黄祈为他所用？

"你不要听那些小辈胡说八道。"他大大咧咧地道，"老子管不住儿子？天下还没有这种事！你只管放心，等我从顺天府回来，我们好好合计合计，看你的官司找谁好，想办法把这件事了结了。"

华堂听了心中稍安，连声道谢，起身告辞。

安陆侯立刻领着护卫去了顺天府。

待大总管搀着安陆侯太夫人赶到厅堂的时候，安陆侯和护卫早已不见了踪影。

黄祈是顺天府尹，治下还有大兴、宛平等县，他刚刚到任，几个治下之地都还没去看过，他也不可能为了英国公府走水的事天天坐在衙门里等消息。

安陆侯到达顺天府的时候，黄祈正巧去了大兴，不在衙门，安陆侯更是毫无顾忌，和顺天府同知几句不合，就动手抢人。

顺天府同知气得浑身发抖，虽然和衙役们抵抗了一阵，却到底不敢伤了安陆侯，吩咐手下的衙役快去请了东平伯过来。

坐在顺天府对街茶楼里喝茶的顾玉看着可乐坏了，他对贴身的护卫笑道："还真给天赐哥料着了，安陆侯这家伙冲动之下会来顺天府抢人。"他把手一挥，"走，轮到我们出场了！"兴奋之情溢于言表。

两个护卫面面相觑，只得硬着头皮跟了过去，远远地就听见顾玉高声地嚷着："安陆侯府那个吃里扒外的盗贼在哪里呢？天赐哥让我把人带到英国公府去，要好好审审他，看他是受了谁的指使！"

安陆侯看清楚来人，气得快要吐血，大声喝道："顾玉，你在这里凑什么热闹？小心我告诉云阳伯！"

"咦！"顾玉瞪大了眼睛，"原来世伯也在这里啊！我这些日子一直在英国公府帮忙，我祖父也知道。世伯怎么会在这里？您不会是来顺天府抢人的吧？皇上知道了可不得了了！世伯与其私下带人围攻顺天府，还不如进宫告御状呢！好歹不用被那些御史弹劾什么'藐视朝廷'之类的罪名……"

安陆侯两眼赤红，但顾玉的话也提醒了他，他不得不承认顾玉言之有理。

他冷哼数声，领着自己的护卫离开了顺天府。

顾玉就上前拍了拍还处于震惊状态的顺天府同知的肩膀："我要和安陆侯进宫打御前官司了，你还是赶紧跟黄大人说一声吧。就算是皇上，也有先入为主的时候。"并提醒他，"如果有人逃狱，你们完全可以格杀勿论嘛！"

顺天府同知朝着顾玉投去一记感激的眼神，下意识地抱拳说了声"多谢"，可话音刚落，才惊觉这件事根本就是顾玉挑起来的，要不是他，安陆侯又怎么会想到进宫告状，自己凭什么要感谢他？

一口气堵在胸口。

顾玉已大摇大摆地带着他的护卫离开了顺天府。

顺天府同知却不得不派人快马加鞭地去通知黄祈。

待到了乾清宫，东平伯、黄祈、安陆侯三人各执一词，公说公有理，婆说婆有理，还有顾玉站在一旁小声嘀咕："难道功勋贵族就能不顾朝廷纲常，想怎么样就怎么样不成？那皇子们岂不是可以随意指使六部三司为其做事了？"

原来半眯着眼睛懒得理会东平伯等人的皇上眼底猛地闪过一丝精光，突然淡淡地开口道："罚安陆侯一年的俸禄，"殿内顿时悄无声息，"罚东平伯、黄祈一个月俸禄。"说着，目光落在了顾玉的身上，"你给我禁足两个月！"

"啊？！"顾玉的脸垮了下来，嘟着嘴喃喃道，"关我什么事？"

皇上严肃地瞥了他一眼，他立刻跪下磕头。

这就是定论了！

东平伯等人忙跟着跪了下去，恭敬地行礼，鱼贯着退了下去。

安陆侯狠狠地瞪了顾玉一眼，拂袖而去。

顾玉不禁摸了摸鼻子，委屈地对东平伯道："您说，我这是招了谁啊？"

望着他漂亮的面孔，东平伯和黄祈忍不住笑了起来。

顾玉见到宋墨的时候就很得意了："天赐哥，怎么样，我对皇上说的话很好吧？这下我看安陆侯的面子往哪里搁！和我们作对，哼哼哼……"

宋墨无语：如果不是你这几句话，你又怎么会被禁足？！

只能以后慢慢地教他了。

他道："两个月之后，正好要过年了。你这些日子好好练练字，到时候给皇后娘娘写几个福字，皇上看到你的字有进步，气自然也就会消了。"

顾玉点头，笑道："天赐哥你不用担心我了，你把事情办好了，也就不枉我被关了两个月。"

宋墨拍了拍顾玉的肩膀。

安陆侯一口气没处消，在家里打小厮踢丫鬟。

来探消息的华堂知道后沉默半响，回去写了封信，差人递到了英国公府。

宋墨打开信一看，是封以八字不合为由的拒婚书。

他把信递给了严朝卿，严朝卿笑道："我们应该帮华大人把信送给国公爷才是。"

"这件事就交给廖先生吧！"宋墨笑道，"您这边还要忙着辨别那些盗贼的真伪。"

廖碧峰欣然接受，没几日，华堂长子的官司就私下和解了，可丘灵卫千户的差事也丢了。

华堂草草地给安陆侯辞了行，就带着儿子灰溜溜地回了蔚兰。

安陆侯前思后想了一整夜，去了英国公府。

宋墨客客气气地接待了安陆侯，称这一切都是误会，会亲自去向东平伯说明情况的，请他尽管放心。

安陆侯面色阴沉地出了英国公府，第二天，他贴身的随从就被放了出来。

很快，京都的簪缨之家都知道了这件事。

有人咋舌，有人感慨，更多的人庆幸："还好没有惹着英国公世子。"

请了假藏匿在京郊的陈嘉却再也坐不住了。他找来生死与共的兄弟："无论如何，你也要帮我打听到英国公世子在哪里，我必须要见他！"

过了两三天，他就得到了宋墨的消息："英国公世子爷这几日都没有出门。听英国公府的人说，英国公世子爷在帮夫人翻土，准备在小花园里种上秋季播种的花草。"

陈嘉错愕：手段如此狠辣的宋墨，会帮着妇人种花草？

他不由想起京都那些关于宋墨的传闻，还有他初次见宋墨时的惊艳。

宋墨宋砚堂，他到底是个怎么样的人呢？

陈嘉望着正午阴霾的天空，陷入了沉思。

窦昭却在心痛宋墨满身的泥土，亲自打了水帮他净手："你有事就忙去，这里有我带着几个丫鬟婆子就成了。"

这几天宋墨都很忙，常常要到半夜三更才回屋来。

"没事！"宋墨含笑望着窦昭，任由她帮着自己擦着手指，"只不过是连着几天接到父亲六百里加急的书信，有些细节要交代陆鸣和杜唯罢了。"

窦昭听着动作微顿，低语道："你已经开始着手往宫里递消息了？"

宋墨点了点头。

窦昭忍不住叮嘱他："千万不要大意！你看顾玉就知道了，皇上如今心里明白着呢！"说着，转身接过素心手中的衣袍，服侍宋墨重新换上。

宋墨坐到了临窗的大炕上，惬意地喝了口茶，这才笑道："所以这件事不能假他人之手，必须得我亲自出马才行。"

窦昭净了手，跟着过去坐下，道："宋、华两家的亲事，就算了结了？"

"嗯！"宋墨笑道，"华堂也算是个人物，父亲派人去问缘由，他一口咬定是因为高人推算出八字不合，任凭父亲派去的人怎么问，就是不松口。也不知道是谁给父亲报了信，父亲这才知道是我插了手。"又道，"他华堂言而有信，我也不会过河拆桥——我已让人带信给华堂，我手中三个近卫军的名额，为他的长子留一个。也让那些人知道，但凡跟了我的，我都不会亏待他们。"

以后他们和宋宜春对立的时候还多着，这也算是千金买骨了。

窦昭连连点头。

陆鸣求见，窦昭要避开，宋墨却笑道："多半是这些乱七八糟的事，你也听听。"然后打趣她道，"也免得你心里挂念我，半夜三更睡不着，又要守着温顺恭谦那一套，闭口不问，自己在那里折腾自己。"

"我什么时候自己折腾自己了？"窦昭听着嗔道，"你那么晚才回来，我再拉着你问东问西的，你还要不要休息了？我心疼你，反倒成了我的错了！那好，下次不管你什么时候回来，我都拉着你好好地问一番，到时候你可别又是一套道理，嫌弃我话多才好。"

"睡不着，我们可以做点别的啊！"宋墨在她的耳边暧昧地低语，"那天是谁睡得连身都不翻？把我半边的胳膊都枕麻了……"

窦昭顿时耳朵有些发烧，知道这家伙现在越发没有顾忌，什么话都说得出口，自己和他在这上面较劲，只有落荒而逃的分，遂推搡他："陆鸣还等着呢，你还赖在这里做什么？"

宋墨哈哈大笑。想着这些日子自己仗着窦昭的心疼，说话、行事都越来越放肆，窦昭也不像刚开始的时候不知所措，只知道一味地脸红，就觉得这日子越过越有意思。

得想个什么法子让窦昭再也不忍心拒绝他才好。

宋墨拽着窦昭的手往书房去。

窦昭知道宋墨向来有分寸，任由他拉着自己的手不放。

果然，到了书房门口，宋墨就放开了她的手，两人一前一后地进了书房。

陆鸣忙上前行礼。

三人坐下。

"那个陈嘉，往大兴的田庄投了张帖子。"陆鸣说着，从衣袖里掏了张拜帖出来，"看样子，已经知道了大兴田庄的底细。"说着，他眼底闪过一丝瘆人的寒光，声音也变得阴冷无情，"世子爷，您看要不要我带几个人去把那陈嘉给收拾了？"

窦昭吓了一大跳，没想到平时看上去温驯恭谦的陆鸣还有这一面。

她想到了在自己面前一向彬彬有礼的夏璁、忠厚老实的朱义诚、小心翼翼的武夷和松萝……能被宋墨所用，他们肯定都不简单，也肯定有着她不知道的凶悍一面吧？

思忖中，窦昭见宋墨轻轻地摇了摇头，一面展开了名帖，一面道："他想投靠我，不拿出点让我瞧得上眼的本事来怎么行？到大兴田庄投帖子，不过是想显显他的手段罢了，现在还不到收拾他的时候……"说话间，他已三两下把名帖看了一遍，然后"啪"的一声，顺手丢在了炕几上，淡淡地道，"既然他信誓旦旦地说有要紧的事要见我，你就约他在大兴的田庄见面好了。"

大兴的田庄，养着宋墨的死士，除非他带了十几杆火枪来扫射，不然没有宋墨的同意，他休想出得门去。

这也是在考验那陈嘉是否真诚。

陆鸣应声而去。

窦昭站了起来："我也要去！"

她想听听陈嘉会怎么说，想凭着自己的经验研判一下陈嘉的话是否可信。

宋墨知道外面对他的谣言很多，可他是个骄傲的人，就算是面对着窦昭，也不屑于去解释。但他心里又隐约担心三人成虎，唯有把自己所有的事都摊开在窦昭的面前，让她更了解自己，以窦昭的聪慧，没有比这更好的办法。可这并不就意味着他希望窦昭看到那些血腥的场面——就在陆鸣拿出陈嘉的拜帖时，他已打定了主意，如果陈嘉不能给他一个满意的交代，他不介意把陈嘉的脑袋割下来，以"窥伺御赐田庄"的名义送到锦衣卫去，也趁机震慑一下那些宵小，免得他们窥得一鳞半爪的，就以为拿捏住了他的把柄！

"那个家伙太危险了，我怕到时候没办法照顾你。"他劝说窦昭打消念头，"他说些什么，我回来后再一五一十地全告诉你就是了。"

"若是在其他的地方，我自然有些害怕。"窦昭笑道，"可在大兴的田庄，我不怕！"

宋墨语塞，第一次萌生出"有时候女人太聪明，也未必是件好事"的念头。

窦昭已笑着问他："你们约了什么时候见面？我去吩咐车夫准备车马。"

看着兴致勃勃像准备去春游似的窦昭，无数个可以顺口而出的理由都显得苍白无力起来。

宋墨颇有些无奈地据实以告："约了明天晚上……"

"那好！"窦昭生怕他反悔，立刻道，"我这就让人准备。"匆匆地出了书房。

宋墨嘴角不由噙了笑。

沉稳的窦昭，很少有这么孩子气的时候，那就让她跟着去好了。大不了处置陈嘉的时候避着她就是了……

拿定了主意，心也就定了下来。

有小厮疾步走了进来："世子爷，济宁侯府的请帖。"

宋墨"哦"了一声，让人进来。

送帖子的是济宁侯府的一位管事，站在宋墨面前，还没有说话就已经开始冒汗。

"夫人的诰封下来了，侯爷又任了五城兵马司的东城副指挥使，想请世子爷和夫人去喝杯薄酒。"

宋墨说了声"知道了"，打发了送请帖的人，回了内室。

窦昭正和素心说着什么，见宋墨进来，素心忙退了下去。

宋墨将请帖给了窦昭，窦昭看了一眼，笑道："家里这么多的事，哪里走得开！若是世子爷想去，代表我去说声恭喜也成，要不我们就送些贺礼去就是了。"

宋墨有些犹豫，道："大面上的事……"

"要不是顾着大面，我连贺礼都不会送。"窦昭道，"凭什么我的宴请窦明不来，窦明的宴请我就得拿了我的脸面去给她贴金？就是委屈自己，也没有这样委屈的。从今以后，她怎么待我，我就怎么待她！"

窦昭毕竟从小就和魏廷瑜订了婚，宋墨总觉得，要不是阴差阳错，窦昭就会嫁给魏廷瑜，巴不得窦昭从此对济宁侯府视而不见才好。此时听窦昭这么说，他抑制不住地心花怒放，道："也行！就说家里的事多，没时间去喝酒，备上一份厚礼送过去。"随后道，"那我们明天一早就去大兴的田庄吧？还可以趁机去丰台逛逛。上次让你扫兴而归，这次没了陈嘉，说不定我们能选到几株好花苗呢！"

"凭什么要为窦明改变行程？"窦昭道，"我们从前怎样，现在就怎样。若是有人来问我为什么不去，正好把话传到窦明的耳朵里去。"她坚持道，"我们明天用了午膳再去大兴的田庄，要逛丰台，可以下午去逛逛。"

宋墨点头，这样也好，免得有人说窦昭倨傲。

第二天，两人一个在外院见了几个来英国公府领赏的人，一个在内院处理了几件家务事，正准备用午膳，高升气喘吁吁地赶了过来。

"四姑奶奶，四姑爷，"他擦着额头的汗，"大家正等着您二位开席呢！"

"我和世子爷有急事要去趟大兴的田庄，怕是去不成了。"窦昭笑道，"好在我们已送了贺礼过去，也不算失礼，还请你帮着解释几句。"

"有什么事比五姑奶奶家的宴请更要紧的？"高升知道这是窦昭的借口，因是奉了窦世英之命而来，也不得不硬着头皮劝道，"上次是正巧碰到了五姑奶奶要回门住对月，也怨不得五姑奶奶……"

窦昭笑着打断了高升的话："如果她真是没时间，事后跟我解释一句，我今天也会高高兴兴地给她做这个面子。可惜她到今天也没有和我说上一句话。既然如此，不如两下干净，见礼不见人。"见高升还要再劝，她索性道："我是姐姐，本应让着她，可我让了她十几年，也没有见她对我和善几分，你就不要再劝了。"说着，她突然问，"五伯母她们可去了？"

高升不知道她是什么意思，恭声应道："都去了！"

窦昭笑道："那等会儿你回去，就当着家里的亲戚把我话禀了父亲。也好叫她们知道，我眼里可是容不下沙子的。别人怎么待我，我就会怎么待别人！"又提醒高升，"陈先生他们过些日子就要进京了，正好可以给东窦的人提个醒！"

免得等她和窦家清算陪嫁的时候，东窦的人当她是软柿子好拿捏。

高升明白过来，心中大凛，不再说什么，恭谨地退了下去。

第一百章　眼色·托出·抽丝

宋墨听着窦昭话里有话，还涉及槐树胡同，待高升出了颐志堂，他不由关心地问窦昭："出了什么事？要不要我帮忙？"

"暂时还不用。"窦昭抿了嘴笑。

若是宋墨知道了是什么事，恐怕就不会这么轻松了吧？

她催促着宋墨去用午膳："……也好早点起程。"又道，"天气这么冷，我们还是直接去大兴的田庄吧？丰台那边，我们既然托了人帮着留心花木，有了好消息，他们自会来禀报，也不必这样着急，落到有心人眼里，说不定十两银子的东西就变成了二十两，被人当成了肥羊宰。"

逛花市，原本只为逗窦昭开心，既然窦昭不感兴趣，宋墨也就从善如流了。

两人用过午膳，马车一路疾驰直奔大兴。

管事、丫鬟、婆子等早就在门口等，簇拥着宋墨和窦昭进了田庄。

稍事休息之后，宋墨由管事陪着去了田间巡视，窦昭则依旧由上次来时服侍过她的几个媳妇子陪着，在宴息室里说话。

济宁侯府的花厅里，坐满了人，不仅有魏家的三亲六眷，窦家在京都的亲眷除了猫儿胡同的婆媳俩，多数都到了，就是高氏、庞氏和魏廷珍的两个妯娌也都盛装出席，席间笑语殷殷，好不热闹。

　　坐在人群中的汪清淮的夫人却很是不安。

　　开席之前，莫名其妙地让她们等了好一会儿，开席之后，她却没有看见英国公世子夫人。

　　难道窦昭坐在了别处？

　　汪少夫人伸长了脖子四处张望，却和景国公府三太太的目光撞到了一起。

　　景国公府三太太笑着朝汪少夫人点了点头，汪少夫人忙回了她一个善意的微笑。

　　景国公府三太太扭过头去，目光从东到西，从西到东，好像也在找人似的。

　　汪清淮夫人心中一动，跟坐在身边的妯娌周氏低低地说了声"我要去净手"，然后起身离席，慢慢地穿过窦家女眷坐的筵席，朝花厅外走去。

　　她听到断断续续的议论声："……四姑奶奶没来……听说七叔父亲自派了大管事去请……说是别人怎么待她，她就怎么待别人……你没看见五姑奶奶的脸色那叫一个难看……"

　　汪少夫人不禁朝正满脸是笑地给高氏敬酒的窦明望去。

　　笑容果然有些僵硬。

　　汪少夫人快步去了净房。

　　回来的时候，她见景国公府三太太的贴身嬷嬷正和三太太耳语。她故意绕路从景国公府女眷的筵席旁路过，隐约间只听到了一句"英国公世子夫人没有来"。

　　汪少夫人不动声色地重新坐下，却再也没有继续坐下去的心情。

　　用过酒筵，丫鬟们端了茶点上来。

　　汪少夫人正想告辞，景国公府三太太却突然站了起来，笑道："我先告辞了——家里的两个皮猴子还不知道闹成什么样了，我这心里就像揣了兔子似的，从进门开始就没有安宁过。"她说着，拉了窦明的手，"济宁侯夫人，今天是不成了，只能待来日我们再聚了。"

　　魏廷珍微愠。三太太的儿女身边丫鬟媳妇婆子成群，她打起马吊来一打就是一整天，那时候怎么没说想孩子，现在却摆出一副心疼儿女的慈母模样，到底做给谁看？

　　窦明却是第一次和三太太接触，以为三太太是片刻也放不下孩子的，忙热情地挽留。

　　三太太执意要走："……下次，下次我把孩子都带过来。"还笑着打趣道，"就怕吵得你不得安生，后悔让我把孩子带过来。"

　　"三太太是请也请不到的贵客，您怎么这么说？"窦明和三太太寒暄着，到底拧不过三太太，送三太太出了花厅。

　　汪少夫人看着，也站了起来。

　　"明天是我家小姑子'九天'，我得回去好生准备一番。"她向魏廷珍辞行，"有我弟妹在这里就行了。"说着，冲周氏笑了笑。

　　这倒是实话。

　　魏廷珍不好阻拦，笑着让汪少夫人有空过来玩。

　　周氏哪里还坐得住！同样是做嫂嫂的，大嫂赶着回去给小姑子做面子，她却在魏家玩得乐不思蜀……何况她还是刚进门没两年的媳妇，婆婆还在考察她……

　　"我和嫂嫂一起回去吧！"她拉住了汪少夫人的衣袖，"哪有让嫂嫂受累，我却自顾自玩乐的道理？"

在座的都是多年的媳妇熬成婆，自然不好拦着她，说了几句客气话，送汪家妯娌出了济宁侯府。

这三个人一走，景国公府的二太太也反应过来，她不顾窦明的挽留，找了个借口，也提前告辞了。

魏廷珍的脸色很不好看，窦明却一无所察，继续和在座的女眷说着话。

五太太看着就叹了口气，对蔡氏道："你留在这里吧，我精神不济，先回去了！"

蔡氏哪肯留在这里？万一被窦昭记恨上了，可就得不偿失了！

她紧紧地挽了五太太："娘，您哪里不舒服？我送您回去吧！这里不是还有六嫂吗？"非要跟五太太回去不可。

五太太心中不喜，当着众人的面，却也不好发作，只好留下了木讷的郭氏，带着蔡氏回了槐树胡同。

窦家大奶奶等人见了，也都陆陆续续地告辞了。

不一会儿，原本坐满了人的花厅只剩下了两桌，而且全是魏家的亲戚。

窦明脸色大变。

而远在大兴田庄的窦昭却正和大兴田庄的管事媳妇说着话。

"我屋里的几个大丫头都到了放出去的年纪，想添几个小丫鬟，聪明伶俐倒在其次，最要紧的是忠心、吃得苦。"她笑道，"你帮我在宋家的田庄里留意留意，看有没有合适的人选。也免得我从真定带人过来，还要重新学说京都话。"

管事媳妇愕然：通常这种好事都被府里那些有头有脸的管事们霸占了，就是一般的管事和管事妈妈也插不上手，哪里有他们的分儿！

她只当窦昭不知道规矩，欣然应允，笑道："不知道夫人跟着的几位姐姐都许了什么人？出嫁的时候可不要忘记了给我们送张帖子，我们到时候无论如何也要去讨杯喜酒喝的！"

"还没有许配人家。"窦昭笑道，"不过是未雨绸缪罢了。"

管事媳妇巴结道："几位姐姐不仅长得一表人才，而且机敏干练，不知道谁家有这福气，能娶了去……"

说得素兰脸红如霞，嗔道："我不嫁人！我要跟在夫人身边，一辈子服侍夫人！"

屋里服侍的都笑了起来，素兰不依地和她们打闹了起来。

窦昭笑眯眯地在一旁看着。

大家的胆子越发地大起来，笑声一直传到了屋外。

好不容易到了用晚膳的时候，素心服侍窦昭净手，不由低声道："夫人屋里想添人，何不去找牙婆？英国公府多是世仆，关系错综复杂，一点小事也能闹得尽人皆知。而且田庄长大的女孩子少教养，有时候花很多精力调教也难以摆脱小家子气……"

"我倒不仅仅是为了添几个丫鬟而已。"窦昭悄声和她说着体己话，"蒋夫人去世后，英国公府的仆妇被国公爷换了一大半，以至于我们想找个人问问当年的事都找不到人。但他们不可能把人都放出去，肯定有些人被卖了，或是被撵到了田庄。我放出风去，说我屋里要添丫鬟，有心人肯定知道世子爷和国公爷不和，说不定我们能找到几个当年曾在蒋夫人屋里服侍过的仆妇的后人。"

素心恍然大悟。

窦昭笑道："不过，你们也的确到了该放出去的年纪，你们要是有什么打算，只管跟我说，我给你们做主！"

素心恭谨应"是"，却难掩眉宇间的羞涩，惹得窦昭哈哈大笑。

宋墨知道了，和窦昭商量道："把你屋里的素心配给陆鸣怎样？等过几年，我放陆鸣出去做个百户之类的，保证不会委屈她。"

窦昭想到了赵良璧。

以她过来人的身份看，赵良璧对素心是司马昭之心，路人皆知。

她犹豫道："这件事我得仔细想想。"

宋墨听了略一思忖，道："你是不是想把素心留在身边？"

窦昭含含糊糊地应了一声。

宋墨笑道："那就配给陈核好了——我准备让陈核留在家里做管事的。"

"素心比陈核要大好几岁呢！"窦昭想也没想地摇头。

宋墨却铁了心想让窦昭的人尽快地融入颐志堂，想了想，道："那就把素兰嫁给陈核好了。他们两人年纪相仿，应该合得来。"

窦昭不由沉吟："我和素心商量商量吧！她们毕竟不是签了死契的仆妇。"

宋墨笑着颔首。

陈核进来轻声禀道："陈嘉来了。"

宋墨示意窦昭避到屏风后面，让陈核带了陈嘉进来。

陈嘉穿了件丁香色短褐，戴着顶挡了眼睛的毡帽，脚上趿了双草鞋，躬着身子，像个被生活重担压弯了腰的衣夫，哪里还有平日里半点的精明干练。

窦昭心中暗生警惕。

这样一个能伸能屈的人物，他只怕所图不小。梦中前世，他是宋墨的心腹；这一世，不知道宋墨能否收服他。

窦昭凑在屏风的缝隙前朝外望，只见那陈嘉脱了毡帽，身子顿时如柔韧的竹子似的舒展挺拔了起来，平凡的面孔也变得锐气精明，仿佛剑出藏匣，锋芒毕露。

"世子爷！"他不卑不亢地给宋墨行了个礼。

宋墨望着他，神色寡淡，没有吭声。

陈嘉恭敬地站在那里，沉默不语，等着宋墨说话。

宋墨冷冷地一笑，端起了茶盅。

陈核愣住，半晌才反应过来，忙高声喊着"送客"。

陈嘉愕然。

宋墨既然愿意再见他，可见对他所说的话十分感兴趣。但这是一张保命的底牌，他希望能卖个好价钱，原本打算逼着宋墨先开口，他就可以掌握主动，从而达到和宋墨谈条件的目的。

但他没有想到宋墨一声不吭，竟然说翻脸就翻脸。

难道宋墨真的不在乎他所带来的消息吗？

陈嘉不相信。

他望着宋墨的眼睛。

宋墨的眸子乌黑亮泽，仿佛夜空的星子，虽然明亮，却也清冷，没有一丝的暖意，如千年的冰霜，透露着刺骨的寒意，让人能感觉到他的冷酷与无情。

陈嘉心头一颤。

也许宋墨只是在虚张声势，可他能够赌吗？

大兴御赐的田庄，是宋墨的地盘，是宋墨豢养死士的地方。

只要他愿意，随时可以把自己撕成碎片！

陈嘉如吞食了苦胆似的,嘴里泛着涩涩的苦味。

可形势不容他犹豫。

他扑通一声跪在了宋墨的面前:"世子爷,并非在下故意拿乔,只是事关重大,我一时间诚惶诚恐,不知道该如何是好。"说到这里,他再也不敢迟疑,急急地道,"四年前,我和义父陈祖训奉命去福建押解定国公回京,刚刚离开福建,当时的锦衣卫北镇抚司指挥使钟桥突然带了几个人,单独提审了定国公。我和义父都以为他是奉命行事,虽然心中唏嘘不已,但圣命难违,不过是背后感叹了几句。我甚至和义父商量好,悄悄地弄了些上好的金疮药,准备趁当值的时候偷偷地给定国公上些药。不承想一路行来,我和义父竟然都没有机会接近定国公。当时义父就说,这件事透着蹊跷。"

陈嘉说着,语气微顿,好像想起了当年的一些事似的,紧张地舔了舔嘴唇。

宋墨的心顿时提到了嗓子眼,看上去却仍是一副不为所动的样子,泰然自若地端起茶盅来,轻轻地呷了一口。

陈核见状,忙机敏地退了下去,小心翼翼地关上了房门。

宋墨和定国公情同父子。

屏风后面的窦昭大为佩服宋墨的沉着冷静。

她目不转睛地望着陈嘉。

"然后定国公就出事了。"陈嘉垂下了眼睑,"按理说,如果是奉命行事,钟桥等人应该很坦然才是。但钟桥等人却显得很慌张,不仅严禁我们提及此事,而且还暗中派人与什么人联络,好像在商量些什么。我和义父不由生疑。等进了京,我们立刻被东厂的人关押了起来,由东厂的厂督汪渊亲自审讯。"

还有这种事?!宋墨端着茶盅的手指关节有些发白,他一直以为这件事是皇上的意思,根本没有敢往深里查。

汪渊又是奉了谁人之命去追究大舅的死因呢?

"钟桥当时跟我们说,汪渊此举完全是为了借定国公之事找我们锦衣卫的茬儿,让我们不要乱说话,不管东厂的人问什么,都要三思而行,切不可透露此次福建之行的任何事。

"因东、西两厂和我们锦衣卫素来不和,自汪渊兼任东厂厂督之后,曾屡次联手西厂之人,让锦衣卫吃了大亏。我们不疑有他。

"而且我们心里也很明白。如果在东厂的人面前漏了口风,就算是能从东厂手里留下一条命,锦衣卫也不会放过那些吃里扒外的人,说不定还会连累家里人。

"在东厂审问我们期间,我们都守口如瓶,按照钟桥所说,没有谁敢透露半点定国公去世的具体情况。

"汪渊审了几天,没有审出什么有用的东西,就把我们放了。"

"啊!"窦昭难掩惊讶,低低地惊呼,但声音刚刚逸出喉头,就感觉到了不对劲,忙捂住了嘴。

可为时已晚,因为警惕而全身汗毛都几乎竖了起来的陈嘉立刻意识到屏风后面有人,而且是个女人!但他不敢抬头,他不知道宋墨是什么意思,更不知道这屏风后面是什么人……

豆大的汗珠从陈嘉的额上滴了下来。

见宋墨只是淡然地喝着茶,他不敢沉默,只好硬着头皮继续道:"我和义父觉得这事太过匪夷所思——汪渊既然插了手,怎么会这样轻易就放弃?而且我隐隐有种不好的预感,私底下接触了几个和我们一起去福建公干的人,问东厂的人都问了他们些什么,结果他们都说，东厂的人开始只是讯问定国公的死因，后来见问不出什么，就问了问他们有哪些人去了福建公干，然后就把他们放了，并没有再继续追问下去，好像只是在确定哪些人去了福建似的，根本不是像钟桥所说的那样，是在调查定国公的死因。"

躲在宋墨背后屏风里的人，神秘莫测，让他很是不安。

"我把这件事告诉了义父。义父觉得，汪渊怕是项庄舞剑，意在沛公，十之八九有什么更厉害的手段在等着锦衣卫。我们既然去过福建，若是事发，多半会首当其冲成为牺牲品。让我查查钟桥当时暗中和谁联系，也许能查出些蛛丝马迹。

"我奉义父之命，暗中调查此事。"

他说着，抬头望着宋墨，流露出犹豫与挣扎的复杂情绪。

宋墨不禁心中一动，完美的假面露出了一丝破绽："你发现了什么？"

他冷漠的声音，却给了陈嘉无限的希冀。

"我发现，定国公死后，钟桥曾和陕西督军丁谓联系。"

陈嘉的声音有些嘶哑，却让宋墨拿着茶盅的手轻轻地抖了抖。

丁谓，是皇上在潜邸里的大太监，曾任司礼监秉笔太监，后来因年事已高，被年富力强的汪渊乘虚而入，取而代之成为皇上的心腹，丁谓一气之下，去了陕西都司任督军。尽管如此，皇上依旧对他恩宠有加，不时问起，是朝中屈指可数的大太监。

"此话当真？"宋墨盯着陈嘉，眉宇间闪过一丝戾气。

陈嘉看着宋墨，几乎要落下泪来。他莫名其妙地得罪了汪渊，往日那些和他亲近的同僚看他如同看一个死人似的，退避三舍，就算几个对他心存怜悯的，也不过是劝他"认命"罢了。

只有宋墨。

听说丁谓与这件事有关，宋墨一点也不怕。

他选择宋墨，果然没有错！

英国公府走水，他能重赏那些提供盗贼消息之人一千两银子。

自己提供了定国公冤案的线索，以宋墨的为人，肯定不会亏待自己。

凭宋墨和汪渊的交情，只要宋墨愿意出面帮自己打一声招呼，说不定自己会因祸得福，得了汪渊的青眼也有可能……

陈嘉越想越兴奋，急急地道："此事千真万确！不仅如此，我还查到了定国公的死因！"

窦昭不禁心中怦怦乱跳，手攥成了拳。

宋墨却是面色一寒，望着陈嘉久久未语。

屋子里只听得到陈嘉粗重的呼吸声。

"是真的！我说的都是真的！"在满室的沉寂中，他忍不住大声道，"丁谓原是福建武夷人，姓程，从小被人拐走，卖给了一户姓丁的人家，养父养母去世后，族叔把他送进了宫里。他掌管东厂的时候，查出了自己的身世，并找到了在泉州给人做小厮的唯一一个侄儿。"

"丁谓资助他的侄儿在泉州买了几千亩良田，开了两间商行。

"有人看他侄儿暴富，有意巴结。他侄儿怕被人轻视，不愿意说出自己的伯父是谁。只说是失散多年的亲戚，在京中做了高官，为了报答他祖上的恩德，才送了他万贯家财。

"那些人就想借他的势，哄骗着他做海上走私生意，结果被定国公手下的参将抓住。因不知道他的身份，他和那些寻常的富商一起，被定国公下令斩杀了。"

屋子里一片死寂。

窦昭揪住了自己胸口的衣襟，宋墨脸色煞白。

陈嘉的声音重新回荡在屋里。

"从此以后，丁谓就恨上了定国公。

"钟桥是丁谓当初执掌东厂的时候安插进锦衣卫的一颗暗子。因为丁谓去了陕西都司，钟桥的身份被弃之不用，钟桥便利用当初在东厂掌握的一些消息，在锦衣卫里站稳了脚跟，一步一步地做到了北镇抚司指挥使。

"定国公被押解，丁谓指使钟桥对定国公用刑。

"定国公死后，钟桥有些慌张，向丁谓求助。丁谓安慰他，说皇上猜忌定国公，有意处置定国公，是绝不会追究的。事后，皇上果然没有追究。

"我和义父窥得如此天机，哪里还敢继续查下去，决定把这件事压在心底，从此以后再也不提。

"谁知过了几个月，钟桥突然因为一桩小小的过失被下了大牢，并且很快就死在了牢里。

"第二年，我的义父莫名其妙地得罪了汪渊，被汪渊处死了。

"这时，我才发现，原来和我们一起去福建公干的那些人，有不少因为这样那样的理由，或被东厂或被锦衣卫处死了。

"我开始担心害怕，把那些曾和我一起去过福建的人悄悄地召集在一起，想查清楚到底是怎么一回事。结果原因还没有查清楚，却传出我得罪了汪渊的消息。

"我被锦衣卫的人孤立，还常有人给我小鞋穿，差事也常常出错，差点被革职。

"五个月前，我被东厂的人抓了进去，没有讯问，直接就用了大刑。要不是汪渊前些日子在皇上面前坑了锦衣卫都指挥使史川一把，我的兄弟趁机把这件事捅到了史川那里，我可能就死在了东厂的大狱里。

"我就弄不明白了，就算我们知道定国公的死因，也应该是丁谓出手杀人灭口才是，怎么会是和丁谓势同水火的汪渊出面？"

陈嘉的话听上去很荒谬，可仔细想来，却又毫无破绽。

不过，他说的话到底是真是假，只要略一查证就能知道！

宋墨深思片刻，道："你有什么要求？"

陈嘉大喜，宋墨显然相信了他的说辞。

他忙恭声道："世子爷，我只求能和汪大人消除误会，能继续在锦衣卫里混口饭吃！"

只要宋墨愿意为他出面，他的脱困之期指日可待，而他上司的上司的上司——锦衣卫都指挥使史川若是知道自己能求得动宋墨，自然会对他另眼相看，到时候，他想低调都不可能啊！他又何必向宋墨提些过分的要求，引起宋墨的反感呢？

想到这里，他的腰弯得更低了。

对方给了他这么重要的一条线索，这个要求并不过分。

宋墨淡淡地点了点头，端了茶。

陈嘉起身告辞，余光却忍不住睃了那屏风一眼。

走出门的时候，他有意放慢了脚步，支了耳朵听。

果然听到宋墨低声地说了几句话，那声音如春风般和煦，还透着几分说不清道不明的柔情蜜意，哪里有半点刚才的冷漠。

陈嘉骇然。

他很想听听宋墨在说什么。可望着给他带路的小厮那练家子才有的沉稳步伐，他立刻打消这个念头。

屏风后面到底是什么人呢？

宋砚堂对这个人明显大不相同。

是他的心爱之人？

他摇了摇头：以宋砚堂的性情，就算最再心爱的女人，也不可能让她躲在屏风后面窥视。

难道是蒋家的人？

可皇上将蒋家五岁以上的男丁全都流放到了辽东，蒋家现在只剩下些妇孺……

也不太可能。

蒋家人现在在濠州，自己突然向宋墨投诚，就算蒋家出了第二个梅夫人，也不可能这么快就赶到京都。

这个人对宋墨有这么深的影响……陈嘉决定好好地查查屏风后面的这个人。

宋墨难以讨好，难道他身边的人也会像他一样难以讨好吗？

陈嘉来大兴的田庄之前犹豫了很久。

在英国公世子爷眼中，他只是个小人物。宋墨完全可以不见他，只要他出现在大兴田庄，就可以当场将他拿住，刑讯逼供一番，将他知道的消息都挤了出来，然后再砍了他的脑袋送到锦衣卫去，安上一个"图谋不轨"之类的罪名，还可以顺便警告一下有心人，甚至有可能趁机把他的几个心腹兄弟一锅烩了，所以这次他才只身前来的……

而宋墨不仅见了他，还愿意和他谈条件！

难道是因为有那人在场？

陈嘉隐隐有种感觉，说不定自己的荣华富贵就系于此人身上。

宋墨待陈嘉出去，他握着窦昭的手把她引到自己的身旁坐下，温声问她："有没有觉得气闷？"

屏风和墙只隔两尺，空间很小。

"没事！"窦昭道，"常有人打扫，很干净。"

宋墨长叹："难道大舅竟然是这样死的？"他情绪有些低落，语气中带着浓浓的质疑。

"应该是吧！"窦昭心里刺刺地痛，惋惜、怅然、遗憾都兼而有之，"你有什么打算？"

她相信陈嘉没有说谎。

不仅因为陈嘉所说的这些事宋墨很快就能查证，还因为她记得在她的预知梦中，丁谓在宫变之前被人割下了头颅挂在了长安城的城墙上，成为轰动一时的大案，皇上震怒，曾下圣旨让陕西巡抚限期缉凶，只因后来京都大乱，这件事也就不了了之。至于陈嘉提到的钟桥和陈祖训，可能是因为没有丁谓的名头响亮，她并没有听说过他们的下场。

宋墨踌躇道："你相信陈嘉的话？"

"他是个聪明人，要不然也不会用这种办法引起你的注意了。"窦昭解释道，"我想他不会在这件事上糊弄你。我也和陈嘉一样有些不明白，汪渊怎么会和丁谓走到了一起的？"

"这件事是得好好查查！"宋墨道，"汪渊可不是随便一个人都指使得动的！何况大舅的事已经过去三四年了，他还一直在追拿当年曾经参与了押解大舅的人。"

窦昭迟疑道："会不会是其他的皇子？"

宋墨知道她是在暗示辽王，道："不可能！别说是皇子了，就是万皇后，也未必能指使得动他。"

两人说着，神色齐齐一震，不约而同地低呼了声"皇上"，而在听到对方和自己有着同样的疑问，两人又不禁互相对视……随后从对方的眼睛中看到了震惊。

"这怎么可能？"良久，宋墨才低声地道，"如果是皇上，皇上大可以一道圣旨……又何必要如此……"说到这里，他心里有个大胆的假设，"难道皇上并不想治大舅的罪？"话一说出口，又被他自己否定，"可下旨褫夺了定国公封号，把五舅等人流放辽东的，也的确是皇上啊！"

"会不会这其中有什么误会？"窦昭的脑子飞快地转着，"定国公去世后，皇上待你那么好……"

上一世，皇上可没有把宋墨放在眼里。现在情况有变，固然与宋墨及时争取到了皇上的关注有关，但如果皇上对定国公还有芥蒂，就算是宋墨再怎么争取，也不可能得到皇上的青睐啊！

她问："要不要把严先生他们请来一起商量商量？"

窦昭的话，让宋墨想起很多事来，他心乱如麻，胡乱地颔首，吩咐陈核去请了严朝卿过来。

窦昭把陈嘉的话跟严朝卿仔细地说了说。

严朝卿很是惊讶，他也相信陈嘉没有说谎。

但每个人都有自己看问题的角度。

他沉思了半晌，突然"哎呀"一声跳了起来，脸色苍白地望了窦昭一眼，这才沉声道："世子爷，如果皇上认定定国公不服管束，功高震主，您说，他会怎样？"

宋墨微微一愣，但很快就反应过来。

他的神色顿时有些恍惚。

可恍惚过后，他却紧紧地抓住了窦昭的手。

与平时的干燥温暖不同，他的手此时冷冰冰的，手心里全是汗。

窦昭不禁用大拇指轻轻地抚着他的虎口，想安抚安抚他的情绪。

宋墨的情绪不仅没有舒缓，反而激动地喊了声"寿姑"，目光灼灼地望着她："你知不知道，如果不是你，我大舅家可能会被满门抄斩？！"

窦昭吓了一大跳。

宋墨怎么会知道……

她的念头还没有闪过，耳边已传来宋墨庆幸的声音："如果像母亲和严先生等人之前商量的，发动蒋、宋两家的姻亲和故旧上书，为大舅喊冤，皇上看到蒋家势大，定会更加生出忌惮之心，从而拿出雷霆手段，把蒋家连根拔起，消除后患。可正因为母亲听了你的建议，以弱示人，让皇上生出几分怜惜，这才给蒋家留下了些许香火！"他说着，难忍心头的激荡，顾不得严朝卿在场，上前抱了窦昭："寿姑，你真是我们家的福星！"话音刚落，又觉得这说法不贴切，道，"不，你是我的福星！"

窦昭脸色涨得通红，连忙低声道："快把我放开！"

宋墨置若罔闻，反而把她抱得更紧了。仿佛她是一块浮木，又仿佛她是他的珍宝，别人多看一眼，都会让他觉得紧张。

窦昭窘得不行，歉意地朝严朝卿微笑。

却发现严朝卿正一脸欣慰地望着他们，眼底有深深的笑意。

宋墨胡闹了一会儿，情绪终于平静下来，和严朝卿说起正事来："……陈嘉的话，麻烦先生去查证。汪渊那里，我亲自走一趟。"

严朝卿恭敬地应诺。

宋墨有些抑制不住地道："您说，有没有可能皇上虽然有惩戒大舅之心，却并不是想要大舅的命？"

严朝卿很是意外，思忖半响，不得不承认宋墨的这个推测并非空穴来风。

"那就只有想办法查出皇上为何对定国公不满了。"他有些拿不定主意地道，"只是不知道现在是不是查这些的时候？"

"那就先把陈嘉所说的事查清楚了再说吧！"宋墨和严朝卿商定好了下一步要做的事，严朝卿就起身告辞了。

宋墨和窦昭在田庄里过了一夜，第二天才返回英国公府。

没想到昨天下午汪少夫人、张三太太、蔡氏都送了拜帖过来。

留在家里的甘露笑道："大家都问夫人怎么了，是不是身体不适？"

窦昭笑了笑，应该是想问自己为什么没有去参加窦明的宴请吧？

有小丫鬟进来禀道："槐树胡同的十舅奶奶过来了。"

来得还挺快！

"请她到花厅里说话吧！"窦昭去换了身衣裳。

蔡氏见到窦昭的时候恨不得黏到了窦昭的身上："四姑奶奶怎么没有去济宁侯府？让我们好一阵担心。"她若有所指地说着当时的情形，"少了您，就不热闹了。六婶婶和十一弟妹都没去不说，我和婆婆也早早就回了槐树胡同……"

她正说着，汪少夫人和张三太太联袂而来。

汪少夫人不由向窦昭解释："没想到在门口碰到了。"

窦昭笑道："三太太和世子爷是表亲，都不是外人，大家一起坐下来喝茶吧！"

或者是因为有了外人，蔡氏收敛了很多。

张三太太明显比蔡氏的段数高，只是关心地问窦昭的身体，倒是汪少夫人，安安静静地坐一旁喝着茶。

窦昭微微地笑，索性开门见山地道："我的身体很好。我和窦明从小就不和，我第一次宴客，给她下了请帖，她既没有来，也没有遣人给我打声招呼，我想她是不想见到我。这是她第一次宴客，肯定希望尽善尽美，我就不去扫她的兴了。"

第一百零一章　暗示·剥茧·狼狈

汪少夫人等人都没有想到窦昭会如此直白，一时间都有些发愣，还是蔡氏机敏，不以为意地道："这做姊妹的，谁没有个磕磕碰碰的？时间一长，也就都忘了。"然后掩了嘴笑了笑，道，"我这次来，是有桩事想求四姑奶奶——我上次看见四姑奶奶簪了朵水玉大花，花式新颖不说，葡萄紫配桃红，颜色也十分出挑。下个月我娘家的大侄女及笄，我正寻思着送她套头面，以后留着出嫁的时候用，不知道四姑奶奶是找谁打的首饰？我想请他给我侄女打套头面。"

不管这话是真是假，好歹是把这件事给揭了过去。汪少夫人和张三太太都松了口气，不由得对蔡氏刮目相看。

那大花是宋墨送的，窦昭还真不知道是从哪里买来的。

她派人去问宋墨。

蔡氏顿时满脸艳美："四姑奶奶真是好福气！"然后佯嗔道，"哪像我，嫁给了你十哥已经四五年了，你十哥就是连块帕子都没有给我买过，真是人同命不同！四姑爷不仅长得端正，待四姑奶奶也好，也难怪四姑奶奶出了嫁，倒比在家里的时候还要漂亮！"说着，用帕子掩了嘴吃吃地笑。

说话的内容倒有点妇人间的肆无忌惮了。

毕竟交浅言深，汪少夫人和张三太太有些尴尬地笑。

窦昭只当没听见，请了汪少夫人和张三太太品茶。

蔡氏不以为意，凑在一旁说着话，屋里的气氛倒也颇为热闹融洽。

去问宋墨的人很快就回来了，说了家银楼的名字。

蔡氏就邀了窦昭一起去："也让我好借借四姑奶奶的势。"

窦昭心里明白，蔡氏就是想和自己拉近关系。只是她嫌弃蔡氏聒噪，自己手头又有很多事要做，不想沾惹上这喜欢东家长西家短的人，婉言拒绝了蔡氏的邀请："那就看十嫂什么时候去银楼了。算算日子，我公公快回来了，家里出了这么大的事，也不知道公公有什么打算，恐怕最近都没时间和十嫂出去闲逛了。"

蔡氏听着却眼睛都亮了起来。现在京都的人都在传，说英国公府的世子把英国公压得抬不起头来，英国公想续弦，还得看长子答应不答应。就连公公也曾私下问过婆婆这件事，只是四姑奶奶新婚，婆婆不好把四姑奶奶叫去问话，若是她能窥得一二，那郭氏在家里哪里还有立足之地。

打定主意，她笑道："那就等四姑奶奶什么时候有空了，我们再一起去。"

窦昭笑道："也不知道你侄女等不等得？"

蔡氏闻言不免尴尬，但她总有话回答："那有什么打紧的！银楼的师傅手艺那么好，我也可以去打几件首饰嘛！我摊上了你十哥这个不管事的，总得自己为自己打算吧？"

窦昭微微地笑。

众人说了一会儿闲话，汪少夫人率先起身告辞："……今天是我们家姑奶奶出嫁第九天，你既然没事，那我就去我们家姑奶奶那边看看了。"

窦昭亲自送汪少夫人到了垂花门。

张三太太和蔡氏则留在窦昭这里继续家长里短地闲聊。

有宋墨的小厮来禀报："世子爷有事要出门，中午不在家里用午膳，特让小的来禀一声。"

窦昭知道宋墨这是要去见汪渊，应了声"知道了"，又惹来蔡氏的一阵羡慕，连带着让张三太太看窦昭的目光也多了几分郑重。

两个人硬是在英国公府用过了午膳，熬到了下午才打道回府。

素兰咋舌："她们怎么有那么多的话说？一个下午，就没有停过。"

窦昭呵呵地笑。说起来，她也挺佩服张三太太和蔡氏的，并不是每个女人都能说一下午的话还不带重样儿的。

而在离英国公府不远的取灯胡同汪渊私宅里，宋墨正和穿着一身半新不旧的居家道袍的汪渊坐在小小的厅堂里说着话。

"没想到汪内侍的家里布置得这样清雅！"他端着茶盅，望着茶几上摆放着的各式菊花，颇为感慨地道，"人们常说，字如其人。我看您也是人如其花啊！"

先是送上重礼，然后又是一阵猛夸，傻瓜也知道这是有事求他。

如果是别人，汪渊也就淡淡地一笑而过，可现在面对的是宋墨，就让他不得不坐直了身板，打起精神严阵以待。

能让宋墨这样的人求到他面前来的事，怎么会是小事？汪渊眼底闪过一丝几不可见的防备。

"世子爷这么说，老奴可有些担待不起！"他不动声色地笑道，"这些花也不过是随意摆摆，应应景，哪有世子爷说得那么好。"然后和宋墨打着太极，"英国公府走水的事查得如何了？今儿一早皇上还问起。东平伯和黄祈办事也太拖拉了，还得要英国公府出面悬赏！不过，这也许是件好事，如今福建倭寇肆虐，皇上有心整饬福建，到时候少不得要花银子剿倭，朝廷如今能节省几两银子是几两银子。"

自从大舅去世，当初跟着大舅的人或被清算，或被贬罚，留在福建的也多不成气候，大舅二十年战功，几年间就烟消云散了。

宋墨眼中一黯，沉默片刻，起身朝着汪渊一揖到底。

汪渊大吃一惊。

宋墨已道："这一拜，是代我大舅谢谢汪内侍——我突然间听人提起，才知道当年参与押解我大舅的人都因为得罪了内侍而被处置了……"

汪渊错愕，但他很快就释然了。如果连这点本事都没有，宋墨也就不是那个能搅得京城大乱的英国公世子了！

自从宋墨重获帝宠之后，他就知道，这件事宋墨迟早会知道，只是他没有料到宋墨会知道得这么快而已。莫欺少年郎啊！

望着眼前神色沉稳、冷静、睿智的宋墨，汪渊略一计量，笑道："世子爷误会了！老奴不过是个服侍人的，自然是主子吩咐什么就做什么，哪里敢受世子爷的大礼！"说着，拱了拱手，算是还了个礼。

宋墨听着心神俱震，骇然地望着汪渊。

不仅闻音知雅，而且还知道什么话该说，什么话不该说。

如果说从前汪渊虽然对宋墨和善，不过是因为皇上喜欢宋墨，而现在，他却不得不用自己的眼睛正视宋墨。

"世子爷尝尝我这碧螺春，"他亲自给宋墨续了杯茶，笑道，"皇上说如今的大红袍越来越难喝了，老奴也只好跟着喝起这碧螺春了。"

"多谢内侍！"宋墨端起茶盅，喝了一口，却只觉得满嘴苦涩，他提了提陈嘉的事，辞别了汪渊，混混沌沌地回了颐志堂，进门就直奔窦昭而去。

窦昭正和素心几个盘点着自己陪嫁里的绫罗绸缎。

今年是她嫁到英国公府的第一年，她准备好好地打赏一下自己的陪房，赏些好的布料给他们做过年的衣裳。

见宋墨神不守舍地走了进来，她立刻朝着素心使了个眼色，亲自上前扶着宋墨在内室临窗的大炕上坐下。

宋墨一把抱住了窦昭，把脸埋进了窦昭的胸口。

"寿姑，"他闷闷地道，"汪渊是奉皇上之命行事……可为什么呢？"他抬起头来，漆黑的眸子里有水光闪动，仿佛被雨水打湿过，晶莹明亮，"大舅镇守福建二十年，没有功劳也有苦劳……却是想杀就杀，想抄家就抄家，想流放就流放……凭什么？凭什么?"他低低地质问,声音却越来越大。

窦昭吓得脸色发白,忙捂住了他的嘴,警惕地抬头四望,发现内室只有她和宋墨,一颗怦怦乱跳的心这才缓了几分。

"雷霆雨露,都是君恩。"她诧异汪渊是奉皇上之命行事,可相比宋墨的情绪,她哪里还顾得上细想,只得安抚着他,"大舅的死,我们之前也有很多的猜测,如果不是冒出个陈嘉,我们做梦也查不到丁谓身上去。可若不是英国公府走水,你杀伐果断,陈嘉也不会找到你……可见老天爷有眼,也觉得大舅冤枉,给了个机会让我们帮着大舅翻案。越是这个时候,你越不能感情用事,越是要稳住才是!汪渊所言,也不过是一面之词,具体怎样,还有待查证。"又道,"严先生他们还不知道这件事吧?要不我们把严先生请过来商量商量?你不是找了他查陈嘉吗?可有什么消息?"

宋墨却抱着窦昭不愿意松手。

"我头痛。"他靠在她的胸前。

任谁遇到这样晴天霹雳般的事,都会有片刻的软弱。

"那我帮你揉揉。"窦昭心里隐隐作痛,想去拿个枕头服侍宋墨躺下,宋墨却紧箍着她的腰,让她动弹不得,她只好随手就近拖了个大迎枕过来让宋墨躺下,自己坐在旁边帮他揉着太阳穴。

他却哼着:"我要喝水!"

窦昭去帮他倒了杯温水。

他不接杯子,只张着眼睛望着窦昭。

窦昭无奈,喂他喝了水。

他又抱了窦昭的腰:"你陪我躺一会儿。"

窦昭连声应"好",靠在炕头,轻轻地抚掌着他的额头。

宋墨闭上了眼睛,神色渐渐放松。

窦昭心中涌起无限的柔情,摩挲着他的动作越来越轻柔。

宋墨梦呓般地道:"我仔细想过,皇上并不是个不能容人的人,大舅到底做了什么,才会让皇上心生不悦?如果说是功高震主……早在十年前皇上就该收拾大舅了,何必等到现在?如果说是因为大舅断了某些人的财路……大舅并不是个耿介过头不知变通的人,他曾跟我说,水至清则无鱼。只要对方不影响军情,他通常都会睁只眼闭只眼……"

窦昭只是温柔地抱着宋墨。

梦中前世,定国公的死对她而言就是一桩悬案,这一世她并不比前世知道得更多,与其胡乱猜测把宋墨引入歧路,还不如相信宋墨自己能找到答案。

她只需要在他脆弱的时候抱着他安慰他就行了。

宋墨安静下来,窦昭继续轻轻地抚着他的额头。

不知道过了多久,外面响起仆妇们轻轻的脚步声。

屋檐下的大红灯笼被依次点燃,红彤彤的,在这深秋里透着暖意,让人的心也跟着温暖起来。

宋墨突然从她的怀里坐了起来。

"寿姑,你还记不记得日盛银楼的事?"

暖柔的灯光,却难掩他神色间的凝重。

窦昭微愣,随后点了点头,道:"还是顾玉出面,才把爹爹那些签了章的契纸拿了回来。"

"寿姑！"宋墨并肩靠在了窦昭的身边，和她耳语，"太宗皇帝在位十九年，仁宗皇帝更是在位三十二年，如果皇上身体安康，你说，辽王敢在京都圈钱吗？"

梦中前世，承平二十年的宫变，就是因为皇上传出弥留在即的消息，而且事实也证明，皇上的确是病入膏肓，就算没有宫变，他也命不久矣。

这是窦昭能给宋墨的肯定回答。

"他应该不会这么傻。"事关重大，就算内室没人，小心点总不为过，窦昭和他说着悄悄话，趁机将自己知道的告诉宋墨，"我隐隐有种感觉，皇上的病只怕比你们知道的更为凶险，可能最多也就是这两三年的事了！"

宋墨素来相信窦昭的判断，不仅没有质疑窦昭的话，还隐隐流露出些许的兴奋来："你也这么认为？"

什么叫做"你也这么认为"？窦昭望着宋墨，不由得眨了眨眼睛。

难道仅仅靠自己的只言片语，宋墨就推测出了以后的事不成？

她知道宋墨善谋，可这也太逆天了吧？！

窦昭表情有些呆滞地问道："你发现了什么？"

能让窦昭惊讶，这对宋墨来说，比什么鼓励和赞扬都让他更觉得真实而愉悦。

他亲昵地吻了吻窦昭的面颊，低声道："我读史书的时候发现，那些千古明君，越是到了年老体衰、精力不济的时候，越是容易产生猜忌之心。皇上这些年来不时抱恙，恐怕正如你所说的，大限将至，所以才会猜疑心日盛。

"这也是辽王蠢蠢欲动的原因之一，毕竟母仪天下的是万皇后。"

宋墨顿了顿，继续道："可能从前对皇上和大舅来说并不算什么的小事，现在皇上在病中，却会多想多思。你看皇上这几年用的人，全是些老资格，像姚时中、戴建，还有你五伯父这样年富力强的臣子，他一个也不用；还把首辅之职交给了比皇上自己还年长两岁的梁继芬，又重用何文道。我猜测，会不会是大舅有什么地方让皇上不高兴了，而皇上原本只是打算小小地惩戒一番，结果被丁谓从中横插一手，让大舅虎落平阳，途中遇害；又有小人从中作祟，让皇上一时被蒙蔽。幸亏我们听了你的建议，以弱示人，皇上虽然震怒，但顾念着大舅的功劳，最终放了蒋家一马。事后皇上清醒过来，又很后悔，决定将当年参与押解大舅的锦衣卫全都悄悄地处死，这才有了丁谓杀人、汪渊灭口的荒唐之事……"

窦昭仔细地听着宋墨的话，认真地思索了半晌，沉吟道："我觉得你的推断有道理。我记得大舅出事的那会儿，正值曾贻贲病逝，内阁无人理事，也许就是那时有人乘虚而入了。"她觉得有些头痛，"大舅得罪的人太多了，只怕这人到底是谁一时不好找。"

宋墨却目光闪闪，神色间满满是一切尽在掌握的信心："大舅得罪的人是多，可能不动声色地给皇上上眼药的人却不多。这件事，我会想办法查清楚的。"他冷笑，"到时候，把他和丁谓一锅端了！"

窦昭相信宋墨能够做到，可她心里还是非常怅惘。

她感叹道："宦海真是风云诡谲啊！"

宋墨深以为然，却笑道："所以只有智高者能得嘛！"

真是个唯恐天下不乱的家伙！窦昭哭笑不得，那一点点悲春悯秋的伤感顿时跑到了九霄云外去了。

宋墨喊了严朝卿进来询问陈嘉的事。

严朝卿道："杜唯已经查清楚了，陈嘉所言属实。"他有些担心宋墨年轻，不是老奸巨猾的汪渊的对手，打听不出来什么，因而委婉地问道："陈嘉的事，可有眉目了？"

宋墨把取灯胡同之行的情况和对定国公冤案的推测都告诉了严朝卿。

严朝卿神色大变。

宋墨没等他开口，已道："汪渊喜欢听戏，你让杜唯打听打听，有没有汪渊特别喜欢的名伶，到时候想办法买下，给汪渊送过去，我也好借此去拜访汪渊，看能不能从他那里再打听到些什么。"

他神采奕奕，哪还有半点刚才的软弱。

窦昭不由在心里小声地嘀咕，起身给宋墨和严朝卿续茶。

严朝卿忙起身道过谢，又转过头去和宋墨说着话："汪渊这个人不太好打交道，我看还不如从汪格那边下手……"

"不！"宋墨道，肃穆的表情让他有种胸有成竹的镇定与从容，"到了汪渊的位置，钱财已经很难打动他了。他能把这么重要的事告诉我，可见在他的心里，我还是有结交价值的，这也正好侧面地证实了皇上待我的确有几分怜惜。"说到这里，他扯了扯嘴角，露出了个似笑非笑的表情，淡淡地道，"你说，如果这个时候皇上知道我们父子不和的内幕是因为定国公被褫夺了爵位之后，父亲怕受牵连，要置我于死地……皇上会怎么想？"

皇上恐怕会从此再也不会待见英国公了。

可这样会不会太狠了点？宋宜春和宋墨毕竟是父子，宋宜春万一连累了宋墨怎么办？

严朝卿有片刻犹豫，窦昭却抚掌赞着"妙计"。

反正四年之后皇上是生是死还两说，以宋墨的才智，就算是因此受到了宋宜春的牵连，也不至于会有性命之危，新皇登基，说不定还能因祸得福！

宋墨冲着窦昭笑了笑，端茶道："那这件事就这么定了。"他吩咐严朝卿，"把汪渊的事快点查清楚了。"

严朝卿不由叹气。

世子爷如今的确是如虎添翼，只是不知道这双翅膀会不会让世子爷变得更冷酷无情。

他躬身应诺退了下去。

窦昭就吩咐素心摆晚膳，喊了小丫鬟帮宋墨更衣："净了手脸，也好出来吃饭！"

宋墨不愿意动弹，道："你帮我擦把脸就行了，我天天用脑子，累！"

"用的是脑子，又不是手脚！"窦昭推搡着他去了净房。

宋墨不让窦昭走："我可没准备收通房，你把那些小丫鬟支使过来做什么？"

窦昭见两个小丫鬟闻言头都快低到胸口了，哭笑不得，只好打发了小丫鬟，亲自帮他梳洗。

等梳洗完了，宋墨又要和她在内室的炕桌上用晚膳："反正家里也没有别人，我们两个人，随便吃吃就行了。也不用别人服侍，我帮你布菜好了。"他说着，露出期许的目光。

窦昭自然不会为这么点小事反驳宋墨，结果两人虽然在内室的炕桌上用了晚膳，布菜的人却变成了窦昭。饭后，窦昭又为宋墨沏了他最喜欢喝的信阳毛尖。

取灯胡同的汪渊也在用晚膳。服侍他的是他的另一个干儿子——小太监汪吉。

汪渊吃饭的时候喜欢闲聊，汪吉投其所好，和汪渊聊着天："大家都说英国公世子爷为人冷傲，可他见了爹爹，还不是一样的客客气气，可见爹爹……"

"混账东西！"他一句话没有说完，就挨了汪渊一顿骂，"英国公世子爷也是你能议论的？知不知道为什么汪格能在乾清宫服侍，你就只能在我身边跑腿？一点儿眼力见儿都没有，还想到司礼监去，我看你也就是个去酒醋局的命！"

汪吉被骂得唯唯诺诺。

汪渊吩咐他："你这就去传我的话，那个陈嘉，就不用管他了。"

英国公世子刚来求过，就把人放了？这可是从来没有过的先例啊！看来以后得对英国公世子爷客气点！

汪吉一惊，忙连声应"是"。

汪渊脸色微霁，喃喃道："看不出来，这么个我都不记得了的小喽啰，居然还能请得动宋墨帮他出面说项，他是怎么打动宋墨的呢？"

念头闪过，他突然很想见见陈嘉。

汪少夫人则在和汪清淮说着今天去小姑汪清沅家的情景。

听说汪清沅公婆慈善，夫婿体贴，汪清淮很是欣慰。

汪少夫人就说起她去英国公府的事来："……看那样子，英国公世子夫人和济宁侯夫人不是闹着玩的，两人好像都打定了主意不和对方来往了！"

汪清淮很是意外，质疑道："会不会是气话？"

"不像是气话。"汪少夫人把窦昭当时所说的话一五一十地告诉了汪清淮。

汪清淮的眉头皱得死死的，沉默了好一会儿才低声嘱咐自己的妻子："以后济宁侯府那边，你少去。"

汪少夫人点头，踌躇道："那四叔那里呢？"

"你给四弟妹提个醒就行了。"汪清淮道，"大河和佩瑾是一回事，可她若是和济宁侯府内院太亲近了，又是另一回事。"

"我知道了！"汪少夫人起身帮着汪清淮铺床。

汪清淮并没有在这件事上叮嘱弟弟，他知道弟弟的性格，魏廷瑜的处境越是艰难，他越会想办法帮助魏廷瑜，反而若是魏廷瑜富贵起来，弟弟倒有可能和魏廷瑜渐渐疏远。如果他知道自己对济宁侯府是这个态度，说不定会像个愣头青那样跑去告诫魏廷瑜。有些事，就顺其自然吧！

汪氏夫妻拿定了主意，济宁侯府的宴请也就慢慢地礼到人不到了。

当然，这都是后话了。

陈嘉那边第一时间就知道了汪渊的话，他非常震惊。

正是因为知道宋墨和汪渊的关系，他才会冒险投靠，可让他没有想到的是，宋墨在汪渊面前这么有面子。或者是因为宋墨深得帝心，让汪渊不得不退让几分？

陈嘉从藏身的小屋里出来，回了他在京都内城租住的小院，早有几个锦衣卫的同僚在门口等他。

"恭喜，恭喜！"众人齐齐向他道贺，"和汪大人的误会解除了，又能为皇上尽忠职守了！"

因为锦衣卫的职责所在，陈嘉早就预料到他的同僚们很快就会得到消息，却没有想到这些人会这么快就出现在他的住处。

两年了！这两年来，他的同僚可没谁敢搭理他！

他拿出全部的积蓄，请来道贺的同僚去东来顺吃了一顿，推杯换盏，喝到最后，记忆已一片模糊，除了依稀记得大家纷纷打听他和英国公府的关系的事，其他的，他什么也不记得了。

有面目陌生的小厮进来服侍他梳洗，自称是他的一个什么同僚送的。

　　陈嘉心中不知道是悲是喜。

　　他有些木然地用了早膳，去了锦衣卫北镇抚司的衙门。

　　一路上，大家都笑吟吟地和他打着招呼，还没有等他见到北镇抚司的镇抚，锦衣卫都指挥使史川的贴身随从已出现在了北镇抚司的衙门里，一路笑呵呵地问着"谁是陈赞之陈大人？我们家大人请他过去问几句话"，他又在众人艳羡的目光中去了锦衣卫衙门。

　　史川一改往日的严厉，和善地和他说了几句闲话，叮嘱他以后要好好当差，要是有什么委屈，只管来找自己，然后就端了茶。虽然没有许他加官晋爵，但亲昵之意昭然若揭。

　　饶是陈嘉心机深沉，也被这接连不断的变化弄得心绪难宁，直到他高一脚低一脚地出了锦衣卫衙门，这才回过神来。

　　他立刻把几个在锦衣卫当差的心腹兄弟召到了一起，吩咐他们："无论如何也要查清楚那天英国公世子爷到底带了些什么人去田庄！"

　　有人迟疑道："大兴的御赐田庄守卫森严，英国公世子爷又刚刚帮着大哥说项，万一打草惊蛇……我们实在是惹不起啊！"

　　他如果想在宋墨面前立足，必须搭上那天屏风后面的人。

　　可这件事陈嘉并不打算告诉第二个人。

　　他小心翼翼地查着宋墨身边的人。

　　此时的宋墨却正忙得团团转。他每天不是请人喝酒就是请人听戏，早上窦昭睁开眼睛的时候他已经出了门，晚上她睡着了他才回来。

　　窦昭心疼他的身体，眼看着天气又转了凉，把陪嫁里的两支三十年的人参都拿了出来给宋墨泡茶喝。

　　宋墨呵呵地笑，越发和窦昭胡闹。

　　窦昭又气又恼，宋墨却乐此不疲。

　　有时候，他就是想看窦昭对他无可奈何的样子。

　　他会像对待珍宝一样摩挲着窦昭山峦般曲线优美的身段，然后他发现，每当这个时候，窦昭就会蜷缩在他的怀里，流露出慵懒的风情。

　　窦昭，也是喜欢和他在一起的吧？

　　宋墨望着窦昭还荡漾着旖旎余韵的面庞，不由收紧臂弯，把窦昭搂得更严实了，低头亲了亲她的额头，低声和她说起这两天的事来："汪格那边，已经知道我的意思了，只要找到适当的机会，他就会把话递出去。不过这'适当的机会'，也许就在明天，也许还要等好几个月，可父亲还有两三天就要回来了，他肯定会冲着我们发脾气的。到时候不管他说什么，你都别放在心上，就当是听疯子的胡言乱语好了……"

　　窦昭累得连眼睛都不想睁，宋墨的摩挲又让她舒服得全身放松下来，她只想好好地睡一觉，不想听宋墨唠叨，闭着眼睛打着哈欠，她喃喃地道："我知道，我知道，有你在，我不会吃亏的……"

　　宋墨听着失笑。

　　她哪来那么大的把握？可听到这样的话，他的心里却柔柔的，仿佛能滴得出水似的。

　　门外却响起急促的脚步声，不一会儿，就传来了叩门声。

　　门外一阵细细的低语，然后是甘露的声音："世子爷、夫人，国公爷回来了，正在上院大发雷霆，要世子爷和夫人立刻去见国公爷！"

　　宋墨皱眉："怎么会提前回来？"

家里走了水，又被盗贼光顾，紧接着华家又退了亲……窦昭觉得宋宜春回来得还晚了些！

她轻轻地推搡着宋墨："快起来！"见刚才还满脸欢悦的宋墨此刻却面色冷峻，竟然鬼使神差般地悄声安抚他："等见过了国公爷，我再好好安慰你。"

话一出口，她自己都有点傻眼了，宋墨却哈哈大笑。

他心里却知道，这是窦昭心疼他，见不得他受半点的委屈。

"寿姑！"他把脸埋在她浓密的青丝里，"你待我真好！"

窦昭心里霎时麻酥酥的，手脚发软，连搂他都像搂不住了似的。

原来，她也喜欢听甜言蜜语……

两人又腻歪了一会儿才起床，梳洗一番，去了英国公府的上院。

京都九门，除了运水的西直门丑正时分就打开，其余的八门都是酉时闭门，卯时才开。看宋宜春风尘仆仆的样子，显然是从西直门直接进的城。

窦昭和宋墨上前给他行礼，只是还没有等他们站直，宋宜春的茶盅就砸了过来。

宋墨上前一步，将窦昭挡在了自己的身后。

宋宜春看着气得嘴唇直啰嗦："反了，反了！你身为人子，竟然还敢还手！"

宋墨一言不发，冷冷地望着宋宜春。

宋宜春被宋墨那清冷得像千年寒冰，仿佛没有一丝人气的眸子盯得心中发寒，他见窦昭躲在宋墨的身后不说话，不由狠狠地瞪了窦昭一眼，怒喝道："天下间有你这样做儿媳妇的吗？我体恤你没有人管教，让族中的长辈告诉你怎样主持中馈，你倒好，竟然把家里的长辈给气走了……"

宋墨决不允许任何人败坏窦昭的名誉。

"父亲此言差矣！"他不待宋宜春说完，就毫不示弱地顶了回去，"家中走了水进了贼，大伯母受了惊吓，所以才把家中的对牌交给我夫人。而夫人在真定的时候就一直主持着西府的中馈，大伯母虽然回家静养，夫人却独自把府中的琐事打理得井井有条，这是延安侯少夫人、景国公府三太太等人都看在眼里的。父亲若是不相信，大可以去打听打听。这样不问青红皂白地呵斥夫人，窦家的人听了会如何想？还请父亲以后说话要三思而行！"他说着，一道刀锋般犀利的目光投向了静默地站在墙角的陶器重身上，"不要听信逸言，坏了英国公府的名誉，也坏了亲戚之间的情分！"

陶器重不禁在心里愤然：这关我什么事啊？但又有谁会在乎他想些什么呢！

宋宜春被噎在了那里，憋了一会儿才道："就算如此，你们也不应该重金悬赏啊！你知不知道，这得花多少银子？你学了这么多年的庶务，都学到哪里去了？"

他实际上是想和儿子清算华家退亲之事，可面对着儿子，总不能示弱地承认儿子不仅把他的婚亲搅黄了，还让他和安陆侯之间的交情出现了淡淡的裂痕吧？他只好拿这些无关紧要的事做文章。

"父亲是舍不得花银子吧？"宋墨心里也明白，他索性抓着父亲话中的把柄把父亲往歧路上引，故意曲解着宋宜春的用意，和宋宜春打着太极，"家里走了水，修缮房舍就用了不少的银子，我也是考虑到快过年了，怕府里的银子一时不顺手，就拿了颐志堂的银子做赏银。父亲不必担心，若是没有银子还就算了，广东的铺子这几年的生意都很顺利，母亲留给我的陪嫁进项也不少，颐志堂也不缺这点银子！"

宋宜春的脸色要多难看就有多难看。他终于忍不住了，道："我巡视大同时，遇到了长兴侯，由长兴侯作保，准备和大同参将王宏联姻，你准备准备，过几天两家就要下定了。"

"恭喜父亲了!"宋墨笑道,"我倒觉得,我们家应该和长兴侯府联姻才是!好歹长兴侯是皇上的宠臣,我不过是个小小的金吾卫前卫指挥使,他恐怕不会把我看在眼里!而且我觉得父亲的亲事也应该好好议议了,也免得今天这家,明天那家的,我们准备来准备去,最终都只是为父亲空欢喜了一场。我看您还是等两家的婚事定下来了,再让我们准备也不迟!倒是长兴侯那里,我应该代父亲好好谢谢他才是!"

第一百零二章　不能·抬举·对月

这真是哪壶不开提哪壶。老子管不住儿子。长兴侯当初给他提亲的时候就曾半开玩笑半试探地说过这样的话。他本不想和个参将联姻,可若再拒绝,倒显得他像是真的怕了儿子似的。

宋宜春的脸上白里透着几分青,咬着牙道:"长兴侯那里,你是该备份厚礼好好答谢人家才是。"

言下之意,素来以胆大妄为著称的长兴侯可不是安陆侯,你宋墨想磋磨,也要先看看自己有没有那个能耐。

宋墨冷笑,随意地朝着宋宜春拱了拱手,道:"若是父亲找我来只是说这些,那我和夫人就先退下了,您这一路忧愤地赶了回来,还是该先好好歇歇才是!"说着,瞥了陶器重一眼,"正好,陶先生也可以陪着父亲说说话,把这几日家中发生的事禀了父亲,让父亲拿个主意。"然后示意窦昭把家中的对牌丢给宋宜春。

他倒要看看,没有他点头,谁还敢接手英国公府的中馈?!

窦昭会意,将装着英国公府对牌的紫檀木匣子放在了一旁太师椅的茶几上。

宋墨也不管宋宜春是否同意,拉着窦昭就出了上房。

"你这个逆子!"宋宜春暴跳如雷,嚷着要把宋墨拉回来。

家中的人都知道世子爷从小跟着蒋家的人习武,功夫深浅不好说,可不管在家里还是外面,他还从不曾吃过亏。万一惹怒了世子爷,被世子爷一气之下给杀了,难道宋宜春还能让亲儿子给他们抵命不成?那些死了的护院就是前车之鉴!

可众人也不敢不遵从国公爷之命,你看我一眼,我看你一眼,都慢吞吞地往外走,敷衍之意不言而喻。

这让宋宜春更是恼怒,正要呵斥那些身边服侍的人,在心中暗暗叹气的陶器重却硬着头皮走上前来:"国公爷,大事要紧!您这些天不在家,京都发生了很多事……"

宋宜春果然就借着梯子滚了下来,和陶器重去了书房,只是没有站稳,他已阴着脸道:"这样下去不成!得想个办法收拾收拾宋墨!"

陶器重吓了一大跳,小声提醒宋宜春:"世子爷如今已是天子近臣,只怕有些不妥……"

"越是不妥，越要做。"宋宜春眼中闪过阴鸷，他喃喃地道，"只是，从什么地方下手好呢？得让他先失了圣心才是……没有了皇上的庇护，我看他还能凭什么嚣张？"

宋宜春说了几个点子："明升暗降，求皇上给他一份前程，把他调出京都……或者是让他殿前失仪，惹得皇上心中生厌……"

这都是些治标不治本的法子，就算是一时拿捏住了宋墨，保不准等宋墨缓过气来，会做出更残酷的报复。

陶器重不由得苦笑，低声提醒他道："若是传出父虐子的传闻，也不太好！"

宋宜春眉头紧锁。

出了上院的宋墨嘴巴抿得紧紧的，眉宇间透着几分凛冽，让路上的仆妇一阵慌乱，纷纷避到了一旁。而宋墨直到进了颐志堂，才阴郁地开口："真不知道他是怎么做到前军都督府掌印都督的！"

他的话提醒了窦昭。她想起梦里的上一世，英国公府在蒋氏去世之后就每况愈下，到辽王登基时，英国公早已赋闲在家，这也可能是辽王之所以敢毫无顾忌地褫夺英国公府爵位，将英国公府当成出头鸟一枪打死、震慑京都勋贵的原因之一。

可见宋宜春这个人能力有限。

她问宋墨："长兴侯那边，你准备怎么办？"

宋墨不屑地道："想来他也听说了我们家的事，再次帮父亲做媒，一是为了挽回几分颜面，二也是想试探我到底有几分手段，这件事无论如何也不能让他得逞，少不得要给他个教训！"

窦昭有点担心，宋墨安慰她："大家不过是互相试试深浅，彼此都不会为这点小事伤筋动骨的。"

窦昭只能叮嘱他小心，但刚才的旖旎气氛却早已烟消云散。

宋墨叫了严朝卿过来议事。

窦昭暗暗松了口气，宋墨还是太年轻，不适宜太过放纵。

到了晚间，她的小日子来了。

宋墨难掩失望，窦昭心情复杂。

她早打定了主意，这一次她要亲自教养自己的孩子。可他们眼下要做的事太多了，孩子晚点来，他们的准备也能更充分一些，所以她使了些手段。但现在看到宋墨这个样子，她心里又甚是忐忑。

要不，就顺其自然好了？

宋墨很快收敛了情绪，不住地安慰她："说不定下次就能怀上呢！"

窦昭的笑容怎么看也透着几分勉强。

宋墨暗暗自责。

到底是子嗣重要还是窦昭重要？不是因为孩子是窦昭生的，所以他才会如此殷切地期盼吗？若是因此而让窦昭不高兴，那还有什么意义？

他找了年长的婆子来问，亲自冲了红糖水给窦昭喝，又要她在家里好生休养，说自己这两天有事，她如果无聊，可以把六伯母、汪少夫人等亲友请过来说说闲话。

窦昭强忍着，才没有落下泪来，自责了好几天才缓过劲来，不想却被宋宜春叫去好一顿呵斥。

她这才知道，宋宜春和王家的亲事又没成，不仅如此，长兴侯管理侯府庶务的胞弟石又兰还曾亲自登门拜访宋墨，说了些亲热的话，送了宋墨两幅前朝的古画、一对镶玉石的鸡翅木屏风、一对汝窑的梅瓶，还有二十几匹今年江南织造新贡的妆花尺头。

窦昭看在长兴侯府送的礼物的分上，决定原谅宋宜春的咆哮。她安安静静地垂手肃立，有一耳朵没一耳朵地听着宋宜春在那里发脾气，心里却盘算着过几天要回娘家住对月，该给还没有回西北的舅母和璋如表姐，还有六伯母她们带些什么礼品好。

宋宜春训了半天，这才发现儿媳妇泥塑似的立在那里，一点反应也没有，也不知道听进去了没有。

他顿时火冒三丈：儿子他管不了，难道连个儿媳妇他也管不了？

"来人啊！"他大喝道，"给我拿家法来！我就不相信了，我教训自家的儿媳妇，窦家的人还敢闹上门来！他们就不怕嫁出去的姑娘有'忤逆长辈'的名声？"

窦昭并不怕。自从庞昆白的事之后，她在内宅走动，不是带着素心就是带着素兰，到了外面，身边一定要有护卫。

她退后几步，笑道："公公教训媳妇也是应该！我们窦家也断然没有因此而为出嫁的姑娘出头的道理。只是我没有婆婆，每日晨昏定省，我也不过是隔着门帘问候一声，不知是哪里惹怒了公公？还请公公明示。日后亲戚间问起来，我也好有个交代。"

"你还敢顶嘴？！"宋宜春一掌拍在桌子上。

外面突然涌进几个粗使的婆子来。

窦昭一愣，再看宋宜春，也是满脸的诧异。

几个婆子很快将窦昭围了起来，其中一个笑道："国公爷快请息怒！常言说得好，堂前教子，枕边教妻。夫人纵然有错，您且等世子爷回来了，教训世子爷便是，何必要亲自动手，坏了您的名声？"

更有婆子拉了窦昭就往外走，还小声地在窦昭耳边嘀咕："好汉不吃眼前亏，夫人快回颐志堂去！"

竟然是来帮窦昭解围的。窦昭被眼前的场面弄得丈二和尚摸不着头脑，却也正如那婆子所说，不愿意吃这眼前亏，遂带着素心和素娟，跟着那婆子出了上房。

"反了，反了！"上房传来了宋宜春的咆哮，"你们这些贱婢是不是不想活了？"

窦昭闻言脚步一滞。

拉着她走的婆子见状眼眶微湿，忙道："夫人，我们是受了世子爷的嘱咐护着夫人的，您放心，世子爷早许了我们，若是有那一天，绝不会亏待我们的。"

窦昭这才放下心来，快步出了上院。

送走了那些婆子，素心忍不住道："夫人，世子爷待您可真好！"

是啊！

宋墨待她，真的很好。什么都为她想到了前头，事事都不用她出面。自己也不能总是拿他和魏廷瑜相比，应该从上一世的所谓"经验""教训"里跳出来才是。

窦昭吩咐素心："我记得前几天世子爷说过，太医院一位姓祝的御医擅长看妇科，你去跟外院说一声，请祝太医来给我把把脉，开几服养生的方子，我要好好调养调养身子。"给宋墨生个健健康康的孩子。

素心顿时笑了起来，高高兴兴地去了外院。

窦昭望着素心雀跃的背影，也跟着笑了起来。她兴高采烈地把回娘家的礼单列了出来，交给了甘露。

宋墨急匆匆地从外面赶了回来。

"你没有吃亏吧？"他上上下下地打量着窦昭，生怕她掉了一根头发似的。

"有你在，我怎么会吃亏？"窦昭不由环了宋墨的腰，依偎在了他的怀里。

宋墨长舒了口气。

窦昭就道："砚堂，我们若是有了孩儿，我就什么都不管了，一心一意只照顾孩子。"

"那是自然！"难得窦昭有这样的兴致，宋墨心里像吃了蜜似的，他轻轻地吻着窦昭，"到时候我请……"他顿了顿，"请人帮你管家！"

窦昭嘻嘻笑："那你能请谁帮我管家？"

宋墨歪着头，一时间还真没有什么合适的人选。

窦昭就在他耳边悄悄地说了几句。

宋墨面露惊讶："真的？"

"嗯！"窦昭抿了嘴笑，"等十月，人会和陈先生一起来，到时候你也帮着掌掌眼。"

宋墨笑道："这事，你比我在行！那你就把素兰嫁给陈核算了，内院有素心，外院有素兰，这样你也可以轻松一些。"

"到时候再说吧！"窦昭笑道，"先把素心的婚事定下来。"

话音刚落，素心就走了进来。她没有想到大白天的，窦昭和宋墨会在宴息室就抱在一起，忍不住"哎哟"一声，红着脸飞快地退了下去。

窦昭和宋墨不由相视而笑。

宋墨夫妻在临窗的大炕上坐下。

窦昭高声喊了甘露奉茶，丫鬟们鱼贯而入，素心这才红着脸走了进来。

"夫人，您吩咐的事我已经嘱咐了王管事，他立刻就派人去了太医院，说等会就有准信过来。"

宋墨听了奇道："是谁不舒服？"

"没谁。"窦昭笑道，"这事你别管。"

宋墨见窦昭好生生的，寻思着也许是家里的丫鬟婆子有谁不舒服，窦昭要给个恩典，遂把这件事给抛到了脑后。

窦昭就问他："长兴侯怎么会那么轻易地就认输啊？"

宋墨笑道："我托了汪内侍给户部打了个招呼，把大同总兵府的军饷拖了拖。"

窦昭愣了，道："这样好吗？要是被皇上知道了……"

宋墨不以为意："哪个总兵府的军饷没有被拖欠过？怎么轮到大同总兵府就不行了？又不是不给，不过是给大同总兵府的军饷比别人晚一点罢了！这写公文也有个先来后到嘛，就算是他告到皇上那里，这事他也不占着理啊！长兴侯总不能为了这么一点点的小事，每个月都跑到京都来请户部的那些小吏吃饭喝酒吧！"

这就是典型的"阎王好见，小鬼难缠"啊！

窦昭抹汗，道："汪内侍怎么会帮你出面打招呼？"

"便宜是那么好占的吗？"宋墨开着玩笑道，"哪能总占便宜不吃点亏的？"

得！算她没问。不过，能够让汪渊出面，让长兴侯低头，宋墨，真的很厉害！

王家就更不用说了。

有人递了音过去，王家先还有些狐疑，但等到长兴侯吩咐备下重礼，派了贴身的随从护送回京的时候，他顿时吓出了一身的冷汗，哭丧着脸在长兴侯面前讨了个准信，以"八字不合"婉言拒绝了宋家的提亲。

窦昭不免哂笑："八字不合，倒是颗什么时候用都合适的万灵丹！"

宋墨在意的却是宋宜春对窦昭的态度，他很真诚地向窦昭道歉。

窦昭抿了嘴笑，朝着宋墨眨了眨眼睛，道："你放心，我不会和国公爷一般见识的——他老人家受了这么大的委屈，您总得让他老人家有个发泄的地方啊！"

宋墨失笑。

窦昭笑道："你刚才在干什么呢？家里没什么事，你去忙你的去吧！不用惦记。"

"本来约好和马友明喝酒的，听说家里出了事，我找了个借口和他改天再约，"宋墨苦着脸道，"现在怎好再回去找他？"然后目光灼灼地望着窦昭，"寿姑，要不你今天下厨给我做点好吃的吧？"

这个家伙，就喜欢指使自己！

窦昭也有些日子没有下厨了，听他这么一说，也来了兴致，吩咐甘露去通知灶上的婆子。

宋墨在一旁腻歪："我和你一起去吧！我还没见过别人是怎么做饭的呢！"

窦昭不知道说什么好了。

她带着宋墨去了厨房。灶上的婆子一溜烟地跑到厨房前的小院子里恭迎，然后战战兢兢地帮着生火递菜打下手。

宋墨就坐在厨房案板前的春凳上看着窦昭的一举一动，她走到哪里，那目光就跟到哪里。时间一长，窦昭有点吃不消了，手一抖，差点把一勺子盐全倒了进去。

她只好赶宋墨："到外面待着去，这里烟熏火燎的，小心身上都是一股子油烟味。"

宋墨"哦"了一声，挪到了厨房门口，离案板也不过三步的距离。

窦昭哭笑不得，好不容易做了几道拿手好菜，让婆子端到了正房的宴息室，又有小厮来禀，说宫里来人，让宋墨明天一早进宫。

宋宜春回来的第二天一大清早，就去了宫里磕头谢恩，交了差事。

他回来的时候春风满面的，窦昭一直担心他在皇上面前说了宋墨些什么，闻言沉吟道："要不要探探宫中来者的口风？？"

"应该没什么事。"宋墨笑道，"若是有事，汪公公肯定会提前知会我一声的。"

汪公公是指汪格。

宋墨去见了宫中的人，说了几句客气话，赏了两个厚厚的封红，次日凌晨和宋宜春一前一后地进了宫。

还没有等宋墨出宫，报信的人就飞奔而至："恭喜夫人，贺喜夫人！世子爷升了金吾卫同知，还督理五城兵马司的事务。"

窦昭大吃一惊。

"此话当真？"她不禁倾身道，"你是听谁说的？"

报喜的小厮眼角眉梢都是掩饰不住的喜悦，绘声绘色地道："是乾清宫汪公公身边的小公公说的，皇上已经下了旨，世子爷回来的时候您就可以看到圣旨了。"

这圣恩来得太突然！可再多的，那小厮却一问三不知了。

窦昭只好耐着性子等宋墨回来。

窦世枢却是目睹了全过程的。

到了下衙的时辰，他推了应酬，径直回了槐树胡同。

五太太亲自给他更衣。

他问五太太："还有几天是寿姑回娘家住对月的日子？"

五太太笑道："还有四天。"

他沉吟道："到时候你和两个儿媳妇好好捯饬捯饬，去静安寺胡同给寿姑做做面子。"

五太太很诧异，窦世枢从来不管内院事务的。

"出了什么事？"她有些不安地问。

"今天早朝后，皇上留了英国公和四姑爷在乾清宫说话，"窦世枢道，"其间皇上几次赞扬四姑爷行事稳当又知晓变通，然后突然问起四姑爷什么时候送四姑奶奶回娘家住对月，接着就擢了四姑爷为金吾卫同知，还督理五城兵马司的事务，还说对四姑爷道'这样一来，你回去老丈人家也多些体面了'……"

五太太骇然："皇上真这么说？"

这哪里是皇上待臣子，这简直就像长辈待子侄般的亲厚了。

"真这么说的。"窦世枢神色凝重，"当时英国公也在场，还谦逊地要推辞，却被皇上一通教训，说什么'孩子大了，就应该多多磨炼磨炼，不然以后怎堪大用'，还说'就是因为砚堂的年纪还小，所以朕才让他在朕的眼皮子底下当差，就算犯了错，也能及时指正，若是把他放到宣同或是两广，鞭长莫及，那些官员又惯会欺上瞒下，我们什么也不知道，把砚堂养出个飞扬跋扈的脾气来，那才是真正的害他'。"

五太太倒吸了口冷气，犹豫道："皇上这是什么意思？敲打英国公？却升了四姑爷的官职……"

窦世枢还不知道王参将的事，把宋家欲和华家结亲的事告诉了五太太："……多半是为了英国公续弦的事。"

五太太瞠目结舌："难道皇上是不想让英国公续弦不成？这也太不通人情了！"

"看你平时那么精明，怎么在这件事上却犯了糊涂！"窦世枢道，"皇上怎么能管英国公续弦不续弦，皇上是在暗示英国公，英国公府的世子之位他属意四姑爷，让英国公行事多些思量！"

五太太思忖了半晌才想明白其中的曲折。她不由得咋舌："四姑爷真是厉害！能把皇上拨弄得团团转！"

"胡说些什么！"窦世枢急声呵斥，"这种话是能说出口的吗？"

言下之意是大家心里清楚就行了。

五太太不由打起十二分的精神，道："我看也不用等四日后，明天我就去静安寺胡同，就算是没有什么地方要帮忙，去那里看看也好。"

窦世枢沉思了片刻，道："还有件事——你和四姑奶奶商量商量，王家接了王氏回娘家长住，静安寺胡同却不能总让个管事媳妇主持中馈，不如在你娘家挑个家世清白的姑娘给七弟做妾室，一来可以帮着管管静安寺胡同的家务事，二来也可以照顾七弟的日常起居，若是那姑娘有这福气，说不定还能给七弟生个一儿半女的，承了七弟的香火。"

五太太会意，立刻道："老爷放心，老爷的话我无论如何也会传到四姑奶奶耳朵里的。"

至于窦昭答应不答应，那是她的事，可如今对王氏，他们却必须有个明确的立场。

窦世枢欣慰地点了点头。

窦昭却在听说宋墨回来的时候忍不住跑到了颐志堂的大门口迎接他。

"你真的升了金吾卫的同知？"她急急地问宋墨。

金吾卫的同知，是金吾卫里仅次于都指挥使的官职，而且因为具体分管着金吾卫的军饷、军功申报、袭职的核查之类的琐事，没有谁敢等闲视之。

宋墨微笑着点头，窦昭不由得双手合十，念了声"阿弥陀佛"。

也就是说，宋墨的计策成功了，皇上听说了宋宜春和宋墨的不和。

这世间，恐怕只有寿姑有这么聪明了，见微知著，事情往往只露出一点点的端倪，她就能知道发生了些什么。

宋墨再次微笑着点头，心情非常好地笑道："夫人是不是应该犒劳我一番？我好歹也算是升了官，上了进！"

这样轻松甚至带些几分促狭的世子爷，是颐志堂的仆妇们从来不曾见过的。

众人目瞪口呆。

严朝卿忙咳了一声，笑着招呼大家进门："……这里可不是说话的好地方，何况世子爷如今擢升，府里的人也应该给世子爷道贺才是。还请世子爷去厅堂里坐，我等也好恭贺世子爷一番。"

想到刚才父亲在乾清宫那副像便秘似的嘴脸，宋墨就情不自禁地透了口气，觉得头顶的天空都澄净了几分。从此以后，父亲那些上不了台面的手段再也不能伤他分毫了！

"行啊！"他笑着往厅堂去，吩咐窦昭，"每人打赏两个元宝的银锞子！"

英国公府会铸各式各样的银锞子用来打赏做人情，元宝的是八钱一个的，梅花的是五钱一个的，方胜的是四钱一个的，再就是银豆子、金豆子了，两钱一个，两个银元宝，就是一两多银子。

众人都欢喜起来。

窦昭也喜上眉梢，笑盈盈地应着"是"。

和颐志堂欢乐喜庆的气氛相反，樨香院的仆妇却都战战兢兢大气也不敢出。

宋宜春像困兽似的，暴烈地在屋里打着转："……这小畜生，也不知道在皇上面前卖了什么乖，把皇上哄得团团转，竟然一副要为他出头的样子，早知道这样，我当初就应该狠狠心把他收拾干净了，还开什么祠堂……"

垂手立在一旁的陶器重却另有担心。他喊了声"国公爷"，打断了宋宜春喋喋不休的咒骂，看了一眼没有一个仆妇的屋子，小声提醒道："您说，皇上怎么会知道当初世子爷和您生隙的事？一般人，可不会管这种事！"

宋宜春一愣。

陶器重已道："国公爷，我看这件事您不能大意，得想办法在皇上面前说上话才行。就算不能把今天的事说清楚了，也免得以后有人在皇上面前给您上眼药。只有千日做贼的，哪有千日防贼的！长此以往，我们就太被动了。"

宋宜春陷入了沉思。

一时间，屋子里安静得落针可闻，却有个小小的身影灵活地从旁边的窗户闪过，窜到了一旁的花墙后，很快消失不见了。

窦昭这边打赏完了仆妇，窦家人以及平日和宋墨交好的亲友也都陆陆续续地得到了消息，特别是以后要常和五城兵马司打交道的顺天府尹黄祈黄大人、如今暂时兼任五城兵马司都指挥使的东平伯，都差了得力的大管事送上了一份厚礼。因而等到窦昭回娘家住对月的那天，静安寺胡同就显得格外热闹，不仅槐树胡同的一家人全都来了，就是猫儿胡同的纪氏和快要临盆的韩氏也都来了。

窦世英觉得格外有面子，也不追问上次窦明宴请为何窦昭没有到的事了，直接问窦昭："你打算在家里住几天？我也好让家里的人准备。"

住对月，并不是一定要在娘家住满一个月，而是在姑娘出嫁后的一个月，有选择性地住几天。

"只能住个两三天。"窦昭歉意地笑道,"过两天世子就要上任了,还要督促官府调查我们府上走水的事,只有下次回娘家再多住些日子了。"

出了嫁的女儿,因为特别珍惜和娘家父母相处的机会,最少也要住个四五天的工夫,有的甚至是住上一个月,像窦昭这样只住短短三日的,非常之少。好在窦世英觉得女儿既然嫁给了别人家做媳妇,自然是要以夫家为重,并不以为忤,笑道:"住两三天就住两三天,到时候让砚堂来接你。"

宋墨忙起身应"是",眼角眉梢都带着几分欢喜。

窦世英看着呵呵地笑,恐怕是女婿想让女儿早点回去吧!

他看宋墨的眼神越发温和了,和宋墨说起他的差事来:"你年纪小,不免会有人不服气。但千万不可为人倨傲,要知道,那些陈年的老吏是最不好惹的,他们多半经验足,又精通钱粮之道,甚至是和户部、兵部的那些胥吏都有私交,他们有时候成事不足,可若是要使起绊子来,那可是一使一个准。你以后的路还长着,千万不要和他们一般见识。要谦逊谨慎,宽和大度,学会以柔克刚……"

窦昭强忍着才没有笑出声来。

宋墨这家伙不收拾别人就不错了,别人想收拾他?通常都是秋后的蚱蜢,没几个能蹦跶得长的。而且父亲的这些话全是教人谦和忍让的,若真是照着他的话做,恐怕宋墨要被人吃得连骨头渣子都不剩了。不过,宋墨平时待人接物七情六欲全不上脸,现在有必要在父亲面前流露出这样一副欢天喜地的样子吗?这家伙,也太能装了!

宋墨却一副乖乖受教的样子,认认真真地听着,不住地点头称"是",仿佛窦世英说的话全是金科玉律,让窦世英在这个正三品的女婿面前越说越起劲,越说越兴奋。

高升在门口探了探脑袋。

窦昭忙道:"高管事有什么事?"打断了窦世英的唠叨。

高升窘然,连声道:"没事,没事。"

窦世英却是脸色一沉。

窦昭办宴请,窦明没去,说是要回娘家住对月,却事后连个解释也没给窦昭;后来窦明办宴请,窦昭虽然说礼到人不到做得不对,可她的话也有道理。

两姐妹各打五十大板。

所以这次他特意让高升亲自去请窦明,让窦明必须到,还让高升带话给窦明:"从前的事谁也不要提了,从今天起,两姐妹亲亲热热,要像一家人。"

而此时见了高升的样子,窦世英哪里还不明白,窦明竟然对他的话置若罔闻,根本不放在心上。可当着窦昭的面,他若是细问,两姐妹的关系岂不是要更糟糕?何况还有女婿在场……这话一说出去,女儿在女婿面前还有何颜面?

他强忍着心中的不悦,道:"外面的酒席都安排好了?"

"安排好了,安排好了!"高升正不知道如何回答,闻言不由得松了一口气。

又有小厮来禀:"五老爷过来了,正和六老爷在厅堂里喝茶呢!"

众人俱是一愣。

出嫁的女儿回娘家住对月,这是女眷的事,他一个做伯父的,怎么也来了?

窦世英在心里小声嘀咕着,对宋墨道:"走,去见见你五伯父去。他和户部那些人很熟,你趁着掌管金吾卫饷的机会,和户部的那帮家伙混个熟脸,以后钱粮拨得快一点,不管是上峰还是下属,对你都会另眼相看。"

宋墨恭谨地应"是",不卑不亢地跟着窦世英往外走,说出来的话却毫不掩饰地奉承着窦世英:"早就想请岳父为我引荐一番,只是怕岳父嫌弃我行事不稳重,一直没有敢提……"

他和户部不熟能拖延长兴侯的军饷？

他和户部不熟能把河工的账一分不差地按时结出来？

窦昭实在是忍不住了，低了头无声地笑，去了招待女眷的花厅。

舅母正和六伯母、五伯母说着话，看见她进来，朝着她招手。

窦昭笑盈盈地走了过去，给长辈一一行礼。

五伯母上下打量着她，笑道："这件玫瑰红的缂丝褙子穿在四姑奶奶的身上，真是精神。"

"谁说不是！"蔡氏立刻笑着接了话茬，"四姑奶奶今天戴的这支点翠簪子也很漂亮，瞧这凤头，做得多精神，眼睛亮晶晶的，像活物似的。"

窦昭只是微微地笑。

大家你一言我一语的，气氛很是热闹。

用了午膳，大家在花厅里开了几桌打马吊。

窦昭好不容易才推脱掉，赵璋如就拉了她在花厅后面的小厅里说话。

因为窦昭的婚事，舅母已经耽搁了不少时间，定下十月初一起程，若是一路顺利，正好回去过年，因而赵璋如的情绪有些低落："也不知道我们姐妹什么时候才能再见面？"

窦昭想到了过几年就会随夫婿在京都旅居的大表姐赵璧如："这世上的事谁说得准？你看我，三个月前做梦也没有想到自己会嫁给宋砚堂。你也不要这样沮丧才是。"

赵璋如睁大了眼睛："你喊妹夫做宋砚堂！"

窦昭轻轻地咳了两声，轻声道："一时失言！"然后和赵璋如开玩笑地眨着眼睛，"你可不要告诉别人！"

赵璋如嘻嘻地笑，又高兴起来，问起英国公府走水的事："那些盗贼抓到了没有？你们真的打赏别人一千两银子？"

"当然是真的啦！"窦昭和赵璋如说着话，看见六伯母从花厅里走了出来，笑着对两人道："年纪大了，腰不好使了，不能久坐，出来走走。"

赵璋如忙起身拿了个厚厚的坐垫："您坐坐吧！"

六伯母笑着坐了下来，问她们："你们在说什么？说得那么高兴。"

"说英国公府悬赏的事。"赵璋如笑呵呵地和六伯母说着话，六伯母笑吟吟地听着。

窦昭却心中微动，朝着素心使了个眼色。

素心进了花厅，不一会儿，出来对赵璋如道："表小姐，舅太太让您过去给她看看牌。"

"啊！"赵璋如讶然，但还是起身给六伯母行礼告退，跟着素心去了花厅。

窦昭就挽了纪氏的胳膊："六伯母，我陪您在抄手游廊里走走吧！"

纪氏看窦昭的目光里充满了慈爱。

两人在花厅外的抄手游廊里慢慢地散着步，丫鬟婆子们都在花厅的廊庑下立着，既可以随时听候花厅里的人的召唤，又可以照顾到在抄手游廊里散步的两个人。

纪氏这才低低地开了口："寿姑，我可怎么办啊？你十二哥，做了荒唐事，我谁也不敢说，急得像热锅上的蚂蚁，只能跟你倒倒苦水……"一句话没有说完，眼泪已扑簌簌地落了下来。

窦昭心里"咯噔"一声，隐隐猜到是窦德昌和纪令则东窗事发了。

她忙安慰纪氏："六伯母，什么事都有个解决的方法。您先别急，要是我不成，还有世子。现在不是说话的时候，也不是说话的地方，我会在家里住几天，家里没有主持中馈的人，我跟父亲说，请您留下来帮忙。有什么话，我们晚上再说。"

窦昭的镇定从容感染了纪氏。

她点了点头，忙拿出帕子擦了擦眼泪，由窦昭陪着在抄手游廊上又走了两圈，等情绪平静下来，这才轻轻地拍了拍窦昭的手，低声道："好孩子，我没事了。我们进去吧！"

窦昭"嗯"了一声，笑着和六伯母进了花厅。

第一百零三章　　迟疑·添丁·做媒

而此时的魏廷珍，正大包小包地往娘家搬东西。

田氏的贴身嬷嬷带着几个小丫鬟疾步跑了过来："哎哟，大姑奶奶，您要回来，怎么也不先差个人跟我们说一声？我们也好安排几个小子在这里迎接您啊！"说话间，已亲手接过了魏廷珍乳娘金嬷嬷手中的纸匣子，又示意心腹的丫鬟去搀扶魏廷珍。

"这不是佩瑾两口子不在家嘛，"魏廷珍任由那丫鬟搀着，往济宁侯府里走，"我怕母亲孤单，来看看母亲，和母亲说说闲话。"

田氏的贴身嬷嬷闻言一愣，敏感的魏廷珍眉头微蹙，问道："怎么了？"

田氏的贴身嬷嬷赔笑道："侯爷和夫人都在家呢！刚刚还去给太夫人问了安的。"

这下轮到魏廷珍愕然了："今天不是夫人的姐姐回家住对月的日子吗？怎么，他们没有去静安寺胡同？"又问道，"是他们没有回去，还是静安寺胡同那边没有送帖子过来？"

本来她也不知道今天是窦昭回娘家住对月的日子，还是昨天她去给婆婆问安时，听张三太太说起，她才知道的。然后想起自己因为不喜欢这个弟媳，已经有些日子没回娘家了，就想趁着弟弟、弟媳都不在的时候回来和母亲亲热亲热。没想到竟然会碰到这样的事！

如果是静安寺胡同那边没有送帖子过来，那他们可就别怪她这个做姑姐的不息事宁人了！不管怎样，她也要去问个明白的。有了英国公府世子这样的女婿就不把自己的弟弟放在眼里，哪有这么好的事！

田氏的贴身嬷嬷听着魏廷珍话里有话，忙不迭地道："静安寺胡同来请了！不仅下了帖子，今天一大早，静安寺胡同那边的高大管事还亲自来家，想接了侯爷和夫人一起过去。"

魏廷珍奇道："那他们怎么没有过去？"

田氏的贴身嬷嬷道："夫人有些不舒服，侯爷听了，就决定在家里陪着夫人……"

魏廷珍听着就沉了脸："夫人不舒服，可去请了大夫？"

"夫人说不过是些许小毛病，不用请大夫。"

魏廷珍一听，直接拐了个弯，去了上院。

田氏的贴身嬷嬷哪敢多问，硬着头皮跟了进去。

窦明正躺在床上生闷气,听说魏廷珍来了,她一跃而起,毫不掩饰对其的厌恶道:"她回来干什么?"

"应该是回来看太夫人的吧?"周嬷嬷一句话没有说完,魏廷珍已闯了进来。

"听说你病了?还不愿意请大夫?"她一双眼睛犀利地盯着面色红润的窦明,"你要是有个三长两短的,窦、王两家岂不要把我弟弟给撕了?我看,还是得请个大夫给你好好地瞧瞧才是。"说着,高声喊着"金嬷嬷":"拿了世子爷的帖子去太医院,请个御医过来给夫人好好把把脉!"

不就是讽刺她小题大做吗?如果是平时,她肯定很气愤,可今天,她想到高升那无可奈何的表情,心里就觉得十分舒坦,魏廷珍的话,她也就不计较了。

魏廷珍却不放过她,高声道:"侯爷呢?怎么不在屋里?"

自有小丫鬟机敏地回答道:"侯爷在书房。"忙去叫了魏廷瑜过来。

魏廷珍劈头盖脸就是一顿训:"你知不知道皇上下了圣旨,宋砚堂不仅升了金吾卫的同知,而且还督管五城兵马司。静安寺胡同那边的人登门来请,你竟然还不去!你是不是被某些人的枕头风吹得不知道深浅了?谁没个头痛脑热的,你这样守着就能不药而愈了?不去请大夫,却在家里发呆,那病能自己好吗?"

"你……"窦明气得手直抖。

魏廷珍却像没有看见似的,继续呵斥着自己的弟弟:"你是聋了还是哑了?跟你说话,你还不理!我看你也就这点本事,在家里横。要知道,东平伯不过是暂时代理五城兵马司的都指挥使,这样五城兵马司的都指挥使迟早都会易人。宋砚堂现在督管五城兵马司,又和东平伯交好,你不趁着这个机会好好经营,想办法和宋砚堂的关系更进一步,却窝在家里,你难道想当一辈子的东城兵马司副指挥使不成?要知道,五城兵马司的副指挥使在太宗皇上那儿可是撤了的,到了孝宗皇上那会儿才又重新设置的,谁知道这副指挥使能干多久?你不赶紧想办法让宋砚堂帮你换个地方,却在这里陪着个内宅妇人玩耍,你怎么骤然间变成了这副样子?"

话里话外,处处都在指责是窦明带坏了魏廷瑜。

窦明哪里忍得下去,毫不客气地辩驳道:"姑姐这话说得好生没有道理!侯爷有事在书房里看书,怎么就说是连累了侯爷呢?何况侯爷是回我娘家去见我姐夫……"心里却恨得不行。

宋墨不过是个未及弱冠的少年,他凭什么督管五城兵马司?这次窦昭回去住对月,想必窦家在京都的亲戚都会去吧?

窦昭的夫婿成了自己夫婿上峰的上峰的上峰,窦昭还不得意得不行!

她想想就觉得心里堵得慌,就更不愿意去给窦昭锦上添花了,所以任高升怎么说,她也不愿意回静安寺胡同。

魏廷珍却对她的话置若罔闻,看也没看她一眼,继续对魏廷瑜道:"这可是个机会,你千万不要犯糊涂!"

魏廷瑜高声地喊了声"姐姐",又窘然地望了眼窦明:"我们去书房里说话!"拉着魏廷珍去了宴息室旁辟作书房的耳房,嗫嚅了半天却欲言又止。

"有什么话不能跟姐姐说的?"魏廷珍的脾气只针对窦明,到了母亲和弟弟面前,总是轻言慢语,很有耐心,"姐姐哪一次不是站在你这边?"

魏廷瑜不好意思地笑了笑,这才赧然地低声道:"上次我去五城兵马司报备,见到了宋砚堂……不过,他对我的态度十分冷淡……我觉得,我就算是去求他,他也未必肯帮这个忙……"

"他为什么不帮你这个忙啊？"魏廷珍不解地问道，可话一出口，她就明白了过来，"难道是因为大窦氏？"她急急地追问魏廷瑜。

汪清海也是这么认为的。

魏廷瑜不知道该怎么回答，魏廷珍已经炸了毛："我就知道，摊上这个窦明，就没什么好事！"她越想越窝火，一撩帘子出了书房，站在厅堂里朝着对面的内室就骂了起来，"从前宋砚堂和你多好，有好马，送你一匹；有生意，拉你一把。可你倒好，为了个下三滥的女人，却把这么好的兄弟都给得罪了！娶妻娶德，纳妾纳色。这正妻没有德行，家里就不得安生。这可是上了书的话……"

屋里的窦明气得两肋生疼，跳下床就要去找魏廷珍理论。

完了，又吵起来了！魏廷瑜头痛不已，拉了魏廷珍："姐姐，你就少说一句吧！"

窦明听着脚步一顿。

魏廷珍急得直跺脚："你到了现在还不反省，难道就准备这样混一辈子不成？我可是听说了，宋砚堂出面，帮着皇后娘娘的弟弟——嘉定伯万鹏冀和福建那边的大户人家搭上了线，那嘉定伯仅茶叶一项两个月就赚了八千两白银！你这笨蛋，你本来也可以参一股的！"

窦明愕然。

真的假的？宋砚堂帮人牵个线，那人就能两个月挣八千两白银，宋砚堂自己那得赚多少啊？

二舅母花了那么多的心思好不容易在东大街开了间绸缎铺子，一年也不过一千多两银子的进项，他们这些人却一句话就能轻轻松松地赚这么多的银子……

魏廷珍的话为窦明推开了一扇窗，让她在目眩神迷之余，仿佛看到了一片新天地。

原来还有人这样赚钱！

而魏廷瑜却默然不语。

正如姐姐所说，宋砚堂从前和他特别投缘。而且，因为宋砚堂，他走到哪里，别人都会给他几分面子。特别是像永恩伯府冯治那帮人，从前遇到他眼皮子都懒得抬一下，现在虽然和他算不上亲近，可若是当面遇到了，也会笑着打声招呼。

如今他们知道自己和宋墨没什么交情了……

魏廷瑜情不自禁地涌出深深的后悔。

他不由道："有因就有果。若没有窦明，我也不可能进五城兵马司……"

话音未落，魏廷珍已冷笑："凭你从前和宋砚堂的交情，他贵为金吾卫的同知，督管五城兵马司，让他帮你谋个什么副指挥使的，应该不是什么难事吧？说不定他还能把你弄到金吾卫去呢！只有你，莫名其妙地被别人算计着吃了软饭还对别人感恩戴德的……"

魏廷瑜脸上青一阵红一阵的。

内室帘子后面的窦明听着只觉得口中一甜，吐出一口血来。

周嬷嬷等人慌了神，叫着"夫人，夫人！"全都围了上去。

魏廷瑜听到动静拔腿就要往内室跑去，可他刚刚跑了两步，却被魏廷珍拉住了手臂："你在干什么？"

"我，我，我去看看！"魏廷瑜喃喃地道，避开了姐姐锐利的目光。

"她身边没有服侍的人吗？非要你去凑这个热闹？她要是不舒服，自然会有婆子报了你，你急巴巴地跑进去算是怎么一回事？她现在这个样子，全都是被你惯的！你现在不帮着她把这毛病改过来，难道就任由她变成个泼妇不成？"魏廷珍质问完，又语重心长地道,"你就是心太软。当初要是你拒绝了窦明,如今你和宋砚堂会闹到这个地步吗?有些事,你要好好地想一想,是家业重要,还是老婆重要?没有了家业,老婆能敬重你吗?"

魏廷瑜闻言不由挺直了脊背。

魏廷珍微微颔首,放开了弟弟。

魏廷瑜道:"姐姐,宋砚堂的事,我得和你好好商量商量才是。"

"这就对了!"魏廷珍满脸欣慰地笑道,"我这就把你姐夫叫来,多一个人,就多一份力,总不能叫你和宋砚堂为了个内宅妇人就这样无端端地疏远起来。"

姐弟俩出了正房的厅堂。

周嬷嬷看着面如金纸的窦明,急急地撩帘而出,厅堂里已空空荡荡,不见一个人,只有夹板帘子上挂着的五彩璎珞,轻轻地晃动着。

窦昭自然不知道济宁侯府都发生了些什么,窦家都知道窦昭窦明两姐妹不和,对窦明的缺席自然也就视而不见,装作不知道。大家热热闹闹地打着牌,说着闲话。天色渐暗,又留在静安寺胡同用了晚膳。

宋墨看着天色不早,进来和窦昭打了声招呼,留了几个护卫,起身告辞。

窦世英等人亲自把宋墨送到了大门口,六伯母留下来陪窦昭,其他的人也都散了。

韩氏的乳娘不免抱怨:"您眼看着这几天就要生了,太太还要陪四姑奶奶,就算是四姑爷贵为国公府的世子爷,也不用这个样子吧!"

"休得胡言乱语!"韩氏低声呵斥着乳娘,"四姑奶奶是婆婆亲手带大的,就像是婆婆亲生的女儿一样,因为这个,七叔父还曾经想把十二叔过继到西窦去。若是让我再听到这样的话,你就立刻给我回湖州去!"

乳娘唯唯称"是"。

韩氏却暗暗称奇。

婆婆并不是个拎不清的,就算是再疼爱窦昭,也不可能在这个时候丢下她去陪窦昭,到底出了什么她不知道的事呢?

纪氏正又急又气地和窦昭说着窦德昌的事:"……他外祖母突然染疾,他舅母要赶回老家侍疾,我要照顾韩氏,走不脱身,我就让他护送他舅母回宜兴,正好也代我去问候他外祖母的病情。谁知道他回来以后,变得整日魂不守舍的。我怕他在宜兴受了什么刺激,叫了跟他过去的小厮、丫鬟来问,虽然小厮丫鬟们都是一问三不知,可回禀我的话却几乎是一模一样的,不过是或颠倒了说词,或少说了几句,或多说了几句。我心里越发生疑,不动声色地派了人暗地留意你十二哥的动静,这才发现他每隔两天就悄悄地往宜兴送一封信。我不敢截那些信,派了个心腹提前赶到宜兴的码头,守着你十二哥的人……"说到这里,她的脸色顿时有些苍白,沉默了半响,才咬牙低声道,"那些信却都是送给令则的……"

如果不是两世为人,窦昭肯定会站在六伯母这边,想办法防患于未然。

可她知道前世这两人是如何地恩爱,让她做那棒打鸳鸯的事,她还真的做不出来。

"六伯母,您先冷静点。"她和着稀泥,"这件事也许不像您想象的那样呢!想当初,纪表哥还不是隔三岔五地就给我写几封信!"话音刚落,她就知道自己说错了话,再看纪氏,果然露出窘然之色,可话已出口,再解释就越发显得欲盖弥彰,反而更让人尴尬,窦昭只好装作从来不知道纪咏心思,继续道,"令则表姐聪慧过人,诗琴书画都颇有造诣,十二哥又是个活泼好学之人,遇到了谈得来的人,自然会有说不完的话……"

纪氏就一指点在了窦昭的额头上:"你这榆木疙瘩!要是两人清清白白的,令则为何不接你十二哥的信?为何不见你十二哥的人?你十二哥的人为何要偷偷摸摸地在外面另找落脚的地方而不敢大大方方地上门送信?"她一口气连问了几个"为什么",望着窦昭的眼里又露出几分困惑来,"你十二哥是不是对你说过些什么?你帮着你十二哥打掩护?兄弟姊妹间,你十二哥和你是最亲近的……"说着,她神色一凝,端容道,"寿姑,你素来懂规矩,令则又是从韩家大归的姑奶奶,不比寻常的表姐表妹,这事要是传出去,只怕令则从此在纪家没有了立足之地,你十二哥也名声尽毁,前程无着!"

窦昭不由暗叫"糟糕",刚才只顾着劝六伯母了,却忘了露出惊讶之色。

"没有的事!"她忙辩解道,"我虽经历得少,可也知道轻重。十二哥什么也没有跟我说过,是我自己猜的。"然后转移着纪氏的话题道,"那您没有想办法看看十二哥都跟令则表姐说了些什么?"

正是应了那句"自家的孩子什么都好",纪氏这么精明的人也没有怀疑窦昭粗糙的解释,皱着眉头道:"我既然发现了,怎么可能不拆你十二哥的信?可他信里全是些学问上的事……"

窦昭忙道:"那您还有什么好担心的?看这样子,就算是十二哥有什么念想,令则表姐心里也是明白的。照我看,您不如先继续让人盯着,两人相隔千里,时间一长,说不定也就淡了。何况还有令则表姐,她可不是个没主见没规矩的。"

纪氏想想,这话也有道理。不由长长地吁了口气,紧绷多日的心弦终于放松了几分。

"你可不知道我这些时日都是怎么过来的!有心和你六伯父商量商量,可当初是我让你十二哥去的宜兴,令则又是我的亲侄女……可若不和人说说,我这心里七上八下的,就没有个安生的时候……我得早点帮你十二哥定门亲才是。"

窦昭可不敢再多话,问起窦德昌外祖母的病情,这才把话岔开。

好在纪氏心结稍解,人精神了不少,除了自己的儿子,她心里还装着窦昭的事,生怕窦昭嫁到英国公府去受了委屈,一时倒把窦德昌的事抛到了一旁,问起窦昭的婚姻生活来。

窦昭自然是拣了好话说,而且宋墨也的确待她很好,相比她梦中的前世,今生的这桩婚姻更让人有盼头。

纪氏听着露出欣慰的笑容来,约了她十月初十去开元寺上香:"那里是观世音菩萨的道场,你去做场法事,求菩萨保佑你早点怀上麟儿。"

窦昭脸色微红,小声道:"还是别做法事了,若是年底还怀不上再说。"

"也好!"纪氏想了想,道,"你如今是新媳妇过门,一举一动都招人眼,去开元寺做法事,反而容易引起别人的怀疑,这件事就交给我吧。"

窦昭眼角微湿,只有母亲,才会这样事事处处为孩子考虑。

她重重地点头,不想辜负六伯母的好意,嘻嘻笑道:"那您去帮我在观世音菩萨那里求支好签!"

"你这孩子!"纪氏笑吟吟地摇头。

两人一起去了舅母落脚的客房,说了大半夜的闲话。

第二天,窦昭催着六伯母早点回猫儿胡同:"十一嫂这几天就要生了,有您在,她胆子也大一些。"

"我们两家住得近。"六伯母笑道,"她要是发作了,家里自然会来报信的。"

她的话音未落,猫儿胡同报信的人就来了。

原来韩氏昨天刚回去就发作了,她怕打扰婆婆和窦昭说话,没让人立时去报信,所幸家里早有准备，稳婆和有经验的嬷嬷早就等着，尽管如此，韩氏是头胎，生了一夜还没有生下来，稳婆和嬷嬷都神定气闲的，倒把窦政昌吓坏了，忙派了人去静安寺胡同请母亲。

这下子，静安寺胡同的人也都坐不住了。舅母陪着六伯母去了猫儿胡同，把赵璋如丢给了窦昭。

两姐妹在家里坐立不安。

"我真不应该把六伯母留下来，"生产是道鬼门关，窦昭自责不已，"有话什么时候说不好？"她小声地嘀咕。

赵璋如则朝着西方双手合十地祷告："千万要顺产，千万要顺产！"

到了晌午时分，猫儿胡同那边传来消息，韩氏顺利地产下了一个七斤重的胖小子。

静安寺胡同一片欢呼。

窦昭和赵璋如赶去探望韩氏。

孩子长得胖乎乎的，像窦家的人，窦昭抱着爱不释手，赵璋如在一旁急得团团转："给我抱抱，给我抱抱！"

大家呵呵地笑。

脸色苍白靠在大迎枕上的韩氏也不禁露出欢欣的笑容。

纪伯母派了人去给槐树胡同的人报信，五伯母他们没到，宋墨却陪着窦世英一起过来了。

窦昭大吃一惊。

宋墨笑吟吟地解释道："我陪岳父大人一起过来的。"

我当然知道你是陪父亲一起过来的，可问题是你怎么会和父亲同路来的？

窦昭在心里嘀咕。

窦世英却眉开眼笑，揶揄地对女儿道："砚堂过来陪我喝茶。"

这家伙，就不能收敛点！窦昭瞪了宋墨一眼。

宋墨当作没看见，给窦政昌道着"恭喜"。

窦政昌乐得早就不知道北了，团团地还着礼，道着"同喜""同喜"，逗得众人又是一阵大笑。

赵璋如知道了就模仿宋墨的语调调侃窦昭："我是陪着岳父大人一起过来的。"

"糖水蛋都堵不住你的嘴！"窦昭去拧赵璋如的脸。

赵璋如拔腿就躲到了六伯母的身后："您看，您看，寿姑欺负我！"

六伯母笑得眼睛弯成了月牙儿，随着她们闹腾，道："有我在，她不敢把你怎么样的！"

赵璋如躲在六伯母身后对着窦昭做鬼脸。

舅母无可奈何地摇头："这么大的姑娘了，不说话的时候还挺好，一说话，就像缺了根弦似的，以后可怎么办啊！"

赵璋如的神色顿时黯淡了下去，又很快扬起笑脸，叽叽喳喳地和六伯母、韩氏说着话。

窦昭看着，差点落下泪来。

宋墨来找她商量给新生的孩子送什么洗三礼的时候，她忍不住把这件事告诉了宋墨："……只怕从前的娇憨都是为了让舅母放心！"

宋墨就捏了捏她的手，安慰她道："我外祖母从前常说，一根草有一滴露水，她只是机缘没到。"

"但愿如此！"窦昭怅然地叹了口气。

六伯父给孩子取了乳名叫"七斤"。

窦昭也索性在静安寺胡同多住了两天，准备参加了七斤的洗三礼再回英国公府。

在七斤的洗三礼上，窦昭见到了窦明。

窦明穿了件大红色百蝶穿花的缂丝褙子，神情倨傲，不大理人，独自跟在众人身后，唱到她时，才上前丢了几个银锞子。倒是窦昭，身边围满了人，唱到她时，大家还打趣道："我们要看看四姑奶奶都丢些什么，我们也跟着丢什么。"

窦昭不免有些感慨。

梦中的上一世，她像窦明似的，对窦家的事不太感兴趣，也就是来凑个热闹。但上一世，窦明也没能像她如今这般受欢迎。窦家的女眷待窦明客气有礼，却也透着冷淡疏远，可见有些事，并不是一味地好强就能争到的。

洗三礼的第二天，宋墨接窦昭回了英国公府。留在家里的高兴媳妇领着一帮子丫鬟媳妇婆子来给窦昭请安，向她禀报着她不在家时发生的一些事。

窦昭端着自己惯用的粉彩梅花茶盅，喝着自己常喝的大红袍，倚着素心亲手缝制的大迎枕，不由舒服地叹了口气，在心里暗暗道着："还是家里好！"根本没有意识到自己嫁过来才不过月余。

到了晚上，小别胜新婚的夫妻自有一番旖旎，直到传来三更鼓声，才消停下来。

宋墨像只吃饱了的狮子，懒洋洋地抚着窦昭。

窦昭却有些心不在焉。

宋墨不满意了，把窦昭抱在怀里："在想什么呢，这么出神？"

"想表姐的事。"窦昭回抱着宋墨，轻轻地拍了拍他的背，颇有些安抚顽皮小孩子要他别吵闹的味道。

宋墨心中更是不悦，道："表姐怎么了？"

在娘家为婆家挣面子，在婆家要为娘家挣面子。这是任何一个聪慧的出嫁女子都知道的事。窦昭上一世，和窦家闹得那么僵，也从不曾当着魏廷瑜说过娘家的不是。可此时没有任何犹豫，窦昭就把赵璋如的事告诉了宋墨，她心里隐隐有种笃定的把握，不管她如何不堪，宋墨都不会嫌弃她，也不会因为她娘家的事而笑话她。

"我原来只当表姐有些没心没肺的，谁知道她心里却是最清楚明白不过了。"她感慨道，"她总是做出副不谙世事的样子，不过是为了安慰我们这些关心她的人。她越是这样，我就越想帮帮她。可这女子嫁人，有如第二次投胎，我自己的事都稀里糊涂，哪里还敢轻易插手她的事。"

这正是应了那句话，越是关心在意，越不知道怎么办好。

宋墨贴着她的脸，在她耳边暧昧道："你喊我一声'好夫君'，我就帮你这个忙！"

窦昭脸上火辣辣的，"呸"了他一声。

宋墨自然不依，知道窦昭怕痒，轻轻地搔着她的腰肢，窦昭左躲右闪，清脆的笑声仿若风中的银铃，洒满一帐。

他边吻着窦昭边含糊不清地道："不就是找个男人吗？近卫军里别的不多，就男人多！你放心好了，让舅母在京都多留几日，我定能给表姐找个如意郎君！"

能进近卫军的，家世出身都不错，这就有了个基本的保证。

窦昭提醒宋墨："我舅舅家可是要招上门女婿的！"

"上门女婿更好说。"宋墨心猿意马地道，"他们家里总有兄弟的，兄弟姐妹间，人托人，总能找到合适的。"

这倒也是。

何况宋墨怎么也比自己这个天天待在内院里的女子认识的人多啊！

她打定了主意，因八字还没一撇，没敢跟舅母交底，只说是十月初十要和六伯母去开元寺上香，邀请舅母和她一道去，还道："据说开元寺里供奉的千手千眼观世音菩萨求姻缘最灵不过了。"

舅母果然动了心，决定过了初十再启程。

宋墨第二天就去了兵部，找到兵部武选司的郎中郑安："我要年龄在十八至二十四之间，未婚，身高五尺以上，相貌周正，非家中独子的近卫军名单。"想了想，又加了一句，"读过书的优先！"

郑安愕然，继而几不可察地皱了皱眉头，道："不知道世子爷可有皇上或是五军都督府、兵部尚书的手谕？"

"没有！"宋墨神色坦然地望着郑安。

郑安犹豫半晌，道："请世子爷恕罪，近卫军乃皇上禁卫，负有卫护皇上之责，名单不可随意给人。"

宋墨点了点头，也不说什么，径直走了。

郑安心中很是不安，但很快又释然。既然按章办事，就算是上峰责怪，也责怪不到他的头上来。

可是到了下午，郑安就被自己的上峰——兵部右侍郎权子宜叫了过去。

"上次出了丘灵卫之事后，吏部就一直叫嚣着要彻查兵部近十年来的袭职名册，今天早上内阁集议的时候又旧事重提，我看不让他们查查，他们是不会善罢甘休的。"权子宜笑眯眯地道，"你是兵部的老人了，又掌管着武选司，和吏部的那些胥吏常年打交道，都熟得很。这件事，就交给你。既要做得漂亮，又不能让那边挑出什么毛病来。"

事情来得突然，郑安只好领着几个武选司的老吏帮兵部查名册。

到了快下衙的时候，郑安自然要安排吏部的人吃饭。

他回到司房换衣裳，却发现武选司主簿带着七八个人在库房里抄着东西，一边抄，还一边道："这相貌周正，要以什么为标准啊？"

为了防止有人冒名顶替，每个人的体貌特征都会写在卷宗上。

郑安立刻想到了宋墨，他沉着脸进了库房，主簿立刻满脸堆笑地迎了上来，殷勤地道："郑大人回来了？不知道有何吩咐？"

郑安指着被翻得到处都是的名册，道："是谁让抄录的？"

主簿笑道："是权大人！权大人说，您今天要招待吏部的人，让我们不要麻烦您了。"

郑安只觉得一口气堵在了胸口，却又不能当着主簿说什么。

他微微点头，慢慢地出了库房。

身后传来主簿不知道是有意还是无意的声音："你们都手脚麻利点，英国公世子爷说了，今天晚上就要！"

他应酬完了吏部的人，心神不宁地回到了家。

郑太太关切地问他："出了什么事？"

"没事，没事。"郑安摆了摆手，心里却像有层阴影似的，总觉得今天的事让他有些不安。

宋墨用过晚膳，兵部武选司的名单就送了过来。

他和窦昭坐在灯下一个个地看。

"这个怎么样？"窦昭和他商量，"排行第三，家中有两个哥哥、两个弟弟，祖父曾任河南都司金事。"

"先放到一边。"宋墨看了一眼，道，"等会再筛选两次。"

"嗯！"窦昭又拿起一份名册，"神枢营总旗，二十岁，形容俊朗，正四品同知，袭职……"袭职的通常都是要支应门庭的，断然不会入赘。她不由长叹了口气，把名单放到了另一边，嘀咕道，"不知道是谁抄录的这份名册？还挺机敏的，一人一张，若是全抄录在一起了，还得找个人帮着把筛选出来的人选重新抄录一遍。"

宋墨也觉得这个人办事很是细致周到，笑道："是武选司的主簿！"

窦昭倒没有多想。

只是过了两天宋墨去兵部，在权子宜面前把那主簿好好地表扬了一番，然后将和窦昭一起选好的名单拿了出来："我有急事，有劳权大人请这几个人明天中午到英国公府走一趟。"

权子宜笑着将名单交给了身边的一个胥吏，自己和宋墨说着话："不承想世子爷和沐大人也很熟。"

宋墨笑道："我和沐大人也不过是点头之交，倒是和嘉定伯颇有些交情。"

通过嘉定伯指使沐川给他打招呼，结果还不是一样！权子宜觉得牙有点酸。

两人一团和气地说些场面上的话。

那胥吏进来回话："已差了人一个个地去通知，明天下午一准能到。"

宋墨笑吟吟地告辞了。

权子宜却有些担心："我看其中有两个是天津卫的，能赶到吗？"

"六百里加急，怎么赶不到？"胥吏道，"何况我已经跟报信的人说清楚了，是英国公府世子爷要人，他们谁敢不来啊！"

权子宜毕竟是有身份的人，对宋墨近日的举动虽有耳闻，却并没有放在心上，闻言奇道："现在英国公府世子爷的名声这么大吗？"

那胥吏是权子宜的心腹，直言道："您就看他捉拿当初借走水闯入英国公府的那些盗贼，不管他是有心还是无心，这样大的手笔，就能让人不由得高看他一眼。"

权子宜轻轻地点了点头，翌日中午派了胥吏去英国公府打探："看看人是不是都到齐了。"

有二十好几个人呢！其中还有几个是勋贵之家的旁支。

一个时辰之后，吏胥屁颠颠地跑了回来："大人，一个不落，全都到了。"

权子宜五味杂陈，有些不是滋味。

宋墨正和来者一个个地见面，一个个地说话。

等在外面的人难免有沉不住气的，和面熟的窃窃私语："知道叫来干什么吗？"

"不知道。连五军都督府的几位掌印都督都不知道是什么事！"

有人凑过来："应该是私事吧？要不然怎么会在英国公府见我们？"

"那也说不定。在私宅里见面不那么正式，就算是没有被选上，也无伤大雅。"

和宋墨见过面的人心里更觉得没谱，怎么英国公府世子爷问的都是些宅院之事？

诡异的气氛直到宋墨把所有的人都见了一遍还久久未散。

第一百零四章　人选·考校·亲临

那些人的议论事后自然一字不落地传到了窦昭的耳朵里。

她不禁有些担心，对宋墨道："得想个妥当的办法善后才是。都是近卫军里任职的，若是让皇上知道了，只怕会起疑心。"

这样公然地调人进京，就是吏部，没有皇上的手谕，也不敢如此行事。

她原以为宋墨会先挑两三个人选见见，没想到把规模弄得这么大。她当时坐在屏风后面已有些忐忑不安。

"放心好了。"宋墨不以为意地笑道，"我督管五城兵马司，选几个近卫军补充五城兵马司，再正常不过了。想必那些人的长辈都不会有什么异议。"

近卫军虽好，可也要看在什么位置上。

五城兵马司在皇城，专司协助顺天府、盐税课行事，就是个小小的胥吏，也有几分油水，又因为赵家是招赘，这次能入选的人全是那家中的次子或是旁支，这样的事对他们来说的确是个好机会。

宋墨做事，真的是很周全。

难怪不管他怎么胡闹，到了皇上面前都有道理。也难怪他事到如今也没有被御史弹劾过。

窦昭觉得自己只要全心全意信任宋墨就行了。

"暂时就先拟定这三人，你看如何？"宋墨在名册上画了三个圈，递给窦昭看。

从几百人选出二十几个人，再从二十几个人选出三个人，公主选驸马，也不过如此了，这次璋如表姐的婚事，一定能够解决！

管她梦里前世嫁的是谁，这一世那人到如今也没有登场，只好换个人了。

窦昭直点头，到了晚上，不免又要让宋墨如意一回。

第二天一大早，她绾了个漂亮的堕马髻就兴冲冲地准备去静安寺胡同。

宋墨要和她同去："若是舅母问起来，也有个说话的人。而且这三人还没有离京，趁这机会把人叫过来让舅母和璋如表姐亲眼看看岂不更好？"

他很希望看到舅母闻讯后惊喜而感激的表情。这还是他自从娶了窦昭之后，第一次如此兴致勃勃。

让宋墨跟着一起去也好，这件事若是没有他，就成不了，等舅母知道宋墨做了些什么，肯定会更喜欢宋墨的。

窦昭笑盈盈地点头。

两个人像准备讨大人表扬的孩子，按捺着心中的兴奋，一起去了静安寺胡同。

高升看到他们，吓了一大跳，忙道："我这就去请老爷回来！"

因为他们来之前并没有让人提前禀告，窦世英已经去了衙门。

"不用，不用。"窦昭喜笑颜开地对高升道，"今天我是来找舅母有点事的，你陪着世子在花厅里用饭就行了！"

高升的额头顿时就沁出一层汗，趁着小丫鬟给宋墨上茶的机会，悄声吩咐小丫鬟："还不快去请猫儿胡同的两位少爷过来待客。"

他第一次觉得，若是老爷坚决不纳妾，把十二少爷过继过来，也是件好事。

窦昭哪里顾得上管这些，丢下宋墨就去了舅母那里。

舅母看见她，神色大变，拉着她的手就是上下打量起来："我的儿，你这是怎么了？怎么突然回来了？是不是宋家欺负你了？你不要怕，舅母还没离京呢，自然会帮你出这个头！"

"没有，没有。"窦昭笑得更欢畅了，见赵璋如瞪大了眼睛好奇地望着她，她把舅母拉到内室，"哐当"一声关了房门，请舅母到临窗的大炕上坐下，自己挨着舅母坐了，将写着那三个人履历的笺纸递给了舅母，"我想为璋如表姐做个媒，这三家都不错，您看看哪个更好？"

舅母非常惊讶。

窦昭笑得眉眼弯弯。

"你这孩子！"舅母回过神来，使劲地搂了搂窦昭，"嫁了人，就知道心疼人了。"

窦昭嘿嘿地笑，从炕桌下摸了舅母的眼镜匣子出来。

舅母架着眼镜，细细看着那三个人的履历。

不是将门就是勋贵，不用问，肯定是外甥女婿帮的忙。

舅母很是感激，握了窦昭的手："替我谢谢外甥女婿，赵家到底是读书人，还是找个读书人家的子弟入赘为好。"

窦昭傻了眼。

舅母心中过意不去。

能找到这样的三个人，宋砚堂和寿姑只怕是花了不少的心思。

她愧疚地道："都怪舅母事先没有跟你们说清楚，让你们跑了弯路，你和外甥女婿的好，我都记下了，以后有机会，让你璋如表姐报答你们。"

窦昭不知道有多沮丧，可她看着舅母满是歉意的目光，不想让舅母心中不安，忙做出副生气的样子在舅母身上打着滚："您也不早说。"

舅母呵呵地笑，宠溺地揽着窦昭的肩膀。

窦昭将三人的履历折成小方块藏在了衣袖里，出来见到赵璋如，只说是和舅母商量着十月初十去开元寺的事。

这几年只要是有人避着她和母亲说话，多半是为了她的婚事。赵璋如已经习惯了，倒也不追问，嘻嘻哈哈地和窦昭说着闲话。

窦昭想着在花厅的宋墨，要是知道这样的结果，他还不知道有多失望。

而且她答应了他好多"丧权辱国"的条件，回去之后只怕还要多答应几个才能安抚他的心。

窦昭长长地叹了口气，悻悻然出了客房，先去了宋墨落脚的花厅。

宋墨正和窦政昌、窦德昌两兄弟说着话，一看窦昭的表情就知道这件事砸了。

这可是窦昭头一次求他给娘家的人办事！他顾不得窦政昌和窦德昌，起身就迎了上去，低声道："舅母有什么地方不满意？"

这是想瞒也瞒不住的。

"都是我不好！"窦昭歉疚地道，"没有打听清楚就让你做这件事……舅母想给表妹找个读书人家出身的女婿。"

到底是经过大风大浪的，宋墨虽然有些失望，但也只在心中淡淡地一闪而逝，不像窦昭那么失落。

他沉吟道："如果是这样，也不是不行，就是要多花些功夫和时间……你跟舅母说一声，我们回去再帮表姐找一找，总会找到合适表姐的人。"又道，"舅母还提了其他的条件没有？"

窦昭摇了摇头，手搭在了宋墨的胳膊上："舅母恐怕还是想赵家能出读书人！"

宋墨笑着安慰她："没事，看我的！"

两人正说着话，身后传来一阵干咳。

窦昭和宋墨回头，看见窦德昌朝着他们挤眉弄眼："四妹妹，这可是在娘家，你们有什么悄悄话，回家去再说。"

窦政昌觉得这话说得有点过分，警告地喊了声"德昌"。

窦昭却瞪了窦德昌一眼。

这个十二哥，自己的事还一塌糊涂，倒管起她的事来！

内敛的窦政昌看了忍不住笑了起来。

四妹妹素来端庄，想不到也有这样娇俏的时候。

他打着圆场："也没有外人，快进来坐。我听砚堂说，他在西山的别院养了十几匹好马，哪天我们一起去看看？"

宋墨也不客气，和窦昭大大方方地进了花厅，笑道："十一舅兄若是喜欢，我让人送你两匹温驯的母马就是了。"

"不用，不用。"窦政昌连连摆手，"这马生来就是要在外面跑的，家里没有那么大的地方，你送给我也不过是让它们受罪，还不如想骑马的时候就去你的别院里看看。"见宋墨还要劝他，他又道，"我总不能看见什么喜欢的就全都搬回家吧？有时候欣赏也是一种乐趣！"

宋墨笑着应"是"，心中却对窦政昌非常欣赏。

几个人聊着天，舅母那边已经收拾停当，叫了高升家的进来，递了她张五十两的银票："今天我做东，请四姑爷和四姑奶奶在家里用膳。"

"哪能让您出银子！"高升家的不敢要，舅母执意让她拿着，她只好去禀了窦昭："舅太太让、让我们留四姑爷和您在家里用膳。"

窦昭正心疼宋墨白忙一场，笑道："跟舅母说，我们要吃八珍八宝。"

高升家的见窦昭如此好兴致，还和舅太太开着玩笑，也跟着高兴起来，笑着屈膝应诺，去了厨房。

窦德昌就拐了拐宋墨，用大家都听得到的声音悄悄地道："看见没有？是个皮里阳秋，只进不出的。你以后可有福了，把静安寺胡同全扒拉到你们家去了。"

宋墨哈哈地笑，觉得窦德昌也是个妙人。

屋里的气氛就更好了。

有小厮进来禀道："宋先生和宋公子过来了，说是明天就要起程回老家，来给老爷辞行的。"

窦政昌忙道："快快有请！"

窦德昌就向宋墨解释："宋先生是七叔为四妹妹请的西席。四妹妹嫁了人，宋先生就辞了馆，原本准备吃了四妹妹的喜酒就回老家的，遇到了在京都的同窗，就在京都游玩了些日子。宋公子是宋先生的族侄，父母双亡，一直照顾着宋先生的起居。"

说话间，宋墨就看见窦政昌陪着一老一少两个青衫文士从抄手游廊走了过来。

宋墨不由问道："宋家是读书人家吧？"

窦德昌"嗯"了一声，道："祖上也曾有人出宦，虽然不怎么显贵，在他们老家也称得上是书香门第了。"

宋墨眼睛一亮，朝窦昭望去。

而窦昭在宋墨问出那句"宋家是读书人家"的时候已是心神一震。

这可真是典型的灯下黑啊！自己怎么从来就没有想到呢？

夫妻俩不约而同地露出了个浅浅的笑容。

窦德昌看着却是心里一兀。

自己的这个四妹夫和四妹妹笑得怎么看上去让人觉得有点诡异啊！

他的念头刚刚闪过，窦昭已经站了起来，笑道："我去找舅母说话去。"然后笑盈盈地出了花厅。

"宋炎？"舅母错愕地望着窦昭，非常意外。

"是啊！"窦昭却表现得兴味盎然，"他父母双亡，家里没有旁的人了，这些年都跟着宋先生住在真定，您也见过，性格最是敦厚不过，如果能招他入赘，再好不过了！"

舅母回过神来。看见窦昭认真的样子，又好气又好笑，道："你不会是临时决定的吧？"

如果自己说是临时决定的，以舅母行事之谨慎，肯定会一口回绝。

窦昭矢口否认："当然不是。我原来就有这打算，不过以前觉得宋家底子太薄。是您说要找个读书人家出身的，那就只有宋炎最适合了。"她说着，逼着舅母快拿主意，"您就说可行不可行吧？若是瞧得中，趁着宋先生和宋炎还没有返乡，我让砚堂出面帮着做这个大媒。若是您不满意，我们再想办法。"说着，她小声嘀咕道，"这入赘，不是家里的三姑六舅越少越好吗？而且宋炎是我们看着长大的，知根知底，难得找到比他更适合的人选了！"

要招婿的人家，家里多半子嗣单薄，虽说入赘之前都会定下财产继承、赡养之类的契书，可随着当家的父亲年老体衰，入赘的女婿精明能干，渐渐势大，最后谋了女方的钱财家产，然后另行娶妻生子的事例屡见不鲜，这也是女方对挑选上门女婿非常慎重，也非常看重男方品行的重要原因之一。

从这点上说，宋炎的品行还真的让人没话说。

只是由女方提出来，未免有些赶鸭子上架的嫌疑。

舅母有些犹豫。

窦昭自己则是越想越觉得宋炎合适——不仅相貌清秀，而且性格温和、手脚勤快，为人忠厚，舅舅、舅母以后老了，有宋炎照顾，日子肯定会过得不错。

她见状忙道："成不成，我们总得试试吧？表姐都二十岁了，您还能把她留几年啊？"

舅母想了想，还是走了手稳招，道："你先去探探口风，如果宋家也有这意思，我们到时候再去提亲也不迟。"

窦昭"嗯"了一声，高高兴兴地去了前面的花厅。

宋墨正和宋炎说话："……没想到我们还是本家。不知道你是何方人氏？今年贵庚？你父亲是做什么的？家里还有些什么人？读过书没有？"

宋先生只当宋墨是遇到了同姓的人好奇，并没有多想，那宋炎就更不会怀疑了。他恭敬地一一作答："我是衢州人，今年刚刚及冠，父亲原是个秀才，靠坐馆为生，在我三岁时病逝了，我七岁时，母亲也病逝了，家里没什么人了。跟着伯父读了几年书，认得几个字。"

他言谈举止谦逊有礼，宋墨不由暗暗点头，又问："既然已经及冠，可曾取了别字？"

"取了！"宋炎道，"伯父赠我别字'千里'。"

宋墨听着，笑容更是亲切了，道："那你平时都读了些什么书？有没有下过场？"

"平时不过跟着伯父读些四书五经的，伯父说我水平有限，让我多读几年书再下场不迟。"

宋墨知道江南文风鼎盛，寻常一个秀才都比北方要难考得多，而且宋炎父母双亡，宋与民又在真定坐馆，真定到江南行程万里，花费不少，怕也是没回乡参加科考的原因之一。

"既然准备下场，想来制艺上颇有些心得啰？"他笑道。

宋炎照例谦虚了一番："不过刚刚学着写，只能算是没有走样罢了。"

宋墨笑道："上次在岳父屋里看见一题，'知所以修身，合下节'，这'知所以修身'我倒知道，是'知所以修身，则知所以治人；知所以治人，则知所以治天下国家矣。'只是不知道这'合下节'是什么？"

原来笑吟吟地望着他们一问一答的宋与民和窦政昌、窦德昌不由敛了笑容。

这是一道"截搭题"，需要制艺之人熟读四书五经，是制艺中最难做的题目。

宋墨说自己不知道下一句是什么，宋与民和窦政昌、窦德昌自然不相信。可宋炎和宋墨无冤无仇的，他这样为难宋炎，是什么意思呢？

宋与民不由坐直了身子，窦政昌和窦德昌兄弟则诧异地交换了一个眼神。

宋炎已笑道，"是《中庸》中的'凡为天下国家有九经，曰修身也，尊贤也，亲亲也，敬大臣也，体群臣也，子庶民也，来百工也，柔远人也，怀诸侯也'"。

他也听出点音来了，这位窦家的四姑爷——英国公府的世子爷这是要出题考他呢！

可为什么啊？相比宋墨，他出身卑微，又没有功名，和这位贵胄怎么也扯不上关系，他怎么会盯着自己不放呢？

宋炎满心困惑。

就见宋墨目不转睛地望着他，笑道："《中庸》修身之理，于政之施者无不该。"

宋炎一时间没明白宋墨是什么意思，好一会儿，他才意识到宋墨这是以"知所以修身，合下节"为题，做起了制艺文章。

可他看着自己干什么啊？

宋炎在心里小声嘀咕着，宋墨却望着他但笑不语。

宋炎这才恍然大悟。

宋墨，这是要他接着往下做文章！

他不由得目瞪口呆。

宋墨慢慢地端起了茶盅，轻轻地呷了一口，还赞道："银毫披露，果真是好茶！"

窦家今天招待他们的是江西双井绿茶。

宋炎不由额头冒汗，求助似的朝宋与民望去。

窦氏兄弟和宋与民醒悟过来，窦德昌正准备救场，谁知道宋墨已笑着问宋与民："宋先生这是在哪里落脚？"

宋与民摸不清楚宋墨的意图，含含糊糊道："在一个朋友家。"

宋墨却追问："在城东，还是城西？哪个坊？"

宋与民几不可见地皱了皱眉头。

这位英国公府的世子爷，他在京都的这些日子没少听人提起，出身显赫不说，手段谋略也不可小视，他不过是个小小的读书人，自然是能避则避，能忍则忍。

"在城西崇安坊的四条胡同。"宋与民道，"借居在朋友家！"

宋墨笑着点了点头，目光重新落在了宋炎的身上，好像在催他快点承题。

好在宋炎的功底还不错，原本准备随伯父回乡就下场的，这两年一直专注制艺，深深地吸了口气，平静下来，思忖了大约半炷香的工夫，道："举为政之经，自自而推者有其序。甚矣身之不可不修也。《中庸》于此，举政以该于身，而自身以推于政也。"语气虽然有些犹豫，文章却前后连贯，流畅自然。

这截题文最要紧的就是能把前后的文句连到一块儿。何况是宋墨破题，宋炎承题。

屋里的人都眼睛一亮。

宋炎不由暗暗松了一口气，心里多了几分底气，继续道："独无意乎？子思述孔子答哀公问政之言及此，谓夫为政固在于修身。吾身之理，即在人之理也，诚知所以修身，则德立道行……一人之理，即万人之理也……然天下国家不可以不治，其政之经常者有九焉……"

花厅外突然有人击掌："好一个'一人之理，即万人之理也'！"

众人循声望去，就看见穿着朝服的窦世英笑眯眯地走了进来。

"千里，没想到你的学问如此扎实！"

大家都起身和窦世英见礼，又重新分宾主坐下。

窦世英笑道："你们怎么做起制艺来了？"

宋与民等人的目光都落在了宋墨的身上，宋墨却毫无异色，笑着答道："闲着无事，就聊了几句。"

窦世英作为读书人，自然希望宋墨也有一身好学问，闻言立刻来了兴趣，追问是怎么一回事。

窦政昌忙将事情的经过说了一遍，惹得窦世英心痒痒的，和宋与民讨论起制艺文章来。

宋墨却寻了个借口，找到了窦昭："舅母怎么说？"

"成了！"窦昭露出个胜利的表情，"只要宋家也有这个意思，就可以把亲事定下来了。"

"宋家那边只怕还有些麻烦。"宋墨把自己考校宋炎的事告诉了窦昭，"他既然有这样好的学问，肯定是要科举入仕的，只怕不会轻易答应入赘。"

窦昭张大了嘴，讪讪道："难怪舅舅和舅母忙了这些年都没有给璋如表姐找到个合适的夫婿。"

"不过，也不是完全没有可能的。"宋墨做了决定，可比窦昭坚韧得多，他沉吟道，"我已打听到宋与民的住处了，等会儿我就亲自登门拜访宋与民，势必让他答应这门亲事——宋千里既然是吃百家饭长大的，又受过宋与民的恩惠，若是宋与民答应了，他还能不答应不成？"

"那你准备怎么让宋先生答应？"在窦昭的印象里，宋先生这人虽然温和，却不是那种没有主见的老好人。

"是人就有弱点。"宋墨道，"时间有些来不及，我先和他接触接触再说。"

也只能如此了。

窦昭有点垂头丧气。连着两次做媒都不顺利，她果然没有当媒人的潜质，等给璋如表姐找到了个如意郎君之后，她再也不会管这种事了。

两人一个回了后院，一个回了花厅。

用过午膳，宋与民和宋炎起身告辞。

过了一炷香的工夫，宋墨和窦昭也离开了静安寺胡同。

窦德昌缠着窦世英："七叔父，'知所以修身，合下节'，是您给四妹夫出的题吧？"

"我没有啊！"窦世英奇道，"难道不是宋先生出的题？"

他怎么敢给宋墨出这么难的题？要是宋墨答不出来，岂不是会破坏他们翁婿之间的感情？

窦政昌和窦德昌不由得面面相觑。

窦世英急了："到底是怎么一回事？你们快给我说说！"

窦德昌急急地把事情的经过讲了一遍，窦世英顿时目瞪口呆。

"难道是砚堂从别处看到的？"他皱着眉头喃喃地道，"不对啊！就算是从别处看到的，他也不必做篇制艺出来啊！而且，他考校宋千里做什么啊？"

窦政昌和窦德昌也想不明白。

窦世英道："我明天把砚堂叫来问问！"

也只能如此了。

窦政昌和窦德昌无奈地互相对视了一眼。

窦世英打发高升媳妇去问舅母："寿姑回来做什么？"

八字还没有一撇，舅母自然不好明说，拿事先和窦昭商量好的借口搪塞窦世英："商量着十月初十去开元寺的事。"

窦世英点头，寻思着明天见到了女婿该怎么开口。

宋墨把窦昭送回了英国公府，就去了宋与民临时落脚的地方。

宋与民才刚到屋，还没来得及更衣，只得穿着刚才出门做客的衣裳出门迎客。

见宋墨也穿着刚才在静安寺胡同穿的衣裳，他满腹狐疑之余不禁生出几分不安来。

宋与民的朋友不过是小康人家，只请了两三个仆妇，还要照顾这一大家子人，宋与民住在这里，平日的生活起居依旧由宋炎打点。

他和宋墨分宾主落座之后，宋炎端了茶进来。

宋墨瞥了宋炎一眼，对宋与民道："宋先生，我有话想单独和您说……"

宋炎闻弦歌而知雅意，退了下去。只是还没有走出门，就听见宋墨道："说起来，这件事与令侄有关……"

如果是平时，就算听到这样的话，宋炎也会非礼勿视，非礼勿听。可今天的事太奇怪了，先有宋墨无端的考校，后有这样的半头话，让他犹豫再三，不由在门帘外站定侧耳倾听。

宋墨的声音清晰地传到了他的耳朵里："我想讨令侄的一杯喜酒喝！"

宋与民和宋炎都大吃一惊，当即也明白了刚才宋墨的怪异之举。

宋墨的身份地位，让宋与民不由慎重地道："不知道世子爷想为谁家保媒？我们宋家在衢州虽然素有清誉，可到底是耕读传世的小户人家，齐大非偶，只怕高攀不起！"

量媒量媒，作为亦师亦父的伯父，宋与民觉得宋炎能娶个普通读书人家的姑娘，勤俭节约地过日子就行了。

英国公世子离他们太遥远了，不可想象，攀宋墨的高枝，他想想都觉得不可能，也就不存在取舍衡量了。

宋墨只当没有听见，笑道："女方您也认识——是我夫人的表姐，安香村赵家的三小姐。"

宋与民在窦家做了五年的西席，怎么会不知道安香村赵家？

他顿时有种受辱的感觉。

赵家，招的可是上门女婿！难道就因为宋家是小门小户，因为宋炎父母双亡，就应该入赘别家不成？！

只是没等他开口，宋墨已笑道："赵大人的人品想来您也听说过了，当年为了能赶上给妹妹发丧，连庶吉士都放弃不考了；王家要把女儿扶正的时候，许他升官发财，他也没有理会。令侄上门去给赵家做女婿，怎么会亏待令侄？"

赵大人的人品，的确没话说。

在这一点上，宋与民没办法否定。

"再说赵三小姐，相貌人品怎样，您也不是不知道。配令侄，绝不会委屈他。"

虽说男女有别，但赵三小姐他也曾远远地见过两次，的确是个品貌出众的千金小姐！

但宋与民还是忍不住道："可也不能因为这样，就让千里入赘吧？"

宋墨低头喝茶，眼角的余光却扫过夹板帘子，透过帘子下的缝隙看见了一双青布胖脸鞋。

他不由微微一笑，道："令侄父母双亡，靠族人周济长大的，您也不过是坐馆为生。窦家的束脩虽然优渥，想来也不过只有两三百两银子，令侄跟着您，您这吃穿嚼用、笔墨纸砚有窦家撑着，暂且不说，就令侄四季的衣裳，只怕也用了你不少银子吧？

"今天我考校令侄的制艺，中规中矩，流畅自然，若是好好栽培，十年之内，未必不能出个举人。

"但从衢州到京都，据说来回一趟的花销就要上百两银子，先生散馆回家，以先生的积蓄，不知道能支持几年？

"何况本朝南北分卷，江南又素有读书的风气，十个秀才里难得中两个举人，十个举人中难得中两个进士。

"可入赘赵家却不同。以赵家的家境，赵大人的为人和学问，令侄虽然因为入赘的原因，中进士可能难一点，可若是勤奋，未必不能中个举人之类的。

"赵家又是读书人家，就算是令侄与仕途无缘，可子孙后代却必定差不了。

"而且还有那三代归宗的讲究，您还有什么不满意的？"

所谓的三代归宗，是指入赘者所生的儿子，传承到第三代的时候，或指定一支，或按约定俗成的规矩，排行最后的那一房不管是小子还是闺女都跟着原来的祖父姓，重回宗祠。

但宋与民还是委婉拒绝了："千里跟着我读了这么多年的书，总得让他下场试试才会死心。婚姻大事，这几年还是暂且缓一缓吧！"

宋墨就又扫了一眼帘下的胖脸鞋，不紧不慢地道："强扭的瓜不甜，还请先生仔细考虑考虑，若是改变了主意，让人去英国公府说一声就是了。"然后摇着头起身告辞，并感叹道："您对侄子可真是比对亲生儿子还要亲啊！把自己的养老银子都拿了出来供令侄读书……"十分感慨的样子。

宋与民装没有听见，礼数周到地送了宋墨出门。

门口大槐树后面，走出了面色苍白的宋炎。

他望着宋墨的马车渐渐远去，伫立良久。

还有个身影在宋墨的马车消失后，转身去了城南一条不起眼的小胡同。

"陈大哥！"那人叩着门，"是我，虎子！"

门"吱呀"一声开了，露出陈嘉平凡却目光锐利的面孔。

"快进来！"他表情平淡地把人让进了院子，说话的语气却有些紧张，"有人注意你没有？"

"没有！"虎子小声地道，"我远远地跟着，他们发现不了。"

陈嘉"嗯"了一声，和虎子进了屋。

满满地灌了两大碗水，虎子把这几天宋墨的去向都告诉了陈嘉。

陈嘉目露困惑："这么说来，那天跟着世子爷去田庄的，还真是夫人啰？"

虎子连连点头，道："而且这几天世子爷好像也是在为夫人的事奔波，招了二十几个近卫军来，突然全都丢在了院子里，然后陪着夫人回了娘家，接触的，都是夫人娘家的人。"

这就不好办了！陈嘉在屋里打着转。

他自认为自己若是有意，不论三教九流都能成为好友，可这妇孺……

虎子就道："大人，要不，您续弦吧？如果您续了弦，至少能和夫人身边体面的媳妇子认个干亲什么的，不就有了来往？"

这倒个好主意。

陈嘉眼神一亮，有了主意，吩咐虎子："我只听说夫人是北楼窦氏的四小姐，云南巡抚王又省的女儿是夫人的继母，王氏跟着窦氏七老爷在京都，四小姐却一直在真定，临到出阁的时候，又被同父异母的妹妹来了个易嫁。你去趟真定，再好好打听打听夫人底细——有哪几个人能在夫人面前说得上话？夫人喜欢些什么吃食、衣饰？有什么喜好……能打听多少是多少。"

虎子笑呵呵地应"是"，在陈嘉那里用了晚膳，连夜出了京都。

窦昭在家里等着宋墨，直到掌灯时分，宋墨才回来。

她赶紧迎了出去，有些急切地问他："宋家怎么说？"

"肯定是一时还转不过弯来。"宋墨笑道，"等到明天，估计就有人会想通了。"又道，"若是想不通，我看我们还是为表姐另想办法吧。"

窦昭听不明白。

宋墨有意卖关子："明天你就知道了！"然后使唤窦昭："吩咐厨房给我弄点吃的，还是中午在静安寺胡同吃的那些垫的底。"

窦昭大惊，道："你怎么还没有用晚膳？"

宋墨笑道："我从宋先生那里出来，就进了趟宫。调了那么多的人过来，虽说拿五城兵马司做了借口，可这借口也要做得漂亮才行——我去见了皇上，把几个人的名册拿给他老人家过眼，以后免得有人在皇上面前给我上眼药。"

给皇上看……窦昭睁大眼睛："那皇上怎么说？"

宋墨朝着她笑："说起来，皇上和我们倒是想到一块去了，都选中了那三个人。"

窦昭不由失笑。

宋墨感叹道："若是舅母没有那些门户之见多好啊！读书人家入赘，改了姓名，不免有数典忘祖之嫌，就算是能参加春闱，也没有人愿意点他做门生。可这勋贵人家就不同了，走的本是恩荫，倒也不在乎这些，反而能接了女方的袭职……"

要不然，他也不会首先想着在近卫军里给赵璋如找夫婿了。

窦昭就挽了他的胳膊，戏谑道："辛苦世子爷了！"

"你知道就好！"宋墨索性耍赖道，"今天可把我累坏了！"

素心等几个跟着窦昭迎出来的不禁都低了头笑。

用了晚膳，梳洗更衣，两人并肩躺在床上说悄悄话。

"你怎么就想到去试宋千里的制艺？"

"第一次办砸了，总不能第二次也办砸吧？"宋墨笑着，"舅母不是要找读书人家的子弟吗？万一舅母见面就考校人家的学问怎么办？"

窦昭抿了嘴笑："科举也要考诗文的，你怎么不顺便考考他的诗文呢？"

宋墨见她巧笑嫣然，情不自然地拧了拧她的鼻子，道："我倒想啊，可看他那傻呆呆的样子，怎及得上给我夫人作首诗来得风情冶艳？"

窦昭和他耍花枪。

"还风情冶艳呢？"她咬着他的耳朵道，"作首诗来我听听！"

宋墨最喜欢这样的窦昭。

转身把她压在身下，在她耳边暧昧地道："真要我作？"

"真要！"窦昭斜睇着他。

宋墨轻笑，吟着"繁枝容易纷纷落"……一时间窦昭面如朝霞……

第一百零五章　接受·三喜·到达

且不说窦昭和宋墨蜜里调油，宋炎却是辗转反侧，一夜未合眼。

他想起小时候族人对他的照顾，想起大冬天后街姑婆的那碗热气腾腾的粥，想起炎炎夏日里，三婶给他做的夏布褂子。

伯父有四个儿子，当初他去真定坐馆，原是准备将小儿子带在身边，既可以读书，又可以省下一个人的开销，最后却带上了他。

伯母什么也没有说，还帮他准备了一年四季的热冷衣裳。

这两年伯母原本还想为他说门亲事，只因他家无恒产，又没个正当的营生，好一点的人家聘礼要得高，伯父家的三堂兄和四堂兄连着娶媳妇，家里一时有点周转不过来，愿意把女儿嫁给他的，不是女儿有毛病的，就是贪图女儿聘礼的无赖人家，实际上伯母大可以顺水推舟，给他随便定下一门亲事就算了，还可以博个"贤妇"的名声。可伯母却非要给他挑个能过日子的……

宋炎的眼眶顿时湿润了起来。

天刚刚亮，他顾不得仆妇异样的眼光，跪在了宋与民的房门前。

宋与民推开门，看见宋炎发丝上的露水，一时呆立在门口，半晌，才声音嘶哑地道："你已经知道了？"

宋炎点头，低声道："伯父，我想应承下这门亲事！"眼角眉梢间皆是掩也掩不住的羞惭。

"你胡说些什么！"宋与民忙将宋炎拉了起来，"我们把你拉扯到这么大，难道就是为了让你去给人家做上门女婿的？这样的话，从今以后再也不准提！英国公府世子爷那里，自有我周旋……大不了我回去再坐几年馆！"

"不是。"宋炎急急地辩道，"我不是因为英国公世子爷来说项，就害怕了，是我自己想去。"

伯父家的大哥已经是举人了，三哥也中了秀才，马上大侄子也要下场了，用钱的地方还多着呢，从前还有窦家的束脩，现在却是坐吃山空。好多像他这样的孤儿早就饿死冻死了，自己能够长大成人，还跟着伯父读了点书，还有什么不满足的？只可惜不能金榜题名，报答伯父和族人的恩情。

宋与民不相信。前天两人还说得好好的，回衢州之后怎么去官衙报名，怎么参加童子试，怎么会一转眼就变卦了呢？

"伯父！"宋炎跪在了宋与民的脚下，"赵大人和赵太太都是好人，他们不会亏待侄儿的。您就答应了吧！"然后跪在宋与民面前不愿意起来。

宋与民老泪纵横。

宋与民的朋友姓郑，名久言。

听仆妇说伯侄俩跪在那里说话，不知道出了什么事，急急地赶了过来。

听说是为了宋炎的婚事，郑久言不由得哈哈大笑，排揎宋与民："你也是老糊涂了。那赵家是读书人家，自然也希望女婿能懂诗文，要不然，只怕不会把闺女留到这么大。令侄若是入赘赵家，肯定要侍奉赵大人左右，赵大人是堂堂两榜进士出身，跟着赵大人读书，岂不比跟着你读书要强上百倍？就是子子孙孙，又有窦家这棵大树，你还怕他们没个依靠不成？你若是真的心疼你侄儿，以后和赵家常来常往，不坠了他的名声就是了。"又打趣宋与民，"你们家应该没人贪图赵家的银子吧？"

一席话说得宋与民哭笑不得。

郑久言趁机道："不如我来做了这个媒人如何？"

宋与民没有吭声。

宋炎忙起身道谢。

郑久言笑道："这才对！男子汉大丈夫，行事光明磊落，既然决定了，就堂堂正正地去做好了！"

宋炎连连点头。

宋与民长叹一口气，转身进了屋。

郑久言就朝着宋炎使了个眼色："你以后要跟着赵家的人过日子了，你伯父把你视若己出，就算知道你过得好，心里肯定也舍不得，你去好好跟你伯父说道说道。"

宋炎感激地再次向郑久言行礼。

郑久言笑着摆了摆手，出了垂花门就派人去打听了窦世英的行踪，备了十二色的礼盒，踩着窦世英下衙的点，去了静安寺胡同。

窦世英听说了郑久言的来意，讶然地张大了嘴巴，好一会儿才反应过来。

他小心翼翼地求证："您没说错吧？为宋千里和我表侄女保媒？我大舅兄家可是要招赘婿的！"

"是啊！"郑久言笑道，"早就听闻贵府的表小姐安静娴雅。宋公子跟着宋先生在贵府坐了这几年的馆，相貌、品行、学识您都是知道的……"

他的话还没有说完，窦世英已经激动起来，他忙叫了窦政昌来陪客，自己一溜烟地去了客房。

舅母也是一夜未眠。

宋家会不会答应呢？

如果不答应，璋如的婚事该怎么办？该托的亲戚朋友都托遍了，该相看的孩子也都相看过了，哪里还有合适的人选呢？

若是这件事传了出去，别人会不会觉得赵家急着嫁姑娘，轻瞧了璋如？

早先怎么就没有想到宋炎？

如果是在真定的时候提这件事，成与不成，都有了定论，也不至于要弄到京都来。

天下没有不透风的墙，猫儿胡同那边还好说，若是让槐树胡同的人知道了，还不得暗地里幸灾乐祸啊？还有王家，也住在京都……

她想想都觉得头痛，一整天都没有什么精神。

见窦世英兴冲冲地过来，舅母大吃一惊。

窦世英没等她开口，已对她身边服侍的道："你们都下去，我和舅太太有话要说。"

丫鬟们忙退了下去。

窦世英把郑久言的来意告诉了舅母。

舅母半天都没有回过神来，刚一回过神来就忍不住双手合十念了声"阿弥陀佛"，道："砚堂这孩子，我还没见过比他做事更稳当的！"

"这关砚堂什么事啊？"窦世英愕然。

舅母就把昨天窦昭和宋墨过来和她商量赵璋如婚事的事告诉了窦世英。

窦世英目瞪口呆，总算是明白了宋墨为何要考校宋炎了。

他不禁喜笑颜开，把昨天在花厅里发生的事告诉了舅母："……你说这孩子，做事不仅稳妥，还细心、周到，最要紧的是少年得志，还不摆架子……您说，我们家寿姑怎么就嫁了这么好的一个女婿呢？"转念想到赵璋如和窦昭一样，都是婚事一波三折，留来留去，留在家里成了老姑娘，又安慰舅母，"俗话说得好，留在后面的有汤喝。我们家寿姑能嫁得这么好，我们家璋如也定能嫁得一样好！"

舅母不由连连点头，笑眯眯地道着"承您吉言"。

这是自从赵谷秋去世之后，舅母第一次这么心平气和地与窦世英说话。窦世英不由长了几分胆色，道："您看要不要给舅兄写封信去？问问舅兄的意思……"

"那是自然！"舅母道，"这要是和宋家说亲，只怕还要在静安寺胡同多叨扰些日子……"

"您只管住！您只管住！"窦世英忙不迭地说了几句客气话，去了花厅，留了郑久言在家里用晚膳，并将赵家愿意结亲的意思委婉地转达给了郑久言。

这本就是瞎子吃汤圆，心里有数的事，不过是为了赵家的颜面好看，由宋家先提出罢了。

郑久言和窦世英由窦政昌在一旁服侍着，推杯换盏，话说得十分投机。

舅母立刻差人去告诉窦昭。

窦昭捧着宋墨的脸就连亲了几下："你可真行！"然后叫了丫鬟进来重新装扮一番，就要去静安寺胡同。

宋墨摸着自己的脸，笑着坐在一旁看着窦昭装扮，道："这媳妇还没有娶进门，我这媒人就被抛过了墙。你也太狠了点！"

窦昭对着他笑得容光潋滟，佯作居高临下的样子道："准你和我一起回娘家！"

宋墨哈哈大笑，真的跟着窦昭去了静安寺胡同。

高升一看，四姑奶奶和四姑爷又回来了，立马去通禀不说，还急着吩咐灶上的："快！重新整桌酒席，四姑爷过来了！"

仆妇们都动了起来。

喝得兴致正高的窦世英更是不由分说地拉宋墨在花厅里坐下，打发窦昭："去，找你舅母玩去！"

窦昭不禁抿了嘴笑，去了舅母处。

"我的儿！"舅母拉着窦昭的手，眼眶里水光闪动，"还是你心疼你表姐。"然后仔细地问起宋炎的事来。

窦昭知道璋如表姐的婚事对赵家很重要，可没想到她印象中泰山压顶都能坦然处之的舅母也会有如此大的压力。

早知道这样，她就应该早点掺和进来的。

管他之前如何，只要能让舅舅、舅母、表姐们过得欢欢喜喜不就行了！

窦昭汗颜，认真仔细地答着舅母的话。

有小丫鬟进来，道："舅太太，信我已经交给了高管事，高管事说，今天有点晚，明天一早就派人送到驿站去。"

窦昭奇道："什么信？"

"给你舅舅写的信。"舅母笑道，"这么大的事，总得跟他说一声。"

"西北离这里千里之遥，这一去一来，要到年后了。"窦昭道，"我让世子帮您想想办法吧？从兵部走，最多二十天就到了。"

"好！"舅母没有矫情，丈夫那边没有个准信，他们这边就没办法交换庚帖，这眼看着要过年了，宋家伯侄还借住在朋友家，总不能把大家都拖在京都吧？"你跟砚堂说说。"

这点小事，宋墨当然要办得妥妥帖帖的，连夜让兵部把信夹在了给甘肃总兵府的急信里，送往庆阳。这下子，整个西北都知道赵思的外甥女婿是英国公府的世子了！

这当然是后话。

赵、宋两家既然有了联姻的打算，宋与民少不得写信回去告诉家里人。

衢州有水路，信件来往快一些，宋与民的妻子很快就回了信，问婚事在哪里办，要不要人帮忙，还夹带了五十两银票过来，说是族里凑给宋炎成亲用的。

宋炎和赵璋如年纪都不小了，既然两家都有这意思，自然是希望尽早把婚事定下来。宋与民给妻子回信，说等和赵家交换了庚帖之后，才能商量婚期。不过，今年可能是宋炎在宋家过的最后一个春节了，他们无论如何都会在小年之前赶回衢州的。让妻子准备准备，好好地过个年。

写着写着，他心中涌起淡淡的伤感。

和宋与民的心情截然不同的是赵璋如。

长辈们虽然什么也没说，但赵璋如还是从自己贴身的丫鬟那里知道了自己的婚事。既然是窦昭西席先生的侄儿，又在窦家生活了好几年，赵璋如丝毫不担心宋炎的人品和相貌，她心中只有"终于要成亲了"的释然和喜悦。

而舅母想着京都的东西又好又便宜，选择的余地也大，女儿要出嫁了，不如趁着人还在京都，给赵璋如置办几件像样的嫁妆，就托了窦昭陪她一起上街买东西。

窦昭充分发挥了前世的优势，哪家的梳子好，哪家尺头品种多，一清二楚的，只要舅母想得到的，她就能买得到。

舅母不由笑道："你这才来京都几天啊，哪里都摸熟了！"

窦昭嘻嘻笑，天天和舅母东奔西跑地买东西，非常快活。

舅舅那边回了信，对这门亲事很满意，把定亲之事交给了窦世横和纪氏。

大家都很意外，窦世英则很是尴尬。

倒是宋墨，眼头很亮，安慰窦世英道："这定亲既然要商量聘礼又要商量婚期，少不得要从中和稀泥，哪有姑爷帮内侄女出面的道理，别人还以为我们这边急着嫁女儿呢！

理应如此。"

窦世英听着精神一振,不住地点头,甚至连宋墨所说的是指嫁女儿而不是招女婿都没有注意到,只觉还是女婿好。乐得当起甩手掌柜来,在一旁看热闹。

这边赵宋两家刚刚交换了庚帖,那边窦政昌的长子七斤做满月。

窦昭约了舅母,和赵璋如手挽着手进了垂花门。

大家看见了赵璋如都抿着嘴笑。

活泼开朗的赵璋如脸红得像朝霞,生怕被人打趣,再也不敢像从前那样恣意行事,只在屋里帮着韩氏抱七斤,惹得大家又是一阵笑。

赵璋如找了个机会和窦昭说悄悄话:"我要快点成亲!等我成了亲,看她们谁再笑话我!"

窦昭捧腹大笑,赵璋如狠狠地掐了窦昭两下,这才罢手。

表姐妹两个牵着手去了摆酒筵的花厅。

窦明过来了,穿了件真红色通袖袄,虽然好好地修饰了一番,但还是难掩其憔悴。

六堂嫂郭氏不由关心地问:"你这是怎么了?脸色怎么这么差?"

窦明那天气得吐了口血之后,人就怏怏的没有精神,请了好几个大夫,也不过是开了些进补的方子让她静养。她今天本来不准备来的,可魏廷珍一大早就跑去了济宁侯府,吵着闹着非要他们过来,她说自己不舒服,让魏廷瑜一个人过来都不行,还非得两人一起。为这件事,她又和魏廷珍吵了一架,要不是魏廷瑜在自己面前说好话,她才懒得来呢!

想来这个时候魏廷瑜已经和宋墨搭上话了吧?

她想想就觉得心里像有团火在烧,回答郭氏的口气不免有些僵硬:"我没什么事!就是前几天受了风寒。"

郭氏一向觉得窦明的脾气大,虽不以为意,但也不想看窦明的脸色,随意聊了几句,她去了窦昭那边。

纪咏的大伯母对窦昭印象很好,见到窦昭不免有些惋惜窦昭没能嫁到纪家,因而很热情地和窦昭说着话。

纪家是六太太的娘家,纪颂也是正三品的高官,这种场合,五太太肯定是要作陪的,而蔡氏又是个能言善道的,诚心要巴结窦昭,大家都凑着趣说话,乍眼一看,好像大家都围着窦昭在说话。

窦明觉得自己一刻也待不下去了,怨恨地瞪着窦昭。

窦昭没有觉察到,因为无聊而悄悄四处张望的赵璋如却注意到了,她和窦昭耳语:"窦明正瞪着你呢,你们是不是吵架了?她满脸的怨气!"

"你什么时候看见我和她吵架了?"窦昭脸上保持着恭谦的笑容,看也没看窦明一眼,一副认真听纪咏大伯母说话的样子和赵璋如说着悄悄话,"她每次看见我都像斗鸡似的参着毛,我怎么知道她又发什么脾气?"却笑得更爽朗了。

窦明看着更生气,看窦昭的眼神像刀子似的。

不一会儿,大家都发现了窦明的异样。

知道窦氏姐妹关系的都会心一笑,装作没有看见。

韩氏心中不悦。自从发生了姐妹易嫁之事后,就如同被自己信任的人背叛了似的,她对窦明就多了几分警惕,从前窦明做来会让她觉得可怜的事,此时窦明做来她都觉得是骄纵。

她皱了皱眉,挡住了窦明的视线,道:"五姑奶奶来了!怎么不过去说话?"把窦明介绍给纪咏的伯母。

纪咏的伯母是个不大外出应酬的,哪里知道其中的弯弯道道,和窦明笑盈盈地说着话,窦明这才感觉好了些。

因洗三礼丢的东西是赏给稳婆和帮着接生的,大家丢的都是银锞子,满月和百日礼送的贺礼却是给新生儿的,因而更贵重。

酒筵上,韩氏抱了孩子给众女眷看。

窦明送给七斤一对赤金的如意手镯。

窦昭除了送给七斤一套十九两的赤金长命锁之外,还送了两件特意请大相国寺住持开了光的玉器,两套她亲手做的衣衫,一件大红绛丝的斗篷。

韩氏和纪氏都没有想到窦昭如此大手笔,连声说"太破费了"。

窦昭就亲了亲七斤的面颊,道:"谁让我是七斤的姑姑呢!"

大家呵呵地笑。

窦明气得捏筷子的手指都有些发白,觉得窦昭是有意出她的丑,却没有想到窦昭是由纪氏带大的,七斤是纪氏的嫡长孙,亲疏有别,窦昭的贺礼自然要比别人贵重些。

赵璋如拉着窦昭的衣袖,低声道:"你看窦明!"

窦昭懒得看她,也不想和她多说什么,只和赵璋如同出同进。

宋墨看见了,就笑着问窦昭:"你就这么喜欢三表姐啊?"

"我从小就和她玩得到一起去。"窦昭说着,帮他整了整衣襟,轻声道,"你怎么跑到花厅来了?"

宋墨被魏廷瑜烦得不行了,借口喝得有点多,窦世英忙让贴身的小厮服侍宋墨到花厅旁窦世横的小书房去歇息。

他巴不得窦昭从此不记得有魏廷瑜这个人就好,怎么会在窦昭面前提起魏廷瑜呢?只说是自己喝得有点头昏。

窦昭忙道:"那快去歇了!"

宋墨笑着点了点头,和窦世英贴身的小厮去了小书房。

窦昭就抽了个空去了趟厨房,吩咐灶上的婆子做碗醒酒汤送到小书房去。

灶上的婆子们不敢怠慢,放下手中的活,立刻帮着做了碗醒酒汤送了过去。

宋墨喝了醒酒汤,趴在小书房的月洞窗前望着只能看到人影绰绰的花厅。

好不容易等到花厅那边的酒宴散了,他找到了赵太太。

"舅母,表姐的婚礼可决定好了在哪里办?"他关心地问,"若是回庆阳,少说也得走上两个月。而且我算了算,明年开春舅舅就要到京都来述职,这一去一来的,也要耽搁不少时间。我看不如趁着舅舅来京都的时候,把表姐的婚事就在京都办了。我们既可以去凑凑热闹,还能帮帮忙。"又道,"听说为了寿姑,您把行香县那边的祖产都变卖了?除了江南,京都的田产、铺面都比其他地方收益大。舅舅和舅母怎么没有考虑在京都置办些产业?若是您不嫌弃,我帮您留心留心如何?到时候让三表姐夫管着,正好磨炼磨炼他管理庶务的本事。"

凡是离京都二千里以上的府县,官员都是三年一进京。庆阳也属于此范围之列。

宋墨的一席话说得温和又体贴,让舅母暗暗点头。只是前些日子为了窦昭的婚事花了不少的银子,接着又嫁女儿,哪有余钱在京都置办产业?

面对宋墨的好意,她只能推脱道:"这件事还要和她舅舅商量。"

"您先看看,等舅舅来了再和舅舅商量也不迟。"宋墨笑道,"实际上是我有同僚家中有急事,要变卖一部分祖产,我觉得那田庄的良田多,铺子的位置也好,想让舅母捡个漏！"

"舅母怎么好捡你的漏？"舅母只能在心里暗暗可惜，笑道，"等舅母想在京都置办产业的时候，再找你。"

宋墨笑着应了。

晚上回去，把这件事跟窦昭讲了："……我原想着由我贴一半银子，然后舅母出一半银子，把田庄和铺子都盘下来的。也算是报答了舅舅和舅母当年对你的援手之恩。可舅母好像手头没什么余钱。舅舅好歹当了几年的县令，几年的知府，难道这点积蓄也没有？"

"有几个人像你啊？"窦昭一听就动了心，"看见什么都能想到银子！"她和宋墨商量，"要不，我们拿银子先盘下来，以后再慢慢想办法？"

"行啊！"宋墨寻思着，若是赵家在京都有产业，赵璋如两口子就能常住京都，以后窦昭也有了个做伴的，"不过怎么让舅母收下，就得你想办法了！我怕我出面，适得其反。"

窦昭先应下，宋墨派了人去把田庄和铺子都盘了下来。

可怎么跟舅母说这件事呢？

陈曲水带着段公义等人进了京，窦昭欢天喜地迎了出去。

除了两三个她看中的护卫不想离乡留在了真定继续在西窦当护院外，段公义、陈晓风等都跟着来了，不仅如此，还从真定带了七八个身材高壮的大小伙子，举手投足间矫健有力，一看就是练家子。

段公义笑着解释道："几个后辈，是亲戚朋友介绍过来的，看着还行，就带来给您掌掌眼。"

接下来窦昭要和东窦盘点早就归在自己名下的西窦的一半产业，用人的地方多着呢。

"既然是段师傅看中的，那就全都收下！"她笑着吩咐素心，"今天给陈先生、段师傅接风，派人把笔墨铺子的范掌柜和崔掌柜、田掌柜都请了过来，正好趁着这个机会大家一起聚一聚。"

素心应声而去。

窦昭问起祖母来："……上次来信，说今年的茄瓜长得好，家里吃不完，分了很多给左邻右舍。她老人家的身体还好吧？"

"硬朗着呢！"陈曲水笑着从怀里掏出了封信，"崔姨奶奶让我给您捎过来的。"

窦昭接过信，望了望滴水檐的垂花门，压制住看信的急迫，笑道："你们刚到，不是说这些的时候。你们歇息的地方都已经安排好了，等你们安顿下来了，我们再细谈。"

陈曲水笑着称"是"。

窦昭就喊了武夷。

武夷正睁大了眼睛望着陈曲水，像见了鬼似的。

陈曲水不由微微地笑，朝着武夷点了点头。

要不是这几年跟着陈核训练有素，武夷早就跳起来了。他嘟囔着："陈先生请跟我来！"领着陈曲水和段公义等人去了早已打扫一新的西边群房。

段公义望着粉刷一新的小院子和厢房，不由对陈先生道："到底是英国公府，瞧这宅子，虽然朴素大方，可也显得气派。"

陈曲水笑而不语。

这是窦昭和宋墨早就商量好的。

陈曲水和段公义这样的，每人分一个三间带个倒座、一个退步的小院子；那些没成家的、后来的，一人一间厢房。

进了屋，一般的家具都置齐了。段公义和陈晓东等人不由啧啧咂舌，陈曲水却摸着糊了高丽纸的窗棂几不可见地颔了颔首。

看样子世子爷对夫人还是很敬重的，把西边的跨院让了出来不说，还让人花心思布置了一番。他们应该很快就能融入颐志堂里吧！

陈曲水把宅子分了分，就有人问："陈先生，能带老婆孩子住进来吗？"

"这个得先和夫人商量商量。"陈曲水笑道，吩咐一帮好奇地四处打量的糙老爷们，"抓紧时间梳洗梳洗，等会还要坐席。"

大家嘻嘻哈哈地各自回了屋。

陈曲水一转身，看到了武夷。

他正眼也不眨盯着陈曲水呢！

毕竟服侍了自己大半年，陈曲水想了想，朝武夷走去。

武夷却打了一个寒战醒过神来，忙道："陈先生，夫人说，丫鬟小厮之类的，等你们住进来了再说。您现在若是有什么事，可以吩咐小九，他以后就跟在您身边服侍。"说着，将身边一个十五六岁，眉目清秀的小厮推了出来，自己一溜烟地跑了。

陈大哥说过，有些事，知道也要装作不知道；有些事，却是不知道也要装作知道。

这件事，他得装作不知道。

武夷思忖着，跑得更快了。

中午，宋墨亲自做东，给从真定来的人接风洗尘，严先生、夏珰几个一起作陪。

这让陈先生等人意外之余，颇添了几分感激。

而被临时拉来的田富贵却激动得直哆嗦，手抖个不停，酒盅里的酒都差点洒了出来，嘴里更是喃喃道："值了，值了！能喝到英国公世子爷的酒，我这辈子值了！"

崔十三不由狠狠地瞪了他一眼，低声提醒道："你给我坐直了，别丢夫人的脸。"

"我知道，我知道。"田富贵喃喃地应着，可手脚发虚，还是抖个不停。

好不容易酒过几巡，酒席散了，他和崔十三却跟陈先生、段护卫一起，被叫到书房里去喝茶。

他混混沌沌的，也不知道自己是怎么进的书房，只知道书房很大，书很多；他坐的是把鸡翅木的雕花椅，十六两银子一把；喝的是今春的西湖龙井，五两银子一包；奉茶的小丫鬟不过十二三岁，却长得端庄标致，或在耳垂上戴着小小的赤金耳环，或在头上插着从江南新传过来的银簪，显得既体面又贵气。

小丫鬟哪有资格穿金戴银，想必都是府里赏的。

要是家里的那些侄儿侄女能进英国公府当差，那可真是掉进了福窝子里了，该有多好啊！

他正在那里胡思乱想着，突然听到宋墨问他："你是什么时候跟的夫人？"

世子爷这是在跟他说话吗？

田富贵张大了嘴巴，见宋墨朝着他微微地笑，这才敢肯定刚才听到的声音不是幻觉。

他忙吞了吞口水，急急地道："是夫人及笄礼的那天。大家都给夫人道贺，我寻思着怎么也得弄点不一样的——皇上大寿的时候那些官老爷不都要献上祥瑞吗？我就想也给夫人弄个祥瑞来。后来打听来打听去，说是保定府那边有人养了对锦鸡，我连夜赶往保定府……"他慌慌张张的，脑子里一片空白，把自己怎么连哄带骗地买了那对锦鸡，又怎么躲在窦府花厅旁的假山后面等着窦昭路过……竹筒倒豆子似的，全都说了出来。

崔十二恨不得把田富贵生吞了，宋墨等人却哈哈大笑了起来。

田富贵这才惊觉自己说话了错，他惶恐地望着宋墨，额头冒出豆大的汗珠。

"不错，不错。"宋墨却笑容和蔼地道，"以后就要这样用心地服侍夫人。"

"多谢世子爷！"田富贵回过神来，想起身行礼，可两腿软绵绵的，试了两回都没能站起身来，正急着，宋墨的目光已落在了崔十三的身上："你是崔家的人吧？"

崔十三站起身来，恭敬地行礼，答"是"，礼数周到，不卑不亢。

宋墨暗暗点头，笑道："既然是崔家的人，和夫人也是骨肉至亲，以后没什么事，常来府里走动走动，和夫人说说话。"

崔十三这几年在京都和达官贵人打交道，早已非昔日吴下阿蒙，只把这些当成客气话，笑着应"是"。

日久见人心，宋墨没有多说，想着有了陈先生等人的加入，窦昭身边有了自己的护卫，再也不会发生像英国公府走水这样的事了，他顿时觉得心情大好，笑吟吟地和陈曲水等人聊了会天，话里话外透露着"以后大家就是一家人了，合则两利，分则有害，要和睦相处"的意思。严朝卿更是顺着宋墨的说起当初窦家众人对世子爷的帮助，神色间全是感谢，一副你们都是我的恩人的模样。

陈曲水知道这是宋墨在安他们的心，谦虚了一番后，表达了"他们都曾受过窦昭的恩典，窦昭在哪里他们就跟到哪里，自会唯窦昭马首是瞻"的意思。

廖碧峰听了对窦昭大为佩服。

能指使得动这些人，能让这些人在世子面前说出这样的话，夫人可不是一般的厉害啊！

他低声地和严朝卿耳语："等会散了，我们再单独请陈先生喝两盅吧？"

严朝卿也觉得有这个必要，笑着点了点头。

宋墨站了起来，笑着对陈曲水等人道："诸位一路辛苦，这几天先好好地休息休息，想必夫人也有很多话要问你们，我就不耽搁大家休息了。"

众人齐齐起身送宋墨。

宋墨径直回了正房，问正坐在临窗大炕上做针线的窦昭："我今天表现得还不错吧？"

窦昭不由笑了起来，放下了针线，道："你怎么越来越像个孩子？"

"我本来就比你小嘛！"宋墨不以为然地道，拉了她的针线活看，"这是在做什么呢？"

"给你做件冬衣，"窦昭笑着，"马上就要春节了。"

宋墨盯着窦昭笑，陪着坐了一会儿，有些依依不舍地道："我等会儿要去探望顾玉，你也好和陈先生说说话。"

窦昭还真有事要和陈先生商量。

她笑盈盈地应"好"，送宋墨出了门。

此时，远在灵寿县谭家庄东南角一处偏僻的三进小院里，英气勃发的谭举人恭谨地站在须发全白的谭老太爷面前，正低声地说着话："消息是从沧州传来的，绝不会有错。不仅沧州大乱，就是京都、太原、大同、天津等处也都乱象四起。有为了前程兄弟阋墙的，还有为了银子朋友反目、父子相残的。英国公世子爷好手段，几千两银子就搅得江湖风波不止，还好当初我们二话没说就把那孩子接在了手里，否则，等着我们的还不知道是什么个情景呢！"说着，他面露担忧，"当时他要我们对付窦家四小姐，我们是拒绝了的，也不知道他还记得不记得？"

谭老太爷没有说话，细细地捻着齐胸的胡子，半晌才道："段公义如今在窦家如何？"

"应该混得不错。"谭举人道，"窦四小姐让他跟着一起去京都。据说一时半会儿不回来。他托了人帮着看顾宅院，还准备过些日子就带着老母亲一起去京都。"

谭老太爷听着笑了起来，道："窦家四小姐出嫁，我们好像还没有送贺礼吧？"

谭举人眼睛一亮。

宋墨手段毒辣，他们又隐居于此，近之唯恐被宋墨牵连，远之唯恐被宋墨所憎。窦四小姐高风亮节，却是个可交之人。

"我这就去办！"他的声音不由洪亮了几分。

第一百零六章　融入・碰面・知道

谭家庄里发生的事窦昭自然是不知道的，陈曲水回真定，她曾叮嘱他和三伯父窦世榜碰个头，提提自己名下的产业，看东窦那边有什么反应。

"我照着和您商量好的，和三老爷碰了个头。"陈曲水神色凝重，显然碰面的结果并不让他满意，"三老爷话说得十分爽快，说夫人随时可以派了人来接手。三爷为人耿直，账目也向来清清楚楚，其他的事，只字不提。我原准备照您的吩咐，带着赵良璧一起来京都的，可看三老爷的样子，我就作主让赵良璧留在了真定，万一有什么变化，我们也不至于像盲人摸象似的，找不到东南西北。"

窦昭微微颔首，沉吟道："我的婚事定得有点急，三伯父恐怕也没有想到我这么快就派人和他说这件事，十之八九是要等槐树胡同那边发了话，他才好拿主意。这件事暂时先放一放，我猜，最迟月底，三伯父就会派人和我们联系的。"又道，"这件事，就要拜托您盯紧点了。"

"夫人放心，我心里有数。"陈曲水说着，露出几分迟疑，道，"让赵良璧接手三爷的差事，我怕到时候那些大掌柜不服气……"

"外面不是都传言赵良璧是我的亲戚吗？"窦昭不以为然地笑道，"我提拔我自己的亲戚，不为过吧？"

"那倒也是。"陈曲水笑道，"我看赵良璧经过这几年的磨炼，也颇有长进，是骡子是马，总得拉出来遛一遛。只看他有没有这个福气撑得住这么大的场面了。"

窦昭抿了嘴笑。她对赵良璧很有信心，就算一时不足，这不是还有宋墨吗？

陈曲水见窦昭很是镇定从容，知道她肯定还有后手，悬着的心终于落了定，神色松懈下来，心情也放松了，笑道："还有您的那些花花草草，我怕跟我们赶路有个闪失，让他们跟在我们后面慢慢地走，估计再过两三天就能到了。"

窦昭有些意外。

她并没有让陈曲水把自己种的那些花草带来。

真定，是她的根。那些伴随她度过美好岁月的花草，如那些美好的岁月一样，她把它们一起留在了真定的。每当她想起,心中都会充满了无限的暖意。

她并不想破坏这种暖意。

陈曲水笑着解释道:"是崔姨奶奶的意思。她老人家说,让您好生侍弄这些花草,让这些花草也能在京都扎根发芽,开花结果。"

这是祖母对自己的期许吧?

窦昭的眼眶微微有些湿润,更是下定决心要找个合适的机会回真定探望祖母。

她说起颐志堂的事来,"嫁鸡随鸡,嫁狗随狗。我们既然入了颐志堂,有些事就不可分得太清楚。颐志堂的护卫,除了跟着世子或是我出门的,还有巡防的、值夜的。我们呼啦啦也来了三十几个人,刚才的接风宴,有世子在场,想必你们也没能尽兴,等会儿严先生肯定会私下设宴给你洗尘,你正好和严先生商量一下,看他有什么安排——留下段师傅、陈晓风几个跟着我就行了,其他的人,就随颐志堂的安排。"

陈曲水也是这么想的。

两人商定好留在窦昭身边的人,严朝卿的小厮早就在屋外候着了,陈曲水出了正屋,跟着那小厮去了严朝卿的住处。

还是那几个人,可少了宋墨,气氛就大不相同。大家大碗喝酒,大口吃肉,十分热闹。

陈曲水和严朝卿、廖碧峰三个文士端着酒盅笑吟吟地望着面前喝酒吃肉兴致高昂的护卫们,轻声慢语地商量着以后的事。

宋墨在云阳伯府用过晚膳才回来。

窦昭亲自服侍他更衣,问他:"顾玉怎么样?"

"他哪儿是静得下来的性子!"宋墨洗漱一番,坐到了临窗的大炕上,接过窦昭递的茶呷了一口,舒服地吁了口气,道,"他倒是被禁了足,别人可没有被禁足——他如今做庄家,天天在家里赌钱取乐呢!我去的时候,云阳伯拉着我发了好一通脾气,让我好好地管束管束顾玉,要不然,就停了顾玉的月例。"

窦昭骇然:"云阳伯是不是……老了?顾玉的月例有多少?他已经能自己赚钱自己花了,停他的月例如同隔靴搔痒,能有用吗?不过,顾玉玩得这样肆无忌惮,皇上若是知道了可能会不高兴,你还是劝劝他吧!"

宋墨苦笑:"京都的纨绔子弟都聚在他那里了,云阳伯也是无可奈何了。"

窦昭坐到了他身边,也端了杯茶,关心道:"他的婚事怎样了?如果成了亲,也许就能安定下来了。"

"皇后娘娘亲自过问,云阳伯世子夫人说的那门亲事算是黄了,"宋墨颇有些不悦道,"可那女人却不消停,若有人来给顾玉说亲,她就阴不阴阳不阳地说什么'这件事得问过皇后娘娘才算数,要不,您进宫去皇后娘娘面前讨个音?'你说,好人家谁敢把女儿嫁给顾玉啊?这女人也太能搅事了!"

云阳伯世子夫人就是顾玉的继母。

窦昭沉吟道:"反正顾玉已经顺顺利利地长这么大了,晚点成亲也许更好,到时候顾玉有了支应门庭的能力,云阳伯世子夫人就算是再阴阳怪气,大家的眼睛是雪亮的,还是一样会有好姻缘的。"

"我也是这么劝顾玉的。"宋墨道,"这次我把他好好地训斥了一顿,把他的赌具全都给扔河里去了。也放出话去,谁要是再跟顾玉胡闹,我就打断他的腿。"

窦昭冒汗。

这哪里是哥哥对弟弟?分明是父亲对儿子。

她坐到了宋墨的身边："我想和你商量点事。"

宋墨佯装害怕地朝里缩了缩，道："你先说说是什么事！你这么郑重其事的，还用美人计，只怕这事不简单，我可不上当！"

窦昭一愣，随后止不住地笑了起来。

"你这家伙！"她捶了他一下，"越来越不正经了！"

"那也要看是对谁了。"宋墨挑着眼角，十分自大的模样，"寻常人，想让我不正经，我还不干呢！"说着，笑着搂了窦昭，"先说说是什么事，然后我们再谈谈条件……"他摸着下巴，一副算计得失的样子，"如果条件诱人，自然是一切都好商量；如果条件不能打动我……我得仔细考虑考虑！"

"考虑你个头！"窦昭捧腹，"快说答应不答应？"

"河东狮吼，岂敢不应？！"宋墨涎皮赖脸的。

窦昭捏着粉拳捶他，又忍不住摇头失笑。

两人就这样嬉闹了一会儿，窦昭才神色微敛，倚着宋墨的肩膀低声道："你记不记得我曾经跟你提过，因为我母亲的死，我出嫁前，窦家就分了一部分产业给我做嫁妆。因为我们的婚事定得急，这份产业当时也没来得及写在陪嫁的单子里面。现在我都成亲一个多月了，我寻思着，既然嫁了人，这些产业还是掌管在我自己手里的好。因为之前一直是我三堂兄帮我管事，我三堂兄又不可能到京都来，我就选了赵良璧来接我三堂兄的手，可他到底年纪轻，我怕他镇不住场子，想向你借钟掌柜一用。"

钟掌柜，就是钟秉祥，是宋墨在广东十三行铺子的大掌柜。

宋墨笑道："杀鸡焉用牛刀？账目什么的，我也很在行。我帮你就行了！"

"那敢情好！"窦昭抿了嘴笑，从身后拿了厚厚一本账册出来，啪的一声拍在宋墨面前，"这是我名下产业的名录，你先看看，也好心里有个数。"

宋墨一看那么厚一本账册，心中就生出不妙之感，待窦昭说这不过是产业的名录时，他脑子一嗡，有些不敢置信地拿过账册就翻了起来。

保定府

清苑县南街铺面七十六间。

清苑县北街铺面六十二间。

广集巷宅子一座，共屋二百八十六间。

天王寺旁宅子一座，共屋二百间。

惠民门外绣球街宅子一座，共屋一百九十二间。

田地山塘四千七百四十六亩。

………

太原府

永和大街铺面一百二十二间。

忠臣祠门外街面三十三间。

淳化街宅子一座，共屋七十九间。

……

塘池山地一万四千四百六十二亩。

……

邯郸

……

安阳

……

聊城

……

宋墨越看眼睛瞪得越大，翻到了最后他不由抬头望向窦昭。

窦昭不禁在心里暗暗叹了口气，然后肯定地点了点头："这里全是田土山塘、河池树林、店铺宅子，还有些金银饰品，在另外两本册子上。"

宋墨就是做梦也没有想到窦昭会有这么多的产业。

"怎么会这样？"他不由擦了擦额头的汗，"窦家到底有多富有？"难怪岳父眼也不眨，就甩给了窦昭一抬银票。

"这是西窦一半的产业。"窦昭知道宋墨误会了，细细地把当年的事全都告诉了宋墨，"……舅舅和舅母怕我吃亏，这账册是一式三份，他们手里也有一份。"她摩挲着账册靓蓝色的封面，低声道，"这是舅母专程从庆阳带过来的……"她垂下了眼睑，睫毛上挂着两滴晶莹剔透的水珠。

宋墨听得目瞪口呆。他以为自己已经是天底下最不幸的人了，可相比窦昭，他觉得自己已很幸运。至少，在他身陷困境的时候，他还有窦昭。

"寿姑！"宋墨紧紧地把窦昭抱在怀里，"你还有我……我们会永远在一起的……我一定不会让你伤心的……"

他的怀抱温暖，气息清新，如秋日的空气，让她的精神一振。

窦昭深深地吸了口气。

"都是以前的事了，我已经没有刚开始那么难受了。"她喃喃地道，闭上了眼睛，依偎在了宋墨的怀中。

想到这些，窦昭的眼眶有点湿润。

很快，宋墨就感受到了她的情绪。

他希望窦昭在他身边的时候，能总是高高兴兴的。

"喂！"宋墨一面拿了帕子帮温柔地帮窦昭擦着眼泪，一面笑着打趣，"你这么有钱还哭，让我们这些手里只有那么几间小铺子就以为自己是大富翁的人可怎么过日子？快别伤心了，我陪着你一起数钱。你只要想想自己每天有多少收益，想着自己能躺在银票上过日子，心情很快就会好起来的。"

窦昭忍不住扑哧一声笑，夺过帕子，胡乱地擦了两下，笑道："你才躺在银票上过日子呢！"心里却明白，如果不是有宋墨温暖的怀抱，她也不至于只因为这点事都会落下泪来。

"我也想啊！"宋墨见她笑了起来，越发闹得欢，佯装叹气地道，"可惜我没那福气！我还要攒家糊口，还要攒钱给儿子娶媳妇、给女儿置办嫁妆，哪像有些人，吃干抹净，自己的银子一分不用，还能攒私房钱。"

窦昭笑得不行，搭在他的肩膀上道："要不，我分你一半？"

"不行，不行！"宋墨一本正经地摇头，道，"我好不容易才让岳父看顺了眼，这一半产业到手，岳父岂不是立马就要和我翻脸？我还准备从岳父那里淘点传家宝之类的，这么一来岂不是全都泡汤了？再说了，你这些钱本来就已经是我儿子、闺女的了，我为了已经到了手的银子把岳父的好东西丢了，我划得来吗？"

窦昭笑得透不过气来。

宋墨望着她朝霞般的面孔，微微地笑，再次把窦昭搂在了怀里。

"从前的事我们都不想了。"他亲吻着她的额头，"我们要往后看，好好给我们的儿子、闺女攒银子，让他们比我们都过得好。"

"好！"窦昭的眼泪又忍不住湿润了眼眶。

"傻瓜！"宋墨摸了摸她的头，"看在你带了不少嫁妆的分上，我就暂时把钟秉祥借给你用用，不过说好了，最多半年，他就得回广东去，你让那个赵良璧好生跟着钟掌柜学几手压箱底的功夫。"

"知道了！"窦昭盈盈地笑。

真正对自己有信心的人，根本不会因为有人比他富有，比他地位高，比他声望隆而否定自己。

她就知道，宋墨会很自然地接受她有多少嫁妆的事。

窦昭望着窗外红彤彤的灯笼，心情如这红火的颜色一样，格外地好。

英国公府外院，正领着一群护卫巡视的常护卫发现前些天空出来的颐志堂西跨院突然有了灯火，凝神静听，仿佛还能听到些许的喧闹。

他不由问身边的护卫："是谁住进了颐志堂的西跨院？"

自从宋墨把那些曾经闯进颐志堂的护卫全都杀死之后，他就一直提心吊胆的，生怕宋墨哪天想起来，找个借口和他秋后算账，原想一走了之，可又觉得天下虽大，如果宋墨有心要除他，除了英国公，还真没有人能保他平安。

他硬着头皮留了下来，却始终对宋墨心存畏惧，对宋墨避之唯恐不及，好像只要这样，宋墨就会忘记他这个人似的。

当然，他也知道自己的想法太过侥幸，可除此之外，他也没有其他的办法。

颐志堂，更是个他不愿意涉及的地方。

护卫闻言道："听说是给夫人使唤的一批人到了，世子爷把颐志堂的西跨院腾了出来，用来安置夫人的人。"

"需要这么多房舍吗？"常护卫不禁低声地道。

护卫道："有三四十人呢！好像还有家眷没到。"

另有护卫道："夫人在娘家有这么多服侍的人吗？就算皇上嫁公主，也不可能把从前服侍公主的人全都赏给公主。何况这些人的月例都要从夫人的陪嫁里开支，颐志堂又不是没有护卫，夫人何必多此一举？"

常护卫听着心中一动。

难道这些人是世子爷训练的死士？借了夫人的名义，世子爷把他们全都安排住进了颐志堂……世子爷是怎么想的？会不会伤害国公爷呢？

他这么一想，就有些站不住了，匆匆地吩咐了那些护卫几声，去了樨香院。

自从被宋墨连着搅黄了两桩婚事，宋宜春的应酬也跟着少了很多，长夜漫漫，闲来无事，想着快过年了，他这些日子就从库房里找了几块鸡血石想雕几枚闲章，到时候也好送人。但望着手上色泽艳丽的鸡血石，他又想起了母亲陆夫人留下来的几块寿山石来，可惜全都在宋墨的手里，他心情就开始烦躁起来。

听说常护卫求见，他开始是摇了摇手，声音阴冷地道了声"不见"，但话一出口，他想到常护卫这些日子的尽心伺候，又改变了主意，改口说了声"让他进来"。

常护卫忙将他的发现告诉了英国公，并道："原来我们和颐志堂都各只有四十名护卫，现在颐志堂多了三十几个人……我怕世子爷要做什么的时候，我们压制不住啊！"

养护卫不要银子的吗？

宋宜春瞥了常护卫一眼，脸阴得像要下雨似的。

母亲当初怎么就把陪嫁全给了宋墨的呢？现在好了，宋墨拿着母亲的银子养死士对付自己……

他吩咐常护卫："你去打听打听，世子到底招了多少人？这些人的身手如何？和夫人到底有没有关系？"

如果窦家插手这件事，可就麻烦了。

常护卫只得硬着头皮应"是"，辗转反侧了大半夜，第二天一大早才忐忑不安地出现在了颐志堂的门口，正踌躇着用什么借口进入颐志堂，只见七八个身材矫健的男子簇拥着个穿着青衣道袍、文士模样的老者走了出来。

"陈先生，我们是先去大相国寺，还是先去白云观？"他听见其中的一个男子问那老者。

老者笑道："今天我听你们的。你们说去哪里，我们就去哪里。"

众人哄笑。

那老者也跟着笑，笑容温和而儒雅，气质非凡。

常护卫却瞪大了眼睛。

那，那不是从英国公府跑了的那个陈波吗？他怎么会在这里？

常护卫的心怦怦乱跳起来。

他脑子里乱糟糟的，七八个念头从他的脑子里一闪而过，他却一个也抓不住，只是在心里翻涌着不祥的预感。

常护卫本能地想避开，但陈曲水已和陈晓风等人走了过来。

看见由几个护卫簇拥着的常护卫，他轻轻地点了点头，神态自若地和常护卫擦肩而过。

有护卫好奇地回过头来，低声问道："那是谁啊？看上去挺威风的嘛！"

"是英国公身边的贴身护卫，"常护卫听见陈曲水道，"姓常，还总领着英国公府的护卫，当然威风了！"

那语气语调，听在常护卫耳朵里，怎么都觉得带着几分讥讽的味道。

常护卫不敢多待，转身就去了樨香院。

"国公爷，大事不好！"他低声向宋宜春禀道，"那次从颐志堂逃走的那个叫陈波的幕僚，如今就在颐志堂，和那些新来的护卫一起……"

"你说什么？"正在用早膳的宋宜春手一抖，一碗碧粳粥差点扣在身上，"你可看清楚了？"

那天夜晚宋墨的不翼而飞，像一根刺深深地扎在他的心里，不仅让他想起来就咬牙切齿，而且还让他隐隐生出几分忌惮——到底是谁救走了宋墨？救走宋墨的人有没有洞察到他的用心？会不会是宋墨悄悄培养的力量？有没有可能在关键的时候再出现，帮宋墨一把……

这些得不到答案的困惑，像蚂蚁，一点点噬咬着他的心，让他想一想就寝食不安。

现在，那个最值得怀疑的人出现了。

宋宜春的眼睛顿时变得赤红："你快去给我查清楚，到底是怎么一回事！"

常护卫应声而去，又被宋宜春叫了回来："把陶先生叫上！"

这种事，他们这种武夫根本不知道怎么调查。

有陶器重一起，常护卫不由松了口气。

宋宜春哪里还吃得下早膳，趿了鞋下炕，他像热锅上的蚂蚁似的，急得在屋里转个不停。

而窦昭却接到了槐树胡同的请帖。

帖子上说，二太夫人邀请她明天去槐树胡同打牌。

窦昭和宋墨说了一声，翌日，备了十二色礼盒，去了槐树胡同。

槐树胡同很冷清，不像是请客的样子。

郭氏和蔡氏在垂花门口迎接她。

大家见过礼，蔡氏笑嘻嘻地去挽窦昭的胳膊，道："是祖母想四姑奶奶了，拿了打牌做借口，要见见四姑奶奶呢！"

窦昭不动声色地向旁边走了一步，避开了蔡氏的手，笑道："怎么不早说？我也好多带些碎银子过来。"

"四姑奶奶那么多的陪嫁，随便拔根汗毛都比我们的腿粗，正不知道怎样占占四姑奶奶的便宜，四姑奶奶就送上门来。"蔡氏语气夸张地道，"我们都巴不得借几两银子给四姑奶奶使使，也好叫我们挣几个印子钱花花。"

既然知道印子钱，想必也是个会盘弄银子的。

窦昭笑了笑，由郭氏和蔡氏陪着，去了二太夫人那里。

因为风吹在身上已有了刺骨的寒意，二太夫人坐在临窗的大炕上，透过窗户上的玻璃在看廊庑下的丫鬟们浇花喂鸟。

见窦昭她们进了院子，二太夫人忙吩咐丫鬟们准备茶点，等窦昭等人进屋来的时候，小丫鬟们正好奉了茶点进来。

给二太夫人行了礼，窦昭笑道："东厢房什么时候镶上了玻璃？这屋里可亮敞了不少！"

"是你五伯母孝顺，非给我安不可。"二太夫人喜滋滋地道，"我拗不过她，只好随她了，不过，这镶了玻璃，屋里是又敞亮又暖和。"

二太夫人和窦昭说着闲话，谁也没有提西窦那一半产业的事。

不一会儿，五伯母过来了。

她们自有一番契阔。

受到邀请的大堂嫂也过来了，又有郭氏的女儿和蔡氏的两个儿子闹腾，屋里顿时热闹了起来。

郭氏和蔡氏忙领着丫鬟去摆桌子，五伯母则拉着大堂嫂去了自己的内室，说是新得了几匣子宫花，让大堂嫂拿过来，各人选几支戴。

屋里就只剩下了二太夫人和窦昭，还有三个孩子银铃般的笑声。

二太夫人这才拉了窦昭的手轻声地道："你如今已经出了嫁，按道理，你名下的产业也应该交还给你了。你可想好了由谁帮你打理？"

窦昭不动声色地任由二太夫人拉着自己的手，笑盈盈地道："这件事，我和世子爷商量过了——世子爷在广东不是有十三家商行吗？那边的钟大掌柜，子承父业，一直打理着那十三家商行。我原准备让赵良璧接手，又怕他年纪轻，行事浮躁，不堪重任。世子爷说，那就让钟大掌柜过来指导他些日子。我觉得这样倒也两全其美，就答应了。"

二太夫人并不意外。

任谁见到偌大一份产业如果能不动心，那就是菩萨了。

她沉吟道："虽说夫为妻纲，可财帛动人心，有些事，你还是要多留个心眼。我看那些田产塘池之类，就不用劳烦钟掌柜，选几个可靠的庄头就是了。"

窦昭笑道："您说得极是。做生不如做熟，我看，暂时就由各庄的庄头管着好了。

三堂哥在帮我打理庶务的时候,这些庄头不是挺老实的吗?我看这几年的租子比前几年就多了很多。"

二太夫人听着哂然一笑。

自己不管说什么窦昭都有话回应自己,可见来之前就早就做好了打算。只是不知道是窦昭猜出了自己的用意呢,还是宋墨猜到的?

越是如此,有些话她就越得说明。

"傻丫头,"二太夫人叹道,"丈夫有,也要左手递右手。有些事,还是掌握在自己手里好一些。"

如果没有之前发生的那些事,窦昭会因为二太夫人这番推心置腹的话而心存感激,可惜,母亲的死,让两世为人的她再也无法对二太夫人生出一丝好感。

她腹诽:让宋墨得了去,也总好过被你们得了去。

表面上却笑盈盈地应"是",说着:"您的话我记住了,我会注意的。"

二太夫人是一路从小媳妇熬到了如今的老封君,哪里看不出窦昭的敷衍,此刻却也只能暗暗摇头,先把这件事放到一边,道:"既然如此,那就让你三伯父和你三堂兄都来一趟京都吧!趁着你舅母还没有回庆阳,把这几年的账目整理清楚,交到你的手里。"又道,"正好伯彦明年也要参加春闱了,他们一起进京,也有个伴。"然后感叹道,"如果伯彦今年又落了第,我准备让他跟着你父亲在静安寺胡同读书,家里有现成的翰林不去请教,反而到处拜访那些连举业都不成的所谓名师,岂不是舍本逐末?"

窦启俊落第之后,并没有在家里关门死读,而是带着两个书童到处游历,"启"字辈里,他是第一个读书有成的,窦家对他抱有很大的期望,也难怪二太夫人不满了。

不管前世还是今生,窦昭对窦启俊的印象都很好,觉得他是个刚正不阿的人。加之不管出于怎样的考虑,她名下的产业能这样风平浪静地拿回来,她还是很高兴的。

不过,她记得窦启俊好像是壬戌年,也就明年中的进士,恐怕父亲无缘指点窦启俊的课业了。

"但愿伯彦没去静安寺胡同读书的机会,"她嘴角弯弯,笑得十分愉悦,"而是书写一段'一门三翰林,叔侄皆进士'的佳话。"

二太夫人一愣,随后呵呵地笑了起来,连声道:"借四姑奶奶吉言,但愿伯彦有这样的造化。"

"伯彦的学问那么好,二太夫人应该对伯彦有信心才是。"窦昭和二太夫人说着家长里短,用过了午膳,几个人打了一下午的牌,直到黄昏时分,没有吃多少东西的窦昭才回到颐志堂。

窦昭问服侍她更衣的甘露:"陈先生他们今天都在干什么?"

"陈先生和陈师傅他们出去了,段师傅在家里和几个没有出门的护卫说话。"甘露笑道,"说是要好好逛逛京都,顺带也把路认熟了,免得以后跟着夫人出去的时候一问三不知。"

窦昭想了想,道:"陈先生回来了,你过去一趟,跟他们说一声,过几天赵良璧会和三老爷他们一起进京,若是有谁想把家眷带过来的,让他们到时候跟着赵良璧一起进京。"

在甘露等人的心里,真定才是他们的家乡,京都再好,也不免会让人觉得孤单寂寞。如果身边多几个真定老乡,日子才过得有滋有味,觉得踏实。

她雀跃地应"是",道:"我这就去跟段师傅说去。"

窦昭点头,却道:"这个赵良璧,我把他留在真定,原指望着东窦有什么动静,他能给我提前报个信,结果他却什么也不知道。"语气颇为不满。

甘露有些意外。

窦昭从来不这样说身边人的,今天这是怎么了?

她只好笑道:"夫人别生气了,您先喝杯茶,消消气。"

窦昭打量了她一眼。

甘露目光清明,神色平静。

窦昭在心里暗暗叹了口气,又把这话对素心说了一遍。

素心笑容一僵,忙笑着为赵良璧解释道:"赵掌柜那么能干,许是一时没有察觉,等赵掌柜来了,您一问就知道是怎么回事了。"

也许,在王映雪成为妾室的时候,他们的命运就都已经发生了变化。

窦昭和宋墨商量:"等赵良璧来了,我准备把素心和素兰的婚事都定下来。"

正躺在大炕上看书的宋墨一下子坐了起来,道:"这么说,你同意把素兰嫁给陈核了?"

"那也要她们自己愿意才行。"窦昭说着,笑容渐敛,"素心和素兰照顾了我这么多年,她们也应该有自己的小日子了。"

"唉!"宋墨失望地倒在了炕上,"我还以为你答应让素兰嫁给陈核了呢!"

窦昭抿了嘴笑,抚着宋墨的额头:"难道我贴身的丫鬟不嫁到颐志堂,我们就不是一家人了?"

宋墨嘟囔着:"嫁过来了不是更好吗?"

窦昭失笑,和他说起今天去槐树胡同的事,并道:"你能不能让钟掌柜尽快赶过来?我看三伯父他们很快就会到京都来了。"

宋墨翻身,头枕在了窦昭的腿上,道:"别急,钟掌柜已经在路上了。"

窦昭愕然。

宋墨闭着眼睛,指了指自己的额头,示意窦昭继续帮他摩挲着额头,懒洋洋地道:"每年立冬,他都要到京都来和我对账,我寻思着,他这几天应该就会到了。"

窦昭看宋墨像只大猫般舒服而慵懒地枕在自己腿上,又好气又好笑,可到底还是心疼他难得有这样放松的时候,继续帮他摩挲着额头。

屋子里安静下来。

窦昭一低头,宋墨已经静静地睡着了。

这些日子他又是缉拿英国公府走水的盗贼,又是帮着表姐找门合适的亲事,又是到处善后,恐怕累坏了吧?

她不由低头,在宋墨的额头上轻轻地落下一吻。

嘴唇上清爽的余温,让窦昭一愣。

什么时候,她已经和宋墨如此亲昵?

窗外寒风瑟瑟,屋里温暖如春。

窦昭手脚轻柔拉过褡被,盖在了宋墨的身上。

远远地,陶器重就听见了一个熟悉的声音。

那个在他回到京都后,曾多次让他从梦中惊醒的声音。

"你说的陈波,就是他?"陶器重嘴唇有些发白地问常护卫。

虽然是站在太湖石假山上俯视底下的抄手游廊,但抄手游廊上挂着的大红灯笼却把四周照得十分明亮。刚刚从大相国寺游玩归来的陈先生等人说说笑笑地从抄手游廊上走过,像走在太阳下,纤毫毕现,看得一清二楚。

陶器重看见了绑架他的那个护卫,口口声声地称着那老者为"陈先生"。

"就是他!"常护卫指着陈曲水,"我没有看错,他就是烧成了灰我也认得出来。"

"那他应该就是夫人在娘家时的账房先生了!"陶器重的脸都跟着白了起来,"我去真定的时候,曾听人提起过这个人,真定的人也都知道这位陈先生。"

如果救走世子爷的人是陈先生,那夫人……

常护卫顿时兴奋起来,呼吸都急促起来。

陶器重却脑子里一片空白。

又见面了……以后该怎么相处呢?

夜风呼啦啦吹过,带来刺骨的寒。

两人打了个寒战,回过神来。

"我看,这件事还是禀了国公爷吧?"陶器重慢慢地道,脑子还像灌了糨糊似的,反应有点迟缓,"该怎么样,还是由国公爷拿主意好了。"

常护卫一反常态,闻言就拉着陶器重往樨香院去。

宋宜春一整天都忐忑不安地在等陶器重的消息,见到两人联袂走了进来,他也顾不得主仆之别了,急切地迎了上去,问道:"打听得怎么样了?"

"那个陈先生,的的确确是当初那个不见了的幕僚陈波。"没等陶器重说话,常护卫抢着道,"而且陈波也的确是夫人娘家的账房,那些护卫,也是从前服侍夫人的人。"

宋宜春脸色一白。

也就是说,那天晚上救走宋墨的,是这个陈波。

而陈波身后,是窦氏。

那么他要杀宋墨的事,窦家知道不知道呢?

他去提亲的时候,窦家又为何丝毫不显呢?

当初窦家的账房又怎么会在颐志堂呢?

这个陈波又是怎么会知道自己要害宋墨的呢?

陈波一个手无缚鸡之力的读书人,是不可能亲自动手救走宋墨的,他又是怎样让宋墨脱险的呢?

宋墨向来恩怨分明,这些新进来的人手里,有没有曾经救过宋墨、对宋墨有恩的人呢?

宋宜春的太阳穴如遭重击,瘫坐在了太师椅上。

第一百零七章　头痛·所托·气极

常护卫不由看了陶器重一眼,却见陶器重抿着嘴,眼睑低垂,一脸事不关己的漠然。

他在心里冷笑了数声。

常护卫最讨厌陶器重这样一副装神弄鬼的样子，明明早有了主意，却非要国公爷三催四请，才仿佛泄露天机般地说上几句，偏偏国公爷就吃他这一套，把他的话奉为纶音佛语。

他想了想，上前两步，低声道："国公爷，属下有句话，不知道当讲不当讲？"

宋宜春正是六神无主之时，闻言心生不悦，想着都这个时候了，你捣什么乱？冷冷地瞥了他一眼，皱着眉道："有什么话你就直说。"

常护卫心中一喜，声音又低了几分，道："国公爷，我是粗人，别的我不知道，我就想，既然世子爷是那陈先生救走的，而且陈先生又是夫人在娘家时的账房，世子爷和夫人在成亲之前肯定认识。窦家不是曾经发生过姐妹易嫁之事吗？说不定就与世子爷有关。若是这件事传了出去……只怕济宁侯府和王家，甚至是窦家都会找世子爷算账吧？有了这个把柄，世子爷在众位公伯侯爷面前恐怕也得收敛几分……"他一面说，一面用眼角的余光观察着宋宜春的表情。

宋宜春面如锅底。

他想着宋墨和窦昭成亲之后的种种，不由得心惊。

自己生出来的儿子是什么样的人，自己怎么会不知道？

难道那逆子真如常护卫所说，在成亲之前就和窦氏认识不成？要不然，他怎么那么快就接受了窦氏？还对窦氏百般维护，为了让窦氏主持中馈，不惜屡次把自己的婚事搅黄了……那，那自己岂不是上了那逆子的当？

念头闪过，宋宜春顿时气短胸闷。

自己本想在宋墨的婚事上压制宋墨，突然就冒出了窦氏这么一个自己从来没有听说过的人……自己想早点把宋墨的婚事定下来，一切从简，世代官宦的窦家竟然毫无异议……顺利得像做梦，全如他所想……

难道窦家早就知道宋墨干的那点事？

否则怎么会在宋窦两家的婚事上如此低三下四，还陪送了一抬银票给窦氏做嫁妆？

还有陶器重。

这桩婚事是他提起来的，调查窦氏的事也是他亲力亲为的……

"小畜生！"他忍不住一声暴喝，目光却阴森地落在了陶器重的身上，"竟然敢在成亲之前就与窦氏'私相授受'，最后还诓得我让他娶了窦氏，简直就是丢尽了宋家的颜面！我要请了陆家的人过来，开祠堂，好好地审那贱妇！"

下意识地，他认定宋墨是绝对不会承认的，而且就算是承认了，男人风流犯了错，也不是件什么大不了的事。窦氏却不一样了，让她背个不贞节的名声，看宋墨怎么办！而陆老夫人和宁德长公主不是都夸赞那窦氏贤惠吗？那就把陆老夫人和宁德长公主都请来，让她们看看那窦氏到底是什么货色，所以才说出了这种宋家开祠堂，却要把陆家的人请来说理的话。

常护卫眼底闪过一丝喜色。

陶器重却在心里重重地叹了口气。

他就算不愿意承认，可连常护卫都意识到世子爷和夫人的婚事有问题，此时也没办法再自欺欺人了！自己真的，上了世子爷的当了！

宾主十几年，国公爷的脾气他哪里会不清楚。如果是其他的事，国公爷还能忍，这件事，国公爷绝对不会忍。所谓的开祠堂、请了陆家老太太等人来责罚窦氏，说起来简单，做起来却不容易，到时候国公爷十之八九就要把这笔账全算在自己的头上。

陶器重不由得暗暗苦笑。

自己又何尝想得到？！在来榉香院的路上，他就隐约感觉到了。从那家馄饨馆开始，自己就已经入了别人的彀！但这件事的后果，他却没有办法承担。至少，在国公爷怒发冲冠的时候，他不能够承担！不然，等待他的就有可能是身败名裂，背着永远也洗刷不掉的耻辱离开京都，有可能还会因此影响到子孙的声誉……

"国公爷！"陶器重只好轻轻地瞥了常护卫一眼，低声道，"这门婚事，三书六礼俱全，如果传出世子爷和夫人婚前就'私相授受'的谣言，只怕窦、宋两家的名声也要受损！常护卫之言确实有理，可国公爷您想想，事发之前，世子爷和夫人，一个在真定，一个在京都，是怎么认识的？夫人一介女流，怎么就指使得动身边的护卫来救世子爷？这件事连我都不知道，"说到这里，他若有所指地语气微顿，又瞥了常护卫一眼，"夫人是怎么知道的？陈先生又是怎么知道的？偌大一个戒备森严的英国公府，陈先生又是怎么把世子爷救出去的？"他说完，朝着宋宜春深深地揖礼，"国公爷，您可要三思而行啊！世子爷刚刚迁了金吾卫同知，您就坐实了世子爷和夫人婚前'私相授受'之事，您让皇上怎么想？您让窦家怎么想？您让世人又怎么想？只怕世子爷一句'造谣'，就能让您下不了台啊！"

宋宜春一个激灵。

他想到皇上宣他进宫，亲口告诉他宋墨升迁的事！

那小畜生向来手段多变，想想自己上当的事，难保他连皇上也一块给糊弄了！

正如陶器重所言，这件事传出去，吃亏的还是自己。

说不定那小畜生正等着自己上当受骗呢！不然怎么就让常护卫发现了那个姓陈的？以宋墨的狠毒，怎么会留了姓陈的这个活口……不行，自己不能再上那个小畜生的当了……这件事还得找陶器重从长计议……可陶器重到底有没有和那小畜生暗中有什么来往呢？

他的表情阴晴不定。

陶器重却能猜到宋宜春在想什么。

想和自己商量这件事，又怀疑自己和宋墨暗中勾结……

他躬身，语气真挚地道："我已是快到知天命的年纪了，早绝了入仕之心。这十几年来承蒙国公爷厚爱，战战兢兢，片刻也不敢大意。虽说这国公府以后是世子爷的天下，可那时候我早已老迈，辞别京都，又与我何干？古有房杜，今有孙怀！我虽不才，不敢与先贤们媲美，却也是不敢坏了士林的声誉！"

房杜，是指唐太宗时的名臣房玄龄和杜如晦。孙怀，是指显宗皇帝时的内阁首辅——他为感谢显宗皇帝的知遇之恩，在显宗皇帝宾天之后，不顾新君的挽留，辞官回家，做了十年的书院山长。而且显宗皇帝也是有名的仁君。

被陶器重比喻为贤君，宋宜春面色渐霁，声音也温和起来："陶先生言重了，我这也是被那小畜生给逼急了，病急乱投医！你都不知道，皇上是怎么维护他的。有一次竟然当着东平伯说，若是那小畜生行事轻浮，让东平伯尽管去告诉皇上。唉！这哪里是在教训他？这分明是在压制东平伯啊！为了能让那小畜生顺利地接掌五城兵马司啊！我现在，养的不是儿子，是祖宗！你说这天下做爹的，有谁像我一样……"

陶器重长长地吁了口气，可又抑制不住地腹诽。

这天下间也没有你这样做爹的，好生生的能够支应门庭的儿子，却非要把他往死里整……不过，国公爷到底是为什么容不得世子爷呢？

陶器重第一次在心底正视这个问题。

宋宜春已在打发常护卫："这件事你暂时不要声张，等我和陶先生拿出个章程来了再说。你先下去吧！我有吩咐的时候会让人叫你的。"

常护卫无法，不满地睃了看也没看他一眼的陶器重，低声应诺，退了下去。

宋宜春很真诚地向陶器重请教："你看这件事怎么办好？难道我就只能硬生生地这样打落牙齿往肚里咽不成？"

他不禁咬牙切齿，怒形于色。

"国公爷当务之急是要查清楚窦家是否知道这件事。"陶器重知道，宋墨现在成了扎在宋宜春心中的一根刺，动一动就能让宋宜春暴跳如雷，随时失去理智地发飙，得把宋墨从这件事里拔出来，"至于世子爷和夫人在成亲之前是否认识，倒是小事——如果窦家知道这件事，他们有什么目的？是怎么知道这件事的？国公爷得拿个主意出来。如果窦家不知道这件事，是夫人背后有人撑腰？还是那个陈波受了谁的委托……据我所知，那个陈波和世子爷身边的严云是好友，在没有查清楚这些事之前，敌在暗，我在明，就算我们有张良计，也会吃亏的！"

言下之意，时至今日你都不告诉我你为什么要陷害宋墨的初衷，现在出了事，我怎么知道从哪里查起。你自己想办法吧！

宋宜春欲言又止。陶器重见状，只好装作没有看见，径直道："要不，就从夫人身边的丫鬟、婆子下手吧？特别是那些极受夫人器重的。如果世子爷和夫人曾经私相授受，是瞒不过这些人的。"

"先生所言极是。"宋宜春精神一振，寻思起该从什么地方着手，找谁来办这件事好。

陶器重却在想着自己在真定的遭遇。

能把云南巡抚王又省的亲家的嫡亲孙子打得下不了床，最后倾家荡产地赔银子了事，窦氏却毫发无伤……这岂是一般的女子能做得到的？

当初救世子爷的人，应该就是窦氏了！世子爷对窦氏的尊重，也就解释得通了。

他在国公爷身边十几年也不知道国公爷为何要这样对待世子爷，甚至连世子爷自己也没有想到，窦氏是怎么知道的呢？

难道她有未卜先知的本事不成？

既然她都知道了，世子爷也应该知道了吧？

这可真是神仙打架，小鬼遭殃啊！

陶器重觉得头痛万分。

不找到国公爷容不下世子爷的症结，这件事始终没有办法解释，就更不要说想办法打压世子爷了！

宋宜春思来想去，最终决定把从窦昭贴身丫鬟、婆子身上打探消息的事交给吕正。

自从蒋夫人去世，英国公府上上下下的人被清洗了一遍之后，在他的安排下，吕正家的接手了上院的差事。吕正家的不仅聪明能干，而且处事圆滑。不过几天工夫，就把上院的事给理顺了。宋宜春因此把宋翰屋里的事也交给了她，宋翰屋里的管事妈妈有什么事得先禀了吕正家的才行。

因为有了吕正家的，他这几年都没有为上院的事操过心。

这让宋宜春既感到欣慰又有点得意。

谁说这个家里没有了蒋氏就会乱套？不过是因为那时候蒋氏当家，她看不顺眼的人没有机会罢了。现在他把事情都交给了吕正家的，上院还不是一样的井然有序！

既然要从窦昭身边的人下手，这件事还得由女人出面。吕正家的对他忠心耿耿，当年事也略知一二，把这件事交给吕正家的最妥当不过了。"

宋宜春露出志得意满的表情。

吕正恭声应"是"，回去就和老婆说了这件事。

吕正家的听当时就发起了脾气："这种事，你怎么能答应？"说着，指了那道像蜈蚣般爬在他脸上的鞭伤，"这难道不是个教训？"

丈夫被世子爷打伤之后，国公爷回来除了赏了他们五十两银子之外，其他的话一句也没有。而颐志堂里那些在走水时和盗贼争斗中受伤的护卫，世子爷不仅每人赏了五十两银子，还专程亲自上门探望，让那些没有受伤的护卫看着都眼馋起来，后悔没有当时挂点彩，也能让世子爷去家里坐坐。

这才是真正的体面！

吕正脸涨得发紫，闷声道："我难道敢说个'不'字？"

"我又没让你去反驳国公爷的话！"吕正家的不满道，"我是让你要记得长个心眼！英国公府文有陶先生，武有常护卫，哪里就轮到我们去出这个风头！"

自己脸上这道鞭痕就算是好了，也会留下一道极难看的疤。像他这种贴身服侍的，需要跟着国公爷出入各种场合，若是因此吓坏了哪位贵人，可就麻烦了。国公爷绝不会再让他在身边服侍了。

吕正心里早就隐隐有些后悔。

自己当初难道是被鬼摸了头，明明知道世子爷是什么性子，怎么就敢上前去阻拦？

他不由抱着头坐在了炕上。

吕正家的何尝不知道丈夫的担心，她温声安慰着吕正："夫人虽然只主持了几天的中馈，可一看就是个事事都心中有数的，她身边两位最得意的姑娘素心和素兰，一个文静，一个活泼，却都不太好打交道，想从她身边的人嘴里套出什么话来，是绝不可能的。与其打草惊蛇被夫人发现了，不如睁一只眼闭一只眼，国公爷问起来，只说什么也没有问出来就是了。若是能因此让其他的人来查，岂不更好？"

吕正有些犹豫。

吕正家的道："你放心好了，我决不会让国公爷起疑的。"

第二天，她就让小丫鬟去花园里摘了几朵山茶花，亲自送去了颐志堂。

"后花园的山茶花开得好，送几朵给夫人身边的姐姐们戴！"她向颐志堂的婆子解释着，顺手送了几个婆子几朵山茶花。

夫人并不禁止英国公府的丫鬟婆子过来串门，却不允许这些人随意进出颐志堂，更不允许她们在颐志堂里随意走动。

婆子们接了吕正家的送的花，领了吕正家的往上房去："夫人养在真定的花草送过来了，夫人身边的几位姑娘都在小花园里帮夫人侍弄花草呢！"

吕正家的很是意外："夫人养在娘家的花草？"

"是啊！"婆子笑道，"有好多呢！拉了七八辆大车，什么花都有，把小花园都堆满了。还好搬了部分冬天能够移植的花木，又有世子爷连夜让人帮着搭棚子，不然可就麻烦了。"

吕正家的心中一跳，笑道："世子爷还管这些事啊？"

她记得宋墨从前是从来不管这些的。

"是夫人的事，世子爷怎么会不管？"婆子笑着，两人拐过正屋耳房的夹巷，吕正家的一眼就看见了和窦昭并肩站在抄手游廊里说话的宋墨。

宋墨眼眸含笑地望着窦昭，听得十分认真，仿佛这世间没有比聆听窦昭说话更重要的事了。

吕正家的眼皮子跳了跳。

已有丫鬟指着吕正家的向窦昭禀告。

窦昭望了过来，目光清亮，表情温和。

吕正家的忙上前恭敬地行礼，叫着"世子爷""夫人"。

窦昭笑着看了她手中的花一眼，道："难得你这么有心。甘露，赏吕正家的一个封红。"

吕正家的谢了又谢。

宋墨伸手扶了窦昭："外面太冷了，还是进屋去吧！你要是不放心，我在这里看着。"

"一起进屋去吧！"站了这一会儿，手炉都冷下来了，窦昭笑道，"有素心在这里，我很放心。"

宋墨就问："舅母那边的东西都置办齐了吗？我看着这天气，怕是要下雪了。你们也别到处跑了，要什么，让那些掌柜的把东西送家里来挑好了。"

窦昭笑盈盈地应着"好"，和宋墨并肩出了小花园。

甘露笑着接过了吕正家的手中的山茶花，热情地邀请她："妈妈去我屋里喝杯热茶吧！"

吕正家的笑着连声道谢，抬头却看见园子的角落里栽了一片山茶树，各式各样的花朵，或娇艳欲滴，或繁复美艳，或清雅高贵，再看她捧的几朵，红色的复瓣黄色的芯，简单得有些单薄。

她不由有些脸红，心里暗暗埋怨几个摘花的小丫鬟办事不尽心。

甘露却像没有察觉似的，殷勤地招待着她，跟她介绍这、介绍那的，还亲自把她送出了颐志堂。

素娟就掩了嘴笑，道："她来干什么？"

"不知道！"甘露长吁了口气，道，"应酬这种人，真是累死人了！"然后问道，"世子爷还在夫人屋里吗？"

素娟点头。

甘露笑道："那我等会儿再去回禀夫人那吕正家的都和我说了些什么话。"

素娟就笑道："也好，你先帮我们搬花去。"

甘露呻吟一声，苦脸道："能不能不去？"

"可以！"素娟道，"那我们今天的衣裳就都交给你洗了！"

甘露忙道："那我还是去搬花吧！"

素娟咯咯地笑。

两人斗着嘴去了小花园。

正屋内室，宋墨脸色不虞，道："你不用看我的面子，这些人再来，你只管叫了护卫把人给扔出去。"又道，"没有规矩，不能成方圆。父亲这样抬举这些仆妇，也难怪家里乱七八糟的。"

"哪里就有你说的这样不堪？"窦昭笑道，"我的脾气一向不怎么好，你还怕我被人欺负不成？吕正家的不是管着上院的事吗？我是想，她若是常来颐志堂，我正好可以向她打听二爷的日常起居。毕竟是小孩子，若是他们有什么照顾不周的，我们也可以帮着看顾一二。她想来，让她来便是了。"

说到底，窦昭全是为了他。

宋墨神色微凝，道："要不，我跟陆老夫人说一声，请她老人家出面，让父亲把主持中馈的权力正式交给你……"这样，窦昭就能名正言顺地过问宋翰的事了，何必还要让那些仆妇在她面前猖狂？

"内院的事，还是用内院的办法解决吧。"窦昭胸有成竹地笑道，"这不是快过年了吗？往年是因为家里没有主母，难道今年的春宴国公爷还让大伯母主持不成？就算国公爷想，大伯母敢来吗？"这本是她的责任，她不能把它推给宋墨，让宋墨为她出头。

宋墨有自己的责任和义务，但宋墨的态度，还是让她心生暖意。

有小丫鬟进来禀道："世子爷、夫人，钟掌柜到了！"

"这么快？"窦昭讶然。

宋墨笑着打趣她："向我要人的时候，催着快点来。现在人来了，你又嫌他来快了。你可真不好伺候啊！"

窦昭抿了嘴笑。

宋墨就道："还是把陈先生请过来吧！这件事你不好亲自出面，交给陈先生最好。"

窦昭同意。

宋墨安排钟秉祥和陈曲水见了面。

钟秉祥被宋墨快马加鞭地从广东叫来，就只是为了拜见新进门的夫人，他心里已经清楚了窦昭在宋墨心目中的分量。宋墨安排他帮着窦昭代管一段时间的陪嫁，他虽然觉得宋墨有些小题大做，但还是以商贾特有的精神欣然接受了宋墨的安排，并笑着请宋墨示下："我是先帮着夫人整理账目还是先和严先生对账？"

"先对账！"宋墨道，"夫人那边，需要你带一把的人还没有到京都。"

如果人到了京都，是不是先帮夫人整理账目呢？

钟秉祥笑着应"是"，在心里小声嘀咕着。

接下来的几天，宋墨都忙着和钟秉祥对账。

英国公府的一些管事也陆陆续续地开始和宋宜春对账。

英国公府今年的收益虽然比不上前几年，可也不算太差。

可宋宜春一想到宋墨手中的那十三间商行，心口就觉像被什么堵住了似的，透不过气来。

如果没有这十三间商行，他有这个资本和自己作对吗？

宋宜春顿时心浮气躁，呼喝着新提携的贴身随从曾五："去！看看世子爷都在干什么？"

曾五连滚带爬地出了樨香院的正房，叫了个小厮去打探。

小厮回来禀道："世子爷在对账。"

曾五抬起脚就给了小厮一下："我还不知道世子爷在对账啊？！世子爷在和谁对账？什么时候开始对的账？广东十三行的收益怎样？你就不会动脑筋打听打听？真是桐油灯盏，拨一下亮一下！"

小厮捂着被踢疼了的大腿，喃喃地道："连国公爷都不知道广东十三行的收益是多少，我，我怎么会知道？"

"说你蠢，你还敢回嘴！"曾五又给了那小厮一脚，"你不会去看看世子爷是高兴还是不高兴啊？难怪当了几年小厮也没个长进！还不快去再打听清楚！"

小厮不敢回嘴，一瘸一拐地去了颐志堂。

曾五掸了掸衣袖，在心里嘀咕道：我又不是吕正那蠢货，竟然还送上门去给世子爷打呢!

想到吕正从今往后就只能在账房里混吃等死了,他无端端地心里一阵踌躇满志,抓住一个路过的丫鬟:"去,给我沏杯大红袍来。"

那丫鬟白了他一眼,道:"大红袍是贡品,得国公爷吩咐了才能取用。"

曾五冷笑:"就是国公爷要喝大红袍。你要不信,去问国公爷好了。"

丫鬟涨红了脸,就算明知道他是狐假虎威,却也不敢真的去问国公爷,只得低着头去茶房给他沏了壶大红袍。

他坐在茶房的太师椅上慢慢地品着茶,学了乖的小厮这次回话总算是言之有物了:"来的是广东十三行的大掌柜钟秉祥和各田庄的庄头,已经对了五天的账了,世子爷很高兴,昨天晚上还在醉仙楼设宴,款待了钟大掌柜和那些庄头。"

曾五听了有些走神。从前英国公府和颐志堂没有分家的时候,钟大掌柜每年从广东来京都对账,都会给他们这些丫鬟、小厮带点小东西,就是在东大街的当铺里,也能当一两银子。可自从颐志堂的人不和英国公府的人在一个锅里吃饭以后,他们再也看不到钟大掌柜的东西了。

都便宜颐志堂里的那帮狗东西了!

他又妒又羡。想起有一年,吕正拿了二百两银子托钟秉祥带到广东去入股,到了第二年,二百两银子就变成了一千二百两银子。他看着,当时就动了心,只可惜手里没有银子,也不过只能暗自垂涎一番罢了。可现在……昨天跟着国公爷去醉仙楼应酬,那个总兵赏了自己五两银子;前两天国公爷要吃芝麻糕,他跑了趟腿,落了二钱银子……他这才刚服侍了国公爷七八天而已,手里已经得了十来两银子,虽然比不上吕正,可也不算少了,不如也托了钟秉祥去入那个什么股好了……

只是不知道钟秉祥现在还愿不愿帮这个忙。

他思忖着,去了宋宜春那里:"世子爷正和广东十三行的钟大掌柜对账,其他田庄的庄头也都到了。虽说不知道颐志堂今年的收益如何,可听说世子爷高兴得很,昨天还请了钟大掌柜等人在醉仙楼喝酒。"

宋宜春正和天津卫的庄头说话:"屯口的山林去年都有两千两银子的收益,怎么今年只有八百两?"

听了曾五的话,他心里腾地生出一团火,而且还止不住地噌噌往上直冒。

他拿起账本就砸在了天津卫庄头的脑袋上:"蠢货,问你话也不会答,要你干什么?"

突然一下,把天津卫的庄头吓得腿如筛糠,扑通一声就跪了下去:"国公爷息怒!去年风调雨顺,今年夏天刮大风,有些树被吹得连根拔起——今年的树没有去年的多,收益也就没有去年的多。"

凭什么他的山林就刮大风,宋墨的十三行就风平浪静,一年四季连个龙卷风也没有?!

宋宜春脸色铁青铁青的,眼角的余光却无意间从陶器重的脸上瞥过——陶器重眼底闪过一丝惊讶。宋宜春本是多疑之人,看着心中一突,张嘴就喊着"来人",指了天津卫的庄头,"把我给这个满口胡言的东西拖下去重打二十大板,我看他说不说真话!"

天津卫的庄头一听,吓得瘫软在地,哭着喊着直求饶:"不是大风!不是大风!是小的想在国公爷面前讨好,去年把能卖的树都卖了,今年只剩下些小树苗,卖不出价来……我真没说谎!国公爷要是不相信,可以问刘大,他最清楚不过了。"

刘大是天津卫从前的庄头,宋宜春不满意天津卫的收益,贴身的小厮就推荐了自己的表哥，他看着这人说得头头是道，就用他替换了刘大……没想到却是个只会纸上谈兵的家伙！

他气得直发抖，上前又踹了那庄头几脚："给我滚！再也别让我看见你！"

庄头跌跌撞撞地爬了起来，满脸惊恐地往外跑去。

陶器重不由轻轻地咳了一声。

宋宜春醒悟过来，忙命身边服侍的："把那家伙给我捆了丢到柴房里去，不把账目交代清楚了，就直接送衙门。"

候在护外的几个护卫一拥而上，把庄头给拖走了。

曾五看得直缩肩膀。

宋宜春也没有了继续对账的心情，挥挥手，把人都赶走了。

国公爷说风就是雨，他得趁还在国公爷身边的时候攒点银子才行，就算是将来落魄了，也不至于穷困潦倒。

曾五想了想，叫了个心腹的小厮："你去看看钟大掌柜在干什么。"

小厮悄然而去。晌午的时候来给他回话："钟大掌柜的账都对完了，每天只在偏厅里和人说话聊天，世子爷在和几个田庄的庄头对账。"

曾五决定现在就去见钟秉祥，如果等到晚上，只怕人还没有见着，自己却被颐志堂的人五花大绑地交给了国公爷。

颐志堂的门房似笑非笑地将他拦在了门口："曾五爷这是找谁呢？我们帮您通报一声吧？您可是贵客！"

曾五可不敢在颐志堂的门房面前摆谱，谄媚地笑道："看哥哥说的，我算什么贵客？不过是个在国公爷面前跑腿的……"他好话说了一大筐，见那门房神色微霁，这才说明了来意。

门房的正准备帮他通禀，就看见钟秉祥和陈曲水说笑着朝这边走来。

曾五的眼珠子都差点掉下来。他下意识地就想躲开，急急地说了句："既然钟大掌柜有客，那我等会儿再说。"然后就一溜烟地跑了。

可当他转过树林边，立刻打住了脚步，想也没想，钻进了林子里。

透过人高的灌木丛，曾五看见钟秉祥和陈曲水站在颐志堂大门的台阶上，朝着他跑开的方向漫不经心地瞥了一眼，又笑吟吟地说起话来。

不一会儿，有马车驶了进来，从马车上下来一个二十岁上下的青年男子。

钟秉祥和陈曲水看见，迎了上去。

陈曲水给钟秉祥引荐那青年男子。

青年男子恭敬地给钟秉祥行礼，钟秉祥忙携了那男子，笑着和陈曲水说着什么。

青年男子身后的马车上跳下来五六个小厮，抬下好几口香樟木箱子。

陈曲水、钟秉祥和那青年男子朝颐志堂走去，几个小厮抬在箱子跟在后面，一行人的身影很快就消失在颐志堂的侧门。

曾五的眼睛珠子飞快地转着，他抄了条小路出了英国公府，装作刚从外面进来的样子靠近了停在颐志堂旁的马车，好奇地问正在给马顺毛的马车夫："咦，你们是哪个府的？怎么停在这里？"

马车夫说着一口方言："我们是从真定来的。赵掌柜吩咐歇在这里的。"

真定？夫人的娘家！

曾五想到窦昭陪嫁里的那两箱子银票，再想到那抬进去的几口箱子，不禁哆嗦起来，还想再问，却看见颐志堂的门房提着个茶壶拿着几个茶杯朝这边走过来，他忙支吾了两声,又钻进了旁边的树林,横冲直撞地跑进了樨香院的花厅。

"国公爷,国公爷!"他故意咋咋呼呼地喊道,"我看见颐志堂来客人了!"

宋宜春愠道:"喊什么喊?一点规矩也没有!"

曾五忙整衣端容恭谨地行礼。

宋宜春这才道:"出了什么事?"

曾五上前几步,低声道:"国公爷,刚才我准备去打听打听颐志堂对账的事,谁知道从前住在颐志堂的那个陈先生带着钟大掌柜迎了个陌生的青年男子进去,那男子还带了好几口箱子过来。"

宋墨是被救走的,英国公府目前为止只有宋宜春、陶器重和常护卫知道。曾五只是觉得陈曲水的出现有点突兀和诡异,并没有想到其他。

宋宜春神色骤变:"陈波和钟秉祥一起迎了个青年男子进去?"

曾五眼底飞逝过一丝狡黠,道:"我也打听清楚了,那男子姓赵,是从真定来的,是夫人的娘家人……那几口箱子,都是香樟木的,就是一般用来放书、放银票的,能够防虫的那种香樟木箱子。"

宋宜春也想到了窦昭陪嫁里的那两箱子银票。

他的脸色变得非常难看。

窦家,到底想干什么?

宋宜春叫了陶器重过来。

陶器重颇为头痛地道:"国公爷不如请了世子爷来问清楚——如果那几口箱子里装的是银票,以世子爷的为人,定然是不会否认的。如果我们派人去打听,却未必能打听得到。"

什么叫"未必能打听得到"?宋宜春气得嘴都歪了,却也没有更好的办法,只好吩咐陶器重:"你去请了世子爷过来!"

这可真是谁出的主意谁去办!

陶器重苦笑。

钟秉祥却是从太师椅上跳了起来,指着摆在花厅正中的几口香樟木箱子,张口结舌地问道:"这,这是什么?"

第一百零八章　　插曲·余韵·吐血

赵良璧道:"这是夫人名下产业的清单和这几年来的账册。"他然后对宋墨解释道,"三老爷带着我们是早上卯正时分进的城,先去了槐树胡同给二太夫人问安,用过午膳,去了静安寺胡同。七老爷的意思,是让我们在静安寺胡同对账。可三老爷说,夫人既然看得懂账册,这些产业又在夫人的名下,还是到英国公府来对账。有什么不清楚的,夫人也可以直接问三爷。就让我把清单、账册和随行的女眷都带了过来,并让我请世子爷和夫人示下，定个对账的日子。"

他还有句话没有说。

除了以上的缘由，三老爷和二太夫人商量在什么地方对账的时候，二太夫人还曾说过一句"也好给世子一个交代"的话。他觉得这句话将二太夫人趋利避害的性子表现得淋漓尽致，真是给夫人丢脸，所以他隐瞒下了这句话。

钟秉祥咋舌。

宋墨望着香樟木箱子上贴着的封条，微微一笑，道："那就依三老爷所言，在颐志堂的花厅对账吧！"又道，"三老爷和三爷在哪里落脚？我和夫人是晚辈，理应前往拜见才是。"

赵良璧忙道："三老爷和三爷都歇在了槐树胡同。"

也不知道今天晚上能不能睡得着！

宋墨腹诽着，吩咐陈核去槐树胡同下个帖子："明天一早我就和夫人去拜见三老爷和三爷。"随后问，"夫人在干什么？跟夫人也禀一声，问问夫人的意思，什么时候对账好？"

陈核笑着应声而去，亲自去了内院禀告。

窦昭正拉着段公义母亲的手说着话："段师傅对我有救命之恩，您就像我的长辈一样，您能够安安心心地在颐志堂住下来，我心里才能落定。您可千万不要和我说那些客气话，吃穿用度上有什么不方便、不习惯的，只管跟素心说。"她说着，喊了素心一声，向段老太太引荐自己身边的丫鬟，"她要是不在，您就找素兰，找甘露、素娟，让她们去办……"

"这可使不得！"段老太太忙道，"怎么能劳动夫人身边的几位姐姐呢？"

"您老这样说就不对了，都是您的晚辈，有什么劳动不劳动的？"窦昭知道老年人离乡，都特别的不习惯。只有家里安稳了，那些护卫才可能真正安下心来帮她做事。

两人正说得高兴，陈核过来了，他恭敬地把宋墨的话禀了窦昭。

窦昭想了想，道："明天去拜见了三老爷和三爷，后天就开始对账吧！"

陈核笑着退了下去。

窦昭又和陈晓风等人的家眷说了几句话，想着她们一路风尘地赶过来，都很疲倦了，亲自送她们出了垂花门。

段老太太见着儿子的时候不免感慨："难怪你在京都的大师兄几次请你到兵部做教头你都没有答应，夫人这里你却来了，夫人待人可真是仁义！"

段公义嘿嘿地笑。

段老太太就叮嘱他："滴水之恩，当涌泉相报。你虽对夫人有救命之恩，可当初夫人可是付了赏钱给你的，这些年又对你照顾有加，若说有恩，也相互抵消了。你切不可居功自傲、挟恩图报……"说了一大通告诫他的话，听得段公义哭笑不得，连声称"好"，花了半天功夫才把母亲劝着去盥洗休息。

而窦昭送走了段老太太之后，换了件衣裳，见了赵良璧。

赵良璧先送上了崔姨奶奶和红姑给她做的衣裳鞋袜，说了崔姨奶奶的近况，这才将窦昭走后家里的琐事一一地告诉了窦昭。

窦昭一边听，一边观察着素心。

她发现在自己和赵良璧说话的半个时辰里，素心给自己和赵良璧续了六次茶。

窦昭不由嘴角微翘，知道赵良璧晚上想落脚在笔墨铺子，和崔十三、田富贵好好地聚一聚，窦昭没有留他，让素娟留下来值夜，就去安排宋墨的晚膳。

宋墨看着餐桌上有道香酥鸭，知道窦昭又下厨了，笑道："让灶上的婆子做就是了，天气这么冷，小心冻了手。"

窦昭笑道："她们哪有我做的好吃？"

"那倒是。"宋墨有些后悔。

他喜欢看窦昭围着他团团转的样子，就想着法子让窦昭服侍他。窦昭有一天做了这道香酥鸭，他吃着好吃，第二天让灶上的婆子做了一次，却怎么也吃不出窦昭做的那种味道，也就把这件事给放下了。谁知道窦昭却记在了心里，隔三岔五地让灶上做，又发现灶上做的没她做的好吃，教了厨娘几次，也不知道为什么，厨娘做出来的总是差点火候，窦昭也懒得找原因了，索性自己动手，兴致好的时候就给他做一次。

谁知道窦昭这么会照顾人，他只重点了一次菜，她就记在了心里。

宋墨暗暗嘀咕着，可心里却像裹了块糖似的，怎么也化不开。

他挨着窦昭坐下，笑道："大冬天的，总吃什么香酥鸭啊！做点米酒汤圆吃好了！"

窦昭挑了挑眉，认真看着他："你确定？"

宋墨一下子不敢确定了。

窦昭扑哧一下笑了："你连驴打滚都不吃，会想吃汤圆？"

宋墨噎住了。

他只是不想让窦昭操劳，想换个做起来最简单的吃食，转移一下窦昭的视线。

窦昭咯咯直笑，笑得像个孩子。

这个家伙，就是想体贴人也弄得这么婉转。

不过，她从前好像也是这样的，以至于她的好意并不是人人都能体会得到的。

窦昭亲自给宋墨盛了碗汤，愉悦的笑意从眼底一直漫到心底，有着浓浓的暖意："快喝汤，小心凉了不好喝了。"

宋墨闷头喝汤。

窦昭静静地吃饭，可不知怎的，眼睛就舍不开离开对面那个俊秀的少年，不时地抬起头来看他一眼，心情就又像柳絮般地飞扬起来。

宋墨有些恼怒，瞪了她一眼。

窦昭又止不住地笑了起来。

"还笑，还笑！"宋墨恼羞成怒地去了书房。

一旁服侍他们吃饭的甘露吓得脸都白了。

"没事。"窦昭安慰了她几句，径自去洗漱了一番。

宋墨还在书房里。

难道真生气了？窦昭寻思着，让甘露沏了壶毛尖，亲自端去了书房。

宋墨正歪在临窗的炕上看书，见窦昭端了茶进来，很是意外。

窦昭坐在了炕边，将茶递了过去，笑道："还生气呢？"

宋墨一愣，旋即掀开了褡被，恶狠狠地道："进来！陪我看书，我就原谅你！"

窦昭却怎么也感觉不到宋墨的恶意，反而觉得他有些色厉内荏。

她强忍着笑意，脱了外面的褙子，温驯地躺在了他的臂弯，柔声问他："看什么书呢？"

宋墨立刻把她裹得严严实实的，声音情不自禁地柔和了下来，道："《文华大训》。免得皇上问起来，我一无所知。"

窦昭不由半支起了身子，道："纪家表哥好像参与了撰写。"

宋墨跟着坐了起来，靠在了炕头，翻到扉页，指了纪咏的名字，道："在这儿呢！"

窦昭看了一眼，问他："都写了些什么？"

"皇上早年间训斥大臣的话。"

"啊！还有这种书？"

"怎么没有？"宋墨不以为然地道，"我在御书房里还发现过一本太宗皇帝写的诗集。"

窦昭看宋墨的表情，就知道那诗集的水平了。

"不知道是谁想的这主意？"窦昭靠在宋墨的肩膀上，"这马屁拍得，可真叫响亮。"

宋墨撇嘴："梁继芳。"

"不会吧？"窦昭惊讶，"不是说他耿直狷介吗？"

"那也要看是对谁。"宋墨说着，捏了捏窦昭吹弹欲破的面颊，"也就骗骗你这小妞了！"

"什么小妞？！"窦昭娇嗔道，"我比你还大一岁！"

"那姐姐好了。"宋墨说着，丢了书，抱着窦昭滚到了炕上，咬着她的耳朵喊着"姐姐"。

"快别闹了！"窦昭咯咯地笑，推搡着宋墨，"痒……"

宋墨放开她，温柔地亲着她的额头。

外面，寒风吹打着窗棂，呼啦啦直响；室内，热情如火，直灼人心。

直到窦昭向宋墨求饶："甘露他们都在外面，别闹了好不好？"

宋墨这才"嗯"了一声，翻身躺在了一旁。

窦昭松了口气。

她起身想喊甘露进来，宋墨长臂一伸，重新把窦昭揽进了被子里。

"等会儿再叫她们。"宋墨的手握住了她的手，"我们说会儿话。"

有这样说话的吗？

窦昭啼笑皆非。

宋墨已问道："你小的时候，都干些什么？"

"啊？"窦昭讶然。

宋墨笑道："我小的时候，每年到这样的冬天，都会躲在母亲的怀里，听母亲给我们讲女娲、伏羲的故事，屋子中央放个大火盆，埋在灰里的蚕豆噼里啪啦蹦得到处都是……"

窦昭安静下来，想着自己小时候。

在那个像前世般的梦里，她腰杆挺得笔直，盘坐在炕上做针线。

现在，她懒洋洋地躺在被子里，看着丫鬟们坐得身姿笔直地做针线。

她笑："做针线！"

"好好地想，不许敷衍我！"宋墨俯身望着窦昭，霸道地道，"难道就不堆个雪人、打个雪仗，或是和丫鬟们在雪地里跑一跑？"

窦昭仔细地想了想，道："还真没有。"

宋墨有些傻眼。

窦昭笑容温柔，轻声道："我小时候和崔姨奶奶住在庄子上，我是丧母的长女，崔姨奶奶又是姨娘出身，生怕我被别人笑话，所以在女工针黹上对我要求特别严……"

宋墨很是困惑。他得到的消息，是崔姨奶奶和窦昭在真定一起生活，怎么窦昭反说她跟着崔姨奶奶在田庄里生活？

宋墨想到那几大箱子账册。

窦家就算是再富有，岳父就算是没有儿子，窦家也不可把这么多的产业记在窦昭的名下。当年王又省的女儿进门，恐怕不仅仅是妾室扶正这么简单吧？

那时候窦昭应该只有两三岁，是谁在照顾她？

这些年，她又是怎么过来的？

宋墨望着窦昭浅浅微笑里流露出来的些许苦涩，心里非常的后悔。

他在窦昭的事上太过爱惜羽毛，以至于因为要做那谦逊君子，对窦昭的事全都一知半解的，结果说错了话，提起她的伤心事来……

"寿姑，"宋墨贴着窦昭的脸，"我们家针线上有婆子，你要做什么，吩咐她们就是了。要是她们的针线你不如意，我就找几个宫里针线局出来的到家里来做活。你以后别做针线了，对眼睛不好。"然后想到窦昭的针线都是为自己做的，又道，"我的衣裳多的是，穿也穿不完。等过几天我交了差事，就陪你去西山赏雪去。"

他所说的差事，是指督促五城兵马司的人缉拿英国公府走水的盗贼。

柔情如水般荡漾在窦昭的心里。

宋墨这是在心疼她吧？

在那个像前世般的预知梦中，济宁侯府里里外外都只能靠她一个人，她去哪里都丢不开手，成亲后唯一一次离开京都，是妥娘病逝，她去奔丧。就是在那样天崩地裂般伤心欲绝的情况下，她还得带着茵姐儿出行……也就是那个时候，她遇到了宋墨。

那样清冷的人，骨子里全是拒人于千里之外的冷漠，现在却将她拥在怀里，因为怜惜她，连不让她做针线这样不求妇工的话也说了出来。

窦昭不由紧了紧自己的手臂，好像这样，她就能温暖宋墨一般。

她从前不想嫁人，还有个羞于细想的原因。

一女不嫁二夫。

像梦一般的上一世的记忆还残留在她的脑海里。

她虽然不想再和魏廷瑜做夫妻，却不能否定她曾经做过魏廷瑜的妻子，她又怎能毫无芥蒂地和别的男子一起生活呢？

和宋墨在一起的时候，她很是矛盾。

理智告诉她应该忘记过去，可情感上却又难以控制地感觉到羞赧。

特别是宋墨对她表现出特别的迷恋时，那种感觉尤为强烈。

以前，她不以为意。

这一刻，却突然有些庆幸。

如果宋墨喜欢，她为什么要矫情？

就算她上一世真是魏廷瑜的妻子又怎样？

这一世，心疼她的人是宋墨！宠溺她的是宋墨！让她知道原来自己也可以是掌中珠的人是宋墨！

只要宋墨喜欢，她又何乐而不为？

"砚堂！"窦昭咬着宋墨的耳朵，"那我们说好了，若是下了雪，你要带我去西山看雪，你可不能食言……"

窦昭第一次这样和他说话。

娇娆得像个花精。

宋墨哪里还把持得住，翻身就将她压在了身下。

如果是往日，窦昭十之八九会红着脸推搡着他，又羞又恼地说着"别这样"，可这一次，窦昭不想拒绝宋墨了。

她揽了他的脖子，仰着头问他："那我给你生个女儿可好？"

"只要是你生的，我都喜欢！"宋墨喃喃道，眼里是毫不掩饰的惊艳仰慕。

窦昭咯咯地笑。

从前种种仿若都被风吹散了去……从今以后，她就是宋墨的妻子！

她要为宋墨生儿育女，她会和宋墨一起教养儿女，她会做一个好母亲，一个好妻子……

窦昭紧紧地抱住了宋墨，不再压抑自己的感受……

昨夜的一场冬雨，打落了枝头最后的几片叶子，让院子里一片狼藉。

陈嘉站在廊庑下，任清晨的冷风吹在自己的脸上。

他问垂手恭立在他面前的虎子："你真的没有听错？"

虎子有些委屈："陈大哥，我真的没有听错！这个事真定的人都知道，庞家的少爷到现在走路还一瘸一拐的，因为这个，到现在还没有成亲。据说他们家的谢媒礼都开到了五百两银子。"

陈嘉听着一乐，道："不如我们做了这买卖如何？买个扬州瘦马，然后当成清白人家的姑娘嫁过去，赚了那五百两银子……"

"陈大哥，您别开玩笑了！"虎子嚷道，"庞家和王家可是姻亲！"

陈嘉却突然沉默下来。

世子爷知不知道他娶了如此一个悍妇呢？

他吩咐虎子："你再去趟真定，想办法打听清楚，英国公府有没有人去过真定？"

如果有人去过，世子爷肯定知道自己娶了个怎样的妻子……他还能对窦氏如此地看重，可见窦氏是如何厉害了！

颐志堂内，窦三爷窦秀昌则坐在临窗的大炕上，透过镶着玻璃的窗户朝外望。

他们来京都的第二天，英国公世子就和窦昭去了槐树胡同，窦世枢还特意请了一天的假在家里作陪，窦昭也没有客气，让他们隔天来英国公府对账，窦世枢没有拒绝……这让窦秀昌不禁暗暗猜测窦昭和槐树胡同的关系。

赵良璧走了过来，指了其中的一项支出笑着问道："三爷，这笔款子注明是没有收回来的，之后就没有了下文，您还记得不？会不会是和其他的账记到一起去了？"

窦秀昌抬头。

花厅东边由钟秉祥领着七八个颐志堂账房的好手打着算盘，在核对账目，并没有谁多看他们一眼。可窦秀昌敢打赌，这些人的耳朵只怕全都支棱着，就等着他交代这笔款子的去向了。

窦秀昌下了炕，从箱子里翻出一本写着大红"廿廿"的账册，翻到其中一页，道："这笔款子四妹妹发话，给免了。"他指着签了窦昭的名字，盖了窦昭印章的纸角给赵良璧看。

赵良璧笑着应了一声，在账册上做了个印记，回了花厅的东边。

算盘声更密集了。

窦秀昌长叹了口气。对账，如同撕下了最后一块遮羞布。三叔父恐怕知道会有这种事发生，所以端着长辈的架子把自己推到了英国公府的吧！

他重新在炕上坐下，悠闲地喝着茶。

宋宜春却有些坐不住了。

窦秀昌是晚辈，又是窦昭娘家的人，来英国公府，于情于理都应该给宋宜春问个安。宋宜春倒是把长辈的款摆得十足，和窦秀昌说了几句话，就直接问窦秀昌来干什么。

关于这件事，窦家早就商量好了。

窦秀昌不紧不慢地道："我七叔父心疼四妹妹，决定给四妹妹再添些陪嫁。我受了七叔父之托，把陪嫁交给四妹妹。"

这就是没有儿子的下场！

宋宜春当时在心里冷笑了几声，说了大堆客气话，端茶送了客。

可没想到这都过去五六天了，账目还没有交接清楚。

他也派人去打听过。回来的人都说，七八个人在花厅里打算盘，忙得连口水都没功夫喝，真的是在对账。

是什么账，要对这么长的时间？就是英国公府，也不过对了五六天的账。

宋宜春叫了曾五来："你去打听打听，窦家到底给夫人添了多少嫁妆？怎么到现在还没有交接清楚？"

曾五脸色阴晴不定地跑了回来："国公爷，颐志堂真的在对账，一直都在对账，据说全是夫人的添妆。"

宋宜春的脑袋"嗡"的一声，半晌才回过神来。

"怎么可能？！"他一跳三尺高，一句话没有说完，自己先愣住，"那得多少添妆……"

"国公爷，"陶器重匆匆忙忙地走了进来，他忧心忡忡的，并没有注意到室内的异样，而是皱着眉道，"我听说窦家给夫人又添了些嫁妆，按道理，添妆的单子应该交给您才是，怎么窦家却将添妆悉数交给了世子爷？还派了窦家三爷和世子爷交接……这，这未免太不合情理了！"

宋宜春听着眼睛一亮。

自己刚才怎么没有想到这一茬？他可是宋墨的父亲、窦氏的公公，窦家既然给窦氏添妆，怎么能绕过他去？否则名不正言不顺，两家不说清楚，宋家就算强占了窦氏的陪嫁，窦氏也只能打落了牙齿和血吞，谁让你的添妆不过明路的呢？

"你们快去把世子爷请来！"颐志堂这两年被宋墨经营得像铁桶一样，不管是明里还是暗里，他都很难听到颐志堂的消息，有时候甚至会被颐志堂误导。他有心在这上面花功夫，却苦于没有能主持大局的人，而且也太花银子了，只怕他每年得要拿出一半的收益来，这不免让他心疼肉疼的，一直下不了决心，"我要亲自问世子，难道他还敢隐瞒不成？他就不怕我到时候不承认这些添妆？"

陶器重暗暗点头。

这件事太重要了！

窦家就算是在夫人嫁进来之前不知道国公爷和世子爷的矛盾，现在恐怕也知道了，却又拿出大笔的银子给夫人添妆，是什么意思？

是帮着世子爷压制国公爷，还是暗示国公爷夫人背后有北楼窦氏？

世子爷现在已得到了皇上的支持，如果再通过窦阁老得到那些臣子的支持，国公爷以后前程堪忧。

但仔细想想，这又不合情理。窦家若是有心，完全可以让窦阁老出面和国公爷谈一谈，又何必平白拿出这么多真金白银来给夫人造势？

这真是件让人都左想右想都想不明白的事。

不如当面问问世子爷，也许会有所发现——窦家又不傻，不可能平白无故既不要名又不要利地送银子给世子爷。

曾五傻怔怔地在那里琢磨：夫人有多少银子啊？世子爷怎么就娶了这么个金银堆起来的人儿呢？难怪夫人打赏起人来一点都不手软！

那些跟在夫人身边服侍的，得占多少便宜啊？

三个人各有各的心思。

一时间，梿香院正厅里静悄悄的，只有北风刮过的呼啸声。

不一会儿，宋墨来了。

可宋墨不是一个人来的。

和他同来的，还有宁德长公主的儿子——陆家二老爷陆时。

宋宜春大吃一惊。

陆时笑道："大侄子和侄儿媳妇的婚事准备得仓促，窦家一早就为侄儿媳妇准备好的一些产业没能及时写在嫁妆单子上，这次特意派了窦家的三爷把侄儿媳妇名下的产业送过来，大侄子特意去府上请了我过来做个人证。"

宋宜春一口气就堵在了胸口。

陆时是什么时候来的？

自己怎么不知道？

敢情这个小兔崽子什么都想好了，专设了个圈套等着自己跳啊！

难怪窦家敢把银子往颐志堂搬！

他不由阴森地瞥了陶器重一眼。

陶器重很是茫然。

陆时是怎么冒出来的？怎么一点风声都没有？

是从什么时候开始，世子爷变得这么厉害了？不动声色地就把宁德长公主的儿子请到了府上做客，看这样子，还不是一天两天临时起意……

陶器重突然生出一种英雄迟暮的悲凉。

而曾五则不由缩了缩肩，小心翼翼地朝后挪着步子，只盼着等会国公爷发脾气的时候，自己不要成为国公爷的第一个出气筒。

宋宜春转脸望向玉树临风般含笑站在旁边的儿子，眼角直抽，半晌才咬牙切齿地道："窦家都给窦氏添了些什么东西？砚堂还特意去请了你过来做人证，难道是怕我贪图儿媳妇的陪嫁不成？"说着，目光冷冷地扫过宋墨，流露出对这件事的不满。

陆时呵呵地笑："表弟还别说，就连我看了窦家为侄儿媳妇添的嫁妆都心动不已，也难怪窦家要我们这些长辈出面帮着做证了。"

宋宜春一愣，朝宋墨望去。

宋墨微笑着站在一旁，风华内敛，清雅如月。

宋宜春心里又是一阵哆嗦。

耳边却传来陆时含笑的声音："大侄子让他在广东十三行的大掌柜领着颐志堂账房的六七个熟手，盘了四五天的账也不过只盘了一半，表弟就可以想象侄儿媳妇名下有多少产业了。这要写在嫁妆单子上，这嫁妆单子恐怕就得好几本。我看侄儿媳妇的陪嫁，只怕是我朝头一份了。"然后叹道，"当初那一抬银票就引了那些亡命之徒夜闯英国公府，如果是我，我也会像窦家似的，悄悄地派人给侄儿媳妇添妆……"

"你说什么？"宋宜春只觉得太阳穴突突作响，四周的声音听得都有些不太真切，"六七个人，盘了四五天的账，也不过只盘了一半……"

"是啊！"陆时的声音时远时近地在他耳边响起，"这些产业十几年前就记在了侄儿媳妇的名下，这些年的收益也全都归侄儿媳妇，这些收益全都要对账，这才耽搁了时间……"

那是多少银子？

宋墨那逆子是一分银子能生出两分银子的人，他怎么会不知道窦氏名下有多少产业？

难怪自己提起这门亲事的时候他什么也没有说。

他肯定一早就认识了窦氏，一早就打算娶窦氏！

宋宜春只觉得眼前冒着金星。

上当了！他上当了！

自己本可以轻松地拿捏宋墨的婚事，却上了当。

还亲手将座金山送到了宋墨的手里！

自己亲手送银子给宋墨，让他养死士，让他收买人心，让他在自己都没银子养探子的情况下有银子养探子，然后用来对付自己……自己这是把脖子洗干净了让那逆子砍啊！

世上还有比自己更蠢的人没有？

宋宜春喉头一甜，眼前一黑，全身无力地倒了下去。

"国公爷，国公爷……"陶器重和曾五都惊恐地围了上去。

守在门口的护卫闻声闯了进来。

宋墨站在那里没有动。

陆时却皱了皱眉。

晚些时候，他回到公主府，对等着他回来的宁德公主低声道："我看传言并非空穴来风！哪有老子见儿子，还在门口暗中布置护卫的？天赐那孩子，处境堪忧！"

宁德公主就叹了口气，道："这是他们的家务事，我们不好插手。天赐是个聪明的孩子，看他这些日子的所作所为，就知道他是个心里有数的。"说到这里，她微微一顿，问儿子，"涵儿媳妇和沁儿媳妇这些日子都在干什么？叫她们没事也常去颐志堂走动走动。英国公府只有天赐媳妇一个女眷，又是刚刚过门的新媳妇，难免有不知所措的时候，她们两个做嫂子的，理应多照顾照顾天赐媳妇才是。"

陆涵和陆沁是陆时的两个儿子。皇上素来忌讳结党，宁德长公主为了避嫌，一直约束着家里的人，陆家的人很少到处串门。

陆时惊愕地望着母亲，宁德长公主不由叹了口气，儿子被自己拘管得太老实了，自己走了，这一大家子人可怎么办啊？

她有些疲惫地歪在了大迎枕上，道："你听我的安排就是了。这次天赐既然请了你去，你就好好地帮帮天赐。"随后问起英国公来："……他现在怎样了？"

陆时果真就不再多问，恭敬地道："御医已经诊了脉，说是郁结于心，用几服药，静养一些时日就好了。"

"恐怕这心病还得心药医。"宁德长公主却不怎么赞同御医的话，"他的心胸一向狭窄，又这么大年纪了，可别落下病根才好。"

陆时想到宋宜春听说儿媳妇陪嫁丰厚竟然被气得吐血，实在是不知道如何评论，只好低声应"是"。

宁德长公主又问起窦昭："窦家到底给她添了多少陪嫁？你可瞧清楚了，是那些账房的算账太慢，还是的确有那么多的账目要盘点？"

陆时苦笑："那些账房已经连夜盘了好几天了，我瞧了瞧，仅仅盘点出来的那些产业，就比我们家的产业还多……"

"哦！"宁德长公主顿时坐直了身子，神色也变得凝重起来，"怎么会这样？"

陆时也不知道。

宁德长主公陷入了沉思。

陆时怕打扰了母亲的思绪，屏气凝神。

良久，宁德长公主转过头来，对陆时道："时候不早了，你明天还要去颐志堂，早点歇了吧！"

陆时轻手轻脚地退了下去。

廊庑下的大红灯笼被风吹得摇曳不定，重重树影在呼啸的北风中张牙舞爪，仿佛要噬人般胡乱扑腾。

他望着幽蓝的天空中明亮的北极星有些发愣。

宋宜春这一病，也不知道什么时候能好？天赐和天赐媳妇恐怕要侍疾了。也不知道宋宜春会不会为难这两个孩子？天赐媳妇还好说，毕竟没有婆婆，最多也就多煮几碗药。倒是天赐，只怕要吃些苦头了。

第一百零九章　侍疾·姻缘·碰巧

英国公府。

送走了御医，宋墨去了榭香院。

宋翰扑了过来："哥哥，我害怕！"他扁着嘴，一副强忍着不让眼泪落下来的样子。

垂手做恭立状站在一旁的窦昭看着心里只觉得怪异。

十三岁的男孩子，已经长得齐宋墨的下巴高，却像个五六岁的小孩子似的撒着娇。

宋墨却全然不觉，轻轻地拍了拍弟弟的肩膀，低声安慰他："没事，父亲用了药，静养些日子自然就好了。"他说完，目光落在了窦昭身上。

窦昭立刻道："世子爷放心，我这就领了公公屋里的落雁帮公公煎药去。"

这种时刻，就是做样子，也要做得漂漂亮亮，让人挑不出一点毛病。

宋墨眼底闪过一丝欣慰，和宋翰进了宋宜春的内室。

窦昭带着落雁去了茶房。那里有现成的炉子，只要拿了药罐，抓好药，就能煎药了。

落雁十七八岁的样子，杏眼桃腮，十分漂亮。

她是宋宜春屋里的大丫鬟，是蒋氏病逝后进的府，至于是不是还兼着通房的差事，窦昭并不关心，由素心服侍着，端了茶盅坐在那里喝着茶，看着落雁煎药，并没有动手的意思。

落雁错愕，但她很快就低下头，把这错愕藏在了心里，手脚伶俐地洗药罐、打水。

有小丫鬟轻手轻脚地疾步走了进来："夫人，大老爷和大爷、二爷过来了，说是来探望国公爷病情的。"

落雁眼角的余光忍不住朝窦昭瞥去。

只见窦昭一言未发地点了点头，那小丫鬟像来时一样脚步轻盈地出了茶房。

她知道，这是窦昭的人在向她通风报信，她像看见了什么不该看见的似的，忙垂了眼睑。

不一会儿，外面就传来了嘈杂的脚步声。

素心去挑了帘子，从帘子缝里朝外张望，回头对窦昭道："不仅大老爷一家来了，二老爷一家也来了。"

窦昭淡淡地说了句"来得还挺快"，就没再出声，素心也不说话，茶房里一片压抑的寂静。

宋宜春的内室，也是一片压抑的寂静。

父亲病了，不让自己的亲生儿子侍疾，反而让自己的大侄子留下来照顾他……

听了宋宜春的决定，来探病的宋茂春一家非常尴尬，宋茂春更是强笑着和宋宜春商量："要不，让世子爷在旁边帮着煎煎药什么的？"

自从发生了英国公府走水的事情，宋茂春已经领教了宋墨的厉害。

他没有想到宋宜春竟然一副要撕破脸的样子。

宋茂春不禁暗暗后悔。早知如此，自己急巴巴地赶过来干什么？这下可好了，马屁没拍上，儿子反成了宋宜春父子斗法的工具。

宋宜春的态度却十分坚决。

"不用了！"他脸色苍白地躺在床上，声音虽然嘶哑虚弱，说出来的话却斩钉截铁，毫无转圜的余地，"让钦哥儿留下来照顾我就行了，世子和天恩各回各屋。"然后吩咐天恩，"你还要跟着先生上课，功课要紧。"

他绝不能让宋墨在自己身边侍疾。

以宋墨的性格，肯定会趁机作乱，收拾那些为他所用的人，到时候等他病好了，英国公府也就易主了，他岂不成了宋墨的俎上之肉！

宋茂春顿时有些不知所措，这让上门探病的客人看了会怎么想？

是会说宋墨不孝？是会说宋宜春不待见宋墨？还是会说宋钦这个堂兄巧舌如簧，离间宋宜春父子的感情？

他忙道："这怎么使得！这怎么使得！"

同来的宋逢春心里很不舒服。

自己逢年过节可没有少巴结过二哥，可二哥到底还是待大哥更亲近些。

二哥的两个儿子都活得好好的，却要大哥的儿子去给二哥侍疾……这可像是在悬崖边走似的，讨好了二哥，就得罪了砚堂；讨好了砚堂，就得罪了二哥。是福是祸，谁也说不清楚。

他一言不发，幸灾乐祸地袖手旁观。

宋墨却在心里冷笑。

自己每和父亲接触一次，就心死几分。他当然不会任宋宜春为所欲为，把一顶不孝的帽子扣在自己的头上，却也不会留在这里讨人嫌。

"既然如此，那我和天恩就在外面的宴息室里候着吧！"宋墨不温不火地道，"大哥有什么事，吩咐我们兄弟一声就是了。"

算是同意了宋钦侍疾的事。

宋铎朝着哥哥使着眼色，宋钦却只能苦笑，当作没看见似的。

二叔父点着名让他侍疾，他能拒绝吗？又用什么当借口来拒绝？

这可真是祸从天降，明明知道这件事很荒唐，宋钦也只得硬着头皮坐在了宋宜春床前的锦杌上。

宋墨就招呼大家："父亲的病需要静养，我们先去宴息室喝茶吧！别吵着他老人家休息。"

宋茂春等人自然称好，纷纷起身随宋墨往外走。

宋宜春瞪大了眼睛，觉得胸口又开始隐隐作痛。

自己这还好生生地活着，他就敢以"静养"之名把自己孤立起来，若是哪天年老体衰无力掌管英国公府了，他还不把自己往死里整啊！

他不禁厉声道："砚堂你要走就先走，我还有话和你大伯父、三叔父说。"

宋茂春和宋逢春对视了一眼，留了下来。

宋墨不以为意，笑着对宋铎道："长辈有话要说，那我们先去宴息室吧！"说着，率先出了内室，宋铎连连点头，跟着宋墨出了内室。

迎面碰到宋同春和宋钥。

宋同春忙道："二哥的病怎样了？"

宋墨懒得和他打交道，道："父亲正和大伯父、三叔父说话呢，您快进去看看吧！"

宋同春"嗯"了一声，领着儿子宋钥进了内室。

宋墨招待大家喝茶。

宋翰悄悄地拉着哥哥的衣袖："哥哥，父亲为什么不让我们侍疾？"

他大大的眼睛无邪地望着宋墨，让宋墨心里像刀割似的。

"大哥年纪大一些，行事稳重些，"他安慰着弟弟，"等你大些了，父亲就会渐渐把一些重要的事交给你做。"

宋翰乖乖地点头。

茶房的窦昭立刻就知道了内室里发生的事。

她坐在那里想着心事。

宋宜春怕宋墨害他，防着宋墨，这是预料之中的事，可他为什么连宋翰也不相信呢？

不过两天的功夫，大家都知道宋宜春病了，亲戚朋友不免要上门探望。

宋墨始终守在宴息室里，几次宋宜春当着客人的面让他回颐志堂，让陶器重帮着待客，宋墨当着客人的面都唯唯应是，等送走了客人，该做什么，还是做什么，气得宋宜春有一次直接朝宋墨的脑袋丢了个杯子，宋墨闪身躲过，有了客人来，不以为意地继续去待客。

而客人在面对宋墨和陶器重的时候，谁会脑子不清醒地把陶器重当成主人？

偏偏客人又是一批一批地来，宋宜春就是对宋墨再不满，也不能每次有客人进门就告诉别人不用理睬宋墨，所以宋宜春继续发他的脾气，宋墨继续招待上门探病的客人，陶器重继续像个下人似的跟在宋墨的身后，情况一点也没有改善。

反而有自认为和宋宜春交情很好的客人委婉地劝宋宜春："砚堂如今好歹也是正三品的大员了，就算是他一时有什么让你不满意的地方，你也不能这样不顾他的颜面。"

更有甚者摇着头劝起宋钦来："你是做大哥的，这个时候不劝劝你二叔父，怎么还跟在里面搅和不清？你这孩子，平日看着行事很是老成，怎么到了关键时候就糊涂了？"

宋钦郁闷不已，却一句辩解的话也不敢说。

那些和宋宜春不熟的则不停地赞宋墨孝顺："平日里看着那么清冷的一个人，不管国公爷怎么发脾气，都温言细语的。这'孝'字最难的不是顺从，而是言色。难得，难得！"

话传到宋宜春的耳朵里，身体刚刚有些起色的宋宜春吐了口血，病情更重了。

窦昭在茶房里偷笑，趁着没客人的时候，让婆子们在宋宜春的窗前闲言碎语："……你听说了没有？窦家给夫人添了十几万两银子的陪嫁，夫人全交给了世子爷打理，所以十三行的钟大掌柜才会来和窦家的人对账的。"

宋宜春听了，气得直骂宋墨是逆子。

窦昭这才让人送信给窦家，说宋宜春病了。

窦家也有人听说宋宜春病了，但窦昭一直没有送信过来，他们也不知道是真是假，就一直没有动静。知道宋宜春病了，出于对窦昭的看重，不仅窦世英和窦世横来探望宋宜春，就是窦世枢也一起来了。

宋宜春却气不打一处来。

自己病了这么长时间，作为亲家，你窦家这才来人，是碍于情面不过，还是想告诉自己两家的关系不过如此？

可他却不能摆脸色给窦家的人看。毕竟别人礼数周到，说话客气，你总不能因为窦家的人探病的时候比旁人晚，就说窦家怠慢他吧？

宋宜春脸色铁青，窦世英以为宋宜春是在病中脸色不好，劝他："砚堂这么能干，亲家翁有什么事交给他去办就是了。我的女儿我知道，也是个听话懂事的，这些天一直待在茶房里，亲自帮亲家翁煎药……您好好养着，应该很快就能好了！"

宋宜春闻言汗毛都竖了起来。

窦家的人一走，他就立刻拍床叫了陶器重来："我的药，一直是夫人在煎吗？"

"是啊！"陶器重总不能说是落雁在煎药，夫人不过是坐在旁边看着。

他顾不得头昏眼花，跳了起来："你怎么能让她给我煎药？你是不是嫌我死得还不够快啊？快，快让她给我滚蛋！你亲自帮我煎药！不，把所有的药材全都丢了，重新再买！"

智者千虑，必有一失。

他只顾防着宋墨了，却忘记了这个在他面前总是沉默寡言几乎没有存在感的媳妇。

陈嘉的算盘打得不错，但以他的交际圈子，想结识一位能进出高门大户的媒人，也不是那么容易的事。特别是当锦衣卫镇抚司的金事调到了神机营前哨军任把牌官之后，镇抚司金事之职空了出来，锦衣卫都指挥使史川还亲自把陈嘉叫了过去，暗示他只要英国公世子爷宋砚堂愿意帮他出面说句话，这金事之职就是他的了。这样一来，尽快娶一位八面玲珑，能和英国公世子夫人窦氏说得上话的女子为续弦就变得尤为重要了。

他急得嘴里全是水泡。

当初他已用自己知道的消息交换了汪渊的谅解，宋墨没有杀他灭口就是好的了，他怎么敢再去见宋墨？更不要说请宋墨出面帮他说项了。

可如果这次请不动宋墨，那他这些日子扯着宋墨的虎皮做大旗的事就会被揭穿，等待他的，一样是生不如死的日子。

怎么办？

陈嘉在屋里急得团团转。

虎子给他出主意："要不，想办法和静安寺胡同的窦大人搭上话？我看世子爷待自己的岳父很是敬重的样子。"

这些日子，为了以后能与英国公世子夫人搭上话，他们没有少调查英国公世子夫人的事。

"恐怕行不通。"陈嘉否定了虎子的提议，"当初王氏进门，窦赵两家就闹翻了，要不然，西窦也不可能拿出一半的银子给世子夫人做陪嫁了。这些年世子夫人一直住在真定，每月和舅舅、舅母都有书信往来，却和继妹窦明水火不容，而且一入京就发生了姐妹易嫁的事，世子夫人和窦大人之间的关系可见一斑。就算世子夫人因为孝道不能怨恨窦大人，但也不可能真心敬重窦大人。我们和静安寺胡同走得太近了，未必是件好事。"说到这里，他想到那些挂在窦昭名下的产业，不由得牙痛。

这样一个女子，有权有势有钱有人手，还有副比男人还要果断的心肠，就算他们能和她见上一面，又凭什么打动她呢？

陈嘉不由抚额长叹，喃喃地道："世子夫人，到底缺什么呢？"

虎子忍不住抱怨道："也是！您说她一个出身世代官宦的妇道人家，给自己请了个举人幕僚不说，还养了一堆身手高超的护卫，就算是那些高门大户里当家的爷们，也不一定能有这样的气派，真是比男人还彪悍！世子爷怎么就能忍了下来？还让世子夫人的幕僚和护卫住进了颐志堂……"

"你等等！"陈嘉神色一震，目光如炬地落在了虎子的身上，"你刚才说什么？世子夫人的人住进了颐志堂？"

"是啊！"虎子道，"您不知道吗？窦家三老爷和三爷已经回了真定，可护送窦家三老爷和三爷的人却留了下来，我悄悄去看过，正是从前在真定跟着世子夫人的那帮人……"

"不，不，不！"陈嘉兴奋地搓着手，满脸红光地道，"我知道这件事，我是在责怪我自己怎么没有早点往这上面想！"他坐到了虎子身边的太师椅上，"你想想，她一个妇道人家，嫁到了英国公府，世子爷又如此尊重她，她只要一句话，世子爷的人就能为她所用，她为何不把从前的幕僚和护卫都打发了？她必定有所图！而且她所图的还和世子爷的利益相关！我就说，世子爷和她从无交集，怎么突然间就对她如此看重！虎子，这世上不管干什么事，只要走在了别人的前头，就会事半功倍，这也是那么多封疆大吏不惜放下身段去巴结朝堂小吏甚至是太监的原因。我如果能以镇抚司佥事的身份效忠世子夫人，让锦衣卫为她所用，你说，世子夫人能拒绝吗？"

"什，什么？"虎子吓得跳了起来，"这，这怎么能行？镇抚司可是皇上的耳目，观察百官……"

陈嘉不耐烦地挥了挥手，打断了他的话："我又不是要做世子夫人的家奴，不过是利用镇抚司的权力，在一定的范围内帮世子夫人做几件不危害朝廷的小事。这种事，镇抚司的那些百户千户谁没有干过？要不然他们凭什么在镇抚司里吃三喝四地装大尾巴狼……"

虎子还是觉得不妥："那还不如直接投靠英国公世子爷呢！不管怎么说，我们也算是有把柄捏在世子爷的手里了，他用起来也方便顺手些啊！"

"你好糊涂！"陈嘉道，"以英国公世子爷现在的身份地位，只怕连史川都盼着世子爷能找他办几件私事，不知道有多少人投靠无门，我们拿什么打动世子爷？只能另辟蹊径！"

虎子不由讪笑。

就算是想做英国公世子爷手里的一把刀，也得要有能让英国公世子满意的锋利才行！

陈嘉吩咐虎子："你这几天什么也别干，亲自盯着颐志堂，只要是夫人的车马出行，世子爷没有跟在身边，你就通知我，我想办法去见上世子夫人一面。我就不相信，连锦衣卫镇抚司都打动不了世子夫人！"

虎子连连点头。

窦昭并不知道有人处心积虑，只为见自己一面。

赵良璧跟着钟秉祥看账本，她则和陈曲水坐在宋墨的小书房里商量着素心和素兰的婚事："……您看这样妥当不妥当？"

陈曲水说起来，也算是别氏姐妹的长辈了，由陈先生出面试探素心的意思，最好不过了。

"良璧这孩子是我看着长大的，这两年素心和素兰跟着你进了京，照顾别师傅的坟头、每年的祭拜，可都是良璧这孩子亲手操办的。他品行端良，人又肯上进，如果这两个孩子能成事，我想就是别师傅，也不会有什么话说。"陈先生闻言很是高兴，"素兰嫁给陈核也很好。这样一来我们和颐志堂的关系就能更进一步了，只是素兰活泼，陈核稳重，不知道两人能不能过到一块去……如果素心不答应，你不如考虑甘露和素娟，这两个孩子年纪也不小了，到了该放出去的年纪。"

窦昭笑道："您老人情世故经历得多，这件事还得请您出面。"

她前世和魏廷瑜过不到一块去，可嫁鸡随鸡，嫁狗随狗，她只能想办法让日子红火起来，再苦再累，再多的委屈，也没有想过抱怨。可今生跟了宋墨，才知道能和一个把自己放在心上的人一起过日子是多有盼头，她也希望身边的人嫁得好，不要成怨偶。

陈曲水欣然应允。

第二天，给赵良璧送茶水的人就换成了甘露。

窦昭抿了嘴笑。

赵良璧却急得像热锅上的蚂蚁，晚上竟然支了甘露来问素心："姐姐为何不给赵管事他们送茶水了？"

素心望着笑盈盈地坐在炕上给宋墨做衣裳的窦昭，脸红成了一块布，道："我是因为夫人去看他，所以随手而已。难道还让我专门去服侍他不成？"

她说话从来不曾这样尖锐，把甘露吓了一大跳，茫然地去给赵良璧回话。

宋墨回来，窦昭把这件事讲给他听。

宋墨揽了窦昭的肩膀，亲昵地吻了吻她的面颊，笑道："你啊，越来越顽皮了！"

是吗？窦昭想想，自己这些日子的确不像从前那样严谨了。

只是她念头刚起，宋墨又笑着吻了吻她的额头，在她耳边低语："不过你这样，我很喜欢。"女人只有全心全意地相信了身边的男人，才会放松下来，不去管外面的那些风风雨雨。

窦昭却想起他们这些日子的相处来。

她两世为人，还从来没有这样放纵过自己。

的确是太"顽皮"了些。

念头闪过，窦昭微微一愣。

她的小日子，好像没按时来……

难道？

她的心情顿时难以抑制地激动起来，随后又拼命地压制着心中的激动……

千万别弄错了！

莫名地，她本能地觉得如果自己闹出乌龙来，宋墨会很伤心难过的。

她深深地吸着气，稳定着自己的情绪，却引起了宋墨的注意。

"你怎么了？是不是哪里不舒服？"

"没有，没有。"前世她怀几个孩子的时候，除了偶尔的晨吐，没有其他任何的不适，给她接生的婆子还曾开玩笑地道："像夫人这样有福气的人，就应该多生几个孩子才是。"

等到两个月的时候能诊出喜脉了，再告诉宋墨也不迟。

窦昭打定了主意，晚上却不敢让宋墨碰自己。

他在这事上太过凶猛，完全不像他在人前表现的那样清冷雍容，她怕他伤着了孩子。

宋墨自然不会勉强她，又看她有些心神不宁的样子，像对待孩子似的，一直抱着她。

窦昭本来挺坚强的一个人，前世从怀孕到生孩子都是自己一个人，现在在宋墨的怀里却无端端地觉得胸闷气短，一会儿朝左翻，一会儿朝右翻，一会儿想喝水，一会儿又觉得灯光太刺眼，把宋墨折腾了大半夜，她自己才迷迷糊糊地睡了过去。

宋墨望着蜷缩在他怀里的窦昭，眉头皱成了一个"川"字。

窦昭肯定有心事不愿意告诉他！

他第二天中午不动声色地叫了素心过去问话。

素心最近的全副心思都放在了陈曲水找她说的话上，哪里留意到窦昭有什么异常，脸涨得紫红，支支吾吾地说不出个所以然来。

宋墨索性去问陈曲水。

陈曲水哈哈地笑，把窦昭找他办的事告诉了宋墨，并道："毕竟在她身边服侍了这么多年，像亲姐妹似的，怎么舍得？"

宋墨回去和窦昭商量："要不，就让素心住颐志堂算了？赵良璧一个大男人，有什么事多跑两步路好了，素心只要像从前那样陪着你说说话就行了。"

如果素兰能嫁给陈核，自然也要住在颐志堂，这样安排，窦昭的生活就和从前一样，没什么改变。

窦昭前世今生，最渴望的就是能有个自己的家，为此，她梦中前世甚至是雀跃着嫁给了魏廷瑜，将心比心，她自然不希望素心把所有的精力都花在照顾她的日常起居上。

"不用了。"她的手不自觉地放在了自己的腹间，"等素心和素兰的婚事定下来，就让她们搬出去单独过吧！有空的时候，过来看看我就行了。"然后和宋墨说起添人的事，"我已经托了大兴田庄庄头的媳妇，趁着素心这些日子还不忙，让她去趟大兴的田庄，挑几个人回来了。"

如果真的有了身孕，头三个月胎位不稳，她要好生地静养。

这些都是小事，宋墨自然是全都依着窦昭。

窦昭让人给大兴的田庄带了个信，定了十一月二十一去大兴的田庄挑人。

正巧那天赵良璧的父母得了消息从真定赶到了京都，和陈曲水商量赵良璧的婚事。素心羞得满脸通红，一大早就吩咐人准备马车去大兴的田庄，窦昭为了给素心做面子，让宋墨的马车夫驾了宋墨的马车送素心去大兴，自己则见了赵良璧的母亲。

赵良璧能有今天，全靠窦昭的提携，如今又要把最体己的大丫鬟许配给赵良璧，赵良璧的母亲对窦昭感激不已，进门就跪下来给窦昭磕头。

窦昭忙亲自上前携了赵母："都是崔家庄的人，赵太太千万不要和我客气，就当是一家人走动。"

或许是因为赵良璧提前被祖母收留，不仅少了一个人的花销，还有窦家给的月例，再加上窦昭时不时的打赏，赵家也有了余钱给赵母延医问药，赵母的病渐渐地好了起来。

她是个老实人，面对雍容中带着几分飒爽的窦昭，喃喃地抬不起头来。窦昭就主动和她说着家常，问今年的庄稼怎样，家里的几个孩子可都说了人家，养了几头猪，几只鸡。赵母见窦昭说话亲切又贴心，一颗七上八下的心这才落定，开始回答窦昭的问话。

陈曲水那边就谈得更好了。

照赵良璧父亲的意思，赵良璧在窦家的这几年不仅有出息了，而且有了见识，赵良璧的婚事就由他自己做主，聘礼多少，新房设在哪里，娶嫁在哪里举行，他们老两口都没有异议。

赵良璧此时才知道窦昭要把素心许配给他。

多年的梦想成了现实，他百感交集，眼眶湿润得看不清楚眼前的事物，恨不得立刻见到素心，想看看素心知道这个消息之后的表情。

她是高兴还是失望？她是不是也和自己一样期盼着这门亲事？还是碍于情面才勉强答应的？

赵良璧惴惴不安地站在陈曲水厢房外的廊庑下。

陈曲水和满脸皱纹、佝偻着身子的赵父走了出来。

看见赵良璧，赵父嘿嘿直笑，忍不住道："难怪我和你娘不管跟你说谁家的闺女你都不愿意，别家的闺女好！"

赵父是见过素心的。当时就觉得素心这姑娘不仅长得好，品行端庄，而且聪明能干，不知道谁家能有这福气娶回去，没想到竟然成了他们家的媳妇，直到现在还觉得自己像做梦似的。

赵良璧红着脸上前搀了自己的老爹。

赵父就客气地朝着陈曲水挥手："您进屋去歇了吧，孩子的婚事，我再和他娘好好合计合计，绝不会委屈了别姑娘的。"

陈曲水笑着点头，送了赵氏父子出门。

赵母由甘露陪着，正在陈曲水院子门口等着赵氏父子。

一家人碰头，赵良璧赧然地抬不起头来，赵氏夫妻则又和陈曲水、甘露寒暄了几句，这才回了赵良璧在颐志堂的厢房。

陈曲水去了窦昭那里，将事情的经过讲给窦昭听："……老两口高兴得很，听说是要给良璧说亲，把家里积攒的八十几两银子都带了出来，他们准备下午就请个官媒过来提亲。"

窦昭听了盈盈地笑，叫了高兴家的进来，让她也帮着请个官媒过来。

素心要嫁给赵良璧的事瞒不住，传了开来。

宋宜春的病情虽然大有好转，可心情却没有好转，他依旧病恹恹地躺在床上。

樨香院因此没有人敢于素心在说亲的事告诉宋宜春，倒是宋墨，早早就从五城兵马司赶了回来，问亲事说得怎样了。

"很顺利。"窦昭忍不住露出了个甜美的笑容，"赵太太很通情达理，让素心成了亲之后跟着赵良璧在京都生活。我准备给素心买个三进三间的小宅子做陪嫁。"她说着，想到了素兰，又道，"给素兰、甘露、素娟她们也都买一个。"

前世，甘露和素娟跟着她吃了太多的苦，这一次，她要她们过自己想过的日子。

宋墨笑道："你倒大方，只是你把屋里的大丫鬟都放出去了，你屋里以后怎么办？"

学规矩可不是一天两天就能成的，而且还要懂得察言观色，看窦昭的脸色，那就更难了。

"慢慢来吧！"窦昭叹气，"反正甘露和素娟的婚事还没影子呢！"

她有些疲惫地倚在了大迎枕上。

宋墨关切地摸了摸她的额头，柔声问她："是不是出了什么事？你看上去脸色不太好。"

窦昭不由摸了摸脸，道："可能是昨天晚上没有睡好吧！"这么一说，她突然觉得自己好像真的很累。

难怪别人说境由心造，自己这才怀疑可能有身孕，就开始各种各样的不适应。上一世怎么没有这样？

她在心里嘀咕着，问宋墨："要不要叫丫鬟们摆饭？"

"也好！"宋墨的眼睛一直没有离开过她的脸，声音里也透着几分担忧，"你用了午膳，好好地休息一会儿，皇后娘娘要我下午进宫一趟，我争取早点回来陪你。"

窦昭听了却有些紧张地坐直了身子，道："皇后娘娘找你有什么事？"

她一直惦记着万皇后要宋墨去给辽王送东西的事。

"现在还不知道。"宋墨做事很稳妥，没有十足的把握是不会说的。

窦昭提醒他："如果是让你去给辽王送东西，你千万别去。"她鬼使神差地拉了宋墨的衣袖，"我不舒服，你别去了⋯⋯"

宋墨一愣，说话的窦昭也愣住了。

她竟然娇滴滴地向宋墨撒着娇⋯⋯

一时间窦昭脸上火辣辣的。

宋墨眼底却笑意荡漾，轻轻地吻了吻她的面颊，低声道："好，我不去。在家里陪着你。"

长这么大，她从没有这样撒过娇。

她只觉得全身都冒着热气，很想告诉他自己不是要把他留在家里陪自己，只是不想他和万皇后、辽王走得太近，辽王前世是怎样操纵宋墨的，她可是一刻也没有忘记。可话到了嘴边，她心里隐隐觉得这么说非常的煞风景，又把这句话给咽了回去。

宋墨看着她耳朵都红了，想着窦昭再大方，毕竟是个女子，若是自己答得不对，惹恼了她，以后做做什么事都对自己一本正经的，这夫妻之间不免少了很多乐趣，因而不敢和窦昭说笑，只当没有看见，高声喊着丫鬟摆午膳。

窦昭不由松了口气。

丫鬟们端了炕桌进来。

甘露冒冒失失地跑了进来，刚喊了声"夫人"，抬头看见了宋墨，忙慌张地屈膝给宋墨行礼，喊着"世子爷"。

窦昭忙道："出了什么事？"

甘露急道："素心姐姐去大兴的田庄，半路上被人打劫，还好有周护卫几个，又遇到了锦衣卫的陈大人，这才逢凶化吉⋯⋯"

她的话还没有说完，宋墨和窦昭已双双变了脸色。

素心坐的是宋墨的马车，用的是窦昭的护卫。

宋墨的脸色当时就阴了下来，甘露："素心在哪里？"

"正指使着婆子把受了伤的若丹和若朱扶到后罩房去。"

若丹和若朱是窦昭屋里的两个二等丫鬟，素心觉得这两个丫鬟行事都很稳妥，这些日子一直带在身边仔细地指点，这次去大兴的田庄，也有让两个丫鬟开开眼界的意思。

窦昭和宋墨神色凝重地去了丫鬟们歇息的后罩房。

若丹和若朱一个撞破了头,一个断了左手臂,都已经包扎好了,正脸色苍白地躺在各自的床上,脸上还残留着几分惊魂未定,见窦昭进来,两人忙挣扎着要坐起来。

"你们躺好了。"窦昭制止了两个丫鬟,问表情沉重的素心,"这到底是怎么一回事?"

素心眼里闪过一丝犀利,沉声道:"我也不知道是怎么一回事。我们顺利地出了城门,就在离田庄不到五十里的路上,马突然受了惊,马车翻倒在了路旁。周护卫几个忙上前查看,树林里突然窜出一堆黑衣蒙面人,拔刀就朝我们砍过来。

"那些人身手很好,下手很重,又猝不及防,周护卫、黄护卫几个都受了伤。

"我们渐渐不敌。正巧锦衣卫镇抚司的陈嘉陈大人路过救了我们,还捉了两个歹徒。我不敢再往前走,就请了陈大人送我们回府。陈大人热心快肠,不仅一路护送,进城后,还请了大夫给周护卫等人包扎伤口。"

素心说着,神色复杂地看了窦昭一眼,多年培养出来的默契,让窦昭立刻就明白了。

这件事有内幕。

陈嘉出现得也太过巧合了。

窦昭不动声色,安慰了若丹、若朱一番,出了后罩房。

素心跟了出去。

窦昭朝等在外面的宋墨使了个眼色。

三个人一起去了书房。

第一百一十章 靠近·应付·石榴

书房里,素心把事情的经过事无巨细地重新向宋墨和窦昭叙述了一遍,就垂手肃立,准备回答宋墨的询问。

宋墨却没有作声,端起茶盅来静静地呷了一口,平静的神色中透露出几分冷峻。

窦昭也没有作声,心里暗暗思忖着这件事到底是针对宋墨还是自己而来。如果是针对宋墨,到底是所为何事?如果是针对自己,自己又惹着了谁?

一时间,屋子寂静无声,压抑至极。

素心欲言又止。宋墨想到她是窦昭的左膀右臂,神色微缓道:"这里也没有外人,你有什么话只管说就是了。"

素心低声应"是",道:"我觉得锦衣卫的那位陈大人,来得太巧了点。"

宋墨道:"你怀疑他自己贼喊捉贼?"

他五岁就被请封英国公府世子,想讨他好的人不知道有多少,手段方法更是层出不穷,只有你想不到的,没有他们做不到的,他早已对此见怪不怪。

窦昭听着,也坐直了身子。

素心踌躇了片刻,才道:"我就是觉得有点奇怪,倒也没有觉得是陈大人做的手脚,那他付出的代价也太大了些——他不仅伤了那些贼人,而且还活捉了两个……"

宋墨冷笑,道:"那陈大人走了没有?"

素心迟疑了半晌,喃喃地道了声"没有"。

若是真君子,将人送回了府,把贼人交给了颐志堂的护卫,就应该走了,偏偏那位陈大人此刻还坐在颐志堂的门房里。

夏璁求见。

宋墨在书房里见了他。

他看见窦昭和素心,并没有吃惊,恭敬地给窦昭行过礼,他毫不避讳地向宋墨禀道:"世子爷,事情恐怕有些蹊跷。我仔细地询问过陈嘉,他一口咬定是偶然遇上的,而且也没有问出什么破绽来。那两个贼人却在牙里藏着毒药,陈嘉把人交给我们时,两个贼人就咬舌自尽了,好像知道进了颐志堂就逃不脱似的。"

完全是死士的做法。

而放眼京都,养得起死士的人家没有几户。

窦昭皱眉。

宋墨嘴角微撇,眉宇间露出一丝讥讽之色,道:"封五十两银子给陈嘉,算是答谢他救了夫人的贴身婢女。至于追查贼人的事,就交给你了。"

夏璁应声而去。

宋墨握了窦昭的手,柔声道:"这件事我会查清楚的,你不要担心,这几天若是要出门,多带几个护卫。"

因为只有素心几个去大兴的田庄,所以颐志堂只派了四个护卫随行。

窦昭点了点头,帮宋墨整了整衣襟,道:"你等会儿还要进宫,快去用午膳吧!"

宋墨"嗯"了一声,和窦昭去了内室。

得了五十两银子的陈嘉惊喜交加。

惊的是没想到处心积虑了一回,就这样轻易地被打发了;喜的是宋墨竟然把自己的马车给窦氏的贴身丫鬟用,可见自己这宝是押对了。

他站在英国公府胡同口想了半天,又重新折回了颐志堂,求见受伤的周护卫。

窦昭和宋墨用过午膳,亲自送宋墨上了马车,又去看了看若丹和若朱的伤势,这才回屋小憩。

可当她睁开眼睛的时候,天色已经暗了下来。

"你们怎么没有叫醒我?"窦昭问服侍她的素娟,声音都是嘶哑的。

素娟笑着给窦昭斟了杯温水,道:"看您睡得香,就没忍心把您叫醒。"

窦昭喝了温水,感觉舒服多了。

小丫鬟若彤在门口探头探脑的。

素娟笑道:"有什么事?"

若彤讪讪然地笑,道:"是素心姐姐让我来看看夫人醒了没有。"

"你跟她说,我已经醒了。"或许是睡好了,窦昭的心情很好,笑着对若彤道,软软地靠在大迎枕上任素娟服侍她洗漱,问宋墨回来了没有,又问赵家请的官媒可到了。

素娟咯咯地笑,道:"夫人比赵家还急!今天请人,最快也要明早才能来提亲啊!"

窦昭失笑。

素娟就帮窦昭梳着头,道:"世子爷还没有回来呢!我已经吩咐过门房的了,世子爷一回来,就让他给我们报个信。"

夫人和世子爷越来越好,她们这些陪嫁的人看了,也跟着高兴。

窦昭有些担心宋墨。

素心过来了。

"夫人，"她显得有些忧心忡忡，"那个陈大人，一直在西群房那边和周护卫几个说着话，还要请段师傅和陈师傅吃饭，段师傅让我请您示下，看这事怎么办好？"

窦昭有些意外，更加证实了陈嘉救素心不是那么简单的事，至少，陈嘉是有自己的打算的。

她思索了半晌，道："你把那个陈嘉带到小花厅，我要见见他。"

素心略一犹豫，还是遵照她的吩咐去传了陈嘉。

倒是夏琏那里，听说是窦昭要见陈嘉，二话没说，带着两个身手极好的护卫悄悄地躲在了小花厅的屏风后面。

窦昭不免有些感慨。

这种草木皆兵的日子，什么时候才是个头？

念头闪过，她的手又不自觉地放在了腹间，神色微凝，让素心领了陈嘉进来。

陈嘉根本不敢抬头，非常恭敬地给窦昭行了叩拜之礼。

窦昭大大方方地受了他的礼，开门见山地问道："你为什么要救我的婢女？"

内院女眷，很难摸清楚脾气，他中规中矩地道："下官只是路过，职责所在……"

窦昭笑着打断了他的话："我已经给了你机会，你既然抓不住，我也无话可说。"然后端了茶，素心喊着"送客"。

豆大的汗珠就从陈嘉额头上滚落下来。

窦氏，果然不是一般的女人！

他再也顾不得什么，"扑通"一声就跪在了小花厅的中央，高声道："还请夫人救我一命！"

窦昭没有理睬，起身就要绕过身后的屏风出花厅。

机会只有这一次，失去了，就可能永远不会再有。

"夫人，夫人！"陈嘉急着高喊，"我有事求夫人，一直想找个机会和夫人说上话。见世子爷的马车却由您的护卫护着，以为是您在马车里面，就跟了过去，没想到会遇到贼人打劫……"

窦昭暗暗惊讶，停住了脚步："你要见我？"

陈嘉心中一松，旋即生起股"过了这村就没了这店"的紧迫，面对着聪慧通透的窦昭，他最好是实话实说，也许事情还有转机。

"承蒙世子爷大恩，让汪大人待我再无芥蒂，锦衣卫都指挥使史大人也对我颇为器重。"他急切地把自己所面临的困境委婉地告诉了窦昭，并一面说着"卑职想请夫人在世子爷面前为卑职美言几句"，一面"咚咚咚"地给窦昭磕起了头，"夫人的大恩大德，卑职必定没齿不忘。只要夫人有所差遣，卑职定当肝脑涂地，在所不辞。"

窦昭望着陈嘉的目光一片清冷。

那也要先查清楚了你和这件事有没有关系！

如果真是贼喊捉贼，你就是肝脑涂地，恐怕也没什么用！

"我知道了！"窦昭冷冷地道，离开了花厅。

陈嘉这才敢抬头。

他茫然地望着花厅里百蝶嬉春的屏风，心中很是忐忑不安。

窦氏比自己想象中的更难缠，她会帮自己吗？

自己承了她的情，还得起吗？

走窦氏这条捷径，到底是对还是错呢？

好在他是心志坚定之人，很快就收敛了情绪，步履坚定地跟着小厮出了花厅。

窦昭则在小花厅外的太湖石假山旁站定，问夏珥："那些人的身份查出来了吗？"

"没有。"夏珥赧然。

窦昭道："一查出来你就给我报个信。"

夏珥恭谨地应"是"。

窦昭暗暗奇怪。

从前夏珥也曾和她打过交道，却没有现在这样的毕恭毕敬，难道是宋墨交代过他们什么？

她摇着头回了自己的内室，上了炕坐定，思绪则转到了陈嘉的身上，以至于宋墨回来她都没有发现，反而被吓了一大跳，责怪当值的素娟："世子回来了，怎么也不吭一声？！"

素娟红着脸，低了头。

"是我让她们别作声的。"梳洗了一番，换了衣裳出来的宋墨却笑道，"想看看你一个人在家里干什么。"随后在床边坐了，"没想到你竟然一个人在家里发呆，是不是不好玩？等到休沐的时候，我带你到西山赏菊去。"

窦昭可不敢坐马车，抿了嘴笑，道："菊花有什么好看的？不如等下了雪，我们去赏梅吧！"

到那个时候，她是否怀孕，也能有个定论了。

反正宋宜春这个公公也管不到她这个媳妇头上来。

"行啊！"既然窦昭感兴趣，宋墨也觉着兴致勃勃，道，"到时候西山会很冷，你趁早做几件大毛衣裳。"接着喊了陈核进来，"去开了库房，让夫人挑几块喜欢的皮子。"

窦昭拉了宋墨的胳膊："今天太晚了，明天再说吧！"敛容问起他进宫的事来。

"还真让你给猜对了。"宋墨刮了刮窦昭的鼻子，"皇后娘娘让我去趟辽东。不过，我借口英国公府走水的事还没有查清，推荐了顾玉，他不正被禁足在家吗？有皇后娘娘帮着说项，皇上肯定会睁只眼闭只眼的，他正好也可以去辽东见识见识，总困在京都这富贵繁华圈里溜达，就是好男儿，也会变得心胸狭窄。"

窦昭不由睁大了眼睛。

宋墨的脑筋可转得真快啊！去辽东，没有比顾玉更好的人选了。

这件事，这样就算揭过去了吧？窦昭心里的一块大石头落了地，眼角眉梢不由平添了几分雀跃。

宋墨看着心动，不由俯身，在她耳边低笑："我回了家，你就这么高兴？"

总不能说是因为他离辽王又远了一步，所以自己很高兴吧？

窦昭在心里嘀咕着，又觉得有些啼笑皆非，索性似笑非笑地斜睨着宋墨，应了一声"你才知道"。

宋墨一愣，随即哈哈大笑起来。

和窦昭在一起，总有让他愉悦的事发生。

两人牵着手去了宴息室用晚膳，甘露几个忙着布箸摆碟，一副什么也没有看见的样子。

窦昭不由得长叹了口气。

两人面对着面坐下用晚膳。

宋墨不时抬头看窦昭一眼，把窦昭多夹了两筷子的菜都挪到她的手边。

窦昭心里莫名地就涌起股甜蜜来。

用过了晚膳，两人坐在临窗的大炕上一面喝茶，一面说话。

"你走后，我见了陈嘉。"窦昭把当时的情况跟宋墨说了一遍。

宋墨听了直笑，道："他倒是机敏，知道走你的路子！"

窦昭听着他话里有话，问道："这么说来，陈嘉的确是机缘巧合才碰到了那些人打劫？"

宋墨点头，有碎冰般的寒光从他的眼眸里一闪而过。

他朝着榭香院的方向瞥了一眼，声音低沉地道："是那位的手笔！"

窦昭大吃一惊，失声道："怎么会是……"话一出口，就觉得自己这话问得好没有道理。

天下间除了宋宜春，还有谁会这么恨宋墨？就算是针对她，也不过是项庄舞剑，意在沛公罢了。

可三纲五常之下，就算是父子相残，宋宜春也不可能这样赤裸裸的啊！无故杀子的后果，他就承受不起，要不然，他大可拿把刀亲自追杀宋墨，又何必弄出这么多事来？

但宋宜春为什么在这个时候、以这种方式下手呢？

窦昭不由沉吟道："出了什么事？他这样行事，太不合常理了！"

宋墨神色冷峻，沉声道："那两个死士的身份已经确定。至于他为何如此，还在查，估计这两天就会有结果了。"

窦昭望着宋墨冰雪般清冷静谧的面孔，只觉心痛。

她宁愿他像刚才那样，和自己又笑又闹，那才是正常人过的日子！

窦昭默然，搂了宋墨的腰，靠在了宋墨的肩头。

好像这样，就能给宋墨些许暖意，让他觉得不那么孤单寒冷。

宋墨却笑着刮了刮窦昭的鼻子，悄声道："怎么了？是不是想我了？我等会一定鞠躬尽瘁，死而后已……"

这混蛋！自从和她成了亲，就没一刻正经的时候。

窦昭狠狠地捶了他一下。

宋墨朝着她眨着眼睛，一副"我又没说错，你为什么要打我"的样子。

窦昭忍不住"扑哧"一声笑。

刚才的苦闷、伤心都如烟消云散，不见了踪影。

窦昭微怔。

或许，这才是宋墨的目的？他不想让自己伤心……

她正色望着宋墨。

宋墨认真地凝视着她，眼中是毫不掩饰的点点笑意。

窦昭凑过去辗转地吻着他的唇，温柔而缠绵。

宋墨就抱着她喊"寿姑"。

窦昭把头埋在宋墨的怀里，红着脸，闭着眼睛，掩耳盗铃地任他为所欲为。

第二天一大早，宋墨神清气爽地起床去练拳，窦昭裹在被子里一动也不想动。

甘露面色绯红地提醒窦昭："已经卯时了。"

平时这个时候，她已经在榭香院的茶房里坐着做针线了。

可今天，她连应付宋宜春的心情都没有了。

"你找个机灵的小厮守在大门口，"窦昭懒洋洋地吩咐甘露，"如果有人来探望国公爷，让他立刻禀了我，我们到时候再去梨香院的茶房里坐坐也不迟。"

甘露张口结舌，好一会儿才道："只怕府里的那些管事妈妈会说闲话。"

传出去，窦昭可就要背上不孝的名声。

窦昭慵懒地笑道："那你就把我的话传出去，正好看看是哪些人喜欢搬弄是非。"

甘露心中不安，却不敢违背窦昭的意思，很快就把话传了出去。

英国公府一片哗然，可想到窦昭和宋大太太之间的暗潮汹涌，那些有头有脸的管事妈妈和心思通透的大丫鬟们都诡异地保持了沉默。

窦昭叹道："还是英国公府的仆妇修养好一些，这要是搁在我们真定，还不得唾沫星子乱飞。"

服侍窦昭喝茶的甘露不禁嘟了嘴，道："我们都下死了，您还有心思说笑话。"

素心要出嫁了，她这几年全副心思都放在窦昭的身上，什么东西都没有置办，窦昭让廖碧峰安排了个得力的管事，让那管事陪着别氏姐妹采购嫁妆，甘露和素娟接手了素心和素兰的差事，近身服侍着窦昭。

只可惜这两个也快要出嫁了！

窦昭的心思放在了素心的婚事上。

陪嫁的宅子，田庄，铺面，首饰，器皿……一样都不能少，事无巨细，都要一一过问。

来家里串门的陆家二少奶奶和三少奶奶见了，笑得直不起腰来，打趣她道："你这是嫁婢女呢，还是嫁闺女呢？"

窦昭还真就有嫁闺女的心情。

不过跟她们这些一帆风顺到今天的少奶奶们也说不清楚。

她干脆避而不谈，笑道："今天是什么风把两位嫂嫂吹了来？"然后吩咐甘露，"去跟灶上的婆子说一声，我留了两位少奶奶在家里用膳。"

甘露应声而去。

陆家二少奶奶是宁德长公主长孙陆涵的妻子，陆家三少奶奶是宁德长公主次孙陆沁的妻子，两人没有和窦昭客气，大方地道谢，齐齐说着"今天要尝尝表弟妹家灶上婆子的手艺"。

窦昭暗暗奇怪。

两位少奶奶出身显赫，她刚嫁进英国公府，彼此并没有什么交情，怎么两人对她亲亲热热，一副有意交好的样子？

她不动声色地和两人应酬。

陆三少奶奶就说起下个月初六景国公府夫人的生辰来："到时候我们一起去吧？"

前世，她常出入景国公府，却没有一次留下了愉快的记忆，这世，她对景国公府实在是没有兴趣。

"到时候再说吧！"窦昭笑着解释道，"国公爷还病着呢！"

二少奶奶和三奶奶都满脸的错愕："国公爷的病还没有好吗？"

宋宜春总不能当着外人说是因为窦家给儿媳妇添妆太多气病的吧？所以英国公府对外一律称宋宜春是染了风寒。

窦昭支支吾吾地应了，和陆家两位少奶奶说起京都的轶事来。

两位少奶奶都是玲珑剔透的人，窦昭既然不愿多说，她们也不会多问，大家说着家长里短，倒也其乐融融，一派欢声笑语。

只是到了下午，有丫鬟进来禀道："夫人，有位锦衣卫镇抚司姓陈的佥事，派了家里的婆子来见夫人。说是前些日子去天津公干，得了几筐石榴，特意送些来给夫人尝尝鲜。"

锦衣卫镇抚司姓陈佥事？

窦昭略一思忖，就猜到此人是陈嘉。

她记得陈嘉来见她的时候还只是锦衣卫的一个小旗，不过几天的功夫，就成了锦衣卫镇抚司的佥事……看样子宋墨还真的帮他给史川打了个招呼。

不过，她没有准备继续和陈嘉来往。

不管出于什么目的，陈嘉帮了素心是事实。他既然与打劫素心的人没有关系，宋墨帮他出面说项，已还了陈嘉的人情。

窦昭吩咐小丫鬟："赏给那婆子一两银子，至于那些石榴，让那婆子带回去给孙子孙女吃吧！"

小丫鬟应声而去。

陆家二少奶奶奇道："弟妹怎么会认识锦衣卫的人？"

锦衣卫的人名声不好，王公大臣间谈之色变。

窦昭忙道："是世子爷认识的人，为什么要给我们送石榴，要等世子爷回来了，问了之后才知道。"

陆家二少奶奶的神色明显地松懈了不少，颇有些语重心长地对窦昭道："延安侯府的世子夫人，景国公府的大姑奶奶，云阳伯府的四太太，东平伯府的夫人，都是温柔敦厚之人，若是景国公夫人的生辰你能去，我到时候引荐这些人给你认识，也免得你无聊。"

窦昭听得出她话里的真诚，连连道谢，心里却忍不住闪过一丝怪异之感。东平伯府的夫人，就是前世和她自己的女儿一起归了宋墨的女子。

这个时候，她应该还是花信年纪，嫁给了东平伯没几年。

晚上宋墨在灯下看书的时候，窦昭不由抬头打量宋墨。

前世，宋墨到底有多荒唐呢？

他和周夫人等女子在一起的时候，是不是也像和自己在一起的时候那样地随性不羁呢？

两人在一起时的画面在她的脑海里闪过。

窦昭像喝了坛老醋似的，嘴里心里酸得发苦。

她不禁抓住了衣襟。

今生，宋墨还会和那些女子有交集吗？

她的脸色在她未察觉时瞬间变得煞白。

在窦昭悄悄打量他时就注意到了的宋墨，前一刻钟还有些得意于窦昭显得有些痴迷的目光，下一刻钟却被窦昭的面色吓了一大跳。

"寿姑，寿姑！"宋墨忙将窦昭搂在了怀里，用两人最亲昵时才会用的乳名喊着窦昭，"你怎么了？哪里不舒服？"

温暖的怀抱，让窦昭的情绪很快镇定下来。

她深深地吸了口气，不住地告诫自己：那是梦里的事，自己千万不要把梦里的事和现在的事弄混淆了，那样只会自寻烦恼。

梦中前世的事，她不会让它再发生！

"没事，"窦昭的脸色虽然还有点苍白，但神色柔和了很多，敷衍道，"我见你看书看得目不转睛，想知道你看的是什么书……"

宋墨没有作声，直直地望着她，神色显得严肃而凝重："寿姑，你相信我吗？"

窦昭一愣。

宋墨已正色地道："你若是相信我，遇到为难之事的时候，一定要告诉我。"

他低下头，眼底有一闪而逝的落寞，再抬头时，目光中只有暖暖的笑意。

"我在看原内阁大学士陈炎所著的《演易图说》。"他坐直了身子，将书的封面给窦昭看。

窦昭心如刀绞。

宋墨那么聪明的一个人，他们日夜厮守，肌肤相亲，她怎么可能瞒得过他？他装聋作哑，不过是尊重自己意愿罢了。可恨自己还自以为是地觉得这是心疼他。

她不禁紧紧地抱住了他的胳膊。

"砚堂，我，我可能有了！"窦昭脸涨得通红，低头盯着炕几上用金漆描绘的山茶花，喃喃地道。

"什么？"宋墨一时没明白，道，"你有什么了？"

窦昭连脖子都红了。

两世为人，她还是第一次这么尴尬。

上一次，她怀孕的消息全是由大夫说出去的。

可望着宋墨担心、急切的样子，她只好再次喃喃地道："我，我的小日子有些时候没来了……"

宋墨呆了呆才明白过来。

他立刻被巨大的喜悦击中。

"寿姑，"他一跃而起，跳下炕就蹲在了窦昭的跟前，"是真的吗？是真的吗？"

宋墨握着窦昭的手，仰视着窦昭，眼睛亮晶晶的，璀璨如星。

"可能是。"窦昭不敢把话说满，道，"还要等些日子大夫诊过脉了才知道……"

宋墨有些傻气地笑。

窦昭忙道："这件事还没有确定，说不定是我猜错了。"

"这种事怎么会猜错呢？"宋墨觉得窦昭这是在安慰她。

窦昭只好道："有的时候非常想有个孩子，想多了，也会出现怀孕的假象……"

宋墨呵呵地笑，轻声问："那寿姑也很想要个我们的孩子喽？"

窦昭冒汗。

这样的猜测让宋墨觉得十分高兴。

他自顾自地顺着这条思路继续往下想："就算是错了也不要紧，我们很快就会有孩子的，权当练习好了。"

这都是什么跟什么啊？窦昭啼笑皆非。

宋墨已经雀跃地站了起来，道："什么时候可以请大夫来诊脉？今天晚上我睡书房吧？你肚子饿不饿？想吃些什么？董其的夫人怀孕的时候，他曾求酒醋局的人给他弄梅子，现在是冬天，也不知道酒醋局那边还有没有酿酒剩下的梅子？我明天要去趟酒醋局才好……"

这思绪跳跃的幅度也太大了吧？

窦昭有些傻眼，心里却有种欢喜得直冒泡的美妙感觉。

"最少也要等喝了腊八粥才知道。"她忙打断了宋墨的话，道，"你先别到处嚷嚷，万一不是，岂不是让人笑话？"又道，"我挺好的，你不用担心，要吃什么，喝什么，自会吩咐甘露她们。"

宋墨连连点头，却难掩其兴奋，在屋里来来回回地走了好几趟，就要喊甘露："让她拿两床被褥去书房。"

那自己岂不是要给他安排通房？窦昭想想心里就觉得有些不舒服。

她迟疑道："要不，你还是歇在内室……"说话间，窦昭想到两人成亲之后宋墨对床笫之事的兴致勃勃，她又觉得宋墨未必就能忍得住，一时间情绪竟然有些低落，道，"算了，你还是睡书房吧！"

宋墨早已习惯了窦昭的陪伴，不过是照着府里"妻子怀孕要和丈夫分室而居"的规矩行事罢了，见窦昭留他，他心中一喜，只当没有听见最后一句话，笑道："那好，我就留在内室了。"

他这么说，窦昭反而有些担心起来，犹豫道："你还是睡书房吧……"

宋墨就和窦昭耍赖，道："谁规定了一定要睡书房？"

他的话说得有道理，那些寒门小户连被褥都没有一床多的，妻子怀孕了不也和丈夫在一张床上睡？

窦昭道："那你不许闹腾！"

宋墨心里有点小小的得意，可见这规矩是死的，人却是活的，有些事，还是赖皮点好。

他心情大好，笑着戏谑窦昭："只要你不胡闹，我怎么可能胡闹？"

窦昭想到自己竟然情难自已地投怀送抱，顿时恼羞成怒，高声喊着"甘露"。

玩笑开过了！

宋墨忙把窦昭拉到了自己的怀里，柔声道："好了，别生气了，我逗你开心呢！"

撩了帘子正准备进来的甘露见此情景，自然急急地退了下去。

宋墨的声音又软了几分，道："是我从前总觉得自己有点像剃头匠挑担子——一头热……"

一句话说得窦昭羞愧不已，脸上火辣辣地道："不是……如果我真的怀了身孕，情绪大起大落的，于孩子不好……要保持平静的心境……"

宋墨听着心中一动，道："是不是我规规矩矩的，我们就不用分房而睡？"

窦昭点了点头。

宋墨却患得患失，道："你恐怕也是道听途说的吧？"

如果两人有个正经的长辈，他也不用这样拿不定主意了。

他的脑子飞快地转了起来，道："舅母不是还在京都吗？要不我们把舅母接过来照顾你几天？怀孕有什么规矩和讲究我们也就知道了。"

窦昭听了很感兴趣，正要和宋墨商量什么时候去接舅母，甘露抱着个匣子，神色慌张地闯了进来："夫人，不好了！那个陈大人送来的一匣子石榴，竟然是玉石雕琢的！乍眼一看，和真石榴一模一样……"

她说着，都快要哭起来了。

窦昭递了条帕子给她，声音温和地道："你不要紧张，把事情的经过告诉我。"

甘露冷静下来，道："夫人不是让那婆子把石榴带回去吗？可那婆子说，不过是几个石榴而已，她要是带了回去，让陈大人知道她连这点小事都办不好，肯定要撵了她的，就要送给我们姐妹尝尝。

"若彤年纪小，不懂事，想着不过是几个石榴，就收了。

"等到用了晚膳，我们几个姐妹回屋，若彤要剥了石榴给大家尝尝，我们这才发现那石榴是假的，是用玉石雕的……"她说着，将匣子打开，放在了炕几上。

黄褐色的皮，白色的瓤，红色的果肉……放在铺了紫色绫缎的匣子里，栩栩如生，灯光下，真假难辨。

第一百一十一章　　礼品·还债·通风

石榴，寓意着多子多福。

就在宋墨满心盼着窦昭心想事成的时候，陈嘉送了几个用羊脂玉雕琢而成的石榴摆件。

他不由拿起一个在灯下把玩："这个陈嘉，看不出来还有这样的眼力。我倒小瞧了他。"

言辞间透露着对陈嘉的赞许。

窦昭也不由得伸手从匣子拿了个"石榴"观赏："是用一整块羊脂玉雕成的。这样斑杂的沁色，原本不值钱。可经这玉器师傅的巧手，竟然利用这沁色把它做成了石榴，成了可做传家之宝的玉器，最难得的是还能凑齐四五个差不多的……"她把剩下的几个"石榴"都拿起来仔细地摩挲把玩了一番，道，"应该是从一大块石料上分割出来的……只怕这石料原是丢弃之物……不知道这是哪位玉器大师的手笔？真可谓是巧夺天工……"

宋墨和窦昭的看法一致。

这"石榴"个个有小孩子的拳头大。羊脂玉以洁白无瑕为上品，若是一整块完好羊脂玉石料，就算是有这样斑杂的沁色，剥开来，总能做出几副小的挂件甚至是大的摆件，现在却全都做成了一个个的"石榴"，可见这玉石料虽然大，能用作雕刻的玉石却并不是一整块，而且这沁色一直渗透到了玉料里面，就算是做个小的挂件也非上品。

宋墨见窦昭很感兴趣，笑道："明天叫那陈嘉来一问不就知道是谁雕的了。"

窦昭却摇头，把石榴重新摆放进了匣子里，道："这样精巧的东西，就算不是镇店之宝，也是藏家手中的珍品。不要说他一个新晋的锦衣卫金事了，就算是我们窦家这样开古玩店的，一时半会也谋不到这样的好东西——只怕这东西来路不正，还是把它退回去的好！"

"你说的话有道理。"宋墨笑道，将手中的那个石榴也放进了匣子，"虽说锦衣卫镇抚司的路子野得很，可他一个新晋的金事，要想谋得这样几件玉器，却也非易事。"

还有句话他没有说。锦衣卫镇抚司常干些见不得光的事，他喜欢这份礼物，是因为期盼着它能给自己和窦昭带来好运。可若是沾染了血腥，那还不如不要。

他叫了陈核，把东西交给了他，道："让杜唯查一查，这东西是哪里来的。"

陈核应声而去。

宋墨哪里还敢和窦昭胡闹，吩咐甘露服侍她洗漱，待她洗漱完了，执意要把她抱到床上去，仿佛她是件易碎的琉璃摆设似的。

窦昭哭笑不得，道："我又不是生病了，还不至于连走个路都没有力气。"

"还是小心点的好。"宋墨笑着，眼底却有着不容转圜的认真与坚持。

这样的宋墨，让窦昭心里欢喜又无奈，心里更是明白，下了决心的宋墨，不是那么容易改弦易辙的。

她任宋墨把她抱上了床。

宋墨情绪有些激动，洗漱后，把宋昭抱在怀里说着话。

"你说，怀的是男孩还是女孩呢？"他有一下没一下地抚着她乌黑的青丝。

她就知道宋墨会问这些，不禁笑道："你希望是男孩还是女孩？"

"都好。"宋墨憧憬道，"最好先生个女孩子。别人都说，先开花后结果才好。而且女孩子细心，以后可以帮你照顾弟弟妹妹，还可以帮你管家……我们再生几个，不拘是男孩还是女孩，最好能有五男三女……"

窦昭暴汗："是不是太多了？"

"不多，不多。"宋墨笑道，"我们宋家子嗣单薄，做起事来就不如长兴侯府和定国公府那样有人帮衬……"一句话没说完，声音已渐渐低了下去。

他是想起了定国公府昔日的热闹繁华和今日的没落吧？

窦昭紧紧地抱住了宋墨。

"我们以后让孩子们读书好了。"她温柔地安慰着宋墨，"别总是打打杀杀的，容易出事。"

宋墨感受到窦昭的关心，使劲地搂了搂窦昭，无声地回应着她。

"到时候请了岳父启蒙。"他微微地笑道，"说不定我们家也能出个进士。"

窦昭呵呵地笑，握着他的手，依偎在他的怀里。

床边小杌子上的宫灯爆出几个灯花。

窦昭就柔声地问宋墨："五舅他们在那边可还好？"

"挺好的。"宋墨把玩着窦昭细腻却称不上柔软的手，"说辽王很照顾他，经常派长史去看他，卫所的人因此对他们很是客气，蒋方元还悄悄做起了皮毛、药材生意，不仅不用濠州那边拿银子过去给他们打点，而且还能自食其力，管着自己的吃穿用度了。哦，蒋方元，是我大舅的长子，比我大十二岁，原来在家里的时候，喜欢读书，不喜欢习武，因为这个，没少被大舅念叨，没想到现在全家人都要靠着他过日子；我的二表哥蒋方仲、三表哥蒋方季、七表哥蒋方琪几个都活了下来，蒋方仲是四房的，蒋方季是七房的，蒋方琪是三舅的次子……"

他向窦昭介绍着蒋家的人。

窦昭却只觉得心酸。

蒋梅荪四个儿子，只活下来了在家里读书的蒋方元；蒋竹荪留下的女儿自缢了；蒋兰荪的三个儿子，活下了蒋方琪；蒋松荪六个儿子，只有当时还在襁褓的幼子活了下来；蒋柏荪留下了那个至今还留在谭家，没有上族谱的孩子……

她此时才深刻地体会到梅夫人心里有多痛，也体会到了梅夫人有多刚强。

宋墨，是流着蒋宋两家血脉的孩子。是不是因为这样，所以他才会比别人更坚强？

可常言说得好，会哭的孩子有糖吃。他是不是因为这样，所以受到的磨难才特别多呢？

窦昭环着宋墨的脖子，亲了亲他的下巴。

"怎么了？"宋墨低头，眼角眉梢都是暖暖的笑意。

"没事！"窦昭亲了一下他的面颊，道，"蒋家好多人。"

"嗯。"宋墨笑道,"内三外九,共十二房,还有大归的姑奶奶和表兄弟表姐妹们,我直到九岁,才把家里的亲戚认全了……"

他回忆着当年,表情生动,神采奕奕,少了几分平日的冷淡,却多了几分少年的飞扬,就像个邻家的少年,亲切,热忱,真实……却又是那么地俊美。

窦昭抿了嘴笑。

宋墨恐怕终其一生都不可能像个真正的邻家少年!

她忍不住又亲了亲宋墨的面颊。

宋墨停下来,静静地望着她,耐心地等着她开口。

"没事。"窦昭笑道,"我正听你说蒋家的事呢!"

宋墨笑了笑,继续道:"我最喜欢跟着五舅舅去什刹海嬉冰了,但每次外祖母就会很紧张地要我把随从全都带上,我知道,她是觉得宋家只有我和弟弟,怕出事……"

窦昭目不转睛地望着宋墨,笑容一直洋溢在她的脸上。

宋墨压制着心里的雀跃,尽量让自己的语气显得平静淡定。

相比之下,他好像更喜欢她这样全神贯注、心无旁骛地凝视着他。

第二天天刚刚亮,顾玉跑了过来。

"天赐哥,我去辽东,你有没有什么东西让我带给五爷的?"

他穿着件玄色狐皮袄子,显得很高兴。

宋墨拿了几封信递给顾玉,又递了个大包袱给他:"信是给五舅的,包袱是你嫂嫂给你准备的吃食和常用的一些膏药。"

听说窦昭给他准备了东西,顾玉有些不自在地"哦"了一声,让身边的随从接过了包袱。

宋墨少不得要叮嘱顾玉几句,亲自去给顾玉送行。

陈曲水求见窦昭,他神色有些犹豫:"谭举人的太太过来拜访您……"

言下之意是问她见是不见。

窦昭非常的惊讶,谭家庄的人要见她,难道是为了那个孩子的事?

她忙道:"快请!"

陈曲水把谭太太请进了小花厅。

谭太太年约四旬,皮肤白皙,身材丰腴,圆圆一张脸,如银盆似的,未语先笑,让人看着就觉得亲切。

"我们家老七在京都开了个果品铺子,过些日子他娶媳妇,我奉老太爷之命过来帮忙。"她笑吟吟地望窦昭,显得亲切又随和,"前些日子段公义回真定,老太爷这才知道您嫁到了英国公府,想着当初老太爷过寿的时候,您还特意送了贺礼去,老太爷就让我带了份贺礼过来,祝夫人和世子爷永结同心,白头偕老。"说着,拿出了礼单。

不过是薄薄的一张纸,送的也是些挂屏、瓷器等精致却不贵重的礼品。

窦昭不由在心里嘀咕,自己当初给谭老太爷送礼,是为了答谢谭家对她的援手,谭家给自己送礼,到底是为了什么事呢?

思忖中,就听见谭太太笑道:"听说英国公府前些日子走了水?不知道那些贼盗缉拿归案了没有?我们家老爷知道了,不停地称赞世子爷谋略过人,是成大事的人了!"

谋略过人?是成大事的人?

窦昭不由在心里哂笑。

这位谭太太也太能瞎掰了,连她都听说外面的很多人都心怵宋墨的手段,说宋墨心毒手辣，老谋深算，特别是那些江湖人士，闻之色变……

念头闪过，她微微一愣。

难道这就是谭太太来的目的？不为求好，只为避嫌！

窦昭心中一动，笑道："谭太太客气了！不知道谭太太这次是一个人来的还是和谭举人一起来的？世子爷有事出去了，可能要到下午才能回来。谭太太不如留下来用了晚膳再回去？"

谭太太笑道："我是一个人来的，只有请夫人代我们家老爷向世子爷问好了！老七那边还等着我回去帮忙，不便久留，等我下次再来京都的时候，再来专程拜访夫人！"说着，站起身来，就要告辞，没有和宋墨接触的意思。

窦昭明白过来，她笑着送谭太太出门，宽着谭太太的心："世子爷是个念旧的人，你我又是乡亲，哪天太太来京都，一定要来家里坐坐。"

"一定，一定！"谭太太露出明亮的笑容，给窦昭屈膝行礼，出了颐志堂。

窦昭松了口气。

这个宋墨，搅得天下大乱，连谭家庄都坐不住了，专程前来示好。

她颇为无奈地摇了摇头。

送走了谭家庄的人，窦昭松了口气。

宋墨到下午酉时才回来。

她把谭太太的来意告诉了他，并开玩笑地问他："你又做什么了？竟然让谭家的人特意从真定跑到京都来向你表明立场。"

宋墨很是无奈，道："谭家多虑了，不要说他们曾经雪中送炭，就凭他们在江湖中超然的地位，我也不会无缘无故地去招惹他们。"

窦昭不由朝四周望了望，见丫鬟媳妇子都避了出去，悄声问道："那孩子，五舅有什么打算？"

那可是他的独子，难道就这样一直养在谭家庄？

宋墨眼中流露出几分不忍，低声道："这是五舅的意思。说蒋家就算是一时风平浪静，也总免不了有惊涛骇浪的一天，谁也不知道以后会怎样。那孩子既然能化险为夷，那是他的命，就不要搅和进来了，也算是为蒋家留一脉骨血。"

窦昭默然。

听蒋柏荪的话，对蒋家的未来是做好了打算的，但愿他不是个只会纸上谈兵的，能带领蒋家走出低谷。

有了孩子的女人特别容易同情小孩子。宋墨以为窦昭是在为那孩子的坎坷命运担心，柔声安慰她："塞翁失马，焉知非福？蒋家现在的处境还是很艰难，孩子留在谭家庄，更安全。"又道，"你不是说你现在不能大喜大悲吗？我们别想这些事了，用过晚膳，我陪你下棋。"

窦昭闻言，心情好了很多，笑道："顾玉走了？"

"嗯！"宋墨应着，揽着窦昭的肩膀进了内室，"我把他送出了安定门，他过小年之前会赶回来的。"然后说了些送行时的情景给她解闷。

杜唯派了个小厮过来给宋墨回话："……那五个石榴摆件，原是陈嘉死去的干爹陈祖训家的祖传之物，陈祖训死后，陈家丢了袭职，儿子也受了惊吓病逝了，只有陈祖训的老妻带着媳妇和一个小孙子过日子，又时常有从前锦衣卫的人去打秋风，家境日益艰难。陈嘉升了镇抚司佥事之后，就为陈家撑起腰来。后来他要送礼，凑不到银子，陈祖训的老妻知道后，就拿了这几个石榴摆件给他。"

锦衣卫只要是能管事的，个个都身家不菲。

陈嘉这几年在锦衣卫不得志，差点被革职，上下打点，早就把从前跟着陈祖训挣来的那点家底散尽了。后来宋墨虽然帮他在汪渊面前说了句话，可这巴结上峰、结交同僚这等要用银子的地方还得他自掏腰包，他如今一贫如洗，也是意料之中的事。

窦昭沉吟道："不知道陈家是心甘情愿拿出来的还是被逼无奈拿出来的？"

"应该是心甘情愿拿出来的吧。"小厮笑道，"陈家如今把陈嘉当亲儿子，指望着靠他帮着孙子支应门庭呢！"

宋墨闻言却沉默了片刻，道："陈嘉欠了多少银子？"

小厮听着一惊，失声道："世子爷怎么知道那陈嘉在外面欠了很多银子？"

宋墨自从知道窦昭可能有了身孕之后，心情就一直非常好，闻言不以为忤，道："这还不知道——陈家虽然家道中落，可那陈祖训毕竟曾是镇抚司的千户，就算是有从前的同僚落井下石，天子脚下，太平盛世，也不可能做得太出格，陈家怎么都还有些老底子。陈家既然指望着陈嘉帮孙子支应门庭，一损俱损，一荣俱荣，陈嘉若是能出人头地，陈家也就保住了家业。陈嘉若是落魄，陈家迟早也会跟着败落，自然会全力支持陈嘉，而陈家现在也只能在银子上帮帮陈嘉。陈嘉这几年坐吃山空，住的地方还是赁来的，家底如何，一看就知道。陈家焉能不在银钱上支援他两个？可他却连送礼都拿不出银子来，可见是窟窿太大，陈家填不起。"说到这里，他嘴角微翘，淡淡地笑了起来，"既然如此，他欠债我帮他还了！就当是买他这五个石榴摆件的银子。"

小厮张大了嘴巴。

窦昭不由嗔道："你就这么喜欢这石榴摆件？"

宋墨望着窦昭微微地笑道："这石榴摆件送来得正是时候，我怎么能不喜欢？"

窦昭顿时面孔涨得通红。

宋墨已喊了陈核进来："你去账房支银子，把陈嘉欠的债都还了。"

陈核应"是"。

那小厮忍不住小声嘀咕："陈嘉欠了两万多两银子呢……"

窦昭吓了一大跳，道："怎么会欠了这么多？"

宋墨却连眉头也没有皱一下，神色如常地吩咐陈核："去账房支银子吧！"

那小厮打了个寒战，忙恭敬地给宋墨行了个礼，和陈核一起退了下去。

宋墨这才上前搂着窦昭歪在了大迎枕上，低声道："这个陈嘉，很会来事，欠二三万两银子是预料之中的事。"然后逗着她，嬉笑道，"原本照我估计，他怎么也得欠个五六万两，谁知道他只欠了两万两银子，可见他还是底子太薄，就是放印子钱的，也不敢多借给他。不知道我这次帮他还了债以后，他的信用会不会更好些，以后借起银子来更方便些？"

窦昭忍俊不禁，道："你这样，也不知道到底是帮他还是害他？"

"管他呢。"宋墨不以为意地道，"就是父母，也不可能跟着他一辈子，他以后再遇到什么事，自己不思量着怎么解决，与我有什么关系？"

这倒也是。

窦昭抿了嘴笑。

宋墨就道："明天一大早我就去趟大相国寺，请大相寺的住持给这石榴摆件开个光，然后摆在我们的床头，据说这样能多子多福。"说着，手就留在了她的腹间小心地摩挲起来，"什么时候才有个准信啊？我也好去请了舅母过来照顾你。"竟是一副迫不及待的样子，惹得窦昭又是一阵笑。

陈嘉望着陈核送来的两万两银票，脸色阴得仿佛要下雨似的。

虎子没有觉察到，抱着满满的一匣子银票又数了一遍。

"陈大哥，真是两万两银票，一分也没有少！"他难忍心头的雀跃，喜滋滋地对陈嘉道，"我们就可以还清外债了，还可以把从前住的房子买回来，以后也不用怕遇到那些放印子钱的人了……"话说到一半，他看见了陈嘉阴沉的面孔，不禁错愕，声音也渐渐地低落下来，"怎么了？陈大哥，这银票，是不是有什么不妥？这银票可是英国公世子爷身边的陈大爷送来的，我仔细看过，没有一张是假的，而且陈大爷也说了，以后有什么事，让您只管去找他就是了。我们好不容易熬出了头，眼看着就有好日子过了，您还有什么不高兴的？"

陈嘉正心浮气躁着，听见虎子这番简单天真到傻气的话，立刻就发起脾气来："你是猪脑啊！人家送了两万两银子的银票，那是要把这件事当买卖，货到银讫。让我有什么事去找陈核，那是让我们以后没事少去英国公府……什么好日子？小小的一个锦衣卫镇抚司的佥事算什么？还不是人家一句话！谁知道哪天会被人盯上就得给人挪位置？"

虎子傻了眼，道："那，那怎么办？把这两万两银票退回去？"

两万两啊，可不是两千两，就算是他们到时候吃拿卡要，至少也得个三五年啊！

他不由小声嘟囔："那也要还得回去才行啊！"

陈嘉暴躁地在屋子转着圈子，听着暴喝了一声"行了"，脸色非常难看。

虎子不由缩了缩肩。

陈嘉一阵气短胸闷，干脆推开了窗户。

冷空气灌了进来，他不由打了个寒战，脑子却清醒了不少。

自己见到了英国公世子夫人，就立刻升了镇抚司的佥事，不仅他的同僚，连他上峰的上峰的上峰史川都把他叫去若有所指地嘻骂道："你这小子，和英国公府世子爷这么好的关系，却瞒着我。要不是这次世子爷亲自帮你说项，我还不知道呢！"

他当时就觉得，夫人的话不是一般的好用。

出了锦衣卫衙门，他想到夫人嫁到英国公府，最在意的恐怕就是生儿育女，早日为英国公府开枝散叶之事了。他把京都的大街小巷几乎都走遍了，这才在陈家淘到了那五个寓意多子多福的石榴摆件……转眼间，他就得了两万两银子的赏钱，把外债全给蹬了！

说来说去，他能有今天，能咸鱼翻身，全因为走对了路子，抱对了大腿。

如果能讨了夫人的欢心……不，讨夫人欢心就得常在夫人面前走动，男女有别，国公爷未必就喜欢，夫人也未必会见他……得想办法帮夫人办事……还要办得让夫人舒服，觉得除了他，别人都办不好，就算是办得好，也没有他办得快……

他在屋里又重新打起转来。

英国公世子夫人，现在缺什么呢？

这条线，万万是不能断的！

窦昭最缺什么？

她觉得自己现在最缺的是让她满意的丫鬟。

素心红着脸道："要不，我的事过两年再说？反正赵管事这些日子要跟着钟大掌柜去巡视您名下的产业，一时半会也没时间……"

"他去巡视我名下的产业，与你们成亲有什么冲突？难道那些商贾就都不成亲了？"

窦昭笑道，"你不要胡思乱想了，你们的婚事，有陈先生、段师傅帮着打点，你们俩只要一个安安心心地做新郎官，一个安安心心地做新娘子就行了。"

素心赧然，低着头喃喃地不知道说了些什么，窦昭一句也没有听清楚，却觉得这样有着女孩子娇羞的素心，让她很是欣慰——素心，还是很期待嫁给赵良璧的吧！

窦昭下了炕，对素心道："走，我们去小花厅！大兴田庄的人把几个小姑娘都送了过来，我们去挑几个机敏的留下来。"

因为途中遭到袭击，素心半路返回，挑选丫鬟的事自然也就耽搁了下来。

大兴田庄那边并不知道发生了什么事。可原本说好的事突然变了卦，田庄庄头家的心里忐忑不安。过了几天，颐志堂那边带了信过来，让她把几个小姑娘直接带到颐志堂去，她更紧张了。

怕窦昭不满意自己挑选的人，全都退了回来；怕小姑娘们没见过世面，说错了话做错了事让人嗤笑……她不住地反复叮嘱几个小姑娘，身子要站直，眼睛不要乱转，说话声音不能太大也不能太小，让几个从小生活在田庄、听祖辈们讲着英国公府如何显赫长大的小姑娘诚惶诚恐，手脚都不知道该怎么放好。

窦昭和素心进去的时候，几个小姑娘正白着脸，木头一样地立在厅堂中间。

她不由微微地笑了起来，想起前世第一次见到甘露和素娟时的情景。

"都是从哪几个田庄送过来的？"她温声地和庄头家的说着话，几个小姑娘的神色都放松了几分。

"这两个是我们田庄上的。"庄头家的指着小姑娘们一一向窦昭介绍，"这个是宛平田庄的，那两个是廊坊那边田庄的……"

一共是十二个小姑娘，年纪都在八九岁之间，全都是京都附近田庄的，而且祖上几代都是宋家的佃户，有的家中长辈还曾在英国公府当过差。

窦昭非常满意，把几个小姑娘都留了下来，并道："虽说丫鬟小厮是有定数的，可我从真定来京都的时候，身边服侍的只有素心几个跟了过来，她们就当是我的陪嫁丫鬟吧！"

既是陪嫁的丫鬟，那这月例和四季的衣服就要从窦昭陪嫁的嫁妆里出。

庄头家的喜出望外，忙屈膝道谢。

原本只说要六个人，现在却全留下了，别人不会认为是这几个小姑娘都得了夫人的青睐，只会说她在夫人面前有这样的体面。

庄头家的不由在心里暗暗感慨：这女子的嫁妆丰厚就是不一样，想把人留下就能把人留下。

窦昭把几个孩子交给了素心管教，又叫了高兴家的进来，领着庄头家的去办几个孩子的卖身文书。

这边刚安置好了，宋墨从五城兵马司衙门回来了。

窦昭就问他："你以后是不是就在五城兵马司衙门当值了？"

"不过是暂时的。"宋墨接过窦昭手中的衣服，笑道，"还是以金吾卫那边为主。"然后他问起丫鬟的事："听说大兴那边把人都送了过来，有合适的人选吗？"

"我觉得都挺好的，"窦昭笑着由宋墨牵着她在临窗的大炕上坐下，"就全都留了下来。"至于费用由哪边出，窦昭觉得这是小事，没有多说。

宋墨既然把颐志堂的内院都交给了窦昭，这些事自然是窦昭说了算，他不会过问，他现在最关心的是窦昭的身体："我走了以后，你又吐了没有？"

今天早上起来，她吐得天昏地暗，到了最后，连苦胆水都吐了出来，把宋墨吓呆了，好半晌才反应过来，抱着窦昭不停地抚着她的背，安抚着她。

"没有。"窦昭笑道，"你走后，我一直挺好的，问了高兴家的，她说这是正常情况，让我不要担心，过些日子可能会更厉害，但三个月之后就好了。"

宋墨沉吟道："我看还是把舅母接过来吧！有她老人家在，我也放心些。"

窦昭有经验，倒觉得没什么可担心的，但宋墨坚持，她也只好应了。

第二天一大早，宋墨去了静安寺胡同。

还好窦世英去了衙门，宋墨只说了窦昭不舒服，家里没有个长辈，想请舅母过去住几天。舅母听着，一算日子，顿时就喜出望外，没待宋墨把话说完就站了起身："我知道了。我这就带着她表姐去府上叨扰些日子。你公务繁忙，就不用管了，都交给我好了。"

宋墨之前还担心舅母有所顾忌，不愿意住到英国公府去，此时见舅母二话没说就答应了自己的请求，又想到窦昭说过的赵家待她的好，他不由十分感激，对舅母又恭敬了几分。

窦世英回到家，听说舅母要去英国公府住几天，大吃一惊，连声问舅母出了什么事。

舅母满脸是笑，就透了些风声给窦世英。

窦世英怔住，好半天都没有回过神来，但回过神来之后，就一直傻傻地笑，等到宋墨来接舅母的时候，窦世英把宋墨拉着上上下下好一通打量，最后道："我手里还有些好东西，是专门留给外孙的，你要争气才好。"

宋墨霎时满头是汗，这是他争气就行的吗？

可岳父大人已经开了口，他也只能硬着头皮唯唯诺诺地称"是"。

窦世英这才喜笑颜开地放开了宋墨，把宋墨和舅母、赵璋如送到了大门口。

那边窦昭早收拾好了客房等着舅母和表姐，两下相见，说说笑笑，到了半夜才散去。

翌日清早，舅母吩咐厨房做了萝卜粥，并在粥里淋点醋。

窦昭吃了两碗才放下。

宋墨脸上的笑容一直到五城兵马司都没有散。

有好事者觉得是机会，说起魏廷瑜来："……没想到竟然和世子爷是连襟！"

宋墨温和地道："在英国公府，我是世子；在五城兵马司，我是朝廷命官，称呼我'大人'或是'宋佥事'就行。"

马屁拍到了马腿上，来人神色讪然。

自有人告诫他："宋大人来了这些日子，你可曾见过魏大人登门拜访没有？"

来人脸色大变，拱手行礼："还请兄弟指点指点我！"

那人朝四周看了看，见没什么人，这才低声道："听说宋大人娶的是窦家嫡女，魏夫人却是因为生母扶正才被认做了嫡女，宋夫人做姑娘的时候就不怎么与魏夫人来往，宋大人就更瞧不起魏夫人的出身了。要知道，宋大人可是英国公府的嫡长子。"

来人还是第一次听说这件事，不由急急地道："你还知道些什么，快快告诉我！"

那人笑了笑，没有作声。

来人恍然大悟，忙道："是我考虑不周了——待会下了衙，我们出去喝两盅。"

那人笑眯眯地点头："今天就叨扰大人了。"

两人相视而笑，分道而行。

窦昭和舅母、赵璋如坐在炕上做针线。

舅母谆谆教导她："小孩的衣裳，要寻些旧衣裳改才行，毛毛糙糙的地方都穿顺了，不会伤了孩子的细皮嫩肉……这女子生产，就像过鬼门关……过了三个月，要常在院子里走动，月份越重，越是要多动。为什么宫中的贵人常常难产，而那田间的妇人却一个接一个地生？这稳婆、奶娘要提前找好，免得临到孩子出生了才慌手慌脚的……"

赵璋如则瞪大了眼睛，过一会儿朝窦昭的腹部瞥一眼，过一会儿瞥一眼，瞥得窦昭哭笑不得，趁着舅母和素心开了箱笼找旧衣裳的功夫低声笑道："你有什么话直说好了，你这样，让人硌硬得慌！"

赵璋如闻言趴到了窦昭的肩上："你真的怀了身孕？"

"十之八九。"窦昭笑道，"不过还要等下月大夫诊了脉才能确定下来。"

"你可真厉害！"赵璋如用非常佩服的目光望着窦昭，"大姐嫁过去了半年才有身孕，你这才成亲不到三个月呢……"

窦昭啼笑皆非。

有小丫鬟小心翼翼地走了进来，禀道："夫人，有位自称陈赞之的人求见！"

陈赞之，陈嘉。

他来干什么？

窦昭干脆地道："不见！"

小丫鬟怯怯应诺，退了下去。

赵璋如奇道："陈赞之是谁？你可以见外男吗？世子爷难道不说你？就由着你胡来？"

"什么胡来！"窦昭拧了拧赵璋如的面颊，"我大大方方地见客人，怎么就叫做胡来了？"

"啊！"赵璋如歪头，避过了窦昭的来袭，道，"世子爷待你可真好，我二姐夫不要说让我二姐见外男，就是回趟娘家，也哼哼哈哈的，闹得我娘直叹气！"

窦昭非常惊讶，正想仔细问，小丫鬟又走了进来："夫人，那个陈大人非要见您不可，还说，关系到世子爷……"

这个陈嘉，什么意思？既然关系到宋墨，他应该去找宋墨才是，再不济，也可以找严先生或是陈核，跑来找她，算是怎么一回事？

窦昭皱眉，但想到他是镇抚司的佥事，又不敢拿了宋墨的安危赌博，她略一踌躇，还是在小花厅里见了陈嘉。

陈嘉穿着件非常普通的茧绸袄子，低眉顺目，再配上他平常的相貌，如果丢在人群中立刻就找不到了，没有半点锦衣卫的煊赫，却让窦昭心中微滞，多看了陈嘉两眼。

"夫人！"陈嘉恭谨地给窦昭行了礼，沉声道，"皇上过几天要去西苑，世子爷却因国公爷病着，要在床前侍疾，不能同行。金吾卫很可能由广恩伯世子董其带领，陪同皇上去西苑小住，您可知道？"

窦昭暗惊，脑袋转了几个弯才明白陈嘉的意思。

这是她不了解的一个世界。

她沉吟道："董其和世子爷有何旧怨？"

"董其和世子爷没有旧怨。"陈嘉低声道，"十八年前，广恩伯和英国公都还只是世子的时候，关系非常好。后来不知道为什么，两人反目为仇，不再来往。之后董其在秋围上赢了世子爷，还从世子爷手中夺走了金吾卫副指挥使一职……"

他把宋墨和董其在金吾卫的一些事告诉窦昭。

窦昭静静地听他说完，笑着说了句"陈大人辛苦了"，端茶送客。

第一百一十二章　报信·还赠·觐见

陈嘉走出英国公府，不由回头望了一眼英国公府的侧门，两个门子正看着他窃窃私语，他的面色不由沉了下去。

等在外面的虎子跑了过来，急切地道："大哥，成了吗？"

"回去再说。"陈嘉阴着脸，快步离开了英国公府胡同。

成了吗？恐怕自己这次弄巧成拙了！

快过年了，皇上却突然要去西苑住些日子，禁军各带一卫跟随，广恩伯世子争取到了这个机会。但这并不代表他陪着皇上在西苑住上几天皇上会被他洗了脑，从此对英国公世子爷讨厌憎恶，从此恩宠不再。说不定英国公世子爷早就有了主意，他的告诫行为如同跳梁小丑，上不得台面不说，还会让人觉得他急功近利，坏了之前给英国公世子爷和夫人留下来的好印象。

可他不走这一遭又不行。

这么多天了，他实在是想不出来有什么是英国公府世子夫人需要的，他总不能眼睁睁地看着好不容易才搭起来的关系就这样断了吧？只能拿了英国公世子爷的安危做文章。

世子夫人果然立刻就见了他……

他不禁捏紧了拳头。

如果自己能考虑得再周详些就好了，这次太鲁莽了。

陈嘉想到窦昭那平静如水的面孔，深深地后悔起来。

窦昭走出小花厅，并没有直接回内室，而是转了个弯，上了小花厅后面不远处的太湖石假山。

她坐在假山上的凉亭里眺望榀香院。榀香院里楼台水榭一重叠一重，树木丛生，丫鬟们走在抄手游廊间，只能透过枝叶的缝隙看到她们或红或绿的裙摆，有着"庭院深深深几许"的深幽。

窦昭冷笑。

她招过素心附耳吩咐了几句。

素心骇然，道："这样，好吗？"

"既然他做了初一，就别怪我做十五。"窦昭目光冰冷，"你又不是不知道他对世子做过什么。"

素心恭声应诺，扶着窦昭下了假山。

回到内室，窦昭眉眼带笑，神色温和。

赵璋如问道："那姓陈的找你做什么？"

正和甘露忙着拆旧衣裳的舅母也放下了手中的活，望着窦昭。

窦昭在心里苦笑，道："陈大人的一个朋友在五城兵马司任职，想和世子见上一面，就求到了我面前。"

赵璋如不屑道："原来是想求世子升官发财的啊！"

舅母则温声对窦昭道："这官场上的事，复杂着呢！有时候他明明是来求你的，你若是不应，得罪了人；你若是应了，却把自己给拖下了水。有时候他明明和你是对头，关键的时候却能站在你这一边，和你共渡难关。我看世子是个极稳重的人，对你又很是尊重，这些事你就不要掺和，一切都听世子爷的。"

窦昭连连点头。

舅母向来觉得窦昭是聪明本分的孩子，也不再多说，把拆好的几件旧衣裳让甘露抱起来，道："等会我拿回屋里去裁剪。"

甘露奇道："舅太太是没有剪子吗？我这就去给您拿一把来。"

"不是！"舅母拦了甘露，笑道，"这些日子最好不要在寿姑面前动刀动剪子的。"

甘露抿了嘴笑。

赵璋如道："还有这规矩？我怎么不知道？"

舅母想着窦昭比赵璋如还小三岁，却什么事都得靠自己，赵璋如却生在福中不知福，懒洋洋的什么也不愿意学，遇到事了就只知道乱嚷嚷，也不动动脑筋，心中就有些不悦，呵斥她道："你除了吃还知道什么？"

赵璋如见母亲又发起脾气来，忙躲到了窦昭的身后，小声抗议道："吃也是门学问——这是爹爹说的！"

窦昭忍俊不禁。

小丫鬟隔着帘子高声禀道："世子爷回来了！"

舅母狠狠地瞪了赵璋如一眼，这才换了个笑脸起身。

因为有女眷在，宋墨进来给舅母行了个礼，就退了出去，直到用了晚膳，舅母和赵璋如回了客房，他才回到内室。

窦昭忙问他："晚膳在什么地方用的？都吃了些什么？可吃好了？一个人待在外院，都在做些什么呢？会不会很无聊？"

话音刚落下，她心中一滞。

自从她嫁给宋墨之后，宋墨只要下了衙就陪着她，像这样打个招呼就去了外院，还是第一次。

高门大户过日子，哪家不是女人在内院，男人在外院，到了晚上，男人想歇在正房，两口子才见得着面？

想当初，魏廷瑜没有什么差事的时候还要天天应酬这个应酬那个，没时间着家，宋墨不仅是金吾卫的同知，而且还督管五城兵马司，认识的人不知凡几，反而天天陪着她……

窦昭不禁抱了宋墨的胳膊，道："舅母和表姐还要在家里住些日子，你要是无聊，就叫了朋友来家里玩或是出去和他们应酬去，也别总是一个人待在外院，孤孤单单的，连个说话的人都没有。"

宋墨却笑道："我听着这话怎么像嫌弃我在家似的？"

"谁嫌弃你在家了？"窦昭笑道，声音格外轻柔，"我不是怕你一个人无聊吗？"

宋墨听着，只觉得胸中柔情万千。

他温声道："出去应酬也没什么意思，不是喝花酒，就是去听曲，闹哄哄的，还不如待在家里呢！"

窦昭想到前世魏廷瑜身上偶尔沾染回来的陌生香粉味……

可见男人们的应酬都是大同小异的。

如果宋墨身上也沾染上了那样的味道……

念头不过是一闪而过，她心里就像翻江倒海，忍不住趴在脸盆旁吐了起来。

"怎么了？"宋墨有些慌张地搂了窦昭，"哪里不舒服？要不要叫了舅母过来？"

"不用，"窦昭又弯腰干呕了几下才接过素娟的帕子擦了擦嘴，"早晚会有些不舒服，舅母说这是正常的。"

"哦！"宋墨心中稍安，接过甘露捧的茶水亲自服侍窦昭漱了口，把窦昭抱上了炕，这才笑道，"难怪百善孝为先，养个孩子可真不容易！"

窦昭娇嗔道："你现在才知道——以后你可要待我好一点！"

话甫说出口，她顿时尴尬得不行。

怎么就扯到这上面去了？

自己又不是真正的十七八岁的小姑娘，什么是真心什么是假意难道还分辨不出来，非要惺惺作态地嘘寒问暖才算是好不成？

宋墨却喜欢她在自己的面前不经意间流露出来的骄纵，这只能说明窦昭信任并依赖着他，所以才会在他面前无所顾忌。

"难道我对你还不够好吗？"他佯作为难地皱着眉，道，"那你说说看，我该怎么待你才算是好？"

窦昭窘然，有些生硬地转移了话题："对了，今天陈嘉来找我了，说皇上要去西苑住些日子，董其带着金吾卫同去。你留在家里要不要紧？"

"皇上和皇后娘娘口角，负气要去西苑住些日子，行程还没有定下来，去不去还不一定。"宋墨低声在她耳边笑道，"你可别往外嚷！"

窦昭目瞪口呆。

屋里服侍的人已渐渐习惯了清贵高雅的世子爷遇到了夫人就像变了个人似的喜欢插科打诨，都当没有看见似的，悄悄地退了下去。

窦昭忍不住悄悄吁了口气。

声音虽然轻，但宋墨还是听到了。

他抬头，目光清亮地凝视着窦昭："怎么了？"

窦昭看见自己的身影，倒映在他的眼眸中。

这算不算是你中有我，我中有你呢？

她着迷地伸出手去，轻轻地抚着他的眼角，喃喃地道："你以后别喝花酒了……"

宋墨错愕，随后哈哈大笑起来："好，我以后不喝花酒了！"

他把窦昭搂在怀里。

窦昭的脸火辣辣的，埋在宋墨的怀里抬不起头来。

屋檐下，大红灯笼欢快地随风轻摇，洒下一片红彤彤的灯光。

樨香院里却流言四起："你们知道吗？国公爷活不长了！"

"这种事，也是能随便说的？"

"我没骗你。皇上要去西苑住些日子，本来要带世子爷去的，可国公爷病着，世子爷怕国公爷随时会……所以特请了圣旨在家里侍疾。"

"不可能吧？我看国公爷红光满面的，不像是病入膏肓的样子啊！"

"你知道什么，那可是回光返照！要不然御医院的太医怎么开的都是些养气补血的方子？"

"也是哦！御医院的太医说国公爷是受了风寒，可国公爷一不咳、二不发热，怎么看也不像是风寒……难道真让你给说对了？"

说话的人声音更小了："我听说颐志堂那边前些日子买了很多香烛和白布回来了……"

消息传到宋宜春的耳朵里，他嘴都气歪了，一脚就踹在了曾五的小肚子上："去，把那些嚼舌根的东西都给我绑起来，各打五十大板，然后找人牙子卖了！"

曾五吃痛地捂着小肚子，欲言又止。

这件事府里已经传遍了，难道要把阖府的仆妇都发卖了不成？

念头闪过，他心里冒出个大胆的想法来，国公爷不过是要杀鸡给猴看，自己何不趁此机会把那几个不待见自己的家伙交出去？以后看谁还敢瞧不起他！

曾五拿定了主意，忙站了起来，恭声应"是"，就要退下去，却被站在一旁的陶器重给拦住了。

"等一等！"他朝着国公爷行礼，"我看这件事还须从长计议，不如先弄清楚了这谣言从何而来再做打算。"

曾五听着，不由在心底暗暗叹了口气。

国公爷向来听陶先生的，陶先生这么一说，自己想假公济私的打算算是泡了汤。

念头刚一闪而过，曾五就惊讶地看到宋宜春脸色青白地跳了起来："从长计议？！议些什么？！你没有听见吗？！颐志堂买了很多香烛和白布回来！他们要干什么？咒我死吗？！这种大逆不道的东西，我还要和他讲什么情面？今天我不把那些胆敢在国公府里胡说八道的东西打死了，还不知道会有什么更不堪的话传出来呢！我已经忍了他很久了，这次休想我再忍下去！"

陶器重望着暴躁的宋宜春，无奈地摇了摇头，仍旧大声喊着"国公爷"，道："您现在不是发脾气处罚人的时候，而是要想着先怎样正名！"

"正名？！"宋宜春一愣。

"正是！"陶器重正色地道，"您想想，如果这谣言传到了皇上的耳朵里，皇上会怎么想？"

宋宜春的脑子有点转不过来，茫然地道："这与皇上有何关系？"

陶器重只好压低了声音道："您已经病了这么长时间了，五军都督府那边的差事却不能一直就这样放着。如果这话传到皇上的耳朵里，如果又有有心人推波助澜，国公爷这掌印都督的差事……"

恐怕就得要换人了吧？

失去了五军都督府掌印都督的官衔，他又拿什么去压制宋墨呢？

宋宜春心中一凛，渐渐冷静下来，可一冷静下来，又气得吐血，愤然地道："难道就这样算了不成？"

"退一步海阔天空。"陶器重只得安慰宋宜春，"国公爷应该以大局为重，要想收拾几个嚼舌根的仆妇，什么时候不能收拾？何必急于一时？别人还以为我们恼羞成怒，要掩饰您的病情，万一惹得皇上派了宫中的内侍前来探病，甚至让御医院把您的脉案呈上去，那可就麻烦了！"

宋宜春的一双手紧攥成拳，指甲扎进了掌心。

"不行，不能就这样放过那个小畜生！"他红着眼睛在屋子里打着转，像被禁锢在牢笼里走不出来的困兽般暴戾，"府里的这些狗东西都长着双势利眼，我要是就这样放过了那个小畜生，我以后还怎么去管束那些狗东西……"

竟然把账全算到了宋墨的头上。

陶器重苦笑，道："国公爷，我看这件事未必就是世子爷做的。如果是世子爷，他只怕早就买通那些内侍在皇上面前给您上眼药了，又何必用如此幼稚的手段？"

一席话说得宋宜春神色微滞，心里不得不承认陶器重的话有道理，可让他承认并相信这不是宋墨做的，他又很不甘心，一时间脸色阴晴不定，晦涩难明。

陶器重看得清楚，忙用商量的口吻对宋宜春道："要不您这两天就销了病假回五军都督府当差，我来查这谣言到底是从何而来？"

宋宜春没有作声，继续在屋里打着圈儿，却也不再提让曾五拿人的事了。

陶器重松了口气。

宋墨却觉得奇怪，问严朝卿："这是谁造的谣？逼得父亲不得不病愈——父亲恐怕气得不轻！"

严朝卿笑道："我也觉得奇怪，查了查，也没有查出个头绪来。若是世子爷想知道，我再让杜唯去查查，也许能查出些什么。"

"算了。"宋墨道，"父亲只要痊愈，这件事就不攻自破了。父亲现在视我为眼中钉、肉中刺，只要是不利于他的事和传言，他都会认为是我做的、我说的，我也不想去讨这个嫌。随他去吧！"

严朝卿笑了笑，说起另一件事与此相关的事来："国公爷派人劫持素心等人的事，您看，是不是要和夫人说说？让夫人心里也有个底，以后行事也留个心眼。夫人那边的陈先生、段护卫都不是寻常之辈，知道了事情的缘由，自会想办法护了夫人的周全，总比我们这样只能远远地跟着夫人强。"

宋墨笑道："这件事自然要告诉夫人的。"随后想到自己出来了一整天，还没有见到窦昭，也不知道她今天在做些什么，突然间就有种归心似箭的感觉。

他站了起来："我明天要进宫一趟，先生也早点歇了吧！"

严朝卿送宋墨出了书房。

宋墨的身影很快消失在了垂花门内。

刚才在书房里倒茶的武夷出现在了严朝卿身边，踌躇道："这件事是夫人干的，不告诉世子爷，合适吗？"

"有什么不合适的？"严朝卿笑道，"夫人又没有伤着国公爷一根汗毛，不过是私底下抱怨了几句，被那些不知道轻重的丫鬟婆子传了出去，有什么好大惊小怪的？还传到世子爷的耳朵里去。国公爷和世子爷虽然是父子，可夫人和世子爷却是夫妻，夫人一心一意地向着世子爷，我们这些做下人的，应该高兴才是。"

武夷点头，笑道："我也觉得夫人这么做挺解气的，这下子，国公爷不敢再随便装病了吧？"

严朝卿笑了起来。

听说宋宜春"痊愈"并且已经开始回五军都督府当差的窦昭，也笑了起来。

素心不由感慨："说出去谁相信啊？堂堂英国公竟然因为儿媳妇的嫁妆太丰厚而气得病倒了；病倒了不说，因为想知道儿媳妇到底有多少陪嫁，暗地里打听不到，就派死士劫持儿媳妇的贴身丫鬟，想从贴身丫鬟嘴里问出儿媳妇名下的产业从何而来……"

窦昭也有些无奈，调侃素心道："这正好说明你治下有方，连英国公都打听不到我屋里的事，只好铤而走险，使了计昏招。"

素心摇着头直笑。

窦昭却道："堂堂一个国公爷，竟然被我们逼到了这个份上，也算是独一无二了！"然后双手合十，虔诚地朝着西边念了声"阿弥陀佛"，正色道："这样一来，我们的素心也可以把婚期定下来了！"

素心满脸通红，赧然地喊了声"大人"。

窦昭抿着嘴笑了一通，道："你等会去问陈核一声，看陈嘉原来典出去的宅子在哪里，能不能买下来，我想送给陈嘉。"

素心很是意外。

窦昭道："他帮了我这么大一个忙，我也不能让他白出力，把他从前典出去的宅子买回来送给他，也算是还了他的人情！"

素心点头，吩咐陈核去办这件事。

陈核自不敢瞒了宋墨，把这件事禀了宋墨，宋墨笑道："既然是夫人赏他的，你用心办就是了。"

没几日，陈嘉就收到了这份礼物。

望着青瓦粉墙的小小四合院，陈嘉感慨万分。

这宅子在玉桥胡同附近，有价无市，他当初卖给了太子身边的大太监崔义俊的干儿子，只卖了市价的一半，根本就没指望过能从崔义俊干儿子手里再买回来，没想到世子夫人不仅打听到了他原来的住处，而且这么快就买了下来……

陈嘉感慨了半天后，喊着正欣喜地在屋子里到处乱窜的虎子："走，我们去西大街的古玩店看看，有没有什么东西能送给窦夫人的！"

虎子高声应着，锁上了大门。

窦昭这边正热热闹闹地和舅母等人看着黄历，给素心挑选出嫁的日子。

宋墨却笑道："素兰的婚事你准备什么时候办？有钱没钱，娶个媳妇好过年。"

窦昭眨着眼睛道："又没有人上门提亲，我怎么知道该怎么办？"

"你这个妖精！"宋墨俯身咬了口她的肩膀。

窦昭脸色一红，"哎哟"一声，忙道："快别闹了，舅母在这里呢！"

宋墨这才依依不舍地起身。

冬天的衣裳厚，根本就伤不了皮肉。

窦昭咯咯地笑。

宋墨道："素兰的婚事，你和素心说了？"

"说了！"窦昭笑道，"不仅素心觉得好，陈先生也觉得好，就是有点担心他们性情不合。"

"陈嬷嬷却觉得好。"宋墨在窦昭身边坐下，"她说陈核的性子沉闷，家里外面都很寡言，素兰活泼好动，正好可以带带陈核。我问过陈核，陈核红着脸说一切都听陈嬷嬷的，我看这门亲事挺好。你把素心嫁了，就嫁素兰吧！"

窦昭点头。

陈家第二天就请了官媒来提亲。

颐志堂喜上加喜，大家的脸上都带着笑，像过年似的。

宋墨道："这两天我们去趟东宫吧？我们成亲之前，太子殿下曾让我带着你进宫去给太子妃请安，按理你回娘家住了对月我们就已经礼成，可以随意走动了，谁知道父亲却病了，要讳喜乐，去东宫的事就这样耽搁下来。现在父亲痊愈了，我们也应该去给太子和太子妃请个安了。"

太子妃陈氏，通州人氏，父亲陈恪，贡生；母亲贺氏，举人之女。承平十年被选为太子妃，知书达理，容色出众，先后为太子诞下三子。承平二十年宫变，太子妃和三位皇孙被困钟粹宫，活活饿死。

据说死前太子妃曾割肉喂子。

窦昭默默地走在通往钟粹宫的路上，胸口仿佛被块大石头压着似的难受。

宋墨悄悄地握了握她的手，低声安慰她："没事，太子和太子妃都是很好说话的人。"

窦昭长长地透了口气，对宋墨展颜微笑，轻声道："我没事，你不用担心。"

宋墨点了点头，眉宇间的担忧却没有散去。

他不禁暗暗思忖，窦昭可能怀了身孕，而且是最关键的前三个月，宫中不能坐轿，这个时候带了窦昭来给太子妃请安，是不是不太合适……可若是不来，又不免有不敬的嫌疑。等到太子妃母仪天下，窦昭这个超一品的夫人每逢过年过节、初一十五都得进宫给皇后和皇太后等人请安，谁又敢保证今日的太子妃明日的皇后娘娘不会给窦昭穿小鞋？

他只想想都觉得心疼。

得想个法子让窦昭以后少进宫才是。

两人各怀心事，默默地跟着内侍进了东宫。

太子身边的大太监崔义俊已在东宫门口等候。

他三十来岁，清癯文雅，笑容温和，但对他们很是恭敬。

窦昭只听说过这个人，两世为人，她还是第一次和他打交道。

前世，太子被射杀，他护着太子妃和三位皇太孙逃出东宫，想前往慈宁宫向皇太后求救，途中被当时的金吾卫射杀，太子妃和三位皇太孙也因此被困钟粹宫。

窦昭望着和宋墨寒暄的崔义俊，心情十分怪异，崔义俊却突然望了过来，目中含笑地朝着她颔首，俨然一位饱读诗书的士子，哪里有半点太监的卑琐。

窦昭想到他的外号"崔便宜"，又想到了汪渊——汪渊慈眉善目，如胸怀坦荡的长者，实际上却比任何一个人都心胸狭窄，睚眦必报。

她不由暗暗感叹。

可见不管是什么人，做到了顶尖，都不是等闲之辈，都不能以貌取人。

窦昭不敢马虎，微微屈膝，朝着崔义俊行了个福礼。

崔义俊很是意外，但很快就神色如常，笑容和气地请宋墨和窦昭进了东宫。

宋墨跟着崔义俊去了前殿，有宫女领着窦昭去了后面太子妃平日起居的偏殿。

这是窦昭第一次见到太子妃。

她此时正值花信年纪，身段苗条，穿了件家常的宝蓝色妆花通袖袄，如明珠朝露，清秀绢丽。

窦昭瞥了一眼就垂下了眼睑，恭敬地给太子妃行礼。

太子妃吩咐身边宫女给窦昭端个锦机来，并笑道："早就听说北楼窦氏乃北直隶的名门望族，今天见到窦夫人，才知道所言不虚。"

一句话，已让窦昭微微动容。

女子出嫁，冠夫姓。可若是娘家显赫，又有诰命在身，通常会以娘家的姓氏称其为夫人，就像当年的蒋氏，因出身定国公府，自己又是英国公府的国公夫人，京都人都称其为"蒋夫人"，而不是英国公夫人。

太子妃此言不仅抬举了窦昭，而且恭维了窦家，难怪有知书达理的名声。

"多谢娘娘抬爱。"窦昭起身，谦逊道谢。

"你不必拘谨。"太子妃笑着让窦昭坐下说话，"你以后进宫的次数多了，就知道我这里最是随意不过了。"

宫里表里不一的人多了，汪渊也常说自己最是随和不过。

窦昭腹诽着，笑盈盈地称"是"。

两人说着家常话。

一个和气，一个有心，气氛十分融洽。

外面突然传来一阵嘈杂的脚步声。

窦昭暗暗惊讶。

脚步声却越来越近，还夹杂着焦急的轻呼。

"殿下，殿下，您慢点！"

从偏殿的暖帘下钻进来个小小的明黄色身影。

"母妃，母妃！"小身影投向太子妃的怀抱，"您看，我捉了只麻雀！"

白白嫩嫩的小手，紧攥着只麻灰色的小鸟，邀功似的举着给太子妃看。

太子妃眉头微蹙，声音却依旧柔和，道："你怎如此顽皮？不让你捉弄那些锦鸡，你又去捉麻雀玩。不是跟你说过吗？一饮一啄，都是天赐，切不可随意伤害这些小东西……"

孩子闷闷不乐地低下头，轻轻地"哦"了一声。

窦昭看着那孩子不过五六岁的样子，知道这就是皇长孙了。

她笑着起身给皇长孙行礼。

那孩子就很奇怪地看了她一眼。

太子妃道："这是英国公府世子夫人。"

孩子的眼睛立刻像太阳似的亮了起来。

"你就是宋砚堂的老婆？"他围着窦昭看，就像她是什么稀奇古怪的东西似的，"你还没有宋砚堂漂亮，他怎么会娶了你？宋砚堂十二岁的时候秋围就得了第一，我现在也跟着师父学骑射，皇祖父说，我明年也可以参加秋围了……"

她还没有宋砚堂漂亮……窦昭汗颜，不知道怎么回答好。

"寿儿，不得无礼！"太子妃脸色一沉，道，"还不快给窦夫人道歉！"

窦昭哪敢让皇长孙给自己道歉，忙笑道："皇长孙天真活泼，太子妃不必太过苛刻。"

太子妃神色微黯，长叹了口气，却也没有坚持让儿子给窦昭道歉，教训了皇长孙几句，让身边服侍的陪皇长孙回后殿暖阁读书："……你皇祖父过几天要检查你们的功课，小心答不出来被罚跪。"

皇长孙哆嗦了一下，明显地流露出惧意。

他依偎在母亲的身边，磨磨蹭蹭的，不愿离开。

太子妃笑着摇头，宠溺之色溢于言表，吩咐宫女把前几日御膳房进献的新式点心赐给皇太孙。

宫女笑着屈膝应"是"。

太子妃略一思忖，又道："也给窦夫人带些回去尝尝。"

窦昭忙起身道谢。

宫女去端了点心进来，偏殿中就飘荡着一股桂花香，不知道为什么，窦昭胸中一窒，就要吐出来。

她忙深深地吸了口气，强忍胸中的不适。

谁知道太子妃却抚着胸，捂着嘴，也是一副要吐出来的样子。

屋里服侍的齐齐变色，喊着"娘娘"，又慌慌拿了盆盂过来。

太子妃"哇"的一声吐了起来。

窦昭胸中浊气翻滚，忙掏出帕子捂了嘴，已有宫女发现她的异样，忙道："窦夫人，您这是怎么了？"

窦昭不敢说话，怕自己一张嘴就会吐出来，朝着宫女摇头，那宫女十分机敏，忙拿了个盆盂给窦昭。

窦昭"哇"的一声，也吐了起来。

太子妃愕然，用温水漱了口，笑道："你成亲也有四个多月了吧？是不是有了身孕？"笑容已不同于刚才的客气有礼，而是一直笑得亲切欢畅。

窦昭心中一动，道："臣妾家中没有长辈，不知道。"

太子妃微愣，然后吩咐身边的宫女："去，请了伍婆子进来。"

窦昭在宫女的服侍下漱了口。

一个稳健的四旬妇人跟着宫女走了进来。

太子妃吩咐那妇人："你给英国公世子夫人诊诊脉。"

妇人恭谨地称"是"，已有宫女拿了脉枕端了茶几和锦机过来。

窦昭伸手由那妇人诊脉。

太子妃向她引荐那妇人："……是石太妃介绍的，寿儿、福儿都是由她接生的。"

石太妃，是长兴侯石家的姑娘。

窦昭客气地称了声"伍嬷嬷"，伍婆子连称"不敢"，笑着示意她换手。

偏殿里安静下来。

皇长孙的声音格外的清脆洪亮："母妃，窦夫人也病了吗？"

太子妃轻轻地摸了摸儿子的头，柔声叮嘱他："不要说话，伍婆子正在给窦夫人诊脉呢！"

皇长孙嘴抿得紧紧的，依偎在太子妃的怀里。

伍婆子收手起身，恭敬朝着太子妃福了福，轻声道："脉如滚珠，窦夫人十之八九是有了身孕。"

本是预料之中的事，现在得到了医婆如此肯定的确诊，窦昭还是小小地激动了一下。

太子妃更是笑道："这敢情好，倒有个做伴的了。"

窦昭故作讶然。

太子妃笑道："我也有了身孕！不过月份还轻，还没有告诉母后和太后娘娘知道。"她脸上绽放着如明月般静谧却逼人的光华，这是为母者才有的喜悦吧？

窦昭真诚地道着"恭喜"。

"同喜，同喜！"太子妃微微地笑，仿佛又剥下了一层面具，看窦昭的目光温润中带着几分亲昵，她吩咐宫女，"快去告诉英国公世子爷，让世子爷也跟着高兴高兴。"

宫女笑着应声而去。

点心被撤了下去，宫女们捧了放着苹果、香橼和佛手的果盆进来。

屋子里飘荡着水果的清香。

太子妃若有所思地沉默了片刻，笑道："世子也太粗心了，怎么这个时候让你进宫觐见？这样，我身边的王嬷嬷，很会照顾人，我让她去你府上住些日子，帮你带两个老成的妇人出来，你以后身边也有人照顾……"

窦昭额头冒汗。

太子妃显然对她的事情很了解，以为英国公府和她娘家都没有亲近的女性长辈，不懂这些生养之事，所以派了身边懂生养的嬷嬷去家里指点她身边的人。这是大恩赐，可也是麻烦——从今以后，他们和太子怎么撇得清？

窦昭忙笑道："怎敢劳动娘娘身边的嬷嬷！臣妾只是一时不察，娘家的长辈得了喜讯，想来会派人来照顾臣妾的。"

可能会得罪太子妃，可总比搅和到夺嫡里面强啊！

第一百一十三章　东宫·寿辰·冲突

太子妃头上还有皇太后和皇后，窦昭怀了身孕，皇太后和皇后都还没有什么表示，她就赐了人去照顾，未免有些喧宾夺主，失了分寸。

太子妃思忖片刻，笑道："也好，免得你不自在。"

这件事就这样揭过去了。

前殿得了喜讯，不仅宋墨高兴，太子也很高兴，不仅特意派了人来问，还让太子妃赏了些安胎的药材。

偏殿里喜气洋洋的。

皇长孙人小鬼大，盯着窦昭的肚子不放，问窦昭："窦夫人也要生妹妹了吗？"

窦昭还没有开口说话，太子妃已轻声呵斥他道："窦夫人要生弟弟。"说着，吩咐身边的宫女，"把寿儿穿过的旧衣裳拿几件来给窦夫人。"然后又对窦昭道，"听说把男孩子小时候穿过的旧衣裳压在枕头底下，就能如愿以偿生个大胖小子。我怀着寿儿的时候，枕的是长兴侯长子石演的旧衣裳，你也试试。"

又是长兴侯府！

窦昭忙笑着道谢。

皇长孙在一旁好奇地问太子妃："为什么母妃要生的是妹妹？窦夫人要生的却是弟弟？"

太子妃耐心地解释道："因为母妃已经有寿儿和福儿了，窦夫人还没有像寿儿和福儿这样听话又孝顺的儿子啊！"

皇长孙像大冬天里喝了碗热汤，笑眯眯的，既高兴又得意。

窦昭抿了嘴笑。

太子妃谦逊道："这孩子，就是顽皮，窦夫人不要放在心上。"

窦昭夸着皇长孙："皇长孙赤子心怀，天真烂漫，怎能说是顽皮？"

太子妃望着儿子微微地笑，笑容里满是宠溺和疼爱。

皇长孙则抱着母亲的胳膊笑弯了嘴角。

窦昭不由想起自己前世的两个儿子。

两个儿子像皇长孙这个年纪的时候，自己好像从来不曾这样温柔地对待过他们。儿子每次来给她问安，她不是忙着和管事算账就是忙着给管事的妈妈们示下，根本就没有心情和两个儿子轻言慢语地说话，总是神色严峻地询问一下他们的功课，训斥他们几句，然后就让嬷嬷们带着他们退了下去。

念头闪过，窦昭心中微滞。自己怎么又想起前世那些不愉快的经历来？这一世，她嫁了宋墨，定会有个不一样的未来！

她不禁轻抚着自己的小腹，用一种自己也没有觉察到的羡慕口吻笑道："真希望我的孩子也能像皇长孙这样聪明活泼就好。"

窦昭发自内心的感慨让太子妃很是意外，太子妃露出愉悦的笑容来："窦夫人过奖了，英国公府的长孙肯定会是个聪明活泼的孩子的。"

得了赞扬的皇长孙看向窦昭的目光中顿时也多了几分笑意。

窦昭就问："娘娘希望这一胎生个小郡主吗？"

"是啊！"太子妃的笑容中充满了母性的光辉，"女儿是娘的贴身小棉袄，我和太子都盼望着能添个小郡主！"

但窦昭知道她又生了个儿子。

内侍宫女们送走了皇长孙。

窦昭和太子妃聊着天，眼看着就要到晌午了。宫中赐饭的规矩大，并不是每个人都受得了的，太子妃头上有两重婆婆，哪里不明白这个道理，她端茶送客，免了窦昭的跪安。

窦昭松了口气，还是执意行了跪安，由宫女搀扶着出了偏殿。

宋墨也从前殿出来了，正在东宫门口和崔义俊说着话，等着窦昭。

待窦昭走近了，那崔义俊才打住了话题，但她还是听见了最后一句"这件事就拜托世子爷了"。

她不好问是什么，和宋墨辞了崔义俊，由东宫的内侍领着往西直门去。

路上，宋墨悄声问她："你累不累？如果累了，我们就找个地方歇歇脚。"

窦昭不禁轻笑，小声道："你还能在宫里找到歇脚的地方？"

"那是自然。"宋墨和窦昭说着悄悄话，"我这金吾卫同知可不是白当的！"

窦昭含笑望着宋墨，低声道："我没事。只想快点回家。"

宋墨不再说什么，握着她的手轻轻捏了捏。

两人跟着内侍慢慢地出了宫，上了自家的马车。

宋墨立刻把她抱在了怀里，道："可别磕着碰着哪里了。"

马车不比轿子，遇到个坑坑洼洼的，颠簸得人十分不舒服。

窦昭走了这么半天，也有些累了，任由宋墨抱着自己。

宋墨的手放在了窦昭的腹间，感叹道："没想到我们真的有了孩子！"

窦昭还是第一次见到他这副百感交集的模样，不由玩心大起，逗着他道："怎么？不喜欢？"

宋墨突然拍了一下她的屁股，道："又睁眼说瞎话地糊弄我！"

窦昭被宋墨轻浮的举动吓了一大跳，"哎哟"一声，拿了眼睛瞪他。

宋墨眯着眼睛笑，脸上透着美玉般的静雅光华。

窦昭情不自禁地靠了过去，直到宋墨热热的气息打在她的脸上，她这才惊觉自己做了什么。

她慌忙后退，靠在了宋墨的肩窝，想掩饰刚才的举动转移宋墨的视线，问道："刚才崔义俊托你做什么？"

宋墨望着她绯红的耳朵，嘴角轻轻地扬了起来，声音却一如既往的平静："不是什么大事——说是冬天快到了，他的老寒腿又发作了，问我能不能帮他寻几张好一点的皮子，他要做两个护膝。"

窦昭目瞪口呆，半晌才道："难怪别人都称他为'崔便宜'，他的眼孔也太小了吧！

真是给太了丢脸！"

她没办法想象前世的崔义俊，是怎样护着太子妃和三位皇太孙逃出东宫的，就像她没有办法想象前世的汪渊是什么时候勾搭上了辽王，最后还能全身而退一样。

看样子，自己得好好地琢磨一下宫变的事了。

窦昭抓住宋墨衣襟的手紧了紧。

很快就到了十二月初五，陆家老夫人透过儿子陆时给宋宜春传了话过来："景国公夫人的寿宴，京都贵勋之家的女眷多会去道贺，窦氏从来不曾经历过这种场合，让她跟着我和长公主一起去景国公府，也好和公侯伯卿的夫人们混个脸熟。"

宋宜春皱眉。

陶器重劝他："景国公夫人的寿宴，夫人不出席，有些说不过去。不仅会得罪景国公府，而且还会得罪了陆夫人和宁德长公主……"

宋宜春恨恨地把景国公府的请帖甩在了桌几上，陶器重示意曾五把请帖收起来，给颐志堂送去。

窦昭得了请帖，和宋墨商量："我不去行不行？"

虽然在东宫诊出了喜脉，但因孩子还没有满三个月，他们并没有声张，只告诉了舅母和赵璋如，舅母每天好吃好喝地照顾着窦昭，窦昭越发不想动弹，每天吃了就睡，睡醒了就和舅母、赵璋如凑在一起或是说说闲话或是做做针线。

"最好还是去一趟。"宋墨笑着接过丫鬟手中的山药百合枸杞粥递给窦昭，"是陆老夫人亲自让舅父来跟父亲说的，还捎上了宁德长公主。"

"我知道啊！"窦昭喝着粥，嘟囔道，"就是不想动弹嘛！"

那样子，像个撒娇的小姑娘似的，宋墨眼中就有了淡淡的笑意，他哄着她："你去了景国公府回来，我陪你下棋。"

窦昭盈盈地笑，眼睛亮得像宝石，光彩熠熠。

宋墨心中瞬间被柔情填满，他喜欢这样的窦昭，喜欢窦昭这样和他撒着娇……他想到那天在马车里，窦昭情难自已地望着他流露出喜欢的情愫，他不禁轻轻地抚上了窦昭的脸，声音低沉而又透着几分宠爱地笑道："你乖乖地和她们应酬，我到时候去接你。"

宋墨的话语取悦了窦昭。

她咯咯地笑，道："你少来忽悠我——景国公夫人的寿宴，国公爷是平辈，不必去拜寿，你是晚辈，难道也不去？却还哄了我说要来接我！"

宋墨面不改色地道："我们去露个面就走，我不派了人去接你，你能走脱身吗？"

"狡猾！"窦昭横了他一眼。

那目光，如夏日的湖面般波光潋滟，让宋墨的心像被羽毛轻轻地扫了一下似的。

"怎么能说我这是狡猾呢？"他的目光落在窦昭的身上，"我是怕你的身子骨受不了，寿宴上大鱼大肉的，到时候你又要不舒服了。"

"舅母让我带了茶叶在嘴里嚼。"窦昭本想不理会宋墨的目光，可他那目光太过放肆，火辣辣地灼人，让她实在是吃不消，忍不住娇嗔道，"和你说话呢，你往哪儿看呢？"

宋墨的面孔霎时也红了起来。

窦昭低声地笑。

宋墨扑了过去，狠狠地吻上了她的唇。

内室里就回荡着欢快的笑声。

窗外就传来舅母刻意的咳嗽声："寿姑，时候不早了，你早点歇了吧！明天还要去景国公府拜寿。"

屋里的笑声戛然而止。

"知道了，舅母。"窗内传来窦昭冷静而又淡然的声音，"我这就歇了。"

舅母含着笑回了客房。

宋墨四肢大开，颓然地仰倒在炕上。

窦昭笑颜如花，趴在了宋墨的身边。

"天赐。"她轻吻着宋墨的面颊，手慢慢地伸进了他的衣襟。

宋墨一把捉住了她的手，亲昵地点了点她的鼻子，柔声道："逗你玩的呢！"随后坐了起来，道，"我们快歇了吧！"

内室里又传来窦昭清脆的笑声，还有宋墨嘟囔的抱怨声。

初冬的夜空，挂着几颗星子，如美人妩媚的眼眸，闪烁着动人的璀璨。

景国公夫人育有三子五女，其中五个女儿的婚事都是由她亲自选定的，而且个个都嫁得很好。特别是长女，下嫁给了翰林院编修夏冰的长子夏皖，当初人人都觉得景国公府的大小姐太委屈，可随着夏皖于承平八年进士及第，承平十一年做了刑部给事中……到去年擢了浙江巡抚之后，就再也没有人这么认为了，反而都夸赞景国公夫人慧眼识珠，找了个好女婿。这也是景国公夫人在景国公府腰板如此硬朗的重要原因。

窦昭和宋墨到达景国公府的时候，景国公府已是门庭若市。除了那些和景国公府素有来往的京都勋贵，景国公府的姻亲也都来给景国公夫人拜寿，景国公府的五位姑爷更是送上价值不菲的寿礼。

宋墨悄声嘱咐窦昭："你有什么不舒服的就让丫鬟去叫我，再不济，也可以跟三太太说一声。"

"我知道。"窦昭望着神采飞扬的宋墨，柔声道，"你别喝那么多的酒。"

"嗯！"宋墨颔首，轻轻捏了捏她的手，这才朝前去搀了从前头马车里下来的陆老夫人。

宁德长公主也随后下了马车。

陆老夫人就拉了窦昭的手对宋墨笑道："你只管去应酬你的，你媳妇儿有我替你看着，不会少了她一根头发丝的。"

大家都笑了，宋墨也不害臊，坦坦荡荡地向陆老夫人道谢。

陆老夫人呵呵地笑，转过头去和宁德长公主说话："这孩子，就是这点讨人喜欢。"

宁德长公主抿了嘴笑。

宋墨和陆沁等人辞了陆老夫人等女眷去了东边的正厅，窦昭则随着陆老夫人等进了二门。

张三太太由一群丫鬟婆子簇拥着急急地迎了上来："长公主，外伯祖母……"

她团团地给众人屈膝行礼，大家说说笑笑地去了花厅。

景国公夫人正和长兴侯夫人说话，见陆老夫人和宁德长公主一起进来，颇有些意外，一面满脸是笑地起身相迎，一面道："没想到两位夫人会过来，今日真是蓬荜生辉啊！"

陆老夫人和宁德长公主比景国公夫人要高一辈，本可以不来，但因为外孙女嫁到了景国公府，特意来抬举抬举景国公夫人，也好给外孙女长长脸。

陆老夫人笑道："这不是想到你们家里来蹭顿饭吃吗？"

"您二位可是请都请不到的贵客，"景国公夫笑着，"只要您二位不嫌弃我们府里的酒水寡淡就好。"

众人寒暄着，互相见过礼，在花厅里坐下。

景国公夫人就和窦昭说着话："世子夫人可是第一次到我们府上做客，有什么事不好跟我说的，只管指使你表姐。"

张三太太和宋墨是表亲。

窦昭笑着应是。

景国公夫人就把在座的女眷一一介绍给她认识："这是我的大姑娘，如今跟着姑爷在江南的任上，这次我过寿，她特意从江南赶回来的……这是我的二姑娘，她的婆婆是宜兴纪家的女儿，和你们家也算是姻亲了……"

窦昭笑着一一见礼，景国公府的几位姑奶奶忙起身还礼。

花厅里一派热闹。

丫鬟进来禀道："延安侯府世子夫人到了。"

景国公夫人连声道着"快请"。

汪少夫人却是和东平伯世子夫人一起进来的。

大家少不得一番互相见礼。

随后广恩伯夫人带着儿媳妇来了，接着宣宁侯夫人也来了……

这些人窦昭全都认识，不过是了解多少的分别，特别是宣宁侯郭青海的夫人，不仅和她是忘年之交，而且两人还一起做生意，成了儿女亲家，而此时，郭夫人不过是对着她点头微笑，她们也不可能像梦中上一世似的，为了养家糊口而走到一起了。

窦昭不免有些怅然。

东平伯夫人带着两个女儿过来了。

窦昭不由睁大了眼睛。

那东平伯夫人弱风扶柳般的身姿，闲花照水般的容貌，看着就让人生出几分怜爱来。

她的一对双生女儿虽然年纪尚幼，却也如珠似玉，十分漂亮。

窦昭心口有些微微的闷。

她忙掏了几片茶叶放在了嘴里，才感觉好了一些。

客人渐渐多了起来，花厅里欢声笑语，年纪略长的妇人们坐在一起说话，年纪轻的小姐们则另成一派。

窦昭因为是第一次在京都的勋贵圈子里露面，宁德长公主亲自带着她认人。

都是梦里上一世的熟人，窦昭应酬起来毫不费力，客气的问候都说到点子上，让人印象深刻。

陆老夫人和宁德长公主看了不由暗暗点头。

在花厅里待客的张二太太看着眼珠子一转，笑道："怎么没见济宁侯夫人？我记得也给她下了请帖的。"

因魏廷珍是世子夫人，景国公夫人的寿宴，按道理应由她帮着张罗。因为景国公夫人不喜欢长子，连带着也不喜长媳，所以把厨房里的一摊活交给了魏廷珍，反而让二儿媳和三儿媳在花厅里帮着她待客。

听二儿媳这么一说，景国公夫人不由皱了皱眉。

张三太太手段却比张二太太高明得多，忙笑道："现在离开席还早，怕是有什么事耽搁了。"说话间，朝着身边的婆子使了眼色。

婆子会意，去了在厨房旁的账房。

魏廷珍正在检查等会儿寿宴上的寿桃。

那婆子忙上前行礼，道："夫人，三太太让我跟您禀一声，吉时马上要到了，恐怕等不及济宁侯夫人了。"

因不是整寿，景国公府只请了没出三服的亲戚和一些常来常往的勋贵，寿宴只办一天，并在早上定下拜寿的吉时，张家的亲戚会按照长幼给景国公夫人磕头拜寿，像窦昭这样不是直系亲戚的客人就会被请去坐席，等到那边拜完寿，这边就会开席。若是开了席再来，是件很失礼的事。

魏廷珍心中勃然大怒。窦明这样，分明就是在打她的脸，根本没有把她放在心上！她在心里把窦明骂了个狗血淋头。

可当着张三太太身边的婆子，她却不敢流露出一丝的异色，而是笑道："济宁侯府离这里远一点，多半是路上耽搁了，我这就派人去看看。"然后塞了个红包给她，道，"代我向三太太道声谢。"

婆子欢天喜地地走了，魏廷珍却被气得胁痛。

好在派出去的人很快就有了回音："济宁侯和夫人已经到了门口。"

现在人多眼杂，还是等这个事过去了再说吧！

魏廷珍点头，去灶房尝了尝等会儿要送到寿宴上的几道菜。

在景国公府门前下了马车的魏廷瑜和窦明的脸色都不怎么好看。

魏廷瑜冲着窦明说了句"你等会见到姐姐，帮姐姐招待一下客人，为姐姐分些忧"，就转身去了前院的花厅。

窦明望着魏廷瑜的背影冷笑了数声，这才由丫鬟扶着，跟着张家的管事妈妈进了垂花门。

花厅里珠光宝气，笑语殷殷。

她拜见了景国公夫人，景国公夫人忙让她："快起来！快起来！"

窦明含笑站了起来，却看见了坐在景国公夫人身边太师椅上的窦昭。

她也来了。

窦明微愕，目光沉了下去。

景国公夫人就朝着窦明招着手，笑着开玩笑道："你可比你姐姐来得晚，该罚，该罚！"

几位小姐还好，在一起玩得不亦乐乎，坐在景国公夫人身边的那些妇人却都睁大了眼睛看着她们。

窦昭不由叹气，淡淡地和窦明打了个招呼。

窦明也不傻，尽管一方帕子快要被她揉成了咸菜，但她还是识时务地轻轻喊了声"姐姐"，然后笑着应酬景国公夫人："夫人说的极是，等会我自罚三杯，给夫人赔不是。"

众人哈哈大笑，气氛重新活跃起来。

就有人看了看窦昭，又看了看窦明，笑道："说起来窦家的两位小姐嫁得可真不错，长女做了英国公世子夫人，次女又做了济宁侯夫人，一门两夫人，比那一门三进士可难多了。"

大家哈哈大笑。

就有人接口道："难得的是窦家四小姐都嫁出门了，娘家还给她添妆。"

窦明愣住。

添妆？

给窦昭添妆？她怎么不知道？

窦明眼底闪过一丝茫然，朝窦昭望去，就看见窦昭坐在那里笑盈盈地半是玩笑半是认真地道："不过是父亲疼爱女儿出嫁了为媳不易，想让夫家高看我一眼罢了。"

这就是承认了！

众人哗然。

窦昭出嫁时那一抬银票很多人记忆犹新。

宁德长公主就笑道："你们听听就算了，可不要乱说！想当初那一抬十两面额的银票就让贼人眼红得铤而走险，这要是知道寿姑名下有多少产业，还不得又把那些要钱不要命的盗匪给招了来啊！"

众人七嘴八舌地表示自己不是那种喜欢八卦的人，却又个个争先恐后地打听着窦昭的隐私。

"窦夫人，这次窦大人还是送您银票吗？"

"窦夫人，窦家给您添妆的事，我们还是第一次听说。难道令尊怕像上次一样被贼人惦记，所以你们才不声张的？"

"为什么不在出嫁的时候都写在陪嫁的单子上，要现在才添妆啊？"

"肯定是东西太多，怕被贼人知道了。"

一时间大家都对这个话题非常感兴趣。

就有人打趣窦明："这里还坐着个闷声发大财的呢！"

"是啊，是啊！"有人附和，"济宁侯夫人得了多少添妆？"

窦明心里明白，必定是窦家把西窦的一半产业还了窦昭。

这是她早就知道的，可此时听人道来，不知道为什么，胸口却像被压着块大石头似的，半晌才缓过气来，强笑道："父亲最是宠爱姐姐，姐姐有的，我未必有，你别闹我，去问我姐姐去。"

心里却想着那一抬银票。

魏廷珍知道后，竟然让她回去向父亲讨要。

她没有这么厚的脸皮，可心里到底是有些不甘，气得几天都没有吃饭还不敢对魏廷瑜说，怕魏廷瑜听了后悔娶了自己。

可没想到，窦昭名下的嫁妆，却以这种方式曝了光，魏家人听了又会怎么说，怎么想呢？

窦明心里仿佛漫过一层冰水，冻得她直打寒战。

窦明心里有了事，说话、做事不免有些走神。

快到了拜寿的吉时，景国公夫人的孙子、孙女、外孙、外孙女在各自的丫鬟、婆子的簇拥下出现在了花厅，这个给外祖母磕头，那个给舅母磕头，一阵笑语喧嚣之后，魏廷珍出现在了花厅，请了诸位女眷移步到前面的水榭入席，并道："水榭边搭了戏台子，夫人小姐们等会儿可以边喝酒边听戏。"

大家笑盈盈地起身往水榭去。

长兴侯夫人十分机敏地扶了宁德长公主，领头走在前面，又扭了头和陆老夫人说话："您这身丁香色葫芦苇的妆花褙子可真漂亮，我还是头一次见着，应该是今年江南织造进贡的新花色吧？"

陆老夫人呵呵地笑，道："你这孩子，嘴上抹了蜜似的，我可不是你婆婆，没东西赏你！"

长兴侯夫人笑道："瞧您说的，您心里头高兴，可比赏我什么东西都好。"

陆老夫人就和宁德长公主笑道："您看，还说不是在恭维我！"

宁德长公主忍俊不禁，也开着长兴侯夫人的玩笑："你放心，下次我遇到你婆婆，一定好好地夸奖你一番。"

众人哈哈地笑。

被陆老夫人像牵孩子似的牵着手的窦昭也跟着笑。

长兴侯夫人就对窦昭道："英国公世子夫人是第一次出来串门，我是胡闹惯了的，你可不要放在心上。等会你和我们一起坐，也好服侍服侍长公主和陆老夫人，也免得两老觉得我是在和她们客气。"

待她十分亲切。

长兴侯府因为数代与皇家联姻，向来觉得自己是勋贵圈子里的头一份，在梦中的前世可是眼角也不扫她一下的，这一世，她成了英国公府世子夫人，又有宁德长公主抬举，倒让长兴侯夫人对她另眼相看，头次见面就把她划到了可以与之说话、同桌的范围里了。

窦昭只是笑着点头，十分低调内敛的样子。

可她是英国公府世子夫人，身份摆在那里，再低调内敛，也自会有人上来搭讪。

"国公爷的身体可都好利索了？"上前和她说话的是东平伯世子夫人，"上次家里唱堂会，夫人要侍疾，没有去，我可惜了好半天。"

窦昭瞥了眼循规蹈矩地带着两个女儿跟在东平伯世子夫人身后的东平伯夫人，笑道："国公爷的身子已经好利索了。听人说，那天的堂会京都梨园的几位大家都出席了，唱得十分精彩，等下回贵府再举办堂会，到时候我一定去。"

东平伯夫人因为是续弦，出门应酬的事大都是由东平伯世子夫人出面，等闲并不出门。

在窦昭的记忆里，她和景国公府大姑奶奶夏夫人私交很好，想必是因为这个原因，所以这次景国公夫人做寿，她才带了两个女儿来祝寿吧！

窦昭微笑着和众人应酬着，大方又得体。

张三太太与有荣焉，说笑打诨地在旁边帮着腔，务必要让窦昭第一次的亮相光彩照人，给众人留下温柔敦厚的印象。

窦昭始终没有和魏廷珍说话，也没有再理睬窦明。

张二太太看着眼珠子直转。

魏廷珍气不打一处来，狠狠地瞪了窦明一眼。

窦明还想着添妆的事，低着头，默默地走在众人之后。

魏廷珍看着就更生气了，笑着和郭夫人寒暄了几句话，就不动声色地走到了窦明的面前，恨恨地低声道："你是哑巴啊？这么多人，也不知道上前打个招呼！你不是常在家里说自己是王老夫人养大的吗？怎么？王家就是这样教你礼仪规矩的？"

讽刺的语气，让窦明脸色一白，抬头正欲反唇相讥，却看见众女眷正围着窦昭说话，把窦昭衬托得明珠似的尊贵，光彩熠熠，一口浊气就堵在了她的胸口。

窦昭已经嫁到了号称京都第一勋贵的英国公府，父亲为什么还要这样大张旗鼓地宣扬她的嫁妆？同样是窦家出嫁的女儿，济宁侯府本就比英国公府差远了，父亲为什么不能体谅体谅她的难处？

想到刚才来之前自己正和魏廷瑜为了给景国公夫人的寿礼置气，她不禁觉得胸闷气短，心里好像被捅了一刀似的痛不欲生。她只想快点从这个沉闷的宴会逃出去，去问问父亲，为什么要这样待她？哪里还有心情理会魏廷珍？

魏廷珍被自己的弟媳妇这样无视，心里"嘭"地一声就燃起了团火，她抓住了窦明的手臂，低声吼道："和你说话呢！你不会连这点家教也没有吧？"

平时魏廷珍没有这么大的火气，想到婆婆平日里为了刁难她，话里话外就是嫌弃她娘家如何如何的不给力，结果自己的娘家总做些给她拖后腿的事。像今天这种场合，两个妯娌的娘家人早早就到了，三弟媳冯氏娘家的甚至还来了两位长辈。她的弟媳倒好，踩着点到的不说，还让她白白地承了冯氏的一个人情。她的心情糟糕透了，说话行事也就比往日火爆。

偏偏窦明心事重重，懒得理她。

她甩手挣脱了魏廷珍，挺着脊背快速地跟上了前面的女眷。

魏廷珍的脸色阴沉得像要下雨似的。

她疾步追了上去，再次抓住了窦明的胳膊。

正和张二太太说话的汪少夫人看了就打趣着两人："你们俩倒亲热，说什么悄悄话呢？"

大家的目光不由朝这边看了看。

张二太太眼睛一亮，掩了嘴笑，大声道："大嫂，有什么话不能当着我们说的？您放心好了，我们虽然眼红窦家两位姑奶奶的嫁妆，可也不会到处乱说，免得把贼给引了来。"

众人都笑了起来，虽然大多数人都又是羡慕又是妒忌，可面上却全都一副喜笑颜开的样子。

魏廷珍不知道张二太太为何在这种场合说这样的话，含含糊糊地笑着应了一声。

张二太太却不愿意放过魏廷珍，道："大嫂可能还不知道吧？窦家给英国公世子夫人添了妆，据说有十几二十万两银子呢！长幼有序，想必下次就该要给济宁侯夫人添妆了吧？到时候我们大少爷娶媳妇、大小姐出阁有这样财大气粗的舅舅、舅母，可就体面了！"

十几二十万两银子？魏廷珍脸色大变。

再看宁德长公主、陆老太太和窦昭，虽然有些不快，却也没有喝止张二太太胡说八道。

她心里顿时凉飕飕的。

宁德长公主皱着眉看了长兴侯夫人一眼。

张二太太是长兴侯石家的女儿。

长兴侯夫人朝着宁德长公主尴尬地笑了笑，喊着张二太太的闺名，道："只有你话多，要是真的把贼给引来了，就是你嚷嚷的。"

张二太太在景国公府敢和魏廷珍对着来，倚仗的就是娘家长兴侯府，长兴侯夫人不高兴，她哪里还敢多说，忙笑道："我这不是眼红大嫂有个这么好的弟妹吗？"自嘲了一番，直到大家都笑了起来，进了花厅，把这事给抛在了脑后，她这才松了口气。

魏廷珍抽空问窦明："到底是怎么一回事？"

窦明只想到魏廷珍在她面前如何锱铢必较，却没有想过魏廷珍是怎样贴补魏廷瑜和田氏的，闻言不免冷脸道："姑姐向来耳聪目明，我们济宁侯府的事都逃不过您的眼睛，何况是景国公府！"然后扬长而去，进了花厅。

把客人都送到了，作为媳妇，魏廷珍等人要赶过去给景国公夫人拜寿了。

魏廷珍不敢耽搁，低声吩咐了贴身的婆子几句，笑着和二太太、三太太去了花厅。

等她拜了寿，簇拥着景国公夫人来到水榭的时候，却不见了窦昭。

她有点发怔。

宁德长公主解释道："砚堂那边好像有什么事，派人来叫了她过去，说改日再登门给国公夫人赔礼。"

宋墨给景国公夫人的印象很好，觉得他虽然出身尊贵，不太爱交际，但自身的能力很强，礼数周到，识大体。既然他说有事，那肯定就是很重要的事，又想到英国公府这几年发生的事，她没有多想，笑道："原本就是想借着我生辰把大家请来热闹一番，若是耽搁了要紧的事，那可就是我的罪过了，他们有事，只管去，我心里才高兴。"

众人一阵笑。

窦昭已和宋墨坐着马车往英国公府去。

"你应该再过两刻钟喊我的。"她靠在宋墨的肩上，笑道，"既然去给人家拜寿，总得给寿星敬杯水酒吧？"

"我就是怕你喝了酒不舒服才赶在景国公夫人去水榭之前把你给叫走的。"宋墨不悦道，"是谁不舒服的时候只知道折腾我？"

窦昭微赧。她也不知道自己怎么会变成这样，不舒服的时候看见宋墨风轻云淡地坐在那里看书或是写字，就总想闹腾他。一会儿要他去给自己倒杯茶，一会儿嚷着要吃什么东西，看着宋墨围着自己团团转，那些什么胸闷气短就会全都烟消云散。

"前院还没有开席吗？"她只好转移话题，笑着问，"你身上没有一点酒味。"

"你不是闻不得酒味吗？"宋墨道，"还问我为什么身上没有酒味！"

窦昭讪讪然地笑，道："等会回去，我给你做葫芦饼吃！"

宋墨没好气地道："你能闻得油烟味吗？"

窦昭语凝。

宋墨哼了一声，一路上都没再和窦昭说话。

眼看着快到家了，窦昭不由急起来，嗔道："那你要我怎么样嘛？哪有这样小气的人！"

宋墨虎着脸下了马车。

窦昭只好跟着他进了颐志堂。

第一百一十四章　　讨要·怀疑·规矩

宋墨金刀大马地坐在内室临窗的炕上，冷着脸，对窦昭道："去做葫芦饼！"

怎么别扭得像个发脾气的小孩子？

窦昭忍不住抿了嘴笑。

宋墨瞪了她一眼。

窦昭上前拉了他的手，像哄小孩似的道："我错了还不行吗？我知道你是关心我，下次再也不这样说了。"然后接过丫鬟手中的热茶递给宋墨，"我去给你做葫芦饼去！"

宋墨却揽住了她的腰，道："灶上油烟呛人，让灶上的婆子做就是了。"

声音软了下来不说，还隐隐带着几分笑意。

"你这家伙！"窦昭哭笑不得，横了宋墨一眼。

宋墨微微地笑，把脸贴在了窦昭的胸口，低声道："寿姑，你以后再也不要说那样的话了，我听了难受。"

窦昭心里霎时柔软得能捏出水来，温柔地回搂了他。

"是我不对才是。"宋墨向她道歉，声音显得有些郁闷："我也不知道为什么，平时挺能容人的，可只要一想到我的好意你不领情，我就有点控制不住自己的情绪……以后我要再这样，你别搭理我，让我一个人在小书房里待一会儿就好了。"

窦昭听着眼泪都快要落下来了。

宋宜春曾要杀宋墨，宋墨曾经质问过宋宜春，宋宜春不说，宋墨也从此闭口不问，和宋宜春形同陌路，何曾向宋宜春去解释什么？这本是宋墨的性格，此时却因为怕她误会，把自己的心思摊开给她看，对她毫不设防……

窦昭亲吻宋墨的头顶，低声笑道："我怎么舍得？"

宋墨抬头，满脸的惊讶。

窦昭蹲下身来，把脸贴在他的掌心里，声音低缓却又坚定地再次含笑说道："我怎么舍得把你一个人丢在小书房里？"

"寿姑！"宋墨错愕，但这错愕很快就变成了狂喜。

他一把抓起窦昭，像举小孩子一样的把她举了起来："寿姑，寿姑！"

窦昭真怕他把自己给摔了下来，忙搂了他的脖子："别，别，别！我肚子里还怀着孩子呢！"

"哦！"宋墨眉开眼笑，小心翼翼地把窦昭放在了炕上，深情地望着她，喊了声"寿姑"，吻上了她的唇。

好像和宋墨相处起来也不是很难！

窦昭闭上眼睛，缠绵地回应着宋墨。

先不说宋墨两口子的那一室春光，且说景国公府虽然只请了近支姻亲，却也席开十五桌，隔着水榭搭起戏台子唱着堂会，热闹又喜庆。

窦明上前给景国公夫人敬了杯酒，就起身要告辞："婆婆身体微恙，独自在家，我一个人在这里喝酒听戏也不安心，改天再来陪夫人摸牌。"

景国公夫人就有些不高兴，可人家拿了婆婆做筏子，她不放行，好像她一点也不关心亲家的身子骨似的。

"哦！"她忙关心地道，"你婆婆病了？怎么也不跟我说一声？我也好去看看亲家母。你快回去吧，好生照顾你婆婆，我忙过这一阵子就去看她。"然后吩咐魏廷珍送窦明。

"不过是有些脾胃违和，消消食就好了，哪好意思吵了亲戚们。"窦明大方得体地和景国公夫人应酬了几句，随着魏廷珍出了水榭。

魏廷珍急道："母亲到底怎样了？怎么之前一点风声也没有？你回去跟母亲说一声，我明天一早就回去侍疾。"又问窦明，"家里还缺不缺什么？明天我一并带了去。"

"真没什么。"窦明淡淡地道，"就是积了食。"

魏廷珍倒不怕她隐瞒病情，横竖等会儿会见到魏廷瑜，问他就是了。

两人出了二门，魏家的马车静静地停在门前的槐树下。

魏廷珍没有看见魏廷瑜，奇道："怎么不见弟弟？"

窦明道："他还有应酬，母亲那里，有我照顾就行了。"

魏廷珍满意地点了点头，觉得窦明终于有点魏家媳妇的感觉了，刚才的怒气消散了不少。

她看着窦明上了马车，转身回了水榭。

窦明却吩咐车夫："去静安寺胡同。"

她的嫁妆虽然比不上窦昭丰厚，可比起一般官宦人家的姑娘却强了不是一点两点，她本是聪明人，嫁过去不过几天，就用银子把魏家上上下下都给砸昏了，没有谁不巴结的。

车夫高声应"是"，一抖缰绳，马车拐过一个弯，往静安寺胡同去了。

窦世英不太喜欢应酬，下衙就回了家，进门却看见小女儿窦明冷着张脸端坐在正房厅堂的太师椅上。他不由愣住，恍惚间还以为那里坐着的是王映雪，以为自己回到了很多年前，每天回到家，就看见王映雪这个样子等着他回来，然后就是一顿争吵。

窦世英摇了摇头，长吁了口气，走了进去。

"你怎么坐在那里？"他把官帽递给随身的小厮，"何时回来的？佩瑾呢？他没有陪你一起回来……"

他的话还没有说完，窦明已经跳了起来："爹，我也是您的女儿，为什么您心里只有窦昭一个人？您知不知道，外面都在传，说您又给了窦昭二十几万两银子的添妆……我知道，那是窦昭应得的，可您有没有想到过我？魏家的人听了会怎么想？魏家的人问起来，我又该怎么回答？难道您让我说因为我是妾生子，窦昭名下的产业是您收买窦昭的舅舅好扶正我母亲的封口费？当初窦宋两家过礼的时候您没有把那些产业写在礼单上，您为什么不好事做到底，悄悄地把那些产业还给窦昭就行了？为什么非要大张旗鼓的，让我不好做人？！"

她说着，嘤嘤地哭了起来："您都不知道，我今天去景国公府吃酒，人人都捧着窦昭，还不是因为大家都知道她有银子……"

窦世英愕然，随后心疼起窦明来。

"好了，好了，别哭了。"他有些笨拙地安慰着窦明，"你不要这样说你姐姐，你也知道，你姐姐因为那一抬银票，家里都遭了贼，我们哪敢把你姐姐名下的产业宣扬出去？可能是前些日子你三伯父和你三堂兄在颐志堂对账，被人知道，传了出去。"

窦明渐渐收了泪水，道："父亲，您也照着窦昭的嫁妆，给我五万两银子的添妆吧？"

这样一来，她在魏家面前也好有个说法。

窦世英笑容有些勉强，道："现在家里只怕一时拿不出这么多银子来。"

窦明一听，怒火又蹿了起来："父亲，您怎么能说这样的话？家里一年少说也有五六万两银子的收益，我又不是要和窦昭比，我不过是想给魏家一个交代而已。您前手把银子给了我，我后手就还给您，魏家难道还能清点我的陪嫁不成？"

窦世英听了微微皱眉，道："魏家就这么看重你有多少陪嫁？要知道，你的陪嫁已经不少了！"

窦明听了冷笑："谁还会嫌钱多！要说魏家这样，也是您惯的——您要不是给姐姐那么多的陪嫁，魏家能得陇望蜀吗？"

窦世英听了这话，心里很不舒服。

他仿佛看见了另一个王映雪，总是指责如果不是他，她又怎么会落得如此境地。

窦世英不禁道："夫妻相处，最要紧的是相互体谅。你姐姐是嫡长女，她的嫁妆多一点，魏家有什么好争的？"

窦明脸色发白。

原来父亲心里一直是这么认为的。

窦昭是堂堂正正的嫡长女，自己是见不得光的妾生子，自己天生就是要给姐姐让路的。

她扬手就把桌上的茶盅扫到了地上，直着脖子嚷了起来："那我算什么？你算什么？你们当初为什么要把我生下来？怎么不在我生下来的时候就把我给掐死在血盆子里？你们做的好事，如今却要让我承担后果，凭什么？！凭什么？！"

窦世英面如缟素。

"你！"他嘴唇发抖地指着窦明，半天也不知道说什么好，颓然地瘫坐在了太师椅上。

听到动静赶过来的高升眼睛里直冒火。七太太自己不好，把五小姐也给教歪了。他知道窦世英素来心软，待两个女儿更是如珠似宝，可今日不同往昔。就在上次四小姐回门的时候，他家里的听见五太太问四小姐，五房想做主为七老爷纳房妾室，四小姐当时就拒绝了，说纳妾的事，还是由七老爷自己做主，但她会劝劝七老爷的。

别人不知道，他心里跟明镜似的。

这么多年，七老爷这么苛待自己，就是觉得自己对不起死去的先七太太。

如果四小姐开了口，七老爷说不定真的会纳个姨娘，到时候七房也就有了承嗣的。他怎么能听凭五小姐把家里给搬空了呢？以后小少爷还读不读书？娶不娶媳妇？考不考进士？

破天荒地，他端了茶上前，劝窦世英："七老爷，您觉得对不起七太太，结果七太太换了四小姐的婚事。现在，您又觉得对不起五小姐……若两口子过日子，全靠银钱来维系，一山望着一山高，就算是金山银山，也有坐吃山空的一天，这件事，您还得多思量！"

高升的话还没有说完，窦明就把一盅茶水迎面泼在了高升的脸上，茶叶挂在他的鬓角，茶水从他脸上滴落。高升却纹丝不动，眉毛都没有挑一下，只睁大眼睛盯着窦世英。

窦世英就想到了王映雪。

她也曾这样泼了自己一头的茶水。

窦世英慢慢地站了起来，凝视着窦明，道："如果魏家要我给你添妆，你就让他们来向我要！"

窦明望着父亲，突然觉得窦世英的身姿显得格外挺拔，而且神色间也流露出她从未见过的肃穆和庄严。

窦明混混沌沌的，不知道自己是怎么回的济宁侯府。

进了上房，却看见魏廷瑜面如寒冰地站在厅堂的正中。

"你去了哪里？"他的声音比面色更冷，"怎么也不说一声就跑了回来？害得我到处找你！要不是遇到了金嬷嬷，我还不知道你提前回来了……"

窦明一句话也不想说，直愣愣地从魏廷瑜身边走过，进了内室。

魏廷瑜勃然大怒，追了进去："跟你说话呢！你这是什么意思？你怎么能说我娘病了呢？"

窦明伸出手来，做了个你不要再说的手势，淡淡地道："我们出门去景国公府的时候，婆婆不是说她不舒服吗？我难道说谎了？"

魏廷瑜语凝。

景国公夫人寿辰，为了给姐姐做面子，他想送件贵重点的东西给景国公夫人做寿礼，偏偏年关将近，送礼的人多，那些古玩珠宝店里略好一点的东西都比平时要贵三成，次一点的东西他又瞧不上眼。正好那天窦明开了库房，拿了些陪嫁的瓷器出来布置房间的陈设，他瞧着有对汝窑的梅瓶不错，就提出把这对梅瓶送给景国公夫人为寿礼，并道："就当是我买的，你折算成银子，我等会儿让管事送过来。"

窦明当时就发起脾气来，说他图谋她的嫁妆。

他心想：我又不是不给钱，你舍不得直说就是了，用得着这样嚷嚷吗？

两个人就吵了起来。

母亲为了平息两人的战火，佯装积了食不舒服，这才把两人的火气给压下去。

现在说起这个来，魏廷瑜有些进退两难，答"不是"也不对，答"是"也不对。

他甩着帘子出了门。

窦明直直地躺在床上，眼泪就这样唰唰地落了下来。

母亲怕她的夫家会觊觎她的陪嫁，所以才想找个高门大户的。没想到，高门大户比那寒门小户更龌龊——寒门小户觊觎她的陪嫁，至少明刀明枪的；高门大户觊觎她的陪嫁，偏偏还要一脸正气地拿出那么多的大道理来……

明天魏廷珍恐怕就会来质问她添妆的事，她又该怎么办呢？

还有高升那个贱人，竟然当着父亲的面数落她，好像她是回去图谋窦家的家业似的，她怎么也要想个办法让那高升吃个大亏，让他知道东家说话，可没他什么事！

这么一想，人就像在油锅上煎似的，翻来覆去地更加睡不着。

可魏廷珍比她想象的要来得更快。

府里还没有掌灯，魏廷珍就带着大包小包的东西赶了回来，脚还没有踏进门，就急急地问前来迎接她的魏廷瑜："母亲真的没有什么吗？你们可不要瞒着我！"

"真的没什么。"魏廷瑜怎么好把他和窦明吵架的事告诉姐姐，"你根本不用特意回来一趟。"景国公夫人不喜欢魏廷珍，除了对长子的不喜，还有个很重要的原因，就是见不得魏廷珍把自己的母亲当菩萨似的供着。魏廷瑜从前不知道，在五城兵马司当了这些日子的差，和景国公府走得更近了，也渐渐看出点门道来。

他一面陪着魏廷珍往田氏住的西跨院去，一面问魏廷珍："你过来，姐夫知道吗？景国公府的客散了没有？"

"客还没有散，不过你姐夫知道。"魏廷珍知道弟弟的担心，道，"我是借着你姐夫要我去帮着换衣裳，开了库房拿东西的机会出来的——大家都说堂会唱得好，还要加唱两折。"

魏廷瑜不由叹了口气，愧疚自己身为儿子，却让母亲为了自己的事装病。

姐弟俩并肩进了田氏居处的厅堂。

田氏靠在临窗大炕上，她的贴身大丫鬟正在给她读佛经，见儿子和女儿联袂而来，她大吃一惊，忙问出了什么事。

"没事，没事。"魏廷珍笑道，"就是听说您病了，我来看看您。"

田氏不由看了儿子一眼，拿话敷衍了女儿。

魏廷珍见母亲确实是没事，松了口气，问起魏廷瑜关于窦昭添妆的事来："……你知道吗？"

魏廷瑜刚才在酒宴上已经听到了一些议论，闻言点了点头，田氏却是第一次听说，惊愕地望女儿和儿子，急急地问是怎么一回事。

魏廷珍就把事情的经过说了一遍，说完之后不由皱眉，道："同样是女儿，窦家待窦明和窦昭怎么这么大的差别？"她问魏廷瑜，"不会是有什么事我们不知道吧？"

自从发生了姐妹易嫁之事后，她总觉得窦明的人品有点问题。

魏廷瑜心情烦躁，道："能有什么事？姐姐你不要多想。"

现在窦明已经是魏家的媳妇了，自己空口无凭地乱说，弟弟脸上也无光。而且母亲还在边上坐着，要真是出了什么糟心的事，岂不是让母亲担心？

魏廷珍忍了又忍，好容易才把已经到嘴边的话给咽了下去，只嘱咐魏廷瑜："你有事没事的时候多往你岳家去走动走动，看得出来，你岳父是真心疼爱闺女的人，人家手指缝里落一点，都比我们强。"

魏廷瑜不爱听这话，心不在焉地应着。

魏廷珍只能暗暗叹气，陪着母亲坐了一会儿，去了窦明那里。

周嬷嬷早得了窦明的吩咐，只说窦明不舒服，歇下了。魏廷珍不敢在娘家久留，冷笑着走了。

魏廷瑜在廊庑下站了良久，转身去了外院的书房。

周嬷嬷不免有些担心，轻声问窦明："要不要给侯爷送些吃食去？"

"不用管他。"窦明正烦心窦昭陪嫁的事，她和周嬷嬷商量："你说，我明天要不要回柳叶巷胡同一趟？有外祖母帮我撑腰，也不至于怕人质问。"

周嬷嬷道："我明天一早就给柳叶巷胡同送张帖子去。"

窦明颔首，却不知道这桩事引起了田氏的猜疑。

她不动声色地派了心腹的嬷嬷去了真定，等那嬷嬷从真定回来，已是十一月底，家家户户都开始准备年货了。

那嬷嬷对着田氏一阵耳语，田氏顿时脸色煞白，捂着胸口哭着大喊了一声"家门不幸，竟然让这样失德的女人进了门"，就昏了过去。

魏廷珍丢下景国公府的千头万绪赶了过来，正好田氏刚苏醒，魏廷瑜和窦明正在床边守着。

田氏看了一眼窦明，就别过脸去，冷冰冰地道："窦明你出去，我有话要交代他们姐弟俩。"

窦明心中不快，但见田氏态度坚决，屋里又立着一群服侍的丫鬟婆子，怕田氏说出什么不待见她的话，让她失了面子，她便屈膝行礼，带着屋里的丫鬟婆子退了下去。

田氏"噌"地一下就坐了起来，拉着魏廷珍的手道："你知道不知道，原来那王氏在进窦家之前就有了窦明！王氏，也是因为这个才进了窦家的门。她还逼死了窦昭的生母赵氏！所以王氏进门之前，窦昭就分了西窦的一半产业。现在传得沸沸扬扬的添妆，实际上就是当初窦家分给窦昭的财产。"

西窦一半的产业！也就是说，外面的传言是真的了——窦昭名下真的有二三十万两银子的陪嫁！

魏廷珍心中怦怦乱跳。

她低声道："如果当初佩瑾娶了窦昭，那窦昭名下的产业现就是魏家的了！"

田氏胡乱地点了点头，泪流满面地道："可怜谷秋，像我的亲妹妹一样，我却把她仇人的女儿娶进了门，还当女儿似的娇养着……谷秋若是在泉下有知，只怕要恨死我了！想我一生清白，待人待己光风霁月，临到老，却摊上了这样的事，让我晚节不保啊！"

魏廷珍却觉得心里心疼得直哆嗦。

她朝弟弟望去，就看见魏廷瑜一副失魂落魄的样子。

弟弟也心疼那失之交臂的银子吧？

都怪自己，小瞧了窦家，当初如果能仔细查查，未必就查不出这件事来，赶紧把婚事办了，现在窦昭已经是自己的弟媳妇了……

可这念头一闪而过，魏廷珍又立刻为自己开脱。

那王氏是个蛇蝎心肠的人，就算如此，她恐怕也有办法把窦明嫁过来，这事若说有错，王氏的过错最大。还有窦明，她要是不答应，谁还能把她强塞进花轿里去不成？

这么一想，魏廷珍不禁怨恨起窦明来，她安慰着母亲："王家堂堂官宦人家，谁想到竟会养出这样的女儿来！要怪，就怪那王氏忒不要脸了，竟然巴巴地上赶着给人做妾！"

"不行！"田氏像没有听到魏廷珍的话似的，径直地掀了被子就要下床，"我得去请了法师给谷秋做几场法事，请她原谅我受人蒙骗……"

倒把自己当初对窦昭的婚事怎样的三心二意全都忘了。

"您别这样。"魏廷珍按住母亲，"这天寒地冻的，有什么事，您只管交代我们就是了。"说着，她朝魏廷瑜望去，却看见弟弟魂不守舍地站在那里，像魔怔了似的。

她忙高声喊了声"佩瑾"。

"哦！"魏廷瑜回过神来，却转身高一脚低一脚地出了田氏的内室。

心急如焚等在外面的窦明迎上前来："娘怎么样了？"

魏廷瑜停下脚步，目不转睛地望着窦明。

脸还是那张脸，身段还是那个身段，可为什么此刻看来却再也没有了之前的心动呢？她到底是喜欢自己这个人，还是因为自己曾是窦昭的未婚夫呢？

魏廷瑜推开窦明，直直地走了出去。

如果说仅仅因为魏廷瑜是窦昭的未婚夫，王映雪一说，窦明就会上赶着嫁给魏廷瑜，那是不可能的。窦明之所以明知不可为还顺水推舟，一是看中了魏廷瑜的英俊潇洒，始终对她温和有礼，爱护有加；再则才是看中了他出身高门，家中人口简单，嫁过去了能关上门过自己的小日子。而魏廷瑜还就真如她所料，就算知道她易姐而嫁，也认下了这门亲事。婚后两人虽然时有口角，却是床头吵架床尾和，不乏新婚夫妻的浓情蜜意。可魏廷瑜却从来不曾像刚才，投向她的目光冷若冰霜，就像在看个陌生人一样。

窦明心里发慌，顾不得面子，当着满院子仆妇的面就追了过去。

"侯爷！"她拉住魏廷瑜的衣袖，魏廷瑜却看也没看她一眼，甩开衣袖，走了出去。

窦明愣住。她小时候先是跟着二太夫人，后来又跟着外祖母王许氏，然后在真定生活了几年，回到京都，又和母亲生活了几年，别的不敢说，察言观色却是本能，不过是性子养得傲气倔强，轻易不能让她低头而已。

魏廷瑜的举动，让她本能地感觉到了危险。

她跟了上去。

魏廷瑜也不理她，径直进了小书院，"啪"的一声当着她的面关上了房门，差点撞着窦明的鼻子。

窦明怔了半晌，低声问道："侯爷，到底出了什么事？就算是我的错，您也要跟我说一声，我才好改过啊。您这样一声不吭，我怎么知道自己到底错在了哪里？"

门内的魏廷瑜却坐在书案后面发呆。

他想起初次见到窦明时，她那灿烂的笑容。

当时他想，这小姑娘一派天真烂漫，比那春光还要明媚可爱。

窦家耕读传家，世代官宦，是北直隶屈指可数的高门大户，家里的姑娘理应大门不出二门不迈才是，就像窦昭，自己和她是正经的未婚夫妻，他也只在偶尔间才得见了一面。

那个时候，自己是不是已经落入了窦明的彀中呢？

魏廷瑜心痛如绞。

他又想起那天窦昭把他叫到静安寺胡同，说相信他和窦明没有瓜葛……窦昭的目光如泉水般清澈……他最后却辜负了她……

魏廷瑜捂着脸，只觉得指间湿漉漉的。

那边魏廷珍见弟弟就这样失魂落魄地走了出去，忙叫了贴身的嬷嬷跟过去，知道窦明说着软话在魏廷瑜的门外叩门，她冷冷地一笑，又因家里千头万绪都等她回去拿主意，她不好在娘家多耽搁，留下了贴身的金嬷嬷在娘家服侍田氏，并对田氏道："出了这样的事，谁也不愿意。您就是想给那赵氏做法事，这眼看着要过年了，一时半会也找不到有德行的高僧。我看，不如等过了元宵节，我再给您慢慢地寻间好点的寺庙，找位得道高僧，好好地做几场法事。您这几天先把身体养好，过年的时候，我还要带着您的外孙和外孙女来向您讨红包呢！"

田氏这才安安生生地重新在床上躺下，可心里到底还念着死去的赵谷秋："她比我小好几岁呢，那时去亲戚朋友家里喝喜酒，她就喜欢往我身边凑，我戴了件新首饰，她要问是从哪里买的；我绣了方新帕子，她也要问我是哪里谋得的新样子……"

魏廷珍朝着金嬷嬷使眼色，示意她千万看好田氏，别让田氏出什么意外，这才牵肠挂肚地回了景国公府。

白天忙的时候自然也就顾不上想这件事，可等到晚上闲下来了，她心里不由得一阵一阵地疼。

三十万两银子啊！就是兑成了十两一张的银票，也要堆成一座小山！何况全是田亩山林、铺面房舍！魏家两辈子的人都嚼用不尽！

她像烙饼似的，翻来覆去睡不着。

张原明被吵得也睡不着，爬起来靠坐在床头，满脸疲倦地道："是不是娘又给你气受了？"

魏廷珍在丈夫面前从来不忌讳娘家的事。她想了想，也坐了起来，和丈夫并肩靠在床头，把窦明的事告诉了张原明。

张原明笑道："已经过去了的事，你多想也没有用。好在窦氏的陪嫁也不少，你也不要太执拗了。"

"你怎么能这么说！"魏廷珍不高兴了，"如果是窦昭嫁到魏家，那钱岂不就成了魏家的了！"

她说着，突然想起王映雪那次找她合作，想搅黄了窦昭和魏家的婚事，难道说，那个时候王映雪就盘算着让窦、魏两家退亲？

魏廷珍恨得咬紧牙关。他们魏家，就是被王映雪和窦明母女给害了！王映雪和窦明母女就这样算了，门都没有！

她对张原明道："你去帮我打听打听，那窦家到底给窦昭添了多少银子的陪嫁？"

"你打听这些做什么？"知道与自己的母亲没有关系，张原明也懒得管这件事了，打了个呵欠，钻进了被窝里，"窦家当年是做工部买卖的，仅在京都，各房各个有宅子，窦阁老两袖清风，据说从不拿俸禄，既然是窦家四分之一的产业，肯定不止三十万两银子了……"

他嘟囔着，睡着了。

魏廷珍却愈发辗转反侧夜不能寐，眼看着天色泛白，这才迷迷糊糊地睡了过去。翌日待处理了景国公府的琐事，又风急火燎地去了济宁侯府。

田氏正怏怏地在喝粥，见女儿过来，问她用了早膳没有。

"早用过了。"魏廷珍进门没有看见窦明，不由道，"窦明呢？怎么没有服侍您用早膳？"

田氏无精打采地道："我又不是那恶婆婆，立什么规矩？"

魏廷珍听着却不干了，道："娘，要不是那王氏弄了这么一出姐妹易嫁，窦昭怎么会成了英国公府的世子夫人？窦昭的陪嫁又怎么会成了宋家的？上梁不正下梁歪。您看窦明嫁到我们家这些日子，您待她和善，不让她立规矩，可她呢，却没有一点做媳妇的自觉性，除了晨昏定省，就跑得不见了踪影，可见这些坏毛病都是从那王氏身上学来的！"

"她如今进了我们家门，就是我们家的人了，总不能退回去吧？

"可这规矩您却不能不让她学，她要是做出什么丢脸的事来了，别人还不是指着我们家说三道四的？

"我看，您得把她带在身边，时时教导她什么事能做，什么事不能做。可不能由着她的性子来。"

田氏听着直摇头，道："我不爱看见她。"

魏廷珍不由抚额，金嬷嬷不愧是魏廷珍的心腹，轻声在一旁进言："太夫人，您不知道，前些日子是我们府上国公夫人的寿辰，二太太、三太太的娘家人早早就到了，济宁侯夫人却是临到了快开席才见着影子。不仅如此，还说您病了，她要侍疾，早早就退了席，弄得我们家国公夫人很不高兴，还数落了我们家世子夫人几句。您要是再不管管，以后可怎么得了！"

田氏愣住，道："难怪前几天珍儿的婆婆让人送了药材过来……"霎时心中生起一团火。

自己为什么"病"的，旁人不知道，难道你窦明也不知道？

分明是借着自己做筏子，作践自己的女儿！

田氏立刻下了决定，吩咐贴身的嬷嬷："去，传了夫人过来，说我这边要用早膳了，让她过来给我布菜、斟茶！"

贴身的嬷嬷应声而去。

魏廷珍脸上闪过一丝笑意。

敢算计我，就别怪我心狠手辣！

但转念想到那窦昭的陪嫁，心头又火辣辣地痛。

她忍不住对田氏道："娘，您可知道，那窦昭名下有好几十万两银子的产业呢！当初要是没有王氏母女使坏，那些银子可就归我们魏家了！不仅佩瑾，就是佩瑾的儿子、孙子、重孙都吃喝不愁了……"

"这么多啊！"田氏非常意外。

"可不是！"魏廷珍叹息道，"可惜我们当时被王氏母女算计了……那王氏，现在还指不定在背后怎么偷笑呢！"

田氏"啪"一掌拍在了炕桌上，心中的主意更正了。而像田氏这样平时没有什么主意的人，一旦拿定了主意，那可是九头牛都拉不回来的。

她存心让窦明好看，只是她婆婆从没有让她立过规矩，她也不知道该怎么让儿媳妇立规矩，特意到处向人打听。

那些被问到的人大都觉得规矩越多越严厉就越显得讲究,从早起要服侍婆婆穿衣到晚上要给婆婆放帐子,事无巨细,啰啰嗦嗦,竟有几百条。

田氏不仅拿纸记了,还花了两天的功夫把那些条款都背了下来,然后让窦明一一照做。

早上寅正即起不说,婆婆洗脸的时候她要在一旁帮着围帕子,婆婆梳头的时候她要在一旁帮着递梳子,更不要说婆婆吃饭的时候,婆婆的眼睛落在哪道菜上,她就得赶紧把菜夹到婆婆的碗里,若是慢了一分,婆婆长篇大论的教训劈头就来,就连她去柳叶巷胡同串门,都被婆婆驳了回来:"哪家的媳妇像你这样天天惦记着往外跑的?是不是觉得坐不住啊?觉得在这里委屈了你?"

窦明以为魏家是心疼窦昭的巨额嫁妆和他们家失之交臂,只好装作没有听见似的,咬了牙服侍田氏。

可在婆婆面前立规矩哪有这么容易。不过两天的工夫,窦明就腰酸背痛腿抽筋,站都站不起来了。

"这可怎么是好?"周嬷嬷心疼得像什么似的,却无计可施,只能每天晚上帮窦明按摩,希望她能好过些。

可窦明还是在服侍婆婆用午膳的时候把调羹掉进了汤碗里,溅了田氏一身的油点子。

第一百一十五章　身孕·报喜·夜半

田氏望着身上的油点子,越发觉得女儿的话有道理。

这个媳妇,被惯得太不成样子了!就连拿个调羹,时间长了都捏不住,得要好好地学学规矩才行,不然自己百年之后,这家里还不得乱了套?

田氏不动声色地用了午膳。

窦明松了口气,揉了揉酸痛的腰,像往常那样,屈膝行礼准备退下去,却被田氏留了下来:"从今天起,家里的事暂且放一放,你先跟着我学学规矩。"然后吩咐贴身的嬷嬷,"请夫人贴着墙站两炷香的工夫,你再告诉夫人怎样行福礼。"说完,自顾自拿了本佛经摊在炕桌上默念起来,看也没看满脸错愕的窦明一眼。

田氏的贴身嬷嬷就皮笑肉不笑地请了窦明:"夫人请跟我来!"

窦明本就不是个善于隐忍的人,这些日子如此低声下气,不过是因为心虚罢了,此时见田氏得寸进尺,竟然还要让自己从站立行走学起,分明就是故意为难自己,又想着自己嫁妆丰厚,吃穿嚼用从来没占过魏家的便宜,魏家凭什么作践自己?而且魏廷瑜和他娘、他姐姐沆瀣一气,明明知道他娘为难自己,还歇在小书房里,她几次端了吃食去见他,都吃了他的闭门羹,让她被那些仆妇看笑话,真是没法再忍了!一口气就憋在了胸口,脸涨得通红不说,还语气生硬地对田氏道:"婆婆,您有什么地方不满意的,直说便是,何必指桑骂槐,做出一副小人行径?让人看了齿冷?!"

"你！"田氏气得脸色发白，半晌才平静下来，淡然地道："难怪你娘逼死了大妇之后还能被扶正，真是龙生龙，凤生凤，老鼠的儿子会打洞，你这口齿不是一般的伶俐。"

这下换窦明脸色发白了。

她脑子里"嗡嗡"直响，好半天才回过神来，色厉内荏地道："我既然进了魏家的门，就是魏家的媳妇了，娘这样说，不是打我的脸，而是打侯爷的脸，打魏家的脸。"

田氏不是个会吵架的，憋了半天，才道："你既然知道你是魏家的媳妇，那就应该守魏家的规矩。你若是觉得我让你贴墙站是在打你的脸，你大可不做我们魏家的媳妇，回娘家去！"

不做就不做！

话到了嘴边，窦明却没有胆量说出来。

如果是从前，她有把握拿捏得住魏廷瑜，可现在，墙倒众人推，说不定魏家打的就是让她回娘家的主意。

窦明气得要吐血，可也只能把这口气咽了下去。

她乖乖地随着田氏的贴身嬷嬷去了宴息室，贴着墙角站直了。不过半炷香的工夫，她就两腿直打颤。

她看着左右无人，就近坐在落地罩旁边的小机子上揉了揉小腿。却听见身后传来一声冷哼，回过头来，却看见田氏面寒如霜地看着她。

她也懒得说什么，重新贴墙站了。

田氏却拿了把戒尺交给贴身的嬷嬷："你站在这里看着夫人，若是她偷懒，你就代我教训她。"

嬷嬷面露难色，却不敢不接。

窦明恨得直咬牙。

又过了半炷香的工夫，她不仅腿像灌了铅似的，而且小腹隐隐有些坠痛。

她摸了摸衣袖中的红包，又放下。

让她巴结讨好一个仆妇，她宁愿就这样站到死。

窦明深深地吸了口气。

可小腹越来越疼，而且好像还有热热的液体流了出来。

她吓了一大跳，寻思着是不是自己的小日子来了……念头闪过，眼前一阵发黑，两腿一软，瘫在了地上。

田氏的贴身嬷嬷吓了一大跳，忙喊了小丫鬟去禀了田氏，自己跑到窦明身边掐着她的人中。

好半天窦明都没有反应。

赶过来的田氏脸色大变，吩咐丫鬟、婆子把窦明抬到自己的床上去。

其中一个婆子打了个寒战，指着窦明裙子上的血："太夫人您看！"

田氏慌了起来，急急地吩咐丫鬟："去，把周嬷嬷找来！"又让人去请大夫过来。

周嬷嬷是有经验的人，一看，声音都变了："太夫人，夫人只怕是怀了身孕！"

田氏听了气得不行，喝道："你怎么不早跟我说？"

周嬷嬷也后悔不已。窦明的小日子素来不怎么准，这次虽然有些日子没来，窦明却能吃能睡的，没有一点怀孕的迹象，她这才疏忽了。

"太夫人，都是奴婢的不是！"周嬷嬷泪眼婆娑地跪下来请罪。

窦明是她一手带大的，像自己的亲闺女一样，窦明遭罪，最心疼的就是她。她宁愿被责罚，这样，她心里也好过一点。

田氏不是个有主意的人，早慌了神，哪里知道该怎么办才好，一个劲地僵着身边的嬷嬷："快去请了大姑奶奶回来！"

周嬷嬷不禁叹气落泪。

五小姐，怎么就摊上这样的人家？

她冲了红糖水喂窦明。

大夫来了，诊了脉，说是动了红，流血太多，保不住了。

田氏吓得愣住了。

魏廷珍赶了过来，一面吩咐田氏的贴身嬷嬷跟着大夫去取药，吩咐周嬷嬷留在这里照顾窦明，一面搀扶着田氏去了隔壁的耳房。

田氏抓住了女儿的手，像抓住了救命的稻草似的："若知道她怀着身孕……我就不罚她了……如今可怎么跟亲家交代？这可是佩瑾的第一个孩子……"

魏廷珍进门的时候也有些慌张，可见到了周嬷嬷之后，她就镇定了。

"娘，这件事怎么能怪您呢？"她安慰着母亲，声音非常冷静，"窦明有自己的乳娘贴身照顾，有没有怀孕，她自己难道还不清楚？她明明知道您让她立规矩，还一点口风也不漏，您说，她打的是什么主意？您可别忘了，她连自己姐姐的婚事都敢抢，她还有什么不敢做的？您这个时候千万不可以心软！正如您所说，这可是佩瑾和她的第一个孩子，她都能狠得下心来拿了这孩子和您赌气，蛇蝎心肠，也不过如此！"

田氏连连点头。

这样说来，并不是她的错，而是窦明有意隐瞒，把过错推到她的身上，让她做恶婆婆。

"我要去找窦家讨个说法！"田氏想着窦明这么有手段，只怕早就想好了怎么向窦家的人哭诉，让窦家的人帮她出头，到时候魏家可就被动了，不如先下手为强，"他们教出来的好女儿，不但忤逆婆婆，还残害我们家的子嗣，窦家不给我们家一个交代，我和窦家决不善罢甘休！"

也许这样一闹，窦家为了名声，只好补偿补偿魏家了！

魏廷珍想着窦昭的那一抬银票，心里火辣辣的，扶了母亲道："娘，我陪您一道去！"

田氏"嗯"了一声，心中大定，想着那静安寺胡同没个主持中馈的人，窦家最显赫的是五房，决定去槐树胡同讨说法。

魏廷珍和母亲想到一块儿去了。

母女俩也不管去拿药的嬷嬷还没有回来，就吩咐小厮套车，去了槐树胡同。

快过年了，作为阁老夫人的窦家五太太应酬非常多，过了冬至之后就开始忙得脚不沾地。听说景国公府世子夫人陪着母亲济宁侯府的太夫人来了，她很是惊讶。

两家虽是姻亲，可窦明毕竟和槐树胡同隔着一层，按理说济宁侯府的太夫人来，应该先下帖子才是，这样突然来访，只怕有什么大事。

她吩咐贴身的嬷嬷请了田氏和魏廷珍到小花厅里奉茶，自己换了件衣裳，带着能说会道的蔡氏一起去见魏氏母女。

只是她刚踏进花厅，还没来得及和田氏寒暄，田氏就上前拉着她的手掉起泪来："五太太，照理说，我应该去静安寺胡同才是。可静安寺胡同内宅没个能当家理事的人，那王氏又不是个正经来头，我就是和她说，只怕也说不清楚。你们家的姑娘，脾气可真大！我这做婆婆的是管不住了，窦家在京都的女眷里面，只有您是个明白人，我只好请您出面跟亲家老爷说一声，让他老人家把明姐儿带回去吧！我们魏家庙小，供不起这尊大神！"

五太太嘴巴张得可以塞进去一枚鸡蛋了。

窦明成亲这才几个月？而且当初还是魏廷瑜自己认的这门亲事，怎么突然就要窦家把女儿接回来呢？

清官难断家务事。

五太太的太阳穴隐隐作痛。

她赔着小心问着事情的经过。

魏廷珍自然是添油加醋地抱怨了一通："我们魏家子嗣不丰，因而我母亲待媳妇也像待亲闺女似的，不要说立规矩了，就是晨昏定省，也是看着天气好，才让明姐儿来请个安。谁知道明姐儿却是越来越不像话，不时为些小事跟我弟弟口角不说，对母亲也越来越怠慢，家里的事也乱七八糟的没有个章程。母亲把她叫去训话，她却仗着自己嫁妆丰厚，顶撞母亲，母亲气不过，就让她面壁思过，谁知道她一声不吭，才站了半炷香的工夫就瘫在了地上，母亲忙找了大夫来给她诊脉，这才发现她怀了身孕……亲家太太，当初明姐儿的乳娘可是陪着她一起过去的，怎么怀了身孕，这么大的事也不跟我们说一声？竟然闹到了小产！您说，这样的媳妇我们敢要吗？"然后又嘀咕道，"难怪说上行下效，有什么样的娘，就有什么的女儿，这亲，不结也罢！"

五太太是什么样的人。这夫妻吵架还要赶着戳心窝子的话说，何况是婆媳矛盾。她根本不相信田氏待窦明像魏廷珍说的那样好，可窦明怀着魏家的子嗣却流产了却是事实……

就算是窦家的姑娘有错，可也不是任谁都能打窦家的脸的。

五太太瞥了蔡氏一眼。

蔡氏会意，冷笑道："济宁侯府的大姑奶奶这话说得可稀奇了！虎毒还不食子呢，我们五姑奶奶明明知道自己有了身孕，竟然硬生生地弄没了？那可是她的长子！是魏家的长孙！就算她不为夫家的香火打算，她也要为自个儿的身子骨打算啊！你也是女人，难道不知道这小产如生产，一个不小心，就会把性命给丢了。我们五姑奶奶嫁过去这才不过四五个月，怎么就连命都不要了？！只怕不是我们五姑奶奶糊涂，没有保住魏家的子嗣，而是你们家的规矩太严，为了折腾媳妇，连孙子都不要了吧！"

真是怕什么来什么！

田氏脸色煞白，不知道说什么好。

魏廷珍却吊着眉头瞪着蔡氏："说话要讲凭证，别信口开河什么屎盆子都往别人头上扣！我弟弟也是二十好几的人了，别人家像他这么大的，儿子都会满地跑了，我娘和我弟弟盼星星，盼月亮，就盼着家里添丁，窦明又不是养的私儿，我娘和我弟弟凭什么不要？"

蔡氏却揪住她的话柄嚷了起来："有不会说话的，可也没有见过像你这样不会说话的！什么养私儿？！你可别忘了，当初这门亲事是你们自己要认下来的。我们五姑奶奶嫁过去又不是死了婆婆，没了上长辈，有没有身孕，做婆婆的难道也不清楚？现在孩子没了，就寻思都是我们姑奶奶的错了？怎么不说是她婆婆没把她当人看，新进门的媳妇怀了孩子都不知道？！我告诉你，天下没有这样的道理！你今天要是不把话说清楚了，我和你上顺天府说理去。顺天府说不清，我们就上大理寺说去！我就不相信了，天下就没有个说理的地方了？！"

一番话把田氏也给骂了回去。

田氏这辈子何曾受过这样的羞辱，脸色绯红，恨不得找个地缝钻了进去。

五太太只当没听见，端了茶盅不紧不慢地喝了一口。
　　魏廷珍岂是那肯吃眼前亏的人。
　　去顺天府，把事情捅穿了，大家的脸上都不好看。她就不相信，窦家丢得起这个脸！
　　"好啊，我们去顺天府说理去。"她算准了窦家是在虚张声势，气焰嚣张地道，"正好请顺天府尹评评理，说好了原是你们家四姑奶奶嫁过去的，临上轿却变成了五姑奶奶，甚至连婚书上写清楚了的陪嫁也换了……"若因此能把本是魏家应得的陪嫁要回来，那就最好了。退一万步，就算是要不回来，也要让窦明那小贱人知道自己到底有几斤几两，以后老老实实地在魏家做人！
　　蔡氏"嗤"地一声冷笑，道："你们想上门打秋风，明说就是，犯不着做了婊子还要立牌坊，拿我们家姑奶奶的陪嫁说事！我们姑奶奶的陪嫁怎么了？放眼整个京都，有几户人家比得上？倒是你们魏家的聘礼，一套赤金的头面，不知道是用哪辈子传下来的老金融的，又舍不得除了渣，乌黑乌黑的，也亏你们拿得出手，还当我们看不出来似的。所谓的西湖龙井，全是树枝子，别说是送亲戚朋友了，就是打赏仆妇，我们窦家也拿不出手，还得另备了茶叶送给三姑六舅。那喜饼，更是薄得像烙饼，我长这么大，还是头一次见着……我们窦家什么话都还没说，你们倒先叽叽歪歪起来。你想去顺天府？成啊，我这就吩咐小厮套车，陪你们走一趟。我们窦家别的不多，两榜进士最多。正好顺天府的府尹黄大人也是两榜进士出身，和我们家牵着点关系，找他老人家评理，也不算丢人。"说着，高声喊着"套车"，那架势，竟是一副要和魏廷珍见真章的样子。
　　魏廷珍顿时心里有些慌张起来。特别是想到窦世枢是当朝的阁老，窦家在京都的三位老爷都是两榜进士出身，她一时间额头上就冒出汗来。
　　做女儿的，只有娘最清楚。田氏一看，就知道女儿现在是色厉内荏，她着急起来，扭头朝五太太望去，却看见五太太垂着眼睑，吹着茶盅里的浮叶，她灵机一动，喊了声"你们别吵了"，然后"哎哟"一声，捂着胸口往后倒。
　　"娘，娘！"魏廷珍吓得像筛糠的，扶着田氏直叫唤，"你们还不帮着寻个大夫来！"
　　五太太这才和蔡氏交换了一个眼神，吩咐丫鬟去请大夫，又不冷不热地道："这寒冬腊月的，屋里只有这一个火盆，怪冷的，还是把亲家太夫人搬到旁边的暖阁里躺下吧？"
　　魏廷珍无奈地点了点头。
　　五太太叫了人来把田氏送到了旁边的暖阁里躺下。
　　有小丫鬟笑吟吟地走了进来："五太太，静安寺胡同那边派人来给您报信，说四姑奶奶诊出了喜脉。"
　　"哎哟，这可是好事！"五太太不由得喜笑颜开，忙问道，"是谁来报的信？快让她进来！"
　　到底是怎么一回事，她还得好好问问。
　　小丫鬟喜气洋洋地去了。
　　魏廷珍的脸色要有多难看就有多难看。
　　五太太像没有看见似的，笑道："亲家姑奶奶别急，大夫一会儿就会来了。我前面还有事，去去就来。"然后叮嘱蔡氏，"你在这里帮亲家姑奶奶好好地看护亲家太夫人。"说着，也不待魏廷珍有所表示，径直出了暖阁。
　　蔡氏听着眼珠一转。
　　魏家刚刚没了孙子，窦昭却有了身孕……一失一得，魏家不可能没有任何想法。
　　她吩咐贴身的嬷嬷："我这里走不开，你去听听静安寺胡同来的人都说了些什么。"

然后嬷嬷来回禀她的时候，正好让魏家的母女俩听听，也好恶心恶心这两个人。

嬷嬷笑着应是，过了大约半炷香的工夫，折了回来，笑道："来报信的是高升家的，说英国公府内院虽然没有长辈，可世子爷却是个细心的，等胎坐稳了才给静安寺胡同报的信。七老爷听说了，别提多高兴了，翻箱倒柜地找出了一大堆文房四宝，说是要给外孙用的。哪些是启蒙用的，哪些是进学用的，哪些是下场用的，都分得好好的，瞧着那兴头，仿佛非要供个进士老爷出来才罢休的样子。"

蔡氏就笑得特别大声，道："那我可得好好准备一番，想想备些什么东西做贺礼好。"

她装模作样地想了半天，道："我看，就去装了我陪嫁的库房里找吧！我记得我的陪嫁里有幅前朝仇英的山水画，七叔父既然用笔墨纸砚做贺礼，我们要是送些金银珠宝，岂不俗气？"

她嘀嘀咕咕地和贴身的嬷嬷说着，出了暖阁。

魏廷珍已气得牙齿咬得吱吱直响。

那窦昭还只是怀上了，窦家上上下下全都侍候上了，这要是生出个儿子还得了？还不得把窦家给搬空了！

窦明这个蠢货，眼孔像针尖似的，不过是要她立个规矩，她却为了对付母亲，把肚子里的孩子给弄丢了，这要是生下来，那些笔墨纸砚怎么也有那孩子的一半吧？若是养得乖巧懂事，说不定窦家另外一半财产就是那孩子的了！

常言说得好，父怜幺儿，爷怜长孙。就算以后窦明再生出个小子，却还是被窦昭家的那个占了先，有好东西，只怕也是先尽着窦昭家的那个了。

她仿佛看见漫山的金银从自己指缝里溜了出去。

"真是愚不可及！"魏廷珍越想越觉得自己娘家亏大了，忍不住低声骂起窦明来，"这当娘的不是个东西，生出来的女儿也上不了台面！"

昏迷的田氏却睁开了眼睛，悄声喊着："廷珍！"

魏廷珍一喜，也顾不得骂窦明了，忙道："您怎么了？"

"我没事。"田氏见屋里只有两个小丫鬟立在屏风后面，悄声道，"等会大夫来了，我继续装病，你让人把我抬回家去就行了——窦家也就不好找我们的麻烦，这件事就可以这样揭过了。"

魏廷珍还嘴硬："娘，窦家不敢和我们打官司的……"

田氏摆了摆手，神色有些疲倦地道："我不是怕和窦家打官司，我是怕你婆婆又说你多事。这件事就这样算了！"

"娘！"魏廷珍只要一想到窦明害得魏家用珍珠换了鱼目，吃了她的心都有，"这件事怎么能就这样算了……"

"你听我说，"田氏打断了魏廷珍的话，"这件事本是我不对，能揭过再好不过了。但窦明这丫头也太狡猾了，不管教是不对的。我再也不会放任她了。"

魏廷珍略一思忖，很快就有了主意："这样也好！她气焰这么嚣张，不过是仗着自己陪嫁丰厚。您把她的嫁妆拿到手里，她名下产业的进项一分不差地给她积攒起，让窦家的人做见证，既可以让她老老实实地做魏家的媳妇，您也不用背上霸占媳妇陪嫁的名声。"

反正窦明百年之后，这些嫁妆都是魏家的了，暂时先存着，也不打紧。

田氏思考了片刻，道："你说得很有道理。等我们回去以后，把亲家老爷请过来商量这件事，如果窦家怕我吞了她的嫁妆，那就让亲家老爷帮着代管好了，我相信亲家老爷不是那奸诈贪婪之辈，到时候会把窦明的陪嫁还给我们的。"

那可难说！

魏廷珍不以为然，但不想让母亲担心，道："那就等过完年之后吧！"

那时窦明小产的风波也过去了，正好收拾她。

田氏颔首。

窦家派了几个嬷嬷随车，魏廷珍护着田氏回到了济宁侯府。

得了信的魏廷瑜已在垂花门前等候。

"母亲怎么会突然昏倒？"他三步并作两步地上前，撩了帘子问魏廷珍，"要不要紧？大夫怎么说？"

因为马车旁还有窦家的嬷嬷，田氏只好继续装昏迷。

魏廷珍却冷笑数声，道："问你媳妇去！"

这关窦明什么事？魏廷瑜错愕。

魏廷珍看着心中有气，一把将魏廷瑜推开，由贴身的丫鬟扶着，下了马车。

魏家的仆妇忙抬了软轿过来。

魏廷珍指挥着仆妇把田氏抬到软轿上，又打发了窦家的仆妇，和金嬷嬷等人一起簇拥着软轿进了垂花门，从头到尾眼角也没有瞥魏廷瑜一下，仿佛他是个不相干的人。

魏廷瑜心里说不出来的难受。他默默地跟着魏廷珍进了东厢房，在魏廷珍安置田氏的时候，低着头坐在厢房堂屋里的太师椅上等魏廷珍出来。

魏廷珍看见弟弟这个尿样，又生气又无奈，把去槐树胡同的事添油加醋地说了一遍，并道："母亲已经没有事了，她老人家最放心不下的就是你，你去看看她老人家吧！"又道，"你要是管得住媳妇，母亲又怎么会受窦家如此羞辱？"

魏廷瑜气得面色发紫，转身就往外走。

魏廷珍忙拉住了魏廷瑜，道："你干什么去？"

"我要休了窦明！"魏廷瑜怒不可遏地道，"我宁愿一辈子孑然一身，也不能和这样蛇蝎心肠的女人在一起！"

"胡闹！"魏廷珍大声喝道，"窦家是什么人家？窦明是你说休就能休的？你休妻，置母亲于何地？我只道你成了家，懂事了，怎么还像个孩子似的？"

这件事毕竟和田氏有关，说起来，就得把田氏牵扯进去。

魏廷瑜垂首，颓然不语。

魏廷珍看着心疼，声音缓了下来："你也不要太过担心，母亲说了，会亲自教她规矩，她只要听话，也不是没有救的。"

不然又能怎样呢？

魏廷瑜悔恨不已。

魏廷珍就拉了魏廷瑜的手："好了，不说这些糟心的事了，我们去看看母亲，陪着她老人家说话去。"

魏廷瑜点头，和魏廷珍进了厢房。

而歇在田氏内室的窦明听到响动，忙派了周嬷嬷出去打探，听说田氏和魏廷珍去槐树胡同数落她不成，反被窦家的人呛得昏倒了，她顿时气得浑身发抖，尖声道："我真是瞎了眼！还以为我婆婆心慈人善，原来也不过是个黄蜂尾上针，还偏偏要做出副贤良淑德的样子，比那恶言恶语的人还要恶心人百倍、千倍！"又问，"侯爷呢？是不是又被我那大姑子拖着说体己话？"

窦明让小丫鬟把自己小产的消息透露给魏廷瑜身边的小厮，魏廷瑜果然不计前嫌地跑了过来，不仅和大夫商量着用什么药，而且还亲自看了看抓来的药，才让周嬷嬷去煎，殷勤的态度让刚刚失去孩子的她有了些许安慰。

可这温情还没有维持半个时辰，魏廷瑜就被小厮叫了出去，而且一去不返。

周嬷嬷劝道："夫人，您身子骨正虚着，这些事就不要管了。不管太夫人和大姑奶奶怎样上蹿下跳的，她们害得您没了小公子是事实，窦家是不会让她们胡来的。"

窦明犹不解恨，她吩咐周嬷嬷："你想办法去给柳叶巷胡同送个信，把我的事告诉外祖母。"

周嬷嬷也觉得魏家欺人太甚，点头应"是"，悄悄地派人去给柳叶巷胡同送信。

而远在城东英国公府的窦昭，却丝毫不知道济宁侯府发生了些什么。

宋墨几乎是数着日子算着她的孕期，一到三个月就请了太医院最擅长妇科的御医王本举进府给窦昭诊脉，毫无悬念地诊出是喜脉之后，王本举还没有走，他就差了人去静安寺胡同和猫儿胡同报喜，结果王本举开的保胎药还没有煎好，窦世英就带着大包小包的补品赶了过来，拉着宋墨喝了个烂醉，还拍着宋墨的肩膀给了他一叠银票，让宋墨要好好照顾窦昭，千万不要惹她生气，就算是孤枕难眠，也不要在家里胡天胡地，千佛寺那一带的胡同多的是私家院子，无论如何也要让孩子安安生生落了地再说。

窦昭哭笑不得。

到了晚间，宋墨回来，洗漱过后，像往常一样靠在床头看书。

她趴在他的肩膀上，圈着他的腰，问他："听说千佛寺附近有很多私家院子？"

这帮小兔崽子，只知道讨好窦昭，他前脚和人说的话，他们后脚就传给了窦昭听，弄得颐志堂现在对窦昭完全没有秘密可言。

宋墨腹诽着，心里却明镜似的，说来说去，全是让他给惯的，可他心底并不觉得恼怒，反而觉得有趣。

"那是！"他有些心不在焉地道，"像什么赵紫姝之类的多得很，而且还各有特色，实在是个消磨时间的好去处。"

窦昭就咬着他的耳朵轻声道："那你想不想去？"

"想啊！"宋墨放下手中的书，正色道，"是个男人都想去！"

不知道为什么，明明是夫妻的调侃，窦昭也很笃定地觉得宋墨不会去那种地方，可听见宋墨这么说，她心里还是一阵不舒服，甚至有些沮丧地躺了下去，问宋墨："赵紫姝是那里的头牌吗？"

就像醉仙楼新上了什么菜品，千佛寺胡同有哪几个院子风头最劲，都是京都风流写意的翩翩公子要能如数家珍的。宋墨虽然很少踏足千佛寺，可千佛寺胡同风头最劲的几个院子都有些什么特色，他也听说过，本想品头论足地和窦昭嬉笑一番，可他一回头，却看见了窦昭眼底闪过的一丝讪然，笑容也没有了刚才的甜美。

难道，窦昭是在吃醋？这个念头陡然闯进了他的脑海里。

他当即就否定了自己的这种想法。

窦昭向来大方，怎么会吃这种毫无道理的飞醋？

心里这么想，目光却不由得凝视着窦昭。

窦昭的表情，怎么看都透着几分失落，没有了刚才的欢畅……

宋墨从前在舅舅家时，最讨厌那些表姐表妹扭扭捏捏，说不上两句话就不知道想到哪里去了，各种拈酸吃醋，面目可憎。可这个人换成了窦昭，他的心里却像那红泥小炉上的紫砂壶，咕噜咕噜，欢快地冒着泡儿。

他支肘俯身看着她，故作沉吟道："我不知道，我没有去过。不过，我岳父给了我一万两银票，我想，就算看在这一万两银票的分上，我都不能去，要不然，我岂不成了吃软饭的?！"

这家伙，什么时候变得嘴里能跑马了？

窦昭忍不住扑哧一声笑，捶了宋墨一下。

宋墨却突然间心痒得厉害。

他不由轻轻地叹了口气。

难怪别人都说情人眼里出西施，窦昭不管做什么，到了他的眼里，都成了情趣。

离窦昭生产还有七个月，他要不要搬到书房里去睡呢？

宋墨在那里纠结，而窦昭见宋墨突然不作声了，而且还面露怅然，不由笑道："又怎么了？"

听见窦昭清脆悦耳的声音，宋墨觉得自己简直是杞人忧天。

就算是不能做什么，像这样和窦昭说说笑笑，打打闹闹的，不也一样的高兴？

他问窦昭："你说，他是个男孩还是个女孩？"

"菩萨给个什么样的孩子，我们就生个什么样的孩子，这有什么好猜测的？"窦昭笑道。

"总得给孩子取名字吧？"宋墨却很憧憬，道，"如果我们给孩子取了个男孩名，结果生出来是个女孩，她岂不是要一辈子都责怪我们？"

"那就男孩名、女孩名一样取一个好了。"窦昭道，"不管生男孩还是女孩都行。"

"产期是明年的七月吧？那个时候白天还很热，今年得多存点冰，免得孩子长痱子。"

"好啊！我明天跟回事处的说说吧！"

夫妻俩嘀嘀咕咕地说着傻话，让人听了忍俊不禁，偏偏两人却说得十分认真，而且一直说到了三更才迷迷糊糊地睡下。

和宋墨、窦昭夫妻一样，大半夜才吹灯的，还有英国公宋宜春和二爷宋翰。

宋墨如果生下儿子，世子之位就更稳了。就算是生下女儿，也证明宋墨能生，没有嫡子也能生个庶子。

难道就这样算了不成？

他愿意罢手，宋墨会罢手吗？

宋宜春在床上翻来覆去。

宋翰却在灯下抄《法华经》。

他屋里的大丫鬟栖霞劝他："天这么晚了，二爷还是早点歇了吧，明天起来再抄也不迟。"

宋翰却道："去给我倒杯热茶进来。"根本没有歇下的意思。

栖霞是宋宜春亲自为宋翰挑选的，宋翰平时也对她客客气气的，时间长了，栖霞在宋翰面前不免有些随意，闻言笑着去拔宋翰的笔："二爷，您就听奴婢一句吧！您明天一早还要跟着先生读书，睡晚了，要打瞌睡的，国公爷知道了，又要呵斥您了……"

"贱婢！"毫无征兆地，宋翰一脚踹在了栖霞身上，"到底你是爷还是我是爷？还指使不动你了？是不是想让爷明天就换个人服侍？"

如果有外人在场，就会看出来，宋翰踹人的姿势，和宋宜春一模一样。

栖霞做梦也没有想到宋翰会露出这样狰狞的面孔。

她打了一个寒战，忙跪在地上磕起头来："奴婢该死，求二爷饶了奴婢这一次，奴

·253·

婢这就去给二爷沏茶。"

宋翰"嗯"了一声。

栖霞手忙脚乱地爬出了书房,这才发现小肚子一抽一抽的,疼得厉害。

第一百一十六章 探望·纠结·伯府

栖霞找了个无人的地方撩了衣襟一看,小肚子上一片瘀青。

英国公府上上下下的人都说二爷待人和气,她不敢作声,第二天一早还要若无其事地陪着宋翰去颐志堂看望窦昭。

"明年夏天我就会有个侄儿了?"宋翰穿着件墨绿色的锦袍,映衬得他面如冠玉,温润尔雅。

窦昭笑着点头,拿了橘饼给他吃。

他眼睛一亮,笑道:"是福建的橘饼!不是说福建那边刮大风,冬笋和橘饼市面上都买不到吗?"

"我前些日子喜欢吃酸甜的,你哥哥特意让人从福建送过来的。"窦昭吐了两个月,宋墨想着法子弄给她吃,她人倒没瘦,却养成了不时吃几块零嘴的习惯。见宋翰吃得香,她也从攒盒里拿了个橘子剥。

宋翰就道:"别人都说酸儿辣女,嫂嫂你怀的肯定是个小子。"

英国公府的走水案早就结了,顺天府和五城兵马司的结论是盗贼全部伏法,宋墨也认同了这个结论,交还了太宗皇帝的宝剑,他开始按照正常的时间在金吾卫当值,而且隔几天就要在宫里留宿两天。

今天又到了宋墨进宫的日子,他前脚刚走,宋翰后脚就过来了。宋翰今年已经十四岁了,长得比窦昭还高。按道理,窦昭应该回避,宋翰却像不知道有这回事似的,直接就进了正房,而窦昭另有打算,对此视而不见,在宴息室里招待宋翰。

"承二爷吉言。"窦昭笑道,"我和你哥哥也希望是个小子。"

如果她生下了儿子,宋翰就是顺位第三的继承人了,她很想知道宋翰会是什么表情。

"那可好。"宋翰笑眯眯的,很高兴的样子,"到时候我也可以像小时候哥哥带我一样,带着侄儿习武、放风筝、嬉冰……"

窦昭抿了嘴笑,和宋翰闲话着家长里短。

栖霞被素心请到了茶房里喝茶。

"听说姐姐的好日子定在了二十二,今天都二十了,姐姐怎么还在府里当差?"栖霞捧着热气腾腾的龙井茶,好奇地问素心。

素心在心里暗暗嘀咕,笑容却一如往昔般温和:"夫人赏了我一幢三进的小宅子,到时候我从颐志堂出嫁,在那里成亲。我妹妹和甘露、素娟都过去帮我收拾新房去了,我还是待在夫人身边好了。"

栖霞不由睁大了眼睛："姐姐要从颐志堂出嫁吗？"

能从主子家出嫁，那可是极大的体面。

素心笑着颔首。

她本觉得有些不妥，可夫人想让她从颐志堂出嫁，世子爷也说好，还说素兰出嫁，花轿也从颐志堂出门……她不知道怎样感谢才好，规规矩矩地跪下来给世子爷磕了三个响头。

"那可真是恭喜姐姐了！"栖霞说不出心里是什么滋味。

府里都在传，说夫人身边的大丫鬟出嫁，夫人拿了二千两银子给她做陪嫁。她根本不相信，现在看来，却是真的了。

素心拿了碗豆黄、驴打滚、萝卜糕等点心给她吃。

栖霞是宋翰屋里的大丫鬟，要服侍宋翰的笔墨，也粗粗识得几个字。

点心是用模子做的，底下有御膳房三个字。

她迟疑了半晌，道："姐姐，这是御赐的东西吧？我们这样吃了，夫人会不会不高兴？"

素心笑道："前些日子夫人不是没有胃口吗？世子爷只盼着夫人能多少吃一点，什么吃食都往家里搬，这些是最平常不过的了，家里多得很，放久了也会坏，夫人就这个几匣子、那个几匣子地赏人，还是我看着快要过年了，拿出来赏人或是送礼都很体面，这才强留了一些。你只管吃，要是觉得好，等会也带几匣子回去给二爷屋里的小丫鬟们尝尝。"

香甜软糯的豌豆黄本是栖霞的最爱，特别是宫中御赐的，甜而不腻，回味长久，可想到昨天自己挨的那一脚，嘴里的豌豆黄好像也没有往日那样美味了。

她喝了口茶，就看见一个明眸皓齿、丫鬟模样的小姑娘跑了进来，喊着"素心姐姐"。

素心面色微沉，道："什么事慌慌张张的？要是惊了夫人，仔细你的皮！"

那丫鬟就深吸了两口气，匀了气息，这才禀道："陆老夫人和宁德长公主来看夫人，听说您要出嫁了，两位夫人有赏，夫人让我来请姐姐过去磕头谢赏。"

英国公府这么大，谁会知道一个丫鬟？赏赐素心，不过是看在夫人的面子上罢了。

栖霞在心里思忖着，送脸色微红的素心出了门。

那小丫鬟好奇地打量她："姐姐是二爷屋子里的栖霞姐姐吗？长得可真好看。难怪别人都说二爷屋里的两位姐姐都是美人！"

宋翰屋里有两个大丫鬟，另一个叫彩云。

"妹妹才是真的漂亮。"栖霞笑道，"不知道妹妹怎么称呼？"

"姐姐叫我若朱好了。"小丫鬟笑道，"我是夫人屋里的二等丫鬟，不过，等素心姐姐、素兰姐姐出嫁了以后，我就要升一等了。"她有点小小的得意，"到时候就去上房找栖霞姐姐玩。"

英国公府的一等丫鬟，手下管着好几个二等三等的丫鬟，相对而言，就有自己的空闲时间了。

栖霞知道窦昭屋里的几个叫"若"字的二等丫鬟，都是跟着窦昭从真定过来的，是窦昭的嫡系，虽然年纪不大，却很有体面。或许是因为嫁入了英国公府之后，和真定的关系就渐渐淡了，又因为国公爷和世子爷不和，这次颐志堂新进的小丫鬟们都是从宋家各个田庄里选的。

她笑着应"好"。

若朱就噼里啪啦地和她聊起天来。

若彤几个是什么性格，这次她和谁升一等丫鬟，其他两个"若"字怎么怎么不舒服，新进来的小丫鬟里哪几个不安分，很快就传到了夫人面前，素心是怎么收拾那些小丫鬟的……竹筒倒豆子似的，没等她问，若朱就全都说出来了。

栖霞不由撇嘴。这等没脑子的，就算是长得漂亮又有什么用？如果不是从真定来的，恐怕早就被人踩了下去出不了头。

她微笑着听着若朱讲窦昭屋里的事，还不时地插上两句，若朱讲得更来劲了。

就有小丫鬟撩了帘子喊若朱："快去，延安侯府的世子夫人过来了。"

"我得去奉茶了。"若朱听着跳了起来，和栖霞打了声招呼，一阵风似的跑了。

又有小丫鬟来请栖霞："姐姐，二爷要回屋了。"

陆老夫人和宁德长公主是姻亲，延安侯府少夫人却是女客，宋翰自然不能逗留。

栖霞忙过去服侍宋翰穿了斗篷，扶着他往上房去。

宋翰就问她："你们刚才都说了些什么？"

像这样出门做客，如果宋翰需要跟过来的丫鬟服侍，宋翰走到哪里，丫鬟就会跟到哪里。如果宋翰暂时不需要自己的丫鬟服侍，这些丫鬟通常就会被安置在茶房或是耳房之类的地方，由主人身边的丫鬟或是嬷嬷陪着吃茶。

经过了昨天的事，栖霞不免有些想讨好宋翰，把茶房里的事当笑话讲给宋翰听。

"三进的小院？"宋翰听了喃喃地道，"你可听清楚了，是三间还是三进？"

"奴婢听得清清楚楚。"栖霞道，"是三进！"

宋翰停下脚步，站在抄手游廊上望着被寒风吹得簌簌作响的枯枝静默了良久，道："你去找那个若朱打听打听顾玉都送了些什么贺礼过来。"

栖霞也觉得若朱是个藏不住话的，很有把握地应了声"是"，送宋翰回了上房，翻箱倒柜地寻了几根络子，下午又去了颐志堂。

因她是宋翰屋里的丫鬟，窦昭屋里的人待她都很客气，听说她是来找若朱的，把她请到了正房的后罩房里坐。

"今天来了很多客人，若朱姐姐还在上房里服侍。"一个叫拂风的，只有八九岁的小丫鬟给她端茶倒水，"栖霞姐姐有没有什么急事？若是有急事，我抽着空给您带句话。若是没有急事，姐姐就先坐会儿，吃点点心水果，等等若朱姐姐。"

在这个时候，栖霞应该改日再来才是。可她脑海里陡然间就浮现出灯光下宋翰狰狞的面孔……她不由打了个寒战，隐隐觉得，如果自己不把宋翰吩咐的事做好，昨天晚上的情形可能会再次重演。

她厚着脸皮笑道："那我就在这里等等若朱妹妹。"

拂风拿了些果子之类的给她打发时间，告罪退下转身去忙自己的差事去了。

栖霞在后罩房里一直等到了用晚膳的时辰，若朱才喘着气跑了进来。

她先咕噜噜地喝了一碗茶，这才问道："姐姐找我什么事？"

栖霞说了来意。

若朱笑道："些许小事，姐姐何至于亲自来一趟？让个小丫鬟带个口信来就是了。今天太忙了，我走不开身，而且快到了下钥的时间——世子爷也不知道到底给多少人报了喜，这个那个的都来恭贺，明天我去账房里帮姐姐问问。"

栖霞千恩万谢，把那几根络子送给了她，回了上院。

若朱拿着络子一看，梅花攒心的镶了两块翡翠，一条顺里镶了几朵珠花，一看就价值不菲。

她笑着拿着络子去了正房。

窦昭正和舅母、赵璋如一起用晚膳。

见她探头探脑的,笑道:"进来说话吧!"

若朱笑嘻嘻地走了进来,把络子给窦昭看:"夫人,是二爷屋里的栖霞给的,还让我帮着打听顾公子都送了些什么贺礼给您。"

"那你就收着吧!"窦昭笑道,"至于顾公子送了些什么礼给我,这两天我们要忙着给素心送嫁,等嫁了素心,又要过年了,等过了小年再说吧!"

若朱笑着应"是",退了下去。

赵璋如就道:"你小叔子要干吗?想知道顾公子给你送了什么礼,为什么不自己来问?"

"半大不小的小子,心里弯弯绕绕的时候多着呢!"窦昭不以为意地笑道,"等过几年长大些就好了。"

舅母则告诫赵璋如:"多看,少说。"

赵璋如不满地嘀咕几句。

窦昭看着就想笑,夹了块粉蒸肉给她:"味道很好,你尝尝。"

赵璋如冲着窦昭笑了笑,大家不再说话,安静地用了晚膳。

舅母就和窦昭商量:"过完年,你舅舅就要到京都了,他是个脾气执拗的,不像我们女人,到哪里都能安生,我寻思着,过完年我就找个离吏部近一些的地方租个院子,等你表姐成了亲,我们就直接跟着你舅舅去任上。"

舅舅和父亲不和,这么多年也没有和父亲有过来往,舅舅来京都,不可能住到静安寺胡同去,她有长辈在堂,舅舅也不可能住到英国公府来,宋墨早就想到了这些细节。

窦昭笑道:"世子在玉桥胡同有个三进的宅院,原来一直租给别人住,怕着舅舅要来,冬至之后就没再和那家人续租,就等着舅舅来,我们好喝表姐的喜酒呢!"

赵璋如赧然,舅母却喜出望外,不停地称赞宋墨,并语重心长地嘱咐她:"世子真是细心,更难得的是对你的这一份心意,你要知道惜福才是。"

两世为人才碰到宋墨,她自然要珍惜。

窦昭微笑着点头。

舅母就和她说起过年的事来:"你如今胎位已稳,我也不好总住在这里,等嫁完了素心,我寻思着我和你表姐还是先回静安寺胡同,待春节过后再搬到玉桥胡同去。"

窦昭决定利用过年的机会夺取英国公府主持中馈的权力,舅母和表姐去静安寺胡同过年也好,一来那边没有女主人,窦家的祭祀又在槐树胡同,宴请也相对少一些,舅母和表姐在那边自在些;二来她不想舅母和表姐牵扯到英国公府的事务中去,免得宋宜春狗急了跳墙,忌恨上了舅母和表姐。

她略一思忖,笑着应了:"舅母过去静安寺胡同过年也好,那边人多,热闹些。父亲的内院,您也可以帮着看顾一二。"

舅母笑着嘱咐了她很多过年应该注意的事宜,这才带着赵璋如回了房。

窦昭则让甘露开了库房,找了几匹江南造册进贡的妆花给舅母做衣裳,又找了几件金饰给赵璋如,就连过年打赏下人的东西也都一一准备好了,这才去歇息。

第二天起来用过早膳,赵家催妆的人到了。

虽说是从颐志堂出嫁,可各家安着各家的家神、祖宗牌位,素心毕竟不是宋家的人,出嫁的地方设在了颐志堂的西群房,也就是陈先生住的地方。

窦昭梳洗打扮了一番，和舅母、赵璋如去了西群房。

段公义等一起从真定过来的人就像嫁自己的妹子一样，叫嚷着要赵良璧端茶敬茶不说，还要喊"大舅兄"。

赵良璧让干什么就干什么，态度好得很，脸虽然红红的，可眼睛却分外明亮，也不知道是太激动还是太兴奋了。

窦昭和赵璋如不由咯咯地笑。

段公义等人哄笑着围了上来，纷纷给窦昭行礼，又簇拥着窦昭和舅母、赵璋如去了素心待嫁的房间，倒没有继续调侃赵良璧，让他轻轻松松地过了催妆这一关。

一条胡同附近一宅难求，而且都是几进的大宅子，宋墨花了些功夫才在紧邻的南居贤坊正觉寺胡同找了幢满意的宅院。因正觉寺胡同离英国公府有半个时辰的路，用过午膳，颐志堂这边送妆的人就出发了，西群院也就冷清下来。

宋墨赶回来的时候，窦昭正歪在临窗的大炕上说着闲话。

他还穿着官服，风尘仆仆的，女眷们看看俱是一愣，又个个翘了嘴角，看看窦昭，看看宋墨，露出善意的笑容，上前给宋墨行礼，退了下去。

快要做新娘子的素心也没有什么新娘子的自觉，和素兰打了水服侍宋墨梳洗。

宋墨给舅母行了礼，问候了赵璋如，道："这么快就发了妆，我还以为要等用了晚膳之后呢！"

听这口气，却是赶回来给素心做面子的。

素心和素兰很是感激，给宋墨磕头。

窦昭看着这一屋子人的拘谨，拉着宋墨回了正房。

见没了旁人，宋墨这才摸了摸窦昭的肚子，道："孩子今天听不听话？有没有吵你？"

"这才多大？"窦昭见他煞有介事，虽有些好笑，更多的，却是甜蜜，"要等到五六个月了，才有动静。"

"哦！"宋墨有些失望，换了件家常的衣服出来。

武夷跑了进来："世子爷，神机营的马大人和姜大人过来了，说世子爷要做父亲了，嚷着要您到醉仙楼请客呢！"

宋墨失笑，道："这家伙，属狗的啊！这么快就知道了。"

窦昭笑道："你到底告诉了多少人？"

宋墨摸了头傻笑，竟然透着几分憨厚。

窦昭笑得更厉害了，亲自起身帮他挑了件出门穿的衣裳，柔声道："少喝点酒，醉了总归是失态，有失风度，不太好。"

宋墨就握了窦昭的手，叹气道："本想回来好好陪陪你的……"

要不是这样，怎么就连衣服也没有换，就跑到了西群房去呢！

"知道了。"窦昭温柔地笑，见四下无人，踮起脚来慢慢地亲了亲宋墨的面颊，"早去早回！"

宋墨心里像喝了蜜似的，抱着窦昭温存了半天才放手，晚上回来得不早，却也不算晚，在隔壁好好地洗漱了一番才过来。

窦昭还没有睡，问他："马大人我知道，就是你常说的马友明。姜大人是谁？"

"也是神机营的，叫姜仪，是登州卫指挥使的儿子，"他掀了被子躺下，把脸贴着正靠在床头看书的窦昭的腹部，笑道，"今年刚升了总旗，觉得神机营离京都太远了，每天操练，又太辛苦，想让我把他调到五城兵马司去。"

窦昭笑道："原来是拿了我们孩子做借口，找你出去喝酒。"

"可不是！"宋墨只觉得满床的花香十分宜人，深深地吸了口气，手搭在了窦昭的小腹上，笑道，"儿子，这次我们就原谅他，帮他把事办了，下次要是他再敢拿你做借口，看我不好好地收拾他。不过，你满月的时候，我们还是得狠狠地敲你马世伯一顿，不然太对不起你了！"

窦昭忍俊不禁，奇道："神机营可是真正的天子亲卫，五城兵马司不过是管管京都城中的鸡鸣狗盗，两者怎可相提并论？这姜仪莫非是个纨绔子弟？"

"那倒不是。"宋墨笑道，"三年前的秋闱，他得了第三，并非酒囊饭袋无能之人。而且马友明也不是这样的人，这次他竟然帮着姜仪说话，我怀疑姜仪是不是在神机营得罪了什么人，待不下去了，这才借口神机营太苦，要挪地方。"

"马友明已经是神机营的副将了，他都兜不住，"窦昭沉吟道，"那会是谁？"

"最少也是五军都督府的掌印都督。"宋墨笑道，"我明天把风放出去，就知道姜仪到底得罪了谁。"

这些事宋墨心里向来有数，窦昭就不多说了，和宋墨说了些家里的琐事，就吹灯歇下了。

从辽东回来的顾玉却怎么也睡不着。他披衣起身，坐在床上发呆，近身服侍的小厮自然也不敢睡，小心翼翼地问他："大爷，您这是怎么了？"

"我没事！"顾玉嘀咕着，心里更烦了。

窦氏怀了身孕，天赐哥要做父亲了……祖母和继母知道了，都送了东西过去，就是宫里的太子妃，据说也送了窦氏几匹杭绸给还没有出生的孩子做衣裳。

按道理，天赐哥对他那么好，他以后是孩子的世叔，他也应该送点东西表示一下才对，可他只要一想到窦氏生的孩子以后都会排在他前面，他心里就是一阵不舒服。

在辽东的时候他淘了很多好东西准备送给天赐哥，还给窦氏也买了两件东西，本来还兴致勃勃地准备跑去英国公府的，结果回到家里却发现继母不好好帮他说亲却在他屋里塞了两个已经有十八岁的二等丫鬟，他气得跳脚，狠狠地在祖父面前告了继母一状，在家里耽搁了两天，却听到了窦氏的喜讯，让他顿时泄了气，连英国公府都没有去。

想到这里，他更觉得委屈了。

他不去找天赐哥，天赐哥为什么也不来找他？

天赐哥应该知道他回来了啊！

难道真的是有了自己的骨肉就不管他了？

他越想越觉得心里难受，睡不着，索性趿了鞋往演武堂跑。

这可是腊月！寒风刺骨啊！

小厮吓得脸都白了，拿着皮袄，喊着"大爷"就追了出去。

顾玉的继母本来就遍布耳目盯着他，见他半夜发疯，怎么会放过他？这边吩咐快去叫大夫，那边吩咐着快起来帮她梳妆，她要去看看顾玉，把全家人都给闹醒了，云阳伯府又是一番闹腾，直到天亮，云阳伯才满脸无奈地摇着头回了上院。

云阳伯就和夫人商量："我看，请封长孙吧！这样闹腾下去，只会让家里尊卑不分，兄弟成仇，更是乱成了一锅粥。反正就算是不请封长孙，只要顾玉活着一天，那边就不会消停。好在顾玉已经十七了，他要是连自己的东西都保不住，这样的孙子，丢了也不可惜！"

请封了长孙，就定下了爵位继承人。

利是确定了地位，弊是成了众矢之的。

特别是顾玉的继母，完全没有了指望，对顾玉的手段有可能会更狠。

云阳伯夫人做姑娘的时候就性格温顺，嫁给了云阳伯，又因为云阳伯心里一直放不下结发的妻子宋氏，云阳伯夫人更是处处顺着云阳伯，只要是云阳伯说好的，她绝不会说不好，虽然知道儿媳妇对长孙不好，因云阳伯没有说话，她也不过偷偷塞些银子给顾玉使，多的话，却一句也不敢说。偏偏顾玉缺什么也不缺银子，因而和顾家人的关系都不怎么样。

听说丈夫要给顾玉请封，她自然是点头称"好"。

云阳伯不由得叹气。他这夫人，性子太绵柔了，过日子，岂是性子绵柔就能行的？如果她能拿得起，能把云阳伯府管好，他又怎会容忍媳妇胡来？

想到这些，他不禁又想起了宋氏。

如果她还活着……他这日子肯定不会过成这样吧？

说起来，她已经去了快四十年了，自己已是花甲之年，到了安排后事的时候。

他想死后和宋氏合葬，可儿子都是续弦所生，就算是他立下了遗嘱，只怕儿子们也不会答应，到时候他两眼一闭，还不是任人摆布，甚至还有可能闹到御前去。

这件事，还得请宋家的人出面。

宋宜春是不成的……只能找宋墨……还有顾玉的婚事，得找个厉害的长孙媳妇，能掐得住长媳的……

云阳伯躺在床上看着太阳一点点地升起来，这才起懒洋洋地起了床，吩咐贴身的随从给宋墨送张拜帖去："让他到家里来，我有话跟他说。"

随从应声而去，可不过半盏茶的工夫，又折了回来，不仅如此，后面还跟着宋墨。

云阳伯一愣，随后笑起来，道："这可真是说曹操，曹操就到了。你是来看顾玉的吧？"

宋墨对云阳伯没有什么好印象。一是他个人没有什么建树；二是在对顾玉的事上，没有一点原则。日常往来，也不过是念着从前的香火情给他行个晚辈礼。

"听说顾玉回来了，特意来看看。"宋墨客气地和云阳伯寒暄几句。

平时他礼数到了，云阳伯也就点点头让他去了，这次却对他道："那你见过顾玉之后，到我屋里来一趟。"

宋墨直觉云阳伯找他没有什么好事，笑着点头，去了顾玉那里。

顾玉正摊成大字躺在临窗的大炕上，几个随身服侍的小厮战战兢兢地跪在炕边，你偷偷瞅一眼我，我偷偷瞅一眼你，都不敢说话。

昨天晚上那一场，闹得可真厉害！现在想想，他们都觉得后怕。

当小丫鬟隔着帘子喊着"英国公世子爷过来了"的时候，那小丫鬟怯生生的声音一下子变成了天籁之音，几个小厮差点就忍不住跳了起来。

顾玉更是"腾"的一下坐了起来。

随着清越的"你怎么还赖在床上没起来"的责问声，宋墨撩帘而入。

顾玉虎着脸，又躺了下去。

"又闹什么脾气呢？"宋墨也不理他，吩咐跪在地上的小厮，"去给大爷打水来，服侍他梳洗。"

顾玉像孩子似的梗着脖子叫道："我昨天一夜都没睡！"

"知道了！"宋墨不为所动，语气平和地道，"听说你打了大胜仗，怎么，激动得睡不着？"

昨天有点胜之不武。

他甚至把死去的娘亲都搬了出来，父亲才狠狠地瞪了继母几眼。

顾玉脸上火辣辣的。

宋墨叹了口气，温声道："从辽东回来，怎么不去看我？"

"家里出了事，我没心情。"顾玉喃喃地道，心里却后悔了，早知道天赐哥惦记着他，他就应该早点去的。

宋墨没有作声。

顾玉乖乖地由着小厮服侍他梳洗。

待梳洗完了，他一屁股坐到了宋墨的身边，殷勤地道："天赐哥，你用过早膳了没有？家里新来了个厨子，做得一手好面食，我让人给你下碗面吧？"

"我早吃过了。"宋墨笑道，"你想吃什么就让厨子给你做吧！"

顾玉从来也不跟宋墨客气的，高声吩咐小厮让厨房里给他下面。

宋墨就道："你这样下去也不是个办法。你们家后花园不是有个叫汀香轩的地方吗？你不如在汀香轩的东面砌面花墙，再从西边开个角门，搬到那里去住，也免得每天要从上房进出，你不舒服，你继母也觉得你碍眼！"

顾玉顿时眼眶有些湿润。

这个那个都说待他好，可真正待他好的，只有天赐哥，什么都替他想到了。

他决定自己也大度点。

不就是个孩子吗？还是天赐哥的骨血。

窦氏给天赐哥开枝散叶，他也不能拖天赐哥的后腿，就把辽王送给他的两支百年人参送给窦氏好了。别人不是说女人生产是一只脚踏在鬼门关吗？天赐哥挺喜欢窦氏的，说不定还能救那窦氏一条性命。

想到这里，他心气也顺了起来，不屑地道："我才不搬！难道我还怕了她不成？"

"不是怕不怕的事。"宋墨劝他，"你以后的日子长着，何必跟他们一般见识？等过了年，你进宫让皇后娘娘给你谋个差事，到时候再说门好点的亲事，和和美美地过自己的小日子，让你继母看着就眼红，岂不比这样和她胡闹更好？"

顾玉就把继母往他屋里塞了两个杏眼桃腮的丫鬟的事告诉了宋墨。

宋墨笑道："牛不低头，难道你还能强迫它喝水不成？"又激他，"莫非你连这点定力也没有？"

"是哦！"顾玉豁然开朗，笑道，"那好，我等会就去求了祖父，让他同意我搬到汀香轩去。"

宋墨点头："这就对了，何必和那女人一般见识！"

顾玉连连点头，吃了两大碗面，然后把自己在辽东给宋墨淘的东西都搬出来。

"你看这皮子，毫毛像针尖似的，正宗的黑貂，正好做件皮袄。"他献着宝，"还有这个，狐狸皮，红色的，少见吧！"

宋墨的目光却落在了一块不大的白貂皮上。

顾玉福至心灵，笑道："这块给我侄儿做件皮袄。"又拿了几块珍珠皮，"这个给我嫂嫂做袄子。"

那珍珠皮是刚出生的小羊羔皮，做贴身的小袄最暖和不过了。

宋墨没有客气，笑道："那我就替你嫂嫂和侄儿谢谢你了。"

顾玉得意地笑着拖了张虎皮出来："整张的老虎皮，放在你书房里，看着就气派……"

这些东西，有钱都未必能买得到。

而辽王，这几年来京，出手阔绰，大家私底下开玩笑喊他"辽东王"。

没有他的同意，顾玉哪里弄得到这么好的东西。

宋墨不动声色地笑道："你是从辽王的库里搬的吧？"

顾玉讪讪然地笑，道："我就说瞒不过你，可辽王说，肯定能把你给糊弄过去！"

宋墨就拍了一下顾玉的头："你啊！"

顾玉嘿嘿笑，道："反正他的好东西多得很，不要白不要。"

宋墨不置可否，除了那张虎皮，说是怕犯忌讳，让他送给皇上，开春了也好向皇上讨个差事，拒绝了之外，其他的东西他都让小厮收下了。

等他回到英国公府，正好赶上素心出嫁。

受了素心的礼，打赏了新娘子压箱钱，赵家的花轿也就过来了。

这样的场合窦昭和宋墨如果在场，大家很难闹起来。窦昭就和宋墨待在了内室。

宋墨正好把顾玉送给他们的东西给窦昭过目。

窦昭也很喜欢那块雪白的没有一点瑕疵的貂皮，但听说这些东西是从辽王的库房里搬出来的，她还是有点顾忌，决定暂时先把这些东西收好了，以后看看情况再决定用不用。

宋墨就和窦昭说起去云阳伯府的事来："……老伯爷，竟然要百年之后和我们家姑祖母合葬，他怕儿子不答应，写了份遗嘱非要我收起来，到时候给他做主。"

窦昭听得目瞪口呆，道："这种事，我们不好插手吧？"

"我也这么说。"宋墨显然早有了主意，"让老伯爷把这件事交给顾玉——如果老伯爷能和我们家姑祖母合葬，到时候他就能要求世子和他的生母合葬。"

"真是家家有本难念的经。"窦昭很是感慨。

宋墨却笑道："正好让顾玉练练手，一屋不扫，何以扫天下？朝堂之上，比这可复杂多了。"

窦昭关心起姜仪的事来："知道他得罪了谁吗？"

"暂时还没有什么风吹草动。"宋墨笑道，"再等两天看看吧。"

窦昭觉得是宋墨的凶名吓着了别人。

五军都督府里的五个掌印都督，包括宋宜春，他已经死磕了两个，拿下了一个，和另一个井水不犯河水了，可他却依旧活蹦乱跳的，连不问江湖是非的谭家都不想让他惦记，恐怕谁在他面前也都得思量思量！

窦昭望着宋墨笑声清脆。

宋墨刮着她的鼻子："一天到晚就知道傻笑！"

窦昭笑得更厉害了，只要是宋墨的事，很小很小的一件事，都能让她开怀大笑。

或者，这才是她嫁给宋墨最大的收获！

第一百一十七章　小年·锋利·朋友

北方人腊月二十三过小年，南方人腊月二十四过小年。

素心出嫁的第二天，英国公府祭拜灶神，扫尘贴符，到处一派热闹景象。

窦昭和宋墨换了新衣裳，去了上院的敞厅——宋家每年的家宴，就摆在那里。

宋茂春和宋同春两家都已经到了，正凑在一起说笑。

见宋墨夫妻进来，原本欢快的笑声戛然而止，几息后才重新响起，不过，已经不是宋茂春一家和宋同春一家寒暄了，而是齐齐涌到了宋墨和窦昭面前。

宋茂春笑道："天赐可真厉害，不过一年的工夫，已经升了金吾卫同知，还管着五城兵马司的差事。你二哥如今正赋闲在家，若是有什么好差事，你可别忘了你二哥。"

宋墨淡淡地笑道："我会留心的。"

宋铎脸涨得通红。

大太太则屈膝和窦昭见礼，连声道着"恭喜"："产期在明年的夏天吧？若是要找乳娘或是稳婆，你只管跟我说，当年你婆婆生天赐的时候，就是我帮着找的稳婆。"

窦昭笑着道谢。

四太太则拉了窦昭到旁边说话："我听说你们窦家族学很厉害，出过好几个进士举人，我们家钥儿就要启蒙了，你帮我找个好点的西席吧！"

想当初，宋宜春要把宋墨赶出祠堂的时候，可没见你们谁来给他求情，现在也休想她管这些狗屁倒灶的事。

窦昭温声笑道："有些人自己会读书，可未必就教得出好学生来。有些人自己不会读书，却极擅长传道解惑。这西席是好是坏，还真不好评断，我就更不好轻易向您推荐了。"

四太太很是意外。

大太太受宋宜春委托在宋宜春不在京都的时候主持英国公府的中馈，可进门还不到一天的工夫，就被迫交出了英国公府的对牌，灰溜溜地带着儿媳谭氏回了家。虽然大太太极力掩饰，可当时发生的事还是曝了光。四太太就在家里寻思着，大房就是因为抱上了宋宜春的大腿，这些年来才会顺风顺水，攒下偌大一片家业。如今英国公和宋墨有罅隙却又对宋墨无可奈何，自己家若是抱上了宋墨的大腿，过几年，风光的就是他们这一房了。她这才提出让窦昭帮忙给儿子找个西席——京都的西席何其多，她这么说，不过是想恭维窦昭出身书香门第，谁知道却碰了个软钉子，窦昭根本打着太极完全不接招。

她咬了咬嘴唇。

那就只能从其他的地方想办法了！

念头闪过，宋逢春一家到了。

只是宋逢春夫妻还没和众人打招呼，宋锦已挣脱了乳母的手，噔噔噔地跑到了宋墨的面前，无限委屈地拉着宋墨的衣袖道："三堂哥，你今年都没有赏我东西。"

因宋家到了宋墨这一辈只有宋锦一个女孩子，宋墨待她向来宽和。虽然不喜四叔在父亲要把自己赶出宋家时的态度，他却没有迁怒于堂妹，还是和往年一样，每逢过年，都会给宋锦送上两件金银首饰，当是给她攒嫁妆了。可自从成亲的那天宋锦跑去为难窦昭之后，就算宋墨知道宋锦不过是被人利用，可宋锦事后却连句道歉的话也没有对窦昭说，他对宋锦就喜欢不起来了，今年过年，什么也没有送给宋锦。

现在见她跑进敞厅就向自己要东西，家里的长辈、兄嫂都被她视而不见，一副没有教养的样子，心中更是不悦，道："怎么也不和长辈们打招呼？"

"我忘了！"她吐着舌头，很是天真烂漫。

宋墨却脸色一沉，屋子里顿时像有寒风扫过，空气一冷。

三太太忙打着哈哈："锦儿，不可如此对你三堂哥说话，还不快给你三堂哥和三堂嫂行礼。"

宋锦嘟着嘴，不情不愿地给宋墨和窦昭行了礼。

宋墨点了点头，扶了窦昭道："父亲恐怕要过一会儿才来，你先坐会，别总站着。"

窦昭也没有理会宋锦。

宋锦今年都十二岁了，不是两三岁。

她笑盈盈地柔声应好，任宋墨扶着自己在一旁的太师椅上坐下。

宋锦看着，眼里立刻涌出泪水来。

三太太飞快地睃了宋墨一眼，见宋墨眼角也没有瞥宋锦一下，忙上前抱了女儿，轻声哄着她："不哭，不哭，今天过小年，三堂哥有事，不是不理睬你。"

宋锦见母亲没有生气，胆子大了起来，不满道："三堂哥都围着三堂嫂转……"

四太太扑哧一声笑，道："你三堂哥不围着你三堂嫂转，应该围着哪个转呢？"

宋锦闻言小脸绷得紧紧，狠狠地瞪了四太太一眼。

三太太也面露愠色。

大太太忙打着圆场："好了，好了，今天大家难得聚在一起，都坐下来说话吧！"

三太太和四太太朝着彼此冷哼一声，各自带着各自的孩子找地方坐下。

谭氏默默给婆婆奉着茶，眼角的余光却忍不住朝窦昭瞟去。

自己嫁到宋家四年多都一直没有动静，她嫁过来不到两个月就怀了身孕……

她的命真好！真让人羡慕！

也不知道她有没有生儿子的秘方？

思忖间，宋宜春带着宋翰进来了。

众人起身给宋宜春行礼，宋宜春满面春风地还着礼，亲切地和围着自己的宋钦等几个侄儿侄女说着话，慈爱地摸了摸宋锦的头，还抱了抱六岁的宋钥，目光却始终没有在宋墨和窦昭的身上停留片刻，无形之中把宋墨和窦昭排斥在了圈子之外。

窦昭不由捏了捏宋墨的手。

宋墨朝着她笑了笑，神色很是淡然。

窦昭就悄声道："要不，我们等会儿提前退席？"

"不用！"宋墨悄声地回着窦昭，"我看着他纵然不舒服，估计他看着我也不会顺眼！"

窦昭忍不住抿了嘴笑。

笑得跟在宋宜春身后的宋翰眼睛一阵刺痛。

父亲不管做什么，都伤害不了哥哥吧？

他笑着上前喊着"哥哥"，道："哥哥和嫂嫂在说什么呢？说得这么高兴？说出来也让我高兴高兴呗！"

响亮的声音回荡在敞厅里，让宋宜春脸上的笑容一僵，立刻失去了和侄儿侄女逗趣的兴致，悻悻地和宋茂春等人议了议朝中动态，说了说京都轶事，时间也就差不多了，大家男一桌女一桌的，笑语盈盈地坐了下来，开始吃小年团圆饭。

吃过饭，天色还早，三太太就提出来打马吊："我，大嫂，四弟媳，天赐媳妇，正好四个人。"

既然要和宋家的人开战，低调只会让对手踩到你的头上去。

窦昭笑道："我还是算了，一来是我如今的身子不便久坐，二来你们玩得小，没什么意思，还是让大嫂陪着伯母和两位婶婶玩吧。"

三太太满脸的笑容就凝在那里。

窦昭只当没有看见，径自吩咐贴身的丫鬟若彤："给我削个梨子，这鬼天气，用了火盆嗓子干得疼，不用火盆又太冷，既然每年都在敞厅里吃团圆饭，怎么不在敞厅也设了地龙？"

非常嫌弃和不屑的语气。

屋子里的气氛一滞。

宋锦对宋墨没有送她东西本就一肚子怨气，可她不敢怨宋墨，就记在窦昭的头上，觉得因为三堂哥娶了三堂嫂，所以不记得她的事了，可三堂嫂若是个贤惠的，就应该提醒三堂哥才是。何况大家都说，三堂嫂是被人退过亲的人，因为嫁不出去，所以才嫁给了三堂哥的，以三堂哥的为人，肯定是三堂嫂家使了什么手段。她打心眼里瞧不起这个三堂嫂，现在母亲又受了辱，她哪里还忍得住，挑衅窦昭道："我们都知道三堂嫂财大气粗，要不，三堂嫂出钱把敞厅设了地龙吧？"

窦昭嗤笑不语。

宋锦气得跳了起来，道："三堂嫂这是什么意思？"

窦昭置若罔闻，神色悠闲地喝着茶，站在她身后的若彤却道："大小姐这话好生奇怪，家里的长辈都没有说话，大小姐却指使起嫂子来。莫非大小姐以为自己能当得了英国公府的家？"

"你这贱婢！"宋锦扬手就朝若彤扇过去，"这里又哪有你说话的地方？"

若彤吓了一跳，没想到宋锦竟会动手，她连连后退了几步，避开了宋锦的手，嘴里却毫不示弱地道："主子们面前，是没有我说话的份。我也只和与我身份差不多的人说话。"

素兰已三步并作两步，上前就捏住了宋锦的手臂。

宋锦趁机坐在了地上，大哭起来："二伯父，三堂哥、三堂嫂的奴婢欺负我！快叫人牙子来，把她们都卖了！"

三太太气得心里一抽一抽的，上前去拉女儿："乖乖莫哭，看娘帮你收拾这两个贱婢。"

三太太的贴身嬷嬷更是上前就要打素兰，却被素兰一脚踹到了落地罩旁，引来大太太等人的一阵惊呼，场面非常混乱。

宋宜春的鬓角青筋直冒，大喝一声"都给我住手"，目光却箭一般地射向了窦昭："有你这样做媳妇的吗？不尊敬长辈，还辱打小姑，你给我滚出去！"

宋墨面沉如水，上前就要说什么，却看见窦昭朝他使了个"少安毋躁"的眼神。

他就握着拳头站在了原地。

窦昭松了口气。

她当然知道自己遇到麻烦的时候宋墨会帮她出头，可这种事，得她自己来。宋墨若是帮她出了头，就算是拿到了英国公府主持中馈的对牌，别人也只当是她男人帮她挣来的，她还得花力气整治后院，不如今天和宋宜春明刀明枪地斗一场，也好让那些人知道她的厉害，不敢在她面前敷衍塞责。

窦昭笑盈盈地坐在太师椅上，好像宋宜春说的是旁人似的不见一丝恼怒，泰然自若地道："公公这话说得好没道理！刚才的情形您也是看在眼里的。锦姐儿要不是出言不逊在先，又怎么会惹来家中仆妇的讥讽？我嫁到宋家的时日还短，不知道宋家是什么规矩，可在我们窦家，像这种长辈还没有开口晚辈就先嚷起来的，教养嬷嬷们上前就是一巴掌，打了之后，做娘亲的还要向嬷嬷道谢，说'打得好'，怎么宋家却截然不同？莫非这宋家的规矩连个长幼尊卑都不分了？"

"这件事我可得好好和公公说道说道才是。

"这件事若是传了出去，英国公府被人嗤笑是小，锦姐儿已经到了说亲的年纪，万一因此背上个'性情乖张暴戾'的名声，那可就糟了。横竖我的孩子还没出生，又是嫡支，十九二十年以后，轮到我的孩子说亲的时候，谁知道三房那时候会是怎样一番光景？又有谁会记得这档子事？只可惜苦了二爷，要连累着他不好找媳妇了！"

这话既戳了宋宜春的心窝子，又威胁了宋逢春。

宋宜春气得半天都说不出一句话来。

宋逢春却狠狠地瞪了三太太一眼。

宋茂春一家早领教过窦昭的厉害，宋茂春沉默不语，宋钦和宋铎自不敢作声，大太太则和谭氏站得远远的，生怕被波及了似的。

四太太看着皱眉，刚想上前说几句，却被宋同春一把拽住，悄声道："你想想钥儿！"

宋钥今年才六岁，宋墨现在就压得宋宜春抬不起头，十年后，估计宋宜春已经是个空架子了。

四太太不作声了，牵着儿子的手和大太太站在了一起。

宋逢春看着急得恨不得跳脚，朝着三太太不住地使眼色，偏偏爱女心切的三太太一门心思全在宋锦身上。

她咽不下这口气，急红了眼睛，不甘道："二伯，您要是不为我们做主，我们家锦儿可就白白被这两个奴婢打了！我们虽是旁支，可到底一笔写不出两个宋字来，这也太欺负人了！您让我们以后可怎么在仆妇面前立足啊？"

宋宜春脸沉得像乌云盖顶，喝着身边的人："还不把这两个婢女给我架出去！"

"慢着！"窦昭大喝一声，扶着若彤的手站了起来，道，"我看谁敢不经我的同意，就动我陪嫁的婢女！"

几个小厮看了看怒不可遏的宋宜春，又看了看面如冰霜的宋墨，磨磨蹭蹭地朝窦昭走去。

窦昭已道："我的婢女什么时候打锦姐儿了？分明是三婶婶身边的贴身嬷嬷要打我的婢女！要问对错，先把三婶婶的贴身嬷嬷乱棍打死再论锦姐儿冲撞我的事才是正理！"

说来说去，就是她的婢女没错。

宋锦"哇"的一声哭了起来："三堂嫂欺负我！三堂嫂纵容身边的婢女打我！"

窦昭冷笑，对三太太道："养女不教母之过，您既然连女儿都管教不好，那我就替您教训教训她好了。"然后吩咐素兰，"给我把大小姐丢到柴房里关起来，什么时候想明白了，什么时候再放出来。"

三太太横眉怒目，抱着声音越哭越大的宋锦朝着窦昭喝着"你敢！"

窦昭不作声。

素兰上前就去拽宋锦。

三太太的几个婢女忙上前拦素兰。

素兰左一拳右一脚的，几下子就把几个婢女打倒在地，几个婢女扶腰捂肚子地趴在地上呻吟不已。

屋里的人这才感觉到不对劲了——一个正值妙龄的小姑娘家，力气这么大，分明是个练家子。

三太太这才害了怕，抱着宋锦高声尖叫起来。

宋锦则完全被吓傻了，脸上挂着泪珠，呆呆地望着素兰。

宋宜春再也看不下去了，把桌子拍得哐当直响："反了，反了！你们眼里还有没有我这个国公爷？！"

屋子里一片死寂。

眼里有你这个国公爷还敢在小年夜的团圆饭桌上和长辈们争吵？

窦昭腹诽着，朝素兰使了个眼色。

素兰悄无声息地退到了窦昭的身后。

宋宜春就指着窦昭吼道："你再敢搬弄口舌，我就让宋墨把你给休了！"

窦昭笑颜如花，道："公公您也别吓唬我，我可不是那寒门小户娘家没人的，您要休我，也得有个理由才是——因为我嫌敞厅没有地龙，您就要叫儿子休了我，就是这官司打到了御前，恐怕也是您不占道理。"她说着，高声喊着"若彤"，"你这就去静安寺胡同报个信，说就因为我说了句'敞厅太冷'，世子爷的堂妹就跳出来想教训我，被我教训了几句，国公爷就以'搬弄口舌'的名义要逼着世子爷休妻。我也不是那没脸没皮的，被公公吼了一声'滚'，还能若无其事地待在英国公府里。让他们过来清点我的陪嫁，把我接回去。"

若彤抹着眼泪应"是"，提了裙子就往外跑。

宋宜春气得倒仰。不管窦昭说的是真是假，若真把窦家的人给招了来，这大过年的，英国公府可就成了全京都的笑柄了。

他冲着曾五就是一脚，道："还不快把人给我追回来！"

曾五"哦"了一声，回过神来，追了出去，心里却道：世子夫人也太厉害了！又是打又是骂的，口若刀剑，硬生生地把国公爷给镇住了。以后遇到世子夫人，还是少说话为妙。

男女有别，他很快就追上了若彤，把若彤拦在了抄手游廊上，劝道："若彤姑娘，你何必如此？世子夫人和国公爷置气，我们这些做下人应该劝和才是，哪有还帮着架柴添油的？快回屋里去！闹到了静安寺胡同，大家脸上都没光。"然后喊了身边跟过来的几个小厮，"快，送若彤姐姐回敞厅去。"

若彤只能"被迫"回了敞厅。

宋宜春一败涂地。

他心里那叫一个气！

窦昭却没有就此罢休的意思。

她非要宋锦给她赔不是，要三太太的贴身嬷嬷和婢女给素兰和若彤赔不是。

三太太不答应，宋锦更是不愿意。

窦照也不恼，望着宋宜春悠悠地吩咐若彤："你还是去给静安寺胡同送个信吧。"

这个时候不指使着五太太帮自己出头，什么时候指使她帮自己出头？

宋宜春气结。寻思着窦昭敢这样，不过是仗着宋墨给她撑腰而已，擒贼先擒王，打蛇打七寸，他和她生什么气啊！要找，也得找宋墨啊！

他的眼神像刀子似的射向了宋墨："你的媳妇，难道还让我帮你管教不成？"

宋墨弯了弯腰，十分恭敬地道："父亲，我的夫人是英国公府的世子夫人，代表着英国公府，锦儿这样，很不应该，的确是犯了错。我们家人丁不旺，格外看重子嗣，因而对孩子的管教相对而言也就比较宽松。窦家诗书传世，是北直隶的名门望族，这百年间曾前前后后出了七八个进士，对子女的培养必有其过人之处。念在锦儿是初犯，我看道歉就不必了，不如让锦儿跟着夫人学学规矩，以后她嫁了人，也知道怎样孝顺长辈，尊敬兄嫂，爱护小叔姑子，免得是非不辨，被婆家嫌弃。"

屋里的人全都睁大了眼睛。

本已止住了哭泣的宋锦又哭了起来："我不要跟着三堂嫂学规矩，她肯定会给我小鞋穿的！"

真是驴粪蛋子表面光，绣花枕头一包糠！看着挺漂亮的一个小姑娘，却一点头脑都没有。

就算是这么想的，也用不着这么大声地嚷出来啊！

窦昭暗自摇头。

三老爷抓耳挠腮，也顾不得许多了，上前就推搡着宋锦："还不快给你三堂嫂赔不是！"

三太太也转过弯来，和三老爷一起催着宋锦："快给你三堂嫂赔礼道歉。"

宋锦两眼含泪，又羞又气地小声给窦昭道歉。

窦昭不作声，看着还趴在地上的几个丫鬟。

三太太只好又让自己的嬷嬷和丫鬟给素心和若彤道歉。

这算是个什么事啊！

宋宜春心中一急，昏了过去。

宋锦不用跟着窦昭学规矩了，小年夜的团圆饭也吃不下去了，大家都坐在榉香院的厅堂里等着宋宜春醒过来。

窦昭穿着珍珠皮的小袄，嫌屋里太热，坐在廊庑下的美人靠上想着心事。

今天她能占优势，全靠素兰有身好功夫。可素心和素兰出嫁后，她身边就再也没有这样得力的人手了，以后再遇到这样的事，只能像前世似的，说服、妥协、衡量，虽然也能达到目的，却没有今天这样畅快。

看样子，她还是得找两个会拳脚功夫的丫鬟。

只是女子学艺的本就少，还要能对她忠心耿耿的，只怕是不好找啊！

想到这里，窦昭不禁叹了口气。

送了大夫返回来的宋墨见她一个人坐在廊庑下，不禁走过去揽了揽她的肩膀，亲着她的额头笑道："别担心，父亲的身体好着呢！大夫说他不过是一时闭过气去，很快就会醒过来的。"

窦昭根本不关心宋宜春是否能醒过来。

她道："我在想，能不能找两个像素心和素兰那样的丫鬟？"

宋墨略一沉思就明白了她的意思，笑道："别担心，我来想办法！"

窦昭知道他说到做到，果然就把这件事给抛到了脑后，转而派人带了信让窦德昌过来一趟。

窦德昌得了信，立刻就赶了过来，道："出了什么事？"

窦昭把过小年时发生的事告诉了窦德昌。

窦德昌大笑起来，道："你不会是让我陪你做戏，吓唬吓唬你公公吧？"

窦昭朝他翘起了大拇指："我果然找对了人！"

窦德昌道："做这种事，怎么少得了伯彦？"

"咦！"窦昭高兴地道，"伯彦也到京都了吗？"

上次三伯父和三堂兄进京的时候，窦启俊没有跟着一道来，说是去了岭南的一个朋友家，还没有回来，为此二太夫人把三伯父和三堂兄狠狠地骂了一顿。没想到这大过年的，窦启俊却来了京都。

窦德昌忙朝着窦昭做了个"不要声张"的手势，低声笑道："千万不要告诉七叔父！伯彦是悄悄进京的，就住在圆恩寺胡同，槐树胡同那边还不知道呢！"

窦昭大吃一惊，道："可是出了什么事？他来了京都，怎么也不去跟长辈请个安？这眼看着要过年了，他住在哪里？衣食住行谁来照顾？"

窦德昌嘿嘿地笑道："伯彦本来准备回真定过年的，结果他朋友那边出了点事，要到京都来打点，他就陪着过来了，和朋友一起住在了圆恩寺胡同的高升客栈里，准备过了年再去拜访五伯父。"

窦昭却听出这话里有话。她想了想，道："是不是他朋友的事很麻烦？伯彦既想帮他的朋友，又怕五伯父为难，所以索性跟着朋友住在了客栈里，准备先看看苗头再说？"

窦德昌叹道："你怎么不是个男孩子？"

"女孩子就那么不济事吗？"窦昭故意闹他，"我什么地方不如你？"

窦德昌嘿嘿地笑。

窦昭就吩咐甘露拿了两锭雪花银交给了窦德昌，道："既然他有意隐瞒身份，那我就不去探望他了。若是有什么事我能帮得上忙的，让他只管吩咐小厮过来找我就是。"

圆恩寺胡同在顺天府学的西边，英国公府在顺天府学的东边，不过两刻钟的路程。

窦德昌毫不客气地收下了，笑道："你是大户，手指缝里落下一点点就够我们吃喝好一阵子了，我就代伯彦收下了。"

窦昭不禁莞尔，和他打趣道："要不要我也给你点体己银子？"

"体己银子就不用了。"窦德昌涎着脸道，"能不能送我两块好点的玉佩？我过年的时候好拿去送人。"

这又有什么不可以的？她一向把窦政昌和窦德昌当自己的亲兄弟。

她亲自陪着窦德昌去库房里选玉佩。

两人就说起窦启俊的朋友来。

"……姓匡，名超，字卓然，家里是做海上生意的，在广东番禺也算是富甲一方了。伯彦那年去钟南山，被蛇咬了，还好遇到了匡卓然，救了伯彦一命……这次伯彦去广东，就是去答谢匡卓然的。没想到匡卓然家里出了事……说是自从今年九月起，匡家的货船连续出了几次事，赔了快二十万两银子，眼看着就要伤筋动骨了，却有从前做生意的朋友介绍了京都来的巨贾，说是要买下他们家的船行，价钱却比市价低了一半。

"匡家自然不肯。

"结果就又沉了一艘船。

"匡家看着不对劲，动用了祖辈们留下来的人脉，这才打听清楚，原来是京中的一位大佬看中了他们家的船行，想占为己有。匡卓然是读书人，和读书人说得上话，匡家这才决定让匡卓然带着几位得力的管事来京都打点，看能不能邀那位大佬入个干股。

"伯彦想着匡卓然对他有救命之恩，就决定跟过来瞧瞧，若是和我们家有点关系，准备求了五伯父从中周旋，化干戈为玉帛。匡卓然虽然不知道伯彦的身份，但他知道伯彦为人沉稳有见识,也希望他能跟过来帮着出出主意,就带着伯彦一起来到了京都。

"结果快过年了,人却一直没有找到,伯彦也不好贸然地去槐树胡同,就这样跟着匡卓然住在了客栈里。"

"到底是哪位大佬啊?"窦昭鄙视地撇了撇嘴,"吃相也太难看了。"

"可不是。"窦政昌拿起一块桃花冻的牡丹花件问窦昭,"好看不好看?"

窦昭看着心中一动,想到了纪令则,不动声色地道:"当然好看!也不看看这是谁的东西。不过,这东西适合送年轻的女子,你准备送给谁?"

"哦,"窦德昌露出几分心虚,掩饰般地道,"我还没有想好。"然后很快把话题又扯到了匡卓然的身上,"不过,我总觉得匡家多虑了,像他们这种人家,也就在番禺能排得上号,京都的大佬怎么可能看得上?说不定只是那大佬身边的什么人扯着虎皮做大旗,匡家在京都又没有什么人脉,这才被吓唬住了。"他说着,把那块桃红冻的玉佩放在了一旁,又挑了只碧绿如洗的玉蝉,举给窦昭看,"你看这块怎样?"

"不错。"窦昭笑道,"夏天用红绳穿了,挂在脖子上,看着就透着股沁凉,很漂亮。"

"我也这么觉得。"窦德昌把两块玉佩都揣进了自己的衣袖里。

这个死孩子,有了心上人就忘了自己的娘亲!

窦昭腹诽着,挑了一块弥勒佛的玉佩、一块竹节的玉佩、一根镶石榴石的石榴花金簪、一块端砚和一匣子狼毫笔,道:"这弥勒佛的玉佩是给六伯母的,狼毫笔是给六伯父的,端砚是给十一哥的,金簪是给十一嫂的,竹节的玉佩是给七斤的,你回家的时候帮我带给他们。"

窦德昌叫道:"那我的呢?"

窦昭就瞅着他的衣袖佯露出冷冷的笑。

窦德昌捂了衣袖,道:"算了,算了,我帮你带过去就是了。"一溜烟地出了库房。

窦昭不禁抿了嘴笑,吩咐甘露:"把东西都配了体面的匣子装起来。"

甘露应声而去,窦昭去了花厅。

窦德昌道:"时间不早了,我去跟伯彦商量商量,到底该怎么办好。"

窦昭送了窦德昌出门,低声道:"要挑着世子不在家的时候来。"

窦德昌露出恍然大悟的神色,悄声道:"我明白,不能让宋砚堂知道这件事。"

"你怎么这么傻?"窦昭抱怨道,"如果世子在家,他这个做儿子的能袖手旁观吗?"

窦德昌站下了脚步,望着窦昭的目光渐渐变得严肃起来:"你是不是很喜欢宋砚堂?"

"胡说些什么?"窦昭嗔道,脸上却莫名变得火辣辣的,"你管好你自己就行了,少对别人指手画脚的。"

窦德昌一愣,然后面露诧异,又变得踌躇起来,好半天才语带试探地道:"我的事?我的什么事?"

窦昭暗暗后悔自己失言。

有些事,其实是堵不如疏。以窦德昌前世的执着,把事情说开了,只会让他更加肆无忌惮,没有了顾虑。

她正要拿话圆过去,宋墨回来了。

他一眼就看出两人之间的气氛有点不对,忙装作惊讶的样子"咦"了一声,道:"你们怎么站在这里说话?"随后给窦德昌行礼,笑道,"听说舅兄过来,我就吩咐厨房把前几天宫里赏的鹿肉烤了,正好家里还有坛御赐的梨花白,味道醇厚,配烤肉最好不过,后院的梅花也开了,我陪着舅兄去后花园的暖亭里小酌几杯如何?"

窦德昌连声说好，忙不迭地跟着宋墨去了后花园的暖亭，颇有些落荒而逃的意味。

待送走了窦德昌回到屋里，宋墨一面由小丫鬟服侍更衣，一面笑着对窦昭道："舅兄说了些什么？看你那样子，气鼓鼓的。"

窦昭不知道该怎么跟宋墨说好，有些事，现在还只是初露端倪。

她倚在大迎枕上，卷着书页蹙着眉。

宋墨更了衣，漱了口，坐到了炕边，把窦昭颊边几根垂落的发丝拂在她的耳后，柔声道："不是说万事都有我吗？有什么好为难的！"

窦昭想了想，遣了身边的丫鬟，靠在宋墨的肩膀上，把窦德昌和纪令则的事告诉了宋墨。

宋墨道："要不要我帮忙？"语气非常冷酷，和对她的温柔全然不同，让她想起前世那个被护卫环绕着站在屋檐下冷酷漠然的宋墨。

窦昭不由打了一个寒战，忙道："不要你帮忙——你只会越帮越忙。"

"瞧不起我？"宋墨捏了捏她的面颊。

是怕你下手太重，破坏了窦德昌的幸福，毕竟在前世，他们是非常恩爱的一对。

"不是还有六伯父和六伯母吗？"窦昭抱了他的胳膊，"我们总不能越俎代庖吧？"

这件事就顺其自然吧，若是有缘，他们自然会在一起；若是无缘，即使没有她，他们也会分道扬镳。

宋墨道："可那女子毕竟是个寡妇……"

"我还是被退过婚的呢！"窦昭怕万一纪令则有一天真的成了自己的嫂子，宋墨会瞧不起她。

"那是魏廷瑜没有眼光！"宋墨不以为然，道，"我这可是捡了一个大漏！你以为人人都有我这福气？"

窦昭笑不可支，心情大好。抱怨道："子贤这家伙，为了讨好别的女人，竟然从自己妹妹的库房里顺东西！"

子贤是窦德昌的表字。

宋墨才不管窦德昌会娶个怎样的女人进门，他只要窦昭心情愉快。

此刻窦昭心情放晴，他就继续逗着窦昭，笑道："可惜他是我舅兄，我也不好去讨了回来。要不，我开了我的库房，你随便拿几件看得上眼的收到你的库房里放着？"

窦昭和他耍着花枪，故作吃惊道："你的难道不是我的？我还一直以为你的就是我的呢！我干吗要把我自己的东西搬来搬去的？"

宋墨大笑，笑容如夏日的阳光般璀璨，让窦昭有片刻怔愣。

他笑得更欢畅了，抱着她在她耳边柔声道："给我看看！"

"什么？"窦昭一时没明白。

宋墨的手伸进她的衣襟，轻轻地抚着她的腹部："给我看看——我们的孩子！"

她的腰肢依旧纤细，腹部依旧平坦，什么都看不出来。

窦昭有些犹豫，宋墨却蹲在了她的面前，解了她的衣襟。

洁白如玉的肌肤暴露在冬日的空气里，让窦昭觉得有些冷。

宋墨已俯身轻轻地吻在了她的肚子上。

他的嘴唇温热柔软得让她有些战栗，可他低垂着眼帘的面孔上那虔诚的表情，却让她心悸不已，热泪盈眶。

她紧紧地抱住了宋墨的头，觉得自己像掉进了蜜罐里，从头到脚都是甜的。